Anne Nørdby

Kalte Nacht

Anne Nørdby

Kalte Nacht

Thriller

GMEINER

Bisherige Veröffentlichungen im Gmeiner-Verlag:
Kalte Nacht (2020), Kalter Strand (2019)

Personen und Handlung sind frei erfunden.
Ähnlichkeiten mit lebenden oder toten Personen
sind rein zufällig und nicht beabsichtigt.

Immer informiert

Spannung pur – mit unserem Newsletter informieren wir Sie
regelmäßig über Wissenswertes aus unserer Bücherwelt.

Gefällt mir!

Facebook: @Gmeiner.Verlag
Instagram: @gmeinerverlag
Twitter: @GmeinerVerlag

MIX
Papier aus verantwor-
tungsvollen Quellen
FSC® C083411

Besuchen Sie uns im Internet:
www.gmeiner-verlag.de

© 2020 – Gmeiner-Verlag GmbH
Im Ehnried 5, 88605 Meßkirch
Telefon 07575 / 2095 - 0
info@gmeiner-verlag.de
Alle Rechte vorbehalten
5. Auflage 2021

Lektorat: Katja Ernst
Herstellung: Mirjam Hecht
Umschlaggestaltung: U.O.R.G. Lutz Eberle, Stuttgart
unter Verwendung eines Fotos von: © complize / photocase.de
und © by-studio / stock.adobe.com
Druck: CPI books GmbH, Leck
Printed in Germany
ISBN 978-3-8392-2642-1

Für Daniel

1

Tina schlägt die Augen auf. Um sie herum ist es dunkel. Und furchtbar kalt.

Sie ist wach geworden, weil sie ein Geräusch gehört hat. Ein leises Scharren. Ist das eines der Kinder, das nachts durch das Haus schleicht?

Tina will sich aufrichten, doch ein jäher Schmerz schießt durch ihren Kopf. Mit einem überraschten Stöhnen sinkt sie zurück. Dabei stellt sie zwei Dinge fest. Einmal, dass der Untergrund, auf dem sie liegt, nicht weich wie ihre Matratze ist, sondern hart. Steinhart. Und dass etwas ihren Mund verklebt. Denn egal, was sie tut, ihre Lippen lassen sich nicht öffnen.

Angstvoll saugt Tina Luft durch die Nase ein. Sie will ihre Arme bewegen, aber sie reagieren nicht. Panik greift nach ihr.

Was ist los?

Wo ist sie?

Sie versucht, sich in der vollkommenen Dunkelheit zu orientieren. Wieder ist da dieses alles überlagernde Stechen in ihrem Schädel. Es scheint von ihrer Stirn auszugehen, pocht und pulsiert. Bohrt sich tief in ihr Gehirn. Tina atmet immer hastiger, bekommt nur mit Mühe Luft.

Ist das Klebeband, das ihren Mund zwanghaft geschlossen hält?

Erneut versucht sie, ihre Arme zu heben – sie wollen ihr nicht gehorchen. Schlimmer noch, Tina kann sie überhaupt nicht spüren.

Hektisch beginnt sie zu zappeln und begreift, dass sie auf dem Rücken liegt, ihre tauben Arme sind unter ihr begraben. Sie ruckt hin und her, was ihre Schultergelenke protestieren lässt. Mit zusammengepressten Kiefern verharrt sie, bis der brennende Schmerz verebbt ist. Danach stemmt sie ihre Beine, die sie frei bewegen kann, in den Grund und schafft es unter großen Anstrengungen, sich auf die Seite zu drehen. Rote Lichtpunkte tanzen vor ihren Augen, gierig atmet sie weiter durch die Nase. Das Klebeband lässt nur wenig Luft durch.

Dabei registriert sie einen erdigen Geruch, der vom Boden unter ihr aufsteigt. Sie reibt mit der Wange darüber. Er ist klamm und rau.

Erde, denkt sie. Das ist etwas Greifbares, Reales.

Aber wo befindet sich diese Erde? In einem Keller oder einem Loch?

Sie schabt mit ihrem nackten Fuß über den Untergrund. Es hört sich dumpf an, es gibt keinerlei Echo.

Ist sie etwa in dem Kriechkeller unter ihrem Haus?

Warum?

Tina reibt mit der Wange über die Erde. Immer wieder. Vor und zurück. Ihr Schädel fühlt sich an, als er würde er gleich aufplatzen und seinen rohen Inhalt auf den Boden ergießen. Vielleicht böte das eine Erleichterung von den Schmerzen? Erneut tanzen rote Punkte vor ihr in der Dunkelheit, und brennender Schweiß rinnt ihr in die Augen. Doch sie scheuert weiter mit der Wange, bis die Haut wund ist. Das Klebeband muss ab.

Wie eine Besessene arbeitet Tina, atmet rhythmisch gegen die Panik und die Schmerzen an. Ein, aus, ein, aus, vor und zurück. Sie spürt, wie sich das Klebeband an einer Ecke zu lösen beginnt. Schneller und schneller reibt sie, schürft sich die Haut auf, bis es blutet. Nach einer qualvollen Ewigkeit hat sie das Klebeband endlich zur Hälfte von ihren Lippen gerollt. Erleichtert reißt sie den Mund auf, atmet tief ein, hustet, keucht und schiebt das Tape mit der Zunge gewaltsam zur Seite. Als sie es vollständig entfernt hat, stößt sie einen ersten lauten Schrei aus. Er ist unartikuliert und voller Qualen. Ruckartig holt sie Luft, versucht den roten Nebel zu durchbrechen, der sich lähmend über ihre Gedanken legt. Dann öffnet sie den Mund und schafft es, Worte zu formulieren.

»Hilfe! Ist da jemand?«

Ihre Stimme prallt dumpf von der Dunkelheit ab. Als würde jeder Ton sofort verschluckt werden. Von etwas, das nicht will, dass sie hier jemals rauskommt.

Sie ruft erneut, bündelt all ihre Kraft in ihrer Stimme. In ihrem Kopf hämmert es, und der Geschmack von Blut legt sich auf ihre Zunge.

»Hilfe! Hilfe! HILFEEE!«

Wieder und wieder schreit sie. Irgendwann muss sie jemand hören.

Als ihre Stimme ganz rau klingt, hält Tina inne und schließt erschöpft die Augen.

Niemand ist gekommen.

2

Pål schließt die Haustür auf, bleibt auf der Schwelle stehen und horcht. Ah, welch Ruhe! Kein Gekläffe von Pukki und kein Gezeter von Frigga. Niemand, der sich darüber beschwert, weshalb er so spät nach Hause kommt. Ein breites Grinsen teilt Påls Gesicht. Er zieht im Windfang die schweren Arbeitsstiefel aus und hängt seine Jacke an einen Haken. Wenn er gewusst hätte, was an diesem Augustabend noch passieren würde, hätte er die Stiefel angelassen. So aber geht er auf Socken in die Küche und holt sich eine Dose Pripps Blå aus dem Kühlschrank, öffnet sie an Ort und Stelle und genehmigt sich einen großen Schluck. Ein zufriedener Seufzer löst sich aus seiner Brust.

Pål nimmt die Dose mit ins Wohnzimmer, setzt sich auf die zerschlissene Ledercouch und schaltet den alten Röhrenfernseher an. Ein Erbstück von seiner Mutter, wie das ganze Haus. Auf TV4 wird ein amerikanischer Actionfilm mit Bruce Willis gesendet, den er laufen lässt, während er in Ruhe sein Bier schlürft und die Füße hochlegt. Als sein Magen knurrt, zieht er eine Tüte Dillchips heran, die vom Vorabend auf dem Couchtisch liegt, und stopft sich eine Handvoll davon in den Mund. Das war der einzige Vorteil an Frigga: Sie hatte bereits das Essen gekocht, wenn er abends nach Hause kam. Nun muss er sich um alles selber kümmern. Dabei ist die Arbeit im Wald schon anstrengend genug. Grimmig malmt er auf den Chips herum und schluckt den nach Fett und Salz schmeckenden Brei. Verdammt! Warum müssen sich die Weiber immer so anstellen?

Er ist mächtig stolz gewesen, als er vor ein paar Monaten einen Job als Waldarbeiter beim Großgrundbesitzer Dahlberg bekommen hat. Und was hat Frigga dazu gesagt? »Du hast überhaupt keine Zeit mehr für mich und sitzt abends nur noch vor dem Fernseher.« Blöde Kuh! Irgendjemand muss doch Geld verdienen. Gut, dass sie abgehauen ist, sonst hätte er sie vor die Tür gesetzt, mitsamt diesem beknackten Köter!

Pål stopft sich eine weitere Handvoll Chips in den Mund und leert die Bierdose. Jetzt muss er auch noch aufstehen und sich eine neue holen. Mit einem Grunzen stemmt er sich vom Sofa hoch. Auf dem Fernsehbildschirm kriecht Bruce gerade durch einen Lüftungsschacht und schimpft darüber, wie sehr er Weihnachten hasst.

»Du sagst es, Bruce«, murmelt Pål und schlurft in die Küche. Plötzlich knallt es draußen zweimal laut.

»Verdammte Besoffene!« Fluchend rennt Pål durch den Flur und reißt die Haustür auf.

Kühle Dämmerung und Grillenzirpen empfangen ihn. Sonst herrscht Stille. Pål wohnt am Ortsende von Hultsjö, direkt an der Hauptstraße 28, die von Karlskrona nach Emmaboda führt. Die Grenze zu Småland ist nicht weit. Allerdings liegt hier in Blekinge, der kleinsten Provinz Schwedens, irgendwie alles an der Grenze zu irgendetwas … oder am Meer.

Pål lauscht in den Abend hinaus, doch es ist nichts mehr zu hören. Als er den Kopf reckt, kann er auf der Hauptstraße das unaufhörliche Blinken eines orangefarbenen Lichtes ausmachen. Kein gutes Zeichen. Verärgert beißt er die Kiefer aufeinander und geht auf Socken über den schmalen Steinplattenweg vor seinem Haus zur Straße. Wenn das wieder so ein besoffener Schwachkopf ist, der ihm den Feierabend versaut, kann der was erleben.

Als er das Gartentor öffnet, entdeckt er ein Auto. In der Kurve, in der schon viele Bekloppte ihre Karren zersägt haben, hängt es im Straßengraben. Es ist gegen einen Baum gekracht. Keiner der Insassen rührt sich. Pål fällt das Nummernschild ins Auge, und er stößt einen weiteren Fluch aus. Scheiße, diesmal sind es keine Schweden, sondern Deutsche.

Atemlos rennt er über die Straße auf den roten Volvo mit dem Elchaufkleber am Heck zu. Der Wagen sieht übel aus. Hat erst den Straßenwegweiser mitgenommen und ist anschließend gegen eine Birke geprallt. Der Stamm hat die Motorhaube regelrecht gespalten und zu einem unansehnlichen Faltenwurf aufgetürmt. Die Frontscheibe ist zersplittert und blind, der Motor muss bei dem Aufprall ausgegangen sein. Irgendwo knackt heißes Metall.

»Hallo?«, ruft Pål noch im Laufen. »Hallo?!«

Das Fenster auf der Fahrerseite ist geborsten. Pål beugt sich vor und blickt ins Innere, stolpert nach hinten. »Jävla skit! Lieber Gott im Himmel.«

Auf dem Fahrersitz befindet sich ein Mann. Er ist in sich zusammengesunken, als halte er ein Nickerchen. Doch sein Schädel ist an der Stirn nach innen gedrückt wie bei einem Plastikball. Der Airbag muss versagt haben und der Fahrer ungebremst mit dem Kopf gegen das Lenkrad oder die Frontscheibe geknallt sein. Zum Teufel, warum können sich die Leute nicht anschnallen? Neben dem Fahrer entdeckt Pål einen weiteren Insassen. Ein verrenktes Bündel, das halb in den Fußraum gerutscht ist. Ein dunkelhaariges Mädchen, nicht älter als neun oder zehn. Es rührt sich nicht. Pål späht auf den Rücksitz. Der ist leer, dafür liegt etwas Großes längs im Fußraum hinter den beiden Vordersitzen. Es ist in eine Decke gewickelt. Als er genauer hinsieht, erkennt er einen Körper. Oh Gott! Noch ein Kind?

Pål korrigiert seine Annahme. Es ist eher eine Jugendliche. Die blonden Haare sind strähnig, das Gesicht aschfahl. Die toten Augen starren Pål an, als sei er an allem schuld. Benzingeruch steigt ihm in die Nase. Scheiße! Eine Lache breitet sich im Gras unter dem Wagen aus. Erst jetzt bemerkt er, dass er sich mit Blut beschmiert hat. Es klebt an seinen Händen und vorn an seinem Hemd. Pål unterdrückt ein Würgen. Glassplitter bohren sich durch die Socken in seine Fußsohlen. Trotzdem, er muss etwas tun. Widerwillig beugt er sich in den Wagen und hält sein Ohr an den Mund des Fahrers. Der Mann atmet nicht. Plötzlich hört Pål ein Stöhnen und stößt sich vor Schreck den Hinterkopf am Holm. Er sieht, wie ein Zucken durch den Körper im Fußraum auf der Beifahrerseite geht, und zieht sich hastig zurück.

Verdammt, die Kleine da lebt!

Hilflosigkeit und Verzweiflung wallen in Pål auf. Tränen treten aus seinen Augenwinkeln. Was soll er bloß tun? Was, wenn er etwas falsch macht? Das ist doch ein Kind. Oh Gott! Warum ist er ganz allein? Kein einziges beschissenes Auto fährt vorbei. Niemand, der ihm helfen könnte. Mit zitternden Fingern tastet Pål nach seinem Mobiltelefon, zieht es umständlich aus der Hosentasche heraus und wählt den Notruf.

Im selben Moment taucht endlich ein Auto auf und hält neben ihm mit quietschenden Reifen, während Rock-'n'-Roll-Musik aus dem Fenster schallt. »Jailhouse Rock« von Elvis. Ausgerechnet.

Die Tür wird geöffnet, und ein junger Mann springt aus dem Wagen. Mit einem unwirklichen Hall dröhnt die Musik aus dem Autoradio durch die abendliche Luft und verstärkt in Pål das Gefühl von Trostlosigkeit und Kummer. Warum ist er nur rausgegangen?

»Hej, um Gottes willen, was ist passiert? Brauchst du einen Arzt?« Der junge Mann fasst Pål an der Schulter. Sein Blick fällt auf das Blut an seinen Händen und die zerschnittenen Socken an seinen Füßen.

In diesem Augenblick dringt ein heiserer Hilferuf aus dem verunglückten Volvo.

3

Polizeiassistentin Maja Lövgren beobachtet, wie eine Rolltrage mit dem schwerverletzten Mädchen in den Krankenwagen geschoben wird. Die Kleine trägt eine Sauerstoffmaske über dem Gesicht und ist auf einem Spineboard fixiert. Die Wunde an ihrer Schläfe wurde mit einem Druckverband versorgt. Für die anderen beiden Unfallopfer kam jede Hilfe zu spät. Der Fahrer, vermutlich der Vater der Mädchen, hat ein schweres Schädelhirntrauma erlitten. Er muss sofort tot gewesen sein. Auch das ältere Mädchen konnte nicht reanimiert werden. Es hat eingewickelt in eine Decke auf dem Rücksitz gelegen, als der Wagen von der Straße abgekommen und gegen den Baum gekracht ist. Alle drei waren nicht angeschnallt, und der Volvo fuhr vermutlich mit deutlich höherer Geschwindigkeit als den erlaubten 80 Kilometer pro Stunde.

Maja blickt auf die Brieftasche des Fahrers, die in einem Plastikbeutel steckt. Der Ausweis liegt obenauf. Sie liest noch einmal den Namen: Jochen Nowak, geboren in Hamburg. Die Mädchen wurden bisher nicht identifiziert. Zudem ist unklar, weshalb die drei überhaupt in dieser Gegend unterwegs waren. Haben sie in der Nähe in einem der Ferienhäuser Urlaub gemacht, oder befanden sie sich auf der Durchreise? Und wo ist die Mutter? Falls die drei nicht allein nach Schweden gereist sind. Maja muss das dringend herausfinden. Vielleicht sitzt gerade irgendwo in einer Ferienhütte eine Frau und wartet auf die Rückkehr ihrer Familie. Maja kann nur hoffen, dass sie sich bei der Polizei meldet, sobald ihr klar wird, dass etwas passiert sein muss.

Sie steckt den Beutel mit der Brieftasche in ihre Uniformjacke. Der Rettungswagen fährt mit Blaulicht und Martinshorn davon, ins Krankenhaus nach Karlskrona. Hoffentlich schafft es das verletzte Mädchen. Sein Zustand ist kritisch, obwohl es bei Bewusstsein ist. Die Kleine hat etwas gesagt. Immer wieder. Maja spricht kaum Deutsch, aber ein Wort hat sie trotzdem verstanden.

Troll.

Sinn ergibt das keinen. Was soll ein Troll mit diesem Unfall zu tun haben? Das Mädchen ist eindeutig gehandicapt. Sicher das Down-Syndrom. Majas Blick wandert von den flackernden Warnlichtern auf der Straße zu ihrem Vorgesetzten. Göran Berg spricht seit Längerem mit den zwei Zeugen, einem Waldarbeiter, der gegenüber in einem kleinen Holzhaus wohnt, und einem jungen Mann aus Rödeby, der auf dem Heimweg zufällig an der Unfallstelle vorbeigekommen ist. Beide wirken ziemlich mitgenommen. Kein Wunder, bei dem, was sie gesehen haben.

Ein schabendes Geräusch lässt Maja aufhorchen. Die Männer von der Straßenwacht haben die Winde des Abschleppwagens in Gang gesetzt und ziehen das Autowrack aus dem Graben. Es knirscht und knackt, als sich die eingedrückte Front des Wagens von der Birke löst. Der Baum wackelt, und seine Äste schlagen aneinander, aber er bleibt stehen. Bis auf ein paar tiefe Schrammen in der Rinde, aus denen das Birkenwasser sickert, hat der Baum den Unfall gut überstanden. Langsam wird der zerstörte Volvo zur Ladefläche des Abschleppwagens gezogen, dabei schabt der Unterboden über den Asphalt.

»He, aufpassen. Das gibt Funken!«, ruft Maja, die an die momentane Waldbrandgefahr denkt. »Ihr müsst vorsichtig sein, sonst fängt das ausgelaufene Benzin Feuer.«

Einer der Männer hebt die Hand, und die Winde stoppt. Danach legt er sich unter den Volvo, um zu sehen, was da schleift. Zwar haben sie vorher Sand ausgestreut, die Feuergefahr ist dadurch jedoch nicht gebannt. Zudem haben sie an mehreren Stellen neben der Straße mobile Flutlichter aufgestellt, damit sie am Unfallort besser arbeiten können. Mittlerweile ist es 23 Uhr, und am nordwestlichen Horizont leuchtet der rötliche Schimmer der Sonne, obwohl der Mittsommer, der Scheitelpunkt des Jahres, längst überschritten ist. Bald wird es Herbst, denkt Maja wehmütig, und dann folgt der Winter mit seinem Schmuddelwetter. In Südschweden ist die kalte Jahreszeit leider alles andere als der romantische Traum von Puderschnee und kristallklaren Frostnächten mit Polarlicht wie oben im Norden. Blekinge liegt nicht nördlicher als Mitteldänemark.

Der Mann von der Straßenwacht hat das Metallteil unter dem Auto mittlerweile entfernt, und der Volvo kriecht wieder auf den Abschleppwagen zu, diesmal ohne Funken zu verursachen. Maja hört, wie sich jemand hinter ihr leise räuspert, und dreht sich um. Es ist der Sanitäter vom zweiten Rettungswagen, der weiterhin am Straßenrand wartet. Auf seinem Gesicht zeichnet sich Müdigkeit von zu vielen Stunden Dienst ab. Maja kennt ihn von anderen Einsätzen.

»Wann kommt denn der Leichentransport?« Es ist klar, dass er Feierabend machen will, doch die beiden Toten befinden sich in seinem Fahrzeug.

»Der müsste eigentlich längst vor Ort sein. Ich hatte ihn vor einer Stunde angefordert.« Maja blickt auf die Uhr. Verdammt, warum müssen sich die Jungs vom Bestatter immer so viel Zeit lassen? Sie kann schon jetzt deren Kommentar hören: »Tote haben's nicht eilig! Hahaha!«

»Tut mir leid, aber so lange musst du noch warten«, sagt sie zum Sanitäter, der matt nickt.

»Die armen Verwandten«, entgegnet er und blickt dabei hinaus in die Nacht.

Ja, denkt Maja, und wir müssen sie benachrichtigen. Sie sieht den Sanitäter von der Seite an. Der seufzt tief. Die Reflektorstreifen auf seiner Jacke leuchten grell im Schein der Flutlichter.

Majas Chef Göran tritt zu ihnen. Seine Befragung hat anscheinend ein Ende gefunden. »Was ist? Habt ihr beiden 'ne Theorie?«

Der Sanitäter schüttelt den Kopf.

»Vielleicht ein geplatzter Reifen? Der rechts vorne ist platt«, sagt Maja.

»Das kann auch beim Unfall passiert sein«, entgegnet Göran. »Wird die Untersuchung zeigen. Aber es passt nicht zu dem toten Mädchen auf dem Rücksitz, oder?«

Maja brummt als Antwort, damit Göran nicht hört, dass sie einen Kloß im Hals hat.

Zum Glück wendet er sich wieder an den Sanitäter. »Und es ist sicher, dass das Mädchen auf dem Rücksitz schon vor dem Unfall tot war?«

»Das ist zumindest gegenwärtig die vorsichtige Einschätzung des Notarztes.«

»Gegenwärtig, vorsichtig … Geht's etwas exakter? Fakten, Fakten, mein Freund.«

Der Sanitäter verschränkt die Arme vor der Brust. Schützt sich instinktiv gegen die Alphatier-Wellen, die Göran aussendet. Mit seinem CSI-Gehabe kann einem der Herr Polizeiinspektor manchmal richtig auf den Nerv gehen, denkt Maja.

»*Fakt ist*«, sagt der Sani ruhig, »dass ich kein Gerichtsmediziner bin und deshalb keine Aussage treffen kann. Das gilt jetzt also nur unter uns: Ja, der Notarzt und ich haben gesehen, dass der Körper des älteren Mädchens Leichenflecken und beginnende Totenstarre aufweist. Außerdem war das Blut an der Kopfverletzung längst getrocknet.«

»Shit! Das macht die Sache kompliziert.«

Oh ja, denkt Maja, kompliziert. Das ist das Gegenteil von Görans Denkprinzipien. Keep it sweet and simple.

»Vielleicht war es ein erweiterter Suizid«, mutmaßt sie. »Der Vater hat erst die ältere Tochter umgebracht und dann den Wagen gegen einen Baum gesetzt. Frage mich wirklich, wo die dazugehörige Mutter ist. Wir sollten auf jeden Fall jemanden von der Kriminaltechnik hinzuziehen.«

Zwei Scheinwerfer tauchen in der Ferne auf, wenig später gleitet ein langgezogener Wagen aus der Nacht heran und hält neben ihnen im hellen Strahl der Flutlichter. Ein Mann in Overall steigt aus. »Guten Abend allerseits.« Er tippt sich an die Baseballkappe mit dem Logo eines Bestattungsunternehmens. »Wo ist die Kundschaft?«

»Zu spät kommen und dann noch blöde Sprüche klopfen!« Maja tritt vor den Kerl, der auf sie herabblickt. »Ich bin Polizeiassistentin Lövgren, und ich muss euch mitteilen, dass es eine kleine Planänderung gibt.«

»Ach ja, und welche?« Der Typ will sich eine Zigarette

anzünden, aber Maja deutet auf die Lache neben seinem Fuß. »Benzin!«

»Oh, verdammt.« Der Kerl wirkt einen Moment verdattert, fängt sich schnell wieder und steckt die Zigarette zurück in seine Brusttasche. »Also, was ist? Kann ich die Leichen mitnehmen? Es sind doch zwei?«

»Richtig.« Maja wirft Göran einen Blick zu, der bestätigend nickt. »Allerdings sollen die nicht nach Karlskrona gebracht werden, sondern in die Rechtsmedizin nach Lund.«

»Was? Nach Lund? Jetzt noch?«

»Korrekt, jetzt noch.« Maja gibt dem Sanitäter einen Wink. Der geht zu seinem Rettungswagen, um beim Umladen seiner bedrückenden Fracht zu helfen.

»Heilige Scheiße«, brummt der Typ vom Leichentransport und trottet auf das Heck seines Wagens zu. Zusammen mit seinem Kollegen zieht er zwei Zinksärge aus dem Laderaum und trägt sie zum Rettungswagen.

Mittlerweile ist der Volvo auf den Abschleppwagen verladen worden und festgezurrt. Göran ordnet an, das Unfallauto vorsichtshalber bei der Kriminaltechnik in Karlskrona abzuliefern. Sollte sich herausstellen, dass das Mädchen vom Rücksitz tatsächlich vor dem Unfall tot war, ist das hier wohl mehr als nur ein tragisches Verkehrsunglück.

Maja stößt einen Seufzer aus und beobachtet einen der Männer von der Straßenwacht dabei, wie er Glassplitter, Sand und die restlichen Trümmerteile zusammenfegt, während Göran mit dem Fahrer des Abschleppwagens spricht. In weiser Voraussicht haben sie von allem genug Fotos gemacht und alle relevanten Stellen auf dem Asphalt mit Sprühfarbe markiert. Sollte es nötig sein, ihre Untersuchungen vertiefen zu müssen, würden sie alles wiederfinden.

Nachdem sie die Flutlichter und Pylonen abgebaut haben, können sie diesen unseligen Ort endlich verlassen. Doch

Maja bezweifelt, dass es das für heute gewesen ist. Die eigentliche Arbeit würde jetzt erst beginnen. Sie müssen die Mutter der beiden Mädchen ausfindig machen. Bei diesem Gedanken zieht sich alles in ihr zusammen.

4

»Tom, da ist ein Polizist aus Schweden am Telefon. Das fällt in dein Ressort.«

»Okay, stell ihn durch.«

Der norwegische Kollege Jens Fram drückt einen Knopf, und Skagen nimmt den Hörer ab. »Skanpol, Tom Skagen am Apparat?«

»Polizeiinspektor Göran Berg. Dienststelle Karlskrona, guten Morgen«, meldet sich eine Stimme in holprigem Englisch.

»Hej. Hur kan jag hjälpa dig?« Mühelos wechselt Skagen auf eine gemeinsame Sprachebene.

»Oh, Sie sprechen Schwedisch?«

»Mein Vater ist Schwede.«

»Schön, dann muss ich mein Anliegen ja nicht zum x-ten

Mal auf Englisch herunterleiern. Bei euch kommt man sich vor, als würde man den Präsidenten der Vereinigten Staaten anrufen. Bis man da die richtige Stelle am Apparat hat …«

»Wir haben nun mal mehrere Abteilungen«, entgegnet Skagen ruhig.

»Aber Sie gehören doch zur Polizei in Hamburg?«

»Nein, Skanpol ist eine eigenständige Einheit, besser gesagt eine Untergruppe von Europol. Wir sind für grenzübergreifende Konflikte zwischen Skandinavien und Deutschland zuständig. Allerdings befindet sich unser Büro im selben Gebäude wie die Polizei von Hamburg und das Landeskriminalamt. Das erleichtert uns die Zusammenarbeit mit den deutschen Behörden. Worum geht es denn?«

»Wir haben einen tödlichen Autounfall mit deutscher Beteiligung in Hultsjö, das liegt 30 Kilometer nördlich von Karlskrona. Sehr ländliche Gegend.«

Skagen kennt den besagten Landstrich, er ist dort aufgewachsen. Während Kriminalinspektor Berg erzählt, öffnet er auf dem Computer eine Karte vom südöstlichsten Zipfel Schwedens.

»Bei dem Unfall gestern sind zwei Menschen ums Leben gekommen. Ein 49-jähriger Deutscher und eine Jugendliche, vermutlich die Tochter des Mannes. Ein zweites Mädchen wurde schwer verletzt ins Krankenhaus gebracht. Der Zustand der Kleinen ist noch immer kritisch, die Unfallursache bisher unklar. Wir haben beim Fahrer einen Personalausweis gefunden. Der Mann heißt Jochen Nowak und wohnt in Hamburg-Eimsbüttel.« Berg nennt auch die Straße und das Kennzeichen des Fahrzeugs, was Skagen sich notiert.

»Ist eine schlimme Sache«, redet der Schwede weiter. »Es besteht außerdem Anlass zur Vermutung, dass die Jugendliche, die auf dem Rücksitz lag, schon vor dem Unfall gestorben ist.«

»Vor dem Unfall? Wie lange?«

»Wissen wir bisher nicht. Die Todesursache ist ebenfalls noch nicht sicher, obwohl sie eine Kopfverletzung hat. Die Obduktionsergebnisse werden wir frühestens in ein paar Tagen erhalten.«

»Gibt es eine Ehefrau oder andere Verwandte oder Freunde? Wer war alles mit im Auto?«

»Nur die genannten drei Personen. Und das ist das nächste Problem. Wir konnten noch niemanden ausfindig machen, mit dem sie vielleicht im Urlaub waren. Im Auto befand sich kein Handy. Leider wissen wir auch nicht, ob die Familie in Hultsjö untergekommen ist oder auf der Durchreise war. Jedenfalls haben wir seit dem Unfall gestern Abend keinen Anruf erhalten. Niemand scheint den Vater und die Kinder zu vermissen. Ich habe einige Kollegen nach Hultsjö geschickt, die werden die Bewohner befragen und die Campingplätze und Ferienhäuser in der Umgebung abklappern.«

»Wenn das Mädchen schon vor dem Unfall tot war, haben wir es womöglich mit einem ...«

»... Tötungsdelikt zu tun, das weiß ich selbst«, unterbricht der schwedische Polizist gereizt. »Hören Sie mal, ich war die ganze Nacht auf den Beinen. Es wäre schön, wenn Sie für uns herausfinden könnten, ob sich die Mutter in Deutschland aufhält. Es ist zwar gut möglich, dass sie auch tot ist, aber man weiß ja nie. Und vielleicht ermitteln Sie in dem Zuge gleich weitere Angehörige. Das wäre hilfreich. Der kurze Dienstweg sozusagen.«

»In Ordnung. Ich kümmere mich darum«, sagt Skagen geduldig. »Halten Sie mich bitte auf dem Laufenden. Sie haben ja jetzt meine Durchwahl, Herr Berg.«

»Ja, ja, bis dann.« Kein Danke, kein Auf Wiedersehen. Was für ein unangenehmer Zeitgenosse. Skagen legt auf und fährt sich seufzend über den Bart.

Neugierig lugt Jens Fram hinter seinem Computerbildschirm hervor. »Was war es denn?«

Skagen berichtet seinem Kollegen die Ereignisse in Kurzform, und Fram verzieht das Gesicht. »Gar nicht gut.«

»Kommst du mit dem Oslo-Fall einen Augenblick ohne mich klar? Ich würde gerne überprüfen, ob sich die Frau in Hamburg aufhält.«

Fram nickt. »Kein Ding. Kümmere dich um die Sache.«

»Okay, danke.« Skagen zieht seinen Stuhl näher an den Schreibtisch. Skanpol ist eine kleine Abteilung, da müssen sie sich gut absprechen. Außer dem Norweger Jens Fram gibt es noch zwei weitere Kollegen, die Finnin Kaisa Baumann und Jette Vestergaard aus Dänemark, seine Chefin. Alle bei Skanpol sprechen mehrere Sprachen. Eine Voraussetzung, die für ihre Arbeit unerlässlich ist.

Skagen öffnet die Suchmaske für Kfz-Kennzeichen. Tatsächlich ist der Fahrzeughalter des verunglückten Wagens ein Herr Jochen Nowak, wohnhaft in Eimsbüttel. Die Adresse stimmt mit der überein, die Berg ihm übermittelt hat. Ansonsten keinerlei Einträge zu Nowak bei INPOL. »Jens?«

»Jo!«

»Ich fahr mal kurz raus. Sehen wir uns zum Mittagessen in der Kantine?«

»Warum nicht.«

Skagen verabschiedet sich und verlässt das Büro. Mit dem Fahrstuhl erreicht er wenig später die Tiefgarage des sternförmigen Gebäudes des Hamburger Polizeipräsidiums am Bruno-Georges-Platz und steigt in seinen Dienstwagen. Zwei Minuten später gleitet der anthrazitfarbene VW Passat hinaus ins grelle Sonnenlicht. Die Temperaturanzeige am Armaturenbrett verkündet unerträgliche 30 Grad im Schatten. Und das bereits um 9 Uhr morgens. Skagen schiebt sich die getönte Brille auf die Nase und stellt die Klimaanlage auf maximale Stärke. Vom Hamburger Stadtteil Alsterdorf bis nach Eimsbüttel ist es mindestens eine halbe Stunde Fahrt. Er biegt auf die Straße ein und dreht die Musik lauter. Gerade läuft seine Lieblingsscheibe: Morcheeba mit »Who can you trust«.

Das vierstöckige Haus in der Emilienstraße, in dem die Nowaks wohnen, wirkt schlicht. Weißer Putz, kleine Balkone und ein wenig Grün vor der Haustür. Skagen lebt seit mehreren Jahren in Hamburg und weiß, dass die Gegend trotzdem teuer ist. Jedoch eher spießig als hip.

Die Luft ist wie eine dickflüssige Wand, die an ihm kleben bleibt, während er zum Eingang geht. Er drückt auf die Klingel mit dem Namen »Nowak«. Als sich nichts tut, klingelt er bei dem Schild rechts daneben. »Prenzel«, steht darauf.

»Ja?«, dringt eine Frauenstimme aus der Gegensprechanlage.

»Verzeihen Sie die Störung, Kriminalkommissar Tom Skagen. Dürfte ich Ihnen ein paar Fragen zu Ihren Nachbarn, den Nowaks, stellen?«

Ein kurzes Zögern. »In Ordnung. Kommen Sie in den zweiten Stock.«

Der Summer ertönt, und Skagen drückt die Tür auf. Oben erwartet ihn eine gedrungene Mittvierzigerin mit einem modischen Kurzhaarschnitt. Skagen zeigt ihr seinen Ausweis.

»Skanpol? Du liebe Güte. Ist den Nowaks etwas passiert? Die sind gerade in Schweden im Urlaub.«

»Ist denn die ganze Familie nach Schweden gereist?«

»Ja, schon …«

»Also auch Frau Nowak?«, erkundigt sich Skagen, ohne seinen neutralen Ton zu ändern.

»Ja, Tina. Eigentlich heißt sie Christina.«

»Wann sind die Nowaks losgefahren?«

Frau Prenzel überlegt. »Vor gut einer Woche.«

»Und wie viele Mitglieder umfasst Familie Nowak?«

»Also, da ist der Jochen, die Tina und die beiden Töchter. Eva-Lotta, die Ältere, sie ist 15 und gut mit meiner Tochter befreundet. Und dann gibt es noch Ronja, sie ist zehn.«

»Wissen Sie von weiteren Angehörigen?«

»Mein Gott«, entfährt es Frau Prenzel. »Es ist etwas Schlimmes passiert, so wie Sie reden.«

»Die Nowaks hatten einen Autounfall«, sagt Skagen ruhig. »Ich müsste Kontakt zu jemandem in der Verwandtschaft aufnehmen.«

»Ja ... natürlich. Ich kenne die Eltern von Jochen. Klaus und Ellen, die wohnen draußen in Bargstedt. Die Eltern von Tina kenne ich nicht. Sie hat keinen Kontakt zu ihnen. Ich weiß auch nicht, warum. Tina redet nicht gerne darüber.«

Skagen notiert sich alles auf einem Block. »Welcher Arbeit gehen die Nowaks nach?«

»Jochen ist Lehrer am Gymnasium Kaiser-Friedrich-Ufer in Eimsbüttel, und Tina arbeitet halbtags als PTA in einer Apotheke, solange Ronja in der Förderschule ist.«

»Wie lange wohnen die Nowaks schon hier?«

»Bestimmt seit zehn Jahren. Sie sind eingezogen, nachdem Ronja geboren wurde. Seitdem sind meine Tochter und Lola befreundet.«

»Lola?«

»Eva-Lotta. Sie nennt sich so, weil sie ihren Namen schrecklich findet. Ihre Eltern sind Fans von Astrid Lindgren. Tja, seinen Namen kann man sich nicht aussuchen, was?« Frau Prenzel zwinkert ihm zu. »Meine Jenny sollte eigentlich mit nach Schweden fahren, damit es Lola dort nicht zu langweilig wird. Lolas kleine Schwester ist ja behindert, müssen Sie wissen, und das ist manchmal ziemlich anstrengend. Für Lola bleibt da nicht viel Platz. Aber Jenny ist krank geworden. Und mit einer Sommergrippe wollte ich sie nicht nach Schweden lassen. Da ist es ja immer so kalt.«

Dass die Sommer in Schweden, besonders im Süden, nicht wesentlich kälter sind als die in Norddeutschland, behält Skagen für sich, stattdessen fragt er nach der Behinderung von Ronja. Dabei muss er daran denken, dass das Mädchen im Krankenhaus in Schweden gerade mit dem Tod ringt.

»Down-Syndrom«, antwortet Frau Prenzel. »Ronja ist ein merkwürdiges Kind. Sie lebt in ihrer Fantasiewelt und ist recht dickköpfig. Die Nowaks haben's nicht leicht mit ihr. Haben es vor der Geburt nicht gewusst. Sonst hätten sie sie bestimmt nicht … Na, Sie wissen, was ich meine.«

Skagen hebt weder missbilligend eine Braue noch nickt er. Das Urteil von Frau Prenzel über Ronja hingegen scheint festzustehen. »Und wohin in Schweden sind die Nowaks gefahren?«, fragt er. »Haben sie eine Ferienhütte gemietet oder campen sie?«

»Sie sind in ihr Haus gefahren. Das haben sie Anfang des Jahres gekauft. Das war immer Jochens großer Traum. Ein eigenes Häuschen in Schweden.«

»Wissen Sie, wo das liegt?«

»Irgendwo in Südschweden. Der Ort heißt Holmsjö oder Hultsjö oder so ähnlich. Die genaue Adresse kenne ich leider nicht.«

»Nicht schlimm. Das hilft mir auch so weiter. Wissen Sie zufällig, wie das Haus aussieht?«

»Oh, es ist wirklich bezaubernd. Jenny hat mir ein Foto gezeigt, das Lola ihr über WhatsApp geschickt hat.«

»Aha. Könnte ich mal einen Blick darauf werfen?«

»Warum nicht.« Sie dreht sich um und ruft über die Schulter in die Wohnung. Ein Murren ertönt, und kurz darauf schleicht ein blasses dunkelblondes Mädchen in einem rosa Kapuzenpullover und einer viel zu weiten Jogginghose durch den Flur.

»Was is' denn, Mama?«, murmelt es verschnupft.

»Dieser Mann ist von der Polizei und würde gern das Foto von dem Schwedenhaus der Nowaks sehen.«

»Warum? Is' was passiert?«

Um das Mädchen zu beruhigen, erklärt Skagen erneut und möglichst neutral, warum er hier ist.

»Ein Unfall?« Jenny wird noch blasser, als sie ohnehin schon ist, holt dann aber ihr Smartphone hervor. Es steckt in einer pinkfarbenen Hülle, dieselbe Farbe wie ihre Fingernägel. Sie hält ihm das Display hin, und Skagen betrachtet die Fotos von dem Haus. Es macht einen netten Eindruck, ein Klassiker in Schwedenrot mit weißen Rahmen, und scheint mitten im Wald zu stehen. Ein rostroter Fleck im satten Grün. Auf die Frage hin, ob Jenny ein Foto von Lola habe, nickt das Mädchen und zeigt Skagen mehrere Selfies. Darauf zwei typische Teenager mit rot geschminkten Lippen und Kussmund. Duckface. Im Hintergrund der Hamburger Hafen, blauer Himmel, Möwen. Fröhliche Gesichter an einem sonnigen Tag. Leider gehört eines dieser Gesichter jetzt einer Toten.

Skagen fragt nach etwaigen Textnachrichten, die Lola aus dem Urlaub geschickt hat, und Jenny ruft einen Chat bei WhatsApp auf. »Voll nice hier. Zumindest, wenn man eine Mücke ist. LOL Fucking boring, wish you where here, xoxo (…) Mum und Dad sind sooo lame! (…) Ronja nervt. Wish they were dead! Sheesh, meine Mum bitcht mal wieder total rum.« Der übliche Teeniekram.

Oder doch nicht? »Wish they were dead!«

Mit der Erlaubnis der Mutter fotografiert Skagen die Bilder und einen Teil des Chats ab und gibt Jenny das Handy zurück.

»Weißt du, ob Lola vielleicht irgendwelche Probleme hat? Mit ihren Eltern oder ihrem Freund?«

Jenny schüttelt den Kopf. »Lola hat keinen Freund.«

»Und mit ihren Eltern?«

An dieser Stelle wirkt das Mädchen mit einem Mal verschlossen. Skagen kann sehen, wie sie die Schotten dicht macht. Es ist offensichtlich, dass da etwas ist.

»Noch mal: Hat Lola Probleme mit ihren Eltern?«, wiederholt er nachdrücklicher.

Jenny beißt sich auf die Lippe. Skagen versteht. Sie will nicht vor ihrer Mutter darüber sprechen. Mädchengeheimnisse. Es hat wenig Sinn, jetzt weiter danach zu bohren. Das kann er später tun. Fürs Erste genügen ihm die Informationen. Er bedankt sich, überreicht Mutter und Tochter jeweils eine seiner Visitenkarten und verlässt das Haus.

Draußen ist es heiß wie am Fuße der Pyramiden von Gizeh. Jeder Atemzug fühlt sich an, als atme man in einen Föhn. Skagen setzt sich ins Auto, das einem Backofen gleicht, und dreht den Zündschlüssel. Erleichtert hält er sein Gesicht in den kalten Strom aus der Lüftung, während er im Internet nach der Adresse von Klaus und Ellen Nowak sucht. Bargstedt liegt circa 30 Kilometer westlich der Hansestadt mitten im Niemandsland zwischen Hamburg und Bremerhaven.

Bei dem Gedanken an das, was ihm bevorsteht, schnürt es ihm die Brust zusammen. Todesbotschaften zu überbringen sind mit das Unangenehmste, was seine Arbeit als Polizist bereithält. Um damit besser umgehen zu können, hat er Seminare besucht, in denen er für solche Situationen geschult wurde. Doch das bereitet einen nur auf einen Bruchteil an Reaktionen vor, die Betroffene zeigen können. Meist sind diese sowieso vollkommen anders, als man sie sich vorher ausgemalt hat. Erst recht, wenn es um den verschärfenden Faktor Kinder geht. Er würde auf jeden Fall einen Polizeiseelsorger mit hinzuzuziehen. Mit Verstärkung an der Seite käme er sich nicht ganz so furchtbar vor, während für die Angehörigen eine Welt zusammenbricht. Doch vorher muss er Göran Berg anrufen und ihm mitteilen, dass er den ungefähren Standort von Nowaks Ferienhaus ermittelt hat. Skagen wählt die Nummer des schwedischen Polizisten und wischt sich den Schweiß von der Stirn.

»Polizeiinspektor Göran Berg!«

»Hej hej, Tom Skagen von Skanpol hier.«

»Ach, Sie.« Mehr sagt er nicht.

»Ich habe ein Foto von dem Haus, das den Nowaks gehört«, erklärt Skagen. »Es steht in Hultsjö. Also nicht weit weg von der Unfallst...«

»Wissen wir schon.«

»Wissen Sie schon?«

»Hultsjö ist klein.«

»Ja, und?« Skagen spürt, dass die Konversation mit Berg ihm mehr Geduld abverlangt, als er im Moment aufbringen kann.

»Wir haben im Supermarkt in Hultsjö nachgefragt. Die kannten die Familie. Herr Nowak hat sich dort nach einem Tischler erkundigt. Sie wollten das Haus renovieren. Wir sind gerade vor Ort und durchsuchen das Gebäude.«

»Okay, und wissen Sie ...?«

»Nein, wir wissen noch nicht, wo sich Frau Nowak aufhält. Wir ...«

»Sie heißt Tina«, unterbricht diesmal Skagen. »Christina Nowak. Und ihre Nachbarn in Hamburg sagen, dass sie mit nach Schweden gefahren ist.«

Durch das Telefon hört er im Hintergrund eine Frauenstimme. Berg scheint sich einen Moment auf sie zu konzentrieren, dann wendet er sich wieder an ihn: »Wir haben etwas gefunden. Ich muss auflegen.«

»Warten Sie. Ich … Polizeiinspektor Berg?«

Die Verbindung ist unterbrochen.

Irritiert starrt Skagen auf das Telefon.

5

Maja sieht, wie Göran das Gespräch mit dem deutschen Polizisten beendet und das Handy in die Tasche seiner Uniform steckt.

»Was hast du da?«, fragt er.

»Scheint ein Tagebuch zu sein, allerdings in Bildern.« Maja hält ihm einen DIN-A4-Collegeblock entgegen. Vorn auf dem Einband prangt in unbeholfener Schrift »Ronja, das Trollkind«. Er blättert die Seiten auf, die voll krakeliger Filzstiftzeichnungen sind.

»Was heißt ›Trollkind‹?«, fragt Göran. »Ich kann kein Deutsch.«

»Trollbarn, glaube ich. Sieh mal, da hat das Mädchen einen großen dicken Troll gemalt. Und das soll bestimmt das Haus darstellen, in dem wir gerade sind. Es ist umringt von Trollen. Ob das etwas bedeutet?«

»Kann sein. Vielleicht ist es bloß Fantasie. Wir nehmen das Ding mit. Jemand, der Ahnung davon hat, soll es sich ansehen.« Er gibt Maja den Block zurück, und sie steckt ihn in einen papiernen Beweismittelbeutel.

»Der Typ von Skanpol, mit dem du eben telefoniert hast – könnte der nicht herkommen und uns helfen?«, fragt Maja.

»Wieso?«

»Ist dieses Skanpol nicht genau für solche Angelegenheiten da?«

»Kann sein.«

Maja guckt ihren Kollegen an. »Ich hatte ebenfalls eine kurze Nacht, Göran. Wäre schön, wenn du deine schlechte Laune nicht an mir auslässt.«

Göran wendet sich ab und geht nach nebenan ins Schlafzimmer. Hinter seinem Rücken rollt Maja mit den Augen, bevor sie ihre Suche im Wohnzimmer des kleinen Häuschens fortsetzt und sich bis in die Küche vorarbeitet. Auf der Anrichte liegt ein Handy. Ein Oldschool-Gerät mit Tasten. Wer benutzt denn heutzutage noch so was? Sie lässt es erst mal liegen und öffnet die Schränke, nimmt alles genau in Augenschein. Sogar in die Müslipackungen schaut sie rein.

»Hoppla«, sagt sie und fischt einen Gegenstand heraus.

»Ich hab was!« Göran tritt aus dem Schlafzimmer und wedelt mit zwei roten Reisepässen und zwei Kinderausweisen. »Die IDs und zwei Geldbörsen. Eine lag im Zimmer der Eltern, die andere bei der Jugendlichen.«

»Und ich hab zwei Handys. Das eine war seltsamerweise im Müsli versteckt.« Sie hält ein Smartphone hoch.

»Wirklich? Das ist ungewöhnlich.« Göran nimmt ihr das Telefon ab und guckt auf die pinkfarbene Hülle mit einem Einhorn darauf. »Gehört bestimmt der älteren Tochter. Jedenfalls müssen da die Techniker ran, es ist ausgeschaltet.«

»Vielleicht ist nur der Akku leer.« Maja schiebt Göran das andere Telefon hin.

»Ist das ein Seniorenhandy?«, fragt er und untersucht das kleine schwarze Gerät. Maja zuckt mit den Schultern, während ihr Vorgesetzter darauf herumdrückt, aber das Handy scheint eine Tastensperre zu haben, die nur mit einem Code aufgehoben werden kann. Göran legt es zu den anderen Fundstücken und blättert in den Pässen. Laut liest er die Namen vor: »Jochen Nowak, Christina Nowak und die Kinder Eva-Lotta und Ronja. Bingobongo, würde ich sagen!«

Bingobongo? Gott, wo hat er denn das her? Maja öffnet eine der Geldbörsen. Sie gehört Christina Nowak. Leider befindet sich darin nichts, was einen Hinweis darauf gibt, wo Frau Nowak stecken könnte.

»Mann, was für ein Chaos«, sagt Göran mit Blick auf das Wohnzimmer.

»Sieht aus wie ›Wohnen auf der Baustelle‹ mit dem frischen Durchbruch zur Küche. Die Nowaks wollten den Raum wohl erweitern.« Maja dreht sich um sich selbst. »Was ist hier bloß passiert?«

»Dem Typen sind die Sicherungen durchgebrannt, und er hat seine Familie umgebracht, das ist passiert.«

»Wo ist dann die Leiche der Frau? Außerdem fehlen hier jegliche Spuren eines Kampfes. Etwas, das darauf hindeutet, dass Christina Nowak sich gegen ihren Mann zur Wehr gesetzt hat.«

»Vielleicht hat er sie ja hinterrücks erschlagen und entsorgt.« Göran zupft an seinen Latexhandschuhen.

Maja seufzt. »Die arme kleine Ronja.«

»Du meinst das Mongo-Kind?«

»Mensch, Göran! Jetzt mach aber mal halblang.« Manchmal ist ihr Kollege echt ein Idiot.

»Schon gut. Zumindest hat sie den Unfall überlebt. Schade,

dass wir sie bisher nicht befragen konnten. Der Arzt sagt, das Mädchen muss noch einige Zeit im künstlichen Koma bleiben.«

Maja packt die Geldbörsen und die Telefone in Beweismitteltüten und sieht ihren Chef eindringlich an. »Wir müssen die Mutter finden.«

Göran will etwas sagen, doch draußen poltern plötzlich Schritte auf der Treppe, und kurz darauf wird die Tür aufgestoßen. Polizeiassistent Joakim Larsson stürmt herein. Sein roter Haarschopf und sein jungenhaftes Gesicht stehen im Kontrast zu seiner dunkelblauen Uniform. Er wirkt wie 20, denkt Maja. Dabei ist er mit Mitte 30 nur ein paar Jahre jünger als sie.

»Göran, ich habe was gefunden. In der Scheune!« Joakim grinst stolz.

»Was denn, Jokke? Etwa die Frau?«, raunzt Göran den Polizeiassistenten an, der weiterhin grinst. »Nun sag schon. Die Show kannst du dir sparen.«

Danke, Göran, denkt Maja genervt und wartet darauf, dass ihr neuer Kollege Joakim endlich auspackt.

Dessen Grinsen ist verschwunden. »Also, d-da sind … Knochen in der Scheune, ja, und … Blut.«

»Blut und Knochen? Mann, und das sagst du erst jetzt? Hoffentlich hast du alles so gelassen, wie du es vorgefunden hast. Scheiße!«

»Äh, ich hab nichts angefasst … bis auf die Knochen … vielleicht.«

»Blödmann.« Göran stößt Jokke zur Seite und läuft nach draußen. Maja folgt ihm. Hinter ihnen stolpert der neue Kollege über den Rasen und muss seine Båtmössa festhalten, damit ihm die Mütze nicht herunterrutscht.

Die Scheune ist größer als das Wohnhaus. Ihre groben Bretterwände sind ebenfalls mit roter Farbe gestrichen, die allerdings in größeren Flocken abblättert. Unter dem Giebel hängen mehrere Schwalbennester, in denen reger Flugverkehr herrscht. Pfeifend zischt eine Schwalbe über Maja hinweg und stößt in den blauen Himmel empor.

»Ich hab nichts angefasst, wirklich. Nur die Knochen. Und die sind a…«

»Schnauze!« Göran tritt durch das offene Tor ins dämmrige Innere. Auf dem Boden sind Reifenspuren zu erkennen, vermutlich haben die Nowaks ihren Volvo hier geparkt. Altes Heu liegt herum, und verrostete Gartengeräte stehen an den Wänden. Hacke, Axt, Säge, Sense. In einer Ecke sind frische Bretter gestapelt, ein Haufen Holzverschnitt wartet darauf, im Kamin verbrannt zu werden. Auf einer schiefen Kommode daneben stehen fünf Eimer Farbe. Falunrot und Weiß.

»Wo ist es?«, fragt Göran.

Jokke schleicht mit eingezogenem Kopf an ihm vorbei. »Dort ist das Blut.« Er zeigt auf einen tellergroßen Fleck auf dem Boden.

Göran und Maja beugen sich hinab.

»Hm.« Göran tippt mit seinem behandschuhten Finger in die eingetrocknete Lache. »Das ist kein Blut.«

»Nicht?«

»Nein, du Idiot!«

Joakim reißt erstaunt die Augen auf.

»Das ist Farbe, vermischt mit …«, Göran hält sich den Finger unter die Nase, »keine Ahnung. Wie Öl riecht es nicht. Vielleicht stammt es von einem Fahrzeug, das in der Scheune gestanden hat. Einem Traktor oder dem Volvo der Familie. War ja ein älteres Modell.«

»Oh.« Mehr kommt nicht von Joakim, der knallrot anläuft.

Maja sagt nichts. Das Farb-Irgendwas-Gemisch wirkt tatsächlich wie Blut. Sie hätte auch darauf reinfallen können.

Allerdings hätte sie es sich zuerst genauer angesehen, ehe sie darüber Meldung gemacht hätte. Sie schaut sich um. Über ihnen befindet sich ein offener Heuboden. Rechter Hand führt eine klapprige Leiter bis unters Dach. »Warst du dort oben?«, fragt sie Jokke.

Der Polizeiassistent schüttelt den Kopf.

Ohne Umschweife klettert Maja die morschen Sprossen hinauf. Oben erwarten sie uralte Heureste, Taubenkot und Spinnweben. Die Luft ist drückend und stickig, und irgendwo summt ein Insekt. Durch ein paar Löcher im Wellblech fallen Lanzen aus Licht.

»Hier ist nichts«, ruft sie ihren Kollegen unten zu. Der falsche Blutfleck prangt genau zwischen Göran und Joakim auf dem Boden. Sie dreht sich um und will die Leiter hinabsteigen, da entdeckt sie etwas auf dem Boden. »Da liegt ein Messer.«

»Ein Messer?«

»Ja. Ein altes Schnitzmesser. Damit hat jemand Buchstaben in einen der Dachbalken geritzt. Wirkt alles frisch. Ein L, ein Pluszeichen und ein … schiefes I. Ich lasse alles, wie es ist, für die Spurensicherung.« Mit ihrem Handy macht Maja einige Fotos und klettert nach unten, wo sie Göran die Aufnahmen zeigt.

Nachdem er sie betrachtet hat, wendet er sich an Jokke: »Und wo sind die Knochen?«

Jokke führt sie zu der klapprigen Kommode und weist in das dunkle Viereck hinter den geöffneten Türen. Ein weißes Bündel liegt darin. »Erst hab ich gedacht, es ist ein Haufen Äste, den jemand in ein Laken gewickelt hat, aber dann …«

Göran schiebt sich an Jokke vorbei. Mit spitzen Fingern nimmt er einen der größeren »Äste« aus dem Bündel. Es ist ein menschlicher Oberschenkelknochen.

»Das Laken scheint neu zu sein, der Knochen ist definitiv alt«, stellt Maja fest.

»Sag ich doch«, entgegnet Jokke zaghaft. »Ob die was mit dem Fall zu tun haben?«

»Not sure. Die waren irgendwo vergraben oder so, da klebt trockene Erde dran.« Göran legt den Knochen zurück in das Bündel und untersucht vorsichtig den Rest der Gebeine. »Kein Schädel.« Er richtet sich auf. »Puh, die Jungs von der Spurensicherung beneide ich nicht. Die erwartet jede Menge Arbeit.«

Maja wackelt mit dem Handy. »Und deshalb rufe ich jetzt auch diesen Typen von Skanpol an. Seine Unterstützung können wir gut brauchen. Wie heißt der noch mal?«

»Skagen.«

»Nein! Etwa Tom Skagen?«

»Ja.«

»Das gibt's nicht.« Maja schnalzt mit der Zunge.

»Was ist?«, fragt Göran mit gerunzelter Stirn.

»Wenn es der Tom Skagen ist, an den ich denke, dann war seine Schwester damals eine Schulfreundin von mir. Tom war zwei Klassen über mir. Mein Gott, was für ein Zufall.«

»Der ist in Karlskrona aufgewachsen? Warum hat er mir vorhin nichts davon gesagt?«

»Vielleicht, weil du ihn nicht hast zu Wort kommen lassen?« Maja wirft ihrem Vorgesetzten einen spöttischen Blick zu. Der quittiert das mit einem Augenrollen und diktiert ihr schließlich die Durchwahl von Skagen.

6

Tom Skagen tritt vor die Tür des Einfamilienhauses in Bargstedt und blickt mit bleischwerem Herzen auf den von der Hitze verdorrten Vorgarten. Gelbes Gras, runzlige Stauden, eine im trockenen Wind raschelnde Hecke.

Im Haus hinter ihm sitzen die Eltern von Jochen Nowak, deren Leben er soeben eine verstörende Wende gegeben hat. Er fühlt noch immer Gänsehaut auf seinem Rücken und zuckt fröstelnd zusammen. Zumindest hat er jetzt eine klare Identifizierung der Opfer. Ellen Nowak hat ihren Sohn und die zwei Mädchen sofort wiedererkannt, woraufhin sie zusammengebrochen ist. Auch der Zustand von Klaus Nowak ist sehr schlecht. Skagen hat neben dem Seelsorger einen Arzt hinzugerufen und erst danach weiter Fragen gestellt. Laut der Nowaks war mit Jochen, Tina und den Kindern alles in Ordnung, bevor sie nach Schweden gefahren sind. Jochen habe nie depressive Tendenzen gezeigt, sei stets ein sehr lebensbejahender Mensch gewesen. Größeren Streit habe es zwischen ihm und Tina nie gegeben. Als Skagen danach gefragt hat, ob die beiden Probleme mit ihren Kindern, speziell mit der behinderten Tochter, gehabt hätten, reagierten die alten Nowaks regelrecht pikiert. Nachdrücklich betonten sie, dass Ronja eine absolute Bereicherung für sie alle sei. Jochen und Tina seien immer froh gewesen, sie bekommen zu haben. Ronja sei ein bezauberndes Kind und sehr lieb. Das klang in Skagens Ohren fast wie auswendig gelernt. Womöglich interpretiert er aber zu viel in diese Aussage hinein.

Er schließt sein Auto auf, um ins Büro zurückzufahren, da klingelt sein Handy. Es ist eine unbekannte schwedische Nummer. Als er abnimmt und die Person am anderen Ende sich vorstellt, ist er überrascht.

»Maja Lövgren?«, fragt er. »Die Majaja?«

»Genau die Majaja. Sag, wie geht es dir, Tom?«

»Äh, ganz okay. Mann, ist das ein Ding!«

»Nicht wahr? Und was macht Gisa? Ich habe das letzte Mal vor fünf oder sechs Jahren etwas von ihr gehört. Ist sie noch auf diesem Kreuzfahrtdampfer unterwegs?«

Ein wenig verhalten berichtet Skagen, dass seine Schwester seit zwei Jahren ihr Kapitänspatent besitzt und für AIDA-Cruises im Mittelmeer und im Persischen Golf herumschippert. Dass ihm dieser Gedanke manchmal eine Heidenangst einjagt, behält er für sich.

»Wow. Was für ein Traumjob«, stößt Maja Lövgren sehnsuchtsvoll aus. »Immer schönes Wetter und dabei ferne Länder erkunden. Herrlich. Aber über zu wenig Sonne können wir uns ja im Moment nicht beschweren, was? Langsam könnte es mal wieder regnen. Ist alles viel zu trocken hier in Schweden. Waldbrandgefahr Stufe Glühendrot. Mensch, Tom, ich kann's gar nicht fassen, dass ich dich am Telefon habe. Und dass wir jetzt im selben Verein spielen, wusste ich auch nicht. Wie kommt's? Ich dachte, du liebst die Seefahrt so sehr, dass du mit dem Meer verheiratet bist. Oder hat es eine Frau geschafft, dich vom Schiff zu zerren und an Land festzupflocken? Na, sag schon!«

»Welche Braut kann schon mit der See konkurrieren?«, gibt Skagen zurück, ohne auf die vielen Fragen einzugehen.

»Stimmt. Ein echter Seebär wie du hat vermutlich in jedem Hafen eine.« Maja lacht, und es klingt so schmerzhaft vertraut, dass es Skagen unvermittelt die Brust zuschnürt. Ungefiltert drängen Erinnerungen herauf und katapultieren ihn zurück in seine Kindheit auf den Schären. Er sieht die glitzernde Weite des Wassers, nackte Füße, die über die Kaimauer baumeln, und Sahneeis im Becher. Er spürt das Salz auf seiner Haut und die Stumpfheit von Majas blonden Haaren, die vom Meerwasser strohig geworden sind, wenn sie an der Mole gebadet haben. Es war ein Sommer voll heimlichem Geflüster und Schwärmereien. Ein Sommer in Karlskrona. Aber anstelle eines warmen Nostalgiegefühls spürt Skagen einen dumpfen Druck im Bauch. Kurz darauf beginnen die wohlvertrauten Haken der Angst sich in seine Haut zu bohren.

Denn da ist auch das Meer.

Die Dunkelheit der See, die Karlskrona umfängt.

Nach dem, was ihm passiert ist, hat er es nie mehr geschafft, dorthin zu fahren. In die Stadt auf der Schäreninsel, umringt vom Meer. In die Straßen seiner sorglosen Kindheit. Nicht einmal in seiner Erinnerung hat er dorthin gehen können, in die Zeit, in der alles möglich schien, als alle Träume noch Träume und keine Albträume waren.

Er muss schlucken und versucht, die heiß heraufsprudelnde Panik unter Kontrolle zu bringen. Die Panik, von der er gedacht hat, sie mithilfe seiner Therapeutin bezwungen und an die Leine gelegt zu haben. Doch sie ist wieder da, hat die ganze Zeit in den finsteren Untiefen seines Bewusstseins darauf gelauert, erneut aufsteigen zu können. Erschüttert von dieser Erkenntnis fährt sich Skagen über das schweißnasse Gesicht.

»He, Tom? Was ist los?«, fragt Maja am anderen Ende der Leitung. »Du bist so still.«

»Alles gut, ich bin nur so überrascht, von dir zu hören.«

»Und ich erst!« Maja lacht erneut, und der vertraute Klang bringt den Boden unter Skagens Füßen ins Wanken. Er muss sich auf der Motorhaube aufstützen, um nicht das Gleichgewicht zu verlieren. Am liebsten hätte er aufgelegt. Aber was sollte Maja von ihm denken? Also hört er sich still an, was sie von der Hausdurchsuchung berichtet. Was sie dabei gefunden haben und dass Frau Nowak noch immer verschwunden ist.

»Habt ihr einen Suchtrupp?«, fragt Skagen, als er sich sicher sein kann, dass seine Stimme ihn nicht im Stich lässt.

»Den werden wir morgen losschicken«, entgegnet Maja. »Wenn wir mehr wissen.« Sie zögert. »Kannst du nicht herkommen und uns vor Ort unterstützen? Göran, unser Ermittlungsleiter, ist, na ja, manchmal ein wenig zu sehr mit sich selbst beschäftigt.«

Skagen will gerade darauf antworten, als Maja einen überraschten Laut ausstößt. »Oh, tut mir leid, Tom, ich muss auflegen. Die Spurensicherung hat etwas gefunden. Ich melde mich später wieder. Mach's gut.«

Im nächsten Moment ist es still in der Leitung, und zum zweiten Mal an diesem Tag starrt Skagen verdutzt sein Telefon an.

1

In der Woche davor

»Heute Nacht war ein Troll da«, sagt Ronja und grinst über das ganze Gesicht. Marmelade klebt an ihrem Kinn. Tina kommt mit dem Abwischen gar nicht hinterher. Die Blaubeerkonfitüre ist die Hölle. Morgen würde sie eine andere Marmelade auf den Frühstückstisch stellen.

»Ein Troll? Wirklich?«, fragt Jochen fröhlich. »Das ist ja spannend. Und was wollte der bei uns?«

»Nichts.« Ronja lacht. »Er hat am Waldrand gestanden und unser Haus beobachtet.« Sie reißt die Augen auf und legt die Hände an ihre Schläfen, als blicke sie durch ein Fenster. Na prima, jetzt ist auch noch Marmelade in ihren Haaren, denkt Tina.

»Er hat geguckt, ob er mich holen kann.«

»Dich holen?« Jochen runzelt die Stirn. »Warum sollte er dich holen?«

»Weil ich ein Troll bin.« Ronja stößt einen dieser grunzenden Laute aus, die sie sich angewöhnt hat, seit sie ihr das Märchenbuch über Trolle geschenkt haben.

»Na, da hast du ja was zu erzählen, wenn du nach den Ferien wieder in der Schule bist.« Jochen drückt sich Tubenkäse aufs Knäckebrot und beißt lautstark ab. »Wer von deinen Schulkameraden kann schon von sich behaupten, dass er einen Troll gesehen hat?«, fährt er mit vollem Mund fort, Krümel fliegen über den Tisch.

»Ach Mensch, Jochen«, ermahnt ihn Tina.

»Och Mönsch, Tinaaaa«, imitiert Jochen sie und lacht. Ronja lacht mit.

Lola, die den beiden gegenübersitzt, gibt einen genervten Seufzer von sich, während sie in Minischlucken ihren Tee trinkt.

»Willst du nicht noch einen Toast?«, fragt Tina.

»Nein.«

»Du hast fast nichts gegessen.«

»Das Brot schmeckt scheiße.«

»Eva-Lotta! Du weißt, was wir vereinbart haben.«

Lola rollt mit den Augen. »Mann, aber es stimmt doch. Der Toast ist total labberig. Außerdem wisst ihr, dass ich gesalzene Butter hasse. Das passt überhaupt nicht zu Marmelade. Das ist megabescheuert.«

»Ich kaufe dir nachher normale Butter, okay? Kannst bis dahin Müsli essen. Das schwedische ist total lecker. Probier mal.« Tina schiebt ihrer Tochter die Packung hin, doch Lola verzieht das Gesicht.

»Ich hasse Müsli!«

»Dann bleibt unserem Fräulein Krüsch nur das Brot. Kannst es ja toasten.«

»Ich hab eigentlich gar keinen Hunger.«

Tina ahnt, woher der Wind weht. Lola und ihre beste Freundin Jenny sind seit Kurzem dem allgemeinen Schlankheits- und Fitnesswahn verfallen, der unter den Teenagern in ist. Bloß nichts essen, was einen aufblähen könnte, kein Gramm Fett zu viel an der falschen Stelle. Ein flacher Bauch und ein knackiger Hintern sind alles, worauf es ankommt. So etwas kennt Tina aus ihrer eigenen Jugend, und wer wollte damals nicht dem Ideal entsprechen? FDH und Brigitte-Diät. Aber heute heißt es Ab Crack, Thigh Gap oder Bikini Bridge. Gefährliche Anzeichen der Unterernährung, die durch trendige Namen hip gemacht werden. Dazu jede Menge

Schminke, die ein halbes Vermögen kostet. Typisch für die Generation Z: Selbstoptimierung bis über die Schmerzgrenze und immer bereit für das nächste Selfie. Tina hat viel darüber gelesen, sie hat überhaupt viel gelesen, um ihre ältere Tochter besser verstehen zu können. Gebracht hat es allerdings nichts.

Sie unterdrückt einen Seufzer, als sie bemerkt, dass Lola zu ihrem Handy hinüberschielt. Zum Glück haben sie hier kein WLAN, also muss Lola über ihr Guthaben surfen. Das bedeutet: Wenn es aufgebraucht ist, war es das.

»Ich hatte gar keine Angst, als ich den Troll gesehen habe«, ruft Ronja stolz.

»Du bist ja auch unsere kleine Trollprinzessin. Siehst auf jeden Fall aus wie eine. Heute noch nicht gekämmt, oder was?« Jochen fährt ihr durch das verwuschelte Haar. Egal, was man morgens mit Ronja anstellt, binnen kürzester Zeit ist alles an ihr wieder unordentlich.

Jochen wendet sich an Tina. »Und was war das jetzt für ein Troll, den sie gesehen haben will?«

»Keine Ahnung.« Sie hebt die Schultern. »Ich war letzte Nacht nicht dabei, als Madame durchs Haus geschlichen ist, obwohl sie eigentlich im Bett liegen sollte.« Sie wirft Ronja einen mahnenden Blick zu, doch ihre jüngere Tochter kichert nur. »Jedenfalls behauptet sie, dass sie draußen etwas im Wald gesehen hat.«

»War bestimmt ein Elch. Der Bauer Dahlberg sagt, dass es in Südschweden mehr Elche gibt, als man glaubt.«

»Und Trolle!«, ruft Ronja triumphierend.

Tina bemerkt, dass Lola auf ihrem Smartphone herumtippt. »Lotta, bitte nicht bei Tisch.«

»Mann, ich schreibe Jenny nur schnell, wie öde es hier ist.«

»Wenn dir langweilig ist, such dir eine Beschäftigung. Du musst mal lernen, ohne dieses Ding klarzukommen.«

»Hey, ich bin ein Digital Native«, entgegnet Lola, ohne aufzusehen. Ihre Finger fliegen über das Display. »Das ist für mich wie für euch früher der Kassettenrekorder.«

Jochen stößt einen amüsierten Laut aus. »Damit konnte man aber nur Kassetten abspielen, sonst nix. Keine tausend Sachen gleichzeitig. Chatten, shoppen und YouTube-Videos angucken.«

»Siehst du, wie gut das Handy ist?«

»Lola, draußen ist so ein super Wetter, und dann diese schöne Natur. Das hast du in Hamburg nicht.«

»Zum Glück!«

»Was hältst du davon, wenn wir nachher zum Badesee fahren?« Jochen gibt nicht auf. Er lächelt Lola an, doch die bewegt sich keinen Millimeter auf ihn zu.

»Und mich überall von den ätzenden Mücken stechen lassen? Nee! Bestimmt nicht.« Mit verächtlicher Miene verschränkt sie die Arme vor der Brust.

»Du könntest uns auch am Haus helfen. Die Außenfassade muss abgeschabt und neu gestrichen werden.«

»Pfff. Bin ich euer Sklave? Das ist Kinderarbeit.«

Jochen verzieht das Gesicht, und Tina seufzt erneut. Sie bezweifelt, dass es eine gute Idee war, Lola ohne ihre Freundin Jenny mit nach Schweden zu nehmen. »Wenn du nicht aufhörst zu nörgeln, schicken wir dich mit dem Zug früher nach Hause.«

Erfreut blickt Lola auf. »Oh, wirklich? Prima!«

»Zu Oma und Opa«, fügt Tina hinzu.

Lolas Gesichtsausdruck verfinstert sich. »Ihr seid so was von lame.«

»Und Trolle sind so was von grooooß und megasüüüüß«, brüllt Ronja dazwischen.

»Mann, Ronja! Hör endlich mit deinen dämlichen Trollen auf. Du bist echt ein Pain in the ass.«

»Lola, es reicht!« Tina funkelt ihre ältere Tochter an.

»Warum ich jetzt?«, empört sich Lola. »Ronja brüllt doch rum, nicht ich.«

»Ass! Ass! Ass!«, ruft Ronja weiter. »Mama, was ist ein Painsiass? Aaaaass! Painsiass!«

Dieses ewige Ringen um Aufmerksamkeit der beiden, denkt Tina, und spürt den Stachel der Schuld, den sie nie aus ihrem Fleisch würde ziehen können.

»Ronja, ist gut.« Schaltet sich Jochen ein, und ihre Jüngere verstummt sofort. Von klein auf hat Ronja besser auf ihren Vater gehört. Er dreht sich zu Lola. »Und nun zu dir, Fräulein – Mama hat recht: Du bist diejenige, die schlechte Stimmung verbreitet. Warum musst du immer so destruktiv sein?«

»Destruktiv?« Lola stößt wütend Luft aus. »Ihr mit eurem dämlichen Lehrergequatsche.«

»Lotta!«

»Ach, macht doch einen auf happy Family. Aber ohne mich.« Lola springt auf und rennt davon. Die Tür zu ihrem Zimmer schlägt zu.

»Na super«, sagt Jochen.

Genau, denkt Tina. Und das soll ich fünf Wochen aushalten?

»Super, ass!« Ronja klatscht begeistert. »Papa, können wir in den Wald gehen und Trolle suchen?«

Nach dem Frühstück bringt Tina das Geschirr in die Küche, und da sie noch keine Spülmaschine im Haus haben, beginnt sie, alles abzuwaschen.

Als sie ihre Hände ins warme Spülwasser taucht, schnürt sich Tinas Kehle zu. Sie weiß wirklich nicht, wie sie es aushalten soll, fünf Wochen in diesem Haus zu verbringen. Ihrem Haus. Nein, Jochens Haus. Es war immer sein Traum. Ein eigenes Schwedenhaus. Sein kleines Bullerbü.

Tina stellt einen nassen Teller auf das Abtropfgitter. Hamburg ist weit weg. Ihre Wohnung, ihre vertraute Umgebung, alles ist weit weg. Sie vermisst die laute Stadt. Das entfernte Rauschen des Verkehrs, die Martinshörner, das Glockenläuten der Kirchen, das Geplapper der Menschen. Ein Geräuschteppich, der sich stets dämpfend über ihre Gedanken legt. Doch in der beängstigenden Stille Schwedens gibt es diesen schützenden Puffer nicht. Hier liegen ihre Gedanken offen wie der entzündete Nerv eines Zahns.

Sie muss etwas finden, mit dem sie sich ablenken kann. Muss die fünf Wochen irgendwie überleben. Jochen darf nichts von ihren Sorgen wissen. Er will zelebrieren, dass sie eine Familie sind, indem er das Haus für sie herrichtet. Eine Schöpfungsgeschichte der ganz eigenen Art. Am ersten Tag schuf Jochen die Harmonie. Dann erst kam das Licht.

Tina spürt, wie Tränen ihre Wange hinabrinnen und ins Spülwasser tropfen. Sie sind schon oft alle zusammen im Urlaub gewesen, als Familie. Aber nie hat es sich so bedrohlich angefühlt wie dieses Mal.

»Heulst du etwa?«

Tina schreckt zusammen. Rasch wischt sie sich über das Gesicht und dreht sich um. Lola lehnt lässig im Türrahmen. Ihre langen blonden Haare fallen offen über ihre Schultern, und ihr jugendliches Gesicht wirkt wie modelliert. Tina runzelt die Stirn. Hat Lola etwa Mascara und Lippenstift aufgetragen? Wofür? Sie sind mitten im Wald.

»Nein, ich habe nicht geweint«, entgegnet sie mit fester Stimme.

»Du lügst. Ich seh es doch.« Lola blickt sie abschätzend an. Ihre roten Lippen verziehen sich zu einem Lächeln, das Tina nur schwer deuten kann. Mit ausgestreckten Armen geht Lola plötzlich auf sie zu und will sie umarmen.

Erschrocken weicht Tina zurück. »Nein. Bleib weg!«
Verblüfft hält Lola inne. Synchron zu ihren Mundwin-
keln lässt sie die Arme sinken. »Jenny hat recht«, entgegnet
sie bissig, »du bist ein Eisklotz.«

Am ganzen Körper bebend schaut Tina sie an. Einfach
alles an Lola strahlt Verachtung aus. Ihre Augen, ihre Haltung, ihr verzerrter Mund. Verzweifelt sucht Tina nach Worten. So etwas wie: »Tut mir leid, ich hab dich ja auch lieb.«
Oder: »Komm her, das war nicht so gemeint.« Aber sie
bekommt es nicht heraus. Ihre Lippen sind wie zugeklebt.

»Weißt du was, Mama?«, sagt Lola und stößt einen Finger in die Luft. »Du bist das Letzte!« Mit fliegenden Haaren dreht sie sich um und rennt aus der Küche. Wenig später sieht Tina sie draußen über den Rasen laufen.

»Wo willst du hin?«, ruft Jochen ihr hinterher, doch Lola
reagiert nicht und verschwindet auf dem Schotterweg in
Richtung Straße. Tinas Blick ist schon wieder nach innen
gerichtet, auf den abgrundtiefen Graben, der zwischen ihr
und ihrer Tochter gähnt wie ein gieriges Schwarzes Loch. Seit
Lola ihre erste Periode bekommen hat und sich Schminke
ins Gesicht schmiert, um den Jungen zu gefallen, ist dieser
Graben nicht nur tiefer, sondern vor allem düsterer geworden. Tina macht sich nichts vor. Sie weiß, dass er von Anfang
an dagewesen ist.

Ihre Gedanken kehren in die Gegenwart zurück, und sie
schaut aus dem Fenster hinüber zum Waldrand. Vielleicht
sollte sie einfach alles stehen und liegen lassen und in den
Wald gehen … nie wieder auftauchen.

Wie betäubt beendet sie den Abwasch, trocknet ihre
Hände ab und schleppt sich ins Wohnzimmer. Ronja kommt
hereingeprescht, Jochen im Schlepptau.

»Wo ist denn Lola hin?«, fragt er.

»Keine Ahnung. Ich glaube, sie will allein sein.«

Jochen gibt einen nachdenklichen, fast sehnsuchtsvollen Laut von sich. Sanft streicht er über Tinas Rücken. »Ich wäre auch mal wieder gerne allein mit dir«, flüstert er.

Tina muss sich zwingen, nicht zu erschauern. Nicht aus Lust, sondern aus Verzweiflung. Warum nimmt Jochen diese Schwingungen nicht wahr? Warum merkt er nicht, wenn sie sich schlecht fühlt? Sie kennt die Antwort. Jochen weicht allem Negativen aus.

Sie sieht zu Ronja hinüber, die sich vor dem Panoramafenster auf den Boden plumpsen lässt und das Märchenbuch mit den Trollbildern aufklappt.

»Ich glaube«, sagt sie zu Jochen, »das können wir vorerst vergessen, ohne dass die Kinder es mitbekommen.«

»Ach was. Lass uns in den Wald gehen. Da ist eh niemand. Wir haben die ganze Weite der schwedischen Wälder nur für uns. Das wär doch mal aufregend. Na?« Jochens Hand wandert zu ihrer Hüfte.

Tina wendet sich ab. »Du bist nicht bei Trost.«

»Schade«, seufzt Jochen.

»Vielleicht später«, sagt sie, um ihn zu besänftigen. Es bereitet ihr Unbehagen, ihm seinen Wunsch abzuschlagen. Normalerweise wagt sie das nicht, aber heute kann sie einfach nicht anders.

»Okay, dann werde ich damit anfangen, die Wand aufzustemmen. Wir wollen schließlich eine offene Küche haben.«

»Bist du dir sicher, dass die Wand nicht tragend ist?« Tina ist erleichtert, dass er eine Ablenkung gefunden hat.

»Laut Bauplan, den der Makler uns gegeben hat, ist es eine nachträglich eingezogene Holzwand. Die kann ruhig weg.«

»Das Haus ist über 100 Jahre alt, meinst du, die haben damals schon die Statik berechnet?«

Jochen zuckt fröhlich mit den Schultern. »Wir werden es erfahren.«

Tina beneidet ihn um seine Unbekümmertheit, trotzdem wirft sie einen skeptischen Blick auf die Holzwand.

Jochen lacht. »Keine Sorge, ich weiß, was ich tue. Geh am besten mit Ronja auf die Terrasse. Hier wird's gleich laut.«

Tina nickt und schlägt ihrer Tochter vor, ihren Collegeblock mitzunehmen und vielleicht ein paar Farbstifte. Begeistert sammelt Ronja alles zusammen. Mit ihren unbeholfenen, polternden Schritten läuft sie nach draußen.

Na schön, denkt Tina, vielleicht bekomme ich jetzt endlich ein bisschen Ruhe und kann das Buch lesen, das Jochen mir für den Urlaub geschenkt hat. Sie holt sich »Ein Mann namens Ove« vom Nachttisch und ein Glas Limonade aus der Küche. Außerdem ein Kissen und die Sonnenbrille.

Auf der Terrasse stellt Tina das Glas auf den Tisch und sieht sich nach Ronja um. Ihre Malsachen und der Block liegen im Gras. Ronja aber ist weg.

8

»Das müsst ihr euch ansehen!«, ruft die Kollegin von der Spurensicherung. Sie steht neben der Mülltonne des Ferienhauses und hält etwas hoch, das aussieht wie ein zerknüllter und wieder glatt gestrichener Zettel.

Mit gewichtigen Schritten stapft Göran zu ihr hinüber. Maja folgt ihm. Auch sie will wissen, was die Kollegin da gefunden hat.

»Was ist das?« Göran betrachtet den Zettel. »Sieht aus wie ein Drohbrief.«

»In der Tat. Mit ausgeschnittenen und aufgeklebten Buchstaben«, bestätigt die Kollegin.

»Leave this place or I kill you«, liest Göran vor. »War sonst noch etwas im Müll? Ein Umschlag, der dazu passt?«

»Nein, der Rest ist nur üblicher Hausmüll. Drinnen in der Küche dasselbe.«

»Hm, von wem stammt der Brief wohl?«, überlegt Göran laut.

»Vielleicht von einem der Dorfbewohner?«, schlägt Maja vor und macht ein Foto. »Könnte ja sein, dass einer was dagegen hatte, dass eine deutsche Familie hier einzieht.«

»Meinst du?« Ihr Chef verzieht skeptisch das Gesicht. »Ich kann mir nicht vorstellen, dass es bei dieser Bruchbude einen Interessenskonflikt gegeben hat. Wenn einer aus dem Dorf das Ding hätte haben wollen, dann hätte er es doch gekauft, oder?«

Maja verkneift sich einen Kommentar. Ist ihr Chef tatsächlich so schwer von Begriff? Dass das Ganze einen fremdenfeindlichen Hintergrund haben könnte, kommt ihm wohl nicht in den Sinn.

»Jedenfalls sollten wir dem nachgehen und den Brief auf Fingerabdrücke und andere Spuren untersuchen.« Göran gibt der Frau von der KTU zu verstehen, dass sie den Zettel in eine Beweismitteltüte verfrachten soll. Danach wendet er sich an Maja. »Und du fährst ins Dorf und beginnst mit der Befragung. Vielleicht hat jemand etwas gesehen.«

»Klar.«

»Warte«, pfeift Göran sie zurück. »Nimm Jokke mit, der steht nur im Weg rum. Und hol auf dem Rückweg Pizza für uns alle. Im Ort gibt's ein Restaurant. Ich hätte gern eine mit Peperoni und Schinken. Für die anderen denk dir was aus.«

Maja nickt und winkt Joakim zu sich. Der rothaarige Polizeiassistent läuft mit eifrigem Gesichtsausdruck zu ihr herüber, und gemeinsam steigen sie in den Streifenwagen. Wenig später fahren sie durch den Wald zur Landstraße. Das Haus der Nowaks liegt am Ende eines 300 Meter langen Schotterweges etwa zwei Kilometer außerhalb der Ortschaft. Von der Landstraße aus ist das Gebäude nicht zu sehen, und Maja bezweifelt, dass ein Autofahrer im Vorbeifahren etwas bemerkt haben könnte, was sich auf dem Grundstück abgespielt hat.

Sie kommen an ein paar Häusern vorbei, die linker Hand an einem kleinen See liegen. Der romantische Traum vieler Deutscher, die genau aus diesem Grund hier ihren Urlaub verbringen, das weiß Maja. Aber auch Niederländer und Dänen besuchen gerne das dünnbesiedelte Schweden, um die Natur und die Ruhe zu genießen.

Allerdings nicht die ewige Ruhe, denkt sie traurig.

Sie erreichen das Ortsschild mit dem dahinterliegenden Bahnübergang. Hultsjö hat das Glück, trotz seiner 370 Ein-

wohner an die Bahnstrecke Karlskrona–Emmaboda ange-
schlossen zu sein.

Hinter dem kleinen Bahnhof, der eher wirkt wie eine Bus-
haltestelle, biegt Maja links ab und parkt vor dem Restaurant »Melkers Pizza«, das leicht zurückversetzt neben dem
Supermarkt liegt. Eine Handvoll Autos steht davor, darunter
ist ein ungewöhnlich schicker schwarzer Mercedes. Auf der
Straßenseite gegenüber befindet sich eine Tankstelle. Das ist
dann auch in etwa der Ortskern von Hultsjö.

Maja steigt aus und rückt ihre Mütze zurecht. Jokkes Blick
wandert sehnsüchtig in Richtung des Restaurants, von dem
ihnen ein leckerer Geruch entgegenweht.

»Die Pizzeria nehmen wir uns zum Schluss vor«, sagt
Maja. »Zuerst die Tankstelle. Im Supermarkt waren wir ja
schon. Ach, und eins noch, Jokke.«

Ihr Kollege sieht sie mit seinem babyblauen Dackelblick an.

»Ich stelle die Fragen, klar?«

»Aber ich kann doch mitschreiben, oder?«

»Spitzenidee.«

Sie überqueren die Straße und steuern auf den kleinen
Laden der Tankstelle zu. Es ist eher ungewöhnlich, dass es
überhaupt einen gibt. Auf dem Land findet man fast nur
automatische Tankstellen ohne Personal. Diese hier hat sogar
eine angeschlossene Werkstatt und eine Waschanlage. Blü-
hendes Hultsjö.

Maja drückt die Glastür auf, und über ihren Köpfen ertönt
eine Klingel.

Die Frau hinter dem Tresen ist ziemlich dick, und sie
schwitzt in der Hitze. Sie trägt ein lilafarbenes T-Shirt, das
sich über ihrem voluminösen Busen spannt, vor dem ein goldener Herzanhänger mit Perlen baumelt. Fragend schaut sie
ihnen entgegen und streicht sich eine Strähne ihres blond-
gelockten Haars hinters Ohr.

»Was kann ich für Sie tun? Tanken wollen Sie ja wohl nicht, oder?«, fragt sie mit tiefer Stimme, die verrät, dass sie viel raucht.

»Vielleicht später«, sagt Maja und stellt sich vor die Kasse. »Ich hätte gern diese Kaugummis.« Sie legt eine Packung Stimorol mit Lakritzgeschmack auf den Tresen und bezahlt mit Karte. »Und mich würde interessieren, ob Sie etwas über die Deutschen wissen, die gestern in Hultsjö verunglückt sind.«

Die dicke Frau legt eine Hand mit lila lackierten Fingernägeln auf ihre Brust und seufzt, dabei klimpert der Anhänger leise. »Schlimme Sache, nicht wahr?«

»Besonders, weil ein Kind dabei gestorben ist«, sagt Maja ernst.

Die Frau nickt betroffen. »Der Mann hat bei uns getankt. Er hatte das Auto voller Bauholz. Die haben das alte Haus von den Egmans gekauft. Das stand einige Zeit leer. Ich weiß gar nicht mehr, warum. Irgendeinen Mangel gab es. Eine verschlammte Klärgrube? Oder war es der Schwamm im Holz? Na ja, jedenfalls gehört es seit dem Frühjahr den Deutschen.«

»Lief das über einen Makler?«

»Ich glaube, Gunnar Månsson hat denen das Haus verkauft. Der kümmert sich um fast alles in der Region. Er kommt ja auch von hier.« Die Frau lacht, und es schwingt ein merkwürdiger Ton mit, den Maja nicht einordnen kann. Irgendetwas zwischen Gutmütigkeit und Spott. Während Jokke fleißig mitschreibt, steckt sich Maja einen der Kaugummis in den Mund.

»Ist Ihnen an der Familie vielleicht etwas aufgefallen?«

»Was soll mir denn aufgefallen sein?«

Maja zuckt mit den Schultern. »Nun, ob sie sich irgendwie ungewöhnlich verhalten haben oder …?«

Die Frau lacht, dass ihr Busen wogt. »Die waren völlig

normal, glauben Sie mir. Typische Deutsche, die Volvo fahren und sich ihren Traum von Schweden erfüllen. Na, das ging ja mächtig in die Hose.«

»Wie meinen Sie das?«

»Sie sind verunglückt. Und die Frau ist weg. Das haben Sie doch eben gesagt.«

»Nein, dass die Frau weg ist, habe ich nicht gesagt.«

»Nicht?« Die Tankstellenlady streicht sich erneut die widerspenstige Locke hinters Ohr. »Dann muss ich es woanders gehört haben. Solche Dinge verbreiten sich schnell.«

Maja schiebt sich den Kaugummi in die Wange und mustert Madame Lila prüfend. Sie hat das Verschwinden von Tina Nowak bisher lediglich gegenüber dem Supermarktbetreiber erwähnt. Das war heute Morgen, als sie von ihm erfahren haben, welches Haus den Nowaks gehört. Hat der etwa die Buschtrommel gerührt?

»Würden Sie mir sagen, wie Sie heißen?«, fragt Maja. »Fürs Protokoll.«

»Susanne Nygård.«

»Und wie lange leben Sie schon in Hultsjö?«

»Seit meiner Geburt. Mein Großvater hat diese Tankstelle aufgebaut.« Frau Nygård dreht ihren Kopf. »Na, gefällt dir, was du siehst, Herzchen?«

Ertappt wendet Jokke seinen Blick von dem mächtigen Busen ab und starrt auf seinen Notizblock. Röte kriecht vom Kragen seiner Uniform hinauf in sein Gesicht. Maja muss sich ein Grinsen verkneifen, weil sie selbst nicht umhinkommt, immer wieder auf diese monstermäßigen Brüste zu gucken.

Hinter ihnen ertönt die Türklingel und ein grauhaariger älterer Herr mit unrasiertem Gesicht betritt den Laden. Er humpelt leicht, sein Hemd und seine Hände sind mit schwarzen Flecken übersät.

»Holla, was will denn die Polizei bei uns?«, brüllt er.

»Die sind wegen des Unfalls da, Papa.« Auch die Frau spricht jetzt lauter, vermutlich, weil der Alte schwerhörig ist.

»Tja, schlimme Sache.« Er verzieht den Mund. »Aber am Wagen lag's nicht.«

Maja runzelt die Stirn. »Wie kann ich das verstehen?«

»Na, ich hatte das Ding auf der Rampe. Die Bremsleitung war angeknabbert. Vermutlich ein Marder. Eine echte Plage! Die Wälder sind voll mit diesen Mistbiestern. Dagegen benutzen wir normalerweise ein Spray. Das hatte der Deutsche natürlich nicht. Ich hab die Leitung repariert und mit Marder-Ex behandelt. Daran kann's also nicht gelegen haben.«

Maja sieht vom Vater zu Susanne Nygård, die entschuldigend die Hände hebt. »Habe ganz vergessen, dass wir den Volvo in der Werkstatt hatten.«

»Vergessen, klar«, sagt Maja trocken. »Wann genau war das?«

»Letzten Freitag«, brüllt der Vater.

Jokke notiert sich das, während er krampfhaft versucht, nicht aufzublicken. Sein Kopf erinnert an eine Kirsche.

»Okay«, entgegnet Maja. »Eine letzte Frage noch. Könnte jemand aus dem Ort etwas dagegen gehabt haben, dass die Deutschen das Haus kaufen?«

Frau Nygård tauscht einen Blick mit ihrem Vater, dann zucken beide mit den Schultern. »Nein, wieso?«

Maja hält ihr Smartphone hoch, damit die Nygårds das Foto von dem Drohbrief sehen können. Überrascht hebt Susanne die Brauen, während ihr Vater versucht, den Text zu entziffern.

»Und den hat diese Familie bekommen?«

»Sieht so aus.«

»Aber was steht denn da nun?«, brüllt der Alte. Vermutlich kann er kein Englisch.

»Dass die Deutschen den Ort verlassen sollen, sonst würde sie jemand töten«, übersetzt Maja. »Wissen Sie, wer das verfasst haben könnte?«

»Nein!«, ruft Herr Nygård empört. »Das weiß ich nicht. Und meine Tochter auch nicht.«

Maja mustert die beiden, wie sie mit zusammengekniffenen Lippen dastehen. Natürlich verschweigen sie etwas, das ist offensichtlich. Aber Maja kann sie nicht zwingen, auszusagen. Sie hofft, dass die anderen Dorfbewohner mitteilungsfreudiger sein würden.

»Na gut«, sagt sie. »Sollten Sie die vermisste Frau sehen oder Ihnen noch ein Einfall kommen, rufen Sie mich an.« Sie reicht Susanne Nygård eine Karte, bedankt sich und verlässt mit Jokke den Laden. Im Schatten des Tankstellendaches bleibt sie stehen und atmet tief durch. Die Luft ist trocken und heiß – eher wie in der Sahara als im borealen Norden. Trotz ihres kurzärmligen Hemdes schwitzt sie heftig. Außerdem nervt ihr schwerer Ausrüstungsgürtel. Der ist bei diesen Temperaturen eine Plage. Sie zieht sich die Mütze vom Kopf und ist froh über den Luftzug, der über ihre Haare streift. Eine kalte Dusche wäre ein Traum.

»Hast du auch das Gefühl, dass in dem Ort etwas nicht stimmt?«, fragt sie Jokke.

»Nö. Ich bin in so einem Kaff aufgewachsen, ich finde es bisher ziemlich normal.«

Maja nickt. Sie hat ihr gesamtes Leben in Karlskrona verbracht. Das hat zwar gerade mal 36.000 Einwohner, ist im Vergleich zu Hultsjö jedoch eine schillernde Metropole.

»Und was jetzt?«, will Jokke wissen.

»Wir nehmen uns den nächsten Laden vor. Da hinten an der Straße ist ein Frisör.« Maja setzt ihre Mütze auf und tritt mit zusammengekniffenen Augen in die Sonne. Es ist, als schlüge ihr das gleißende Licht direkt ins Gesicht.

Als sie vor dem Mehrfamilienhaus stehen bleiben, atmet Maja tief durch. Die 200 Meter, die sie gegangen sind, kommen ihr in dieser Hitze eher vor wie zwei Kilometer. Ihr Herz rast und sie hat Durst wie ein Pferd. Später würde sie sich im Supermarkt eine große Flasche Wasser kaufen.

In der Hoffnung, hier gleich auf mehrere Einwohner zu treffen, tritt sie zusammen mit Jokke durch die offen stehende Tür des Frisörsalons. Der Raum ist nicht groß, fünf Köpfe drehen sich synchron in ihre Richtung. Zwei Frisörinnen und drei Kundinnen, von denen zwei sich in »Behandlung« befinden. Die dritte Dame sitzt neben der Tür, wo ein kleiner Tisch mit einem Stapel Magazine steht. Volltreffer.

»Hej hej«, sagt Maja und betrachtet der Reihe nach die Gesichter. Die Luft im Salon ist stickig und geschwängert von verschiedenen Gerüchen: Schaumfestiger, verbranntes Haar, Kaffee und Ammoniak von einer Blondierung. Im Hintergrund läuft das Radio.

»Hej hej«, tönt es geschlossen zurück. Die fünf Frauen gucken, als hätten sie etwas ausgefressen. Vielleicht haben sie gerade über den Unfall geredet, als sie und Jokke hereingestiefelt sind. Maja baut sich mitten im Raum auf und erklärt den Grund ihres Besuchs. Die Frau auf dem vorderen Frisörstuhl nickt, als wüsste sie Bescheid. Prima, dann können sie mit ihrer Befragung direkt loslegen.

Jokke notiert sich die Namen der Anwesenden, die allesamt im Ort wohnen. Zwei Frauen im Skolvägen und eine auf einem Gutshof, der auf der anderen Seite des großen Sees liegt. Außerdem Mutter Annette und Tochter Celine, die zusammen den Frisörsalon betreiben und in der Wohnung darüber wohnen.

»Na schön«, sagt Maja, die nun die volle Aufmerksamkeit genießt. »Wer von Ihnen möchte anfangen?«

Die Hand der zuvor nickenden Frau schießt in die Luft. Maj-Britt Staffansson ist ihr Name. »Wir hatten nichts mit dieser deutschen Familie zu tun«, erklärt sie in hochnäsigem Ton, »das will ich klarstellen.«

Maja wundert sich, warum sich die Dame bemüßigt fühlt, diesen Umstand derart zu betonen, und bemerkt, wie die anderen Frauen versuchen, gleichgültig dreinzuschauen. Hm, merkwürdige Reaktion. Falls Frau Staffansson damit die Absicht verfolgte, nicht weiter von der Polizei belästigt zu werden, so ist das voll nach hinten losgegangen.

»Okay. Sonst noch jemand, der *nichts* mit den Deutschen zu tun gehabt haben will?« Maja blickt in die Runde. Keiner rührt sich, bis Frau Hellström schließlich beginnt, unruhig auf ihrem Frisörstuhl hin und her zu rutschen. Sie ist Mitte 40 und sieht mit ihrem blonden Kurzhaarschnitt attraktiv aus.

»Ja?«, spricht Maja sie an. »Wollen Sie uns etwas sagen? Es wäre sehr wichtig, denn die Vermisste könnte verletzt sein und unsere Hilfe brauchen. Wenn es nicht schon zu spät ist.«

Die Frau räuspert sich und erntet einen brennenden Blick von Frau Staffansson. Aha, die hat wohl alle im Griff.

»Ich bitte Sie, Frau Hellström, sagen Sie mir alles, was Sie wissen. Es könnte Leben retten.«

Wieder betretenes Schweigen. Maja hört, wie Jokke in seinem Block blättert.

»Sind Sie nicht die Frau von Rune Hellström, dem Tischler im Ort?«, fragt er, woraufhin die kurzhaarige Blonde fast erschrocken nickt.

»Dann hat Ihr Mann mit Herrn Nowak zu tun gehabt. Er sollte Arbeiten für ihn am Haus erledigen, oder nicht? So hat es uns zumindest der Supermarktbetreiber erzählt.«

»Äh. Ja, das stimmt.« Frau Hellström wird rot und wirft einen kurzen Blick zu Frau Staffansson hinüber. Dann erklärt sie in knappen Worten, dass ihr Mann von den Nowaks einen Auftrag für ein paar neue Fenster erhalten hat, er aber darüber hinaus nicht viel mit denen gesprochen habe.

»Und wenn wir Ihren Mann dazu befragen, wird er uns dasselbe erzählen?«, bohrt Jokke nach.

Frau Hellström nickt.

»Prima, dann fahren wir nachher gleich mal hin. Die Adresse haben wir ja. Danke.« Jokke schiebt ein jungenhaftes Lächeln hinterher.

Nun ergreift Maja das Zepter und zeigt den Drohbrief herum. »Den haben die Nowaks erhalten. Wissen Sie etwas darüber?« Dabei lässt sie keine der Damen aus den Augen.

»Pfff, was soll denn das?«, entgegnet Frau Staffansson. »Wir schreiben doch keine Drohbriefe. So etwas Lächerliches machen wir hier nicht.«

»Nicht? Was machen Sie denn stattdessen?«, fragt Maja provokant zurück. »Einfach alles totschweigen?«

»Ich muss mich von Ihnen nicht beleidigen lassen, Frau Polizeiassistentin.« Das letzte Wort betont sie, als sei der Polizeiberuf absolut unter ihrer Würde.

»Wissen Sie, was unterlassene Hilfeleistung ist?« Maja ist nun wirklich wütend. »Die Frau könnte in diesem Moment sterben, weil Sie alle sich von der da unterbuttern lassen!« Sie zeigt auf Frau Staffansson.

»Wenn Sie weiter so unverschämt sind, werde ich mich über Sie beschweren!«, gibt die Alte sich entrüstet.

Maja hätte sie am liebsten aus dem Laden geworfen, doch sie beherrscht sich. Sie blickt die anderen an und fragt mit lauter Stimme: »War es das? Keine weiteren Aussagen?«

Alle schütteln den Kopf und sehen verlegen weg.

»Wie Sie wollen.« Maja legt demonstrativ ihre Karte auf

den Tisch am Eingang. »Darauf steht meine Telefonnummer. Bitte zögern Sie nicht, mich anzurufen. Einen schönen Tag noch die Damen.«

Sie dreht sich um und verlässt mit Jokke den Salon. Beim Rausgehen hört sie hinter sich ein reißendes Geräusch und weiß sofort, dass das ihre Karte war.

9

Eine Stunde, nachdem Skagen sich von Bargstedt auf den Weg gemacht hat, sitzt er an seinem Schreibtisch im kühlen Skanpol-Büro und vergleicht für den Waffenschieber-Fall Fotos aus der Polizeidatenbank mit Videoaufnahmen vom Containerhafen in Oslo. Die teils unscharfen Aufnahmen flimmern auf dem Monitor an ihm vorüber, ein Gesicht finsterer als das andere, aber Skagen kann sich kaum konzentrieren. In seinem Innern rumort es. Der überraschende Anruf von Maja hat ihn total aus der Bahn geworfen. Immer wieder schwappen kalte Wellen der Erinnerung über ihn hinweg und hinterlassen bei ihm das Gefühl, als leide er unter Schüttelfrost. Vielleicht wird er tatsächlich krank.

Kein Wunder bei der eiskalten Klimaanlagenluft im Büro und der Hitze draußen. Womöglich hat er sich etwas eingefangen.

Schwachsinn.

Du weißt genau, was es ist!

Skagen versucht, sich auf die Fotos zu konzentrieren, doch die Gesichter der Verbrecher verschwimmen vor seinen Augen. Er sieht zu Jens Fram hinüber, der wie wild auf seiner Tastatur herumtippt. Hinter ihm starrt Kaisa auf ihren Monitor. Sie hat ihm dem Rücken zugedreht und rauft sich ihre weißblonden Haare. Sie alle sind überarbeitet. Zu viele Fälle für zu wenige Leute. Wie in fast jeder Polizeidienststelle. Allein Jette wirkt erholt. Sie steht am Fenster in der prallen Sonne und telefoniert, dabei lacht sie leise.

Plötzlich klingelt Skagens Handy. Maja!

Mit zusammengebissenen Zähnen überlegt er, das Gespräch nicht anzunehmen. Es wäre besser für ihn, wenn er vorerst Abstand von den Dingen hielte, die seine Panik weiter befeuern könnten. Und dazu gehört alles, was mit Karlskrona zu tun hat. Aber er will Maja nicht hängenlassen. Er gibt sich einen Ruck und drückt auf das Symbol mit dem grünen Hörer.

»Hej hej, Tom. Wie geht's?«

Diese Stimme! Erneut bringt sie alles ins Wanken, aber Skagen versucht dagegen anzukämpfen.

»Ja. Was gibt's?«, fragt er kurz angebunden.

»Ähm, ich habe einen Anschlag auf dich vor. Ich habe gerade die Nachricht erhalten, dass unsere Techniker das Handy von Jochen Nowak entsperrt haben. Das ist so ein vorsintflutliches Ding, kein Smartphone. Ich schicke dir gleich eine Liste mit Telefonnummern, die, wie wir vermuten, Freunde von Herrn Nowak gehören. Könntest du die vielleicht abtelefonieren und nachfragen, ob sich Tina Nowak dort gemeldet hat? Womöglich weiß jemand, ob sie mit ihrem Mann Zoff hatte. Meine Deutschkenntnisse sind nicht so berühmt, und du würdest mir damit echt weiterhelfen.«

Skagen wirft einen Blick zu Jette hinüber, die ihr Telefonat beendet und sich an ihren Schreibtisch neben der Tür setzt. Unvermittelt packt ihn ein neuer Schauer, und er muss kurz die Augen schließen, weil ihm schwindelig wird.

»Klar, kein Problem«, bringt er schließlich hervor, obwohl sich alles in ihm sträubt.

»Danke, Tom. Ich weiß das sehr zu schätzen ...« Für einen Moment scheint es, als wolle Maja etwas hinzufügen, doch dann verabschiedet sie sich und legt auf.

Skagen lässt das Telefon sinken. Er fühlt sich, als wäre er in einen kalten Strudel geworfen worden, der ihn gnadenlos nach unten zieht. Sein Herz rast, und er bekommt kaum Luft. Kontrolliert atmet er gegen die Panik an. Vor ihm taucht Maja Lövgren auf. Majaja mit den hellblonden Haaren und tiefblauen Augen.

»He, Tom!«, schallt Jens' Stimme durch den Raum und Skagen schreckt auf.

»Ja?«

»Alles klar? Du guckst, als hättest du einen Geist gesehen.«

Ja, denkt Skagen, das ist sie auch. Ein Geist aus der Vergangenheit.

»Wer war das am Telefon?«

»Nur eine Kollegin aus Schweden.« Skagen tut so, als wäre alles normal, und konzentriert sich wieder auf seinen Bildschirm.

Aber Jens lässt nicht locker. »Kenne ich sie?«

»Nein.«

»Werde ich sie kennenlernen?«

»Auch nein.«

»Aha, du willst sie uns also vorenthalten. Bist du etwa in sie verknallt? Komm schon, ich seh's dir doch an, dass da was ist.«

»Quatsch!«, wehrt Skagen ab, doch dank Jens' blödem Kommentar sind nun alle Blicke auf ihn gerichtet. Entgegen seiner Bemühungen wird er rot.

Reiß dich zusammen, verdammt. Reiß dich zusammen!

»Und du magst sie doch!«, lacht Jens, während Kaisa vergnügt in die Hände klatscht.

Rasch scannt Skagen seinen Schreibtisch ab. Wenn Jens nicht sofort aufhört, muss er ihm etwas an den Kopf werfen. Ah, der Locher, der ist gut, oder das Strafgesetzbuch. Er greift nach dem Wälzer und wiegt ihn demonstrativ in der Hand. Jens, der seine Geste versteht, hört auf zu grinsen und widmet sich seiner Arbeit. Jette schaut ebenfalls schnell weg, das Zucken um ihre Mundwinkel verrät jedoch, dass Kaisa hinter Skagens Rücken herumgealbert hat. Als er sich zu seiner finnischen Kollegin umdreht, ist diese betont geschäftig in ihre Unterlagen vertieft.

In der Kaffeepause würde er auf der Hut sein müssen. Bis dahin hätte Kaisa bestimmt einen Plan ausgeheckt, um ihn zum Reden zu bringen. Eine Reihe finnischer Flachwitze zum Thema Schweden und Liebe wäre ihm jedenfalls sicher.

Er stellt das Buch zurück an seinen Platz und kehrt zu seiner Arbeit mit den Verbrecherfotos zurück.

Gegen 16 Uhr tippt Jens ihm auf die Schulter und Skagen sieht von seinem Bildschirm auf.

»Kaffee in der Kantine?«, fragt der Norweger.

»Ähm, sorry. Ich muss noch was erledigen.«

Jens nickt und verlässt das Büro zusammen mit Kaisa, von der Skagen im Vorbeigehen einen vielsagenden Blick erhält. Sie würde ihn so schnell nicht vom Haken lassen.

Da Jette an ihrem Platz bleibt, verzieht sich Skagen in den leeren Besprechungsraum auf dem Flur. Dort faltet er Majas Liste mit den Telefonnummern auseinander. Es sind nur acht Stück. Das könnte er in der kurzen Pause schaffen. Schnell wählt er die erste.

Als er 20 Minuten später auflegt, hat er fünf der acht Kontakte erreicht. Das genügt, um sich ein Bild vom Ehepaar Nowak zu machen. Natürlich waren alle Angerufenen betroffen, als sie von dem Unfall hörten, und einige haben ein wenig aus dem Leben von Tina und Jochen erzählt. Dass sich die beiden eigentlich nie gestritten haben, zumindest nicht vor anderen. Jochen sei ein ruhiger, freundlicher Mensch und immer auf Harmonie bedacht gewesen. Nur seine ältere Tochter, die habe er öfter zurechtgewiesen. Eva-Lotta sei ein typischer Teenager mit allen Allüren, wie man sie sich vorstellen kann. Im Umgang mit Ronja hingegen hätten sowohl Jochen als auch Tina eine Engelsgeduld bewiesen, denn Ronja sei durch die Trisomie 21 ein sehr anstrengendes Kind. Und einer der Männer, mit denen Skagen telefoniert hat, gab sogar zu, dass er das behinderte Mädchen extrem nervig fände und er Jochen und Tina deswegen bemitleidet habe. Etwas Ähnliches schwang bei einer der Frauen aus Nowaks Bekanntenkreis mit. Sie drückte sich jedoch nicht so drastisch aus: Ronja sei wild und laut, waren ihre Worte. Aber auch offenherzig und erschütternd ehrlich. Manchmal leider ein wenig aggressiv. Da hat Skagen nachgehakt. Die Frau erzählte, dass Ronja durch ihre Behinderung teilweise nicht wisse, wann sie aufhören müsse. Deshalb ginge sie bei Raufereien manchmal zu weit. Einem Jungen im Kindergarten habe sie sogar den Arm gebrochen.

Das ist allerdings Jahre her, und seitdem wäre nichts mehr in der Art passiert. Dennoch ist der Frau aufgefallen, dass Tina Nowak oft blaue Flecken an ihren Armen und Beinen gehabt habe. Von Ronja, wie Tina behauptete. Auf Skagens Frage hin, ob die Frau glaube, dass Tina die Blessuren von jemand anders als Ronja habe, schwieg diese. Danach haben sie nur noch darüber geredet, dass sich Tina schon länger nicht mehr bei ihr gemeldet habe – wie auch bei allen anderen der Angerufenen. Mit WhatsApp sei es das Gleiche, darüber würde Tina generell wenig kommunizieren, und seit sie mit Jochen nach Schweden gefahren sei, herrsche absolute Funkstille.

Skagen sieht auf, weil er vor der Glastür des Besprechungsraumes eine Bewegung wahrnimmt. Dort steht Kaisa und lässt anzüglich ihre Augenbrauen tanzen. Sie drückt ihre Lippen auf die Scheibe und ein rosafarbener Kussmund bleibt zurück. Demonstrativ schüttelt Skagen den Kopf, woraufhin Kaisa die Tür einen Spalt öffnet.

»Schade, und ich habe gedacht, ich kriege das erste Date mit dir, Lillebror«, sagt sie grinsend und rollt ihr R stärker als sonst. »Aber gegen eine waschechte Schwedin kann ich natürlich nicht anstinken.«

»Ich habe kein Date.«

»Nee, ist klar. Deswegen hat sie eben auch nicht noch mal angerufen. Auf der Durchwahl im Büro, weil dein Handy dauerbesetzt ist.«

»Was wollte sie denn?«

»Ein Kind von dir.«

Skagen bedenkt sie mit einem genervten Blick.

»Sorry. Ich weiß es nicht.« Kaisa hebt die Schultern. »Aber es klang dringend.«

Skagen bedankt sich und wartet, bis seine Kollegin gegangen ist, dann hält er das Handy an sein Ohr. »Hej, Maja. Was ist los?«, fragt er, und dabei schlägt sein Herz schneller, als er möchte. »Habt ihr Frau Nowak gefunden?«

»Nein. Aber es gibt eine Neuigkeit aus der Gerichtsmedizin.«

Statt sich zu beruhigen, rast Skagens Herz weiter. Schweiß rinnt seine Schläfen hinab, und er wischt ihn fahrig weg. »Die Todesursache des Mädchens?«

»Nein, die ist noch unklar. Dafür steht fest, dass sie vor ihrem Tod Geschlechtsverkehr hatte.«

Skagen lässt die Information sacken, während Maja weiterredet: »Es sind minimale Verletzungen im Genitalbereich und an den Oberschenkeln festzustellen. Sie liegen allerdings im Bereich eines normalen Geschlechtsverkehrs, sagt unser Rechtsmediziner. Was nicht zwingend heißen muss, dass er einvernehmlich stattgefunden hat. Auf jeden Fall wurde ein Kondom benutzt. In der Vagina wurde ein Spermizid gefunden. Leider konnte kein einziges Spermium sichergestellt werden.«

»Es könnte trotzdem ein Missbrauch vonseiten des Vaters gewesen sein«, sagt Skagen. »Möglicherweise hat er vorgesorgt und stets ein Kondom benutzt, damit sie nicht schwanger wird, weil sonst der Missbrauch aufgeflogen wäre.«

»Durchaus möglich«, bestätigt Maja. »Es würde auch unsere Theorie vom erweiterten Selbstmord stützen. Vielleicht fühlte Jochen Nowak sich schuldig und hat es nicht mehr ausgehalten.«

Skagen gibt einen zustimmenden Laut von sich, bevor er für Maja kurz wiederholt, dass die Freunde der Familie alle berichtet hätten, bei den Nowaks sei angeblich alles in Ordnung gewesen. Bis auf Tinas blaue Flecken, die jedoch von Ronja stammen sollen.

»Das klingt für mich eher nach einer Ausrede der Mutter«, entgegnet Maja. »Auf jeden Fall überprüfen wir, ob die jüngere Tochter ebenfalls Geschlechtsverkehr hatte. Ich gebe den verantwortlichen Ärzten im Krankenhaus Bescheid.«

»Gut.«

»Da ist noch etwas. Wir haben einen Drohbrief im Mülleimer der Familie gefunden. Darauf steht: ›leave this place or I kill you‹.«

»Hm.«

»Wir glauben, dass er von einem der Dorfbewohner stammen könnte, der nicht wollte, dass die Deutschen sich in Hultsjö ansiedeln. Bisher gibt es aber keinen Hinweis darauf, wer genau dahintersteckt. Die Leute im Dorf sind wie zugeknöpft. Ehrlich gesagt, treiben die mich in den Wahnsinn. Entweder sind sie krankhaft neugierig oder verweigern stur jegliche Aussage.«

»Aha.«

»He, Tom. Ist was mit dir? Du klingst so niedergeschlagen.«

Skagen blinzelt. Maja hat früher ein gutes Gespür für seine Stimmungen gehabt, offensichtlich hat sich daran nichts geändert.

»Sorry, heute ist kein besonders guter Tag«, entgegnet er rasch.

»Kann ich verstehen. Bei uns brennt ebenfalls der Baum.«

Plötzlich taucht Jette neben Skagen auf und lässt ihn erschrocken zusammenfahren.

»Tom, du arbeitest gerade nicht zufällig auf eigene Rechnung?« Ihr Unterton klingt scharf.

Schnell verabschiedet sich Skagen von Maja und blickt zu seiner Chefin auf. Da es bei Jette nichts bringt, um den heißen Brei herumzureden, gibt er offen zu, dass er eben an dem Fall aus Schweden gearbeitet hat.

»Ich hatte dir doch gesagt, dass die Kollegen vor Ort das vorerst alleine regeln müssen. Mensch, Tom. Wir haben klare

Prioritäten und selbst genug zu tun, als dass wir uns jetzt auch noch darum kümmern könnten.«

»Weiß ich doch. Ich habe denen auch nur mit Adressen und meinen Deutschkenntnissen ausgeholfen. Mehr werde ich nicht tun, versprochen.«

»Okay, dann geh jetzt wieder zu Jens, er braucht deine Unterstützung. Norwegen wartet auf unsere Ergebnisse.«

Skagen nickt und steht auf.

10

In der Woche davor

Tina läuft durch den Wald und ruft nach Ronja, aber nirgendwo ist ihre Tochter zu entdecken. Sie bleibt stehen und formt mit den Händen einen Trichter. »Ronjaaa! Wo bist du?«

In der Ferne ertönt der kollernde Ruf eines Raben, als antworte dieser an Ronjas Stelle. Ansonsten herrscht eine allumfassende Stille. Nicht mal Vögel zwitschern. Ist das normal?, fragt sich Tina. Sind Vögel normalerweise nicht überall? Auch kann sie keine Grillen hören. Der Wald wirkt irgendwie … tot.

Ängstlich dreht sie sich um. Die Nadelbäume stehen dicht an dicht und lassen kaum Sonnenlicht durchsickern. Dazwischen liegen große, moosbewachsene Findlinge, als hätten sich Riesen damit beworfen. Natürlich kennt Tina den richtigen Grund dafür, aber die geologische Erklärung mit dem Gletschergeröll erscheint ihr auf einmal weniger plausibel. Sie ahnt, warum sich die Skandinavier all diese düsteren Geschichten erzählen. Der Wald sieht tatsächlich aus, als bräche gleich ein zotteliges Fabelwesen durchs Unterholz, um sie, den Eindringling, aufzufressen. Keine Frage, der Wald in Schweden besitzt eine weit bedrohlichere Qualität als der in Deutschland. Vermutlich ist es die schiere Größe, die auf Tina so bedrückend wirkt. Wer weiß schon, was sich alles darin verbirgt?

»Ronja?«, ruft sie erneut, diesmal leiser. Zweige knacken unter ihren Füßen. Der Rabe antwortet in der Ferne, und nun haben auch die Mücken sie entdeckt und sirren um sie herum. Tina verscheucht sie mit der Hand.

Dieses diffuse Gefühl von Angst, das gegen ihren Nacken drückt und mit jeder Sekunde stärker wird. Unwillkürlich zieht Tina die Schultern hoch und blickt sich um. Ob es hier Wölfe gibt? Oder Bären? Was, wenn Ronja nicht mehr auftaucht? Wenn sie sich verlaufen hat? Sie ist bestimmt in den Wald gegangen, weil sie ihre Trolle suchen wollte.

Schweiß läuft Tinas Hals hinab und in den Ausschnitt ihres T-Shirts. Die Luft ist feucht und stickig. Das Surren der Mücken wird nervtötender. Das ist definitiv ihr Reich. Der Mensch hat nichts darin verloren. Er ist lediglich Futter.

Tina beschleunigt ihre Schritte. Das Rufen hat sie aufgegeben. Sie will raus aus dem Wald. Immer schneller rennt sie über den unebenen Grund, weiß eigentlich gar nicht, in welche Richtung sie sich wenden soll. Die dünnen Sohlen ihrer Ballerinas lassen sie jeden Stein unter ihren Füßen spüren.

In ihrer Hast stolpert sie über einen Ast und fällt hin. Erschrocken saugt sie Luft ein, weil ein scharfer Schmerz durch ihr Bein schießt. Als das Stechen nachlässt, sieht Tina an sich hinab. Aus einer Schramme am Schienbein sickert Blut. Aber da ist noch etwas anderes. Es liegt neben ihr im niedrigen Blaubeergestrüpp, und ein süßlich muffiger Geruch geht davon aus.

Ein totes Tier.

Das bräunliche Fell hängt in Fetzen von den bleichen Knochen, die von schwarz verfärbten Geweberesten zusammengehalten werden. Der Kopf ist nicht zu sehen, dennoch glaubt Tina, dass es sich um ein junges Reh handelt. Viel ist nicht mehr davon übrig, andere Tiere haben sich daran satt gefressen, haben Knochen zermalmt und den halben Rumpf verschlungen.

Tina muss würgen. Schnell stemmt sie sich auf die Füße und entfernt sich von dem verwesenden Kadaver. Mit ungehaltenen Bewegungen streicht sie sich den Schmutz vom Rock. In Hamburg wäre ihr das nicht passiert. Dazu noch diese vielen Mücken. Wild fuchtelt Tina in der Luft herum und fühlt sich nicht zum ersten Mal absolut fehl am Platz.

Sie richtet sich auf, muss Ronja finden und dann endlich raus hier. Aber von ihrer Tochter ist nach wie vor nichts zu sehen. Allerdings hat Tina mittlerweile auch keine Ahnung mehr, welcher Weg zum Haus zurückführt. Oder zur Straße. Sie hat nicht darauf geachtet, in welche Richtung sie gegangen ist, als sie das Grundstück verlassen hat. Definitiv ein Fehler bei ihrem schlechten Orientierungssinn. Wie weit hat sie sich vom Haus entfernt? Wenn sie ihr Handy dabeihätte, würde sie einfach die Standortbestimmung benutzen, aber das Gerät liegt im Schlafzimmer auf dem Nachttisch. Sie könnte nach Jochen rufen. Tina verwirft den Gedanken. Der hört sie bestimmt nicht, schließlich ist er dabei, die Wand einzureißen. Nein, sie wird das allein schaffen müssen.

Tina will gerade losgehen, als ein lautes Knacken sie zusammenfahren lässt. Langsam dreht sie sich um und blickt in den finsteren Wald. Dort ist niemand.

»Ronja?«, ruft sie unsicher. »Bist du das?«

11

Als Skagen spät am Abend seine Zwei-Zimmer-Wohnung im Schanzenviertel aufschließt und ihm dickflüssige, saunaähnliche Luft entgegenschwappt, wird seine Laune schlechter, als sie eh schon ist. Vom Treppensteigen klitschnass geschwitzt wirft er seine Umhängetasche aufs Sofa und reißt sämtliche Fenster auf, um die Chance auf einen möglichen Lufthauch nicht zu verpassen. Von der Straße schallen lautes Gelächter, Gläserklirren und Gespräche zu ihm herauf. Ein ganz normaler Sommerabend auf der Schanze. Es gibt nicht viele Polizisten, die gerne in diesem Viertel wohnen, wo einem die Kundschaft quasi täglich über den Weg läuft, aber Skagen hat kein Problem damit.

Er zieht sich um und trinkt eiskaltes Wasser, bis seine Stirn schmerzt. Danach setzt er sich mit T-Shirt und Sporthose bekleidet auf einen Stuhl vor eines der Fenster. Leider hat er keinen Balkon, auf dem er der Backofenhitze in der Mansardenwohnung entfliehen könnte. Da hilft nur eines: nicht bewegen.

Draußen ist die Sonne bereits untergegangen, trotzdem will kein Lüftchen zu ihm hereinwehen. Unablässig strömt Skagen der Schweiß über die Haut. Normalerweise wäre er zu einer nächtlichen Joggingrunde aufgebrochen, um den Druck loszuwerden, der sich in ihm aufgebaut hat. Doch dafür ist es viel zu heiß. Wenn er nicht an einem Hitzschlag sterben will, muss er sich etwas anderes überlegen, um die hartnäckigen Erinnerungen an Karlskrona abzuschütteln. Leider steht alles glasklar vor ihm. Und damit auch der Schmerz, den die Schuld tief in seinem Innern pulsieren lässt. Dabei hat er in den vergangenen Jahren so hart daran gearbeitet, dieses Gefühl zu bewältigen. Hat sich bemüht, damit zu leben und sich nicht mehr davon beeinflussen zu lassen. Und obwohl Maja eigentlich ein schöner Teil seiner Erinnerungen sein sollte und sie rein gar nichts mit dem zu tun hat, was damals auf See passiert ist, hat es sich durch sie doch wieder in den Vordergrund gedrängt. Das ewige Zerren der Schuld und die selbstzerfleischende Frage, warum er noch am Leben ist und andere nicht.

Skagen betrachtet die Tätowierung auf seinem Unterarm. Alfred, Julia, Sam, Xaashi.

Die Namen der Toten von der Signe Merkur. Dem Schiff, das sein Leben verändert hat und ihn bis in alle Ewigkeit begleitet. Bis zu dem Tag, an dem er ihnen folgen würde.

Alfred, Julia, Sam, Xaashi … Tom.

Ein erneuter Kälteschauer packt ihn und lässt ihn am ganzen Körper zittern.

Was ergibt das alles noch für einen Sinn? Dieser ewige Kampf ums Vergeben und Vergessen und darum, dabei nicht unterzugehen.

Es ist hoffnungslos. Wenn allein ein einziges Telefonat alles zunichtemachen kann. Wenn praktisch jede Stimme aus der Vergangenheit seinen mühsam aufrechterhaltenen Schutzmechanismus zum Einsturz bringt.

Skagen wird übel und er schlingt die Arme um seinen Leib. Die Haut auf seinen Wangen spannt sich und der Schweiß auf seinem Gesicht fühlt sich kalt an, genau wie die Panik in seinem Magen, die sich wie tausend Nägel in seine Eingeweide bohrt.

Keuchend beugt er sich vor und presst beide Unterarme fest auf seinen Bauch. Eigentlich müsste er jetzt Evelyn anrufen. Seinen PTBS-Engel. Als seine Therapeutin wüsste sie, was zu tun wäre, doch leider ist sie gerade im Urlaub. Und irgendwie kommen Skagen die vielen Stunden, die sie gemeinsam an seinem Trauma gearbeitet haben, mit einem Mal nutzlos vor. Vollkommen umsonst hat er all seine Kraft in die Hoffnung gesteckt, dass er es schaffen könnte.

Es schaffen!

Ein bitteres Lachen dringt aus seinem trockenen Mund und bringt einen neuen Schwall Übelkeit mit sich. Es dauert einen Moment, bis er sich wieder unter Kontrolle hat und er normal atmen kann. Eine solch schwere Angstattacke hatte er schon lange nicht mehr.

Wenn das jemals vor seinen Kollegen im Büro passieren sollte, würde er seinen Job verlieren.

Skagen wirft einen Blick zu seinem Handy hinüber. Selbst wenn Evelyn seinen Anruf annehmen würde, was könnte sie tun? Skagen hört ihre Stimme in seinem Ohr: »Du hast einen Rückfall, ausgelöst durch einen Trigger. Das ist nicht schlimm, Tom, wirklich. Versuch, ruhig zu bleiben und nicht in Panik zu geraten.«

Nicht in Panik geraten! Erneut muss Skagen lachen. Wie soll das gehen, wenn doch alles keinen Sinn mehr hat? Wenn da nur noch diese allumfassende Leere in ihm kauert. Skagen spürt, wie müde er ist. Müde vom Leben.

Schon einmal war er an diesem Punkt. Hat mit beiden Füßen auf der Reling der Signe Merkur gestanden und wollte springen. Wollte alldem ein Ende bereiten.

Ein Schluchzen zwängt sich schmerzhaft durch seine Kehle, doch er presst hart die Lippen aufeinander. Abermals erklingt Evelyns Stimme in seinem Kopf: »Die Panik ist nicht dein Feind, Tom. Sie ist eine Reaktion deines Körpers. Etwas, das du mit deinem Willen kontrollieren kannst. Du musst es nur zulassen, musst akzeptieren, dass es ein Teil von dir ist. Auch wenn dieser Teil dir Schmerzen bereitet. Umarme deine Angst, und sie kann dir nichts mehr anhaben.«

Aber Skagen hat keine Kraft mehr. Keine Kraft, noch irgendetwas zu umarmen außer den Gedanken an Erlösung. Hinter seiner Stirn pocht es, und erneut packt ihn der Schwindel.

Ich kann nicht mehr.

Von der Straße dringen die Stimmen der Kneipengäste zu ihm herauf. Sie klingen fröhlich und unbeschwert. Nach einer Welt ohne Angst. Aber dort würde er niemals wieder hingelangen. Was Evelyn ihm immer in solchen Situationen sagt, ist eine Illusion. Die Angst umarmen. Wie soll das gehen?

Skagen blickt zum offenen Fenster hinüber.

Es ist ganz einfach.

Er steht auf und klettert aufs Fensterbrett. Weit unter ihm glimmen die Laternen und der dunkle Asphalt der Straße wartet auf ihn.

12

Tina weiß nicht, wie lange sie schon um Hilfe ruft, ihre Stimme ist kurz davor, zu versagen.

»Hilfe! Hört mich denn keiner? Bitte, ich will hier raus!« Mehr ein Krächzen als ein ernstzunehmender Schrei, viel zu leise, als dass er nach draußen dringen könnte. Außerdem ist sie durch das Rufen durstig geworden. Ihre Zunge klebt am Gaumen und ihre Kehle ist voller Schleim, von dem sie dauernd husten muss. Was wiederum dafür sorgt, dass die Schmerzen in ihrem Schädel immer wieder neu aufflammen.

Keuchend lässt Tina den Kopf sinken. Der Geruch nach Erde ist überwältigend. Ihr ist kalt, so kalt. Immerhin ist mittlerweile ihr rechter Arm aufgewacht, weil sie die Hände permanent öffnet und schließt.

Eine erste Erinnerung streift sie. Doch sie lässt nicht zu, dass sie sich voll entfaltet. Weil es nichts Gutes ist. Wenn sie bloß mit der Polizei reden könnte, dann würde sie alles erzählen. Aber jetzt kann sie sich dem nicht stellen.

Kraftlos bringt Tina einige Rufe hervor. »Hilfe. Hilfe. Hilfe.«

Dann ist ihre Stimme plötzlich weg, und Tina schließt den Mund. Lange liegt sie da, hört ihrem eigenen Atem zu und wünscht sich, sie hätte einen einzigen Schluck Wasser.

Wieder tauchen Fetzen von Erinnerung vor ihrem geistigen Auge auf. Tina kneift fest ihre Augen zu, sie will nicht daran denken. Ihr Körper verkrampft sich, als wehre auch er sich gegen die Bilder, die vor ihr auftauchen.

Sie stößt ein Wimmern aus.

Nein, nein, geht weg. Ich ertrage das nicht. Geht weg!

Doch anstatt zu verschwinden, werden die Visionen deutlicher. Tina beginnt zu weinen. Sie kann das nicht sehen. Nicht jetzt, nicht morgen, nicht in diesem dunklen Loch. Es ist zu furchtbar.

Sie wendet sich hin und her, in der Hoffnung, dass der Schmerz erwacht und die Erinnerungen verscheucht. Sie muss verhindern, dass alles zu ihr zurückkommt. All ihre Fehler. Ihr Versagen. Es interessiert sie nicht, wer sie in diesem Loch eingesperrt hat. Alles, was sie sich wünscht, ist, dass in ihrem Kopf Ruhe herrscht. Nur für einen Augenblick. Damit sie schlafen kann.

Tina hört auf zu wimmern und wartet auf die erlösende Leere des Schlafes, der Ohnmacht, des Todes. Egal was. Hauptsache, sie muss sich nicht erinnern.

Ein ungewohnter Laut dringt in ihr Bewusstsein und lässt sie aufschrecken. Mit aufgerissenen Augen lauscht sie in die Dunkelheit.

Ist da draußen jemand?

Sie nimmt ein leises Knacken wahr, ein Geräusch, das wie Schritte klingt. Ein rhythmisches, dumpfes Stampfen. Es wird von Mal zu Mal lauter.

Tina mobilisiert ihre letzten Kräfte und öffnet den Mund. »Hilfe! Ich bin hier! Ich bin eingesperrt! Hil-fe. Hi-f-e.« Mehrfach versagt ihre Stimme, doch krächzend schreit sie weiter. Wer immer da draußen ist, er muss sie einfach hören.

Tina lauscht. Ein Schaben, etwas kratzt über Holz. Es klingt ganz nah. Als wäre jemand an der Tür zu ihrem Gefängnis.

Tinas Herz macht einen Sprung. »Hal-lo!«, keucht sie. »Ich bin hier dri-nnen!«

Ein weiteres Schaben ertönt, gefolgt von einem lauten Klacken wie von einem Riegel, der zurückgezogen wird.

»Ja! Bitte holt mich raus. Jochen? Bist du das?«

Die Tür öffnet sich, und grelles Licht fällt zu ihr in das Loch, das sie nun zum ersten Mal sehen kann. Es ist ein sehr kleiner Raum mit niedriger, gewölbter Decke aus dicken Steinen. Der Kriechkeller unter ihrem Haus? Warum kommt Jochen dann erst jetzt, um sie zu retten? Oder ist er es gar nicht?

Das Licht geht von einer Gestalt aus, die eine Stirnlampe trägt. Reglos hockt sie im Eingang.

Tina will ihrem Befreier etwas zurufen, doch eine neue Erinnerung blitzt in ihr auf. Bilder drängen sich in den Vordergrund, Momentaufnahmen von dem, was mit ihr passiert ist. Und in dieser Sekunde weiß sie, dass das dort nicht ihr Retter ist.

Sie schließt den Mund und starrt der Person angstvoll entgegen.

Diese bewegt sich, kriecht geduckt zu ihr ins Loch und kauert sich wie ein drohender Schatten neben sie. Eine Hand streckt sich nach ihr aus, und Tina zuckt furchtsam zusammen. Sie fühlt warme Finger über ihre Wange streichen.

Erneut keimt Hoffnung in ihr auf. »Bitte, lass mich raus. Ich werde auch nichts sagen.«

»Schhh«, kommt es als einzige Antwort. Die Hand fährt zärtlich über ihre Stirn und streicht eine Strähne zur Seite. Eine Flasche wird geöffnet und der Inhalt zuerst über ihr Gesicht und dann in ihren Mund gegossen. Gierig schluckt Tina das Wasser. Sie versucht das Gesicht des Kerls zu erkennen. Aber die Stirnlampe blendet sie, sie sieht nichts als grelles Licht und dahinter tiefe Schwärze.

»Bitte«, flüstert sie. »Niemand wird von alldem erfahren. Ich verspreche es. Lass mich gehen.«

Der Kerl hält unvermittelt inne. Zuerst denkt Tina, sie hätte ihn überzeugt. Doch plötzlich verpasst er ihr eine Ohrfeige.

Erschrocken keucht Tina auf, Tränen rinnen ihr aus den Augen. Nicht wegen der Heftigkeit des Schlags, sondern vielmehr wegen der schrecklichen Gewissheit, dass sie hier nie wieder rauskommen wird.

Weil dieser Mensch sie nicht gehen lassen wird.

Der Kerl stößt ein abfälliges Zischen aus. Er packt sie grob am Kinn und betrachtet sie eine Weile lang. Ohne Vorwarnung stopft er ihr etwas in den Mund. Ein Stück Stoff. Tina will sich dagegen wehren, versucht, das Knäuel mit der Zunge nach vorn zu schieben. Doch sie muss würgen, weil es tief in ihren Rachen drückt. Voller Schrecken hört sie, wie Klebeband von einer Rolle gerissen wird. Nein, nicht wieder das Klebeband! Sie spürt, wie es mehrfach fest um ihren Kopf gewickelt wird, damit sie den Knebel nicht wieder hinausbefördern kann.

Als der Kerl fertig ist, lässt er die Arme sinken und betrachtet stumm sein Werk.

Tina saugt panisch Luft durch die Nase ein, ihr wird schwindelig. Sie spürt, wie der Knebel sich langsam mit Speichel vollsaugt, und muss erneut würgen. Das Stück Stoff sitzt unverrückbar in ihrem Mund. Immer mehr Tränen verschleiern ihre Sicht, und nur schemenhaft bekommt sie mit, wie ihr Peiniger sich erhebt und das Loch verlässt. Die Tür schließt sich mit einem unbarmherzigen Knirschen und verbannt sie zurück in die Dunkelheit.

13

Am nächsten Morgen verlässt Maja zusammen mit Joakim den Einsatzraum, in dem Göran zuvor eine kurze Ansprache zu der bevorstehenden Suchaktion gehalten hat. Zum Glück hat er die Sache gestern bei Adnan Demirci, ihrem Dienststellenleiter, durchbekommen. Auch wenn nach wie vor unklar ist, ob Frau Nowak tatsächlich noch lebt und sich irgendwo dort draußen befindet, teilt Demirci die Meinung, dass es von gewisser Dringlichkeit ist, die nähere Umgebung des Hauses abzusuchen. Es würde mühsam werden, das weiß jeder in der Truppe, denn rund um Hultsjö erstreckt sich fast nur Wald, durchsetzt mit einigen Seen und Sumpfgebieten. Sollte die Frau in einem der Seen liegen, ist es ohnehin hoffnungslos, sie in nächster Zeit zu finden. Aber Maja will nicht schon wieder daran denken, wie gering ihre Chancen stehen. Ihre Laune ist eh schlecht genug.

Ihr fällt Tom Skagen ein. Er hat gestern am Telefon nicht gut geklungen. Reichlich depressiv. Völlig anders als früher ... Sie reißt sich aus den Gedanken. Eigentlich geht sie das nichts an. Sie sieht hinüber zu Jokke, der zum x-ten Mal seine Pistole checkt. Sein Gesicht ist vor Aufregung knallrot. Es ist seine erste groß angelegte Suchaktion. Beinahe 40 zusätzliche Kollegen und Kolleginnen nehmen daran teil – bereitgestellte Einsatzkräfte aus den benachbarten Kommunen Karlshamn und Ronneby. Jokke fummelt erneut an seiner Dienstwaffe herum.

»He, bleib cool. Die wirst du bestimmt nicht brauchen«, versucht Maja ihn zu beruhigen.

»Woher willst du das wissen?«, fragt er mit nervösem Blinzeln.

»Na, weil wir nach einer vermissten Person suchen, nicht nach einem schwer bewaffneten Bankräuber.« Sie lacht amüsiert. »Ich dachte, du bist auf dem Land aufgewachsen.«

»Eben«, sagt Jokke und streicht seine Uniform glatt.

Maja will nachfragen, was er damit meint, da tritt eine Kollegin zu ihnen.

»Vorne am Empfang ist jemand, der dich sprechen will, Maja.«

»Ich hab keine Zeit. Wir rücken gleich aus.«

»Er sagt, es ist dringend. Es geht um den Fall mit den Deutschen.«

Maja horcht auf. Sie gibt Jokke zu verstehen, dass er Göran benachrichtigen soll, falls dieser nach ihr fragt, und folgt der Kollegin zum Empfangstresen. Dort steht ein Mann mit blondem Bart und traurigem Blick. Zuerst erkennt sie ihn nicht, doch dann weiten sich ihre Augen.

»Tom!« Sie läuft um den Tresen herum. »Das ist ja eine Überraschung! Ich dachte, du könntest nicht kommen.«

Ein Lächeln hellt Toms Gesichtszüge auf. »Hallo, Maja, schön dich zu sehen.« Er hebt die Hände, lässt sie unschlüssig wieder sinken. Stattdessen ergreift Maja die Initiative und tut, was er sich soeben nicht getraut hat. Sie nimmt ihn in den Arm und drückt ihn fest an sich.

Als sie sich von ihm löst und in seine grauen Augen blickt, erwachen plötzlich alte Gefühle in ihr. Es ist, als würde etwas mit Leben gefüllt, was sehr lange kalt und leer gewesen ist. Aber nicht aus Böswilligkeit oder weil man sich nicht daran erinnern wollte, sondern einfach, weil es der Lauf der Dinge gewesen ist.

»Mann, ist das lange her!«, sagt sie lachend.

Tom kratzt sich verlegen am blonden Schopf. »In der Tat.«

»Du hast echt ein gutes Timing, wir fahren gleich raus nach Hultsjö. Die Truppe wartet schon.« Sie fasst ihn an der Schulter. »Komm, ich stelle dich Göran vor. Der wird sich über deine Unterstützung freuen.«

Tom gibt nur ein Brummen von sich und lässt sich von ihr durch die Einsatzzentrale zum hinteren Ausgang des Gebäudes bringen. Dort steht Göran neben einem der Busse und macht eine ungeduldige Geste. Als er Tom entdeckt, zieht sich seine Stirn oberhalb der Sonnenbrille in Falten.

»Aha, Skagen von Skanpol«, sagt er, nachdem Tom sich vorgestellt hat, und schüttelt dessen Hand. »Na, dann wollen wir mal, *Kollege*.«

Dass Tom ihnen im Vorfeld viele Informationen und die aktuellen Fotos von Frau Nowak besorgt hat, mit deren Hilfe sie nun in Hultsjö herumfragen können, ist Göran keine Silbe des Dankes wert. Typisch für Mr. Testosteron, denkt Maja. Sobald er seine Stellung als wichtigster Gorilla im Kompetenz-Ring gefährdet sieht, wird er noch mehr zum Macho, als er ohnehin längst ist. Eigentlich darf nur einer über ihm stehen, und das ist ihr aller Chef Adnan Demirci. Selbst bei ihm hat Göran sich anfangs schwergetan. Aber nicht, weil er dessen Autorität anzweifelt, nein, Göran will einfach sicher sein, dass er der Coolste in der Gang ist.

Und Tom, das erkennt Maja sofort, könnte das gefährden.

Sie steigen in einen der Mannschaftswagen. Maja rutscht neben Tom auf die Bank.

»Bist du mit dem Auto gekommen?«, fragt sie und gibt der Schiebetür einen Schubs.

»Mit meinem VW-Bus. Er parkt in der Drottninggatan.«

»Okay, und weißt du schon, wo du übernachtest?«

»Im Bus?« Tom grinst sie schief an. Es steht ihm gut, das Grinsen.

Maja schmunzelt. Ihm ihr Sofa anzubieten erscheint ihr zu aufdringlich, auch wenn sie es gerne getan hätte. »Das Arkipelag Hotel ist recht gut und nicht so teuer. Es liegt an der Ecke Drottninggatan und Alamedan.«

»Alamedan? Ach, wirklich?«

Maja tippt sich an die Stirn. »Stimmt, in der Straße hast du früher gewohnt. Wie konnte ich das vergessen.«

»Bin lange nicht mehr hier gewesen«, murmelt Tom. Er sieht an ihr vorbei aus dem Fenster und danach schnell auf seine Hände. Gerade passieren sie die schmalste Stelle von Karlskrona. Es ist die einzige Verbindung vom Festland zur Hauptinsel, auf der die Innenstadt liegt. Zu beiden Seiten der Straße schimmert blau das Meer. Rechts ist einer der vielen Jachthäfen zu sehen und links die dicht bebaute Schäreninsel Långö. Eine herrliche Aussicht.

Jedoch anscheinend nicht für Tom. Maja hat genau gesehen, wie eine Art von Bitternis sein Gesicht für den Bruchteil einer Sekunde verdunkelt hat. Auch jetzt hält er seinen Blick gesenkt, und seine Haltung wirkt beinahe verkrampft, als wolle er irgendetwas da draußen ignorieren oder verdrängen. Er scheint Probleme zu haben.

Maja schweigt verständnisvoll. Sie hat nicht erwartet, dass er ihr gleich sein Herz ausschüttet, erst recht nicht vor den fremden Kollegen.

»Gibt es sonst etwas Neues?«, fragt er nach einer Weile.

»In Karlskrona?«

»Nein, beim Fall.«

Maja erzählt ihm, dass sie ab heute eine Meldung übers Radio senden lassen, mit der nach Christina Nowak gesucht wird. Vielleicht hat sie jemand gesehen oder sogar per Anhalter mitgenommen. Die Videoüberwachung an den Bahnhöfen Karlskrona und Hultsjö wollen sie später noch überprüfen.

»Was ist mit einem Hubschrauber?«, fragt Tom.

Maja schüttelt den Kopf. »Das würde nicht viel bringen, dort gibt es hauptsächlich Wald, wie du weißt. Und der ist zu dicht. Da hilft selbst eine Wärmekamera nicht viel. Dafür ist es den Technikern gelungen, das Handy der toten Tochter zu knacken. Darauf ist ein reger WhatsApp-Verkehr zu lesen, hauptsächlich mit einer gewissen Jenny. Weißt du, wer das sein könnte?«

»Das ist Lolas beste Freundin«, erklärt Tom. »Die wohnt im selben Haus. Ich würde den Chat gerne lesen. Einen Teil davon kenne ich bereits, Jenny hat ihn mir gezeigt. Hast du das Telefon dabei?«

»Leider nicht, es liegt auf der Wache. Ich gebe es dir, sobald wir zurück sind, okay?«

»Hast du Teile davon verstehen können?«

»Ein bisschen habe ich mir über den Translator erschlossen. Einige Sätze sind auch auf Englisch: Fucking boring, hate them as fuck, Mum is a piece of shit, fuck this bitch, wish they were dead. Und so weiter.«

»Wish they were dead«, wiederholt Tom nachdenklich. »Schätze, der Wunsch ist auf gewisse Weise in Erfüllung gegangen.«

»Scheint so«, entgegnet Maja und presst die Lippen aufeinander.

Unterdessen fahren die drei Mannschaftswagen durch den Kreisverkehr in Rödeby und tauchen wenige Kilometer später in die schattigen Wälder von Blekinge ein.

14

Sie halten mit den Polizeiwagen auf einem Parkplatz vor einer Pizzeria. Skagen steigt zusammen mit den anderen aus und sieht sich um. Das hier scheint der Mittelpunkt von Hultsjö zu sein. Sein erster Eindruck, den er von dem Dorf hat, lässt sich in einem Wort zusammenfassen: trostlos.

Die Wohnhäuser, der Supermarkt, das Restaurant und die Tankstelle mit dem Recyclingplatz daneben wirken leicht vernachlässigt. Skagen weiß, dass das an der extremen Witterung in Schweden liegt. Warme Sommer und kalte, feuchte Winter, das Klima nagt stetig an den Gebäuden und macht es den Bewohnern schwer, mit den Instandhaltungen hinterherzukommen.

Gegen die Sonne anblinzelnd blickt er zu Göran Berg hinüber, der die Beamten für die Suche in Gruppen einteilt. Skagen hält sich bewusst ein wenig abseits, da er noch nicht abschätzen kann, wie er sich integrieren soll, ohne Berg auf den Schlips zu treten. Der Polizeiinspektor scheint nicht der Typ zu sein, der es mag, wenn man sich einmischt. Doch das hat Skagen auch nicht vor. Sein Ansinnen ist es, zu helfen, und nicht, zu bestimmen.

Allerdings ist ihm klar, dass er gar nicht hier sein dürfte. Zumindest nicht als ermittelnder Beamter. Denn eigentlich ist er krankgeschrieben.

Wegen gestern. Er war wirklich kurz davor, es zu tun. War bis ins Letzte entschlossen. Aber während er in der warmen Nachtluft auf dem Fensterbrett kauerte und in die Tiefe starrte, streifte ihn eine Erinnerung. Es war Maja, wie sie damals an der Mole im Hafen von Karlskrona gestanden und ihn herausgefordert hat. »Traust du dich?«, hat sie gefragt und auf das dunkle Wasser zu ihren Füßen gezeigt. Dann hat sie ohne Vorwarnung Anlauf genommen und ist hineingesprungen. Der damals furchtlose Skagen hat nicht eine Sekunde gezögert und ist ihr gefolgt, kopfüber ins kalte Meer.

Mit diesem Gedanken saß er noch eine ganze Weile auf der Fensterbank, bis er merkte, dass er längst seine Entscheidung getroffen hat. Und schließlich zog er sich in die Wohnung zurück und begann, seine Sachen zu packen. Er wollte sich seiner Angst stellen. War entschlossen, sie zu umarmen. Wenigstens diesen einen Versuch war er Evelyn und Maja schuldig. Mit einer Mail bat er in Evelyns Praxis um eine Krankschreibung und war eine Stunde später unterwegs gen Norden. Im Morgengrauen erreichte er endlich vertrauten Boden und blickte mit müden Augen zum ersten Mal seit vielen Jahren auf die Stadt, die er lange nicht zu betreten gewagt hat.

Dass er in Karlskrona jedoch gleich in die Ermittlung mit eingebunden werden würde, damit hat er nicht gerechnet. Leider hat er vorhin auf dem Präsidium den Moment verpasst, den Irrtum aufzuklären. Deshalb würde er zumindest diesen Tag so tun müssen, als sei er Teil des Teams. Danach könnte er Maja und Göran Berg alles beichten und sich aus der Ermittlung zurückziehen. Und sich um das kümmern, weshalb er eigentlich hergekommen ist.

Skagen blickt zur Hauptstraße von Hultsjö. Einige Autos fahren vorbei und werden langsamer, neugierig gucken die Insassen zu ihnen herüber. Die vielen Polizisten erregen Aufmerksamkeit. Ein roter Pick-up hält an und der Fahrer ruft Skagen ein paar Worte zu. Der versteht nicht ganz und tritt an den Wagen heran.

»Was ist denn hier los?«, wiederholt der Fahrer, ein älterer Herr mit grüner Arbeitskleidung, Schirmmütze und graumeliertem Bart. Auf der Ladefläche seines Pick-ups liegen zwei Motorsägen, eine Axt und andere Gerätschaften für die Waldarbeit. »Wofür braucht es denn dieses Großaufgebot der Polizei? Eine Verkehrskontrolle wird das ja wohl nicht, was?« Der Mann lacht.

»Sind Sie aus Hultsjö?«, fragt Skagen.

»Ja. Aber du nicht, oder? Ich habe dich in der Gegend noch nie gesehen.«

Skagen begreift, dass er der Einzige ohne Uniform ist und der Mann ihn für einen Zivilisten hält. »Ich gehöre zur Polizei«, erklärt er, woraufhin sich der Autofahrer schnell entschuldigt.

»Kein Problem«, entgegnet Skagen. »Wir suchen nach einer vermissten Person. Einer Frau. Vielleicht kennen Sie sie. Sie heißt Christina Nowak und ist deutsche Staatsbürgerin.« Er zeigt ihm ein Foto von Tina auf seinem Handy.

Der Mann wird bleich und nickt. »Und ob ich die kenne. Die Nowaks haben das Haus der Egmans gekauft und sind somit quasi meine Nachbarn. Ich bin Ture Dahlberg und mein Land grenzt an das ihre. Ich habe mit Herrn Nowak den Deal, dass ich mich um seinen Wald kümmere, der zu seinem Haus gehört, und dafür kriege ich einen Teil seiner Bäume, wenn sie erntereif sind.« Dahlberg macht eine Pause und schluckt, sein großer Adamsapfel hüpft auf und ab. Hinter ihm beginnt es, unruhig zu fiepen, und erst jetzt bemerkt Skagen den Jagdhund auf dem Rücksitz. Ihm kommt der Gedanke, dass ein oder zwei Spürhunde für ihre Suche nicht verkehrt wären, und er beschließt, mit Göran darüber zu sprechen, sobald sich die Gelegenheit bietet.

»Das ist Nelly, unser Elchhund«, erklärt Dahlberg und tätschelt das Tier liebevoll. »Sie ist sehr lieb.« Er schluckt erneut. »Schrecklich, das mit Herrn Nowak und seinen Töchtern.«

»Sie haben davon gehört?«

Dahlberg stößt einen beinahe amüsierten Laut aus. »Es ist *das* Gesprächsthema in Hultsjö. Der Buschfunk ist hier eine größere Pest als der Borkenkäfer. Über die Nowaks wird ohne Ende spekuliert.«

»Aha, und was?«

»He, Tom!« Es ist Maja, die nach ihm ruft, und Skagen gibt ihr zu verstehen, dass er gleich bei ihr sein wird.

»Ihr Typ wird offensichtlich verlangt«, sagt Dahlberg und zwinkert ihm zu. »Kommen Sie doch später bei mir vorbei, ich wohne auf dem Ärkilsgård, den Hof kennt jeder in der Gegend. Sie brauchen nur danach zu fragen. Ich erzähle Ihnen dann, was ich weiß. Meine Frau kann bestimmt auch was dazu sagen. Aber Tina haben wir seit Längerem nicht gesehen. Ich hoffe, Sie finden sie.«

»Das hoffe ich auch. Danke erst mal.«

Dahlberg tippt sich an die Mütze und fährt weiter.

»Na, hast du schon Freundschaft geschlossen?«, fragt Maja, als er sich zu ihr gesellt. Neben ihr stehen Göran und ein rothaariger Polizist, der wirkt, als sei er gerade erst volljährig geworden. Göran blickt Skagen durch seine Sonnenbrille im Pilotenlook an. Alles an ihm sitzt perfekt, die Uniform, die kurzgeschnittenen dunklen Haare, selbst das überlegen wirkende Lächeln. Skagen kann zwar seine Augen nicht sehen, dennoch spürt er deutlich, dass sich Berg durch seine Anwesenheit herausgefordert fühlt. Soll er ihm direkt sagen, dass er nur zufällig hier ist, um ihm die Sache zu erleichtern?

»Joakim und ich werden weiter die Leute im Ort befragen, während die anderen in Richtung des Nowak-Hauses ausschwärmen«, erklärt Maja. »Willst du uns begleiten oder bei der Suche helfen?«

Skagen zögert, blickt von Görans kontrolliert cooler Miene zu Joakims gerötetem Gesicht. »Ich glaube«, sagt er vorsichtig, »ich möchte mir zuerst einen Eindruck von dem Haus verschaffen. Ist es von der Kriminaltechnik freigegeben?« Bei der Durchsuchung kann er, ohne die Befugnisse dafür zu haben, nicht viel falsch machen, bei Befragungen schon. Also würde er sich da vorerst raushalten.

»So weit, ja«, entgegnet Göran. »Natürlich kann es sein, dass wir noch nachträgliche Beweise sichern müssen, also verändern Sie nichts, okay?«

»Klar.« Auch wenn sich der Ermittlungsleiter ihm gegenüber wie eine einzige Provokation verhält, hütet Skagen sich, darauf einzusteigen. Allerdings nicht, weil er generell Kompetenzgerangel meidet, sondern weil es in seiner prekären Situation äußerst unklug wäre, einen Streit anzuzetteln.

»Okay«, sagt Maja. »Dann knüpfen wir da an, wo wir gestern aufgehört haben, und arbeiten uns systematisch durch die Straßen.«

»Alright, wir halten Funkkontakt.« Göran Berg gibt ihnen ein Zeichen, und die vier Gruppen von Polizisten marschieren los. Zuerst in Richtung der Bahngleise, die den Ort in zwei Hälften schneiden, danach wartet das unwegsame Gelände des Waldes auf sie.

Keine zehn Minuten später hält Berg mit dem Mannschaftswagen vor der Polizeiabsperrung in der Einfahrt der Nowaks. Auf dem Weg hierher hat Skagen ein Schild mit »Ärkilsgård« darauf entdeckt. Ture Dahlberg wohnt also tatsächlich in der Nähe.

Als sie aussteigen, rückt Göran Berg seine Sonnenbrille zurecht und faltet die Karte von Hultsjö und Umgebung auseinander, die er an der Windschutzscheibe des Busses befestigt.

»Halten Sie das eigentlich für angemessen?«, fragt er, ohne sich umzudrehen.

»Was meinen Sie?«, erkundigt Skagen sich irritiert.

Der Ermittlungsleiter zeigt auf sein T-Shirt. »Na, der Spruch. Reichlich unpassend für einen Polizisten, finden Sie nicht?«

Skagen schaut an sich hinunter und begreift. Auf seiner Brust prangt der Satz »Who can you trust?«, der Titel seiner Lieblingsplatte von Morcheeba. Göran Berg hat recht. Es spiegelt tatsächlich nicht das Bild eines seriösen Polizeibeamten wider. Normalerweise trägt er das Shirt nicht bei der Arbeit, aber als er gestern Nacht losgefahren ist, wusste er ja nicht, dass er heute an einer polizeilichen Aktion teilnehmen würde.

Ohne einen Kommentar zieht Skagen das T-Shirt aus und dreht es auf links. Dabei entgeht ihm nicht, dass Göran seinen bloßen Oberkörper taxiert und die Narben auf der Brust entdeckt. Schnell streift er das Shirt wieder über und fragt, ob es so okay ist. Fast hätte er erwartet, dass Göran jetzt auch noch die Schweißflecke unter seinen Achseln moniert, doch der Polizeiinspektor nickt mit großzügiger Geste. Danach zieht er sein Funkgerät aus der Halterung an seinem Gürtel und folgt Skagen auf dem Weg zum Haus. Das ständige Knacken und Knistern des Funks durchbricht dabei die Stille des Waldes.

Skagen versucht, alles Störende auszublenden, und geht mit wachen Sinnen die Schotterauffahrt entlang. Zuerst kommt eine Scheune in Sicht. Langgestreckt und windschief kauert sie neben dem Weg. Bestimmt ist sie über 100 Jahre alt. Das hier muss mal ein Bauernhof gewesen sein. Aber eher einer von der ärmlichen Sorte, auf dem sich die Menschen den Rücken krumm gearbeitet haben, um in dieser kargen Umgebung zu überleben. Keine dieser hübschen smålandischen Bilderbuchvillen mit ihren Mansardengiebeldächern, wie man sie aus Reiseprospekten kennt.

Das Wohnhaus der Hofstelle sieht in Wirklichkeit wesentlich heruntergekommener aus, als es das auf den Bildern der Nachbarstochter Jenny getan hat. Vermutlich liegt es daran, dass gerade renoviert wird. Jemand hat begonnen, die Farbe an der Fassade abzukratzen und einige der weißen Rahmen um die Fenster abzulösen. Skagen nimmt an, dass sie morsch geworden sind und nach dem Streichen gegen neue ersetzt werden sollten. Doch das wird wohl erst mal nicht geschehen.

Er bleibt stehen und nimmt den Gesamteindruck der Gebäude in sich auf. Hinter ihm stoppt Göran, Skagen fühlt dessen Blick in seinem Rücken. Er kann es dem Ermittlungsleiter nicht verübeln, schließlich ist er eine unbekannte Komponente. Wenn er Berg wäre, würde er ihn genauso im Auge behalten.

Skagen konzentriert sich wieder auf das Haus. Es ist einstöckig mit einem stinknormalen ziegelgedeckten Satteldach, das von Moos übersät ist. Der Hauseingang wird durch einen Windfang mit Einfachverglasung geschützt. Der Bau wirkt insgesamt schlicht, weist kaum Zierelemente auf und besitzt ein Steinfundament, in dem sich vermutlich ein Kriechkeller befindet, wie es für solche Häuser typisch ist.

Skagen wendet den Kopf und entdeckt am Rand des Gartens, der von einer Mauer aus Findlingen begrenzt wird, einen Erdkeller, dessen Tür offen steht. Auf dem vertrockneten Rasen wachsen mehrere alte Apfelbäume, die lange nicht mehr professionell geschnitten worden sind. Eine Wand aus hohen Tannen umringt das Grundstück auf drei Seiten und nimmt viel Licht weg. Alles in allem ist es ein nicht besonders gepflegter Besitz. Viel können die Nowaks dafür nicht bezahlt haben.

Langsam geht Skagen um das Haus herum. Die Funkgeräusche verraten ihm, dass Göran ihm folgt. Doch Skagen versucht weiterhin, die Stimmung einzufangen. Das ist wichtiger als sein Ärger über den aufdringlichen Kollegen.

Auf der Rückseite des Hauses befindet sich eine überdachte Veranda, die definitiv bessere Tage gesehen hat. Einige der Planken sind durchgemodert und bilden gefährliche Stolperfallen.

Das Gelände auf dieser Seite des Grundstücks fällt leicht ab, und rasch hat Skagen eine Kloakengrube entdeckt, die am Waldrand hinter einem Erdwall liegt. Der Geruch nach Fäkalien dringt in seine Nase, als er sich dem Betondeckel nähert. Ein Stück weiter links liegt ein altes Sickerbecken, das seinen Dienst an den Menschen getan hat, bevor die modernere Mehrkammertechnik eingeführt wurde. Verdorrtes Schilf zeigt an, dass in dem kleinen Tümpel normalerweise Wasser steht, jetzt ist er bis auf den rissigen Grund ausgetrocknet. Jemand hat darin gegraben, Skagen bemerkt Spatenstiche und eingetrocknete Fußspuren.

»Sind die gesichert worden?« Er dreht sich zu Göran um, der ihn durch seine Sonnenbrille anstarrt.

»Gehe ich von aus. Unsere Jungs sind sehr gründlich. Und? Was denken Sie?«

»Bis jetzt noch nichts.« Diese Aussage stimmt zwar nicht, aber Skagen hat keine Lust, seine Meinung mit jemandem zu teilen, der bisher nichts anderes getan hat, als ihn misstrauisch zu beäugen. Außerdem will er zuerst in Ruhe seinen Rundgang beenden.

Als er sich dem Wohnhaus nähert, entdeckt er zu seiner Linken ein schiefes Toilettenhäuschen und eine andere ähnlich labil aussehende Hütte, in der früher bestimmt Werkzeug und Gartensachen aufbewahrt worden sind. Alles in allem zählt er auf dem Gelände fünf Gebäude, und das ist beinahe wenig für schwedische Verhältnisse. Eigentlich fehlen noch ein Gewächshaus, ein Gartenpavillon und mindestens ein Gästehaus. Besser wären zwei oder drei – man weiß ja nie, wer alles zu Besuch kommt.

Am Haupteingang mit dem Windfang bricht er nach einem zustimmenden Nicken von Göran das polizeiliche Siegel auf. Im Flur bleibt Skagen stehen und lässt zuerst die verschiedenen Gerüche auf sich wirken, die das Haus ausatmet. Altes Kiefernholz mit einer frischeren Harznote, Staub und muffiges Papier und etwas dumpfer darunter ein Hauch von Erde, am deutlichsten sticht der Gestank nach Kloake und gammelndem Müll hervor, der vermutlich in der Küche darauf wartet, rausgebracht zu werden.

Achtsam durchschreitet Skagen den Flur, der zu einem Wohnzimmer mit niedriger Decke und breitem Panoramafenster führt. Hier herrscht ein großes Durcheinander. Nichts scheint an seinem ursprünglichen Ort zu stehen. Zum Teil, weil die Spurensicherung auf der Suche nach Hinweisen die Möbel verrückt hat, aber auch weil zuvor offensichtlich renoviert worden ist. Die Zwischenwand zur Küche ist herausgerissen worden, und eine feine Staubschicht bedeckt den Dielenboden. Das Holz, das zur Wand gehört, ist nirgends zu entdecken, wahrscheinlich ist es von den Nowaks bereits rausgebracht worden. Dafür liegen überall Spielzeuge und Bücher herum. Außerdem Kleidungsstücke von Kindern und Erwachsenen, was wohl der Durchsuchung seiner schwedischen Kollegen zuzuschreiben ist. Skagen denkt an die jüngere Tochter im Krankenhaus und fühlt einen Stich im Magen. Überhaupt bereitet es ihm oft mehr Probleme, in den Sachen der Opfer herumzuwühlen, als zum Beispiel Todesbotschaften zu überbringen. Auch wenn es zum Job eines Polizisten gehört und er meistens gut darin ist, Zusammenhänge zu entdecken, wo andere nur Chaos sehen, heißt das noch lange nicht, dass er solche Dinge gerne tut.

Er dreht sich zu Göran um, der mit dem Funkgerät in der Hand hinter ihm steht. »Haben Sie Gummihandschuhe?«

Wortlos zupft der Kollege ein Paar aus seiner Tasche. Nachdem Skagen es sich übergestreift hat, beginnt er nacheinander Gegenstände aufzuheben und zu betrachten. Er untersucht einen Werkzeugkasten, eine pinkfarbene Haarspange in Blütenform – Zugehörigkeit unbekannt –, eine halbvolle Tüte mit Chips, einen massiven Kerzenleuchter aus Kosta-Boda-Glas und ein Dalapferd mit einem abgebrochenen Bein. Das fehlende Glied findet er einige Meter weiter unter dem Panoramafenster. Daneben liegt ein verschmutztes Ringelshirt, das vom kindlichen Schnitt und der Größe her mit Sicherheit Ronja Nowak gehört. Danach fühlt er vorsichtig in die Ritzen zwischen den Polstern, doch das Sofa scheint relativ neu zu sein, denn da ist nicht der kleinste Krümel. Auf dem klobigen Couchtisch, der wirkt, als sei er zusammen mit dem Haus gebaut worden, liegen Comichefte verstreut und ein abgerissener Knopf. Das dazugehörige Kleidungsstück kann Skagen nicht entdecken. Er sieht sich in den anderen drei Räumen um. Das Gestell des Doppelbetts im Schlafzimmer des Ehepaares ist alt, die Betten der Kinder und sämtliche Matratzen hingegen neu. Die Nowaks müssen als Erstes einen Ausflug zum nächsten Jysk unternommen haben.

Skagen öffnet den Kleiderschrank in Lolas Zimmer. Die Kleidungsstücke sind von den Kollegen der KTU zerwühlt worden. Neben dem Schrank steht eine Umhängetasche auf dem Boden und Skagen wirft einen Blick hinein. Schminksachen, ein Jugendmagazin, Kaugummis, sonst nichts. Er legt die Tasche auf das Bett und stellt sich ans Fenster, schaut hinüber zum Waldrand. Dabei streichen seine Finger gedankenverloren über das Fensterbrett. Kleine unregelmäßige Löcher befinden sich darin.

Wenig später geht Skagen zurück in den Flur und betritt das einzige Bad des Hauses. Es ist winzig und ein Traum aus den 70ern. Waschbecken, Toilettenschüssel, PVC-Wände und der Boden – alles in Beige. Sogar die einstmals durchsichtigen Plastikwände der Duschkabine sind vom huminhaltigen Wasser bräunlich verfärbt. Die Familie hätte noch einiges tun müssen, um alles auf einen halbwegs modernen Stand zu bringen. Im Bad stinkt es durchdringend nach Kloake. Skagen öffnet den Klodeckel, braunes Wasser steht in der Schüssel. Vielleicht Probleme mit dem Abwasser? Das ist bei alten Häusern nicht selten.

Auf dem Weg in die Küche fällt ihm ein Buch auf, das unter einer Jacke verborgen auf dem Boden liegt. Das Kleidungsstück ist vermutlich von der Garderobe gefallen, die darüber an der Wand hängt. Als er das Buch aufhebt, sieht er, dass es illustrierte Märchengeschichten enthält.

»Wichtel, Trolle und Königskinder« lautet der Titel, und das Bild auf dem Cover zeigt eine der berühmtesten Arbeiten des schwedischen Märchenmalers John Bauer: eine kleine, zartgliedrige Prinzessin mit goldenen Haaren, die wie ein helles Licht mitten in einer Gruppe von grobschlächtigen, knollnasigen Trollen hockt, die sie neugierig betrachten. Prinzessin Tuvstarr, eine Sagengestalt, die in Schweden jedes Kind kennt. Das Bild ist voller Magie und Liebe, aber auch Witz.

»Was ist? Hat Ihre Oma Ihnen zu Weihnachten immer von ›Tomte Tummetott‹ vorgelesen?«, fragt Göran, und Skagen merkt plötzlich, dass er selbst still vor sich hinlächelt. Er hätte eher mit einem Zitteranfall gerechnet als mit diesem warmen Gefühl in seinem Bauch. Ist seine alte Heimat etwa schon dabei, ihn zu verändern?

Er wendet sich dem schwedischen Kollegen zu. »Natürlich. Kein Weihnachten ohne Tummetott. Und bei Ihnen?«

Göran leckt sich über die Lippen, als wolle er ein Schmunzeln verbergen. Kurz darauf ist wieder diese versteinerte Coolness zu sehen. »Maja erzählte mir, dass sie Sie von früher aus der Schule kennt.«

»Ich habe in Karlskrona gelebt, bis ich 16 war. Dann bin ich mit meiner Familie nach Deutschland gezogen, auf die Insel Amrum. Meine Mutter stammt von dort.«

»Und Ihr Vater war Kapitän auf der Aspö-Fähre?«

Skagen grunzt amüsiert. »Wissen Sie das von Maja?«

»Sie sagte, sie seien oft umsonst mitgefahren, um auf den Schären zu baden.«

»Das ist richtig.« Er lächelt bei der Erinnerung daran, wie Maja ihn damals angesehen hat, als sie auf dem Fährschiff zum ersten Mal Händchen gehalten haben. Hoffentlich hat sie ihrem Chef nicht auch davon erzählt.

»Sie waren mal ein Paar, stimmt's?«

Ohne etwas zu sagen, wendet Skagen sich ab. Er hat keine Lust darüber zu reden, erst recht nicht mit diesem Charmebolzen von einem Ermittlungsleiter.

»Anyway«, bellt Göran hinter ihm, »Sie sprechen zwar wie einer von hier, sind aber keiner von uns. Ist das klar?«

Herzlichen Dank für die Belehrung, denkt Skagen und fragt sich, ob Göran vielleicht eifersüchtig ist.

Ein Funkspruch vom Suchtrupp lenkt den Polizeiinspektor ab, und schnell legt Skagen das Buch auf den Boden zurück und entfernt sich ein paar Schritte. Noch einmal sieht er sich im Haus um, betrachtet all die Gegenstände. Sie erzählen eine Geschichte, die er erst noch zusammensetzen muss. Vielleicht könnte er am Ende des Tages wenigstens eine kleine Theorie präsentieren, bevor er die Ermittlung verließ.

Er will nach draußen gehen, da schallt Görans Stimme hinter ihm her: »Hey, Monk, warten Sie!« Der Ermittlungsleiter holt auf und tritt nach ihm durch die Tür. »Kann ich jetzt vielleicht erfahren, was Sie denken?«

»Nun, bisher kann ich nichts finden, was auf einen Missbrauch der Tochter hindeutet oder darauf, was der Grund für einen erweiterten Suizid sein könnte. Wenn es das ist, was Sie hören wollen.«

Göran schüttelt den Kopf. »Nein, ich …«

»Gibt es eigentlich einen Computer, der von den Nowaks mit in den Urlaub genommen wurde?«, will Skagen wissen.

»Nein, da war keiner, nicht mal ein Tablet. Muss so eine ›pädagogisch wertvolle‹ Familie gewesen sein.«

Skagen ignoriert Görans abfällige Bemerkung und zeigt auf eine niedrige Tür im Fundament des Wohnhauses. »Ich geh mir den Keller ansehen.«

»Da waren wir zwar auch schon, aber bitte sehr. Ich warte hier, die Suchtrupps müssen jeden Augenblick eintreffen.«

Skagen geht zu der Kellertür und drückt sie auf. Dahinter empfangen ihn Dunkelheit und ein dumpfer Geruch nach Erde. Sein Handy als Taschenlampe benutzend wagt er sich hinein. Der Raum ist nicht groß und der Boden aus festgestampftem Lehm. Doch bis auf einen vergammelten Schlitten befindet sich nichts darin.

Als er aus dem Keller in das helle Sonnenlicht tritt, nimmt er aus dem Augenwinkel eine Bewegung am Waldrand wahr. Es ist eine Polizistin mit gelber Weste, die sich aus dem Gestrüpp zwischen den Bäumen schält, dicht gefolgt von mehreren Kollegen. Keine fünf Minuten später sind alle vier Gruppen vereint. Verschwitzt und deprimiert gehen die Polizisten an Skagen und Göran vorbei zum Bus, wo sie Wasserflaschen hervorholen und durstig trinken.

»Ihr habt nichts gefunden?«, fragt Göran ungläubig.

»Nichts«, entgegnet die Frau. Ein kleiner Zweig hängt in ihrem lockigen Haar. Sie bemerkt ihn und zieht ihn heraus.

Während Göran und die Suchmannschaft sich zu der Karte auf der Windschutzscheibe des Busses begeben, nutzt Skagen die Gelegenheit und marschiert zur Scheune hinüber. Er schiebt das verwitterte Tor auf und lässt den Blick schweifen. Auf dem Boden entdeckt er einen Fleck, von dem er zuerst denkt, es sei Blut. Doch es scheint nur Farbe zu sein, gemischt mit einer anderen, dunkleren Flüssigkeit. Die kleine Lache ist bereits eingetrocknet. An einer Stelle wirkt es, als sei etwas verwischt oder hindurchgezogen worden. Skagen macht ein Foto davon und wendet sich der Kommode zu, in der laut Maja die Knochen entdeckt wurden. Es ist ein altes Ding, das wohl in die Scheune abgeschoben wurde, weil es zu schäbig geworden ist. Mit den Fingerspitzen nimmt Skagen Holzmehl aus dem Innern auf und betrachtet es mit gerunzelter Stirn. Er korrigiert seine Annahme: kein Auswurf von Holzwürmern, sondern getrockneter Lehm.

»He, Skagen?«, hört er Göran rufen. »Da drinnen ist nichts, das kann ich Ihnen versichern. Wir haben gestern alles gründlich abgesucht.« Der Polizeiinspektor klingt, als wolle er nicht, dass er ohne seine Aufsicht weiter herumschnüffelt. Markiert ganz klar, dass er der Chef ist.

Bereitwillig, und weil er eh nichts daran ändern kann, schiebt Skagen das Scheunentor zu, auch wenn er mit seiner Untersuchung nicht fertig ist. Als er sich umdreht und zu den Tannen hinaufblickt, die neben dem Gebäude stehen, fällt ihm etwas auf. Da hängt ein Gegenstand an einem der Äste und glänzt im Licht der Sonne wie ein Stück durchsichtiges Plastik. Skagen weiß sofort, was es ist.

»Berg, sehen Sie mal!«

»Was gibt's?«, fragt Göran.

»Nun kommen Sie schon. Ich will es nicht anfassen, bevor Sie es nicht selbst in Augenschein genommen haben. Und bringen Sie einen Beutel mit, es könnte eine Spur sein.«

Während Skagen nach einem langen Stock sucht, um das Ding vom Baum zu fischen, hört er, wie sich Görans Schritte nähern.

»Ich sagte doch, dass wir alles abges…« Als der Ermittlungsleiter den Gegenstand entdeckt, hält er mitten im Satz inne. »Scheiße noch mal. Das ist uns wohl entgangen.«

15

Maja drückt auf die Klingel am Eingang des gelb verklinkerten Hauses, das direkt an der Hauptstraße steht. Von hier aus sind es etwa 300 Meter bis zur Pizzeria und zum Supermarkt. Weit sind sie mit ihren Umfragen nicht gekommen. Und viel Neues haben sie auch nicht erfahren.

Hinter der Tür tut sich nichts, und Maja klingelt erneut. Es ist Donnerstag, einige Leute sind bestimmt bei der Arbeit. Neben ihr schwitzt Jokke vor sich hin. Immer wieder fährt er sich über die Stirn, und selbst seine langen blonden Wimpern wirken verklebt vom Schweiß. Er ist bestimmt ebenso froh, nicht durch den Wald laufen zu müssen, wie sie.

»Niemand zu Hause«, sagt er, und Maja nickt. Dabei ist sie sich sicher, dass jemand da ist. Sie hat zuvor eine vage Bewegung in einem der Fenster bemerkt. Doch offensichtlich will der Bewohner nicht mit ihnen sprechen.

»Gehen wir weiter«, sagt sie.

Jokke notiert sich die Hausnummer und den Namen und folgt ihr zum benachbarten Grundstück. Das Haus ist mit grauen Eternitplatten verschalt, der Vorgarten leidlich gepflegt. Ehe Maja klingeln kann, öffnet sich auch schon die Tür.

»Ja?« Eine ältere Dame schaut sie mit großen Augen an. Darin lauert Neugier. Maja seufzt. Das wird eine der längeren Befragungen werden.

»Guten Tag, Lövgren und Larsson von der Polizei Karlskrona«, stellt sie sich vor. »Wir hätten ein paar Fragen an Sie. Dürften wir zu Ihnen reinkommen, Frau …?«

»Eriksson. Agnes Eriksson. Natürlich. Bitte.« Die alte Dame lässt sie eintreten und führt sie ins Wohnzimmer, wo sie auf eine grüne Sofagarnitur weist. Dabei klirren die goldenen Armkettchen um ihre dürren Handgelenke. »Bitte, setzen Sie sich. Möchten Sie einen Kaffee? Ich habe gerade einen in der Küche stehen.«

Maja, die weiß, dass es keinen Zweck hat abzulehnen, nickt. Wenig später erscheint die Frau mit drei Tassen und einer Perkolatorkanne und stellt alles auf dem Tisch ab. Dazu ein Milchkännchen, eine Zuckerdose und Kekse. Schweigend gießt sie ein und reicht Maja und Joakim die Tassen, dann setzt sie sich ihnen gegenüber in den Sessel und faltet die Hände auf ihrem Schoß. Es ist ihr anzusehen, wie die Neugier an ihr zerrt.

Um der Höflichkeit Genüge zu tun, nimmt Maja einen Schluck. Jokke hat bereits den Notizblock gezückt und sein Stift schwebt über dem Papier.

»Wir sind hier wegen …«

»Des Unfalls, stimmt's?«, platzt es aus der Frau heraus. »Das ist wirklich furchtbar.«

»Ähm ja, richtig. Aber vielmehr wollen wir etwas über die betroffene Familie wissen. Die Nowaks aus Deutschland. Es geht um die Frau, Christina, wir suchen sie.« Maja zeigt der alten Dame das Foto. »Sind Sie ihr schon mal begegnet? Und wenn ja, wann und wo war das?«

»Ähmmm, das war beim Einkaufen, drüben im Supermarkt. Da waren die öfter. Das letzte Mal hab ich sie gesehen, das war …«, sie scheint zu überlegen, »am Dienstag, glaube ich.«

»Also vorgestern?«

»Nein. Vor einer Woche. Da war sie einkaufen mit ihrem behinderten Kind. So ein Mongoloid oder wie die heißen. Jedenfalls hat das Mädchen ununterbrochen für Ärger gesorgt. Die Frau war genervt und sah ziemlich fertig aus. Aber das wäre ich auch mit solch einem Kind. Nicht, dass Sie mich falsch verstehen, ich bewundere jeden, der ein behindertes Kind großzieht. Ich selbst habe vier Kinder zur Welt gebracht. Also normale, und das war schon nicht leicht. Aber muss das heute noch sein? Ich meine, das mit der Behinderung. Früher hat man ja nichts dagegen tun können, aber bei dem heutigen Stand der Medizin lässt sich das doch verhindern. Wie kann man sich nur bewusst damit belasten?«

»Für manche sind das genauso Menschen, die ein Recht auf Leben haben, wie Sie und ich«, sagt Maja in leicht tadelndem Ton. »Und für viele Familien ist das keine so große Belastung, wie man vielleicht glauben mag.«

Die alte Dame winkt ab. »Na ja, ich weiß jedenfalls, was ich gesehen habe.«

»Sind Sie auch Herrn Nowak begegnet?«, fragt Maja.

»Ja, der ist ständig durch den Ort gefahren. Immer hin und her. Das konnte ich vom Garten aus gut beobachten. Ich sehe ja jeden, der vorbeikommt.«

»Und die ältere Tochter? War die auch oft im Ort unterwegs?«

»Diese kleine Dirne?« Frau Eriksson stößt missbilligend Luft aus. »Und ob. Hab sie dabei beobachtet, wie sie mit den Jungen kokettiert hat. Schamloses kleines Ding. Hat mit denen vor ›Melkers Pizza‹ rumgelungert und wie ein Schlot geraucht. So etwas hätten meine Kinder niemals gedurft. Furchtbar.«

Maja verkneift sich eine weitere Zurechtweisung. Bei der Alten sind Hopfen und Malz verloren, und fast tun ihr deren Kinder leid, obwohl sie sie gar nicht kennt.

»Wissen Sie, ob es in Hultsjö jemanden gibt, der näheren Kontakt zu den Nowaks hatte?«

»Mit denen? Nein, mit Leuten von außerhalb wollen wir nichts zu tun haben.«

Mit Leuten von außerhalb, denkt Maja abfällig. Sag doch gleich, dass du Ausländer meinst. »Und warum?«, fragt sie, um ein wenig in der Wunde zu bohren.

»Na, weil die alles aufkaufen und kaum Häuser für die Einheimischen übrig lassen. Eine Schande ist das!«

»Ich glaube, die meisten Häuser, die von Auswärtigen gekauft werden, wollen die Einheimischen gar nicht mehr haben. Ist das nicht so? Das sind Gebäude, die lange leer gestanden haben und verfallen, weil die jungen Einheimischen in die Stadt ziehen und die Alten sich nicht mehr darum kümmern wollen oder können.«

»Kann sein. Ich hoffe zumindest, dass meine Kinder mein Haus nicht an Ausländer verkaufen, wenn ich einmal nicht mehr bin.«

Maja beißt die Zähne aufeinander, damit ihr nicht doch ein böser Kommentar rausrutscht. Stattdessen erkundigt sie sich, wie viele Ausländer in Hultsjö bereits Häuser gekauft haben.

»Zu viele, hab ich doch gesagt. Aber wenn Sie es genau wissen wollen, fragen Sie Ludvig Staffansson, er ist der Vorsitzende des Ortsvereins.«

Staffansson schon wieder. Der Name scheint in Hultsjö allgegenwärtig zu sein. Maja muss an die ältere Frau im Frisörsalon denken. Ein Ausbund an Herzlichkeit.

Maja zeigt Frau Eriksson das Foto von dem Drohbrief auf ihrem Handy. »Ist der von Ihnen?«

Als die Frau kapiert, was Maja meint, stößt sie einen empörten Laut aus. »Wie bitte? Ich soll das gewesen sein? Was denken Sie von mir? Das ist ja unerhört!«

Ohne ihre Verachtung zu zeigen, gibt Maja Jokke ein Zeichen, und sie stehen auf. »Haben Sie vielen Dank für die Informationen, Frau Eriksson. Wir müssen weiter.« Nur widerwillig steckt sie der alten Dame ihre Karte zu und wendet sich zum Gehen.

»Ach, übrigens. Was ist eigentlich mit Ihrem Mann, Frau Eriksson? Hat der vielleicht etwas gesehen?«, hört sie Jokke in ihrem Rücken fragen. »Er wohnt doch auch hier, oder nicht? Auf Ihrem Türschild steht ›Agnes und Walfrid‹.«

Frau Eriksson wirkt mit einem Mal betrübt. Ihr Blick huscht zu der Wand hinter Jokke, an der Dutzende von gerahmten Bildern hängen. Auf dem größten in der Mitte prangt eine Trauerbanderole.

»Das ist Walfrid«, sagt sie. »Leider ist mein Schatz vor einem halben Jahr gestorben.«

Maja muss sich zwingen, nicht überrascht zu gucken. Auf den Fotos ist ein kleiner weißer Hund abgebildet.

16

Als er die zwei Polizeibeamten aus dem Haus kommen sieht, wendet er rasch sein Gesicht ab und fährt weiter die Hauptstraße entlang. Allerdings, ohne merklich schneller zu werden. Schließlich will er keine Aufmerksamkeit erregen.

Im Rückspiegel beobachtet er, wie die beiden Bullen zum nächsten Haus gehen, einer von ihnen ist eine blonde Frau. Sie haben ihn nicht wahrgenommen.

Erleichtert atmet er auf und biegt am Supermarkt auf den Parkplatz ab. Nachdem er sich vergewissert hat, dass niemand Notiz von ihm nimmt, faltet er schnell den Umschlag mit dem Brief zusammen und stopft ihn in seine Hosentasche. Besser, wenn den keiner sieht.

Eigentlich hat er vorgehabt, ihn jetzt gleich einzuwerfen, doch da es hier vor Polypen nur so wimmelt, würde er das ein anderes Mal tun müssen. Später, wenn es im Ort ruhiger geworden wäre. Das mit dem Unfall der Familie war ein verdammtes Pech. Oder vielleicht auch nicht. Wer weiß. Für die Polizei ist es zumindest eine gute Ablenkung.

Er blickt auf die zwei leeren Mannschaftswagen, die vor »Melkers Pizza« stehen. Scheint, als hätten sie einen Suchtrupp losgeschickt. Na dann: Waidmannsheil.

Ein Grinsen will sich auf seine Lippen stehlen, doch er zwingt sich, cool zu bleiben. Nicht auffallen ist die Devise. Gerüchte breiten sich in diesem Ort schneller aus als ein Flächenbrand. Und wenn man sich auffällig verhält, wird man sofort ein Opfer davon. Das kann er sich nicht leisten. Über ihn und seine Familie wird sowieso schon zu viel getratscht. Ätzend. Aber so ist das eben in einem kleinen Dorf. Er kennt das Spiel.

Eine Weile überlegt er, was er tun soll. Hier ist viel zu viel los, für das, was er vorhatte. Vielleicht sollte er später wiederkommen. Nachts, wenn alle schliefen. Das wäre sicherer.

Er hört ein Geräusch und dreht sich um. Ein Mann kommt aus dem Supermarkt. Es ist Ture Dahlberg. Er nickt ihm freundlich zu. Man kennt sich, alles ist entspannt.

Nachdem der Bauer in seinen Pick-up gestiegen und davongefahren ist, beißt er sich auf die Lippe. Verdammt, jetzt hat ihn ja doch jemand gesehen.

Aber ist das überhaupt schlimm?

Nein, beruhigt er sich. Er gehört zu Hultsjö wie jeder andere. An ihm ist nichts Auffälliges. Niemand wird Verdacht schöpfen. Er würde einfach für einige Zeit den Kopf einziehen und abwarten.

17

Maja bleibt vor der nächsten Haustür stehen und blickt in Jokkes glühendes Gesicht. Die Sache mit Walfrid ist ihm sichtlich peinlich, dabei konnte ja keiner ahnen, dass Frau Erikssons Ehemann Albert bereits vor sieben Jahren an einem Herzinfarkt gestorben ist und Walfrid ihr geliebter Schoßhund war. Maja ist auch aufgefallen, dass von Albert kein einziges Bild im Wohnzimmer hing.

Jeder, wie er meint, denkt sie und klingelt. Kurz darauf öffnet ihnen eine gestresst aussehende Mutter mit zwei kleinen Kindern, die ihr am Rockzipfel hängen.

Maja erklärt, wer sie sind, und die Mutter lässt sie eintreten. Sie nimmt sie mit in die Küche, wo sie gerade dabei ist, zu kochen. Die beiden Kinder beobachten die Polizisten mit gewisser Skepsis.

»Muss Mama ins Gefängnis?«, fragt der Junge. Er ist etwa fünf Jahre alt und seine kleinere Schwester schätzt Maja auf drei. Er wirkt überhitzt und hat glänzende Augen, seine feinen blonden Haare kleben ihm an der Stirn. Wahrscheinlich hat er wild im Haus herumgetobt, bevor sie geklingelt haben.

Maja merkt, dass die Mutter bei dem Wort »Gefängnis« das Gesicht verzieht und den Mund aufmacht, um den Jungen zu ermahnen, aber Maja kommt ihr zuvor. »Nein, wir wollen deine Mama nur etwas fragen.«

»Was denn?«

Maja weist auf die Kinder. »Können Sie die Kleinen vielleicht einen Moment rausschicken? Was ich zu sagen habe, ist nichts für sie.«

Die Mutter hebt entnervt die Arme. »Wie soll das gehen? Sie sehen doch, dass ich alle Hände voll zu tun habe. Außerdem würden die beiden sowieso nicht draußen bleiben. Sie können ruhig offen sprechen.«

Maja ist zwar anderer Meinung, aber da ihr nichts anderes übrig bleibt, fährt sie fort, wählt ihre Worte jedoch sorgfältig aus.

»Wer ist denn Frau Nowak?«, fragt der Junge, nachdem Maja seiner Mutter die Frage gestellt hat, ob sie ihr begegnet ist.

Maja ignoriert den Knirps und wartet auf eine Antwort.

»Sie meinen die Deutsche. Die ist mir ein paarmal über den Weg gelaufen. Im Laden hauptsächlich.«

»Und wie sah sie aus?«

»Schlimm. Sie trug einen knöchellangen grauen Rock und eine blaue Strickjacke. Voll altmodisch. Und ihre Haare waren auch ganz strähnig, als wäre sie lange nicht mehr beim Frisör gewesen.«

»Ist Ihnen noch etwas aufgefa...?«

»Schießt du mit der Pistole?«, ruft der Knirps und zeigt auf Majas Waffe.

»Ja. Aber das ist nichts für Kinder«, entgegnet sie geduldig.

»Ich will auch mal schießen. Peng, peng, peng!« Laut rufend rennt der Junge durch die Küche und zielt mit dem Zeigefinger auf Maja und Jokke. »Peng, peng. Ich erschieße die Polizei.«

»Jan. Hör auf!«

»Peng. Peeeng. Du bist toooot!«

»Jan!«

Der Junge interessiert sich nicht dafür, was seine Mutter sagt, und tobt weiter herum. Schließlich ergreift Jokke die Initiative und beugt sich zu dem kleinen Rabauken hinab.

»Soll ich dir zeigen, wie man einen Dieb festnimmt?«

Jan ist schlagartig still und blickt erwartungsvoll zu Jokke auf. Der fasst das Kind bei der Hand und geht in Richtung Verandatür. »Draußen, im Garten«, sagt er mit einem Augenzwinkern zu Maja und der Mutter und ist verschwunden. Das kleine Mädchen rennt mit nackten Füßen hinterher.

Die Mutter seufzt und schüttet Nudeln ins kochende Wasser. Dampf quillt heraus und lässt die Hitze in der Küche ansteigen.

Maja nimmt die Mütze ab und wischt sich über die Stirn. »Also ist Ihnen nichts Besonderes an der Familie aufgefallen?«

»Nö. Nicht, dass ich wüsste. Hab mich aber auch nicht viel um die gekümmert. Hab wirklich anderes zu tun.« Sie macht eine Geste in Richtung Herd, während von draußen das vergnügte Quieken des Jungen durchs Fenster dringt. Maja kann sehen, wie er versucht, Jokkes langen Armen zu entwischen.

»Gab es irgendwelche Anfeindungen gegenüber den Nowaks? Weil sie das Haus gekauft haben?«, greift Maja den Faden auf, der zu der nächsten Frage mit dem Drohbrief führen soll. »Sind irgendwelche Leute aus dem Ort sauer deswegen?«

»Nö. Nicht, dass ich wüsste.« Wiederholt die Mutter ihren nicht allzu großen Wortschatz. »Hier sind eigentlich alle recht friedlich.«

Maja zeigt ihr das Foto von dem Brief. »Das sieht mir aber nicht danach aus. Kennen Sie den?«

In diesem Moment kocht das Nudelwasser über, und es zischt. Hektisch greift die Mutter nach einem Lappen in der Spüle. Beim Wegwischen des Wassers verbrennt sie sich die Finger und flucht. Danach pfeffert sie den Lappen ins Waschbecken.

Maja stellt ihre Frage erneut. »Kennen Sie den Brief?«

»Nein, verdammt! Ich hab das Ding nie gesehen«, schimpft die Mutter.

Maja lässt ihre Augen zu dem niedrigen Tisch wandern, der im angrenzenden Wohnzimmer steht. Darauf liegen Zeitungsschnipsel, Klebestift und Schere.

»Das ist nicht Ihr Ernst, oder?« Die Mutter ist ihrem Blick gefolgt. »Das ist der Bastelkram meiner Kinder.«

»Darf ich eine Probe mitnehmen – von den Schnipseln und dem Kleber?«

»Nein. Und jetzt raus!«

Maja hebt beide Hände. »Schon gut. War ja nur eine Frage. Einen schönen Tag noch. Ich finde selber nach draußen.« Sie stapft an der Frau vorbei und durch die offene Verandatür hinaus in den Garten, wo Jokke den Knirps gerade gepackt hat und durchkitzelt. Mit hochrotem Kopf windet sich dieser und kreischt vor Vergnügen. Das Mädchen steht daneben und gluckst glücklich. Vielleicht freut sie sich, dass es ihrem nervigen Bruder endlich mal an den Kragen geht.

»Joakim?«, ruft Maja, und ihr Kollege richtet sich auf. In seinen Augen leuchtet es mindestens ebenso vergnügt wie in denen des Jungen, der sich wie irre kichernd an sein Bein hängt. »Abmarsch!«

»Bin schon da.« Jokke schüttelt den Jungen freundschaftlich ab und ermahnt ihn, brav zu sein, sonst käme er zurück und würde ihn zur Strafe 100 Jahre lang durchkitzeln.

Kurz darauf stehen sie an der Straße und Jokke zupft seine Uniform zurecht.

»Gut gemacht«, lobt Maja ihn. »Das mit dem Jungen, meine ich. Hast ein Händchen für Kinder.«

»Danke. Ich kann mich eben gut in sie hineinversetzen.«

Maja muss schmunzeln. »Und was hältst du von der Frau?«

»Ich glaube, wir sollten ihren Ehemann überprüfen. So,

wie ihr Sohn auf uns reagiert hat, scheint der Bursche mal gesessen zu haben.«

»Joakim«, sagt Maja begeistert. »Chapeau!«

Ihr Kollege runzelt die Stirn. »Schappo?«

»Ach, vergiss es.« Maja geht auf das nächste Haus zu.

18

Skagen wendet sich an Göran Berg: »Machen Sie ein Foto und halten Sie den Beutel auf, okay?« Er gibt diese Anweisung ganz natürlich und ohne Triumph in seiner Stimme, und der Ermittlungsleiter leistet ihr erstaunlicherweise ohne zu murren Folge.

Skagen zupft das Corpus Delicti mit dem Stock vom Zweig und lässt es in den Beutel fallen. Es ist ein Kondom.

»Wirkt, als sei es gebraucht. Kann nicht lange her sein, das Sperma ist noch flüssig. Lassen Sie die DNA mit der von Jochen Nowak abgleichen.«

»Äh, ja klar.« Göran wirkt einen Augenblick lang unsicher. Doch dann rückt er seine Sonnenbrille zurecht und gibt Skagen mit einem coolen Nicken zu verstehen, dass er ihm folgen soll. Vor den anderen Polizisten, die rund um den Bus im Gras sitzen und sich ausruhen, stellt er sich breitbeinig auf und schwenkt den braunen Beutel. »Wir haben gerade ein gebrauchtes Kondom gefunden.«

Wir, denkt Skagen amüsiert und hört Görans Appell an seine Leute zu, bei dem er sie auffordert, in der folgenden Suche die Augen noch besser aufzuhalten. Vielleicht würden in der Gegend weitere von diesen Dingern rumfliegen.

Ein Brummen der Zustimmung geht durch die Reihen, und Göran wendet sich an Skagen. »So! Aber bevor wir zwei weitermachen, klären wir jetzt erst mal Ihre Zuständigkeit, Herr Kollege. Ihren hübschen Skanpol-Ausweis kenne ich ja bereits, aber was ist mit dem Rest?«

Skagen zuckt bei diesen Worten mit den Schultern. Er hat erwartet, dass Berg deswegen nachhaken könnte. Allerdings hat er gehofft, dass er es bleiben ließe. Zumindest für heute. Es ist eindeutig eine Retourkutsche für das Kondom. Irgendwie scheint der Schwede seinen Fund persönlich zu nehmen. Durchdringend blickt Göran ihn an, und auch die anderen Polizisten mustern ihn neugierig. Skagen wird heiß. Er will gerade den Mund öffnen, um eine Erklärung abzugeben, da kommt Göran ihm zuvor.

»Sie sind Kriminalkommissar, nicht wahr?«, fragt er.

»Das ist korrekt.«

Göran scheint zu überlegen. »Ich kenne den akkuraten Vergleich zu den deutschen Rängen nicht, aber das lässt Sie vermutlich über mir stehen. Da ich jedoch die Ermittlung leite, sind Sie mir untergeordnet, richtig?«

Skagen nickt. Dass es dem schwedischen Kollegen allein um die Ränge geht, überrascht ihn. Mit möglichst neutralem Tonfall erklärt er, dass eine solche Konstellation in der internationalen Zusammenarbeit oft vorkäme und er daher sehr gerne Görans Anweisungen befolgen würde.

Der Ermittlungsleiter nickt zufrieden, und Skagen ist froh, dass er die Sache damit auf sich beruhen lässt. Unauffällig atmet er durch. Das ist gerade noch mal gut gegangen. Trotzdem ist es riskant, was er hier treibt. Er sollte es besser nicht darauf anlegen. Wenn Göran herausbekäme, dass er ohne offizielle Entsendung mitermittelt, und es an Skanpol meldete, würde Jette ihm die Hölle heißmachen.

Während Skagen überlegt, welche Ausrede er Göran am Abend auftischen könnte, um aus der Sache möglichst schadlos rauszukommen, ruft dieser die zweite Runde der Suche aus und weist die Kollegen anhand der Karte in den neuen Quadranten ein. Diesmal würden sie in das unbesiedelte Waldgebiet östlich des Hauses vordringen. In parallelen Reihen und bewaffnet mit ihren Stäben schwärmen die Polizisten aus.

»Ein Mantrailerhund wäre hilfreich«, schlägt Skagen vor. »Steht Ihnen einer zur Verfügung?« Er blickt Göran an.

»Nicht in Karlskrona. Den müssten wir in Malmö anfordern. Ich rufe gleich mal an. Wenn wir die Frau heute nicht finden, können wir den morgen vielleicht einsetzen. Vorausgesetzt, wir kriegen einen.« Göran holt sein Handy hervor. »Und was haben Sie jetzt vor?«

»Ich werde den nächstgelegenen Nachbarn befragen, falls das okay für Sie ist.«

Göran streckt seinen Daumen hoch und beginnt mit jemandem am Telefon zu sprechen.

Skagen will den Weg zu Fuß zurücklegen, denn weit ist es nicht. Während er der staubigen Auffahrt bis zur asphaltierten Straße folgt, taucht vor seinem inneren Auge der rote Volvo der Nowaks auf, wie er von hier aus zu seiner letzten Fahrt aufbricht. Der Wagen biegt auf die Straße ein und fährt in Richtung Hultsjö, wo er die Hauptstraße in Richtung Süden nimmt und dann … Weiter kommt Skagen mit seinen Gedanken nicht, denn ihm fehlen zu viele Puzzleteile. Er sollte sich die Unfallstelle ansehen, vielleicht bekäme er dadurch ein Gefühl dafür, was an dem unglückseligen Abend vor zwei Tagen geschehen ist.

Am Schild »Ärkilsgård« lenkt er seine Schritte auf den Feldweg, der zu dem Hof führt, dabei klatscht er eine Mücke auf seinem Unterarm tot. Diese Plagegeister sind wirklich überall. Nach einer Weile weicht der Wald zurück und macht Platz für eine von einer niedrigen Steinmauer umfangenen Weide, auf der Islandpferde und Ziegen grasen. Hundert Meter weiter entdeckt Skagen auf einer Rodung drei nagelneue baugleiche Ferienhäuser. Sie blicken auf einen kleinen See, der einladend kühl schimmert. Vor zwei Häusern stehen Autos mit deutschen Kennzeichen, unten am Steg spielen lachende Kinder. Herr Dahlberg verdient also nicht nur mit der Landwirtschaft sein Geld, sondern auch mit Tourismus. Clever.

Skagen folgt dem Weg und gelangt schließlich zu einem Gutshaus. Aber anders als vermutet, ist es von eher schlichtem Baustil. Allein die Lage lässt es idyllisch wirken.

Gegenüber dem Wohnhaus befindet sich eine langgestreckte Scheune, vor deren Tor ein Traktor parkt. Auf dem Rasen daneben reihen sich diverse kleinere Gebäude aneinander. Von mehreren Gäststugas bis hin zu einem Pavillon ist alles vertreten.

Schmunzelnd öffnet Skagen das Tor zum sorgfältig gepflegten Vorgarten, in dem die schönsten Blumen blühen. Bei dem Wetter müssen diese sicherlich zweimal am Tag gegossen werden, wenn nicht gar häufiger. Eine Heidenarbeit. Er steigt die Stufen zum Eingang hinauf und sucht nach einer Klingel, aber es gibt lediglich einen altmodischen Klopfer. Er greift den Ring und will ihn fallen lassen, da wird die Tür aufgerissen und eine ältere Frau blickt ihn erschrocken an.

»Huch!«, ruft sie und legt eine Hand auf ihre Brust. Ihre Haare sind knallrot, genau wie ihre Lippen. Modischer Schmuck in Form von geometrischen Figuren baumelt an ihren Ohren. »Wer sind Sie?«

»Tom Skagen von der Polizei, Sondereinheit Skanpol.« Er zeigt seinen Ausweis vor. Während die Frau das Dokument aufmerksam studiert, erklärt er, dass er Herrn Dahlberg im Ort getroffen und dieser ihm gesagt hätte, er könne gern vorbeikommen.

»Das sieht Ture ähnlich«, entgegnet die Frau und gibt Skagen den Ausweis zurück. Sie äugt auf den Parkstreifen vor ihrem Gartenzaun. »Entschuldigen Sie, aber mein Mann ist noch gar nicht zurück, und ich hab es furchtbar eilig. Ich muss dringend in den Ort. Können Sie vielleicht später …?«

Im Hintergrund ertönt das Geräusch von Reifen auf Schotter und Skagen dreht sich um. Der rote Pick-up hält vor dem Tor, die Wagentür geht auf und Herr Dahlberg steigt aus, hinter ihm springt der Hund aus dem Auto und läuft schwanzwedelnd auf Skagen zu. Neugierig beschnuppert Nelly sein Hosenbein, während er das dicke Fell des Elchhundes streichelt. Als Nelly genug hat, läuft sie schnurstracks ins Haus, von wo man es einen Augenblick später laut schlabbern hört.

»Ah, der Herr von der Polizei«, ruft Dahlberg erfreut aus und streckt ihm seine raue Pranke entgegen. Er drückt so fest zu, wie Skagen es von einem Landwirt erwartet. »Willkommen auf dem Ärkilshof. Das ist übrigens der Name meines Ururgroßvaters. Unsere Familie ist sehr standorttreu, müssen Sie wissen. Na, dann treten Sie ein und trinken Sie etwas mit uns. Es ist viel zu heiß. Puh!« Er wedelt mit der Mütze vor seinem Gesicht. »Lisa, bist du so lieb und setzt einen Kaffee für uns auf?«

»Ähm, Ture?« Frau Dahlberg zupft ihren Mann am Ärmel,

dabei wandert ihr Blick vielsagend zwischen ihm und Skagen hin und her.

»Was ist denn, Lisa? Rück raus damit. Unser Gast kann es ruhig hören.«

»Wenn du meinst«, erwidert sie wenig überzeugt. In ihre Miene hat sich Misstrauen geschlichen. »Im Dorf erzählen sie herum, dass du mit Frau Nowak gesehen wurdest. Malin hat mich eben angerufen. Sie sagt, jemand habe beobachtet, wie du mit Frau Nowak im Auto durch den Ort gefahren bist. Am Tag des Unfalls!«

19

In dem karg dekorierten Lokal von »Melkers Pizza« herrscht eine feindselige Atmosphäre. Nicht nur, dass alle im Dorf eine eigene Meinung zu den Geschehnissen rund um die Nowaks zu haben scheinen, es wirkt auch so, als sei allein die Anwesenheit der Polizei ein Reizthema. Dabei wollen Maja und Jokke lediglich schnell zu Mittag essen, bevor sie ihre Befragungen fortsetzen. Aber in dem Moment, als sie bei dem Mann hinterm Tresen – seines Zeichens Melker Bolinder persönlich – zweimal Pizza Tonno bestellen, betritt eine Gruppe Waldarbeiter das Restaurant und fängt beim Anblick ihrer Uniformen sofort an, herumzustänkern.

Maja lässt sich nicht beirren und stellt den Waldarbeitern trotzdem ihre Fragen. Dabei zeigt sie ihnen das Foto von Tina Nowak, was die Stimmung nicht unbedingt verbessert. Immerhin sehen die fünf Motorsägenkünstler sich das Bild an, und tatsächlich meint einer von ihnen, Tina gesehen zu haben.

»Und Sie sind sicher, dass es diese Frau war, die bei Herrn Dahlberg im Auto saß?«, hakt Maja vorsichtshalber noch einmal nach. Aus dem Augenwinkel beobachtet sie, wie im Hintergrund eine blonde Frau zum Handy greift.

»Absolut sicher. Dahlberg ist mit ihr in seinem Pick-up in Richtung Emmaboda gefahren. Hab mir nix dabei gedacht, da sie ja Nachbarn sind und so«, antwortet der fetteste der Kerle.

»Wann war das?«

»Am Dienstagvormittag.«

»Mann, Fredde, willst du der Politesse deine ganze Lebensgeschichte erzählen?«, schnauzt einer der anderen Männer. »Ich will endlich was essen. Hab Kohldampf.«

»Ich bin aber noch nicht fertig mit meinen Fragen.« Maja bleibt hartnäckig. Die Kerle jagen ihr keine Angst ein.

»Scheiße, ich will jetzt meine Mittagspause machen und zwar ohne, dass mir die Bullen auf die Eier gehen.«

»Sind Sie Stammgäste?«, fragt Maja gelassen.

»Und ob«, entgegnet der ungehobeltste von den fünf Typen, es ist dieser Fredde. »Wir sind jeden Tag bei Melker. Nicht wahr?«

Der große Mann hinter dem Tresen nickt schüchtern.

»Wir arbeiten im Wald. Das ist verdammt hart. Und wenn

wir hierherkommen, wollen wir gutes Essen und unsere Ruhe. Aber ständig sind da diese Scheißtouris mit ihren schreienden Bälgern. Da vergeht einem der Appetit, wenn man diese behinderten Bratzen angucken muss. Völlig degeneriert sind die. Sollten echt zu Hause bleiben.«

»Genau, warum bleiben die nicht zu Hause mit ihren hässlichen Kindern?«, fällt einer der anderen Kerle mit ein. Er trägt ein Heavy-Metal-Shirt mit abgerissenen Ärmeln und hat seine Sonnenbrille auf die rasierte Glatze geschoben.

»Obwohl – diese eine Kleine sah ziemlich scharf aus. War geschminkt wie eine Nutte.« Der Fette grinst anzüglich und tritt so dicht an Maja heran, dass sie nicht nur die geplatzten Äderchen auf seiner Nase sehen, sondern obendrein noch seinen Schweiß riechen kann.

»Sie kennen also die Familie Nowak?«, fragt sie.

»Hä, Nowak?«

»Ja, Sie sprachen eben von dem behinderten Kind einer Touristenfamilie. Das waren die Nowaks aus Deutschland. Können Sie uns etwas über sie erzählen? Ich meine, abgesehen davon, dass Sie sich durch das Kind gestört gefühlt haben und die Frau angeblich bei diesem Herrn Dahlberg im Auto gesessen haben soll?«

»Du bist wohl 'ne ganz Schlaue, was?«

»Nein, eher durchschnittlich intelligent. Und wie steht's mit Ihnen?« Maja spürt, dass der Kerl ihr am liebsten das Wort »Fotze« ins Gesicht spucken würde, doch er beherrscht sich. Mit zuckenden Kiefermuskeln blickt er auf sie herab. Neben ihr platziert Jokke sachte eine Hand auf dem Griff seiner Waffe.

»Willst du mich erschießen, du Pimpf?«, faucht der Dicke ihn an.

»Nein, nur entspannt meine Hand ablegen. Bitte, meine

Kollegin hat Ihnen eine Frage gestellt, und wie ich sie kenne, wartet sie auf eine Antwort.«

Respekt, denkt Maja und hält dem Blick des dicken Ekelpakets stand.

»Ich weiß nix über die«, sagt der Mann. »Wieso auch. Hab mit solchen Leuten nix zu tun.«

»Wohnen Sie in Hultsjö?«

»Ja. Und?«

»Ihr Name?«

»Was geht Sie das an?«

»Erst mal nichts, da haben Sie vollkommen recht. Aber ich habe das Gefühl, dass Sie uns gleich noch mehr beleidigen werden. Also sorge ich bloß für eine eventuelle Anzeige gegen Sie vor.«

»Du blöde F...« Gerade rechtzeitig bricht der Dicke ab und starrt sie hasserfüllt an.

»Ich wiederhole meine Frage. Diesmal an alle. Ist irgendjemand von Ihnen in letzter Zeit dieser Frau begegnet?« Sie hält das Foto von Tina Nowak hoch. »Sie ist die Mutter des behinderten Kindes. Besonders der Dienstag interessiert uns. Das war der Tag des Unfalls, über den Sie ja alle bereits bestens Bescheid wissen. Jeder Hinweis ist für uns wichtig, und sei er noch so klein. Also?«

Der Dicke stößt den Glatzköpfigen in die Seite. »Los, wir essen woanders. Hier hängen mir zu viele Uniformen rum. Nichts für ungut, Melker. Wir kommen morgen wieder, wenn sich das Geschmeiß verzogen hat. Abmarsch, Leute.« Er zwängt sich an Maja vorbei zur Tür.

»Ich hätte immer noch gerne Ihren Namen gewusst«, ruft sie ihm hinterher. »Sie sind schließlich ein Zeuge.«

»Und Sie sind Polizistin, finden Sie es selbst raus.« Damit rauschen der Widerling und seine Gang ab.

Nachdem die Typen in ihren Geländewagen gestiegen

und mit dröhnendem Motor davongefahren sind, ist die Luft schon etwas weniger erfüllt von ätzendem Macho-gehabe.

Maja atmet tief durch, dreht sich zu Melker um und zieht fragend eine Braue hoch.

»Der Typ heißt Fredde oder besser Frederik John. Er arbeitet zusammen mit den vier anderen in Staffanssons Wald.«

»Also sind das Kollegen von … Wie heißt der Typ, der den Unfall gemeldet hat? Ach ja, Pål Svensson.«

»Nein«, sagt Melker. »Palle arbeitet für Ture Dahlberg.«

»Dahlberg. Ach so. Hast du das, Joakim?«

Jokke tippt sich mit dem Stift an die Stirn. »Klar.«

Maja betrachtet die anderen Gäste, die blonde Frau hat schon wieder ihr Handy am Ohr und spricht leise hinein. »Und was ist mit Ihnen?« Maja tritt auf sie zu. Mit am Tisch sitzen drei weitere Personen. Eine Frau und zwei ältere Jungen. Schnell packt die Blonde das Smartphone weg und ver-sucht, unbeteiligt zu wirken. Ziemlich sicher hat sie vorhin den Buschfunk bedient. Maja hält ihr das Foto vor die Nase und fragt, ob sie Tina Nowak begegnet sei. Zuerst schüttelt die Frau den Kopf, doch dann nickt sie.

»Was jetzt? Haben Sie sie gesehen oder nicht?«

»Ja, natürlich.«

»Bei Herrn Dahlberg im Auto?«

»Nein. Im Ort, beim Einkaufen. Ist länger her. Stimmt das denn?«

»Stimmt was?«

»Dass ihr Mann sie geschlagen hat? Und dass es vielleicht Selbstmord war?«

»Nein, das sind alles unbegründete Anschuldigungen«, hält Maja missbilligend dagegen, obwohl sie weiß, dass es vergebene Liebesmüh ist. »Und solange nichts erwiesen ist, bitte ich Sie, von solchen Spekulationen Abstand zu nehmen.«

»Aber Agnes Eriksson hat das erzählt.«

Na super, denkt Maja. Die Gerüchteküche ist also im vollen Gang. Mal sehen, was sie bis heute Abend noch alles zu hören bekämen.

»Die Tochter soll ja ein Flittchen gewesen sein«, fährt die blonde Frau fort. »Da hatte Fredde vorhin vollkommen recht. Die ist herumstolziert, als gehe sie anschaffen.«

»Aha. Sind die anderen am Tisch derselben Meinung?« Maja guckt die zwei Jugendlichen und die Frau an. Alle zucken synchron mit den Schultern. Doch einer der Jungen macht den Eindruck, als wisse er mehr.

»Du willst was sagen, oder?«

Alle sehen ihn an und schlagartig wird er rot. »Ja … also die ältere Tochter. Die … hat mich angesprochen vorm Supermarkt. Vor ungefähr anderthalb Wochen. Aber ich wollte nichts von ihr, ehrlich.«

Die Frau mit dem Handy, die seine Mutter zu sein scheint, gibt ihm einen Klaps auf den Arm. »Davon hast du mir nichts erzählt, Oscar.«

Der Junge wischt sich verlegen den Pony aus dem Gesicht. »War ja nicht wichtig.«

»Was hat sie von dir gewollt?«, hakt Maja nach.

»Sie … ähm … sie hat mich nach einer Zigarette gefragt.«

»Aber du rauchst doch gar nicht. Oder etwa doch? Oscaaar?«

Schuldbewusst senkt der Junge den Blick und schweigt.

»Komm mal mit«, sagt Maja zu ihm. Sie will, dass er frei und ohne die Kontrolle seiner Mutter reden kann.

»Nein, er bleibt hier!«, kommandiert diese schroff. »Er wird jetzt auch nichts mehr sagen. Das muss er nicht. Er ist ja wohl nicht angeklagt.«

»Nein, das ist er nicht. Allerdings wäre es uns eine große Hilfe, mehr über die Familie Nowak zu erfahren.«

»Mein Sohn hatte nichts mit diesen Leuten zu schaffen. Klar?« Die Frau hebt eine Hand. »Melker, wir wollen zahlen, bringst du uns die Rechnung?«

Der Inhaber nickt und tippt ein paar Zahlen in die Kasse ein.

Als die vier Gäste gegangen sind, seufzt Maja laut auf. Sie würde die Leute im Ort alle einzeln abpassen müssen, um etwas aus ihnen herauszubekommen. Solange sie in Gruppen aufträten, würde sie keine ehrliche Antwort von ihnen erhalten.

»Herr Bolinder«, wendet sie sich an den Mann hinter dem Tresen. Der schiebt gerade zwei Pizzen in den glühenden Ofen und wischt sich mit einem Handtuch die Stirn ab. »Ich weiß, wir haben gestern bereits mit Ihnen gesprochen, doch mit den neuen Informationen, die uns inzwischen vorliegen, würde ich Ihnen gerne erneut einige Fragen stellen.« Sie deutet auf das Fenster, durch das man den Parkplatz vor dem Restaurant sehen kann. »Von hier aus ist zwar nicht alles sichtbar, aber wir haben gehört, dass die ältere Tochter Lola hier mit den Jungen aus dem Ort gesessen und geraucht haben soll. Stimmt das?«

»Puh, kann sein.«

»Geht das auch genauer? Wer von den Jungen war dabei, und hat einer von ihnen den Anschein erweckt, Lola etwas näher zu stehen?« Maja setzt ihren Nette-Polizistin-Blick auf. Sie weiß, dass sie mit Melker Bolinder vielleicht das heißeste Eisen von Hultsjö schmiedet. Denn er ist jeden Tag in seinem Restaurant, wo die Leute gedankenlos über alles reden. Außerdem stammt er aus dem Nachbarort Saleboda. Deshalb ist es für ihn einfacher, über Hultsjö zu sprechen.

»Na ja«, sagt Melker verlegen. »Ich habe nicht wirklich

darauf geachtet, es waren fünf oder sechs, dieser Oscar und Victor Staffansson waren jedenfalls Teil der Gruppe.«

Schon wieder ein Staffansson. Von denen wimmelt es hier, denkt Maja. »Und womit haben die Jungs sich die Zeit vertrieben?«

»Was sie halt immer so tun. Rauchen, trinken, herumalbern.«

»Mit Mädels flirten?«

»Ja, das auch. Die sind alle um die kleine Deutsche herumscharwenzelt. Dieser Oscar war ganz vorn mit dabei. Was er vorhin zu Ihnen gesagt hat, stimmt übrigens nicht. Ich habe gesehen, wie er dem Mädchen einen Arm um die Schultern gelegt und versucht hat, es zu küssen.«

»Und?«

»Sie hat sich weggedreht. Aber eher so, als spiele sie mit ihm. Es sah aus, als hätte sie die alle im Griff.«

Maja nickt. »Gibt es noch einen anderen Platz, wo wir die Jugendlichen antreffen können?«

»Eigentlich nur hier im Restaurant.« Melker grinst. »Ihre ersten Dates haben sie nämlich alle bei mir. Man kann sehen, wie ernst der Beziehungsstatus ist, je nachdem, wie oft sie mit einem der Mädchen kommen. Das ist ziemlich witzig. Aber meistens sind sie einfach nur draußen auf dem Parkplatz und hängen ab.«

»War einer der Jungen mal mit Lola hier?«

»Nein. Die kam immer nur mit ihrer Familie.«

»Was halten Sie von den Touristen? Ich habe das Gefühl, dass die in Hultsjö nicht gerade willkommen sind.«

»Och, ich finde die eigentlich ganz gut. Bringen im Sommer zusätzliches Geld. Meist sind es ja Familien, zu viert oder fünf hauen die mächtig rein. Ist eben praktischer als jeden Tag zu kochen. Und ihnen scheint es gut zu schmecken, zumindest kommen sie immer wieder.« Erneut lächelt er. Auf sein Restaurant scheint Melker Bolinder mächtig stolz zu sein.

Maja bedankt sich bei ihm und nimmt die beiden Pizzakartons entgegen. Sie verlassen das Restaurant und setzen sich auf die Picknickbank. Maja klappt den Deckel ihres Kartons auf, und bei dem leckeren Geruch der Thunfischpizza läuft ihr das Wasser im Mund zusammen. »Na dann, guten Hunger.«

»Danke, ebenso«, sagt Jokke kauend und zwinkert ihr zu.

Während sie essen, beobachten sie die Leute, die im Restaurant ein und aus gehen. Viele holen sich ihre Pizza zum Mitnehmen. Maja zählt fast ein Dutzend Autos, die halten und wieder fahren, meistens mit schwedischen Kennzeichen. Der Laden läuft tatsächlich sehr gut. Für ein so kleines Kaff ist eine Pizzeria wie diese ein Highlight – und ein Ort, an dem viele Informationen zusammenlaufen … oder sich verbreiten. Noch etwas fällt Maja auf: Jedes Mal, wenn die Leute die beiden Polizisten auf der Picknickbank entdecken, sehen sie schnell weg.

»Als ob die was zu verbergen haben«, sagt sie und leckt sich die Finger ab.

Jokke bedenkt sie mit einem fragenden Blick. »Was glaubst du denn? Das ist ein Dorf, da haben alle Dreck am Stecken.«

20

Pål Svensson nimmt den Schutzhelm ab und wischt sich den Schweiß aus dem Gesicht. Tote Mücken kleben an seiner Hand. Was für eine Scheißhitze. Aber den Mücken scheint es zu gefallen, zu hunderten schwirren sie um die schwitzenden Waldarbeiter herum. Auch wenn sich Pål routinemäßig mit Antimückenzeugs eingesprüht hat, landen immer wieder ein paar von den Blutsaugern auf den ungeschützten Stellen und versuchen, ihn zu stechen. Deshalb trägt er seine langärmlige Jacke und die schwere Arbeitshose. Da kommen die Stechrüssel der kleinen Mistbiester nicht durch, doch dafür hat er das Gefühl, in seinen Klamotten gekocht zu werden.

Aufgrund der hohen Waldbrandgefahr sind sie wie schon in der Woche zuvor ohne schweres Gerät unterwegs. Ein Funken, ausgelöst von Metall auf Stein, und das Unterholz würde sofort in Brand geraten. Die Nachrichten sind voll davon, dass weiter im Norden unzählige Hektar Wald in Flammen stehen. Es heißt, dass man mit dem Löschen nicht mehr hinterherkommt und sogar die Feuerwehr in Polen um Unterstützung gebeten hat. Tatsächlich ist es so trocken, wie Pål es bislang nicht erlebt hat. Selbst die Farne, die eigentlich als unverwüstlich gelten, sind an vielen Stellen zu braunen Skeletten verdorrt. Lediglich an den Bachläufen, die sich durch den Wald schlängeln, ist der Boden noch feucht. Die schlammigen Uferbereiche sind voll mit Tierspuren. Vor allem Wildschweine kommen hierher, um sich im Morast zu wälzen. Nicht die schlechteste Idee, um das lästige Stechzeugs fernzuhalten.

»He, Pål? Starrst du Löcher in die Luft? Hilf mir mal!«
Carl, sein Vorarbeiter, winkt ihn zu sich. Sie sind dabei, die
vor Monaten gefällten jungen Birken mit reiner Muskelkraft
aus dem Wald zum Weg zu schleifen. Kein Holz, mit dem
man Geld verdienen kann, nur Kroppzeugs, das in der Fichtenplantage wie Unkraut wächst. Die Stämme sind gerade
mal armdick, und trotzdem sperrig wie ein Stock im Arsch
einer Kuh.

Pål setzt sich den Helm auf, streift die Arbeitshandschuhe
über und stapft durch das trockene Unterholz zu Carl, der
ächzend an einem der Stämme zerrt. Gemeinsam ziehen sie
die Birke zum Forstweg, wo sie liegen bleiben würde, bis
man sie an einem kühleren Tag mit der Maschine zu Brenn-
holz oder Pellets zerkleinerte.

Sie greifen sich den nächsten Stamm und arbeiten sich tiefer in den Wald vor. Ihre beiden Kollegen sind auf der anderen Seite der Schotterstraße unterwegs, von ihnen ist nichts
zu sehen. Allerdings kann man sie hören, denn ihr Fluchen
und das Knacken von Ästen hallen laut durch den Wald.

Pål muss unentwegt an den Unfall denken. An den Toten
hinterm Lenkrad, den er gefunden hat. Scheiße, als Waldarbeiter hat er viel erlebt – üble Verletzungen durch Maschinen und Sägen, eingeklemmte Gliedmaßen und sogar abge-
trennte Finger. Aber diesen zermatschten Kopf würde er
so schnell nicht vergessen. Verdammt, warum ist er an dem
Abend aus dem Haus gerannt? Hätte sich ja auch jemand
anders darum kümmern können.

Angestrengt packt Pål den Stamm und versucht ihn frei
zu bekommen, dabei strauchelt er und ein Zweig bohrt sich
in seine Wade.

»Aua, verdammt!«, brüllt er und reibt sich die schmer-
zende Stelle.

»Pass halt besser auf«, sagt Carl.

Du hast leicht reden, Mister Oberschlau, denkt Pål. Du warst ja nicht dabei. Hast diesen eingedellten Schädel nicht gesehen. Nicht das Blut und das Kind, das wie ein zusammengepresster Altkleidersack im Fußraum des Autos gelegen hat. Dazu noch die Tote auf der Rückbank. Gott, das war wirklich furchtbar. Kein Wunder, dass er davon ständig abgelenkt wird.

»Was ist?«, fragt Carl und glotzt ihn an.

»Nichts.« Pål bückt sich nach dem Stamm und zieht daran. Er hat überlegt, sich krankzumelden, aber allein der Gedanke, zu Hause zu sitzen und womöglich wieder diesen Knall zu hören … Nein, bei der Arbeit ist er wenigstens abgelenkt. Zumindest die meiste Zeit. Es ist schlimm genug, dass er jeden Morgen an der Unfallstelle vorbei muss und die schrecklichen Bilder hochkommen. Ob die Polizei inzwischen herausgefunden hat, warum das Ganze passiert ist? Es gehen ja viele Gerüchte um, aber bei keinem glaubt Pål, dass es wahr sein könnte. Warum sollte jemand sich und seine Kinder mit dem Auto umbringen? Und dann auch noch im Urlaub. Es sind ja Touristen gewesen. So etwas macht keiner. Oder doch? Pål überlegt, ob er es hat quietschen hören, bevor es geknallt hat. Hat der Mann gebremst? Oder ist er mit voller Absicht gegen dem Baum gefahren? Pål kann sich nicht erinnern, das hat er auch der Polizei gesagt. Dieser netten Blondine. Der dunkelhaarige Typ war ja eher ein Vollarsch, hat ihn ständig angeblafft, er solle sich konzentrieren. Pah, wenn der Typ an seiner Stelle gewesen wäre, mit dem Schock und allem, wäre in seinem Kopf genauso wenig los gewesen. Mit den paar Bier, die er an dem Abend getrunken hat, hatte das überhaupt nichts zu tun. Trotzdem würde er nicht mal diesem Blödmann von einem Polizisten das wünschen, was er erlebt hat. Verdammt, an der Kurve sollten die von der Straßenwacht die erlaubte Geschwindigkeit auf Tempo 50 beschränken, damit es dort nicht mehr so oft kracht.

Pål wirft den Stamm an den Wegesrand und stapft zusammen mit Carl zurück ins Unterholz. Neben einem Bachlauf hält er an und streckt sein Kreuz durch. Was für eine Plackerei. Da wird einem der Rücken ja ganz krumm, seine Zunge klebt ihm am Gaumen. Wenn sie das nächste Mal vorn am Weg wären, würde er sich etwas zu trinken aus der Kühlbox holen. Er seufzt. Ein eiskaltes Bier, das wäre toll. Leider ist Alkohol während der Arbeit im Wald strengstens verboten. Wenn er nicht wieder seinen Job verlieren will, sollte er sich daran halten.

Er verscheucht einige Mücken und rümpft die Nase, weil ein brackiger Geruch zu ihm herüberweht. Was ist das denn Widerliches? Er senkt den Blick auf seinen Fuß, der im Schlamm des Bachufers steckt. Das Wasser ist kaum mehr als eine schwarze Pfütze, Schwärme von Insekten schweben über der schlierigen Oberfläche. Alles ist voller Tierspuren. Damit kennt Pål sich aus, er geht manchmal mit einem Kumpel auf die Jagd.

Er zieht seinen Fuß aus dem Morast und streicht den Schlamm von seiner Sohle am Boden ab. Dabei fällt sein Blick auf eine rostrote Kruste auf einem Stein am gegenüberliegenden Ufer.

»He, Pål! Träumst du schon wieder?«

»Warte mal, Carl. Da drüben ist was.« Er springt mit einem Satz über den stinkenden Bach und wäre beinahe im Schlamm ausgerutscht, doch er kann sich mithilfe eines Strauchs die Böschung hinaufziehen. Dort angekommen, beugt er sich zu dem Stein hinab.

»Und?«, ruft Carl.

»Weiß nicht.« Pål kratzt mit seinem behandschuhten Finger über die Kruste. »Sieht aus wie Blut. Ist aber älter.«

»Ach, das ist bestimmt von einem Tier. Vielleicht hat der alte Dahlberg mal wieder gejagt.«

»Kann sein.«

»Mensch, Palle. Wie oft haben wir schon Blut im Wald gefunden? Da sind ständig verletzte Tiere. Vielleicht wurde es von einem Auto angefahren, oder Dahlberg hat es angeschossen. Ist auch egal, komm jetzt, lass uns weitermachen.«

Pål will sich aufrichten, da fällt ihm etwas auf. Vorsichtig zieht er es aus dem getrockneten Blut heraus. »Und was ist dann das hier?«, fragt er und hält zwei lange blonde Haare hoch.

21

»Das ist totaler Blödsinn, was Frederik John da erzählt. Glaub mir, Lisa.« Ture Dahlberg klingt empört.

»Ich glaub dir ja.«

»Ist doch klar, von wem das kommt.«

»Meinst du?«

»Na sicher. Frederik gehört zu Ludvigs Männern.« Ture

Dahlberg wischt sich über die Stirn. »Das Aas lässt nichts unversucht.«

»Dürfte ich fragen, worum es geht?«, schaltet sich Skagen ein. Er hat das Gespräch des Ehepaars mit angehört. Inzwischen sitzen sie in der Stube am Tisch und trinken Wasser und Kaffee. Der Elchhund liegt in seinem Körbchen und hechelt vor sich hin.

»Ludvig Staffansson. Er ist ein Großkotz. Seine und unsere Familie liegen im Clinch, seit es Hultsjö gibt. Er besitzt ein bisschen mehr Land als wir, darauf legt er großen Wert. Er will der reichste und der angesehenste Grundbesitzer in der Gegend sein. Immer, wenn wir Land dazukaufen, tut er das auch, um die Nase vorn zu behalten. Dabei ist uns das völlig egal. Ich kaufe Grundstücke, um darauf zu wirtschaften, nicht, um damit anzugeben.«

»Und welchen Nutzen hätte der Mann davon, wenn er Sie derart verleumdet?«

»Nutzen? Ludvig würde alles tun, um mich in Verruf zu bringen. Sogar mir einen Mord anhängen.«

Skagen zieht eine Braue hoch. »Von Mord habe ich gar nichts gesagt.«

»Ich weiß.« Ture Dahlberg winkt erschöpft ab. »Ich meinte es eher im übertragenen Sinne.«

»Wo waren Sie an dem besagten Tag, wenn Sie nicht mit Frau Nowak unterwegs waren?«

»Am Dienstag? Da war ich die meiste Zeit auf dem Hof. Es gibt immer etwas zu tun, erst recht, wenn wir Feriengäste haben. Meine Frau kann Ihnen das bestätigen.«

»Es stimmt, Ture war den ganzen Tag hier.« Lisa Dahlbergs Gesichtsausdruck wird mit einem Mal traurig. »Mein Gott, die arme Tina. Was ist bloß mit ihr passiert?« Sie trinkt etwas Wasser und verschluckt sich, Tränen steigen in ihre Augen. Rasch hält sie sich eine Papierserviette vor den Mund.

»Können wir irgendetwas tun? Sollen wir mit suchen helfen?«, fragt ihr Mann.

Skagen schüttelt den Kopf. »Danke, nicht nötig. Wir haben eine große Mannschaft draußen im Wald, aber Sie können Augen und Ohren offen halten und uns Bescheid geben, sofern Sie etwas bemerken.«

»Ja, das machen wir. Versprochen«, sagt Herr Dahlberg, seine Frau nickt bekräftigend.

»Kannten Sie die Nowaks gut?« Skagen zückt seinen Notizblock und wartet, dass einer von beiden das Wort ergreift. Es ist schließlich der Bauer, der davon erzählt, wie sehr er sich darüber gefreut hat, als endlich eine nette Familie das leerstehende Haus in der Nachbarschaft gekauft hat. Sie haben sich auf Anhieb mit den Nowaks verstanden und ihnen geraten, den Preis nachzuverhandeln, da das Haus zu teuer angeboten worden sei. Das wiederum hat dem Makler gar nicht gepasst. Er hat bei den Dahlbergs angerufen und sich beschwert, dass sie die Preise kaputtmachen würden.

»Gunnar Månsson hat immer nur seinen eigenen Geldbeutel im Sinn«, sagt Lisa Dahlberg. »Hauptsache, er verdient gut.«

Ihr Mann nickt. »Das Haus ist letztendlich für relativ viel Geld über den Tisch gegangen. Ich habe gehört, dass jemand neben den Nowaks ein Gebot abgegeben haben soll. Vermutlich, um den Preis hochzutreiben. Månsson behauptet zwar, das seien echte Interessenten gewesen, aber ich glaube das nicht. Beweisen kann man es ihm allerdings auch nicht. Am Ende muss jeder selber wissen, wie viel ihm was wert ist. Die Nowaks haben es jedenfalls bekommen, und die Egmans dürften sich über ein hübsches Sümmchen gefreut haben. Ich habe den Nowaks damals angeboten, dass sie sich von mir Werkzeuge und Maschinen ausleihen können und ich sie jederzeit bei ihrem Vorhaben unterstütze.«

»Warum haben Sie das Haus mit dem Grundstück nicht selbst gekauft? Es grenzt genau an Ihr Land. Wäre das nicht eine sinnvolle Flurbereinigung gewesen?«

»Das ist eine durchaus berechtigte Frage, Herr Skagen. Die Antwort darauf lautet: Ich wollte es kaufen, jedoch nicht für diesen absurden Preis. Der Wald, der zu dem Grundstück gehört, ist nur drei Hektar groß. Das ist zu mickrig für mich. Und das Haus – na, Sie haben es ja gesehen. Ich hätte es abgerissen. Aber selbst wenn ich den Egmans ihren Preis bezahlt hätte, sie hätten es mir vermutlich nicht überlassen.«

»Weshalb?«

Ture Dahlberg zögert. »Die Egmans denken, dass sie was Besseres sind. Sie wohnen seit mehreren Jahren in Karlskrona. Außerdem hatte der alte Egman Ärger mit mir. Wir haben uns nie gut vertragen.«

Skagen unterstreicht den Namen Egman in seinem Block, da fallen ihm die Knochen aus der Scheune ein. Direkt danach fragen will er allerdings nicht. Erst müssen sie mehr darüber herausfinden. »Wer hat zuletzt in dem Haus gewohnt?«

»Der alte Egman. Er war allein, seine Frau ist schon lange tot. Vor drei Jahren ist der verdammte Dickschädel dann auch endlich gestorben.«

»Ture!«, ermahnt ihn seine Frau.

»Aber er war doch ein verdammter Dickschädel, Lisa.«

»Danach stand das Haus leer?«, fragt Skagen.

»Ja. Beziehungsweise hat die Tochter es mit ihrer Familie ein wenig als Sommerhaus genutzt. Ende vorletzten Jahres haben sie sich entschieden, es zu verkaufen.«

Skagen lässt sich die vollständigen Namen der Familie Egman geben und blickt zu Frau Dahlberg hinüber, die mit hängenden Schultern dasitzt und traurig auf den Teller mit Keksen guckt.

»Warum musste das passieren?«, fragt sie leise. »Das ist wirklich schlimm. Und dann wird auch noch ein solch gemeines Gerücht über dich verbreitet, Ture.«

»Das war ganz klar Absicht«, entgegnet Herr Dahlberg und knetet seine großen schwieligen Hände, die nicht so recht zu dem feinen Porzellan des Kaffeeservices passen wollen. »Ich wette, Staffansson hat mitgekriegt, dass die Polizei in Hultsjö herumfragt, und hat einen seiner Leute losgeschickt, um Blödsinn über mich zu erzählen.«

»Zuzutrauen wäre es ihm. Oder seiner Frau, die ist nicht besser. Maj-Britt ist ein Biest. Sie ...«

Ture Dahlberg hebt eine Hand, um seine Frau zum Schweigen zu bringen. Er sieht Skagen an. Die Sonne scheint durch das Fenster in das Gesicht des Großgrundbesitzers und lässt seine blauen Augen fast farblos erscheinen. »Ich will Ludvig und Maj-Britt nichts Böses, die sind, wie sie sind. Aber es dreht sich immer um dasselbe ewige Thema.«

»Welches Thema?«, fragt Skagen.

»Seit es für Hultsjö Fördergelder von der EU dafür gibt, streiten wir uns deswegen.«

Skagen wird hellhörig. »Fördergelder wofür?«

»Um die Region für den Tourismus auszubauen. Wir haben einige moderne Ferienhäuser auf unserem Grund errichtet und dafür Unterstützung von der EU erhalten. Trotzdem war das für uns eine große Investition, den Kredit zahlen wir noch heute ab. Zum Glück sind die Hütten mittlerweile gut gebucht, selbst im Winter.«

»Und das ist Ludvig Staffansson ein Dorn im Auge«, mischt sich Frau Dahlberg ein. »Erst recht das mit den EU-Geldern. Es wurmt den alten Griesgram. Dabei könnte er selbst welche beantragen, wenn er wollte.«

»Aber er will keine Fremden in der Gegend haben«, erklärt Ture Dahlberg. »Er ist ein Sturkopf wie der alte Egman und kapiert nicht, was für Hultsjö gut ist. Wir brauchen die Touristen, wenn wir langfristig überleben wollen. Sehen Sie sich unseren Nachbarort an, der ist total heruntergekommen. Das liegt daran, dass die nichts getan haben. Du kannst nicht einfach auf deinem Hintern sitzen bleiben und denken, das wird schon. Du musst selbst die Initiative ergreifen. Das bedeutet natürlich auch, dass man lernen muss, mit Veränderungen klarzukommen. Und das können leider nicht alle in Hultsjö.«

Skagen muss an den Drohbrief denken, über den ihn Maja informiert hat. Was Dahlberg erzählt, bestätigt, dass einige Leute im Ort ein Problem mit Urlaubern aus dem Ausland haben. Er gibt dem Ehepaar zu verstehen, kurz telefonieren zu müssen, und zieht sich in den Flur zurück. Als er Maja in der Leitung hat, fragt er sie nach dem Brief, und schon im nächsten Moment hat er ein Foto davon auf dem Handy. Skagen geht zurück in die Stube und zeigt dem Ehepaar das Bild. Beide wirken auf die gleiche Weise schockiert.

»Dieser Brief wurde bei den Nowaks am Haus gefunden. Haben Sie eine Ahnung, von wem er stammen könnte?«

Ture Dahlberg presst die Lippen aufeinander und schüttelt den Kopf. Er wirkt, als habe er sehr wohl einen Verdacht, zöge es aber vor zu schweigen. Seine Frau hingegen rutscht unruhig auf dem Stuhl hin und her. Sie öffnet den Mund. »Also …«

»Lisa«, fällt Dahlberg ihr ins Wort. »Bitte nicht.«

»Aber, Ture.«

»Nein. Wir wissen nicht, wer den Brief verfasst hat, und werden niemanden fälschlich beschuldigen. Auch wenn andere das so machen, schließen wir uns einem solchen Verhalten nicht an.«

Frau Dahlberg will gerade einen weiteren Einwand erheben, da klingelt das Handy ihres Mannes. Der Bauer nimmt ab und hört eine Weile zu. Plötzlich wird seine Miene starr.

»Ture, was ist?«

In Dahlbergs Gesicht stehen Verwirrung und Besorgnis geschrieben. Er bedankt sich bei dem Anrufer und legt auf.

»Mensch, Ture. Nun sag schon«, drängt seine Frau.

»Das war Pål Svensson, er …« Dahlberg schluckt. »Er sagt, er hätte im Forst Blut gefunden. Und Haare von einem Menschen.«

»Wo?«, fragt Skagen, dem augenblicklich Adrenalin durch die Blutbahn schießt.

»Kommen Sie.« Dahlberg springt auf. »Ich bringe Sie hin.«

22

Auf der Fahrt in Dahlbergs Pick-up zu dem Waldgebiet ruft Skagen abermals Maja an und gibt ihr die Neuigkeiten durch.

»Du musst Göran Bescheid sagen«, rät sie ihm. »Im Ernst. Sonst fühlt er sich übergangen. Das mag er gar nicht.«

»Habe ich schon gemerkt. Keine Sorge, ich melde mich bei ihm, sobald ich die Fundstelle begutachtet habe. Könnte ja falscher Alarm sein. So etwas mag Göran bestimmt auch nicht.«

»Da liegst du richtig. Halt mich auf dem Laufenden, Tom. Wir sehen uns.«

Nachdem Maja aufgelegt hat, konzentriert sich Skagen auf den holperigen Waldweg, in den Dahlberg eingebogen ist.

»Ich habe Pål Svensson gesagt, er soll alles lassen, wie er es vorgefunden hat«, erklärt der Großgrundbesitzer. »Er hat erst gedacht, es sei Blut von einem Tier. Aber dann hat er die Haare entdeckt.«

Skagen beruhigt Dahlberg. Sein Waldarbeiter hat richtig gehandelt.

Sie passieren ein Forstfahrzeug und halten dahinter am Wegesrand an. Dahlberg springt aus dem Auto und ruft den Namen seines Arbeiters in den Wald. Sie hören eine Antwort, und in der Ferne winken zwei Personen. Skagen und Dahlberg kämpfen sich durchs Unterholz auf die beiden Männer zu. Sofort stürzen sich die Mücken auf sie. Skagen versucht sie mit Händewedeln fernzuhalten, was jedoch nicht viel bringt. Einer der Waldarbeiter hat Mitleid und drückt ihm ein Spray in die Hand. Schnell sprüht er sich ein und gibt das Mückenmittel an Dahlberg weiter. Danach zeigt Pål Svensson ihnen die Stelle, an der er das Blut gefunden hat.

Um keine Spuren zu zerstören, bittet Skagen die anderen Männer, an ihrem Platz zu warten, und setzt in einiger Entfernung über den Bach. Vorsichtig nähert er sich dem Fundort und betrachtet dabei genau die Umgebung. Der Boden und das Unterholz sind knochentrocken, sodass leider keine oberflächlichen Spuren zu erkennen sind. Nur das schlammige Bachbett ist voll mit Trittsiegeln, hauptsächlich von Wildtieren, aber auch mit Andrücken von Stiefeln. Die stammen vermutlich von Svensson.

An einem mit Flechten übersäten Stein geht Skagen in die Hocke und inspiziert die eingetrocknete rostrote Kruste darauf. Mit bloßem Auge lässt sich nicht feststellen, ob es sich dabei um menschliches oder tierisches Blut handelt. Das würde das Labor untersuchen müssen. Die Menge ist nicht besonders groß. Skagen sieht sich um, kann auf den ersten Blick jedoch keine weiteren Blutspuren entdecken, die von dem Stein wegführen.

Er konzentriert sich auf den Stein, besser gesagt auf die drei langen blonden Haare, von denen eines in der Blutkruste festklebt. Die anderen beiden hat Svensson seinen Angaben gemäß herausgezogen und wieder dort abgelegt, nachdem Dahlberg ihm das geraten hat. Mit seinem Handy macht Skagen ein paar Aufnahmen und betrachtet anschließend ein Bild in seiner Galerie; ein Familienfoto der Nowaks, das er am Tag zuvor bei Jochens Eltern abfotografiert hat. Die Frau darauf lächelt fröhlich in die Kamera. Sie wirkt unbeschwert. Ihre blauen Augen strahlen, und mit einer Hand streicht sie sich eine lange blonde Strähne hinters Ohr. Christina Nowak. Aber die drei Haare könnten auch von Lola stammen, die auf dem Foto neben ihrem Vater steht. Ihre Haare sind ebenfalls lang und blond. Und laut Majas Angaben weist die Leiche der Tochter eine Kopfverletzung auf. Lola könnte also gestolpert und auf den Stein geschlagen sein. Ist sie so gestorben? Hier, mitten im Wald?

Skagen richtet sich auf und wählt Görans Nummer. Unterdessen warten Dahlberg und seine Männer geduldig auf der anderen Seite des Bachs. Skagen bemerkt die Blässe in Svenssons Gesicht und gibt den dreien zu verstehen, dass sie zum Auto gehen können.

Nach einer halben Ewigkeit nimmt Göran endlich ab. »Ja? Wer ist da?«

»Skagen hier, ich …«

»Ach, Sie. Hab mich schon wegen der deutschen Nummer gewundert. Wo stecken Sie?«

Skagen erzählt von dem Fund und nennt ihm die GPS-Koordinaten, damit der Kollege die Stelle sicher findet. Daraufhin legt er schnell auf, ehe Göran Berg die Gelegenheit ergreifen kann, an seiner Vorgehensweise herumzukritteln.

Eine halbe Stunde später stapft der Ermittlungsleiter durch den Wald auf Skagen zu und wirkt dabei cool und lässig wie ein Cowboy. Außer dass er ständig nach den Mücken schlägt, die um ihn herumschwirren. Offensichtlich haben Dahlberg und Co. ihm nichts von ihrem Spray gegeben.

»Ich habe die Kriminaltechnik verständigt. Die Jungs sind unterwegs. Sie werden auch noch mal eine zweite Runde ums Haus drehen.«

»Gut. Wir sollten überlegen, ob wir die Suche nach Frau Nowak als Nächstes von dieser Stelle aus fortsetzen. Das Blut ist vielleicht unsere erste handfeste Spur.«

Göran blickt auf die blonden Haare und hat denselben Gedanken wie Skagen zuvor. »Könnte auch von Lola sein.«

»Das ist möglich. Oder es stammt von keiner von den beiden. Vielleicht waren sie auch zusammen unterwegs, als ihnen etwas zugestoßen ist. Wer weiß. Wir müssen alle Szenarien in Betracht ziehen und …«

»Bevor ich den ganzen Trupp herbeordere, will ich alles sicher verifiziert haben«, unterbricht Göran ihn. »Bis dahin ändern wir nichts, klar?«

Skagen klappt leicht verstimmt den Mund zu und nickt widerwillig. Er beginnt zu ahnen, dass der Ermittlungsleiter Angst davor hat, einen Fehler zu machen. Und sei es nur, den Suchtrupp in ein anderes Gebiet zu verlegen. Könnte ja sein, dass dort gar nichts ist und er alle umsonst durch die Gegend gejagt hat.

»Aber für morgen bekommen wir den Hund aus Malmö?«, fragt Skagen gereizt.

»Ja, das habe ich veranlasst.«

Wenigstens etwas. Danach verabschiedet sich Skagen vom Ermittlungsleiter und lässt ihn mit dem Stein und dem Blut allein. Er hat keine Lust, dabei zuzusehen, wie Berg in affektierter CSI-Manier die Spur untersucht, was er ohnehin besser der KTU überlassen sollte.

»Wo wollen Sie hin?«, ruft Berg ihm hinterher. Mit seiner viel zu großen Sonnenbrille erinnert er aus der Entfernung an Puck, die Stubenfliege.

»In den Ort, was essen«, erwidert Skagen kurz angebunden. »Habe Hunger. Tschüss.«

Göran Berg nickt gönnerhaft, und Skagen setzt seinen Weg durch den Wald zu Dahlberg und den anderen fort. Der Forstwirt bietet ihm an, ihn mit nach Hultsjö zu nehmen, und Skagen steigt ein. Auf der Fahrt fällt ihm ein, dass die Spurensicherung sich zusätzlich auch Dahlbergs Auto vornehmen sollte. Zur Sicherheit. Unauffällig sieht er sich in dem Wagen um und prägt sich einige Begebenheiten ein. Den Fußraum voller getrockneter Erde, Hundehaare und leerer Getränkeflaschen, die von innen verschmierte Windschutzscheibe. Der Wagen entspricht genau dem, was man von einem landwirtschaftlich genutzten Fahrzeug erwartet, jedoch kann Skagen nirgendwo ein langes blondes Haar entdecken.

Sollte Dahlberg den Pick-up putzen, ehe die KTU einträfe, wäre das ziemlich verdächtig. Viel bringen würde ihm das ohnehin nicht, denn Faserspuren sind schwer zu entfernen.

Dahlberg, der von Skagens Gedanken wohl kaum etwas ahnt, sitzt am Steuer und blickt nach vorn. Seine rauen Pranken, die irgendwie symbolisch für das Leben auf einem Hof stehen, liegen locker auf dem Lenkrad. Skagen glaubt nicht, dass er etwas mit dem Unfall oder dem Tod von Lola Nowak zu tun hat. Das Ehepaar Dahlberg hat einen aufrichtigen und herzlichen Eindruck bei ihm hinterlassen. Natürlich sind sie recht geschäftstüchtig, jedoch nicht auf eine unangenehme Art.

Sie passieren die ersten Häuser von Hultsjö und Skagen lässt sich vor dem Supermarkt absetzen. Blinzelnd blickt er über den Parkplatz. In der prallen Sonne zu stehen fühlt sich an, als säße man zusammen mit Speck und Eiern in einer Pfanne.

Bei dieser Assoziation knurrt ihm der Magen.

Eine halbe Stunde später marschiert er mit einer Wasserflasche in der Hand die Hauptstraße entlang. Zuvor hat er sich eine Banane und eine ganze Packung Kekse aus dem Supermarkt einverleibt, um seinen Zuckerhaushalt aufzufüllen. Er muss nachdenken. Darüber, was er als Nächstes tun soll, was er heute überhaupt noch tun soll. Aufgrund der Tatsache, dass er eigentlich krankgeschrieben ist, bewegt er sich auf dünnem Eis. Die Befragung von Ture Dahlberg und dessen Frau war höchst grenzwertig, denn er ist dafür nicht autorisiert. Das war ein Spiel mit dem Feuer. Das korrekte Wort dafür lautet Amtsanmaßung. Ohne offizielle Entsendung werden Befragungen von Zeugen zum strafrechtlichen Tatbestand der Nötigung und das Sammeln von Beweisen schlicht zum Diebstahl. Käme raus, was er hier tut, wäre es vorbei mit seiner Karriere als Polizist. Aber er kann jetzt nicht einfach so aufhören. Er würde die Scharade bis heute Abend durchziehen, dann könnte er sich zurückziehen, ohne in Schwierigkeiten zu geraten. Vielleicht sollte er einen Anruf von Jette fingieren, in dem sie ihn zurück nach Hamburg beordert.

Nur, was soll er jetzt tun? Er könnte sich an der Suche nach Tina Nowak beteiligen. Dabei kann er nicht viel Schaden anrichten. Oder er kümmert sich um die Administration, führt Telefonate, um eine Kooperation mit den deutschen

Behörden in die Wege zu leiten, was für die schwedischen Kollegen eine große Hilfe wäre. Ja, wenigstens das könnte er noch erledigen.

Er sieht sich um und merkt, wie weit er gegangen ist. Vor ihm befindet sich die Kurve, in der der Unfall passiert ist. Ein umgefahrener Wegweiser liegt im Graben, und an einer Birke am Straßenrand ist die Rinde abgerissen. Auf dem Asphalt sind keine Bremsspuren zu sehen, dafür einige Glassplitter und die pinkfarbenen Sprühmarken der Polizei. Es wirkt tatsächlich so, als wäre Jochen Nowak einfach geradeaus gefahren.

Aber warum?

Langsam geht Skagen zu der Birke hinüber, die das Leben von Jochen Nowak so abrupt beendet hat. Jemand hat einen Strauß Blumen am Stamm abgelegt. Skagens Herz wird schwer. Was ist hier passiert? Warum sind zwei Menschen tot und einer verschwunden? Was würde Tina Nowak ihm erzählen? Und was hätten Lola und Jochen ihm mitzuteilen, wenn sie noch am Leben wären?

Ein wenig bereut er es, nicht in Deutschland geblieben zu sein. In Hamburg könnte er jetzt die Wohnung der Nowaks durchsuchen, auch wenn Jette das nicht gut finden würde. Vielleicht wäre er dort auf etwas gestoßen, durch das er ein besseres Gefühl für die Familie bekäme. Etwas, was ihm geholfen hätte, ihre Beweggründe nachzuvollziehen.

Plötzlich hört er hinter sich eine Autotür klappen und dreht sich um. Maja und Joakim Larsson steigen aus dem Mannschaftswagen.

»Richtig übel, nicht wahr?« Maja weist auf die Birke. »War auch kein schöner Anblick an dem Abend.« Sie schluckt sichtbar bewegt.

»Kann ich mir vorstellen«, sagt Skagen mitfühlend. »Gibt's was Neues?«

»Der Tischler, der von den Nowaks den Auftrag erhalten hat, wusste nichts über die Familie zu erzählen. Er hat keine Ahnung, wo Tina stecken könnte. Aber das ist bei allen im Dorf so. Keiner will etwas beobachtet haben. Dennoch wirkt es, als redeten sie sich hinter unserem Rücken die Köpfe heiß.«

»Vielleicht müssen wir mehr Druck ausüben.«

»Vielleicht müssen wir denen auch nur mal kräftig in den Arsch treten!«, sagt Maja bitter, und Skagen verzieht das Gesicht.

Nachdem sie eine Weile geschwiegen haben, berichtet er ihr, was er bei den Dahlbergs erfahren hat.

»Diese Staffanssons stehen schon auf unserer Liste«, sagt Maja grimmig. »Vor denen scheinen hier alle zu kuschen.« Sie zieht sich die Mütze herunter und schaut hinauf in den bestürzend blauen Himmel.

Heimlich studiert Skagen ihre Züge. Natürlich sind sie erwachsener geworden nach all den Jahren, in denen Maja und er keinen Kontakt hatten. Ihre Stupsnase hat allerdings noch immer etwas Freches und Mädchenhaftes. Ihre hohen Wangenknochen und das spitze Kinn hingegen wirken sehr anziehend, und er muss anerkennen, dass aus dem damaligen Teenagerschwarm eine hübsche Frau geworden ist. Bestimmt stehen die Verehrer Schlange bei ihr. Skagen zwingt sich, woanders hinzusehen, bevor Maja seine Blicke bemerkt. Dabei muss er ein Gähnen unterdrücken. Für ihn ist es bereits ein sehr langer Tag, nachdem er die Nacht durchgefahren ist.

»Maja, ich würde gerne nach Karlskrona zurück. Mir die Fotos vom Unfall ansehen, und vielleicht kann ich auch ein paar Telefonate nach Deutschland führen. Ihr braucht ja sicher Einzelverbindungsnachweise von den Handys der Familie.«

»Ja, das ist eine gute Idee. Das würde uns sehr helfen. Nur ...« Majas Ausdruck wird unleidlich. »Göran wird nicht wollen, dass du allein im Fall herumstöberst. Er braucht das Gefühl, dich unter Kontrolle zu haben, weißt du? Er hat deinetwegen bestimmt schon ein Kribbeln im Arsch.«

»Ist der immer so?«

»Leider ja.« Maja seufzt. »Wenn ich könnte, würde ich dich begleiten, aber ich darf hier nicht weg. Das wäre gegen seine Anweisung.«

Skagen nickt.

Unvermittelt regt sich Joakim Larsson. Er hat die ganze Zeit im Schatten des Mannschaftswagens gestanden und interessiert zugehört.

»Also ich hätte da vielleicht eine Lösung«, sagt er mit einem Grinsen.

23

»He, Victor. Wo bist du? Komm her!«

Victor, der es hasst, Victor genannt zu werden, sieht von seinem Handy auf. Es ist sein Vater, der nach ihm ruft, und er hat überhaupt keine Lust, mit ihm zu sprechen. Außerdem klingt sein Ton nach Ärger. Vielleicht hilft es, sich tot zu stellen. Sein Vater weiß nicht, dass er unten am See sitzt. Allerdings würde er überall nach ihm suchen und ihn früher oder später finden, und dann würde sich seine schlechte Laune über ihn ergießen wie ein Regen aus Steinen. Besser, er würde sofort zu seinem Vater gehen und sich anhören, was dieser wieder zu beanstanden hat. Victor wischt die Fotos, die er eben betrachtet hat, vom Display und die Tränen aus seinem Gesicht.

Warum muss das Leben so beschissen sein?

»Victor!«, schallt es über die Wiese, die vom Gutshaus sanft zum See hin abfällt. Am gegenüberliegenden Ufer sind die Häuser und die Bahnlinie von Hultsjö zu erkennen. Der Himmel spiegelt sich blau im Wasser wider. Über Victors Kopf zwitschern die Vögel in den Ästen der alten Kiefer, die sich zum Wasser neigt, als wolle sie bei diesem heißen Wetter hineintauchen. Eine Entenfamilie schwimmt vorbei, und weiter hinten fährt ein Boot mit einem Angler über den See. Ein trügerisches Sommeridyll.

Mit einem Seufzen stemmt Victor sich auf die Beine und tritt aus dem Schatten des Pavillons, an dessen Außenwand er sich gelehnt hat. Vor ihm thront das Anwesen der Familie Staffansson herrschaftlich auf einer Anhöhe. Ein großes gelb gestrichenes Holzhaus mit vielen Erkern, weißen Rahmen und Zierleisten. Davor sein Vater als dunkle Gestalt mit energischem Schritt, der verrät, in welcher Stimmung er sich befindet. Er trägt ein kariertes Hemd mit Weste darüber, dazu eine sandfarbene Hose und Lederstiefel. Auf seinem Kopf sitzt sein brauner Filzhut, ohne den er nie das Haus verlässt. Sein »Kolonialherrenoutfit«, wie Victor es gegenüber seinen Freunden abfällig nennt. Sein Vater legt viel Wert darauf, auszusehen wie ein feudaler Plantagenbesitzer.

Mit hängenden Schultern tritt Victor ihm entgegen.

»Wo warst du, verdammt noch mal?«

»Hier«, lügt Victor, weil ihm der Kontrollzwang seines Alten auf die Nerven geht. Ständig muss er sich erklären, wo er mit wem gewesen ist.

»Hast du etwa geheult?«

»Nein, das ist mein Heuschnupfen.« Victor wagt es nicht, seinen Vater anzusehen, weil er Angst hat, sich zu verraten. Stattdessen starrt er hinüber zum See. Der Angler ist verschwunden, die Entenfamilie ebenfalls. Kein Lufthauch ist zu spüren. Das Wasser liegt da wie eine Platte aus Glas. Vor seinem inneren Auge beobachtet Victor, wie sie zerbricht, Splitter senken sich in den See, der sich rot färbt. Die Glasscherben schneiden durch Haut, Blut quillt hervor. Er blinzelt, als sein Vater ihn am Arm packt und zum Steg hinunterzieht, an dem zwei Boote vertäut liegen.

»Weißt du, dass die Polizei im Ort unterwegs ist und alle Einwohner befragt? Deine Mutter wurde beim Frisör von denen belästigt.«

»Nein, das wusste ich nicht«, entgegnet Victor dumpf. Es ist wieder eine Lüge. Natürlich hat er die beiden Polizisten gesehen, als er vorhin im Ort unterwegs war.

»Außerdem suchen sie den ganzen Wald nach dieser deutschen Frau ab«, fährt sein Vater fort. »Die ist verschwunden. Das Mädchen, dieses geschminkte Flittchen, soll angeblich tot gewesen sein, bevor der Vater mit seinem Auto gegen den Baum gefahren ist.«

Victor sagt nichts. Vor seinen Augen dringen immer mehr Splitter tief in sein Fleisch ein. So tief, bis sie schließlich finden, wonach sie suchen: sein schlagendes Herz. Ihre scharfkantigen Spitzen richten sich auf den pulsierenden Muskel.

»Was für ein gottverdammter Schlamassel. Die Polizei denkt tatsächlich, wir hätten etwas damit zu tun! Einen

Drohbrief sollen wir geschrieben haben. Dabei ist es doch diese Familie, bei der etwas nicht in Ordnung war.«

Erneut blinzelt Victor. Erst jetzt fühlt er sich stark genug, seinem Vater direkt in die Augen zu sehen. »Und was willst du deswegen von mir?«

»Du hast doch mit dieser kleinen Schlampe rumgehangen.«

»Bis du es mir verboten hast.«

»Danach nicht mehr?« Die verzerrte Miene seines Vaters drückt Misstrauen aus. Eigentlich tut sie das immer, denn es ist sein Lebensinhalt: Misstrauen haben und säen. Ludvig Staffansson, der wichtigste Mann von Hultsjö. Der große Gönner und Macher. Der, der alle Rechnungen zweimal prüft, selbst wenn sie nur bei Melker Pizza essen. Der Mann, der von jedem denkt, er wolle ihn übers Ohr hauen.

»Nein«, antwortet Victor mit fester Stimme und hofft, dass er glaubwürdig klingt. »Ich habe sie nicht wiedergesehen.«

»Gut, die Polizei wird nämlich auch bei uns auftauchen und uns befragen. Für die stehen alle aus Hultsjö unter Verdacht. Und das nur, weil diese beschissenen Ausländer ihre Probleme mit zu uns schleppen. Können die sich nicht zu Hause umnieten? Müssen sie das ausgerechnet bei uns tun? Was wirft das für ein Licht auf unseren Ort?«

In diesem Punkt stimmt Victor seinem Vater ausnahmsweise zu. Es wäre nicht gut, wenn die Polizei käme und ihn befragen würde. Seine Finger verkrampfen sich um das Smartphone.

»Hör mal, Junge. Es wäre besser, wenn du von vornherein angibst, dass du nichts mit diesem Mädchen zu tun hattest. Damit haben wir die Polizisten schneller vom Hals. Verstehst du?«

Victor nickt.

»Gut, mein Sohn.« Sein Vater stemmt die Hände in die Hüften und blickt ebenfalls auf den See. Nach einem Moment des Schweigens fragt er: »Weißt du, ob jemand von deinen Freunden mit dem Mädchen Kontakt hatte?«

Victor überlegt. Nicht, weil er nach einer Antwort sucht. Er weiß, wer alles mit dem Mädchen unterwegs war. Sein Vater will von ihm, dass er jemand anders die Schuld in die Schuhe schiebt, um von sich abzulenken. Der Familie Staffansson soll nie ein einziger kleiner Makel anhaften. Stets müssen sie über jeden Zweifel erhaben sein, das ist sein Motto. Aber diesen Gefallen würde Victor ihm nicht tun.

»Ich habe keine Ahnung«, sagt er unbeteiligt und scharrt mit dem Fuß auf den Stegplanken. Das Bild mit den Glassplittern ist verschwunden und er fühlt sich einsam und verloren.

»Na gut. Auch wenn ich dir das nicht ganz glaube. Ihr redet schließlich untereinander, oder nicht?«

Victor schweigt.

»Oder nicht?«, wiederholt sein Vater scharf.

»Ja! Trotzdem haben sie mir gegenüber nichts gesagt. Ich hab keine Ahnung, ob die Jungs sich weiter mit dieser Lola getroffen haben.«

»Lola! Allein schon der Name.« Sein Vater hebt abschätzig die Augenbrauen. »Gibt es bei uns denn keine vernünftigen Mädchen? Müsst ihr euch ausgerechnet mit einer Ausländerschlampe einlassen?«

Victor sagt nichts dazu.

»Du bleibst von jetzt an am Haus, hast du verstanden? Solange die Polizei herumschnüffelt, will ich nicht, dass du dich im Ort oder mit den anderen Jungen rumtreibst. Ist das klar?«

»Natürlich.«

Die Hand seines Vaters schnellt vor, packt seinen Unterarm und dreht ihn herum, sodass die weiße, verletzliche

Haut über den Pulsadern sichtbar wird. In Erwartung des Schmerzes wendet Victor sein Gesicht ab. Einen Moment lang stehen sie wie eingefroren da.

»Was willst du mir mit deinem frechen Ton sagen? He?«, zischt sein Vater.

»Nichts.«

»Du ...«

»Ludvig? Victor? Kaffee ist fertig!« Es ist die Stimme seiner Mutter, die ihn zwar vor einer Ohrfeige rettet, ihn allerdings auch zurück in die Dunkelheit ruft. Zurück in den finsteren Bauch ihres Hauses.

Victor zieht den Kopf ein und trottet hinter seinem Vater her, den Hügel hinauf und auf die Veranda zu. In seinem Rücken leuchtet der See wie eine zersplitterte Platte aus Glas.

24

In schauspielerischer Vollendung wankt Joakim durch den Haupteingang des Polizeipräsidiums am Järnvägstorget. Skagen stützt ihn und versucht dabei nicht zu grinsen. Sie sind mit dem Zug nach Karlskrona gefahren, nachdem

Joakim ihm seinen ungewöhnlichen Plan erklärt hat. Der Polizeiassistent hat es faustdick hinter den Ohren. Skagen gefällt das.

Sie erreichen den Empfangstresen und die ältere Polizistin, die dahinter steht, wirkt ehrlich besorgt. »Oh, Jokke. Was ist denn los?«

»Die Hitze.« Matt wedelt Joakim mit der Hand vor seinem Gesicht, das glaubhaft bleich wirkt. »Hab wohl zu wenig getrunken.«

»Dann leg dich hinten schnell hin, bevor du uns noch umkippst. Und wer ist das?« Neugierig mustert die Polizistin Skagen über ihre Brille hinweg.

»Das ist unsere Verstärkung aus Hamburg. Ist extra für den Fall mit dem Auto-Crash angereist. Du weißt schon. Er war so nett, mich zu begleiten.«

Skagen stellt sich vor und zeigt der Polizistin seinen Ausweis.

»Skagen, Skagen … ich kannte mal einen Jon Mikke Skagen.«

»Das ist mein Vater.«

Die Augen der Polizistin weiten sich. »Oh, wirklich? Das ist ja ein Ding. Er hat die Fähre nach Aspö gefahren, nicht wahr? Und er war mal der Jugendfreund meiner Schwester, das weiß ich noch. Bis dieses hübsche Mädchen aus Deutschland auftauchte.«

»Meine Mutter«, erklärt Skagen.

»Mein Gott, ist das lange her.« Die Polizistin legt eine Hand an ihre Wange und lächelt.

Skagen fühlt Verlegenheit in sich aufsteigen … und ein leichtes Zittern tief in seinem Innern. Dort unten, wo irgendwo die Angst darauf lauert, wieder herauszukommen. »Hallo, da bin ich«, würde sie sagen. »Der Grund, warum du überhaupt hier bist.« Aber das kann er jetzt nicht zulassen.

Nicht, wenn andere es mitbekommen könnten. Er würde sich später damit auseinandersetzen müssen.

Unter dem Vorwand, dass sich Jokke dringend hinlegen müsse, führt er den Kollegen an der Polizistin vorbei, hinein in die ihm unbekannten Eingeweide des Präsidiums.

»Klappt wie am Schnürchen, nicht?« Jokke zwinkert ihm zu und biegt in einen Gang ab, an dessen Ende die Treppen in den ersten Stock hinaufführen. Oben erwartet sie ein weiterer trister Flur mit vielen grauen Türen. Vor einer davon bleibt Joakim stehen.

»Abteilung Gewaltdelikte. Besser gesagt der Einsatzraum für die Sonderkommission Hultsjö-Crash. Herzlich willkommen.« Er stößt die Tür auf. Vor ihnen liegt ein mit grauem Linoleum ausgelegter Raum mit einem Mobiliar, das gefühlt aus den 8oern stammen könnte. Die Wände sind in der unteren Hälfte betongrau und darüber vergilbt weiß gestrichen. Zum Glück verdeckt eine Reihe Pinnwände den größten Teil dieser optischen Körperverletzung. In der Mitte des schlauchartigen Zimmers befinden sich mehrere aneinandergeschobene Tische. Zwei hohe Fenster mit kränklich grünen Vorhängen und ein muffiger Geruch nach Bohnerwachs und alten Schuhen machen den Eindruck perfekt, in ein Zeitloch gefallen zu sein.

»Hübsch«, sagt Skagen.

»Die Häftlinge eine Etage tiefer sind besser dran, glaub's mir. Im Übrigen kannst du mich jetzt loslassen.« Joakim, mit dem Skagen seit der Zugfahrt per Du ist, lässt sich auf einen der Stühle fallen. Er nimmt sich eine Wasserflasche vom Tisch, setzt sie an die Lippen und trinkt durstig. Skagen hätte gerne einen starken Kaffee gehabt, um seine Müdigkeit zu vertreiben, aber er will Joakim nicht darum bitten. Der Polizeiassistent soll nicht glauben, er hielte ihn für einen Laufburschen.

Deshalb begnügt er sich ebenfalls mit lauwarmem Wasser und stellt sich anschließend vor die erste Pinnwand, um die Skizze vom Unfallort und die Fotos des zerstörten Autos zu betrachten.

»Du musst denken, wir befinden uns noch in der Steinzeit«, stößt Joakim hinter ihm mit einem tonlosen Lachen aus.

Skagen dreht sich um. »Wieso?«

»Na, wegen der Pinnwände, den Zetteln und den Reißzwecken. Du bist doch von einer Sondereinheit, euch steht bestimmt absolute Hightech zur Verfügung. Richtig moderner Schnickschnack.«

»Ich finde eine solche Vorgehensweise wie diese hier viel angenehmer, als zum Beispiel mit einem Smartboard oder Tablets zu arbeiten. Ich mag eher das Analoge, Bilder und Beweismittel zum Anfassen. Da bekommt man ein viel besseres Gefühl für den Fall.«

Skagen wendet sich den Pinnwänden zu, an denen, soweit er es beurteilen kann, eine sehr ordentliche und detaillierte Dokumentation des Falles hängt. In seiner erst vierjährigen Laufbahn bei Skanpol hat er bereits so viele Einsatzräume gesehen, dass er sie nicht mehr zählen kann. Von Reykjavík bis Jyväskylä, von Ringkøbing bis Narvik. Und er weiß, dass es sowohl national als auch international unterschiedliche Systeme gibt, nach denen die Polizeibehörden und Ermittlungsgruppen ihre Fälle aufrollen. Und obwohl die Arbeitsabläufe erheblich voneinander abweichen können, ist eines überall gleich: die Wand mit den Bildern. Die Sichtbarmachung der Opfer, der Tatumstände und der Örtlichkeiten.

Skagen nimmt alles in sich auf. Er betrachtet die Aufnahmen vom Inneren und Äußeren des Nowak'schen Autos. Die zerstörten und die unversehrten Teile. Sieht, was Maja gesehen hat: Jochen Nowak mit seinem eingedrückten Schädel hinterm Lenkrad. Die Toten auf der Bahre, Nahaufnahmen von ihren Verletzungen, ihren Gesichtern. Die Augen erst offen, dann geschlossen.

In Gedanken lässt Skagen den Unfall wie ein Daumenkino ablaufen. Der rote Volvo nähert sich aus Richtung Hultsjö, viel zu schnell, Jochen Nowak am Steuer. Was denkt er? Wo guckt er hin? Auf die Kurve vor sich? Und danach … Was geschieht danach? Kam ihm jemand entgegen? Hat ihn etwas abgelenkt? Jochen Nowak und Ronja waren nicht angeschnallt. Waren sie in Eile? Wo wollten sie an dem Abend mit der bereits toten Lola auf dem Rücksitz hin? Ins Krankenhaus nach Karlskrona? Aber warum ohne die Mutter? Wo war Tina zu der Zeit? Hat das mit dem Drohbrief zu tun? Hat sie Angst bekommen oder hat sie den Missbrauch nicht länger ausgehalten und ist geflohen? Mit dem Zug, per Anhalter, zu Fuß? Oder hat sie ihrem Mann gedroht, ihm die Kinder wegzunehmen? Ist Jochen Nowak deswegen ausgerastet und hat Tina in einer Kurzschlussreaktion umgebracht? Ist er anschließend mit dem Auto gegen den Baum gefahren, um alldem ein Ende zu setzen, oder ist er in Panik geraten?

Immer wieder lässt Skagen den roten Volvo in die Kurve fahren, aber er kann nicht fühlen, was in Jochen Nowak vorgegangen sein mag.

Er nimmt sich die Bilder vom Auto auf dem Abschleppwagen und in der Halle der Kriminaltechnik vor, betrachtet den Unterboden und den leeren Kofferraum. Dann entdeckt er ein Foto von der Heckklappe. Eine dicke Staubschicht von den trockenen Schotterwegen haftet darauf. Aber das ist es nicht, was seine Aufmerksamkeit erregt. In dem Schmutz befindet sich eine schwache Schleifspur. Als sei etwas an der Scheibe heruntergeglitten. Ist Herr Nowak auf der Straße mit einem Gegenstand zusammengeprallt, der hochgeflogen und am Heck des Autos wieder runtergekommen ist? Skagen sucht das Foto vom Autodach, aber darauf sind keinerlei Schleif- oder Rutschspuren zu erkennen. Auch auf der eingedellten Motorhaube nicht.

Er zückt seinen Block, reißt einen Zettel heraus und schreibt »Faserspuren? Blut?« darauf. Dann pinnt er ihn neben das Foto der Heckklappe. Und neben die Aufnahme vom Rücksitz hängt er einen Zettel mit »Spuren? Blut von Lola? Tatort?« Er bemerkt, wie Joakim ihm interessiert zuguckt. Skagen wechselt zu der Karte von Hultsjö, auf der mittels Stecknadeln die Lage des Hauses und der Unfallstelle sowie die von den Zeugen bestätigten Aufenthaltsorte der Nowaks markiert worden sind. Wenn Maja und Göran später ihre neugewonnenen Informationen ergänzten, kämen sicher weitere Nadeln hinzu.

Neben der Karte hängt eine Liste mit Telefonnummern: Dr. Modig von der Gerichtsmedizin in Lund, das Krankenhaus in Karlskrona, die Staatsanwaltschaft, KTU, alle bisherigen Zeugen und der Kontakt in Hamburg: Kommissar Tom Skagen/Skanpol.

Die Fotos vom Haus der Nowaks überfliegt er lediglich, da er selbst dort gewesen ist, und landet schließlich bei den Bildern von den bereits registrierten Asservaten und Beweismitteln. Darunter die von den Knochen aus der Scheune. Die Gebeine scheinen tatsächlich älteren Datums zu sein und waren irgendwo vergraben, denn an ihnen kleben getrocknete Erdreste. Ob sie etwas mit dem Unfall der Nowaks zu tun haben, ist ungewiss. Dennoch pinnt Skagen einen Zettel daneben mit der Frage: »DNA/Ergebnis Gerichtsmedizin?«

Er dreht sich um, weil ein gleichmäßiges Prasseln an sein Ohr dringt. Es ist Joakim, der geschäftig auf einem Notebook herumtippt.

»Ich übertrage die Aussagen von heute ins Protokoll«, sagt der Polizeiassistent.

Suchend sieht Skagen sich um. »Wo sind die Geldbörsen und Papiere der Nowaks?«

»Dort.« Joakim zeigt auf mehrere Beweismittelbeutel auf dem Tisch.

Skagen zieht Latexhandschuhe aus einer Pappschachtel, die auf einem Heizkörper neben der Tür steht, und öffnet den Beutel mit dem Namen »Jochen Nowak«. Zuerst schnuppert er. Es riecht nicht ungewöhnlich. Nur nach Leder und Metall. Er klappt die Brieftasche auf und begutachtet den Inhalt. Bis auf das Übliche befindet sich darin nichts, was ihnen direkt weiterhelfen könnte. Skagen notiert sich die Bankdaten von der EC-Karte, er würde später Jochen Nowaks Kontobewegungen und die Telefonverbindungen der gesamten Familie anfordern. Das ist das Mindeste, was er für die Kollegen in Schweden tun kann, bevor er sich aus der Ermittlung zurückzieht.

Er nimmt sich die Geldbeutel von Lola und Tina vor. Auch hier gibt es nichts Auffälliges. Allerdings findet er es bemerkenswert, dass beide Geldbörsen im Haus waren. Das verrät einiges. Denn, wohin Tina auch verschwunden sein mag, sie hat offensichtlich keine Gelegenheit gehabt, ihr Portemonnaie mitzunehmen. Ihr Aufbruch war also nicht geplant. Dafür fehlt ihr Handy. Hat sie das mitnehmen können? Skagen notiert sich: »Telefonprovider von Tina Nowak kontaktieren und Bewegungsprofil und Surfgewohnheiten anfordern«. Selbst wenn das Gerät ausgeschaltet oder der Akku leer ist, können sie wenigstens noch nachprüfen, wo Tina sich vor ihrem Verschwinden überall aufgehalten hat.

»Wo sind die Handys?«, fragt er Joakim.

Der zeigt auf einen Kasten, in dem weitere Beutel liegen. Dazu Ladekabel. »Die beiden Telefone haben wir im Haus entdeckt. Das vorsintflutliche Teil von Jochen Nowak lag auf dem Küchentresen und das pinke Smartphone von Lola steckte in einer Müslipackung.«

»In einer Müslipackung?«

»Ja. Ungewöhnlich, nicht? Es war komplett ausgeschaltet.«

Skagen nimmt sich das Telefon von Herrn Nowak, auch wenn es ihn zu Lolas WhatsApp-Chat hinzieht. Er durchsucht den SMS-Speicher, doch der ist so gut wie leer. Offensichtlich war Jochen Nowak die mobile Telefonie nicht sonderlich wichtig. Kaum Textnachrichten, erst recht keine an seine Frau oder Kinder, vereinzelt an Kollegen aus der Schule. Die letzten Anrufe in der Liste gingen an Tina. Als Skagen Datum und Uhrzeit bemerkt, schnalzt er mit der Zunge.

»Dienstag 16.56 Uhr und später noch mal um 18.59 Uhr.«

»Der Unfall war kurz nach acht«, fügt Joakim hinzu, ohne sich vom Tippen ablenken zu lassen.

»Würde mich mal interessieren, ob Herr Nowak seiner Frau etwas auf der Mobilbox hinterlassen hat. Ich werde das vom Provider anfordern.«

»Die beiden Anrufe könnten bedeuten, dass Tina Nowak schon ab 16.56 Uhr verschwunden war.« Joakim hält inne.

»Möglich.«

»Dann hat Herr Nowak ihr vielleicht gar nichts getan, er scheint ja nicht gewusst zu haben, wo sie steckt. Sonst hätte er sie nicht angerufen.«

Skagen wiegt den Kopf. »Er kann sie auch gesucht haben, weil sie vor ihm weggelaufen ist. Außerdem ist es möglich, dass er sie vor dem Unfall noch gefunden hat. Von 18.49 Uhr bis kurz nach acht ist es mehr als eine Stunde. Da kann man eine Menge anstellen.«

»Du meinst, er hat sie umgebracht? Sie und die ältere Tochter?«

»Ich weiß nicht.« Skagen zupft an seinem Bart. »Wenn das der Fall sein sollte, wundert es mich, dass er seine tote Tochter im Auto hatte, seine Frau jedoch nicht.«

Joakim nickt nachdenklich.

Unterdessen greift Skagen sich das Smartphone von Lola und schaltet es an. Das Entsperrungsmuster entnimmt er einer beigefügten Notiz der Kriminaltechniker. Auf dem Bildschirm erscheint das Foto von Lola mit ihrer Freundin Jenny am Hamburger Hafen, das er schon kennt. Er öffnet WhatsApp und sieht, dass Lola über hundert neue Nachrichten hat. Der Chat mit Jenny Prenzel ist ganz oben gelistet. Die Nachbarstochter scheint die Person gewesen zu sein, mit der Lola sich zuletzt am meisten ausgetauscht hat.

Skagen scrollt im Verlauf ein paar Tage zurück und beginnt zu lesen.

Lola: »Ronja, diese Scheißnervensäge, redet ständig nur von Trollen und Prinzessinnen. Kotz. Aber Mum sagt, ich muss zu Oma und Opa, wenn ich nicht auf sie höre. Das ist viel schlimmer. Die stinken!!! Ich hasse sie alle. Wish they were dead!«

Jenny: »Halt durch. Vielleicht triffst du einen nicen Schwedenboy. Die sind doch alle sooo süüüß. So wie Avicii!«

Lola: »Avicii ist tot.«

Jenny: »LOL ich weiß, süß ist er trotzdem. Oder wie Austiiin Mahoneee, nur in blond und in Schwedisch. Kannst du eigentlich Schwedisch?«

Lola: »Nee. Fuck. Wieso sollte ich so eine doofe Sprache können?«

Jenny: »Ich habe gehört, die baden da alle nackt. Also pass auf. Penisparade! Xoxo.«

Lola: »Nice!«

Jenny: »Schick Fotos!«

Lola: »Klar. Mann, ich hasse dieses Scheißferienhaus. Viel zu eng. Immerhin hab ich ein eigenes Zimmer. Dad dreht voll durch. Ich glaube, er liebt das Haus mehr als uns.«

Jenny: »So schlimm?«

Lola: »Sogar noch viel schlimmer!!! Eben stand meine Mum in der Küche und hat geheult. Glaubst du das? Die ist doch behindert. A piece of shit. Ich könnte sie ständig schlagen, diese blöde Kuh! Bin abgehauen. Sollen die mich doch suchen. Das geschieht ihnen recht.«

25

In der Woche davor

Wütend stapft Lola die Straße entlang. Die Sonne brennt ihr auf den Rücken. Sie trägt ein Shirt mit einem weiten Ausschnitt, den sie über ihre rechte Schulter heruntergezogen hat. Zum Glück sind hier keine Mücken. Nur Scheißbäume überall. Dämliches Schweden. Sie fand es schon immer total blöd. Aber ihr Dad, der liebt es. Die ganze Natur und so. Er würde supergerne hierhin auswandern. Bloß nicht!

Lola spürt, wie die kleine rote Sonne in ihrem Leib vor sich hin pulsiert und heiß in alle Richtungen ausstrahlt. Wütend krampft sie die Hände zusammen. Am liebsten würde sie für immer abhauen, dann müsste sie ihre beschissene Familie nie wiedersehen. Am besten wäre es, wenn sie einfach sterben würden. Ja, das wäre gut.

Jedenfalls würde sie sofort ausziehen, wenn sie erst mal 18 wäre. Egal wohin. Hauptsache, weg. Nie wieder würde sie mit ihrer Familie in den Urlaub fahren, das ist Folter. Warum dürfen Eltern einem das antun? So was müsste verboten werden.

Lola zuckt zusammen, weil ein Auto hupend an ihr vorbeirauscht.

»Idiot!«, zischt sie und wirft dem Wagen einen bösen Blick hinterher. Doch der Fahrer bremst plötzlich und legt den Rückwärtsgang ein. Lola bleibt stehen, weiß nicht, was sie tun soll. Ängstlich sieht sie sich um, kein Haus weit und breit, nur Wald. Hastig zieht sie ihr Handy aus der Umhängetasche und tut so, als wähle sie eine Nummer.

Der rostige Volvo hält neben ihr an, die Seitenfenster sind alle runtergelassen. Darin sitzen zwei Jungen, nicht viel älter als sie. Na ja, über 18 muss der eine schon sein, sonst dürfte er ja nicht fahren.

»Hej, sötnos!«, ruft der Beifahrer. Er ist blond, trägt ein Karohemd mit abgerissenen Ärmeln und hat sich seine Sonnenbrille so an den Kopf geklemmt, dass sie unterm Kinn baumelt. Seine Haare sind zu einer Tolle geföhnt, die im Takt zur Musik wippt. Der Dunkelhaarige hinterm Steuer ist ebenfalls im Rockabillystyle herausgeputzt. Er trägt eine dunkle Jeans und ein blütenweißes T-Shirt, unter dem er die Muskeln seiner Oberarme spielen lässt.

Wie cool, denkt Lola ironisch.

»Vart går du, baby?«, fragt der Beifahrer.

Lola versteht kein Wort und runzelt die Stirn.

»Är du döv?«

»Ob ich doof bin?«, rutscht es Lola raus, weil sie sich über die zwei ärgert.

»What?«

»Ach, vergiss es.« Demonstrativ geht sie weiter, aber der Wagen fährt langsam neben ihr her. Der Beifahrer klopft den Takt der Musik auf der Wagentür mit. Irgend so eine olle Schnulze. Ganz und gar nicht Lolas Geschmack.

»Hey, girl. Do you want a ride? You can jump in, if you like.«

Ich bin doch nicht bekloppt und steig da ein, denkt Lola und tut, als hätte sie die Aufforderung nicht verstanden. Starr blickt sie geradeaus und hofft, die beiden würden sie endlich in Ruhe lassen.

»We haven't seen you around. Where are you from?«

Lola ignoriert den Anmachversuch weiterhin.

Plötzlich schlägt der Beifahrer so laut gegen die Autotür, dass sie zusammenzuckt. Der Kerl zischt etwas auf Schwedisch, es klingt nach einer Beschimpfung. Dann gibt der Fahrer Gas, und mit quietschen Reifen schießt der rostige Volvo davon. Blaue Wolken quellen aus seinem Auspuff.

Als der Wagen hinter der nächsten Biegung verschwindet, atmet Lola auf. Sie merkt, dass sie noch immer ihr Handy umklammert hält.

»Wichser«, stößt sie leise hervor und will ihren Weg fortsetzen, hält jedoch abrupt inne. Ihr Fuß schwebt in der Luft. Erschrocken starrt Lola auf das tote Tier, das vor ihr im Gras am Straßenrand liegt. Sie wäre beinahe draufgetreten.

Widerlich! Angeekelt macht sie einen großen Bogen um das Knäuel mit dem graugetigerten Fell. Vermutlich eine Katze, die von einem Auto erwischt wurde.

Die Augen wachsam auf die Straße gerichtet geht Lola

weiter. Zum Glück taucht der Wagen mit den beiden Typen nicht wieder auf, und sie erreicht unbehelligt Hultsjö. An der Kreuzung schaut sie sich um. Ein paar Autos fahren an ihr vorbei, ohne Notiz von ihr zu nehmen.

Sie marschiert zum Supermarkt, neben dem die Pizzeria liegt, in der sie am ersten Abend gegessen haben. Sie könnte sich im Laden ein Eis kaufen. Heute Morgen hat sie schwedisches Geld aus der Geldbörse ihres Vaters geklaut. Einen 500-Kronen-Schein. Keine Ahnung, wie viel das in Euro ist, aber ein Eis würde sie dafür mit Sicherheit bekommen. Vielleicht findet sich auch jemand, von dem sie eine Zigarette schnorren kann.

In diesem Moment verlässt ein junger Typ den Supermarkt. Blond, groß, mit nettem Gesicht. Als sie ihn auf Englisch anspricht, blinzelt er unsicher und streicht sich den Pony aus der Stirn.

»Sorry, I don't have cigarettes«, antwortet er und zuckt mit den Achseln. »You should ask someone else. Good luck.« Er grinst schief und geht davon.

Lola sieht ihm hinterher, wie er die Straße in Richtung der Tankstelle überquert. Ziemlich süß. Vielleicht ein bisschen billig angezogen mit seiner abgerissenen Jeans und den ausgelatschten Sneakern. Aber der kommt ja auch aus dem hintersten aller Hinterwäldlerdörfer. Wer weiß, wo die Leute hier ihre Klamotten einkaufen. Wahrscheinlich kennen die nicht mal Amazon oder Zalando.

Oh Gott, in diesem Kaff würde sie keine Sekunde überleben.

Lola holt ihr Handy hervor, um mit Jenny darüber abzulästern. Während sie tippt, parkt ein Auto vor der Pizzeria. Zwei Männer steigen aus und verschwinden im Restaurant. Lola bekommt das kaum mit, so vertieft ist sie in ihren Chat. Ach, wäre Jenny doch bloß hier, dann würde sie sich nicht so furchtbar langweilen.

»Hej hej.«

Lola schreckt von ihrem Handy auf. Vor ihr steht ein ziemlich gutaussehender Typ. Etwa so alt wie sie, blonde Haare, krass blaue Augen und ein süßes Lächeln.

»Hello!«, antwortet sie, streckt ihre Brust raus und strahlt den Jungen an.

Na also, der Tag hält doch noch einige Überraschungen parat.

26

Lola: »Boah, Jenny. Du MUSST kommen. Die Typen hier sind Zucker. Hab gleich mehrere kennengelernt. Einer von denen ist sooo süß. Ich glaube, mit dem wird das was. Der guckt mich so an. Na ja, du weißt schon, wie die immer gucken, wenn sie was von einem wollen. Wir waren den ganzen Tag zusammen unterwegs. Wenn meine Eltern gewusst hätten, wo ich bin, hätten sie es mir glatt verboten. Aber die sind hier alle echt nice. Jenny, du musst unbedingt herkommen, damit du die Jungs kennenlernen kannst.«

Jenny: »Ich würde gern, aber meine Mama erlaubt es mir nicht. Sie hat Angst, dass mir auf der Zugfahrt was passiert. Dooooof!«

Lola: »Boah Alter, deine Mutter ist genauso scheiße wie meine. Die blöde Fotze schreit schon die ganze Zeit rum. Sollte echt mal chillen, die Alte.«

Jenny: »Was ist denn los?«

Jenny: »Hallo, Lola? Bist du noch da?«

Jenny: »Wohl doch nicht so schlecht der Urlaub, was? Bist du mit den Jungs unterwegs?«

Jenny: »Was geht mit den sexy Schwedenboys? Halloooooooo, Lola? Antwortest du auch noch mal, du Bitch? ;-)«

Jenny: »Alta, du scheinst ja krass beschäftigt zu sein. Dann noch viel Spaß :-P«

An dieser Stelle bricht der Chat ab. Stirnrunzelnd schaut Skagen auf das Display. Lolas letzte Nachricht stammt vom 8. Juli. Den Angaben der Nachbarin zufolge zwei Tage, nachdem die Nowaks nach Schweden gereist sind. Jenny hat zuletzt am Samstag, den 14. Juli, geschrieben, drei Tage vor dem Unfall. War Lola zu diesem Zeitpunkt längst tot? Ist der Kontakt deshalb abgebrochen? Aber vom 8. bis zum 17. sind es neun Tage. Skagen hat die Fotos von Lolas Leiche gesehen. Das Mädchen wirkte nicht, als wäre es seit acht Tagen tot. Er verzieht das Gesicht. Das gerichtsmedizinische Gutachten wäre hilfreich. Hoffentlich kommt das bald. Außerdem würde er gerne wissen, was die Zeugen alles ausgesagt haben. Wer hat zum Beispiel Lola als Letztes gesehen?

»Was ist?«, fragt Joakim. »Hast du im Chat was gefunden?«

»Nicht viel. Lola hat Bekanntschaft mit den Dorfjungs in Hultsjö gemacht. Sie war mit denen am See baden und hat sich in einen von ihnen verguckt.«

Joakim runzelt die Stirn. »Interessant. Stehen da Namen?«

»Leider kein einziger.«

»Mist. Aber das bekommen wir raus. Dem gehen wir morgen gleich nach.« Der schwedische Kollege setzt eine entschlossene Miene auf und wendet sich wieder seiner Schreibarbeit zu, während Skagen sich auf Lolas andere Chats konzentriert. Leider deutet nichts darauf hin, dass das Mädchen mit den Jungs im Dorf Nummern ausgetauscht hat. Es bleibt ihnen also nichts anderes übrig, als jeden Jugendlichen einzeln zu befragen. In Gedanken kehrt Skagen zu Lola zurück. Was für ein Mensch war sie? Hatte sie einen eher offensiven oder defensiven Charakter? Ist sie freiwillig mit der unbekannten Person ins Bett gegangen – einem der Jungs aus dem Dorf? –, oder ist es doch ein Missbrauch vonseiten des Vaters gewesen? Laut bisheriger Einschätzung des Gerichtsmediziners gibt es keine Anzeichen für eine Vergewaltigung. Skagen ist skeptisch. Bevor sie das Wie und Wer zufriedenstellend klären können, müssen sie den toxikologischen Befund abwarten. Es besteht schließlich auch die Möglichkeit, dass Vergewaltigungsdrogen im Spiel waren. In diesem Fall hätte Lola sich gar nicht wehren können, egal, wer sich an ihr vergangen hat.

Skagen hofft, dass das Kondom vom Baum ihnen eine Richtung weisen wird.

Er nimmt den Stift, schreibt einen neuen Zettel und schiebt ihn zu Joakim rüber. Der liest ihn und nickt.

»Klar, ich mache die Liste fertig. Bin selbst gespannt, wie viele Jungen in dem Alter in Hultsjö registriert sind. Aber blond und mit blauen Augen, davon gibt's vermutlich einige.«

»Wir sollten das trotzdem checken«, sagt Skagen ernst und hält sein Handy hoch. »Ich telefoniere jetzt 'ne Runde.« Er nimmt sich den Notizblock mit und stellt sich damit ans Fenster. Zuerst ruft er bei den Mobilfunkprovidern der Nowaks an. Danach wäre Jochens Bank dran.

Es ist kurz vor 22 Uhr, als die Tür auffliegt und Skagen sowie Joakim blinzelnd aufschauen. Sie haben sich mittlerweile die von der Polizei angeforderten Filme der Videoüberwachungen vorgenommen.

»Jokke? Du hier?«, fragt Göran irritiert. Hinter ihm steht Maja, die sich reckt, um über seine Schulter zu sehen. »Ich dachte, dir geht es nicht gut?«

»So war es auch. Aber als wir hier ankamen, hab ich mich schon viel besser gefühlt. Und da Tom ein wenig Hilfe bei der Sichtung der Materialien benötigte, bin ich dageblieben.«

»Tom? Ach ja.« Erst jetzt springt Görans Blick zu Skagen. »Und der gute Tom ist nun im Bilde, ja?«

Es ist genau, wie Maja gesagt hat. Göran hat offensichtlich ein Problem damit, wenn man ohne seine ausdrückliche Autorisierung handelt. Oder er hat schlicht Angst, Skanpol könnte ihm die Wurst vom Brot ziehen.

»Tut mir leid«, entschuldigt sich Skagen. »Ich dachte, es wäre besser, wenn ich im Hintergrund weiterarbeite.«

»Im Hintergrund?«

»Ja, als Back-up sozusagen.« Er vermeidet es, Göran direkt anzusehen. Nicht weil er Angst vor dem Mann hat, sondern weil er keine Lust auf Stress und unnötige Rangeleien verspürt. Denn ziemlich sicher würde Göran einen direkten Augenkontakt als Provokation empfinden. Skagen unterdrückt ein Seufzen und berichtet dem Ermittlungsleiter, was er beim Lesen von Lolas Chats herausgefunden hat und welche Schlüsse das zulässt. Danach kommt er auf die Videoüberwachung zu sprechen.

»Die vom Bahnhof in Karlskrona gibt bislang nicht viel her. Wir haben uns zuerst den Tag des Unfalls vorgenommen, da es uns am wahrscheinlichsten erschien, dass Tina da verschwunden ist.«

»Und in Hultsjö?«

»Dort gibt es keine Kameras. Weder am Bahnhof noch an der Hauptstraße, ich habe das vorhin gecheckt. Da sind keine privaten Überwachungsanlagen, die etwas vom Unfall oder den Nowaks aufgezeichnet haben könnten.«

»Und die Tankstelle?«

»Ja, da sollten wir morgen mal nachfragen.«

»Okay, danke.« Göran scheint vorerst zufrieden mit Skagens vorgetäuschter Unterordnung zu sein. Anschließend fasst der Ermittlungsleiter seinerseits die Ergebnisse des Tages zusammen. Dass es nicht viel Neues ist, steht ihm deutlich ins Gesicht geschrieben. Die Suchmannschaft hat alles gegeben, aber nicht das Geringste gefunden, weder im ersten Abschnitt, den Göran auf der Karte an der Pinnwand aufzeigt, noch im zweiten. Auch die Befragung der Dorfbewohner und die Suchmeldung übers Radio haben keine brauchbaren Hinweise erbracht. Tina Nowak bleibt verschwunden.

Was das bedeutet, ist Skagen nur allzu bewusst. Mit jedem Tag, der verstreicht, wird es unwahrscheinlicher, sie lebend zu finden. Eine einfache Faustregel, an der es nichts zu rütteln gibt.

»Und das Blut auf dem Stein?«, fragt er.

»Die Kriminaltechniker haben Proben genommen. Blut und Haare sind auf dem Weg nach Lund. Ebenso wie das Kondom. Ich habe veranlasst, dass das priorisiert behandelt wird.«

»Gut.« Nachdenklich zupft Skagen an seinem Bart. »Ich würde morgen früh gern das verletzte Mädchen besuchen, wenn das möglich ist.« Noch während er das sagt, ist ihm klar, was das bedeutet. Dass er den Irrtum erst einmal nicht aufklären wird. Er steckt schon zu tief in dem Fall drin, als dass er sich einfach zurückziehen könnte. Außerdem tut ihm die Arbeit gut. Sie ist gut für alle.

Göran verzieht skeptisch das Gesicht. »Sie wollen das Kind befragen?«

»Nur, wenn es ansprechbar ist. Sie ist unsere einzige Zeugin für den Unfall.«

Der Ermittlungsleiter zögert noch immer.

»Aber das ist doch eine gute Idee, Göran«, wirft Maja ein. »Tom spricht Deutsch und bekommt vielleicht etwas aus der Kleinen heraus.«

Göran seufzt, vermutlich wegen Majas Einmischung, doch schließlich nickt er. »In Ordnung. Sie können das Kind besuchen. Aber«, er hält einen Zeigefinger hoch, »Sie werden mich künftig über jeden Schritt informieren. Können wir uns darauf verständigen?«

»Gerne stelle ich Ihnen all meine Expertise zur Verfügung, Inspektor Berg«, antwortet Skagen und wirft Maja einen kurzen Blick zu. »Unsere Zusammenarbeit wird Hand in Hand ablaufen.«

»Schön.« Göran hakt die Daumen in seinen Gürtel und schiebt die Brust raus. »Dann herzlich willkommen bei der Polizei von Karlskrona!« Das Lächeln, das er hinterherschiebt, soll wohl selbstbewusst wirken, aber Skagen kann darin deutlich Unsicherheit lesen. Hinter der Fassade des coolen Bullen verbirgt sich offenbar ein schüchterner Junge. Keine gute Mischung.

Play with the team – but always watch your back, denkt Skagen.

Besser, er richtet sich weiterhin nach dieser Parole, die er sich über all die Jahre angeeignet hat. Bei Typen wie Göran weiß man nie.

Nachdem sie dieses lästige Thema hinter sich gebracht

haben, entlässt Göran sie endlich in den Feierabend. Morgen würden sie sich um Punkt acht für eine Besprechung wieder hier treffen und anschließend nach Hultsjö rausfahren.

Als sie draußen auf der Straße stehen, ist der wolkenlose Himmel von einem überirdischen Leuchten erfüllt. Von Dunkelblau bis hin zu einem satten Orange sind alle Farbnuancen vertreten. Magischer Mittsommer.

Jokke verabschiedet sich mit einem Nicken und marschiert in die Nacht hinaus. Skagen atmet tief durch und nimmt den Geruch der Luft wahr. Sie riecht nach Meerwasser, in der Hitze vor sich hin gärendem Seetang und heißem Asphalt. Kurz: nach Hafen. Eine Mischung, die ihm seit der Signe Merkur tiefes Unbehagen verursacht.

Aber von dem Zittern, das sich vorhin kurz bei ihm gemeldet hat, ist nichts mehr zu spüren. Auch sein Herz schlägt erstaunlich ruhig. Ein langsamer und angenehmer Rhythmus. Smooth wie ein Song von Morcheeba.

Gibt es also doch Hoffnung für ihn?

»Wo willst du schlafen?«, reißt Maja ihn aus seinen Gedanken.

Als Skagen sie ansieht, lacht sie laut auf und wedelt mit der Hand. »Sorry, ich wollte nicht aufdringlich sein. Es war ein langer Tag und ich brauche dringend was zu trinken. Kommst du mit?«

Skagen lächelt. »Gerne.«

»Ich wohne gleich um die Ecke. Dort gibt es eine Dusche, mehrere Flaschen Wein, was zu Essen und … ein Schlafsofa.« Majas Augen leuchten im Licht der Straßenlaterne spitzbübisch auf.

»Ist das ein Date?«

»Sagen wir, eher Airbnb mit Familienanschluss.«

Skagen, den es normalerweise nicht stört, in seinem VW-Bus zu übernachten, gefällt die Vorstellung, nach all den Jahren einen Abend mit Maja zu verbringen. Und da sein Herz noch immer ruhig schlägt, nimmt er das Angebot an. »Okay, aber zuerst muss ich zum Bus und meine Sachen holen. Ich will morgen nicht dasselbe T-Shirt anziehen müssen.« Er schnuppert unter seiner Achsel, und beide lachen.

»Super, dann gehe ich vor und dusche. Ich rieche auch nicht grade nach blütenreiner Sommerfrische.« Sie gibt Skagen ihre Adresse und verabschiedet sich.

Mit einem wohligen Gefühl im Bauch marschiert er die steilen Straßen hinauf zum Stadtzentrum von Karlskrona. Flankiert von den vertrauten Barockfassaden der Häuser, an denen sich kaum etwas verändert hat, legt er den Kopf in den Nacken und atmet ein weiteres Mal tief durch. Kühl streicht die Nachtluft über seine Haut und von irgendwoher kommen heitere Stimmen.

Du warst lange fort, hört er Karlskrona in sein Ohr flüstern. Es ist schön, dass du wieder da bist.

27

In der Woche davor

»Wo warst du?«, fragt Tina ihre ältere Tochter. Sie ist sauer. Zuerst verschwindet Ronja im Wald, und dann ist auch noch Lola den ganzen Tag weg. Zum Glück ist Ronja schnell wieder aufgetaucht, im Gegensatz zu Lola. »Warum bist du nicht ans Telefon gegangen?«

»Ich war im Dorf unterwegs.« Im Wohnzimmer lässt sich Lola aufs Sofa plumpsen.

»Da habe ich dich überall gesucht, aber nirgendwo gesehen.«

»Ich war dort. Musst halt besser gucken.« Lola holt ihr Handy aus der Tasche und beginnt, darauf herumzutippen. In Tina steigt Wut auf.

»Warum sind deine Haare nass? Wo bist du gewesen?«

»War mit Freunden am See – baden.«

»Freunde? Was für Freunde?«

»Na, Jungs aus dem Ort. Hab sie vor der Pizzeria getroffen und sie haben mich mitgenommen.«

»Aha.« Skeptisch stemmt Tina beide Hände in die Seiten. »Und wie heißen die?«

»Sorry, none of your business«, entgegnet Lola, ohne den Blick zu heben.

»Spinnst du jetzt völlig? Du bleibst stundenlang weg, bist mit Wildfremden unterwegs und …«

»Das sind keine Wildfremden.«

»Verflixt noch mal, Lola. Das nächste Mal sagst du

Bescheid, wohin du gehst. Dein Vater und ich haben uns Sorgen gemacht.«

»Du machst dir Sorgen? Dass ich nicht lache.« Lola sieht sie immer noch nicht an, sondern tippt und streicht ununterbrochen über das Display ihres Handys.

Tina verspürt einen Stich in ihrer Brust. Ihr schlechtes Gewissen meldet sich. »Natürlich machen wir uns Sorgen. Was, wenn dir etwas zustößt?«

»Dann bist du die Erste, die sich freut, dass sie mich los ist!« Jetzt blickt Lola auf. In ihren Augen funkelt es provokant.

»Es reicht. Du gibst mir sofort dein Handy. Das ist die Strafe für dein Verhalten. Eine Woche ohne dieses verdammte Telefon!« Tina greift nach dem Gerät.

»Nein!« Lola drückt das Telefon an sich. »Das ist meins. Das kannst du mir nicht wegnehmen.«

»Und ob ich das kann.« Tina beugt sich vor, um sich das Handy zu schnappen, doch Lola dreht sich auf dem Sofa weg, sodass Tina nicht drankommt.

»Gib es her!«

»Nein!«

»Schluss damit. Ich habe deine Allüren satt.« Tina packt Lola an der Schulter und will sie herumreißen, da beginnt ihre Tochter wie wild mit den Beinen zu strampeln.

»Lass mich«, kreischt sie. »Du blöde Fo…!«

»Was ist denn hier los?!« Jochen erscheint in der Tür zum Wohnzimmer und guckt sie beide verärgert an. Neben ihm steht Ronja und beobachtet die Szene mit unsicherem Blick.

»Mama ist gemein!« Lola springt vom Sofa und will in ihr Zimmer laufen.

»Halt, Fräulein!«, ruft Tina ihr hinterher. »Zuerst gibst du mir dein Handy.«

Jochen stellt sich Lola in den Weg und streckt wortlos eine Hand aus.

Seine Tochter steht unschlüssig vor ihm. Hält das Smartphone vor ihrer Brust umklammert, als sei es ihr wertvollster Besitz.

»Du hast gehört, was deine Mutter gesagt hat«, entgegnet Jochen streng. »Gib mir das Telefon.«

In Lolas eben noch starrer Miene explodiert der Hass mit so schrecklicher Wucht, dass Tina sie kaum wiedererkennt. Das heißt, doch, eigentlich ist ihr diese verzerrte Fratze nur allzu bekannt. Seit Lola in der Pubertät ist, gebärdet sie sich wie ein Teufel. Tina hat das alles unglaublich satt. Genau wie Lolas ständige Nörgelei. Aber sie traut sich nicht, dagegen anzugehen, weil sie sich sonst noch schuldiger fühlen würde.

»Du bist jämmerlich, Mama«, spuckt Lola ihr entgegen. »Rufst Papa um Hilfe, wenn du nicht mehr weiterweißt. Ihr beide seid richtig scheiße, wisst ihr das?« Sie wirft Jochen das Telefon entgegen und rauscht davon. In Erwartung des Türenknallens schließt Tina die Augen, zuckt jedoch trotzdem zusammen, als es am Ende des Flurs laut scheppert.

»Kochen wir jetzt Nudeln?«, fragt Ronja in die entstandene Stille hinein. »Ich hab Hunger auf Nuuudeln mit Sooooße. Oder lieber Fleischklöße. Ja, Schöttbullar. Lecker Schöttbullar mit Kartoffelbrei.«

»Ja, gleich, mein Spatz«, entgegnet Jochen und gibt Tina das Handy.

»Danke«, sagt diese und will an ihm vorbeigehen, doch Jochen hält sie auf.

»Was ist passiert? Wo war Lola die ganze Zeit?«, will er wissen.

»Das erzähle ich dir später«, wimmelt Tina ihn ab. Sie hat keine Lust auf eine weitere Diskussion.

Jochen sieht sie forschend an. Sie kennt diesen Blick. Den setzt er immer auf, wenn ihm etwas nicht passt. Er ist eine Mahnung. Jochen hasst Stress. Mit diesem Blick macht er ihr klar, dass er keinen Unfrieden innerhalb der Familie duldet und dass sie die Sache mit Lola schnellstmöglich zu klären hat. Nur eine harmonische Familie ist eine glückliche Familie. Wenn er wüsste, dass die Harmonie längst ausgezogen ist. Das Nagen der Schuld in Tina wird heftiger. Es ist ihr Fehler, dass alles so gekommen ist. Sie lebt mit der Lüge, von der er nichts ahnt.

Sie lächelt Jochen an. »Ich rede später mit Lola, versprochen. Kümmerst du dich ums Abendessen? Du hörst ja, was gewünscht wird.« Sie nickt in Richtung Ronja, die verschmitzt kichert. Ihre Wangen sind von der Sonne gerötet. Hoffentlich hat Jochen sie mit Sonnenmilch eingecremt, sonst hätten sie spätestens in einer Stunde das Theater. Ronja versteht nicht, dass die Sonne für das Brennen verantwortlich ist, und empfindet es als Bestrafung. Dann würde sie wieder stundenlang weinen.

»Klar koche ich uns was.« Jochen streicht Tina über die Wange und verschwindet in der Küche.

Tina bleibt im Wohnzimmer und sieht sich um. Wo könnte sie das Handy verstecken, ohne dass Lola es sofort findet? Ihre Tochter würde alles danach durchsuchen.

Tina schaltet das Gerät aus und wartet, bis Ronja sich am Esstisch in ihr Malbuch vertieft hat. Wenn sie mitbekäme, wohin das Handy verschwände, würde sie es ihrer Schwester aus Nettigkeit sofort verraten.

Vielleicht unter dem Sofapolster? Nein, das ist zu naheliegend. Tina hat Lola das Handy schon mehrmals weggenommen, und inzwischen kennt sie die gängigsten Verstecke. Tina dreht sich um und geht in die Küche, wo Jochen bereits mit den Töpfen klappert. Sie öffnet die Schränke der alten Küchenzeile. Darin stehen die Vorräte: Konserven, Nudelpackungen, Soßentüten, Marmeladengläser, Müslipackungen. Tina erinnert sich an das Drama vom Frühstück und hat eine Idee.

Kurz darauf ist das Handy versteckt und die Tür zum Vorratsschrank geschlossen. Jochen hat davon nichts mitgekriegt. Er rührt eifrig im Topf mit der Soße. Er liebt es, zu kochen. Zum Glück. Damit hat sie wenigstens eine lästige Aufgabe vom Hals.

Gedankenverloren blickt Tina aus dem Küchenfenster. Der Garten liegt im Schatten, die Wipfel der Tannen am Rand der Lichtung sind hingegen mit dem goldenen Licht der Abendsonne besprenkelt. Ein Schwarm Mücken schwebt unter dem Apfelbaum, dessen Äste sich unter der Last unreifer Früchte biegen. Einige grüne Äpfel liegen im Gras. Eine Drossel pickt daran herum. Außer dem Vogel und den Mücken gibt es keine weiteren Anzeichen von Leben da draußen. Sie erinnert sich, was Ronja gesagt hat – über die Trolle, die sie holen kommen würden. Ein zaghaftes Lächeln huscht über Tinas Gesicht. Dann denkt sie an Lola, und in ihr ist plötzlich nur noch Kälte. Ach, wenn sie für Lola doch nur das Gleiche empfinden könnte wie für ihre jüngere Tochter …

»Essen ist fertig!«, ruft Jochen, und Tina zuckt zusammen. Schnell zwingt sie sich ein Lächeln auf die Lippen und hilft dabei, den Tisch zu decken. Als sie sich gemeinsam hinsetzen, bleibt der Platz von Lola leer.

In der Nacht schreckt Tina auf. Es ist kalt und dunkel. Sie ahnt, was sie geweckt hat. Bestimmt sucht Lola das Haus nach ihrem Handy ab. Oder es ist Ronja, die meint, draußen liefen Trolle durch den Garten.

Tina seufzt leise. Sie hat keine Lust nachzusehen und bleibt liegen. Neben ihr schnarcht Jochen vor sich hin und verbannt damit die unheimliche Stille aus ihrem Schlafzimmer.

Tina hört es trotzdem. Ein Vibrieren wie von Schritten und dann ein leiser Aufprall.

Genervt schwingt sie ihre Beine aus dem Bett, doch als das dumpfe Pochen erneut ertönt, erstarrt sie mitten in der Bewegung. Das klang, als käme es von draußen! Unwillkürlich spannen sich ihre Muskeln an, und Tina blickt zum Fenster, vor dem die geblümten Gardinen des Vorbesitzers hängen. Gänsehaut prickelt über ihre nackten Unterarme, und sie zuckt fröstelnd zusammen.

Schleicht da jemand ums Haus?

Tina zögert einen Moment. Nein, es ist garantiert Lola, die drinnen nach ihrem Telefon sucht. Wer soll sonst hier herumlaufen? Nachts mitten im Wald. Sie hält in ihren Gedanken inne, weil sie sich der Tatsache zum ersten Mal bewusst wird. Ja, sie sind mitten im Wald. Weit weg vom nächsten Haus. Niemand würde sie hören.

Jetzt werd mal nicht hysterisch. Du fantasierst.

Tina steht auf, wirft sich ihre Strickjacke über und tappt zur Tür. Im Flur und im Wohnzimmer ist es dunkel. Die Geräusche sind verstummt. Hat Lola bemerkt, dass sie aufgewacht ist, und versteckt sich nun irgendwo? Diese Möglichkeit behagt Tina ebenso wenig wie jene, dass sich da draußen jemand aufhalten könnte. Ihre Tochter kann ihr manchmal ebensolche Angst einjagen wie ihre schlimmsten Fantasien. Lola brächte es fertig, sie von hinten anzuspringen und zu Tode zu erschrecken. Besser, sie schaltet gleich das Licht an und tut so, als hätte sie sie erwischt.

Tina tastet nach dem Lichtschalter, doch ihre Finger finden ihn nicht. Das Haus ist ihr noch fremd, sodass sie nicht weiß, wo sich die verschiedenen Schalter befinden. Vorsichtig arbeitet sie sich durch den Flur in Richtung Wohnzimmer vor. Die Tür zu Lolas Zimmer ist geschlossen, die von Ronja ist nur angelehnt. Alles ist still. Tina hört das Hämmern ihres eigenen Herzens in ihren Ohren. Ihre nackten Füße frieren, die kalte Nachtluft zieht durch die Ritzen in den Dielen. Jochen würde wohl die Decke des Kellers abdämmen müssen.

Endlich findet sie den Schalter, und der Flur wird in gelbes Licht getaucht. Danach betritt sie das Wohnzimmer, in dem sie ebenfalls die Lampe einschaltet.

»Lola, ich habe dich gesehen«, sagt sie halblaut. »Komm raus. Es hat keinen Zweck. Dein Handy wirst du nicht finden. Es ist in meiner Tasche.« Tina klopft auf ihre Strickjacke. Es ist zwar eine Lüge, aber eine, die Lola aus der Reserve locken würde.

Nichts rührt sich. Tina dreht sich um und blickt in den Flur. Er wirkt wie ein goldener Korridor, an dessen Ende der Hauseingang mit dem rautenförmigen Fenster liegt. Lolas Tür ist nach wie vor geschlossen.

Tina lauscht. Jochen hat aufgehört zu schnarchen, und kein Laut ist mehr zu hören. Sie muss sich das alles eingebildet haben. Weder Lola noch Ronja noch irgendwer anders geistert hier herum. Ihre Nerven sind einfach überreizt.

Von der Stille.

Die ist so erdrückend, dass sie kaum Luft bekommt.

Nervös kratzt Tina sich am Hals.

Vielleicht werde ich verrückt. Das wäre nicht das Schlimmste, was mir passieren könnte.

Eigenartigerweise ist sie erleichtert von diesem Gedanken und wandert weiter durch den erleuchteten Flur. Sie wirft einen Blick in Ronjas Zimmer. Ihre jüngere Tochter liegt im Bett und schläft mit offenem Mund. Leise begibt sich Tina zum Nachbarraum. Einen Moment verharrt sie unschlüssig, schließlich drückt sie die Klinke herunter und späht durch den Spalt. Ein scharfer Lichtfächer fällt auf Lolas Bett. Die

Decke ist zerwühlt, doch die Umrisse von Lolas Körper sind deutlich zu erkennen. Ihre ältere Tochter schläft.

Tina stößt die angehaltene Luft aus.

Alles gut. Es war nur Einbildung.

Bevor sie in ihr Schlafzimmer zurückkehrt, prüft Tina probehalber das Schloss an der Haustür. Jochen sagt zwar, dass hier niemand eindringen würde, aber sie hat darauf bestanden, nachts abzuschließen. Tatsächlich ist die Tür zu.

Beruhigt schaltet Tina das Licht aus und legt sich wieder ins Bett. Als sie die Decke über ihren frierenden Leib zieht, fängt Jochen wie auf ein Signal hin an zu schnarchen. Das Geräusch stört Tina nicht, im Gegenteil, es klingt tröstlich in ihren Ohren und überdeckt die beunruhigende Stille.

Sie schließt die Augen, und das rhythmische Brummen ihres Mannes lässt sie rasch in den Schlaf gleiten.

Als Tinas Atem ruhiger wird und die ersten Traumbilder sie streifen, kommt eine Gestalt in ihr Schlafzimmer. Mit kalten, hasserfüllten Augen blickt sie sie einen Moment lang an, dann beginnt sie, leise alles zu durchsuchen.

28

Hastig schlüpft Maja in ihre frischen Klamotten. Sie ist froh, endlich den klebrigen Schweiß von sich abgewaschen zu haben und nicht mehr die Uniform mit der schweren Ausrüstung und den Stiefeln tragen zu müssen. Stattdessen hat sie ein paar Sachen aus ihrem Schrank geholt, die zwar hübsch an ihr aussehen, aber nicht zu dick aufgetragen wirken. Ein Shirt mit V-Ausschnitt und eine Jeansshorts. Bei dem Wetter ohnehin die beste Wahl, denn in ihrer Wohnung ist es trotz des Lüftens warm und stickig.

Nach einem prüfenden Blick in den Spiegel, bei dem sie geflissentlich ihre kleinen Makel wie Augenringe und ihre omnipräsente Himmelfahrtsnase übersieht, entscheidet sie sich, die Haare offen zu tragen, damit sie an der Luft trocknen können. Bei dem bloßen Gedanken daran, sie föhnen zu müssen, bricht ihr sofort wieder der Schweiß aus. Ein wenig Creme ins gebräunte Gesicht und einen Hauch Wimperntusche – und fertig ist die private Maja.

Ihr Spiegelbild runzelt die Stirn – noch etwas, was sie nicht mag. Diese steile Falte zwischen den Augenbrauen. Die lässt sie ungewollt streng aussehen. Andererseits, sie ist 38, da könnte man über das Leben ständig die Stirn runzeln.

Kritisch streicht sie sich über die Kinnlinie. Oder sollte sie sich mehr Mühe geben? Auf was für einen Typ Frau Tom wohl steht? Ihr Blick huscht hinüber zum Lippenstift. Ach Quatsch, ich will ihn ja nicht anmachen. Außerdem weiß ich überhaupt nicht, ob er liiert ist.

Genervt von sich selbst fasst sich Maja an die Stirn. Mein Gott, man könnte meinen, du hättest es dringend nötig.

Na ja … Ein wenig Flaute herrscht in ihrem Schlafzimmer schon, seit sie ihren letzten festen Partner abgeschossen hat. Das war einer von der Truppe. Mit ihm zusammen fuhr sie damals viel Streife, was eigentlich ganz schön war, und in einem Anflug von Naivität glaubte sie tatsächlich, dass Beziehungen unter Polizisten funktionieren könnten. Weil man ja vollstes Verständnis füreinander hat. Doch jedes Mal, wenn sie getrennt unterwegs waren, bekam er hinterher regelrechte Eifersuchtsanfälle und drängte sie, ihm haarklein zu berichten, mit wem sie wann wo gewesen ist. Das war furchtbar. Warum haben manche Männer bloß immer das Gefühl, alles kontrollieren zu müssen? Göran ist ebenfalls so einer. Ständig unter Strom und auf Habachtstellung. Als ob ihm jeder seine Position streitig machen wollte. Obwohl Göran nicht wie ihr Ex ist, ihr Chef ist eher wie ein unter Strom stehendes Erdmännchen mit zu dicken Eiern. Harmlos, aber definitiv mit einem Knall.

Jedenfalls ertrug sie es damals nicht länger, dass ihr Freund ihr kaum Luft zum Atmen ließ, und setzte ihn nach zwei Jahren Beziehung vor die Tür. Zum Glück hat sie darauf bestanden, die Wohnung zu behalten. Natürlich wurde ihr Freund wütend, bedrängte sie weiterhin und stellte ihr nach. Als sie nicht auf ihn einging, wiegelte er im Präsidium die Kollegen gegen sie auf und beschimpfte sie vor allen als dreckige Schlampe, sodass Maja überlegte, einen Versetzungsantrag zu stellen. Aber dann musste ihr Ex auf die Dienststelle in Luleå wechseln. Ihr Chef, Adnan Demirci, hat erkannt, was da zwischen ihnen ablief, und die Initiative ergriffen. Danach bekam sie viele böse Mails von ihrem Ex, doch das hörte irgendwann auf.

Unwillkürlich atmet Maja schneller bei diesem Gedanken.

Wer mag es schon, enttäuscht zu werden. Kritisch blickt sie ihr Spiegelbild an.

»Sei nett zu dir«, sagt sie schließlich und schenkt sich ein liebevolles Lächeln.

Da Tom bislang nicht aufgekreuzt ist, geht Maja in die Küche und bereitet einen kleinen Snack vor. Dabei versucht sie sich zu erinnern, wie es damals zwischen ihnen gewesen ist. Tom war in der zehnten Klasse und sie zwei Jahrgänge unter ihm. Seine Schwester war ihre Schulkameradin und damalige beste Freundin. Über ein Jahr lang waren sie ein verliebtes Teenagerpaar mit allem, was dazugehört. Händchenhalten, Engtanzpartys und heimliches Kuscheln auf dem Sofa eines Freundes. Geküsst haben sie sich natürlich auch, und es war aufregend. Majas erster Kuss mit einem Jungen. Da hat sie erst gemerkt, was für eine Vielfalt von Gefühlen in ihr schlummert. Aber sie und Tom sind nie weitergegangen. Und dann zog er mit seiner Familie nach Deutschland. Es war ein Schock für Maja, mit dem ihr mädchenhafter Traum von etwas Ernstem, Wahrhaftigem zerplatzte. Peng, aus. Eine Wendung der üblen Sorte. Wie bei »Pretty Woman« kurz vorm Happy End.

Zwar schrieben Tom und sie sich eine Zeit lang, aber jeder von ihnen fand schließlich neue Freunde, und ihre Gefühle füreinander schliefen ein. Nur mit Toms Schwester Gisa hielt Maja länger Kontakt und erfuhr dadurch oft etwas über ihn. Zum Beispiel, dass er sich entschied, zur See zu fahren. Doch irgendwann riss auch dieser Briefwechsel ab. Maja hat kein schlechtes Gewissen deswegen. Es ist der Lauf der Dinge.

Es klingelt, und Majas Herz macht einen Satz. Sie sprintet zur Tür und steht einem völlig verschwitzten Tom gegenüber.

»Was ist los?«, fragt er. »Warum grinst du?«

Maja spürt, wie ihre Lippen sich noch mehr spannen, bestimmt stoßen ihre Mundwinkel gleich an ihren Ohren an. »Ach, ich dachte gerade, wie schön es ist, dass wir uns wieder über den Weg gelaufen sind.« Sie räuspert sich und tritt zur Seite. »Entschuldige. Ist nicht grade gemütlich hier im Treppenhaus. Komm doch herein.«

Tom stellt seine Tasche im Flur ab und sieht sich in der Wohnung um. »Hübsch.«

»Danke. Willst du duschen oder erst was trinken?«

»Duschen. Definitiv.«

Maja zeigt ihm das Bad. »Bis gleich«, sagt sie, begibt sich in die Küche, wo sie Eiswürfel in ihren Weißwein gibt, und setzt sich anschließend mit dem Glas in einen der gemütlichen Korbsessel auf dem Balkon. Während sie an dem Getränk nippt und darauf wartet, dass Tom fertig wird, schweift ihr Blick von den flackernden Laternen auf dem Tisch hinaus in die Ferne, wo sich die Lichter der Häuser auf den Schären und die der Sterne am Himmel auf der perfekt glatten Meeresoberfläche widerspiegeln. Solch eine Wetterlage ist sehr selten, und sie erweckt den Eindruck, als würden die flachen Inseln schwerelos im Nichts schweben.

Als Maja hinter sich Schritte hört, dreht sie sich um. Da steht er, barfuß und mit ebenso nassen Haaren wie sie. Er hat sich ein frisches T-Shirt und Jeans angezogen.

»Ist dir nicht zu warm in der langen Hose?«

»Doch, aber in Sportklamotten würde ich mich underdressed fühlen.«

Maja muss lachen. »Früher hast du quietschgrüne Shorts getragen, rote Chucks und zerlöcherte T-Shirts. Da hat dich das nicht gestört.«

»Damals war das ja auch unglaublich cool.«

»Genau wie meine Buffalos und diese unsäglichen Hüfthosen, bei denen man den Tanga sehen konnte.«

»Den du nie anziehen wolltest.«

»Pah! Aus gutem Grund.«

Tom grinst, und Lachfalten bilden sich um seine Augen, er ist älter geworden. Sein Körper ist viel sehniger und kräftiger als früher, keine Spur mehr von dem schlaksigen 16-Jährigen. Er wirkt gut in Form, scheint auf sich Acht zu geben. Sein Blick ist allerdings immer noch genauso, nachdenklich und abwartend.

»Der Bart steht dir.«

»Danke. Und dir die Uniform.«

»Willst du mich veräppeln? Das unförmige Ding steht niemandem. Also wegen der Kluft bin ich jedenfalls nicht zur Polizei gegangen.«

»Nein, im Ernst. Du kannst sie tragen.«

»Heißt das, ich kann mir Hoffnungen machen?« Maja genießt das spielerische Geplänkel, doch Tom antwortet nicht. Genau wie beim ersten Mal, als sie ihn gefragt hat, ob er verheiratet ist. An seinen Fingern steckt kein Ring, was natürlich nichts bedeuten muss.

»Wenn du was zu trinken willst, findest du alles im Kühlschrank. Weißwein und Eiswürfel«, sagt sie, um ihre Verlegenheit zu überspielen.

Er nickt und verschwindet in der dunklen Wohnung. Kurz darauf kommt er zurück, setzt sich ihr gegenüber und hebt das Weinglas. »Hej, Maja. Schön, dich wiederzusehen. Skål.«

»Dito.« Sie stoßen an. »Skål.«

Tom trinkt schweigend, und Maja beobachtet ihn dabei. Sie will ihn so vieles fragen. Was er in den letzten Jahren erlebt hat. Wie es ihm ergangen ist. Warum er nicht mehr zur See fährt und stattdessen zur Polizei gegangen ist. Aber sie hält sich zurück. Sie hat Sorge, ihn mit ihrer Neugier zu überfallen. Ihr Wiedersehen ist noch zu frisch, und zu viele Untiefen lauern am Rande – zusammen mit ihren gemeinen Schwestern, den Fettnäpfchen. Maja will nichts falsch machen, denn das hier ist ihr irgendwie wichtig.

»Woran denkst du?«, fragt er. Der Blick seiner grauen Augen ist intensiv, hat etwas Starres. Überhaupt hat er, solange sie hier sitzen, kein einziges Mal die tolle Aussicht betrachtet.

»Ach, nichts Besonderes.« Maja nimmt schnell einen Schluck von ihrem Wein. »Ich denke nur an früher.« Sie stellt das Glas zurück. Es ist beschlagen von der schwülen Luft.

»Etwa, ob du die Buffalos wieder aus dem Schrank holen sollst?« Lachend fährt er sich durch sein feuchtes Haar. Dabei fällt Maja erneut die Tätowierung auf seinem Unterarm auf.

Alfred, Julia, Sam … Den letzten Namen kann sie nicht entziffern, zu fremd ist ihr dessen Schreibweise.

Sie zeigt darauf. »Was bedeuten diese Namen?«

Tom erstarrt mitten in der Bewegung, und auf sein Gesicht tritt ein bitterer Zug. Instinktiv weiß Maja, dass sie das erste Fettnäpfchen voll erwischt hat. Na, herzlichen Glückwunsch.

Tom senkt den Blick und spielt abwesend mit seinem Glas. Tiefes Schweigen breitet sich zwischen ihnen aus.

Nach einer gefühlten Ewigkeit stellt er sein Glas weg. »Ich glaube, ich möchte dir eine Geschichte erzählen.« Der Klang seiner Stimme lässt Maja erschauern, denn darin liegt etwas Unheilvolles.

»Was für eine Geschichte?«, fragt sie zögernd.

»Von diesen Menschen.« Tom hebt den Arm und zeigt auf das Tattoo. »Sie sind alle tot.«

Maja muss schlucken. »Du brauchst mir das nicht zu erzählen, wenn du nicht willst. Es tut mir leid, dass ich danach gefragt habe.«

Tom blickt sie direkt an. Der Ausdruck in seinen Augen schmerzt sie so sehr, dass sie ihm am liebsten über seine Wange gestreichelt hätte. Aber sie kann sich nicht rühren. Alles in ihr spürt plötzlich die Erschöpfung des Tages. Ihre

Muskeln, ihre Knochen, ihre Gedanken. Sie ist unendlich müde.

»Weißt du«, sagt er leise. »Für mich ist das hier nicht bloß ein Wiedersehen mit dir, sondern auch mit der Stadt und allem, was sie für mich bedeutet ... oder bedeutet hat.« Sie registriert, wie er erschauert, als würde er frieren. »Ich war nicht mehr in Karlskrona, seit diese Sache mit mir passiert ist ...« Er bricht ab und schweigt, dabei knetet er seine Hände. Schließlich atmet er tief durch und redet weiter. Die Monotonie seiner Worte deprimiert Maja. Irgendwie hat sie sich dieses Treffen anders vorgestellt. Fröhlicher und unbeschwerter. Natürlich ist ihr vorher klar gewesen, dass Tom sich über die Jahre verändert haben muss, aber sie hat nicht daran gedacht, dass er auch schlechte Dinge mit im Gepäck haben könnte.

»Ich habe diese großen Schiffe geliebt«, beginnt er leise zu erzählen. »Sie haben mich von klein auf fasziniert und mir das Gefühl von absoluter Freiheit vermittelt. Wenn du an Deck stehst und die scharfe Linie des Horizonts vor Augen hast, das ist die pure Klarheit. Etwas, das größer ist, als alles andere. Dazu die bestechende Einfachheit des Lebens an Bord. Die Regeln und täglich gleichen Abläufe. Es gibt auf einem Schiff nichts als Arbeiten, Schlafen und Essen. Für mehr ist da kein Platz. Es war das Leben, das ich mir immer gewünscht habe. Das Schiff, das majestätisch dahingleitet. Der Himmel und das Meer, Blau auf Blau, beides unbestechlich. Und ich mittendrin.« Er hält inne, ringt um Worte. »Für mich ging damals mein größter Traum in Erfüllung, als ich mein Offizierspatent erhielt und als Chief Mate auf einem der ganz großen Containerschiffe anheuern durfte. Ich war total aufgeregt und mächtig stolz. Das Schiff, mit dem ich mehrere Monate unterwegs sein sollte, hieß Signe Merkur. Mit der Crew, den Offizieren Alfred, Julia und Sam, aber auch mit dem Alten, mit Kapitän Mortensen, habe ich mich auf Anhieb verstanden. Sie … waren tolle Menschen …«

Tom trinkt seinen Wein in einem Zug aus und stellt das Glas klirrend auf den Tisch. Als er neu ansetzt und das Leben auf dem Schiff beschreibt, gerät er mehrfach ins Stocken. Doch Maja gelingt es trotzdem, die Signe Merkur samt Crew vor ihrem inneren Auge lebendig werden zu lassen. Sie sieht, wie der beeindruckende Ozeanriese mit dem hellblauen Rumpf den Suezkanal verlässt und das Rote Meer durchquert, bis er das Bab el-Mandeb, das Tor der Tränen, passiert und in den Golf von Aden einfährt. Die Sonne brennt vom Himmel und blendet in den Augen. Tom hat Wache, er steht am Steuerpult auf der Brücke. Kapitän Mortensen hat sich in seine Kammer zurückgezogen, um zu schlafen, was Tom zum höchstrangigen Offizier an Deck macht. Die Verantwortung für das gesamte Schiff obliegt ihm. Ein stählerner Gigant von knapp 350 Metern Länge, beladen mit über 8.000 Containern.

Aufmerksam beobachtet Tom die offene See mit dem Fernglas. Dabei muss er trotz Sonnenbrille die Augen zusammenkneifen, dermaßen grell ist das Licht. Alle aus der Mannschaft wissen, dass sie gerade durch Piratengebiet navigieren, die Nervosität ist greifbar. Obwohl über Funk nichts zu hören ist und sich kein verdächtig aussehendes Boot auf dem Radar nähert, spürt Tom ein flaues Gefühl im Magen. Seit er heute Morgen seine Wache angetreten hat, ist da dieses Kribbeln. Und es wird stärker, je länger es auf dem Schiff ruhig bleibt. Tom versucht, sich nicht in die Sache hineinzusteigern, und tadelt sich für seine unbegründete Angst, die seine Konzentration stört. Die Wahrscheinlichkeit, dass etwas passiert, ist gering. In einigen Seemeilen Entfernung befinden sich sieben weitere große Frachtschiffe im Korridor, deren Routen sogar näher an der afrikanischen Küste entlangführen. Warum sollte es ausgerechnet die Signe Merkur treffen? Außerdem hat es in dieser Gegend seit zwei Monaten keinen Piratenüberfall mehr gegeben. Fregatten der US Navy und der Deutschen Marine patrouillieren regelmäßig in diesem Gewässer. Es ist den Umständen entsprechend sicher. Zumindest sicherer als vor einem halben Jahr, als alles verseucht war mit somalischen Kaperkommandos und Überfälle an der Tagesordnung waren.

Alles Fakten, die dafür sprechen, dass sie eine ruhige Passage vor sich haben. Kein Grund zur Unruhe.

Doch da ist dieses verdammte Bauchgefühl. Und das hat ihn bisher nie getäuscht. Dieses Ziehen und Zerren in seinem Magen, als wenn …

Plötzlich lässt eine ungewöhnliche Vibration das Schiff erzittern. Alarmiert sieht Tom die Dritte Offizierin an.

»Vielleicht ist was mit der Maschine«, sagt Julia.

Tom nimmt das Telefon für die interne Kommunikation und ruft im Maschinenkontrollraum an. Sam, der Schiffsingenieur, meldet, dass alles in Ordnung ist.

Nervös wischt sich Tom den Schweiß von der Stirn.

»Da ist Rauch!«, ruft Julia unvermittelt und zeigt auf die Containerstapel vor ihnen. Über der Backbordseite wabert dunkler Qualm.

Mit bemüht ruhigen Bewegungen löst Tom Generalalarm aus und macht eine Durchsage, dass der Feuerstoßtrupp ausrücken soll. Zusätzlich gibt er die Warnung raus, dass Vorsicht geboten ist, denn es könnte sich auch um einen Überfall handeln. An Julia gewandt ordnet er an, den Kapitän zu holen. Die Dritte Offizierin nickt. Sie versucht, gelassen zu wirken, doch Tom kann ihr ansehen, dass sie genauso viel Angst hat wie er.

»Wir kriegen das in den Griff«, sagt er, um sie zu beruhigen, obwohl er weiß, dass ein außer Kontrolle geratener Brand verheerende Auswirkungen auf das Schiff haben könnte. Über 8.000 Container voll mit unberechenbaren Materialien. Sie müssen schnell handeln.

Das Funkgerät knackt und die Männer vom Feuerstoßtrupp geben Rückmeldung, dass sie zum brennenden Container vorrücken, der sich an einer Außenposition in Luke 2 befindet. Tom hebt das Fernglas, um die Aktion zu verfolgen.

Hinter ihm öffnet Julia die Tür zur Brücke. »Ich hole den Alten.«

»Ja«, antwortet Tom knapp. Dass der Kapitän sich noch nicht von sich aus gemeldet hat, ist beunruhigend. Der Alarm ist eigentlich nicht zu überhören.

Zu dem Gefühl in seinem Bauch gesellt sich nun Übelkeit. Irgendetwas stimmt nicht an Bord. Er dreht sich zu Julia um, weil er sie warnen will, doch im selben Moment taucht eine Gestalt hinter ihr auf. Ein dunkelhäutiger Mann, das Gesicht glänzend von Schweiß.

Er packt Julia am Hals und reißt sie zu sich heran. Dann drückt er ihr eine Pistole an die Schläfe.

»No move. Or I kill her!«, brüllt der Mann, und danach besteht die Welt nur noch aus Geschrei und Chaos.

Tom und die anderen Offiziere werden von den Piraten in einen kleinen Raum unter der Brückenebene gesperrt. Nach einiger Zeit holen sie Sam heraus, dessen Schreie kurz darauf durch die Stahltür dringen und Tom das Blut in den Adern gefrieren lassen. Als die Piraten zurückkommen und einen völlig apathisch wirkenden Sam in ihre Zelle werfen, sind alle entsetzt. Die Kerle haben ihn gefoltert. Eine Stunde lang sitzen sie in dem stickigen Raum, kümmern sich um die Wunden des Schiffsingenieurs, geben ihm Wasser zu trinken und beten, dass möglichst schnell Rettung kommen würde. Dann fliegt die Tür erneut auf, und die Piraten greifen sich

Tom. Er wehrt sich, wird jedoch mitleidslos in die Messe geschleift und dort auf einem Stuhl festgebunden. Um ihn herum zeugen mehrere Blutlachen davon, was hier zuvor mit Sam passiert ist.

Zwei der Piraten ziehen Tom die Schuhe aus und stellen seine nackten Füße in eine Wanne mit Wasser. Als Letztes reißen sie ihm das Uniformhemd auf und treten zurück, ihre Pistolen auf seinen Kopf gerichtet. Tom atmet panisch, hyperventiliert fast, und sein Herzschlag hämmert so heftig durch seinen Körper, dass er kaum noch etwas anderes hören kann. Trotzdem bekommt er mit, wie ein dritter Mann sich vor ihm aufbaut. In der einen Hand hält er ein Satellitentelefon und in der anderen ein Kabel. Das Ende ist blank, und Tom ahnt, was nun folgen wird. Der erste Schock lässt ihn aufschreien und seine Muskeln spastisch zucken. Der Pirat lächelt, genießt die Folter. Dann lässt er von ihm ab und hält Tom das Satellitentelefon vor den Mund.

»You tell them. We want five million dollars. If they don't pay, you and all the others will die. But you die first!«

Tom tut, wie ihm geheißen, und stottert die Forderung des Piraten ins Telefon. Am anderen Ende der Leitung sitzen die Verantwortlichen der Reederei und hören alles mit an. Der Somalier lässt ihn zu Ende reden und hält sich das Telefon an sein Ohr. Die Antwort scheint ihn zu verärgern, denn ohne Vorwarnung drückt er seinem Gefangenen das Kabelende gegen die Brust. Tom hat das Gefühl, sein Herz bliebe stehen, seine Muskeln verkrampfen sich und seine Zähne schlagen hart aufeinander, dass es laut knirscht.

Danach zieht der Somalier das Kabel zurück, und es folgt das gleiche Spiel wie zuvor. Tom soll etwas ins Telefon sagen, und der Pirat lauscht auf die Antwort. Doch all diese Grausamkeiten scheinen nicht zum gewünschten Erfolg zu führen. Unzählige Male lassen die Piraten den Strom durch Toms

Körper fließen, bis er sich selbst einnässt und so heftig auf seine Zunge beißt, dass sie stark blutet.

Die Verantwortlichen bei Merkur bleiben hart, und wütend bringen die Piraten Tom in das Gefängnis zurück. Keiner der anderen sagt ein Wort, als er sich zur Wand schleppt und sich davor zusammenrollt. Alle starren vor sich hin, haben Angst, dass sie als Nächstes dran sind.

Eine unbestimmte Zeit lang herrscht Ruhe im Raum wie auch draußen vor der Tür. Vermutlich beraten die Piraten darüber, wie sie ihren Forderungen mehr Nachdruck verleihen können. Tom, der sich von den Elektroschocks langsam erholt, befürchtet, dass die Reederei nie zahlen wird.

Sie sind gerade in einen unruhigen Halbschlaf gefallen, als die Tür auffliegt und die Piraten hereinstürmen. Sie zerren Alfred auf die Füße und drücken ihm eine Pistole an die Stirn. Bevor auch nur einer reagieren kann, hallt ein ohrenbetäubender Knall durch die Kammer, Alfreds lebloser Körper schlägt direkt vor Tom auf dem Stahlboden auf und bespritzt seine Hose mit Blut. Zuerst herrscht starres Entsetzen. Alle, einschließlich der beiden Piraten, blicken auf den toten Zweiten Offizier. Bis Tom diesen kurzen Moment der Ablenkung nutzt, einen der Somalier zur Seite stößt und aus dem Raum flieht. Auf nackten Füßen rennt er durch die Gänge, eilt stählerne Treppenfluchten hinauf und steht wenige Minuten später draußen im gleißenden Sonnenlicht an der Reling.

»Ich habe es nicht geschafft!«, sagt Tom plötzlich unerwartet laut, und Maja muss blinzeln, so sehr hat die Erzählung sie gefangen genommen.

»Was hast du nicht geschafft? Hilfe zu holen?«, fragt sie und spürt, wie trocken ihre Kehle während des Zuhörens geworden ist. Aber sie wagt es nicht, nach ihrem Glas zu greifen.

Tom schüttelt den Kopf. »Ich wollte keine Hilfe holen.«

Maja sieht ihn verständnislos an. »Was dann?«

»Springen.«

»Wie bitte?«

»Ich habe es nicht mehr ausgehalten. Ich wollte nur noch weg, sterben.«

Maja rührt sich nicht, und Tom stößt einen heiseren Laut aus.

»Ich kann verstehen, wenn du mich dafür verachtest.«

Maja öffnet den Mund. »Nein, ich … ich … Das tue ich nicht.«

Tom hebt eine Hand. »Schon gut. Ich verachte mich ja selbst dafür. Das war feige und ist nicht zu entschuldigen. Ich hätte Hilfe holen sollen. Hauptsache, irgendwas tun, aber nicht einfach nur dastehen wie ein Idiot.«

»Aber du hattest einen Schock.«

»Kann sein. Trotzdem hat diese Aktion anderen Menschen das Leben gekostet. Da ist es für mich egal, ob ich unter Schock stand oder nicht.«

Maja runzelt die Stirn. Sie findet, dass Tom in dieser Sache ein wenig zu hart mit sich ins Gericht geht. »Dass dieser Alfred erschossen wurde, ist doch nicht deine Schuld.«

»Nein«, entgegnet Tom mit einem traurigen Lächeln. »Aber dass sie Julia anschließend vergewaltigten und töteten, *das* ist meine Schuld. Die Piraten fingen mich nämlich wieder ein und brachten mich zurück zu den anderen. Als Vergeltung für meinen Fluchtversuch holten sie sich Julia. Ich kann ihre Schreie noch immer hören, ihre Verzweiflung, ihre Qualen, ihr Sterben. Dieser Augenblick verfolgt mich bis heute. Jeden Tag und jede Nacht höre ich, wie sie durchdringend schreit und dann verstummt. Dieser Moment steckt wie eingefroren in meinem Kopf fest. Manchmal wünsche ich mir, ich wäre an ihrer Stelle gestorben.«

»Aber …«

»Warte, ich bin noch nicht fertig. Ich will das hier zu Ende erzählen, okay? Eine Stunde, nachdem sie Julia töteten, war Sam an der Reihe. Die Piraten hatten beschlossen, uns alle weiter für meinen Fluchtversuch zu bestrafen, und richteten unseren Schiffsingenieur auf der Brücke hin – live am Satellitentelefon, damit die Verantwortlichen der Reederei mithören konnten. Das erfuhr ich jedoch erst später, nachdem die Deutsche Marine das Schiff gestürmt und uns befreit hat. Bei der Aktion wurde Kapitän Mortensen so schwer verletzt, dass er niemals wieder arbeiten kann. Der Großteil der Piraten wurde erschossen und lediglich drei konnten festgenommen werden. Zweien gelang die Flucht mit einem ihrer Schnellboote, und sie wurden nie gefasst, einer von ihnen war der Kerl, der mich gefoltert hat.« Tom hält kurz inne. »Das Feuer, das die Piraten bei ihrem Angriff mit einer Panzerfaust ausgelöst haben, konnte gelöscht werden, und die Signe Merkur fuhr mit ihrer Fracht unbeschadet weiter – aber bis heute weiß ich nicht, ob die Somalier einen Signal-Jammer benutzt haben oder ob ich sie auf dem Radar einfach nur übersehen habe.« Er hält erneut inne, scheint zu überlegen, schüttelt dann aber den Kopf. »Nein, das war's. Das ist die ganze Geschichte.« Er hebt den Blick, und in seinen Augen schimmern Tränen.

Betroffen holt Maja Luft und fährt sich mit der Zunge über die trockenen Lippen. Sie schaut auf das Tattoo auf Toms Unterarm, auf den vierten Namen. Xaashi. Seltsam, den hat er gar nicht erwähnt. Ob das einer der Piraten war? Maja wagt es nicht, danach zu fragen, zu sehr scheint Tom durch seinen Bericht aus der Fassung geraten zu sein. Deshalb würde sie den Teufel tun, ihn noch weiter mit ihren unqualifizierten Fragen zu quälen. Was sie eben gehört hat, reicht ihr. Das muss sie selbst erst mal verarbeiten.

Plötzlich weht ein kühler Luftzug auf den Balkon und lässt Maja frösteln. Ohne in die Nacht zu sehen, weiß sie, dass sich das eben noch spiegelglatte Meer unter einer Brise kräuselt und die Illusion der im Himmel schwebenden Inseln ausgelöscht wurde. Karlskrona ist wieder das, was es immer war. Eine Stadt im Wasser.

»Du bist die Erste, der ich das alles erzähle«, hört sie Tom leise sagen. »Zumindest die Erste aus dem normalen Leben.«

»Aus dem normalen Leben?«, fragt sie.

»Das heißt, niemand außer meiner Therapeutin weiß davon, nicht mal meine Kollegen in Hamburg. Versprich mir, dass du das für dich behältst.«

»Auf jeden Fall.« Maja nickt bekräftigend.

»Danke.« Tom lässt die Schultern hängen. Er sieht völlig abgekämpft aus, als wäre er direkt von der Signe Merkur hierhergekommen. »Da ist noch etwas, das ich dir vorhin nicht sagen wollte.«

Maja sieht ihn an.

»Seit dieser Sache auf dem Schiff habe ich Angst. Angst vor Enge … und dem Meer.«

»Vor dem Meer?« Ruckartig lehnt sich Maja zurück und schlägt sich vor die Stirn. »Und ich blöde Kuh schleppe dich raus auf den Balkon! Tut mir furchtbar leid, Tom. Wir können in die Wohnung gehen, dann musst du das Meer nicht mehr sehen.«

»Nein, schon gut. Deswegen bin ich ja hergekommen. Ich muss es aushalten, ich *will* es aushalten.«

Maja steht auf, eigentlich drängt es sie, Tom in die Arme zu schließen und ihm Trost zu spenden, denn sie spürt, dass er das dringend nötig hätte. Doch sie traut sich nicht, weil sie nicht weiß, ob sie damit womöglich ins nächste Fettnäpfchen tritt, und stellt sich stattdessen an das Balkongeländer, wo sie ihre Hände auf das noch warme Metall legt. Sie lässt ihren Blick über das nächtlich schwarze Wasser schweifen.

»Willst du es jetzt sehen?«, fragt sie sanft. »Es ist so dunkel, dass man es nur erahnen kann. Vielleicht ein erster Schritt, sich dem Meer zu nähern?«

Er schüttelt den Kopf. Aber es ist keine Ablehnung, das fühlt sie. Er ist einfach noch nicht bereit.

Für das Meer.

Für sie.

Wenig später liegt Maja im Bett, während Tom sein Nachtlager auf dem Sofa aufgeschlagen hat. Sie hört, wie er leise mit jemandem telefoniert, und lauscht dem Klang seiner Stimme, ohne jedoch den Inhalt des Gesprächs verstehen zu können, denn es ist auf Deutsch. Allerdings registriert sie einen Namen, den Tom immer wieder nennt: Evelyn.

Gegen ihren Willen verspürt Maja einen Stich der Eifersucht, ruft sich aber kurz darauf wieder zur Räson. Auch wenn sie früher ein Paar gewesen sind, hat sie heute keinerlei Anspruch auf Tom. Trotzdem interessiert es sie, wer diese andere Frau ist, mit der er mitten in der Nacht telefoniert. Hat er etwa doch eine Freundin in Hamburg?

Maja hofft, dass sie das in den nächsten Tagen herausfinden würde. Sie will mehr über Tom erfahren. Müde schließt sie die Augen, und es dauert nicht lange, bis der Schlaf über sie hinwegschwappt und sie mit einer sanften Woge mit sich nimmt.

29

Es ist kurz nach 7 Uhr morgens, als Skagen dem Krankenpfleger durch den weißen Korridor der Intensivstation des Blekinge Hospitals folgt. Er ist müde, hat aber dennoch das Gefühl, ausgeruht zu sein. Diesen Widerspruch verspürt er oft, trägt ihn seit der Signe Merkur in sich. Wie Janus mit den zwei Gesichtern. Erschöpfung auf der einen Seite, wache Sinne auf der anderen ... und sein Bauch in der Mitte. Willkommen im Mikrokosmos Tom Skagen. Er verkneift sich ein grimmiges Lächeln, weil er nicht will, dass der Krankenpfleger ihn falsch versteht.

Die Gummiclogs, die er auf der Station erhalten hat, geben auf dem glatten Boden keinen Laut von sich, und schließlich erreichen sie eine gläserne Tür, auf der eine große Drei prangt. Dahinter ist das Fußteil eines Bettes zu erkennen. Es ragt aus einem Wald von Apparaten.

»Dr. Martinsson ist gleich bei Ihnen«, sagt der Pfleger, der genau wie Skagen in keimfreie blaue Krankenhauskleidung gehüllt ist. In seinen dunklen Augen über dem Mundschutz schwimmt Sorge.

Skagen will die Tür zum Krankenzimmer öffnen, doch der Pfleger signalisiert ihm, dass er erst seinen Mundschutz anlegen soll. Nachdem er sich das steril riechende Ding über Kinn und Nase gezogen hat, hebt der Pfleger einen Daumen.

»War schon jemand hier, um sie zu besuchen?«, fragt Skagen.

»Eine Frau von der Polizei, aber kein Angehöriger. Dafür hat jemand aus Deutschland angerufen. Die Kommunikation war jedoch schwierig, da der Mann kein Englisch spricht und wir nicht ausreichend Deutsch. Es war wohl der Großvater des Kindes.«

Skagen nimmt sich vor, Ellen und Klaus Nowak über Ronjas Zustand zu unterrichten, sobald er hier raus ist. Bestimmt quälen sie sich mit den Fragen, was jetzt weiter geschehen würde und ob Tina Nowak am Leben ist. Die Ungewissheit quält ihn selbst.

Skagen schaut auf die Uhr. Noch bleibt ihm ausreichend Zeit bis zur Besprechung. Aber er will Göran keinen Grund zu irgendeiner Art von Verärgerung geben und möglichst pünktlich im Polizeipräsidium erscheinen. Als er Majas Wohnung um halb sieben verlassen hat, hat sie noch geschlafen. Deshalb hat er ihr eine Notiz dagelassen, in der er sich für den Abend bedankt und erklärt hat, dass er sich darauf freue, sie später zu sehen. Er hofft, dass er Maja mit seinem Bericht von der Signe Merkur gestern nicht verschreckt hat. Denn ihm hat es gutgetan, das alles mal einem anderen Menschen als immer nur seiner Therapeutin zu erzählen. Etwas in ihm scheint dadurch leichter geworden zu sein, und er spürt sogar einen Hauch von Optimismus. Das hat er auch Evelyn am Telefon berichtet, nachdem er sie in ihrem Urlaub in Mexiko erreicht hat. Zwar ist sie etwas überrascht gewesen von seiner impulsiven Reise nach Karlskrona, hat sein Vorhaben aber grundsätzlich gutgeheißen und ihm ihre Unterstützung zugesagt, sollte er sie brauchen. Skagen ist froh darüber, sie an seiner Seite zu wissen, und glaubt, es mit ihrer Hilfe und der von Maja schaffen zu können.

Aber jetzt würde er sich erst mal auf Ronja Nowak konzentrieren. Denn auch dieser Fall gibt ihm das Gefühl, gebraucht zu werden.

Er nickt dem Pfleger zu und betritt den Raum. Leises Piepsen erfüllt die exakt temperierte Luft, und das beständige Klacken des Beatmungsgerätes wirkt wie das Schlagen eines Metronoms. Die bewusstlose Ronja liegt auf dem Rücken. Ihr Kopf steckt in einem Gestell aus Metallschienen und Drähten, was vermutlich der Fixierung ihrer gebrochenen Halswirbel dient. Diverse Schläuche ragen aus ihrem Körper; dünne Plastikkanäle, an denen ihr Leben hängt. Ein Verband bedeckt Ronjas Stirn und einen Teil ihrer rechten Gesichtshälfte. Die dünn erscheinende Haut um ihre Nase ist kreidebleich. Jemand hat Skagen mal gesagt, dass die Nase eines Menschen spitzer wird, wenn er kurz davor ist, zu sterben. Ob das stimmt, weiß er nicht. Die Menschen, die er hat sterben sehen, wurden von einer Sekunde auf die nächste aus dem Leben gerissen. Da hatte der Körper keine Zeit, sich auf den Tod vorzubereiten.

Er richtet seine Aufmerksamkeit auf Ronja. Ihre Brust hebt und senkt sich unter dem künstlichen Druck des Beatmungsgerätes, ihre Augen sind geschlossen. Hinter den geschwollenen Lidern zucken die Pupillen hin und her. Sie träumt. Hoffentlich nicht vom Unfall.

Schweigend setzt sich Skagen auf einen Stuhl und blickt auf das Kind. Was hast du gesehen? Erzähl es mir.

Vor ihm taucht der rote Volvo auf, er fährt über die Landstraße. Rauscht am Ortsschild von Hultsjö vorbei. Drinnen sitzen Jochen und Ronja. Was geht in ihnen vor? Sind sie aufgebracht, haben sie Angst? Jochen blickt nach vorn auf die Straße. Neben ihm hockt Ronja. Auf dem Rücksitz liegt die tote Lola. Sie nähern sich der Kurve mit der Birke, die Jochens Leben ein Ende setzen wird. Doch was passiert als Nächstes? Egal, was es ist, Ronja dreht sich kurz vor dem Aufprall zu ihrem Vater, das verraten ihre rechtsseitigen Verletzungen. Warum? Hat sie etwas gesehen? Wollte sie etwas sagen? Weshalb kommt der Volvo wenige Sekunden danach von der Straße ab?

Skagen streckt einen Arm aus und berührt sanft Ronjas Hand. Durch die dünne Latexschicht seiner sterilen Handschuhe fühlt sich ihre Haut warm an und lebendig. Doch das Mädchen zeigt keine Reaktion. Zu tief ist der Medikamentenschlaf.

Plötzlich öffnet sich die Tür, und der Arzt betritt den Raum. Besser gesagt die Ärztin.

»Dr. Åsa Martinsson«, stellt sie sich vor. Statt eines Händeschüttelns gibt es ein knappes Nicken zwischen ihnen. »Ihr Zustand hat sich leicht verbessert. Die Schwellungen im Gesicht sind zurückgegangen«, erklärt Dr. Martinsson. »Allerdings müssen wir den Arm wahrscheinlich ein zweites Mal operieren. Wir warten damit, bis das Mädchen stabil genug ist.«

»Was ist mit dem künstlichen Koma? Wann kann sie da rausgeholt werden?«

»Das wissen wir derzeit nicht. Hören Sie, ich verstehe, dass Sie sie befragen wollen, aber ich kann darüber keine Aussage treffen. Es ist bislang unklar, ob ihr Gehirn bei dem Aufprall Schäden genommen hat. Das wird sich zeigen, wenn wir sie wecken. Für Prognosen dieser Art ist es zu früh.«

»Wird sie durchkommen?«

Die Ärztin zuckt mit den Schultern. »Im Moment ist das leider nicht gewiss.«

»Verstehe.« Skagen senkt seine Stimme. »Da ist noch etwas. Es besteht der Verdacht, dass das Mädchen missbraucht wurde.«

Die Ärztin nickt. »Ihre Kollegin informierte mich gestern darüber. Daraufhin habe ich das Kind untersucht. Aber da ist nichts. Zumindest nichts, was kürzlich stattgefunden hat. Denken Sie denn …?«

»Eigentlich nicht. Aber wir dürfen keine Möglichkeiten außer Acht lassen. Mit Ihrer Information geht es mir jedenfalls besser. Haben Sie vielen Dank, Dr. Martinsson.«

»Nichts zu danken.«

Plötzlich ertönt ein durchdringender Piepton von den Geräten rund um Ronjas Bett. Dr. Martinsson eilt alarmiert zu der kleinen Patientin und fühlt den Puls.

»Wir haben eine Komplikation in Zimmer drei«, ruft sie in eine Gegensprechanlage und wendet sich an Skagen. »Sie müssen jetzt gehen!«

Als Skagen den Raum verlässt, stürmen ihm mehrere Pfleger entgegen, und mit einem Mal hat er große Angst, dass Ronja es nicht schaffen wird.

30

Tina reißt die Augen auf und blickt in das ewig gleiche Schwarz. Oder ist sie blind geworden, ohne es zu merken?

Sie muss geschlafen haben. Nur, wie lange? Ist es draußen Tag oder Nacht? Wie viele Tage ist sie schon hier? Es ist unmöglich, das in dieser unerbittlichen Schwärze zu bestimmen.

Trotz steif gewordenem Hals dreht Tina den Kopf und saugt Luft ein. In den verhassten Erdgeruch hat sich eine weitere Note geschlichen. Der unverwechselbare Gestank nach Schweiß und Urin.

Ihrem Schweiß und Urin.

Sie hat es nicht halten können und sich eingenässt. Ekel wandert ihre Kehle hinauf, und Tina schließt die Augen. Schluckt hastig und atmet stoßweise. Der Knebel drückt feucht und schwer gegen ihren Gaumen.

Was, wenn ich mich übergeben muss? Ich kann es nicht ausspucken und würde daran ersticken.

Sie versucht, an etwas anderes zu denken. An Flucht.

Der Schmerz pulsiert noch immer unter ihrer Schädeldecke, aber zum ersten Mal fühlt sie sich dazu bereit, sich zu bewegen. Mit bloßer Willenskraft verbannt sie den roten Nebel hinter eine Wand aus Entschlossenheit und bekommt so ihre Übelkeit in den Griff.

Einfach weiteratmen, beschwört sie sich. Ein, aus. Ganz ruhig. Ja, so ist es gut. Du schaffst das. Ein, aus. Du musst es schaffen. Du musst aus diesem Loch rauskommen. Irgendwie. Du darfst nicht hierbleiben.

Tina nickt, wie um sich selbst Bestätigung zu verleihen. Dann holt sie tief Luft und spannt ihre Muskeln an, versucht sich mit den Beinen, die nach wie vor nicht gefesselt sind, vom Boden abzustoßen. Der Schmerz flammt auf, bohrt sich wie ein langer Splitter quer durch ihren Schädel. Doch Tina hält ihn aus, lässt ihn über ihren Körper hinweggleiten, bis er verebbt. Atmet ein und aus, ein und aus.

Weiter, du darfst nicht aufgeben!

Ihre Fersen graben sich in den Grund, und es gelingt ihr, sich rücklings voranzuschieben. Immer vorwärts in die Richtung, in der sich gestern die Tür geöffnet hat. Ihr Hinterkopf schabt über den Boden, weil sie ihn nicht länger oben halten kann. Ihre Halsmuskeln verkrampfen, und der Schmerz im Innern ihres Schädels wird schier unerträglich.

Los, streng dich an. Das ist vielleicht deine letzte Chance. Wenn du der Polizei alles erzählen willst, musst du hier raus. Und zwar, bevor das Monster wieder auftaucht.

Bei der Vorstellung, was passieren würde, wenn der Kerl zurückkäme, hätte Tina beinahe die Kontrolle über ihre Atmung verloren. Doch sie kann sich mit großer Mühe beruhigen und auch ihre panisch davongaloppierenden Gedanken einfangen.

Ein, aus. Ein, aus.

Reiß dich zusammen.

Tina stößt sich ein letztes Mal mit den nackten Füßen ab, und ihr Kopf prallt gegen ein Hindernis. Es gibt einen dumpfen Laut.

Die Tür! Endlich.

Erschöpft bleibt Tina liegen. Nur einen Moment, um Kraft zu sammeln. Dabei pocht ihr Herz laut in ihren Ohren. Jetzt käme der schwierige Teil. Sie muss sich umdrehen, obwohl ihre Hände auf dem Rücken gefesselt sind und ihr ganzer Körper lauthals gegen jede weitere Bewegung protestiert.

Aber es hilft nichts.

Tina beißt auf den Knebel und wirft sich herum. In ihr blüht der rote Nebel auf.

Nein, denkt sie verzweifelt. Bleib weg. Verschwinde.

Hektisch atmend versucht sie es erneut, bis sie schließlich mit den Füßen gegen die Tür stößt.

Tina hätte am liebsten laut geschrien, aber der Knebel erstickt sie fast.

Nicht daran denken. Ruhig bleiben.

Und jetzt, tritt zu. Tritt zu!

Sie winkelt die Beine an und lässt ihre Fersen mit Schwung gegen die Tür krachen. Es poltert dumpf, doch das Holz scheint solide zu sein. Die Tür rührt sich kein bisschen in ihrem Rahmen. Tina wiederholt ihre Anstrengungen, bis ihre Kopfschmerzen drohen, sie ohnmächtig werden zu lassen. Tränen quellen aus ihren Augen, und das heftige Atmen lässt die Schleimhäute in ihrer Nase brennen.

Hilfe, denkt sie. Hilfe, ich schaffe es nicht!

Schluchzer bahnen sich einen Weg durch ihre blockierte Kehle. Nicht heulen, dadurch wird alles nur noch schlimmer. Dann bekommst du bald gar keine Luft mehr.

Um nicht vor Angst wahnsinnig zu werden, beginnt Tina wie wild auf die Tür einzutreten. Jeder Stoß geht durch Mark und Bein, trotzdem kämpft sie weiter. Der Schmerz explodiert hinter ihrer Stirn, und der rote Nebel breitet sich aus, legt sich lähmend über ihre Gedanken.

Ein Schrei will aus Tinas Mund dringen, doch er bleibt feucht am Knebel hängen.

Ich werde hier sterben, denkt sie.

Niemand wird je die Wahrheit erfahren.

Ein Geräusch lässt sie aufhorchen. Es kommt von draußen. Einen Augenblick später wird die Tür aufgerissen, und grelles Licht fällt auf sie herab. Sie hört ein halb überraschtes, halb gereiztes Keuchen.

Das Monster ist zurück. Und es ist wütend.

31

Mit seinem VW-Bus fährt Skagen zurück ins Stadtzentrum, wo er diesmal in der Nähe des Präsidiums parkt. In Gedanken ist er bei Jochen Nowaks Eltern, Klaus und Ellen. Er hat sie angerufen, nachdem er das Krankenhaus verlassen hat. Die neuerliche schlechte Nachricht hat ihnen einen weiteren Schock versetzt, doch sie waren so weit aufnahmefähig, dass sie begriffen haben, wie es um Ronja steht. Natürlich wollten sie erneut sofort nach Karlskrona kommen, und diesmal hat Skagen es ihnen nicht ausgeredet. Ihrer Enkeltochter geht es schlecht, und vielleicht überlebt sie den heutigen Tag nicht.

Skagen stellt den Motor ab, zögert einen Moment, steigt dann aber aus. Er würde später im Krankenhaus anrufen, um zu erfahren, was mit Ronja los ist. Jetzt muss er erst mal zu der Besprechung.

Als er um Punkt acht den Raum betritt, sind alle Kollegen bereits da und gucken ihn an. Göran, Maja, Joakim und eine Reihe anderer Polizisten, die er nicht kennt. Unangenehm berührt grüßt er in die Runde, und weil kein Stuhl mehr frei ist, stellt er sich mit dem Rücken zur Pinnwand. Er nickt Göran zu, dass er beginnen kann, und mit einem undefinierbaren Brummen eröffnet der Ermittlungsleiter die morgendliche Besprechung.

»Da wir nun vollzählig sind, möchte ich euch zuerst die wichtigsten Neuigkeiten im Fall Hultsjö-Crash bekannt geben. Dr. Modig aus Lund hat uns die ersten Ergebnisse der Obduktionen geschickt.« Göran fingert an ein paar Zetteln auf dem Tisch herum. Er räuspert sich und beginnt laut, den gerichtsmedizinischen Befund vorzulesen. Zuerst geht es um die Verletzungen von Jochen Nowak, und die meisten Anwesenden verziehen bei den detaillierten Schilderungen das Gesicht. Skagen, der in Gedanken bei der kleinen Ronja ist, wechselt einen Blick mit Maja, die gleichfalls bekümmert wirkt. Als Göran beim Ergebnis der toxikologischen Untersuchung anlangt, halten alle die Luft an. Eine mögliche Lösung scheint in der Luft zu liegen. Hat Nowak getrunken? Ist er deshalb gegen den Baum gefahren?

»Negativ in allen Punkten«, sagt Göran. »Es wurden weder Rückstände von Medikamenten noch von Drogen oder anderen Genussmitteln festgestellt.«

Ein Raunen geht durch den Raum, und Schultern sacken nach unten. Die Enttäuschung ist geradezu greifbar. Alle haben auf diese einfache Erklärung gehofft.

»Ja, ich weiß«, entgegnet Göran. »Wieder eine mögliche Ursache weniger für den Unfall. Jokke, wärst du so lieb?«

Joakim Larsson steht auf und streicht mit einem Marker den Punkt »DUI« auf einer handgeschriebenen Liste an der Wand durch. Bleiben allerdings einige weitere Möglichkeiten wie »technischer Defekt«, »Sabotage« und »Fremdeinwirkung«. Ganz oben steht »Selbstmord«.

Nachdem sich Joakim gesetzt hat und auf seinem Laptop herumtippt, fährt Göran fort.

»Nun zu Eva-Lotta.« Er leckt sich den Finger an und nimmt den zweiten Zettel auf. »Das Mädchen war 15 Jahre alt, Schülerin aus Hamburg. Als Todesursache liegt eine Schädelfraktur vor. Auf dem Röntgenbild ist der Riss am Hinterhauptbein klar zu erkennen. Dadurch entstand ein subdurales Hämatom, das vermutlich zuerst zu Bewusstlosigkeit und aufgrund der Nichtversorgung der Verletzung schlussendlich zum Tod führte.«

Unruhe entsteht. Jemand fragt, ob ein Schlag oder ein Sturz die Ursache gewesen sei.

»Höchstwahrscheinlich ein rückwärtsgerichteter Sturz. Denn die Verletzung befindet sich unterhalb der sogenannten Hutkrempenlinie. Zudem hat die Tote zusätzliche Hautunterblutungen in Höhe der Schulterblätter. Eine scharfe Linie, die vom rechten Oberarm einmal waagerecht über den Rücken verläuft.« Göran hält ein ausgedrucktes Foto von Lolas Rücken hoch. Darauf ist ein dunkles Hämatom zu erkennen, das sich deutlich von den rötlich violetten Totenflecken abhebt.

»Wovon könnte das stammen?«, fragt Maja.

»Darüber ist sich Dr. Modig bislang nicht im Klaren. Entweder ist sie auf einen Gegenstand gefallen wie zum Beispiel eine Holzlatte, von denen einige auf dem Grundstück herumliegen, oder sie ist damit geschlagen worden. Das Hämatom ist jedenfalls gut ausgebildet, was darauf hindeutet, dass Lola nach dem Sturz noch eine gewisse Zeit gelebt hat. In das Auto kriechen und sich zudecken konnte sie mit diesen schweren Verletzungen allerdings nicht mehr. Folglich muss das jemand anders getan haben.«

»Stammen denn die Kopfverletzungen auch von einem eventuellen Schlag mit einer Holzlatte oder kommen sie vielleicht von dem Stein, auf dem wir gestern das Blut sichergestellt haben?«, fragt einer der Kollegen, denen Skagen bisher nicht vorgestellt worden ist. Vermutlich gehört er zum Stab der KTU, denn in Schweden ist es durchaus üblich, dass die Kriminaltechnik bei den Besprechungen mit dabei ist.

»Das hätte ich euch als Nächstes mitgeteilt. Der DNA-Schnelltest hat ergeben, dass das Blut vom Stein von Tina Nowak stammt und nicht von Lola. Wir haben es mit dem genetischen Material abgeglichen, das wir im Haus sichergestellt haben.«

Wieder geht ein Murmeln durch den Raum, auch Skagen spürt neue Hoffnung in sich aufkeimen. Endlich haben sie eine erste handfeste Spur von Tina.

»Wir werden nachher den Hund aus Malmö darauf ansetzen«, fährt Göran fort, »das ist das Effektivste. Die Suchtrupps werden ihre Arbeit währenddessen an der Stelle von gestern fortsetzen. Der Hundeführer ist unterwegs und wird gegen zehn in Hultsjö sein. Alle anderen werden heute Quadrant drei und vier durchsuchen. Drückt die Daumen, dass wir etwas finden. Wir können einen Erfolg gebrauchen.«

»Was ist mit dem Todeszeitpunkt des Mädchens?«, fragt Maja.

Göran sucht die Stelle in dem Bericht. »Aufgrund der hohen Temperaturen, die seit Tagen herrschen, der Ausbildung der Totenflecken, der Totenstarre zum Zeitpunkt des Auffindens und einiger anderer Parameter wird er auf einen Zeitraum zwischen 11 und 14 Uhr am 17. Juli geschätzt. Eva-Lotta starb also am selben Tag, an dem der Unfall passierte.«

»Dann war es vielleicht doch der Vater«, spekuliert der KTU-Mann und hält damit die Diskussionen im Gang. »Er hat sie umgebracht und auf dem Rücksitz unter der Decke verborgen, damit sie niemand entdeckt.«

»Aber warum packt er sie nicht in den Kofferraum?«, wirft Maja ein. »Dort wäre sie vollkommen verborgen gewesen.«

»Weil er unter Strom stand? Nicht klar denken konnte?«, schlägt der Kollege vor.

»Was ist mit dem Geschlechtsverkehr, den das Mädchen gehabt hat? Gibt das gefundene Kondom Hinweise darauf, wer es war?«, wendet sich Maja an Göran, der daraufhin in seinen Unterlagen blättert.

»Hm, das Ergebnis des DNA-Testes liegt bisher leider nicht vor.«

»Das heißt, wir müssen warten.« Maja ist enttäuscht. »Was sagt die Tox bei Lola?«

»Der Befund ist in dieser Richtung negativ. Keine Spuren einer Vergewaltigungsdroge, was allerdings nicht viel heißt, denn die meisten Chemikalien bauen sich binnen weniger Stunden ab. Klar ist nur, dass Lola an dem Tag, als sie starb, keine K.-o.-Tropfen verabreicht bekommen hat. Dafür hat sie im Laufe der letzten Wochen Haschisch konsumiert. Vermutlich geraucht.«

»Damit kann man auch jemanden ruhigstellen«, beharrt Maja.

Der KTU-Mann und ein paar andere nicken.

»Okay, halten wir Folgendes fest«, sagt Göran, »jemand, der uns bisher nicht bekannt ist, hatte Geschlechtsverkehr mit Lola Nowak. Ob einvernehmlich oder nicht, müssen wir noch feststellen. Aber hat er auch etwas mit dem Unfall zu tun oder mit Lolas Tod?«

»Könnte es vielleicht unser Drohbriefschreiber gewesen sein?«, fragt Maja. »Gibt es dazu eigentlich inzwischen Erkenntnisse aus der Technik?« Sie sieht den KTU-Mann an.

»Ich hätte das in meinem Bericht anschließend erwähnt, aber da wir gerade darüber reden.« Der Kriminaltechniker zieht eine Mappe zu sich heran. »Der Brief wurde aus einem handelsüblichen weißen DIN-A4-Blatt mit Schnipseln aus einem Hochglanzmagazin darauf gefertigt. Was für eine Zeitschrift das war, ist nicht klar. Das kann alles gewesen sein von ›Svensk Golf‹ bis ›Cosmopolitan‹. Auch der verwendete Klebstoff gibt bislang nicht viel her. Und die sichergestellten Fingerabdrücke stammen allesamt von Jochen, Tina und Lola Nowak.«

»Könnte bedeuten, dass der Verfasser Handschuhe benutzt hat.«

Der KTU-Kollege nickt.

»Irgendwelche DNA-Spuren?«

»Daran arbeiten wir noch.«

»Gibt es zu dem Brief Hinweise aus dem Dorf?«, fragt Göran an Maja und Jokke gerichtet.

»Nichts Greifbares«, entgegnet Maja. »Die Leute sagen nichts.«

»Eine Krähe hackt der anderen kein Auge aus, was?«

»So in etwa. Aber wir bleiben dran.«

»Gut.« Göran wendet sich an den Mann von der Kriminaltechnik. »Und was ist mit dem Rest deines Berichts, Nils?«

»Wir haben vorhin eine der Möglichkeiten für den Unfall von der Liste gestrichen, nicht wahr? Dann können wir jetzt weiter abräumen, denn wir sind fertig mit der Begutachtung des Wagens.« Der Kollege macht eine Pause, in der alle gebannt an seinen Lippen hängen. »Technisches Versagen können wir ausschließen. Der Volvo war in Ordnung, auch seine Bremsen. Zudem gibt es keine offensichtlichen Anzeichen für eine Kollision mit einem anderen Fahrzeug.«

»Aber die Nowaks könnten trotzdem von der Straße gedrängt worden sein, ohne Kontakt«, wirft Göran ein.

»Das ist richtig.«

»Was ist mit Tieren? Habt ihr am Wagen Fell oder Blut gefunden?«, will Maja wissen.

»Da ist nichts dergleichen, es gab keine Kollision mit einem Wildtier. Aber natürlich kann der Unfall auch ohne Kontakt abgelaufen sein, doch in diesem Fall müssten Bremsspuren auf der Straße hinterlassen worden sein. Da waren aber keine. Herr Nowak ist mit unverminderter Geschwindigkeit gegen den Baum gefahren. Mit circa 70 Stundenkilometern. Das entspricht dem Zerstörungsgrad des Autos.«

Skagen spürt, dass es an der Zeit ist, etwas zu sagen. Er zeigt auf das Foto von der Heckklappe an der Pinnwand hinter sich. »Was ist mit diesen Schleifspuren?«

»Ich habe Ihre Notizen gesehen«, antwortet der KTU-Mann. »Bemerkt haben wir diese Spuren natürlich auch, aber wir sind noch dabei, nach Fasern und dergleichen zu suchen. Sicher ist, dass es kein Tier war, das angefahren und hochgeschleudert wurde. Sonst hätten wir ja Tierhaare entdeckt. Zu Ihren anderen Anmerkungen: Auf dem Rücksitz waren jede Menge Spuren, die wir erst noch zuordnen müssen, darunter allerdings kein Blut. Und wegen der DNA-Analyse der Knochen aus der Scheune sollten Sie Dr. Modig befragen, das ist seine Baustelle.«

Skagen nickt ihm dankend zu. Unterdessen streicht Joakim »technischer Defekt« und »Sabotage« von der Liste. »Fremdeinwirkung« und »Selbstmord« bleiben stehen.

Als Jokke sich gesetzt hat, will Göran etwas sagen, doch Skagen hebt eine Hand. »Ich bin noch nicht fertig.«

Der Ermittlungsleiter zieht kurz seine Stirn kraus, dann signalisiert er ihm, weiterzumachen.

»Ich war eben im Krankenhaus, die kleine Tochter der Nowaks, Ronja, ringt mit dem Tode. Ihr Zustand ist kritisch, sie könnte es vielleicht nicht schaffen.« Er sieht, dass sogar Göran bei dieser Information betroffen den Blick senkt.

»Außerdem«, fährt Skagen fort, »habe ich vorgestern mit den Freunden der Nowaks telefoniert, und diese erzählten mir, dass Tina oft blaue Flecken gehabt hat. Angeblich von ihrer Tochter Ronja, die nicht immer weiß, wohin mit ihrer Kraft. Für mich klingt das verdächtig nach häuslicher Gewalt, ob nun in Form von Missbrauch oder Schlägen. Bei den Nowaks muss etwas vorgegangen sein.«

Göran verengt die Augen. »Haben die Freunde der Nowaks häusliche Gewalt explizit bestätigt?«

»Nein, das habe ich aus den Aussagen herausgehört.«

»*Herausgehört?* Sie wollen also sagen, dass das Ihre Interpretation ist von etwas, was vielleicht gar nicht gesagt wurde?«

Skagen beißt sich auf die Zunge. Er spürt die Blicke der anderen, auch den von Maja. Verdammt. Göran hat recht. Er hat diesen Verdacht zwischen den Zeilen herausgelesen, vielleicht sogar lesen wollen. Leider hat er es versäumt, sich zu den Telefonaten Notizen zu machen, sonst hätte er den genauen Wortlaut jetzt nachlesen können.

»Okay, vielleicht habe ich in die Aussagen zu viel hineininterpretiert. Ich werde die betreffenden Personen heute noch einmal dazu befragen. Damit bekommen wir hoffentlich ein klareres Bild von den Familienverhältnissen der Nowaks.«

Göran deutet ein Lächeln an. Ob nun deswegen, weil er ihm einen Fehler nachgewiesen hat, oder weil er die Vorgehensweise gutheißt, bleibt unklar. »Nun gut«, sagt er, »selbst wenn die Aussagen der Freunde in diesem Punkt nicht eindeutig sind, behalten wir die Themen ›Missbrauch‹ und ›Selbstmord‹ im Fokus. Ich schlage vor, wir konzentrieren uns neben der Suche nach Frau Nowak darauf, den Ort zu finden, an dem Lola gestorben ist. Er dürfte uns einige Aufschlüsse darüber geben, was passiert ist. Außerdem müssen wir denjenigen ausfindig machen, der mit Lola Geschlechtsverkehr hatte. Er könnte sie deswegen getötet haben und auch etwas mit dem Verschwinden von Tina zu tun haben. Wir sollten uns überlegen, welches Motiv dahinterstehen könnte. Woher stammt derjenige? Wie hat Lola ihn kennengelernt? Ist es ein Fremder oder einer der Jungen aus Hultsjö?«

»Ein parallel durchgeführter Gentest bei allen männlichen Bewohnern des Ortes könnte die Sache beschleunigen«, schlägt Skagen vor. »Immerhin geht es darum, Tina Nowak zu finden – lebend. Da ist jede Stunde entscheidend.«

Göran schüttelt den Kopf. »In der momentanen Lage bekomme ich beim Staatsanwalt keinen Massengentest durch. Auch wenn der Unbekannte unser Hauptverdächtiger ist, wissen wir nicht, ob das Mädchen überhaupt vergewaltigt und anschließend umgebracht wurde. Das sind bloß Vermutungen, auf deren Basis ich einen großangelegten Test nicht rechtfertigen kann. Eine Analyse würde Tage dauern. Und die haben wir laut Ihren eigenen Worten nicht.« Er bedenkt Skagen mit einem überlegenen Lächeln. Bevor der etwas darauf erwidern kann, setzt sich plötzlich Joakim hinter seinem Laptop kerzengerade auf.

»Holla«, ruft er. »Wen haben wir denn da!«

Fragend gucken alle den Polizeiassistenten an, der den Computer, an dem er parallel gearbeitet hat, zu ihnen herumdreht. Auf dem Bildschirm ist das polizeiliche Lichtbild eines Mannes zu erkennen. »Darf ich vorstellen: Frederik John. Auch Fredde genannt.«

»Das ist doch der Kerl aus der Pizzeria!«, sagt Maja überrascht. »Der, der uns beschimpft hat. Das Aas ist als Waldarbeiter bei diesem Staffansson angestellt.«

»Was hat der mit unserem Fall zu tun?«, will Göran leicht gereizt wissen.

»Maja und ich haben gestern eine Frau befragt«, erklärt Jokke, »bei der wir den Eindruck hatten, dass ihr Mann mal gesessen hat. Deshalb habe ich unsere Datenbank nach Straftätern mit einer Adresse in Hultsjö durchsucht. Dabei hat das System unter anderem den Herrn hier ausgespuckt. Er und seine Frau haben unterschiedliche Nachnamen, deshalb sind wir nicht gleich darauf gekommen. Er war es im Übrigen, der behauptet hat, er habe den anderen Großgrundbesitzer, diesen Ture Dahlberg, zusammen mit Tina Nowak im Auto gesehen. Wir gehen jedoch davon aus, dass es eine Falschaussage ist.«

»Okay, das ist interessant«, entgegnet Göran. »Weswegen war der Typ im Gefängnis?«

»Trunkenheit am Steuer.«

»Das ist nichts Besonderes. In Schweden ist beinahe jeder Dritte mal deswegen angehalten worden.«

»Aber Frederik John hat 18 Monate ohne Bewährung gekriegt. Wegen fahrlässiger Körperverletzung nach wiederholtem Fahren unter Alkoholeinfluss. Hat einen Fußgänger überfahren, der bis heute im Rollstuhl sitzt.«

Nun versteht auch Skagen, worauf Joakim hinauswill. »Du meinst, der könnte die Nowaks von der Straße geschubst haben?«, fragt er.

»Oder Schlimmeres, wenn wir an Lola denken. Ganz koscher scheint der Typ jedenfalls nicht zu sein, er hat uns bedroht und angelogen. Der hat definitiv mehr auf dem Kerbholz.«

»Gute Arbeit, Jokke. Gibt es noch weitere Personen mit Vorstrafen in Hultsjö?«

Der Polizeiassistent, der bei Görans Lob rot geworden ist, nickt. »Einen Vilhelm Egman, er stammt aus Hultsjö, wohnt aber seit Jahren in Karlskrona. Sind auch nur Jugendstrafen, Diebstahl und andere kleine Delikte. Nichts, was ihn mit den Nowaks in Verbindung brächte.«

Während Skagen überlegt, wo er den Namen Egman schon mal gehört hat, zeigt Göran auf Maja und Joakim und sagt: »Diesen Frederik John knöpft ihr euch heute als Erstes vor. Sollte er zugeben, dass er gelogen hat, faltet ihn zusammen. Ich will wissen, warum er das getan hat. Und ihr anderen«, er sieht die restlichen Kollegen an, »müsst alles tun, um Tina Nowak zu finden. Das hat oberste Priorität!« Energisch klopft er auf den Tisch vor sich. Eine Geste, die Skagen bekannt vorkommt. Und als ihm einfällt, woher, wird ihm klar, woran Göran sich in seinen Verhaltensweisen orientiert. Der gute Herr Berg scheint Fan von TV-Serien zu sein. In diesem Fall von »House of Cards«.

Plötzlich klingelt Skagens Handy, und als er sieht, dass es die Nummer vom Krankenhaus ist, beginnt sein Herz heftig zu pochen. Schnell entschuldigt er sich bei den anderen und verlässt den Raum.

»Hallo, Herr Skagen.« Es ist Dr. Martinsson.

»Wie geht es Ronja?«

»Sie hatte akutes Kammerflimmern, aber wir konnten sie wieder stabilisieren. Ich dachte, Sie würden das wissen wollen.«

»Ja, danke, Dr. Martinsson.« Skagen atmet erleichtert auf und bittet die Ärztin, ihn zu unterrichten, sollte wieder etwas passieren. Danach legt er auf.

Einige Minuten später sind sämtliche Kollegen der Hultsjö-Ermittlungsgruppe unterwegs zu den Einsatzwagen. Skagen schließt zu dem KTU-Mann auf und stellt sich vor.

»Nils Svärd, angenehm«, entgegnet der andere.

»Sie haben gestern den Pick-up von Ture Dahlberg untersucht, oder nicht?«

»Ja. Dazu gibt es noch keine Ergebnisse. Auf den ersten Blick war der Wagen nicht auffällig, sonst hätte ich das eben in der Besprechung erwähnt.«

»Darauf will ich nicht hinaus. Mich würde vielmehr interessieren, ob der Pick-up frisch geputzt war.«

Svärd lacht. »Nee, der war ziemlich schmutzig. Innen wie außen. Eine richtige Dreckschleuder.«

Skagen nickt, und gemeinsam treten sie durch die Tür auf den Parkplatz. Die Sonne knallt vom Himmel, als wären sie am Äquator. Autotüren werden geöffnet, und dieselbe Mannschaft wie gestern steigt in die Busse.

»He, Tom«, hört er Maja hinter sich rufen und dreht sich um. Sie hält einen Gegenstand hoch, der im Sonnenlicht metallisch schimmert. »Der Schlüssel zu meiner Wohnung.

Damit kannst du rein, falls ich nicht da bin.« Sie drückt ihm den kleinen Bund in die Hand. Skagen fühlt sich erleichtert und lächelt. Also hat er sie mit seinem Geständnis über sein kaputtes Inneres gestern nicht von sich weggetrieben.

»Na, ihr Turteltauben. Tauscht ihr schon Nummern aus?« Ohne eine Miene zu verziehen, überholt Göran sie mit breitbeinigen Schritten.

»Nein, Chef. Wir sind längst viel weiter. Tom zieht morgen bei mir ein und in einer Woche heiraten wir.«

Göran stutzt, verzieht dann aber ertappt die Mundwinkel und läuft schnell zum Bus.

»Er kann ziemlich nerven«, flüstert Maja im Gehen. »Aber er ist eigentlich ganz in Ordnung. Ich glaube, er braucht nur mal wieder eine Frau, die sein natürliches Selbstbewusstsein zutage fördert. Außerdem würde dann endlich dieses dämliche Gepose aufhören. Das wäre eine Erleichterung für uns alle.«

»Und du willst dich nicht für diese ehrenvolle Aufgabe zur Verfügung stellen?«

Maja legt den Kopf schief, als überlege sie. »Hmm, einen guten Körperbau hat er ja. Und diese coole Sonnenbrille … un-wi-der-stehlich.«

»He, ihr beiden. Wir wollen fahren!«, tönt Görans Stimme über den Hof.

»Dein Traumprinz ruft«, flüstert Skagen.

Maja knufft ihm als Antwort in die Seite, und mit einem Mal ist sie wieder da, diese alte Vertrautheit zwischen ihnen. Skagen muss schmunzeln. Dann bleibt er stehen.

»Was ist?«, fragt Maja.

»Mir ist noch etwas eingefallen, was ich erledigen muss. Ich komme später nach.«

»Okay. Wir sehen uns.« Maja eilt zum Mannschaftsbus mit dem ungeduldig wartenden Göran und steigt ein.

Als das letzte Fahrzeug mit stumm rotierendem Blaulicht

durch die Toreinfahrt verschwunden ist, setzt sich Skagen
in Bewegung und kehrt in den kühlen Schatten des Präsidiums zurück.

Bei dem, was er zu erledigen hat, will er allein sein.

32

Tina wagt es nicht, sich zu bewegen. Der Erdgeruch um sie
herum wird plötzlich so intensiv, dass er sie zu ersticken droht.

Der Kerl, der zu ihr in das Loch gekrochen ist, hockt reglos da und blendet sie mit dem Licht, das zu seiner Stirnlampe gehört.

Was hat er diesmal mit ihr vor?

Angstvoll blinzelt Tina in das Licht, das die kalte Schwärze
ihres Gefängnisloches zu verdichten scheint. Schwindelerre-
gend pocht der Schmerz unter der Schädeldecke und lässt
den roten Nebel in Schlieren vor ihren Augen herumwir-
beln. Bis zu diesem Augenblick hat sie nicht gewusst, dass
man Schmerz sehen kann.

Ein Scharren ertönt, und das Licht wippt auf und ab. Kurz
darauf erlischt es.

Panik jagt glühend heiß durch Tinas Glieder, alles in ihr will fliehen, sich verkriechen, verstecken. Doch sie liegt einfach nur reglos in der Dunkelheit. Gefesselt und gelähmt vor Furcht.

Sie spürt die Person auf sich zukommen. Gleich einer Hitzewelle drängt sich deren unerträgliche Präsenz ihr entgegen. Noch bevor die Hände ihres Peinigers sie berühren, stößt Tina einen panischen Laut aus. Sie hyperventiliert beinahe, als die Finger über ihre kalte Haut tasten. Zuerst fahren sie über ihre nackten Beine, danach hinauf zum Rock. Sie erreichen ihre Hüfte, erforschen dort eine Weile die eher knochigen Rundungen.

»Bitte!«, will Tina flehen. »Aufhören!« Doch es dringen nur unartikulierte Laute aus ihrer Kehle.

Die Hände arbeiten sich weiter zu ihren Brüsten hinauf. Quälerisch langsam, ja fast genüsslich. Tina windet sich vor Grauen, wimmert. Die roten Schlieren in ihrem Kopf verschlingen sich ineinander, rauben ihr die Sinne. Sie will den Mund aufreißen, aber das Klebeband hält ihre Lippen zusammen, feucht verstopft der Knebel ihre Kehle.

Tina muss husten, biegt verzweifelt den Hals zurück. Inzwischen untersuchen die Finger ihre Brüste und spielen mit ihren Brustwarzen. Dabei hört sie den Kerl immer erregter atmen.

Ekel steigt in Tina auf, und ihr Mageninhalt gerät in Bewegung. Atemlosigkeit und Angst lassen sie beinahe bewusstlos werden. Tina ringt nach Luft. Wünscht sich, dass es aufhört. Sofort. Lieber würde sie sterben, als dem Monster noch länger ausgesetzt zu sein.

Sterben.

Oh Gott.

Lola.

Wie ein Schock rast diese Erkenntnis durch ihren Körper. Plötzlich kann Tina die Bilder nicht mehr zurückhalten. Sie erinnert sich an alles. Weiß, was passiert ist. In aller Deutlichkeit steht es vor ihren Augen.

Sie stößt ein gequältes Wimmern aus. Will dem Kerl, der sie noch immer betatscht, sagen, dass er sie töten soll.

Denn auch Lola ist tot.

Tot.

Wie soll sie damit weiterleben?

Mit einem Mal fühlt sie das Gewicht ihres Peinigers schwer auf ihrem Unterleib lasten. Seine Hände lassen von ihren Brüsten ab und tasten sich weiter hinauf. Lustvoll keucht der Widerling auf, während seine Finger wie Spinnen über die Haut an ihrem Hals krabbeln. Und dann drücken sie zu. Unvermittelt und hart, als wären sie voller Zorn. Tina reißt den Mund auf, um nach Luft zu schnappen. Natürlich erfolglos, denn da ist nichts, was sie atmen könnte. Nur feuchter Stoff.

Die roten Schlieren vor ihren Augen werden greller, färben sich gelb und dann zu einem gleißenden Weiß, das ihren gesamten Schädel ausfüllt.

Ist es das Licht von der anderen Seite?

Bei diesem Gedanken empfindet Tina Erleichterung. Wenn da Licht ist, kann es nicht so schlimm sein zu sterben.

Sie hört auf, um Atem zu kämpfen, und schließt die Augen. Das gleißende Licht ist nach wie vor da, und Tina bereitet sich darauf vor, auf die andere Seite zu treten … zu Lola. Sie würde ihre Tochter um Verzeihung bitten.

Doch nichts dergleichen geschieht.

Von einer Sekunde zur nächsten ist der Druck auf ihre Kehle verschwunden und Tina bekommt wieder Luft. Gierig saugt ihr Körper das Leben in sich hinein, obwohl sie es gar nicht will. Das grelle Weiß verblasst und wird zu einem pulsierenden Rot. Es ist, als könne sie jede einzelne Ader spüren, die versucht, den Sauerstoff durch ihren Körper zu leiten.

Das Gewicht auf ihrem Unterleib verharrt einen Moment, dann verschwindet es. Wie von weit weg hört Tina das Knarren der Tür. Im nächsten Augenblick schlägt sie zu.

33

Skagen schließt die Tür zum Besprechungsraum und setzt sich auf Görans Stuhl. Er greift nach den Papieren, die vor ihm auf dem Tisch liegen. Später würde man sie an die Pinnwände hängen, doch jetzt will er sie einen Moment für sich allein haben. Es sind die Unterlagen von der Obduktion.

Mit Bedacht breitet er sie vor sich aus. Speziell die Fotos von Lolas Leiche. Dazu die Röntgenbilder und Großaufnahmen der Verletzungen. Er guckt sich alles an. Das Hämatom auf dem Rücken. Die bei der Sektion zurückgeklappte Kopfhaut und den Riss im Schädelknochen. Das geronnene schwarze Blut im Gewebe. Die Totenflecken. Die typischen weißen Stellen, auf denen die Leiche geruht hat, wo die Körpersäfte sich nicht absetzen konnten.

Grausige Details und dennoch nüchterne Beweisaufnahme.

Skagen nimmt alles in sich auf, ohne auch nur zu blinzeln. Es ist nicht angenehm, einem Opfer auf diese Weise zu begegnen, dazu noch einem so jungen Mädchen. Doch er hat dem Tod schon auf weit schrecklichere Weise ins Auge gesehen.

Er zieht eines der Fotos zu sich heran, auf dem Lolas Gesicht zu erkennen ist. Es ist frei von Verletzungen. Dass sie nicht mehr lebt, ist allerdings nicht zu leugnen. Da sind diese dunklen Schatten um ihre Augen und der erstarrte Ausdruck des Mundes, der sich nie wieder zu einem Atemzug öffnen wird. Dennoch ist es das Antlitz eines Mädchens, das vor Kurzem noch gelacht, geträumt und getanzt hat.

Skagen spürt kaltes Unbehagen in sich aufsteigen, Bilder von Julia, der Dritten Offizierin, blitzen vor seinem inneren Auge auf. Auch sie war einst ein lebendiger Mensch und ist es nun nicht mehr.

Mit dem Handrücken wischt er sich über die Stirn und bemüht sich, seine Erinnerung unter Kontrolle zu bringen, die durch die Fotos angeregt wurde. Er könnte wegsehen, die Fotos in die Mappe zurücklegen und den Raum verlassen. Könnte versuchen, nicht mehr daran zu denken. Aber er braucht das. Es ist wichtig. Um Kontakt zu bekommen, sich einzufühlen. Um alles verstehen zu können.

»Was ist das Letzte, was du gesehen hast?«, fragt er Lola, während er ihr Gesicht studiert. »Deinen Mörder? Hast du ihn gekannt? Mit ihm geredet? Über was?«

Er versucht, sich das Mädchen vorzustellen. Lebend und im Kreise der Familie. Ihr Vater taucht vor ihm auf, ihre Mutter und Ronja, die kleine Schwester mit dem Down-Syndrom. Wie mag es gewesen sein, mit ihr aufzuwachsen? Gab es Streit? Kampf um Zuneigung? Missbrauch? Gewalt? Was ist schiefgelaufen, dass jetzt zwei dieser vier Menschen tot sind? Vielleicht sogar drei. Denn was mit Tina geschehen ist, wissen sie schließlich nicht.

Skagen blickt nachdenklich ins Leere und beschwört weitere Bilder herauf. Das Haus, die Scheune, der Wald. Aber Lola und ihre Familie wollen sich nicht darin manifestieren. Sie sträuben sich. Warum? Geht er es falsch an? Denkt er falsch?

Er schaut auf das Foto. Scannt jeden Zentimeter von Lolas Gesicht ab, nimmt die Poren ihrer Haut wahr, einen kleinen Pickel neben der Nase, die glatte Stirn. Ihr langes blondes Haar wurde zurückgekämmt und fächerartig ausgebreitet. Das machen die Gerichtsmediziner, um festzustellen, ob sich in den Haaren Spuren befinden. Skagen hält das Bild ins Licht, kippt es vor und zurück. Seine Stirn zieht sich in Falten. Da ist doch etwas. An einer Stelle wirken einige der Strähnen dunkler und irgendwie fettig. Nicht wie in der Nähe der Verletzung, wo sie mit Blut durchsetzt sind.

Skagen liest noch einmal den Obduktionsbericht. Leider steht darin nichts über irgendwelche Flecken. Er stellt sich vor den Zettel an der Pinnwand, auf dem alle relevanten Telefonnummern notiert sind, und wählt eine davon. Wenig später legt er wieder auf. Der verantwortliche Gerichtsmediziner Dr. Modig befindet sich mitten in einer Sektion und würde sich später um seine Anfrage kümmern.

Missmutig wendet sich Skagen der Aufgabe zu, wegen der er sich ebenfalls hierhin zurückgezogen hat. Es ist an der Zeit, die Aussagen der Freunde von den Nowaks zu überprüfen. Hat er tatsächlich zu viel hineininterpretiert? Normalerweise trügt ihn sein Bauchgefühl nie.

Als Erstes erreicht er die Frau, die ihm von Tinas blauen Flecken erzählt hat. Als er erklärt, was er von ihr will, rudert sie zurück und behauptet, nichts dergleichen gesagt zu haben. Außerdem möchte sie in Zukunft nicht weiter zu dem Fall befragt werden. Die Nowaks seien anständige Leute und hätten für ihre Kinder alles getan. Bevor Skagen etwas entgegnen kann, legt sie auf.

»Verdammt«, zischt er und wählt die Nummer der Nachbarin. Wenn die nichts über die Nowaks zu erzählen wüsste, wer dann? Doch Frau Prenzel scheint nicht zu Hause zu sein, denn niemand geht dran.

Skagen telefoniert die anderen Personen ab, aber keines der Gespräche bringt Klarheit. Im Gegenteil, sämtliche Freunde verhalten sich plötzlich alle wie die erste Frau. Niemand will etwas bemerkt haben, und keiner möchte mehr mit der Sache zu tun haben. Fast alle verbitten sich eine weitere Kontaktaufnahme durch die Polizei. Als hätten sie sich abgesprochen.

Skagen knallt sein Handy auf den Tisch. »Scheiße!«

Er blickt auf das idyllische Familienfoto der Nowaks, von dem ein Ausdruck an der Pinnwand hängt. Diese fröhlichen Gesichter von Mama, Papa und den beiden Töchtern. Beinahe scheinheilig, möchte man glauben.

Wish they were dead.

Was veranlasst eine Jugendliche dazu, ihre Eltern so zu verabscheuen, dass sie ihnen den Tod wüscht? Weil der Vater sie vergewaltigt hat und ihre Mutter wegsieht? Oder ist es die Scham, weil sie nichts dagegen unternehmen kann? Weil sie hilflos ist? Hasst sie sich selbst deswegen? Aus eigener leidvoller Erfahrung weiß Skagen, dass bei Opfern traumatischer Erlebnisse die Grenzen sehr schmal verlaufen und manchmal sogar verwischen. Oft wird Hass zum Selbsthass und aus der erlebten Hilflosigkeit das Gefühl von Schuld.

Aber in ihrer Kommunikation mit ihrer besten Freundin hat Lola nicht bloß ihre Eltern beschimpft, sondern ebenso Ronja. Lola war voller Zorn gegen sie. Vielleicht, weil ihre kleine Schwester mehr Aufmerksamkeit bekam. Oder sie das »Glück« hatte, wegen ihrer Behinderung vom Vater nicht angefasst zu werden, und dadurch einen weiteren Sonderstatus in der Familie genoss. Es kann viele Gründe für einen derartigen jugendlichen Hass geben, wie Lola ihn gezeigt hat. Selbst wenn Skagen bisher nicht weiß, welcher es war, beweist es doch, dass bei den Nowaks nicht alles eitel Sonnenschein war. Hinter dem Lächeln der Familie hat es mächtig gebrodelt.

Es klopft an der Tür, und eine junge Polizistin betritt den Raum. »Nanu, schon alle weg?«, fragt sie verwundert.

»Äh, ja.«

»Und wer sind Sie?«

»Tom Skagen von der Sondereinheit Skanpol aus Hamburg. Ich unterstütze die Ermittlung im Fall Hultsjö-Crash.«

»Eine Sondereinheit? Hier in Karlskrona? Wow!« Die junge Polizistin reicht ihm ein Blatt Papier. »Für euch ist ein Fax gekommen, aus Lund von der Gerichtsmedizin. Sieht wichtig aus.« Sie zwinkert ihm zu und verschwindet aus dem Raum.

Skagen liest, was auf dem Fax steht: »Ergebnis des DNA-Schnelltests für das Sperma aus dem Kondom.« Als er das Resultat sieht, schnappt er sich sein Handy und läuft aus dem Raum.

34

Maja betrachtet das kleine Schild an dem Haus. Der Name John steht nicht darauf. Gestern haben sie also nichts falsch gemacht. Sie drückt auf die Klingel. Augenblicklich hört sie eilige Schritte und die Tür wird geöffnet. Jan, der kleine Junge, guckt grinsend durch den Spalt. Als er Jokke entdeckt, strahlt er. »Komme ich jetzt ins Gefängnis?«

»Nein, keine Angst. Wir wollen mit deinem Papa sprechen. Ist er da?«

Plötzlich taucht die Mutter auf, wobei sie die Hälfte ihres Gesichts hinter der Tür verborgen hält. Von ihrer kleinen Tochter ist nichts zu sehen.

»Sie schon wieder«, stößt die Frau brüsk hervor. »Wir haben mit der Sache nichts zu tun. Können Sie uns nicht in Ruhe lassen?«

»Das werden wir, wenn wir mit Frederik John gesprochen haben. Er ist doch Ihr Mann, oder? Ist er zu Hause?«

»Nein, bei der Arbeit.«

»Und wo ist diese Arbeit?«

»Im Wald.«

»Wo genau?«

»Was weiß ich«, weicht die Frau aus und hält sich immer noch hinter der Tür versteckt.

Maja mustert sie, dabei kommt ihr eine Idee. »Nun gut, dann rufe ich seinen Boss an. Das ist doch Ludvig Staffansson, oder nicht?« Sie holt ihr Handy hervor und tut so, als wähle sie. »Mal sehen, was der dazu sagt.«

Die Frau blinzelt ängstlich, und im nächsten Moment hat Maja die Nummer von Frederik John.

»Danke«, sagt sie freundlich. »Ach übrigens, wo war Ihr Mann am Dienstag, den 17. Juli, gegen 20 Uhr?«

»Bei mir zu Hause.«

»Sicher?«

»Ich lüge doch nicht!«

Maja verzieht spöttisch den Mund. »Das werden wir ja sehen.« Sie hebt die Hand, doch bevor sie noch etwas sagen kann, knallt die Tür vor ihrer Nase zu.

»Bei der stimmt echt was nicht.« Jokke kratzt sich mit dem Stift unter seiner Mütze.

»Da hast du recht. Und ich bin sicher, dass es mit ihrem Mann zu tun hat.«

Sie gehen zum Polizeibus zurück, der am Rand der Hauptstraße parkt, und als Maja sich hinters Steuer setzt, klingelt ihr Telefon. Es ist Tom. »Hej, was gibt's?«

»Das Ergebnis des DNA-Testes ist gekommen. Für das Kondom!«

Maja spürt ein Kribbeln in den Fingern. »Und?«

»Es bestätigt den Geschlechtsverkehr zwischen Lola und einer unbekannten Person.«

»Unbekannt?«

»Es gibt keine Übereinstimmung mit der DNA des Vaters. Nicht einmal annähernd.«

Maja runzelt die Stirn. Das bedeutet, dass Jochen Nowak seine Tochter nicht vergewaltigt hat. Womöglich gab es überhaupt keinen Missbrauch. Das würde die Sache natürlich in ein ganz anderes Licht stellen.

»Weiß Göran schon davon?«

»Na klar. Mr. Wichtig habe ich gleich als Erstes benachrichtigt.«

Maja muss schmunzeln. Danach verabschiedet sie sich von

Tom und wählt die Nummer von Fredde John. Keine zwei Minuten später kennt sie seinen Aufenthaltsort und macht sich auf den Weg in den Wald.

Frederik John steht an die Motorhaube eines Jeeps gelehnt und blickt ihnen feindselig entgegen. Seine Arme sind über seinem dicken Bauch verschränkt, den seine grüne Arbeitsjacke nur unzureichend verdeckt. Maja fällt es schwer, sich den ungehobelten Typen als Vater von zwei Kindern vorzustellen.

Freddes Kollegen, mit denen sie ebenfalls gestern in der Pizzeria Bekanntschaft gemacht haben, stehen in einem Halbkreis um ihn herum wie Kettenhunde, die nur darauf warten, dass er sie mit einer bloßen Handbewegung loshetzt.

Unbeeindruckt von den vier massigen Kerlen baut Maja sich vor Fredde auf und erklärt, was sie von ihm will.

»Und wenn ich keine Lust habe, mit Ihnen zu sprechen?«, gibt er aufsässig zurück.

»Dann können Sie sich aussuchen, ob ich Sie vor Ihren Freunden auseinandernehme oder allein im Präsidium.«

Fredde John lacht abfällig, seine Kumpels grunzen wie eine Rotte Wildsäue. Einer kaut so laut Kaugummi, dass es sich anhört, als stünde Maja direkt neben einem Futtertrog für besagtes Borstenvieh.

»Ich hab keine Angst vor der Polizei. Und vor dir schon gar nicht, du …« Den Satz lässt Fredde unbeendet, dennoch ist klar, was er sagen will.

Maja verzieht keine Miene, hat ihre Hand locker neben ihrer Dienstwaffe auf dem Gürtel liegen. Sie glaubt zwar nicht, dass die Kerle sie angreifen würden, aber sicher ist sie sich nicht. Der Satz von Jokke fällt ihr wieder ein: »Das ist ein Dorf, da haben alle Dreck am Stecken.«

Sie wischt das aufkommende Unbehagen beiseite und hebt das Kinn. »Sie waren im Gefängnis. Wegen Trunkenheit am Steuer, Herr John?«

»Das ist kein Geheimnis.«

»Sie haben einen Mann zum Krüppel gefahren.«

»So was passiert nun mal.«

»Sich betrunken hinters Steuer zu setzen, sollte aber nicht passieren!« Maja muss sich bemühen, ihre aufkeimende Wut zu unterdrücken.

Fredde zuckt mit den Schultern. »Ach was, auf den Straßen hier ist doch nix los.«

»Also machen Sie das immer noch – Trinken und Autofahren? Mir scheint, es gab keinen Lerneffekt bei Ihnen.«

»Ich bin trocken, seit ich aus dem Knast bin. Zufrieden?«

Hinter ihr räuspert sich Jokke, und Maja weiß, dass er etwas sagen möchte, doch sie kann jetzt nicht darauf eingehen, weil sie Fredde nicht aus den Augen lassen will. »Sie haben nicht zufällig den Unfall mit den Deutschen verursacht? Weil Sie an dem Abend betrunken Auto gefahren sind? Wo waren Sie am Dienstagabend gegen 20 Uhr?«

»Bei meiner Frau. Außerdem sagte ich bereits, dass ich nicht mehr trinke.«

»Hören Sie, wenn Sie jetzt alles zugeben, wird das keine so schlimmen Folgen für Sie haben, als wenn wir später herausfinden, dass Sie uns belogen haben.«

»Deine leeren Drohungen kannst du dir sonst wohin schieben, du kleine … Superpolizistin.«

Maja verengt ihre Augen zu Schlitzen. Sie hat es schon immer gehasst, wenn Männer auf diese Weise mit ihr reden. »Oder haben Sie es mit Absicht getan?«, fragt sie provokant. »Könnte ja sein, dass Sie etwas mit der Tochter der Deutschen hatten und Ihre Spuren verwischen wollten. Sie hatten Angst, dass Ihre Frau rauskriegt, dass Sie fremdgegangen sind. Und da haben Sie auf die Nowaks gewartet und sie mit dem Auto von der Straße gedrängt. Herr Nowak und die Tochter sind tot. Problem gelöst. Aber was ist mit Frau Nowak? Haben Sie die auch aus dem Weg geschafft?«

Auf Freddes Gesicht glüht der Zorn, plötzlich verziehen sich seine Lippen und er lacht polternd los. Seine Kollegen glucksen belustigt.»Eine derart gequirlte Scheiße habe ich lange nicht mehr gehört. Sie sollten Märchen schreiben, das können Sie eindeutig besser als vernünftige Polizeiarbeit zu leisten.« Er geht einen Schritt auf Maja zu, sodass sein Wanst sie fast berührt.»Jetzt sage ich Ihnen mal was, Fräulein Inspektorin: Der Typ, dieser Deutsche, hat seine Familie verprügelt, und das nicht zu knapp. Danach hat er sich selbst nicht länger ertragen und hat sich gegen einen Baum gesetzt. Er ist ein Arsch, ein Schwein. Er hat sich an seiner Tochter vergriffen und sie vergewaltigt. Sein eigen Fleisch und Blut. Widerlich!« Er spuckt neben Maja aus, die nach wie vor keinen Zentimeter zurückweicht.

»Herr Nowak hat seine Tochter nicht vergewaltigt.«

Fredde John zuckt mit den Schultern. »Dann war's eben jemand anders.«

»Waren Sie es?«

»Fuck, was soll das? Der Typ war ein krankes Arschloch, ausländischer Abschaum. Und Sie wollen mir seinen Dreck aufladen, nur weil ich schon mal gesessen habe? Das ist Polizeiwillkür. Scheißstaatsgewalt. Sie können mich mal mit Ihren Lügen.«

Dass ein Typ wie dieser Fredde ein Wort wie Polizeiwillkür überhaupt kennt, amüsiert Maja. »Apropos, Lügen. Was ist mit Ihrer Aussage, Sie hätten Ture Dahlberg mit Tina Nowak im Auto gesehen? Das stimmt gar nicht, oder?«

Fredde presst die Lippen aufeinander und schweigt.

»Und das hier?« Sie zeigt ihm das Foto von dem Drohbrief. »Haben Sie dafür auch einen Auftrag erhalten? Vielleicht von Ihrem Arbeitgeber, Ludvig Staffansson?« Es ist ein Schuss ins Blaue, aber schaden kann's nicht.

Fredde läuft rot an. »Ohne einen Anwalt sage ich nichts mehr.«

»Nun, das ist Ihr gutes Recht. Aber glauben Sie mir, früher oder später werden Sie mit uns reden müssen. Spätestens, wenn Ihr Gewissen Sie drückt.«

»Pah!«

Maja macht Anstalten zu gehen, dann wendet sie sich noch einmal Fredde zu. »Sie können sich übrigens leicht von jeglichem Verdacht befreien. Sie müssen nur eine freiwillige DNA-Probe abgeben.«

»Wie oft soll ich das noch sagen? Ich habe meinen Schwanz nicht in dieses Flittchen gesteckt. Ich ficke keine Kinder!«

»Und was ist mit Ihren Kollegen?« Der Reihe nach sieht Maja die Kerle an. Ihre Blicke sind finster. »Ein echt hübsches Mädchen war die kleine Lola, geradezu verlockend und unschuldig. Und sie ist keine von euch. Kommt nicht von hier. Eine Fremde, der niemand glauben würde. Eine große Versuchung, nicht wahr? ›Ziemlich scharf, die Kleine‹, wenn ich die Herren zitieren darf?«

»Fick dich, du miese Polizeischlampe!« Freddes Kopf sieht aus, als würde er gleich platzen, Speicheltropfen fliegen von seinen Lippen in Majas Gesicht. »Im Knast habe ich genug von eurer Sorte erlebt. Vertrocknete Behörden-Fotzen, die keinen abgekriegt haben und glauben, wenigstens in Uniform das Sagen zu haben. Wahrscheinlich leckt ihr Lesben euch gegenseitig. Verpiss dich bloß.«

Maja dreht sich zu Jokke um. »Hast du das mitgeschrieben?«

»Hab ich.«

»Gut, dann erhält der Herr eine Anzeige wegen Beamtenbeleidigung. Wenn er nicht freiwillig mit uns kooperieren will, zwingen wir ihn eben, auf dem Revier eine vernünftige Aussage zu machen.«

»Aber du hast mich provoziert!«

Da hast du ausnahmsweise recht, denkt Maja. Sie wischt sich mit einem Taschentuch über das Gesicht und hält es hoch. »Danke für die Probe.« Damit dreht sie sich um und will gehen.

»He! Das kannst du nicht bringen!« Von hinten packt Fredde sie an der Schulter.

Maja gefriert unter der Berührung, dann greift sie instinktiv nach ihrer Waffe. Im Augenwinkel nimmt sie wahr, wie Jokke sich ebenfalls alarmiert in Stellung begibt.

»Bleib ruhig«, formen ihre Lippen. Sie strafft ihre Haltung und sagt: »Nehmen Sie Ihre Hand weg, Herr John! Oder wollen Sie einen tätlichen Angriff gegen eine Polizeibeamtin mit auf die Liste Ihrer Straftaten setzen?« Sie spürt, dass Fredde in ihrem Rücken unruhig wird. Dann verschwindet das Gewicht seiner Hand von ihrer Schulter.

Ruhigen Schrittes geht Maja zu Jokke hinüber, wo sie sich umdreht und ihre Waffe loslässt. Die fünf Männer glotzen sie an wie Pudel, die gegen den Strich gebürstet wurden.

»Wir sehen uns«, sagt sie und tippt sich an die Mütze.

Als sie wenig später durch den Wald zurück nach Hultsjö fahren, blickt Maja zufrieden auf den Forstweg vor sich. »Na, das war doch gar nicht so schlecht.«

»Wie bitte?«, fragt Joakim entgeistert. »Die hätten sich beinahe auf uns gestürzt!«

»Mensch, Jokke. Denk mal nach. Wir haben einiges über diese Männer erfahren. Zum Beispiel, dass unser lieber Freund Fredde eine sehr kurze Lunte hat. Sein Kessel steht mächtig unter Druck. In dem arbeitet was. Und er scheint ein notorischer Lügner zu sein.«

»Weil er behauptet, dass er trocken ist?«

Maja weicht einem Schlagloch aus. »Dir ist er gestern doch auch nicht entgangen: der Plastiksack mit den leeren Bierdosen hinten im Gartenhäuschen seiner Frau.«

»Ja, das wollte ich dir vorhin sagen.«

»Diese Menge an Bier hat die Gute bestimmt nicht allein getrunken. Ich bin mir außerdem sicher, dass Fredde sie schlägt, so wie sie vorhin versucht hat, ihr Gesicht hinter der Tür zu verbergen.« Sie ballt wütend eine Faust. »Dieses Arschloch. Prügelt seine Frau und schimpft gleichzeitig über Jochen Nowak. Der Typ hat sie entweder nicht alle, oder es stört ihn, dass wir herumschnüffeln und seine Welt infrage stellen, in der man Frauen nach Belieben schlagen kann.«

»Ich glaube, es ist beides«, sagt Jokke ernst. »Aber sag mal, war das vorhin überhaupt okay? Ich meine, das mit der DNA-Probe auf dem Taschentuch.«

»Natürlich nicht. Damit wollte ich ihn nur foppen. Wäre trotzdem schön gewesen, wenn er sie uns freiwillig gegeben hätte. Göran hätte einen Massentest beantragen sollen, wie Tom es gesagt hat. Das würde uns die Arbeit enorm erleichtern. Stell dir nur vor, allein dessen Ankündigung würde die Bewohner von Hultsjö aus ihren Löchern jagen. Dieses Scheißdorf!« Aufgebracht legt Maja den zweiten Gang ein und kurvt um weitere Schlaglöcher herum. Nach ein paar holprigen Kilometern erreichen sie die geteerte Hauptstraße und können Gas geben.

»Verdammt«, sagt Maja.

»Was ist?«, fragt Jokke.

»Wir müssen tanken. Aber wir wollten ja eh zur Tankstelle, um nach den Überwachungsvideos zu fragen.«

Als sie in die Tankstelle rollen, steht dort der schicke schwarze Mercedes, den sie zuvor schon mal gesehen haben. Daneben wartet ein recht attraktiver Typ mit Bart darauf, dass der Tank voll wird. Er trägt ein hellblaues Hemd, sandfarbene Stoffhosen, und seine dunklen Haare sind lässig gestylt. Wie aus dem Ei gepellt, denkt Maja, und das bei der Hitze.

Aber da ist noch etwas. Der Kerl kommt ihr latent bekannt vor. Maja hängt die Zapfpistole in die Tanköffnung und wirft dem Mann einen auffordernden Blick zu. Sie schätzt ihn auf Anfang 40. »Irgendwo sind wir uns schon mal begegnet«, sagt sie laut.

Der Mann wirkt überrascht. Seine Augen sind ebenfalls dunkel und huschen irritiert hin und her. »Wie bitte?«

»Na, wir kennen uns doch? Wohnen Sie in Hultsjö?«

»Nee, in Karlskrona.«

»Und weshalb sind Sie hier?«

»Ich bin Makler und kümmere mich um die Häuser, die in der Gegend zum Verkauf stehen.«

»Ach, dann sind Sie derjenige, der den Nowaks das Haus verkauft hat. Herr Mo… Må…«

»Månsson, Gunnar. Richtig.«

Jokke tritt neben Maja und hört interessiert zu, den Block zum Mitschreiben bereit.

»Das trifft sich gut, Herr Månsson«, fährt Maja fort. »Wir hatten ohnehin vor, mit Ihnen zu sprechen.«

»Wieso?«

»Na, über die Nowaks.«

»Ach so. Kein Problem, das können wir gerne machen. Allerdings habe ich gleich einen Termin. Sie können morgen bei mir im Büro in Karlskrona vorbeikommen. Ab acht bin ich da. Bitte, meine Karte.« Er lächelt schief und setzt sich in seinen Mercedes. Offenbar hat er sein Benzin zuvor bereits an der Säule bezahlt.

Mittlerweile ist der Mannschaftswagen vollgetankt, und Maja geht in den kleinen Laden. Jokke bleibt am Bus. Maja vermutet, dass er Angst hat, wieder in das üppige Dekolleté der Tankstellendame zu fallen.

»Hej hej«, grüßt diese fröhlich. Heute ist sie in ein knalliges Pink gekleidet. Sie steht hinter ihrem Tresen wie eine von Andy Warhol kolorierte Popikone.

»Guten Tag, Frau …«, Maja versucht, sich an ihren Namen zu erinnern, »… Nygård, richtig?«

»Sagen Sie doch Susanne. Nur das Benzin?«

Maja nickt und legt ihre Karte auf das Bezahlgerät. Es piept.

»Bon?«

»Ja, und eine Auskunft.«

Susanne Nygård hebt eine Braue.

»Wir hätten gerne Ihre Videoaufzeichnungen von der Kamera, die ich vorne bei den Zapfsäulen gesehen habe. Sagen wir, von der letzten Woche.«

Susanne verzieht das Gesicht. »Das tut mir leid, aber wir heben das nur 48 Stunden auf, danach wird überspielt.«

»Okay, schade«, antwortet sie. »Würden Sie mir stattdessen vielleicht sagen, wie ich zur Familie Staffansson komme?«

»Den Staffanssons? Die haben doch gar keine Kamera.«

»Deswegen will ich da auch gar nicht hin.«

Susanne Nygård legt den Kopf schief. »Weshalb denn? Haben die was ausgefressen?«

»Ich weiß nicht. Sagen Sie es mir«, fragt Maja neugierig zurück.

Die Pinklady lässt sich nicht aus der Ruhe bringen. Sie steckt sich eine Zigarette zwischen die Lippen und zündet sie an. Dass Rauchverbot herrscht, scheint sie nicht zu stören. Ist ja nur eine Tankstelle. Scheiß drauf, wenn das Ding in die Luft fliegt. Lebe jeden Tag, als sei es dein letzter.

»Ludvig sorgt ständig für Ärger«, stößt Susanne Nygård zusammen mit dem Rauch aus. »Würde mich nicht wundern, wenn der mit dem Gesetz in Konflikt geraten wäre. Ludvig und ich führen gemeinsam den Vorsitz im Heimatverein, müssen Sie wissen, da spielt der sich manchmal auf, als gehöre der Ort ihm. So waren die Staffanssons schon immer. Tragen ihre Nase höher als andere.«

»Gibt es gerade aktuell einen Streit mit den Staffanssons?«

»Ach was, in Hultsjö gibt es ständig Streit. Um den Ausbau des Cafés am See, damit mehr Touristen Halt machen und nicht einfach nur durchfahren, über die Immobilienpolitik vor Ort, die EU-Fördergelder, die einige abkassieren, andere jedoch nicht und so weiter.« Susanne Nygård zieht gleich mehrmals an ihrer Zigarette und drückt sie aus. Den Rauch bläst sie nach oben, damit Maja ihn nicht abbekommt. »Ludvig ist dabei prinzipiell gegen alles. Verhindert immer nur, anstatt uns anderen zu helfen, etwas aus Hultsjö zu machen. Ist eben ein Scheißkonservativer. Diese blöden Bauern. Wenn es nach denen ginge, würde eine Mauer ums Dorf gezogen werden, damit kein Tourist mehr hierherkommt. Dabei bringen die gutes Geld. Und diejenigen, die Häuser kaufen, kümmern sich darum und lassen sie nicht verfallen wie manch schwedischer Besitzer. Sieht nicht schön aus, so ein Schandfleck im Ort. Dann lieber Leute aus dem Ausland, die ihre Hütten schön herrichten.«

»Denken andere auch wie Sie? Dieser Ture Dahlberg zum Beispiel?«

»Ja. Dahlberg hat ein bisschen mehr Grips. Im Gegensatz zu Ludvig, der will, dass alles bleibt, wie es ist. Ludvig hasst alles Fremde – und Ausländer erst recht. Seit die Familie Jafari den Supermarkt übernommen hat, geht er dort nicht mehr einkaufen. Dabei sind das sehr nette Leute, und wer will den Scheißjob schon haben? Jeden Tag im Laden stehen?

Gucken Sie mich mal an. Macht nicht immer Spaß, aber wir tun verdammt noch mal was für diesen Ort.«

Mann, die ist heute echt in Fahrt, denkt Maja und setzt ihr bestes Zuhörgesicht auf.

»Diese verdammten Staffanssons! Wissen alles besser. Wenn Sie mich fragen, sind die reines Gift für Hultsjö. Spalten den Ort in zwei Lager und vergraulen die Touristen. Diese deutsche Familie hat Ludvig neulich als ›dreckiges Nazipack‹ beschimpft. Können Sie sich das vorstellen?«

»Wann war das?«

»Als die Familie ihren Volvo bei uns in der Werkstatt hatte. Da kam Ludvig zum Tanken vorbei, hat sie gesehen und ist auf sie losgegangen.«

»Gab es einen Grund?«

Susanne Nygård stößt Luft aus. »Kann ich mir nicht vorstellen. Was soll die Familie schon getan haben?«

»Warum haben Sie mir nicht davon berichtet, als ich das erste Mal bei Ihnen war?«

Die Frau zuckt mit den Schultern. »Hab mich erst jetzt daran erinnert. Ist das denn wichtig? Ich meine, Ludvig ist ein Stinkstiefel, der macht das mit Absicht. Ständig. Und seine Leute, die für ihn arbeiten, reden genauso. Wahrscheinlich, weil sie Angst um ihre Jobs haben. Ist ja immerhin ein guter Arbeitgeber in Hultsjö. Alle kuschen vor ihm. Da kann einem der Sohn nur leidtun. Der arme Junge ist immer so blass und still. Hat es nicht leicht mit einem Vater wie dem.«

»Heißt der zufällig Victor?«, fragt Maja, weil sie sich an Melker Bolinders Aussage erinnert, der den Jungen mit Lola gesehen haben will.

»Ja, Viggo ist der jüngste der drei Staffansson-Söhne, gerade mal 16. Die anderen beiden sind längst aus dem Haus. Leben in Stockholm, weit weg vom Vater. Viggo ist das Nesthäkchen. Hübscher Junge, aber etwas zu weich. Außerdem leidet er an Schwermut. Kein Wunder bei der Familie. Da haben alle einen Schatten. Schon die Großmutter hat sich den Strick genommen. Hat es wohl nicht mehr ausgehalten im Kreise ihrer Lieben. Und dann Ludvigs Frau, Maj-Britt, diese eingebildete Zicke. Behandelt mich wie einen Menschen zweiter Klasse. Meint, ich bin zu fett und sehe billig aus. Das hat sie mir natürlich nicht selbst gesagt. Dafür ist sie viel zu feige. Malin Smit hat mir das erzählt, ihr Sohn Oscar geht auf dieselbe Schule wie Viggo.«

»Sehr interessant«, sagt Maja und bedauert, dass Jokke draußen steht. Der hätte seine wahre Freude an dem Dorftratsch. »Kommen wir noch mal auf den anderen Großgrundbesitzer zurück, Herrn Dahlberg. Ich habe gehört, dass er und Ludvig Staffansson sich nicht besonders grün sind.«

Susanne Nygård stößt ein zynisches Lachen aus und zündet sich eine neue Zigarette an. »Die beiden hassen sich wie die Pest! Seit Generationen liegen ihre Familien im Clinch. Ich glaube, es hat nie auch nur einer bei den anderen eingeheiratet. Wurde immer alles schön getrennt gehalten, der Besitz und der Stammbaum. Staffansson und Dahlberg. Das Dorf ist quasi zwischen denen aufgeteilt.«

»Was halten Sie selbst von Dahlberg?«

»Ach, der.« Sie macht eine wegwerfende Geste. »Der ist nicht unbedingt besser. Aber wenigstens verhält er sich nicht so arrogant wie Ludvig. Seine Frau, die Lisa, ist sogar ganz nett. Nur sind das eben auch welche, die Geld haben. Altes Geld. Das sind keine von uns normal arbeitenden Leuten, die sich um ihr tägliches Auskommen sorgen müssen. Die Dahlbergs haben schon immer gut dagestanden. Und jetzt haben sie auch noch diese neuen Ferienhäuser. Ich sag nur: Der Teufel scheißt stets auf den dicksten Haufen. Wenigstens kommen dadurch ein paar Besucher mehr nach Hultsjö und lassen ein wenig Geld für uns alle da.«

»Könnten Sie sich vorstellen, dass zwischen Staffansson und Dahlberg etwas gespielt wird? Eine Art Kleinkrieg, dem die Nowaks zum Opfer gefallen sein könnten?«

»Zuzutrauen wäre es denen. Glauben Sie denn, dass das mit dem Unfall zu tun hat?«

»Das frage ich Sie.«

Susanne Nygård fährt mit der Hand über ihren Nacken und blickt kurz nach draußen. »Also … nein, das kann ich mir nicht vorstellen, Staffansson ist zwar ein Widerling, aber jemanden umbringen …?«

»Umbringen?«, tönt es plötzlich von der Hintertür zu ihnen herüber. »Wer will jemanden umbringen?« Susannes Vater humpelt in den Laden. Er trägt dieselben schmutzigen Klamotten wie bei ihrem letzten Aufeinandertreffen. »Susanne, was erzählst du der Polizistin für einen Unsinn? Hier will keiner irgendjemanden umbringen. Hultsjö ist ein friedlicher Ort.«

»Schon gut, Vater«, gibt Susanne leicht gereizt zurück.

Der Alte bedenkt seine Tochter mit einem scharfen Blick, dann wendet er sich an Maja. »Susanne, das müssen Sie wissen, redet manchmal ein wenig zu viel.«

Maja nickt knapp. Das Gespräch ist beendet. Sie bedankt sich bei Susanne und geht nach draußen, wo Jokke nach wie vor neben dem Mannschaftswagen wartet und an seinen Nägeln knabbert.

»Wo warst du denn so lange?«, fragt er.

Maja will ihrem Kollegen antworten, da öffnet sich die Tür hinter ihnen und Susanne Nygård kommt herausgelaufen. Ihr fülliger Busen wogt unter dem pinken T-Shirt, sodass Jokke blass wird.

»Warten Sie«, ruft sie atemlos. »Bitte sagen Sie Ludvig nicht, dass Sie das alles von mir haben, ja?«

»Keine Sorge, ich werde es für mich behalten«, sagt Maja und schiebt ein beruhigendes Lächeln hinterher.

Susanne atmet auf. »Danke.« Sie wirft Jokke einen aufrei-
zenden Blick zu und kehrt in ihren Laden zurück.

»Na, wo hast du denn deine Augen?«, weist Maja ihren
Kollegen zurecht.

Der zuckt zusammen und blinzelt sie verlegen an. »Ähm …
'tschuldige. Was machen wir jetzt?«

»Wir werden jemandem in den Arsch treten.«

»Wem?«

»Ludvig Staffansson. Bin dafür gerade so richtig in Stimmung.«

35

Aufgebracht wirft er die Wagentür zu und atmet mehrmals
tief durch. Er muss sich beruhigen. Dabei wandert sein
Blick zu den Baumwipfeln hinauf, durch die man kaum
den Himmel sehen kann, so dicht stehen die Fichten in diesem Waldstück. Irgendwo zwischen den Ästen schimpft
ein Vogel, sonst ist alles ruhig. Das ist gut, denn er braucht
einen Moment für sich.

Diese verdammten Bullenärsche! Allen voran diese aufdringliche Polizistin. Die hat ihm den letzten Nerv geraubt. Penetrant wie eine Schmeißfliege. Hoffentlich verpissen die sich bald aus Hultsjö.

Das mit den Deutschen ist echt ein Schlamassel. Das nächste Mal würde er alles besser planen.

Das nächste Mal …

Vorher muss er die Frau loswerden. Sie ist zu einem Problem geworden. Auch wenn es ihn erregt, an sie zu denken, an ihre weichen Titten, die warme Haut an ihrem Hals und ihre verzweifelten Versuche, Luft zu bekommen, als er letzte Nacht ihre Kehle zugedrückt hat … Mann, er wird schon wieder geil. Verdammt!

Er versucht, sich zu beherrschen, und denkt an die Polizistin. Wenn diese blonde Fotze ihm auf die Spur käme, würde sie kurzen Prozess mit ihm machen. Dabei würde sie ihn hämisch angrinsen. Ganz sicher. Er kennt solche Weiber.

Kurz stellt er sich vor, wie es wäre, sie zu würgen. Eine Frau in Uniform. Das wäre der absolute Hammer. Leider auch verflixt gefährlich. Er verzieht das Gesicht. Nein, sein nächstes Opfer würde ein vollkommen wehrloses Weibchen sein. Vielleicht könnte er seine Vorgehensweise mit der Zeit verfeinern, sodass das Risiko, gefasst zu werden, kleiner würde. Dann könnte er nach den Sternen greifen.

Aber zuerst muss er die Frau im Loch entsorgen. Solange sie am Leben ist, stellt sie eine Bedrohung dar. Sie weiß, wer er ist, und würde ihn sofort anzeigen, sollte sie freikommen. Beim nächsten Mal muss er vorsichtiger sein und seine Identität verschleiern. Er sollte eine Maske tragen. Ja, das ist gut. Damit würde er noch bedrohlicher wirken.

Im Geiste erstellt er eine Liste mit Dingen, die er in Zukunft anders angehen würde. Er würde auch ein besseres Versteck benötigen. Das Loch taugt nicht als dauerhaftes Verlies. Frauen haben nun mal Bedürfnisse, sie müssen sich waschen können, und er würde sie füttern und tränken. Schließlich ist er kein Unmensch.

Ein bisschen tut ihm die Frau leid. Obwohl sie nicht unschuldig an ihrer Situation ist. Deshalb würde sie auch einsehen, dass es besser wäre, wenn er sie erlöste.

Ja, er erlöste sie.

Es wäre eine gute Tat.

Langsam geht er um den Wagen herum und öffnet den Kofferraum. Unter einer Decke liegen eine Axt, ein Spaten und eine feste Plastikplane.

Einen Moment starrt er alles an. Dann wirft er die Kofferraumklappe zu, steigt ein und fährt davon.

Je eher er es hinter sich bringt, desto besser.

36

Skagen fährt an der Unfallstelle der Nowaks vorbei, an der noch immer das blau-weiße Absperrband flattert. Danach passiert er das Ortsschild und die ersten Häuser ... Die Vorgärten sind leer, ebenso die Straßen. Als ob sich das Dorf in einer Art Schreckstarre befindet.

Ein am Straßenrand parkender Kastenwagen von der Polizei erregt seine Aufmerksamkeit. Er fährt daran vorbei und sieht einen Mann am Steuer sitzen und auf sein Smartphone gucken. Das muss der Hundeführer aus Malmö sein, schießt es ihm durch den Kopf, und er hält an. Als er aussteigt und auf den Mann zugeht, mustert dieser ihn mit finsterem Blick, während hinten im Wagen ein Hund aufgeregt bellt.

»Was wollen Sie?«, fragt der Mann barsch auf Englisch.

Erst jetzt kapiert Skagen, dass er wegen seiner Straßenkleidung und dem deutschen Kennzeichen mal wieder für einen Zivilisten gehalten wird. »Ich bin Kommissar Tom Skagen aus Hamburg. Ich unterstütze die hiesige Ermittlung, da deutsche Staatsbürger daran beteiligt sind.«

Nachdem er dem Mann seinen Ausweis gezeigt hat, lächelt dieser entschuldigend. »Sorry, bei der Karre dachte ich, dass Sie … Na ja, ich heiße jedenfalls Bo Håkansson. Schön, Sie kennenzulernen, Herr Skagen.«

»Sagen Sie einfach Tom, wenn das okay ist.«

»Gerne, Tom. Du kannst mir bestimmt auch dabei helfen, zum Einsatzort zu kommen. Polizeiinspektor Berg hat mir zwar die Koordinaten gegeben, aber mein Handy will sich nicht einloggen.«

»Kein Problem. Fahr mir einfach hinterher. Die Stelle liegt ziemlich weit im Wald. Ist wirklich schwierig zu finden, selbst mit GPS-Ortung.«

»Okay, danke.«

Skagen steigt in seinen VW-Bus und fährt los, seinen Kollegen aus Malmö im Schlepptau.

Sie parken die Fahrzeuge am Rand der Schotterstraße, auf der heute keine Forstarbeiter zu sehen sind. Auf dem Weg hierher hat Skagen Göran Bescheid gegeben, dass er den Hundeführer zufällig getroffen hat und mit ihm zum Stein unterwegs ist. Der Ermittlungsleiter hat zerknirscht eingesehen, dass es besser ist, wenn Skagen das erledigt und er sich weiter auf die Koordination der Suchtrupps konzentrieren kann.

Als Skagen aussteigt und die Tür des Busses zuschlägt, ist er froh, dass es im Schatten der Bäume angenehm kühl ist. Dafür ist er sofort von einem Schwarm Mücken umgeben. Er öffnet die Kofferraumklappe und klettert in den hinteren Teil des T3, den er selbst für seine Zwecke ausgebaut hat, mit Kochzeile, einem hochklappbaren Bett, einer Sitzgelegenheit und jeder Menge Stauraum. Er liebt es, mit dem Bus auf Reisen zu gehen, unabhängig von allem zu sein und zu bleiben, wo es ihm gerade gefällt. Auf diese Weise hat er einige Länder durchquert. Wenn er darüber nachdenkt, ist der Bus sogar so etwas wie sein Ersatz für Schiffe. Mit ihm hat er die Möglichkeit, wenigstens durch die Weite des Landes zu segeln.

Er fischt das Mückenspray aus einem Fach über dem Tisch und schlägt die Heckklappe zu. Ausgiebig sprüht er sich mit dem Mittel ein und bietet es anschließend dem Hundeführer an, der jedoch dankend erklärt, dass er bereits welches aufgetragen hat. In weiser Voraussicht.

»By the way. Die Lackierung ist der Hammer«, sagt Bo und deutet auf den Bulli von 1990. »Ist das nicht der ›Island Hopper‹ von Magnum?«

Skagen grinst.

»Sehr cool, wirklich.« Bo öffnet die Box hinten in seinem Wagen, und ein hellbrauner Hund springt heraus. Das Tier hechelt aufgeregt, weil es weiß, dass es gleich dran ist. Dennoch begrüßt es Skagen mit einem kurzen Nasenstupser gegen das Bein und sieht anschließend erwartungsvoll zu seinem Herrchen auf.

»Das ist Rocko«, erklärt Bo Håkansson stolz. »Ich habe ihn ausgebildet.«

»Ist das ein Belgischer Schäferhund?«

»Jein, eine Variante des Belgiers. Ein Malinois. Die sind als Fährtenhund unschlagbar. Dieser hier kann außerdem als Drogenhund eingesetzt werden. Er ist ein richtiges Multitalent. Nicht wahr, Rocko?«

Als der Hund seinen Namen hört, bellt er kurz und hechelt begeistert weiter.

»Okay, dann lass mal sehen, was der Bursche draufhat.« Skagen hebt einen Arm und weist in die Richtung, in die der Stein mit dem Blut liegt. »Wir werden uns der Stelle von der Seite her nähern, damit wir keine Spuren zerstören. Die KTU war bereits da, aber man weiß ja nie.«

Der Hundeführer legt Rocko ein Geschirr mit einer langen Schleppleine an, und sofort wirkt das Tier konzentriert. Gemeinsam kämpfen sie sich durch das Unterholz bis zu dem sumpfigen Bachlauf. Am Stein, an dem ebenfalls Flatterband weht, hält Skagen an.

»Da sind wir. Siehst du das Blut? Es stammt von der Vermissten, Tina Nowak. Sie ist seit mindestens drei Tagen verschwunden.«

»Ein Mantrailer-Hund kann die Fährte bis zu zwei Wochen lesen, sollte also kein Problem sein. Nur die Hitze könnte Rocko zusetzen.« Bo gibt seinem Hund einen weiteren Befehl. Skagen macht den beiden Platz, und Rocko beginnt zu schnüffeln. Zuerst am Blut, danach um den Stein herum, und schließlich scheint er eine Spur zu haben. Kraftvoll legt er sich in die Leine und zieht Bo Håkansson hinter sich her über umgesägte Birken und bemooste Steine. Das Unterholz ist schwer zu begehen, und der Hundeführer muss aufpassen, nicht zu stolpern, während er Rockos Vorwärtsdrang folgt. Die Nase des Hundes klebt am Boden, und Skagen beobachtet, wie Rocko in einer beinahe direkten Linie den Forstweg erreicht und dort Kreise zu ziehen beginnt. Schließlich hält er inne und setzt sich hin. Seine Zunge ploppt aus dem Maul, als er hechelnd sein Herrchen anblickt. Bo gibt ihm mit einem Lob zu verstehen, dass er seine Sache gut gemacht hat.

»Hier endet die Spur«, sagt er und zeigt auf den Schotter.

»Können wir das noch einmal wiederholen?«, fragt Skagen. »Ich würde gerne sichergehen.«

»Kein Problem.« Håkansson zeigt auf den Boden, und Rocko beginnt zu schnüffeln. Der Malinois findet die Duftmarke und zieht sein Herrchen zurück in den Wald. Auf demselben Weg wie zuvor. Skagen bleibt auf der Straße und verfolgt aus der Ferne, wie Hund und Polizist den Stein erreichen, wo Rocko sich erneut hinsetzt. Håkansson hebt den Blick und schüttelt den Kopf. »Nichts!«

Er lässt Rocko ein weiteres Mal die Spur zur Straße verfolgen, aber es ist wieder das Gleiche. Sie bricht einfach ab.

Skagen hat mittlerweile eine Theorie, will jedoch hören, was Håkanssons Idee dazu ist.

»Rocko kann uns die Richtung anzeigen, in welche sich die Person bewegt hat. Er verfolgt die Fährte dabei von schwach bis frisch«, erklärt Håkansson. »Das ist ein natürlicher Trieb und so, als würde er einem Beutetier folgen. Deshalb gibt es an seinem Verhalten auch nichts falsch zu deuten. Die Frau ist vom Forstweg zum Stein gegangen oder gelaufen. Dabei scheint sie ein paarmal hingefallen und final mit dem Kopf auf den Stein geschlagen zu sein. Von dort wurde sie dann auf irgendeine Weise weggebracht.«

Skagen nickt, er interpretiert die Lage genauso. Er begutachtet die Stelle auf dem Forstweg, an der die Spur aufhört. Leider ist die Schotterstraße dermaßen trocken und hart, dass keinerlei Abdrücke zu erkennen sind. »Eigentlich gibt es nur eine Möglichkeit, wie Tina Nowak hier auftauchen und zum Stein gelaufen sein kann«, sagt er.

»Sie war in einem Auto«, ergänzt Håkansson.

»Exakt. Und zwar …«, Skagen dreht sich um die eigene Achse und peilt den Weg entlang, »kam der Wagen von dort. Aus Richtung Hultsjö. Der Startpunkt der Fährte liegt auf der rechten Seite des Weges, danach führt sie in den Wald auf der linken Seite bis zum Stein. In diesem Fall gehe ich davon aus, dass Tina nicht selber gefahren ist, sondern auf dem Beifahrersitz gesessen hat.«

»Und nach dem Sturz hat derjenige, mit dem sie gefahren ist, sie zum Fahrzeug zurückgetragen, deshalb endet die Fährte so abrupt am Stein.«

»Tina Nowak war also nicht allein. Jemand war mit ihr im Wald«, konstatiert Skagen. »Nur wer?«

»Ohne Gegenprobe kann Rocko leider keine Spur aufnehmen. Er bräuchte etwas von der zweiten Person, um sich deren Geruch einzuprägen.«

Skagen folgt dem Forstweg und entdeckt ein paar Meter weiter eine schwach zu erkennende Rutschspur auf dem Schotter. »Sieht aus, als habe hier ein Wagen gebremst.« Er wendet sich zu Håkansson um, der mit Rocko noch an der Stelle steht, an der die Spur beginnt. In seinem Geist nimmt ihre gemeinsame Theorie weiter Gestalt an. »Tina ist aus dem fahrenden Auto gesprungen – vermutlich, weil sie Angst hatte – und in den Wald gelaufen. Der Unbekannte hat gebremst, ist ausgestiegen und hat sie zu Fuß verfolgt. Dann ist Tina gestolpert und mit dem Kopf auf den Stein geschlagen. So weit, so eindeutig. Aber wo wollte der Unbekannte mit ihr hin?« Skagen holt sein Handy aus der Tasche und macht einige Aufnahmen von der Bremsspur. Übers Internet will er eine Karte von der Gegend öffnen, um sich zu orientieren, doch er hat kein Netz. Er gibt

Håkansson ein Zeichen, Rocko ins Auto zu verfrachten, und kurz darauf sind sie alle zusammen unterwegs. Tiefer in den Wald hinein.

Mehrere Kilometer rumpeln sie über den immer schlechter werdenden Forstweg. Skagen lässt keine Handbreit des Waldes auf seiner Seite der Straße aus den Augen, während Håkansson die andere absucht. Hinten im Kofferraum gibt Rocko japsende Laute von sich. Er weiß, dass die Suche noch nicht vorbei ist.

Am Ende des Weges steigen sie aus. Vor ihnen liegt ein steiniger Wendehammer flankiert von mehreren Stapeln Holz und struppigem Gebüsch. Dahinter ragen hohe Fichten auf. In einer getrockneten Pfütze sind Reifenspuren zu erkennen. Anhand der Reifenbreite und des groben Profils ordnet Skagen diese jedoch einem schweren Forstfahrzeug zu. Könnte Tina mit einem solchen Gefährt in den Wald gebracht worden sein? Skagen macht ein Foto von dem Abdruck und sieht sich weiter um. Ein leerer Benzinkanister lehnt an einem der Holzstöße. Vielleicht für Motorsägen. Im trockenen Gras daneben liegen zerdrückte Getränkedosen, Reste von Plastikverpackungen und Pizzaschachteln. Die Waldarbeiter scheinen an diesem Ort eine Pause eingelegt und ihren Müll dagelassen zu haben. Sonst ist nichts zu entdecken. Auch kein Gebäude oder eine Art Schutzhütte, welche das Ziel ihres Unbekannten gewesen sein könnte.

»Ich hole Rocko raus. Vielleicht findet der was«, sagt Håkansson und lässt den Hund aus seiner Transportbox springen. Danach hält er ihm die Beweismitteltüte mit der Blutprobe vor die Nase, die Bo vorhin am Stein genommen hat. Schon im nächsten Augenblick beginnt der Hund zu suchen und zerrt sein Herrchen einmal quer über den Wendehammer. Es scheint, als habe er eine Spur gefunden, und gespannt folgt Skagen den beiden. Doch als Rocko erneut beginnt, orientierungslos Kreise zu ziehen, ist ihnen klar: Fehlanzeige – hier war Tina nicht.

Enttäuscht atmet Skagen aus. Mittlerweile sind auch im Wald die Temperaturen gestiegen, und er beginnt zu schwitzen. Der Tag heute ist genauso drückend wie der gestern. Skagen denkt an kühles Wasser und den großen See von Hultsjö.

Bo hingegen verzieht entschuldigend das Gesicht und verfrachtet den Hund in den Kofferraum.

Als sie auf dem Weg zurückfahren, klingelt Skagens Telefon. Es ist Göran, mit Sicherheit treibt ihn die Neugier um. Skagen kann es ihm nicht verdenken. Er nimmt den Anruf mit einem »Hallo, Herr Berg, leider gib es nichts Neues« an und hat den Ermittlungsleiter binnen einer Minute abgewimmelt. Mit einem Seufzen steckt er das Handy weg und blickt aus dem Fenster.

»Halt an, Bo!«, ruft er plötzlich.

Håkansson stoppt den Wagen und dreht den Kopf. »Was ist?«

Skagen zeigt nach hinten. »Fahr zurück. Ich hab was gesehen. Am Wegesrand stand ein vermoderter Holzpfosten.«

»Du meinst …«

»Der sah aus wie ein Pfahl für einen Briefkasten.«

Håkanssons Miene erhellt sich. »Und wo ein Briefkasten ist …«

»… muss auch ein Haus sein!«

37

Skagen biegt einen Zweig zur Seite und betrachtet das runtergekommene Holzhaus, das mitten im Wald steht. Es wirkt düster und ist über und über mit Efeu und anderen Kletterpflanzen bewachsen. Der Schornstein ist zerbröckelt und das Dach hat Löcher, sämtliche Fenster sind eingeschlagen. Vermutlich Vandalismus durch die Jugendlichen aus dem Dorf. Für junge Menschen birgt das Leben in der Provinz oft jede Menge Frust, der irgendwo abreagiert werden will.

Skagen wendet sich um. Hinter ihm schlägt sich Bo Håkansson durch das Gestrüpp, Rocko läuft hechelnd an seiner Leine vorweg.

Der Weg zum Haus ist zugewuchert und war deshalb kaum sichtbar, aber Skagen hat ihn trotzdem gefunden. Aus der Nähe wirkt das Gebäude nicht mehr ganz so unheimlich, eher traurig und fehl am Platz, wie ein im Wald weggeworfener Gegenstand.

»Hallo?«, ruft Skagen, als er die Stufen zum Eingang erreicht. Von der ehemals weißen Farbe der Tür ist nicht mehr viel übrig. »Hallo? Ist da jemand? Frau Nowak? Können Sie mich hören?«

Nichts rührt sich, und nirgendwo sind Spuren zu entdecken, die darauf hindeuten, dass in letzter Zeit jemand hier gewesen ist. So etwas wie plattgedrücktes Gras oder Kratzer auf den maroden Steinstufen.

»Okay«, sagt Skagen zu Håkansson. »Ich gehe rein. Du wartest hier, bis ich dir ein Zeichen gebe.« Er zieht die Tür auf, die sich erstaunlich leicht öffnen lässt, und tritt ein. Drinnen riecht es nach feuchtem Stein und altem Papier. Überall liegen Gegenstände verstreut, verschimmelte Kleidungsstücke, ein abgerissener Telefonhörer, zerschlagenes Porzellan, kaputte Möbel, Bücher und jede Menge Zeitschriften. Alle sind auf Deutsch, darunter ist sogar eine Ausgabe des Sterns aus dem Jahre 1989. Auf dem Titelblatt ist der Fall der Berliner Mauer abgebildet.

Eine Zeitreise, denkt Skagen und dringt tiefer in das Haus vor, bis er in die Küche gelangt. Auch hier herrscht Chaos. Verstaubte Regale sind prall gefüllt mit alten Weckgläsern und Konservendosen, Töpfe und Besteck sind auf dem Boden verteilt. Zwei Stühle stehen vor dem gemauerten Herd, auf dem eine ansehnliche Sammlung von Bierdosen aufgebaut ist. Sieht aus, als habe jemand die Hütte zum Feiern benutzt. Oder zum heimlichen Saufen.

»Alles klar, Bo. Du kannst reinkommen«, ruft Skagen und hört draußen Schritte auf den Stufen und das Hecheln von Rocko. Kurz darauf schnuppert sich der Hund einmal quer durch die Räume. An einer Stelle scheint er innezuhalten und gründlicher zu suchen, doch im nächsten Moment zieht er weiter. Als er sich neben sein Herrchen setzt, sinkt Skagen der Mut. Auch hier scheint Tina nicht gewesen zu sein.

Aber es gibt ja noch einen Keller, denkt er und macht sich mit Håkansson auf den Weg nach draußen und um das Gebäude herum, wobei Brennnesseln und wilde Himbeersträucher ihr Vorankommen erheblich behindern. Schließlich finden sie auf der Rückseite eine halbhohe Tür im Fundament, und Skagen zieht den Riegel zurück. Farbe blättert ab, und porös gewordener Mörtel rieselt auf den Boden. Hinter der Tür gähnt ihnen ein dunkles Loch mit niedriger Decke entgegen. Ein Kriechkeller, wie er typisch ist für solche Häuser. Skagen steckt seinen Kopf hinein, aber es ist zu dunkel, um etwas erkennen zu können.

»Frau Nowak?«, ruft er probehalber in die Schwärze hinein. Als ihnen nichts als dumpfe Stille antwortet, schickt Bo Rocko los. Zuerst ist nur das Scharren seiner Pfoten auf dem lehmigen Boden zu hören, dann nichts mehr.

»Rocko?«

Totenstille. Einen Augenblick später dringt ein Winseln nach draußen.

»Rocko! Hast du was?« Bo Håkansson folgt seinem Schützling mit einer Taschenlampe in der Hand in das Kellerloch. Skagen kann ihn drinnen mit dem Hund reden hören. Erneut ertönt ein Winseln. Plötzlich erscheinen die beiden wieder im Tageslicht.

»Und?«, fragt Skagen angespannt.

Håkansson wischt sich Spinnweben aus dem Gesicht. »Fehlalarm. Da ist nichts. Leider ist Rocko inzwischen ziemlich erschöpft. Er kann immer nur ein paar Stunden am Tag intensiv arbeiten.«

»Verstehe.« Unzufrieden kaut Skagen auf seiner Unterlippe herum. Warum ist hier nichts? Die Hütte ist das Einzige weit und breit, was als Versteck dienen könnte, sie *muss* das Ziel des Unbekannten gewesen sein. Oder gibt es noch andere Gebäude in der Nähe?

Auf einmal hört er Geräusche hinter sich. Es klingt wie Schritte auf Gras, die sich dem Haus nähern. Skagen signalisiert Bo, sich still zu verhalten, und schleicht um das Haus herum. Vorsichtig späht er um die Ecke. Auf dem gelben Gras vor dem Eingang steht ein Mann. Er wendet ihm dem Rücken zu und sieht sich suchend um, doch Skagen weiß trotzdem, wer es ist. Ture Dahlberg.

Was treibt der da?

Plötzlich dreht der Bauer sich um und kommt genau auf Skagen zu.

Mist! Jetzt muss er sich zu erkennen geben.

Bewusst laut auftretend marschiert Skagen zu Bo hinüber, genau in dem Moment erreicht Dahlberg die Rückseite des Hauses. Der Bauer gibt einen überraschten Laut von sich und bleibt stehen, wohl um die Situation zu erfassen. Dann breitet sich ein freundliches Lächeln auf seinem Gesicht aus.

»Herr Skagen! Was machen Sie denn hier?«

»Das würde ich Sie auch gerne fragen!« Skagen tritt ihm entgegen.

»Das alte Haus da gehört mir. Ich dachte, es könnte vielleicht etwas mit dem Fall zu tun haben, und da wollte ich mal nach dem Rechten schauen.«

»Es gehört Ihnen?«

»Ja, oder besser gesagt der Grund und Boden, auf dem es steht. Das Haus selbst hat früher einer Familie aus Hultsjö gehört, die das Land von mir gepachtet hat. Später hat es ihnen ein deutscher Auswanderer abgekauft. Als der dann irgendwann zu alt wurde, ist er einfach verschwunden, ohne seine Sachen mitzunehmen. Danach habe ich das Haus leer stehen lassen, weil es sich für mich nicht gelohnt hätte, es zu sanieren.«

»Ist es denn in Ordnung, wenn wir uns ein wenig umsehen? Es ist immerhin Ihr Grundstück, und wir haben keine offizielle Genehmigung.«

Dahlberg hebt eine seiner kräftigen Hände. »Nur zu.«

Skagen wendet sich an Håkansson. »Kannst du Rocko von der Leine lassen, damit er größere Kreise zieht? Vielleicht ist hier draußen ja irgendwo eine Spur.«

»Können wir versuchen. Allerdings müssen wir aufpassen, ohne Leine haut Rocko gerne mal ab. Wildtiere findet er nämlich sehr interessant.« Grinsend beugt sich Bo zu seinem Hund hinab und hält ihm die Geruchsprobe von Tina vor die Nase. Danach löst er die Leine, und mit gespitzten Ohren springt Rocko los, schnüffelt hier und dort und verschwindet schließlich im Gebüsch am Rand des Grundstücks.

»Rocko! Schön bei uns bleiben, hörst du?«, ruft Bo ihm hinterher. »Nicht zu weit weg.«

Plötzlich hören sie ein lautes Winseln, und Håkansson läuft los, um nachzusehen, was geschehen ist. »He, Rocko! Was ist?«

Der Hund jault jämmerlich. Rasch folgen Skagen und Dahlberg dem Hundeführer durch das Gestrüpp und entdecken den Malinois am Rand des Grundstücks. Er steht vor einem alten Erdkeller und versucht verzweifelt, seine Vorderpfote aus etwas zu befreien, was am Boden befestigt ist. Dabei japst er schmerzerfüllt.

»Das ist eine Falle. Verdammt!« Der Hundeführer eilt zu seinem Tier und will es beruhigen, doch Rocko ist durch den Schmerz derartig von Sinnen, dass er wild um sich schnappt.

»Tom!«, ruft Håkansson. »Du musst die Falle öffnen. Ich leine Rocko an und halte ihn fest. Aber dafür brauche ich beide Hände.«

Als Håkansson bereit ist, hockt Skagen sich hin und inspiziert das rostige Drahtgestell um Rockos Vorderpfote. Zum Glück kann er nirgendwo Blut entdecken, was jedoch nicht heißen muss, dass innerlich nichts verletzt wurde. Skagen versucht, die viereckigen Bügel der Falle auseinanderzubiegen, aber es gelingt ihm nicht. Rocko fängt an zu zappeln, und Håkansson hat alle Mühe, ihm die Schnauze zuzuhalten, damit er Skagen nicht mit seinen Zähnen erwischt.

»Ich weiß nicht, wie man so ein Ding aufbekommt«, sagt er nach einem weiteren vergeblichen Versuch. »Ich bin kein Jäger.«

»Lassen Sie mich mal«, sagt der Großgrundbesitzer und kniet sich hin. »Das ist eine Conibear-Falle. Damit kenne ich mich aus.«

Skagen tritt zur Seite und beobachtet, wie Dahlberg mit wenigen fachmännischen Handgriffen die Falle öffnet. Als der Hund frei ist, will er weglaufen, doch Håkansson packt ihn am Geschirr und hält weiterhin seine Schnauze zu, während Dahlberg vorsichtig die Pfote untersucht.

»Scheint nicht gebrochen zu sein«, sagt er kurz darauf. »War auch nur eine kleine Falle für Bisamratten und Marder. Dennoch wird Ihr Hund eine Zeit lang Schmerzen haben. Sie sollten ihn die nächsten Tage schonen.«

Bo Håkansson atmet erleichtert auf, doch dann verzieht er wütend das Gesicht. »War das Ihre Falle?«

»Nein, mit solchen Fangeisen jage ich nicht mehr«, sagt Dahlberg. »Früher, da habe ich so etwas benutzt, aber heute sind mir die Dinger zu gefährlich. Außerdem würde kein Jäger, der bei Verstand ist, eine Falle in der Nähe eines Hauses aufstellen. Selbst dann nicht, wenn es verlassen ist. Die legt man tief in die Wälder, wo sich kein Mensch hin verirrt. Zusätzlich stellt man Warnschilder auf.«

»Sind diese Art von Fallen in Schweden überhaupt erlaubt?«, fragt Skagen.

»Ja.«

»Eine widerliche Art zu jagen.«

Dahlberg nickt betroffen, und während Håkansson sein Tier versorgt, sieht Skagen sich um und entdeckt glatt zwei weitere dieser Jagdgeräte in ihrer Nähe. Sie sind halb unter dem trockenen Gras verborgen. Eine ist bereits ausgelöst worden, die andere ist noch gespannt. Ein Wunder, dass keiner von ihnen reingetreten ist.

Dahlberg geht zu der Falle und löst sie mit einem Stock aus. Bei dem Geräusch zuckt Rocko erschrocken zusammen, beruhigt sich aber schnell wieder und leckt weiter an seiner Pfote herum. Das Kerlchen scheint hart im Nehmen zu sein, denkt Skagen und schaut hinüber zum Erdkeller, wo sein

Blick zufällig an der niedrigen Tür hängen bleibt. Verwundert runzelt er die Stirn. Etwas daran passt nicht ins Gesamtbild.

Dann kommt er darauf.

Es ist das nagelneue Vorhängeschloss.

38

Maja und Joakim fahren die gekieste Auffahrt zu dem Anwesen der Staffanssons hinauf. Das mehrstöckige gelbgestrichene Holzhaus steht auf einer Anhöhe, von der man eine wundervolle Aussicht auf den großen See von Hultsjö hat. Die Rasenflächen rund um das Gebäude sind perfekt getrimmt, und am Fahnenmast in einem Rondell voll mit Blumen weht die schwedische Flagge im Sonnenschein.

»Nicht schlecht«, sagt Jokke mit Blick auf den Mercedes SUV, der vor einer Doppelgarage parkt. Unterdessen hält Maja mit dem Mannschaftswagen demonstrativ direkt vorm Hauseingang.

Im selben Augenblick öffnet sich auch schon die Tür und ein Mann Ende 60 mit ledernen Reitstiefeln und brauner Weste tritt heraus. »Was wollen Sie hier?«, blafft er.

Na, da haben wir ja unseren dorfbekannten Stinkstiefel, denkt Maja und setzt ihr freundlichstes Polizistinnenlächeln auf. »Guten Tag. Sind Sie Herr Staffansson?«

»Ja, verdammt noch mal. Steht doch vorne auf dem Schild, oder nicht?«

Maja erklärt den Grund ihres Erscheinens, und die Miene des Großgrundbesitzers wird noch feindseliger.

»Ich hab nicht viel Zeit«, motzt er mit Blick auf seine teure Armbanduhr.

»Kein Problem. Wenn es Ihnen jetzt nicht passt, können Sie uns gerne morgen auf der Wache in Karlskrona besuchen«, entgegnet Maja freundlich. Solchen Leuten kann man nur auf die autoritäre Tour kommen, natürlich nett verpackt.

Staffansson rümpft die Nase und scheint seine Optionen abzuwägen, schließlich lenkt er mit einer mürrischen Geste ein. »Na gut, was möchten Sie wissen?«

»Wollen wir nicht ins Haus gehen?«

»Nein!«

»Okay.« Maja sieht, dass Jokke seinen Notizblock hervorholt. »Dann wäre meine erste Frage, ob Sie etwas mit der deutschen Familie zu tun hatten. Die Nowaks sind …«

»Mit denen hatte ich nichts zu schaffen«, unterbricht er ungeduldig.

»Das heißt, Sie haben mit keinem von ihnen gesprochen?«

»Nein, nie.«

Maja nickt nachdenklich. »Und jemand anders aus Ihrer Familie? Ihre Frau vielleicht oder Ihr Sohn, Victor?«

»Nein, die auch nicht.«

»Sind Sie sicher? Wir wissen, dass Lola, die ältere Tochter der Nowaks, sich mit einigen Jungen aus dem Ort getroffen hat. Ihr Sohn soll auch dabei gewesen sein.«

»Auf keinen Fall. Victor ist ein anständiger Junge, der treibt sich nicht mit kleinen Nutten wie diesen rum.«

»Das Mädchen war erst 15 und ganz bestimmt keine Nutte«, korrigiert Maja den Alten. »Vielleicht sollten wir direkt mit Ihrem Sohn sprechen. Ist er da?«

»Nein. Außerdem ist er noch nicht volljährig. Sie können ihn nicht ohne meine Erlaubnis befragen, und die gebe ich Ihnen nicht.«

Maja mustert den Mann. Was sind das alles nur für sture Leute? »Wo waren Sie am Dienstagabend um kurz nach 20 Uhr?«, fragt sie.

Staffansson starrt sie an. Seine Finger kneten kurz sein Ohrläppchen. »Ist das jetzt eine Mordermittlung, oder was? Ich dachte, es war ein Unfall?«

»Wo waren Sie?«

»Zu Hause mit meiner Frau, die kann Ihnen das bezeugen. Wir haben zusammen ferngesehen.«

Jokke notiert sich alles, und Maja entscheidet sich, einen Schritt weiterzugehen. Sie will wissen, wie der Mann reagiert, wenn man ihn in die Enge treibt. »Würden Sie und Ihr Sohn freiwillig eine DNA-Probe abgeben?«

»DNA-Probe? Haben Sie völlig den Verstand verloren?«

»Es ist die einfachste Methode, um sich zu entlasten.«

»Entlasten wovon? Wir haben nichts getan. Oder steht einer von uns unter Verdacht?«

Maja hält ihm ihr Handy mit dem Foto des Drohbriefs unter die Nase.

Staffansson lacht betont selbstsicher auf. »Was soll das sein?«

»Ist der von Ihnen? Uns ist zu Ohren gekommen, dass Sie etwas gegen Touristen haben. Sie haben die Nowaks als ›dreckiges Nazipack‹ beschimpft.«

»Wer sagt das? Das sind haltlose Anschuldigungen. Schikane. Ich werde mich über Sie beschweren. Wie war noch mal Ihr Name?«

Maja geht nicht darauf ein. Sie steckt das Handy weg. »Das Mädchen, Lola, ist einem Gewaltverbrechen zum Opfer gefallen. Sie war schon vor dem Unfall tot.«

»Wie bitte?«

»Und sie hatte sexuellen Kontakt.«

»Was wollen Sie mir damit sagen?«

»Wissen Sie, wer mit Lola intim geworden sein könnte? Vielleicht Ihr Sohn?«

»Quatsch! Das war ihr Vater, das weiß doch jeder. Der hat sie missbraucht und ist anschließend gegen einen Baum gefahren, weil er mit der Schuld nicht leben konnte.«

Es wundert Maja wenig, dass Staffansson ebenfalls diese gängige Meinung vertritt, die im Dorf kursiert. Es ist schließlich die Version, bei der keinen in Hultsjö irgendeine Schuld trifft.

»Wir haben den Beweis, dass es nicht der Vater war. Sie können also aufhören, Ihre Lügen zu verbreiten.«

»Meine Lügen?« Staffansson stiert sie an.

»Ja, Sie schicken doch Ihre Leute aus, um Unwahrheiten zu verbreiten, oder nicht? Die über Ture Dahlberg und Frau Nowak zum Beispiel.«

»Hat der alte Mistkerl das etwa behauptet? Das glaub ich ja nicht! Ihn sollten Sie verhören anstatt mich. Er hat Dreck am Stecken und will mich in Misskredit bringen. Dabei hat er unsere Louise erschossen und mich mit einer Waffe bedroht.«

Maja runzelt die Stirn. »Wer ist Louise?«

»Die Katze meiner Frau. Eine graugetigerte Maine Coon. War ein teures Zuchttier.«

»Und Herr Dahlberg hat sie erschossen?«

»Ja, verdammt. Der erschießt alles, was sich auf sein

Grundstück verirrt. Unsere Louise aber, die hat er mit voller Absicht abgeknallt.«

»Haben Sie das bei der Polizei angezeigt?«

Staffansson lacht. »Als ob Ihre Leute sich dafür interessieren. Nein, das klären wir auf unsere Weise.«

Fragend zieht Maja eine Braue hoch, und Staffansson merkt, dass er sich gerade in Teufels Küche gebracht hat.

»Ach, Sie bringen mich völlig durcheinander.« Erneut greift er an sein Ohrläppchen. »Was ich sagen wollte, ist, dass wir das auf zivilisierte Art klären. Wir reden miteinander, wissen Sie, und dann ist alles wieder gut. Aber mit Dahlberg kann man nicht reden, das ist ja das Problem. Der alte Spinner hat mich mit seiner Flinte glatt vom Hof gejagt. Der ist gemeingefährlich. Dem sollten Sie besser die Lizenz entziehen. Ballert in seinen Wäldern herum wie ein Irrer. Fast jedes Wochenende ist der unterwegs, oder er verpachtet seinen Grund an ausländische Jäger. Dabei bekommt er Geld pro Abschuss. Macht einen ordentlichen Reibach damit. Mit *unserem* Wild.«

»Das darf er doch, oder? Für seinen Grund hat er das Jagdrecht inne.« Maja ruft sich in Erinnerung, was das schwedische Jagdgesetz in diesem Fall besagt. Darin heißt es, dass jeder Grundbesitzer mit mehr als fünf Hektar Land das Recht hat, dort die Jagd auszuüben. Wenn er es selbst nicht wahrnimmt, ist er berechtigt, die Jagd zu verpachten, sowohl an Schweden als auch an ausländische Jäger.

»Ja, verdammt«, stößt Staffansson ungehalten aus. »Aber Dahlberg soll uns was vom Wild übrig lassen. Dieser verteufelte Raffzahn!«

»Gehen Sie auf die Jagd?«

»Selbstverständlich. Das ist unsere Pflicht als Grundbesitzer.«

»Und verpachten Sie auch?

»Ja, aber nur an Schweden. Ich bin schließlich Patriot!«

Na klar, denkt Maja. »Also besitzen Sie ebenfalls Waffen?«

»Natürlich.«

»Und die benutzen Sie ausschließlich für die Jagd?« Maja lässt den Mann nicht aus den Augen.

»Was soll denn das schon wieder heißen? Selbstverständlich nutze ich die nur für die Jagd. Hören Sie, was hat das alles mit diesen Deutschen zu tun? Ich kann da keinen Zusammenhang erkennen. Ist das Mädchen etwa erschossen worden?«

»Dazu kann ich nichts sagen«, erwidert Maja absichtlich vage, selbst wenn sich die Gerichtsmedizin bei der Todesursache sicher ist.

Staffansson stößt einen abfälligen Laut aus. »Sie wollen mich provozieren. Sie und Ihre, wie heißt das noch, Forensik, Sie wissen das doch ganz genau.«

Maja will etwas entgegnen, da nimmt sie eine Bewegung hinterm Haus wahr. »Ach, sieh mal an. Ich dachte, Ihr Sohn sei nicht da? Warum läuft er dann zum See hinunter?«

Staffansson dreht sich abrupt um. »Dieser verdammte Nichtsnutz.«

Maja setzt sich in Gang, um Victor zu folgen, doch Staffansson stellt sich ihr in den Weg.

»Wo wollen Sie hin?«

»Na, Ihren Sohn befragen.«

»Ich hatte Ihnen doch gesagt, dass ich das nicht will.«

Maja ignoriert den Einwand und marschiert mit Jokke an ihm vorbei. Über den gut gewässerten Rasen stapfen sie hinunter zum Seeufer, wo ein Pavillon und ein Steg mit zwei vertäuten Booten zu sehen ist. Von Victor jedoch keine Spur. Suchend blickt Maja sich um, Staffanssons drohende Präsenz direkt hinter sich spürend.

»Hören Sie, das ist Hausfriedensbruch! Sie haben kein Recht, einfach …«

Maja tut so, als habe sie Staffansson nicht gehört, und ruft nach Victor. Oben auf der Terrasse steht eine ältere Frau mit blondierten Haaren und schicker Kleidung und beobachtet sie. Es ist Frau Staffansson – oder Maj-Britt, die »Zicke«.

»Hey, Victor«, versucht Maja es erneut. »Wir wollen gerne mit dir reden.«

»Victor, hör nicht auf sie. Du musst nicht mit der Polizei sprechen!«, hält sein Vater dagegen.

Plötzlich taucht der Junge hinter dem Pavillon auf. Verlegen streicht er sich die Haarfransen aus dem Gesicht. »Was ist denn los?«, fragt er mit leiser Stimme.

»Victor, verdammt. Ich hab dir gesagt, du sollst …« Staffansson hält inne, scheint sich zu besinnen und schlägt einen milderen Ton an. »Hör mal, du musst denen nichts erzählen. Die Polizei ist bloß gekommen, weil sie uns schikanieren will.«

Der Blick des Jungen huscht von seinem Vater zu Maja, und ihr fällt auf, dass er trotz des herrlichen Sommerwetters blass und kränklich wirkt. Tiefe Ringe liegen unter seinen Augen, die eine verräterische Röte aufweisen. Hat Victor vor Kurzem geweint? Sie erinnert sich an die Worte von Susanne Nygård, dass der Junge angeblich an Schwermut leide. Sicher meinte sie Depressionen. Doch so etwas würde man hier im Ort natürlich nicht laut aussprechen.

»Victor«, sagt Maja sanft und geht einen Schritt auf ihn zu. »Ich bin Maja Lövgren und will …«

»Bitte nennen Sie mich Viggo.«

Maja hört ein Schnauben des Vaters und gibt sich Mühe, diesen auszublenden, da er das Gespräch bewusst zu stören versucht.

»Okay, Viggo. Ich würde gerne wissen, ob du das deutsche Mädchen kennst, Lola Nowak. Hast du dich mal mit ihr getroffen? Sie ist 15 und hat mit ihren Eltern den Urlaub in Hultsjö verbracht. Hier ist ein Bild von ihr.« Maja hält ihr Handy hoch und beobachtet Victor dabei genau. Er fährt sich mit der Hand an sein Ohrläppchen, was eine bei den Staffanssons vererbte Verlegenheitsgeste zu sein scheint. »Seid ihr euch mal begegnet?«

»Nicht wirklich«, antwortet er ausweichend.

»Es gibt einen Zeugen, der dich mir ihr gesehen hat. Dich und die anderen Jungs.«

»Kann sein, dass ich kurz dabei war. Aber geredet hab ich nicht mit ihr.« Victor schaut wie beiläufig über Majas Schulter hinweg zum Haus hinauf. Ob seine Mutter dort noch auf der Terrasse steht?

»Dann hattest du also keinen sexuellen Kontakt zu ihr?«, bohrt Maja weiter.

Viggo blinzelt erschrocken. »Nein!«

»Und deine Freunde? Hatte einer von ihnen was mit Lola?«

»Keine Ahnung.«

»Würdest du mir ihre Namen und Adressen geben, damit wir sie selbst befragen können?«

Victor sieht scheu zu seinem Vater, der zustimmend nickt. Erst danach beginnt er, die Namen aufzuzählen, es sind fünf. Natürlich ist dieser Oscar mit dabei. Maja überlegt, ob sie Tom anrufen soll, damit er den Jungen übernehme, denn sie befürchtet, dass Victor seine Freunde warnen könnte, sobald sie weg sind. Sie wählt Toms Nummer, doch nach dem sechsten Klingeln geht nur seine Mobilbox dran. Mist.

»Sind Sie endlich fertig?«, fragt Herr Staffansson schroff.

»Noch nicht.« Maja wendet sich an Victor. »Würdest du mir mal dein Handy zeigen?«

»Das wird er nicht tun!«, ruft Staffansson und geht einen Schritt auf sie zu. »Er steht nicht unter Verdacht. Genauso wenig wie ich. Ich denke, die Befragung ist hiermit beendet.

Sie sind sowieso schon viel zu weit gegangen. Schicken Sie mir Ihre Vorladung, und ich komme zu Ihnen aufs Revier. Aber jetzt verlassen Sie mein Grundstück!«

»Warst du jemals am Haus der Nowaks?«, fragt Maja an Victor gewandt weiter.

»Ich sagte: Gehen Sie!«

»Viggo, du kannst uns helfen, das Verbrechen aufzuklären.«

Unvermittelt stellt sich Staffansson zwischen sie und seinen Sohn und blockiert ihre Sicht. »Verschwinden Sie. Sofort!«, zischt er.

Kurz überlegt Maja, ihn wegen Behinderung einer Befragung festzunehmen, aber sie besinnt sich. Der Junge ist erst 16, und der Vater hat das Recht, sich schützend vor ihn zu stellen. Ein Dorf voller Löweneltern, denkt sie und lenkt widerwillig ein. »Hier ist meine Karte. Rufen Sie mich an, falls Ihnen etwas einfällt. Auch du, Viggo, kannst uns jederzeit anrufen, denn freiwillig darfst du uns alles erzählen.« Sie sieht den Jungen eindringlich an, der ihrem Blick jedoch ausweicht. Danach verabschiedet sie sich von Vater und Sohn und geht zusammen mit Jokke den Hang hinauf. Die Frau auf der Terrasse hat die Arme vor der Brust verschränkt, als sei ihr trotz Hitze kalt. Aus ihrer ganzen Haltung spricht Besorgnis.

Als sie den Kiesweg erreichen, hört Maja hinter sich einen klatschenden Laut. Sie dreht sich um und beobachtet, wie Victor auf den Steg rennt, in ein Boot springt und ablegt. Von hier oben kann sie seine Miene nicht sehen, aber seine ruckartigen Bewegungen lassen blanke Verzweiflung erkennen. Als wolle er vor etwas fliehen.

Sein Vater wirkt starr und unnachgiebig. Mit den Rücken zu ihnen steht er am Ufer und blickt seinem Sohn nach.

39

»Das Vorhängeschloss ist nicht von Ihnen, oder?«, fragt Skagen den Bauern.

»Nein, ich war schon ewig nicht mehr hier«, antwortet Dahlberg. »Zu lange, wie mir scheint.«

»Haben Sie was dagegen, wenn ich die Tür eintrete?«

»Überhaupt nicht. Bitte, ich bin selbst gespannt, was da drin ist.«

Skagen stellt sich vor den Eingang zum Erdkeller, drückt probeweise dagegen. Er ist fest verschlossen und wirkt stabil. »Frau Nowak? Sind Sie da drinnen?«, ruft er laut, doch es kommt keine Antwort.

Skagen wechselt einen Blick mit Bo Håkansson, dann hebt er einen Fuß, nimmt Maß und rammt ihn gegen das Holz. Es knackt, und der angeschraubte Metallriegel gibt nach. Ein zweiter Tritt, und die Tür fliegt auf. Skagen bückt sich und kriecht geduckt in den niedrigen Raum. Es riecht nach Erde und … etwas Chemischem.

Als er registriert, was es ist, stößt er einen lauten Fluch aus: »Verdammt!«

»Was ist?«, hört er Bo Håkansson von draußen fragen.

Skagen verlässt den Erdkeller, und der Hundeführer wirft selbst einen Blick in das Loch.

»Oha!«, stößt er aus, während Dahlberg neugierig den Hals reckt.

»Schnaps!«, sagt Skagen.

Dahlberg hebt verwundert die Brauen. »Schnaps?«

»Jep. Gleich mehrere Plastikkanister voll. Schätze, wir haben ein Schwarzbrennerlager ausgehoben.«

Der Hundeführer wedelt mit der Hand vor seiner Nase. »Muss ziemlich hochprozentiger Hembränd sein. Kein Wunder, dass Rocko sich davon hat anlocken lassen. Er wird nämlich manchmal eingesetzt, um geheime Alkohollager auffliegen zu lassen.« Bo kniet sich neben seinen Hund, der im Gras liegt, und streichelt ihn. »Das hast du fein gemacht!«

Dahlberg zeigt auf den Keller. »Das da ist aber nicht von mir. Nicht, dass Sie das jetzt denken!«

»Keine Sorge, wem das Zeug gehört, werden die Kollegen von der Rauschgiftabteilung und vom Zoll feststellen. Fahrlässige Körperverletzung kommt wegen der nicht ordnungsgemäß aufgestellten Fallen noch obendrauf. Offensichtlich wurden die mit voller Absicht vor dem Keller platziert, um Neugierige fernzuhalten. Ziemlich mies«, sagt Skagen. »Aber das ist nicht unsere Baustelle. Tina Nowak ist nicht hier. Damit stehen wir wieder bei null.« Dieser Misserfolg deprimiert ihn, und mit hängenden Schultern wendet sich Skagen ab. Er will zurück zu den Autos und raus aus diesem Wald.

Als sie am Haus der Nowaks ankommen, erstatten Skagen und Håkansson erst einmal Göran Bericht. Dabei knackt das Funkgerät des Ermittlungsleiters ununterbrochen. Die Suche ist noch in vollem Gang. Auch hier scheint kein Erfolg in Sicht zu sein.

»Gibt es in dem Waldgebiet noch andere solcher Gebäude?«, hakt Göran nach, als Skagen geendet hat.

»Laut Dahlbergs Angaben nicht, zumindest nicht auf seinem Land. Leider gibt auch Google Maps nicht viel her. Die Auflösung ist zu grob. Wir bräuchten eine detailliertere Satellitenkarte.«

»Die gibt es bei der schwedischen Forstbehörde. Ich werde sie gleich anfordern.«

»Gut. Wo sind Maja und Joakim?«, will Skagen wissen.

»Die klappern sämtliche Jugendliche ab, die vom Altersprofil her passen. Jetzt, da der Vater als Mörder von Lola aus dem Rennen ist, müssen wir uns auf das Dorf konzentrieren.«

»Dabei sollten wir bedenken, dass unser Unbekannter womöglich einen Führerschein besitzt oder zumindest Autofahren kann.«

»Wieso?«

»Das ergibt die Spurenlage im Wald bei dem Stein.«

»Okay, ich werde alle darüber in Kenntnis setzen und Maja Bescheid geben, dass sie die Jungen danach fragt.«

Skagen nickt und wischt sich den Schweiß von der Stirn. Die Sonne hat beinahe ihren Zenit erreicht und brennt gnadenlos auf sie herab. Das Haus der Nowaks liegt verlassen auf seiner Lichtung, mit all seiner Schäbigkeit, die im gleißenden Licht deutlich zutage tritt: die abgeplatzte Farbe, das marode Holz, das moosige Dach, der verlotterte Garten. Und doch war es der wahr gewordene Traum einer Familie, die es kaufte, um in Schweden eine schöne Zeit zu verbringen. Nun sieht es aus, als trauere das Haus um seine kurzzeitigen Bewohner und deren verlorenen Traum.

Skagen beißt sich auf die Unterlippe. Es macht ihn unglücklich, dass sie Tina nicht finden können. Nach dem Misserfolg bei dem verlassenen Haus müssen sie völlig neu ansetzen. Nur wo?

»Ich fahr dann jetzt«, ruft Bo Håkansson zu ihnen herüber. Er will auf Nummer sicher gehen und Rocko vom Tierarzt untersuchen lassen. Skagen versteht seine Sorge und hofft, dass der Hund morgen wieder einsatzfähig sein würde. Mit Rocko haben sie einfach bessere Chancen, Tina zu finden.

Und wer weiß, ob sie so schnell einen neuen Hund bekommen können.

Er sieht Håkanssons Wagen hinterher und fragt sich, was er tun soll. Maja und Joakim bei der Befragung im Dorf helfen? Nein, es wäre besser, wenn er vorerst unterm Radar bliebe. Noch wissen nur die Dahlbergs und deren Forstarbeiter Pål Svensson, dass er Polizist ist. Vielleicht bekäme er im Ort mehr zu hören, wenn er so täte, als sei er Tourist. Aber wo soll er anfangen? In der Pizzeria? Dort, wo alles zusammenläuft? Wo der Tratsch verbreitet wird? Ein bisschen unauffällig lauschen, das wäre eine gute Sache. Nebenbei könnte er seinen knurrenden Magen zur Ruhe bringen.

Mit dem Segen von Göran begibt er sich auf den Weg nach Hultsjö und parkt seinen VW-Bus ein Stück abseits von »Melkers Pizza«. Trotzdem recken sich bei dem Anblick des markant lackierten Bullis einige Köpfe über die Balustrade der Restaurantterrasse.

Skagen bleibt zunächst im Wagen sitzen und wählt die Nummer von den Nachbarn der Nowaks in Hamburg. Leider geht immer noch keiner dran. Er lässt das Telefon sinken. Verdammt! Warum kommt er auf keiner der Ebenen weiter? Das ist doch wie verhext! Vielleicht sollte er Kaisa bitten, bei den Prenzels vorbeizufahren? Sie könnte Mutter und Tochter ein paar Fragen stellen.

Mit einem Kopfschütteln verwirft Skagen diese Option. Das geht auf keinen Fall, denn dadurch würde Jette alles erfahren. Dann wäre er seinen Job los. So einfach ist das. Also muss er es weiter allein durchziehen – oder sich überwinden und Göran und Maja endlich alles sagen.

Mit dem Wissen, unvernünftig zu handeln, betritt Skagen wenig später das Restaurant. Er würde Göran erst aufklären, wenn sie Tina Nowak gefunden hätten. Etwas anderes lässt sein Pflichtgefühl gegenüber der schwerverletzten Ronja nicht zu, die im Krankenhaus liegt und nichts von der Tragödie ahnt. Skagen will dafür sorgen, dass wenigstens ihre Mutter wieder da ist, wenn sie aus dem Koma aufwacht.

Während ihm der glühende Ofen in der Pizzeria das Gefühl vermittelt, direkt in Jettes Hölle gelandet zu sein, bestellt er am Tresen eine Pizza mit mariniertem Rindfleisch, Pilzen und Sauce Bernaise, wobei er bewusst Englisch mit deutschem Akzent spricht. Danach setzt er sich zu den anderen Gästen auf die Terrasse und sagt laut »Thank you« zu dem Pizzabäcker, der ihm sein alkoholfreies Bier bringt. Die anderen gucken zwar neugierig, reden jedoch unbefangen weiter, in dem Glauben, er verstehe kein Schwedisch. Skagen nippt an dem kalten Getränk und freut sich über das Prickeln in seiner ausgedörrten Kehle, während er den Gesprächen um sich herum lauscht. Sie drehen sich hauptsächlich um die außer Kontrolle geratenen Waldbrände im Norden des Landes und die steigende Feuergefahr in Hultsjö, und natürlich um *das* Ereignis im Ort: der prügelnde deutsche Familienvater und der tragische Tod der ganzen Familie.

Der *ganzen* Familie? Wie kommen die darauf? Ist das reine Spekulation oder kollektive Schlussfolgerung aufgrund der Tatsache, dass Tina Nowak seit mehreren Tagen verschwunden ist? Ist ihr Tod wirklich die einzige mögliche Erklärung dafür? Skagen unterdrückt ein Schaudern und hofft, dass es nicht so ist. Dass der Typ, mit dem Tina in den Wald gefahren ist, sie nicht umgebracht und dort irgendwo verscharrt hat.

Seine Pizza wird serviert, und ohne großen Appetit beginnt er zu essen. Dabei konzentriert er sich weiter auf die Unterhaltungen an den Nachbartischen. Ein älteres Ehepaar verabschiedet sich und verlässt das Restaurant. Dafür betreten drei Jugendliche die Terrasse. Skagens Puls beschleunigt

sich. Er trinkt einen Schluck Bier und schielt zu ihnen hinüber. Die drei Jungen grüßen jemanden im Vorbeigehen, setzen sich laut lachend hin und unterhalten sich über Serien.
Ob »Game of Thrones« besser ist als »The Walking Dead«.
Nun, dazu hat Skagen seine eigene Meinung.

Als sie kurz darauf das Thema wechseln, werden ihre Stimmen leiser und ihre Gesten verhaltener.

»Die war eh nicht ganz richtig in der Birne, die Mutter«,
sagt ein schlaksiger Junge mit Adidas-Shirt, dem eine blonde
Strähne ins Gesicht hängt.

»Stimmt. Aber krass ist die Sache schon. Alter, ich kann
nicht glauben, dass sie wirklich tot ist. Scheiße. Du etwa,
Patrik?«

»Nein, Mann«, antwortet der dunkelhaarige Junge knapp.

»Meine Mutter meint, sie ist froh, dass das Flittchen weg
ist«, fährt der mit dem Adidas-Shirt fort.

»Mann, Oscar! Hat deine Mutter 'ne Macke? So was sagt
man doch nicht. Man soll nicht froh sein, dass jemand tot
ist. Lola hat ihr schließlich nichts getan.«

Lola, denkt Skagen. Die drei Jungs kannten sie also.

Der Blonde wirkt bedrückt. »Ich soll mit niemandem über
sie reden, hat meine Mutter verlangt. Erst recht nicht mit
der Polizei. Die fragen überall herum. Wollen wissen, wer
mit Lola zu tun hatte. Waren sie auch bei euch?«

Die beiden anderen schütteln den Kopf. »Meinst du, die
kommen noch?«

Oscar zuckt mit den Schultern. »Besser, wir halten alle
die Schnauze.«

»Und was ist mit Viggo?«, fragt der Dritte, der eine lang-
haarige Surferfrisur trägt.

»Mann, Sigge, bist du blöd? Der quatscht bestimmt nicht.
Schon wegen seinem Vater. Der hasst Ausländer. Außerdem
hat er Angst vor Valle.«

Alle nicken andächtig. Ihre Pizzen werden gebracht, und gierig beißen die Jungen in die abgeschnittenen Stücke.

»Sollten wir nicht vielleicht doch was sagen?«, nuschelt Sigge kauend, sodass Skagen ihn kaum versteht. »Ich meine, der Polizei helfen. Das wäre sicher gut, oder nicht?«

»Bist du bescheuert? Auf keinen Fall. Das gibt nur Ärger. Denk mal lieber daran, wie dein Alter reagieren würde? Der arbeitet schließlich für Viggos Vater.«

»Ja, schon …« Sigge nickt.

»Die Bullen machen uns die Hölle heiß, wenn die das mit unserer Wette rausfinden. Also, Klappe halten!«, beschwört Oscar seine Freunde. In diesem Moment klingelt sein Telefon, und er geht dran. Er hört eine Weile zu und wird schlagartig bleich.

»Fuck«, sagt er schließlich und lässt das Handy sinken.

»Was denn?«, fragt Patrik.

»Die Polizei war eben bei meiner Mutter. Sie suchen nach mir.« Sein Adamsapfel ruckt auf und ab. »Die sagen, einer von uns hätte etwas gemacht. Mit ihr.«

»Mit wem?«

»Mit Lola.«

»Hä, kapier ich nicht. Was denn? Was sollen wir gemacht haben?«

Skagen registriert, wie zwei Männer am Nachbartisch mit dem Essen innehalten und ebenfalls mithören. Die drei Jungen tuscheln immer aufgeregter.

»Ey, jetzt sag schon, Oscar. Was sollen wir gemacht haben?«

»Sie sagen, dass Lola … dass jemand sie vergewaltigt hat, bevor sie umgebracht wurde.«

Vergewaltigt? So hat das sicher keiner seiner schwedischen Kollegen ausgedrückt, denkt Skagen. Oder doch? Um nicht aufzufallen, steckt er sich einen Bissen Pizza in den

Mund. Wahrscheinlich ist das wieder eine dieser Übertreibungen, wie sie durch die Stille Post entstehen. Oder es hat sich jemand verplappert.

»Bist du sicher?« Auf Patriks Miene tritt Überraschung, die Reaktion des dritten Jungen kann Skagen nicht sehen, bis auf dass seine Hand mit der Pizza wie erstarrt vorm Mund in der Luft hängt. »Aber ich hab doch gar nichts gemacht.«

»Bleib ruhig, Mann«, zischt Oscar.

»Ich hab nix gemacht. Scheiße, glaubst du das etwa?«

»Nein, Mann, du …«

Unvermittelt steht einer der Männer vom Nachbartisch auf, geht zu den Jungen und beugt sich zu ihnen hinab. »Jetzt ist gut«, hört Skagen ihn warnend flüstern. »Ihr haltet von nun an den Mund, klar?«

Die drei Jungen verstummen und gucken betreten auf ihre Teller.

»Na, was ist?«, fragt der Mann. Skagen ist ihm in Hultsjö noch nicht begegnet, aber das will nichts heißen.

»Äh, ja. Wir haben verstanden«, sagt Oscar, ohne den Blick zu heben.

»Gut!« Der Mann kehrt an seinen Tisch zurück, dabei sieht er kurz zu Skagen rüber. Auf seinem Gesicht liegt ein Ausdruck, der einer Warnung nahekommt. Okay, denkt Skagen, besser, ich haue jetzt ab. Er begibt sich nach drinnen, wo er am Tresen bezahlt und sich in unbeholfenem Englisch bei Melker für die leckere Pizza bedankt.

Draußen auf dem Parkplatz zählt er ein paar mehr Autos als vorhin. Skagen will seinen Bus aufschließen, da hält ein staubiger Jeep neben ihm und die Türen werden aufgestoßen.

Ein stark übergewichtiger Typ steigt aus und baut sich mit finsterer Miene vor ihm auf. Er trägt grüne Waldarbeiterkluft und hat vier Kollegen von sich im Schlepptau. Die Kerle blicken ihn ebenso unfreundlich an wie ihr Frontmann.

»Can I help you?«, fragt Skagen bemüht unbekümmert und wappnet sich innerlich.

Der Dicke glotzt ihn an, plötzlich verziehen sich seine Lippen zu einem feisten Grinsen. »Nice car!«

»Oh!«, gibt Skagen erleichtert von sich. »Thank you.«

Der Dicke nickt und geht zusammen mit den anderen Kerlen in Richtung Restaurant davon.

»Mann, Fredde. Wieso redest du mit dem?«, hört Skagen einen von ihnen dabei auf Schwedisch sagen.

»Was denn?«, antwortet der Dicke. »Ist doch ein cooles Auto, oder nicht?«

»Aber wir reden nicht mit Scheißtouristen! Deine Worte, Fredde. Deine verdammten Worte.« Und damit verschwinden die fünf Typen im Lokal.

Skagen, der sich seinen Teil denkt, öffnet die Tür seines VW-Busses. Drinnen ist es viel zu heiß, deshalb stellt er sich erst einmal neben den Wagen und ruft Maja an.

»Hej, Tom. Wie läuft's bei dir?«, fragt sie.

»Mäßig«, entgegnet er und berichtet von den drei Jugendlichen in der Pizzeria, dass er sie belauscht hat und es den Anschein erweckt, als würden sie Lola Nowak kennen.

»Super. Die suchen wir schon die ganze Zeit«, ruft Maja aus. »Sind sie noch da?«

»Ja. Aber sag mal, hast du jemandem im Dorf erzählt, dass Lola vergewaltigt wurde?«

»Nein. Ich habe bei den Befragungen lediglich von sexuellem Kontakt gesprochen. Warum?«

»Na, weil hier alle von Vergewaltigung reden.«

»Auch die Jungen?«

Als Skagen das bestätigt, wird Maja unruhig. »Okay, behalt die drei gut im Auge. Wir kommen sofort vorbei und knöpfen sie uns vor.«

Skagen verabschiedet sich von Maja und sieht hinüber

zur Veranda des Restaurants. Die Jungen hocken auf ihren Plätzen und essen. Hinter ihnen haben die fünf Waldarbeiter Platz genommen.

Plötzlich biegt ein verbeulter weißer Volvo auf dem Parkplatz ein. Zwei junge Männer im Rockabillystyle steigen aus. Hochgeföhnte Haare, weiße T-Shirts, karierte Hemden und aufgekrempelte Jeans über den Workerboots. Dazu noch überbordendes Selbstbewusstsein, das aus ihrem lässigen Gehabe spricht. Skagen mustert sie interessiert. Wer sind die beiden? Auf jeden Fall passen sie in das Altersprofil – *und* sie haben ein Auto.

Die zwei nehmen kaum Notiz von ihm und verschwinden im Supermarkt. Ob sie aus Hultsjö stammen? Unauffällig wirft Skagen einen Blick in das Innere des Volvos. Er ist reichlich zugemüllt, aber sonst kann er nichts entdecken, was auf Tina oder Lola hindeutet. Vorsichtshalber schreibt er sich das Nummernschild auf und will gerade den Block wegstecken, da rollt ein Polizeibus auf den Parkplatz. Er hält vor »Melkers Pizza«, und Maja und Joakim steigen aus. Sie richten ihre Ausrüstung, sehen sich kurz um und steigen dann die Stufen zum Restaurant hinauf. Plötzlich entsteht Unruhe auf der Terrasse, einer der Waldarbeiter brüllt etwas, zwei von ihnen sind aufgestanden und scheinen Maja und Jokke den Weg verstellen zu wollen. Einen Augenblick später springt einer der Jungen über die Balustrade und rennt die Straße hinter dem Restaurant zum Waldrand hinauf.

Es ist dieser Oscar.

40

In der Woche davor

Lola würdigt ihre Eltern keines Blickes, während sie so tut, als esse sie ihren Toast mit Appetit. Sie vermeidet es, ins Wohnzimmer zu sehen, denn da ist alles total durcheinander, nachdem ihr Vater die Wand zur Küche eingerissen hat. Überall liegen Holzsplitter und Staub herum. Die Möbel sind mit Folie abgedeckt. Und das soll gemütlich sein? Super Urlaub!

Auf dem Platz neben ihr sitzt Ronja und löffelt schmatzend ihr Müsli. Milch läuft ihr Kinn hinab. Angewidert dreht Lola sich weg und versucht, an etwas anderes zu denken.

Nachher würde sie sich mit den Jungen aus dem Ort treffen. Das hatten sie gestern so ausgemacht. Und es ist ihr egal, was ihre Mutter davon hält. Sie würde gehen! Leider hat sie ihr Scheißhandy nicht finden können, obwohl sie heute Nacht alles durchsucht hat. Ihre Eltern müssen es gut versteckt haben, vielleicht ist es unter deren Matratze. Da hat sie natürlich nicht nachsehen können. Sie würde es später, wenn beide beschäftigt wären, noch mal versuchen.

Um ihre Laune zu retten, lenkt Lola ihre Gedanken zurück auf die schwedischen Jungs. Neben Oscar und Viggo ist da ein weiterer Typ, der sie fasziniert. Erst hat sie sich das nicht eingestehen wollen, denn bei ihm handelt es sich um den einen der beiden Rockabillys, die sie gestern so doof von ihrem Auto aus angelabert haben. Kris und Valle, zwei

Brüder, wobei Letzterer ihr besser gefällt, weil er älter ist und schon fahren darf. Jedenfalls gehören sie zu der Crew und sind dort voll krass anerkannt. Sie waren supernett zu ihr und haben sich sogar für ihre Anmache entschuldigt.

Lola trinkt ihren Tee aus und steht auf.

»Wo willst du hin?«, fragt ihre Mutter.

»Mein Geschirr wegräumen? Ist das jetzt auch verboten?«

»Nein, aber vorher wollen dein Vater und ich uns mit dir unterhalten. Über die verschwundenen 500 Kronen.«

Mist, sie haben es gemerkt. Lola erstarrt. Nun guckt Ronja sie ebenfalls neugierig an.

»Du warst an meinem Geldbeutel«, sagt ihr Vater.

»Nein, war ich nicht«, antwortet Lola mit unschuldiger Miene.

»Wer soll es denn sonst gewesen sein?«

Lola zuckt mit den Schultern. »Weiß nicht. Ronja vielleicht?«

»Lügen sind hässlich!«, sagt ihre Mutter. Sie holt etwas unter dem Tisch hervor und hält es Lola unter die Nase. Es sind die restlichen Scheine, die von den 500 Kronen übrig geblieben sind. »Das habe ich in deiner Hosentasche entdeckt.«

Lola wird blass. Allerdings nicht wegen des Geldes. Hat ihre Mutter etwa auch das andere gefunden? Hoffentlich nicht. Plötzlich wird sie wütend.

»Was fällt dir ein, in meinen Klamotten rumzuwühlen?« Sie wirft den Teller, den sie in der Hand gehalten hat, auf den Tisch zurück, sodass es scheppert.

»Lola! Was soll das? Warum stiehlst du Papa Geld aus dem Portemonnaie und lügst uns an?«

»Weil ihr …« Lola versagt die Stimme, der Zorn schnürt ihr die Kehle zu. Mit bebenden Lippen starrt sie ihre Eltern an, in diesem Moment hätte sie beide schlagen können.

»Du musst uns einfach nur fragen, Lola«, lenkt ihre Mutter ein. »Dann hätten wir dir etwas gegeben.«

»Fragen, pah! Das letzte Mal, als ich euch was gefragt habe, habt ihr es mir nicht erlaubt. Aber Ronja, die darf alles, weil sie ja so etwas Besonderes ist. Sie ...«

»Ich bin ein Trollkind«, sagt Ronja stolz.

Lola bedenkt ihre kleine Schwester mit einem giftigen Blick. »Nein, du bist kein Trollkind, du bist eine scheißbehinderte Kackbratze. Kapier das endlich!«

»Lola! Hör auf!«

»Ach, haltet doch die Fresse«, schreit Lola ihrer Mutter ins Gesicht. Ihre Hände sind zu Fäusten geballt. Sie fühlt, wie die Nägel sich in ihre Handballen graben. Die heiße Sonne pulsiert heftig in ihrem Bauch. Sie will aus ihr heraus, will zerstören.

Bevor jemand etwas sagen kann, ergreift Lola die Flucht.

»Ewig davonzulaufen wird dir auf Dauer auch nicht helfen, Fräulein«, ruft ihr Vater ihr hinterher.

»Fickt euch!«, keift sie zurück und schließt ihre Zimmertür ab. Schnell durchsucht sie ihre Hose und findet, wonach sie sucht. Erleichtert atmet sie auf, ihre Mutter hat das Kondom nicht entdeckt. Lola hat es von Jenny bekommen. »Du musst für alles bereit sein«, hat Jenny gesagt, als sie es ihr zugesteckt hat. »Schließlich kann dir jederzeit dein Traumtyp über den Weg laufen.«

Lola lässt das Kondom in der Tasche ihrer Shorts verschwinden und zieht sich für das Treffen mit den Jungs ihren Bikini unter die Klamotten. Anschließend späht sie durch den Türspalt. Niemand ist zu sehen. Rasch schlüpft Lola ins Bad, wo sie sich schminkt. Schwarze Mascara und Lippenstift, das ist das Mindeste, ohne geht sie nicht aus dem Haus. Sie guckt auf ihre Nägel, der Lack ist noch gut, obwohl sie langsam mal eine andere Farbe auftragen könnte. Noch einmal kontrolliert sie ihr Make-up, macht einen Kussmund. Nice!

Ihr Blick fällt auf die Schere, die auf der Ablage über dem Waschbecken liegt. Sie ist spitz und schön scharf. Lola nimmt sie in die Hand, lässt sie auf- und zuschnappen. Eine Idee formt sich in ihr. Sie könnte Ronja überreden, mit ihr Frisörsalon zu spielen, und der kleinen Kröte einen richtigen Scheißschnitt verpassen. Aber so, dass es aussähe, als wäre sie es selbst gewesen. Dann würde Ronja endlich mal Ärger bekommen und nicht immer nur sie.

Lola verharrt nachdenklich. Schließlich legt sie die Schere wieder weg. Stattdessen greift sie nach der Zahnbürste ihrer Mutter, geht damit zum Klo und taucht sie ins Wasser.

»Geschieht dir recht, Schlampe!« Lola stellt die Zahnbürste zurück ins Glas, öffnet leise die Tür und schleicht durch den Flur.

»He, Lola. Wo willst du hin?« Das ist ihr Vater. »Warte!«

Lola hört nicht auf ihn. Sie wirft die Haustür hinter sich zu und läuft zum Schotterweg hinüber, der zur Landstraße führt.

»Lola«, brüllt ihr Vater hinter ihr her. »Bleib stehen!«

Einen Teufel werde ich tun. Ich lasse mir von euch nicht den Tag verderben!

Atemlos erreicht sie die Straße und rennt Richtung Hultsjö. Hoffentlich kommt ihr Vater nicht auf die dumme Idee, ihr hinterherzufahren. Das wäre oberpeinlich. Anrufen können ihre Eltern sie ja zum Glück nicht. Selbst schuld, wenn sie ihr das Handy wegnehmen.

Als Lola den Supermarkt erreicht, ist niemand da. Allerdings ist sie auch eine halbe Stunde zu früh dran. Sollte ihr Vater hier auftauchen, würde sie sich verstecken. Tatsächlich biegt kaum, dass sie das gedacht hat, der rote Volvo um die Ecke. Gerade rechtzeitig kann Lola in den Supermarkt fliehen, und sie lugt durch die Ladentür nach draußen. Ihr Vater kurvt mit dem Familienauto einmal über den Parkplatz, bleibt für einige Augenblicke unschlüssig stehen und verschwindet schließlich wieder. Lola dreht sich um und entdeckt den Kassierer. Fragend glotzt er sie an. Ohne etwas zu sagen, will sie aus dem Laden laufen, da prallt sie mit jemandem zusammen. Im ersten Moment fürchtet sie, es ist ihr Vater, der sie reingelegt hat, aber es ist ein fetter Kerl in grüner Arbeitskleidung.

»Heja!«, ruft er ungehalten und starrt sie aus tiefliegenden Augen an. »Se upp, flicka!«

Irgendetwas an ihm jagt ihr einen Schauer über den Rücken. Wahrscheinlich weil er nach Schweiß stinkt und sie ansieht, als würde er sich gleich auf sie stürzen. Wortlos rennt sie an ihm vorbei, während der Typ ihr laut hinterherschnalzt. Draußen steht der verbeulte Wagen von Kris und Valle. Erleichtert springt sie auf den Rücksitz.

»Hey!«, ruft Valle. »Alles fit?«

Lola schlägt die Autotür zu, streicht sich die Haare aus dem Gesicht und grinst. »Klar doch! Und ihr so?«

Keine fünf Minuten später sind sie auf dem Weg zum See. Neben Lola haben sich Oscar, Sigge und Patrik auf den Rücksitz gequetscht. Viggo will mit seinem neuen Roller zu ihnen stoßen.

»Vermutlich muss er sich wieder von zu Hause wegschleichen«, sagt Oscar und lacht.

»Wieso?«, fragt Lola, die den Fahrtwind in ihrem Gesicht genießt und die Nähe zu Oscar neben sich. Heute trägt er eine schwarze Trainingshose von Hummel und ein Shirt mit dem Schriftzug »New York« darauf. Ob er schon mal dort war? Vielleicht kommt man aus diesem Kaff ja doch mal raus.

»Na, weil sein Alter ein Arschloch ist«, entgegnet Oscar, und Valle und Kris, die vorn sitzen, nicken.

»Musst nämlich wissen, dass unser Viggo von piekfeiner Herkunft ist«, sagt Valle. »Seine Familie ist scheißreich. Denen gehört hier fast alles. Na ja, zumindest die eine Hälfte von Hultsjö. Die andere gehört dem Penner Dahlberg.«

Viggo und reich?, denkt Lola. Wenn die Familie so viel Geld hat, warum lebt sie dann mitten im ödesten Nichts? Das soll mal einer kapieren.

Sie will etwas fragen, da fühlt sie, wie sich Oscars Arm auf die Lehne hinter ihrem Rücken legt und sie leicht berührt. Schlagartig schießt ihr Hitze durch den Körper.

»He, Oscar?«, ruft Valle mit Blick in den Rückspiegel. Er hält das Steuer des Wagens lässig in einer Hand, während die andere im offenen Fenster liegt.

»Was ist?« Oscar verzieht unschuldig das Gesicht.

»Lass die Finger von unserer Lady. Wir haben schließlich Manieren, nicht wahr?«

Alle lachen laut. Dann verschwindet der Arm hinter Lola, was sie schade findet. Aber der Tag hat ja gerade erst begonnen.

41

»Oscar. Bleib stehen.« Maja hechtet über das Geländer der Terrasse und ruft Joakim zu, dass er bei den anderen im Restaurant bleiben soll. Mit den Händen ihre Ausrüstung am Gürtel festhaltend verfolgt sie den Jungen. Dabei fliegt ihr die Mütze vom Kopf, was sie vorerst ignoriert, jetzt gilt es, an dem Flüchtenden dranzubleiben. Er rennt etwa 50 Meter vor ihr die steile Straße hinter der Pizzeria hinauf, die an einer Handvoll Häuser vorbei in den Wald führt.

Maja keucht vor Anstrengung, dennoch beschleunigt sie. Sie weiß, dass sie gut im Dauerlauf ist, und wenn Oscar nicht regelmäßig trainiert, hat er keine Chance gegen sie. Außer er kennt ein gutes Versteck. Das scheint allerdings nicht der Fall zu sein, denn er läuft weiter mitten auf dem Weg und dreht sich hektisch zu ihr um.

»Mensch, Oscar! Das bringt doch nichts. Wir wissen, wo du wohnst. Willst du die Nacht etwa im Wald verbringen?« Maja holt Luft und setzt nach: »Meinst du, deine Mutter würde das gut finden?«

Das scheint zu wirken. Leider nicht so, wie Maja es erwartet hat. Oscar schlägt einen Haken und verschwindet zwischen den Bäumen. Es knackt ein paarmal, und als Maja die Stelle erreicht, sieht sie, wie Oscar sich mühsam durchs Unterholz kämpft.

Shit, denkt sie, jetzt muss ich auch da rein. Sie macht einen Satz über den kleinen Graben am Wegesrand und springt von einem umgesägten Baumstamm zum nächsten. Mit dieser Taktik ist sie schneller als Oscar, der ständig über Äste stolpert.

Anstatt weiter nach ihm zu rufen, spart Maja ihren Atem und konzentriert sich auf den tückischen Untergrund. Die »Mud Races«, an denen sie jeden Sommer mit ihrer besten Freundin Mette teilnimmt, bringen nicht nur Spaß, sondern zahlen sich nebenbei in Situationen wie diesen aus. Rasch holt sie auf.

Plötzlich schreit Oscar auf und fällt hin. Nach wenigen Schritten ist Maja bei ihm und packt ihn am Kragen seines T-Shirts.

»Au, mein Fuß«, jammert er. »Ich bin umgeknickt.«

»Hättest eben nicht wegrennen sollen.« Maja zieht ihre Handschellen aus der Halterung am Gürtel und zeigt sie Oscar. »Brauchen wir die, oder bist du bereit, so mit mir zu sprechen?«

»Mein Fuß tut weh. Rufen Sie einen Krankenwagen. Ich hab mir was gebrochen.«

»Der Einzige, der kommen wird, ist mein Kollege mit dem Polizeiwagen, wenn du nicht aufhörst, solch ein Theater zu machen. Also, was ist? Redest du?«

»Nein, ich muss ins Krankenhaus!«

Maja rollt genervt mit den Augen. Okay, Freundchen, dann eben anders. Sie lässt die Handschellen zuschnappen und zückt das Telefon. »Ich rufe deine Mutter an, die kann dich abholen und nach Karlskrona in die Notaufnahme bringen. Mit den Handschellen. Du bist vorerst festgenommen.«

»Was?« Irritiert blickt er auf.

»Hast schon richtig gehört.«

»Aber …«

»Kein Aber, du bist geflohen, das wirkt verdächtig. Also bleiben die Handschellen dran, bis du den Verdacht gegen dich entkräftet hast. Das kannst du am besten tun, indem du mit mir redest.«

»Ich hab nichts getan!«

»Ach, wirklich? Warum läufst du dann weg?« Maja sieht ihn durchdringend an. Ihr Atem hat sich bereits normalisiert, während Oscars Brustkorb sich noch immer hektisch hebt und senkt.

»Weil ich … ich hab nix gemacht. Ehrlich. Ich schwöre es. Ich habe Lola nicht vergewaltigt. Das müssen Sie mir glauben. Ich habe niemals gewollt, dass es so weit kommt.«

Maja runzelt die Stirn. »Dass was so weit kommt?«

»Na, dass sie stirbt.«

»Sie ist nicht nur gestorben, Oscar, womöglich wurde sie umgebracht. Getötet, verstehst du? Das ist ein Unterschied.«

»Ja, weiß ich.« Oscar beginnt zu schluchzen. »Das war doch bloß ein Spaß.«

»Was?«, fragt Maja scharf. »Was war ein Spaß?«

Der Junge schließt die Augen und lässt die Schultern hängen. Sein Schluchzen wird heftiger.

»Oscar! Was habt ihr gemacht?«

»Es war eine Wette. Eine dämlich Wette.«

»Was für eine Wette?« Maja packt Oscar am Kinn und zwingt ihn, sie anzusehen. Rotz und Wasser rinnen über sein Gesicht, die blonden Haare hängen ihm wirr in die Augen. »Verdammt, rück endlich raus damit.«

»Es war Valles Idee. Er hat damit angefangen. Wir haben gewettet, wer Lola … also, wer sie als Erstes rumkriegt.«

»Du meinst, mit ihr schläft?«

Oscar nickt beschämt.

»Wer hat alles mitgewettet?«, fragt Maja.

»Valle, Kris, Sigge, Patrik und ich.«

»Was ist mit Victor Staffansson? Der auch?«

»Nein, der nicht. Also, dabei war er schon, aber von der Wette wusste er nichts.«

»Und wer hat Lola am Ende rumgekriegt?«

Oscar zuckt mit den Schultern. »Ich weiß es nicht. Ich war es jedenfalls nicht. Vielleicht Valle, der kriegt sie am Ende alle.«

»Valle und wie weiter?«

»Vilhelm Egman. Er wohnt in Karlskrona, genau wie sein Bruder Krister. Beide sind oft in Hultsjö, sie gehören zu unserer Crew.«

Maja kennt den Namen. Er stand auf der Liste mit den Vorbestraften, die mal in der Gegend gewohnt haben. »Wann hast du Lola das letzte Mal gesehen und was ist da passiert?«

»Gar nichts ist da passiert. Wir waren am See baden.«

»Ihr alle?«

»Ja.«

»Wann war das?«

Oscar blickt an ihr vorbei in den Wald, als überlege er. »Letzte Woche Montag, glaube ich.«

»Danach bist du ihr wirklich nie wieder begegnet?«

»Nein, doch. Kann sein, wir sind uns bestimmt im Ort über den Weg gelaufen. Ach, ich weiß auch nicht mehr.«

»Bei eurem Treffen, da habt ihr sie nicht irgendwie herumgestoßen, weil ihr sie zu etwas zwingen wolltet? Und dabei ist sie unglücklich gestürzt? Oscar, wenn du jetzt zugibst, was wirklich passiert ist, kann ich ein gutes Wort für dich einlegen. Vielleicht war es nur ein Unfall. Hm?«

»Aber ich weiß nichts. Keine Ahnung, was mit ihr passiert ist.« Er schließt die Augen, Tränen quellen hervor. »Die arme Lola, sie tut mir so leid. Sie war wirklich nett.«

»Wer von euch kann alles Autofahren?«

Oscar sieht auf. »Warum wollen Sie das wissen?«

»Beantworte meine Frage.«

»Valle ist der Einzige. Er hat sogar ein eigenes Auto. Und Victor Staffansson kann auch fahren, aber der hat nur einen Mopedführerschein.«

»Was ist mit dem Rest? Ihr wisst doch auch, wie das geht, oder nicht? Ich meine, ohne Führerschein. Gib's zu, ihr alle durftet schon mal auf Feldwegen rumkurven. So läuft das doch auf dem Land.«

Oscar schweigt mit zusammengepressten Lippen, dann nickt er. »Wir alle können fahren.«

»Okay, Oscar.« Maja lässt von ihm ab, und er wischt sich mit den gefesselten Händen über das Gesicht. Aus einer Schramme am Unterarm läuft Blut. Einen Augenblick lang ist Maja versucht, es mit einem Taschentuch abzuwischen, um es in die Forensik zu geben, aber das wäre natürlich nicht der korrekte Weg.

»Würdest du einem DNA-Test zustimmen?«, fragt sie stattdessen.

Oscar wirkt unsicher.

»Das würde den Verdacht von dir nehmen«, versucht Maja, ihn zu überzeugen. »Genauso wie bei deinen Freunden, wenn du sie dazu überreden kannst.«

»Wird meine Mutter davon erfahren?«

»Da du nicht volljährig bist, ja.«

Oscar stößt einen leisen Fluch aus.

»Was ist denn mit deiner Mutter?«, hakt Maja nach. »Hast du Angst, du könntest Ärger kriegen? Aber wenn du nichts getan hast, brauchst du das nicht zu haben. Im Gegenteil, du kannst stolz darauf sein, uns geholfen zu haben.«

»Ach, Sie haben ja keine Ahnung. Natürlich werde ich Ärger bekommen. Die Leute hier mögen keine Fremden. Mir ist das egal, aber die anderen verstehen das nicht. Die sind alle so … voller Hass.«

»Deine Mutter auch?«

Oscar nickt.

Maja hat Mitleid mit ihm, doch in dieser Angelegenheit kann sie ihm nicht groß beistehen. Aus dem Sumpf von Rassismus und Vorurteilen, der im Dorf herrscht, muss er sich selbst befreien.

»Bis jetzt scheinst du mir nicht so zu sein wie deine Eltern. Das finde ich gut«, sagt sie vorsichtig. »Ich bin überzeugt, dass du es schaffen kannst, dich von dem, was sie denken, zu distanzieren.«

Oscar blickt still in den Wald.

»Was ist? Wirst du mir helfen?«

Der Junge schaut immer noch an ihr vorbei, doch dann nickt er langsam.

»Wirst du auch mit deinen Freunden sprechen? Wegen des Tests?«

»Ich kann es versuchen.«

Maja atmet tief durch. »Vielen Dank. Damit erleichterst du unsere Ermittlung wirklich sehr.«

Oscar presst die Kiefer aufeinander und verlagert seine Sitzposition, dabei verzieht er das Gesicht. Er scheint tatsächlich Schmerzen zu haben.

Maja beugt sich vor. »Komm, ich nehme dir die Handschellen ab.« Sie zückt den Schlüssel. »Lass uns zum Weg zurückgehen, und wir schauen dort, ob dein Fuß schlimm verletzt ist, okay?«

»Ja, okay.«

Oscar lässt sich auf die Beine ziehen, und Maja stützt ihn. Sie denkt an die anderen Jungen. Wenn die sich alle zu dem Test bereit erklärten, wären sie einen großen Schritt weiter. Nach dem Ausschlussverfahren zu arbeiten ist immer noch besser als nichts.

Sie erreichen den Forstweg, und Oscar lässt sich am Rand nieder. Er zieht den Turnschuh aus und ein hübsches Hämatom kommt zum Vorschein. Scheint, als wäre mindestens ein Band durch. Maja beißt sich mitfühlend auf die Lippe. Der Junge hat tatsächlich nicht simuliert.

Sie wählt Jokkes Nummer, doch ihr Kollege geht nicht dran. Seltsam. Maja gibt Oscar zu verstehen, dass er auf sie warten solle, und geht eilig davon.

42

Skagen, der das Geschehen auf der Restaurantterrasse aus einiger Entfernung beobachtet, erkennt schnell, dass Ärger im Anmarsch ist. Joakim ist von den fünf Waldarbeitern umringt worden und wird von ihnen bedroht. Die beiden Jungen sind längst abgehauen. Skagen sieht, wie Jokke versucht, den Kerlen zu entkommen, doch sie drängen ihn in eine Ecke.

»He!«, brüllt er über den Parkplatz und setzt sich in Bewegung. »Polizei! Jeder, der sich jetzt noch bewegt, wird festgenommen!« Er fliegt die Treppen hinauf und stürmt durch das Restaurant auf die Terrasse. Vier der Typen scheinen seine Warnung ernst genommen zu haben und sind ein wenig von Joakim abgerückt. Gespannt beobachten sie den fünften und dicksten von ihnen, der Jokke am Kragen festhält und ihm seine Faust ins Gesicht rammen will. Skagen packt ihn von hinten am Arm und zwingt ihn in den Polizeigriff. Der Typ brüllt wütend los und versucht, sich herumzuwerfen. Er wiegt mindestens hundert Kilo mehr als Skagen, der große Mühe hat, den Wichser unter Kontrolle zu halten. Schnell verdreht er dessen Arm noch ein wenig stärker, sodass der Kerl erneut aufschreit.

Jokke hat endlich Platz und zieht seine Waffe. Seine energische Stimme übertönt den Tumult. »Frederik John, ich verhafte Sie wegen tätlichen Angriffs auf einen Polizeibeamten!«

»Nein!«, krakeelt der Dicke. »Lasst mich, ihr Arschlöcher!«

Joakim nimmt die Handschellen aus der Gürtelhalterung und reicht sie Skagen, der sie dem Waldarbeiter anlegt, während Jokke die anderen vier im Blick behält. Dann stößt Skagen den Fetten auf einen der Stühle. »Hinsetzen und Schnauze halten!«

»Wer bist du denn?«, spuckt ihm der massige Kerl entgegen. Sein Gesicht ist knallrot, dicke Adern treten an seinen Schläfen hervor.

»Jemand, der dir deinen Tag versaut, wenn du nicht endlich deine Klappe hältst!« Skagen macht einen Schritt zurück und nickt Jokke zu, der weiterhin die anderen in Schach hält. Die beobachten die Szene mit hasserfüllten Blicken.

»Ihr Scheißbullen!«, schreit der Dicke und spuckt vor Skagen aus. »Euch werde ich's zeigen. Los!«, ruft er seinen Kumpels zu. »Helft mir. Worauf wartet ihr noch? Wir sind viel mehr als die.«

Doch keiner der Männer rührt sich.

Gut, denkt Skagen. Alle fünf zu verhaften wäre wirklich kein Spaß gewesen. Er atmet angestrengt aus und wischt sich den Schweiß von der Stirn. Im selben Moment kommt Maja hinter dem Gebäude hervorgelaufen. Als sie die Situation erfasst, bleibt sie abrupt stehen.

»Na prima«, knurrt der Fette. »Die Oberbullenschlampe hat mir gerade noch gefehlt.«

Eine halbe Stunde später haben Skagen und Maja alles besprochen und warten auf die Kollegen von der Bereitschaft. Göran hat angeordnet, dass Fredde John vorläufig in die Untersuchungshaft überstellt wird, während Jokke die Aufgabe zugeteilt wurde, die DNA-Proben der Jungen zu nehmen, sollten diese zustimmen. Oscar Smit ist zwar mit seiner Mutter auf dem Weg ins Krankenhaus, aber er hat versprochen, mit seinen Freunden darüber zu sprechen. Hoffentlich tauchen sie wieder auf und zeigen sich kooperativ.

Bei der Erinnerung daran, wie Maja über das Geländer gesprungen und dem Jungen hinterhergesprintet ist, muss Skagen grinsen. Sie ist richtig fit.

»Was ist? Warum lachst du?«, fragt sie.

»Ach, nichts.« Er blickt zur Pizzeria hinüber, wo der Besitzer auf der Treppe sitzt und eine Zigarette nach der anderen raucht. Wegen des Polizeieinsatzes in seinem Lokal scheint er mächtig unter Schock zu stehen, und es ist nur eine Frage der Zeit, wann sich der Vorfall in Hultsjö herumspricht. Mal sehen, was in der Gerüchteküche diesmal gekocht würde. Eine Verhaftung – aus welchem Grund auch immer – heizt ohne Zweifel den Buschfunk an. Sie ist ein Signal an die Dorfbewohner und wird sie hoffentlich zur Vernunft bringen.

»Ich fahre dann jetzt mal nach Karlskrona und versuche Valle und Kris Egman ausfindig zu machen«, sagt Skagen und stößt sich vom Mannschaftswagen ab, in dem Fredde John darauf wartet, von den Kollegen übernommen zu werden. Maja wird sie begleiten und den Festgenommenen einer ersten Befragung unterziehen. Sie glaubt nach wie vor, dass der Kerl etwas verschweigt. Skagen grinst erneut. Es scheint, als freue sich Maja darauf.

»Ich melde mich, wenn ich die Brüder gefunden habe«, sagt er und winkt Jokke zu, der auf dem Beifahrersitz hockt und hofft, bald Nachricht von Oscar Smit zu erhalten.

Wenig später ist Skagen mit seinem VW-Bus unterwegs. Für ihn steht dieser Valle momentan ganz oben auf der Liste. Und wenn sie Glück hatten, würde es heute noch eine weitere Verhaftung geben.

»Valle und Kris sind nicht da«, entgegnet die Frau, die die Tür zu dem Haus in der Västra Marksgatan geöffnet hat und Skagen verwundert anblickt.

»Und wo sind sie?«, fragt er.

»Woher soll ich das wissen.« Frau Egman zuckt mit den Schultern. »Ich bin gerade von der Arbeit gekommen.« In ihrem grauen Businesskostüm sieht die Mittvierzigerin adrett aus. Ihre blonden Haare sind zu einem strengen Zopf zurückgebunden, und auf ihrer Nase sitzt eine schwarzgerahmte Brille. Bestimmt arbeitet sie für eine Bank oder eine Versicherung.

»Wo ist Ihr Mann?«

»Noch bei der Arbeit. Er ist bei der Stadtverwaltung. Hören Sie, ich weiß wirklich nicht, wo die zwei stecken. Es sind Sommerferien, da sind sie viel unterwegs.«

»Vilhelm ist 20, der hat wohl kaum noch Sommerferien. Müsste der nicht bei der Arbeit sein?«

»Sie haben recht«, lenkt Frau Egman ein. »Valle hat vor Kurzem seinen Job verloren. Ich weiß auch nicht, warum. Er war Verkäufer auf der Fähre nach Polen. Jetzt ist er auf der Suche nach einer neuen Anstellung. Das ist nicht leicht heutzutage. Wenigstens ist er nicht mehr so häufig mit dem

Schiff unterwegs und hat dadurch mehr Zeit für seinen Bruder. Die beiden hängen sehr aneinander.«

»Valle wurde gekündigt, weil er auf der Fähre geklaut hat«, erklärt Skagen ungerührt. Natürlich hat er sich vorab das Vorstrafenregister der Jungen angesehen, in dem einiges über Drogenbesitz und Diebstahl steht. Auch weiß er durch eine Abfrage bei der Verkehrsüberwachung, dass der klapprige weiße Volvo, den er heute Vormittag vor dem Supermarkt gesehen hat, auf Valle Egman zugelassen ist. Und schließlich ist ihm wieder eingefallen, wo er den Familiennamen schon einmal gehört hat. Für seinen Geschmack sind es ihm mittlerweile ein wenig zu viele Egmans, die sich in dieser Sache tummeln, als dass es ein Zufall sein könnte.

»Er hat gestohlen?«, entgegnet Valles Mutter überrascht.

Skagen nickt. »Der Betreiber des Ladens auf der Stena-Line-Fähre hat das bei der Polizei angezeigt.«

»Aber deswegen sind Sie nicht hier, oder? Ich meine, ein Polizist von einer internationalen Sondereinheit ...« Plötzlich scheint Frau Egman den Ernst der Lage zu begreifen und hält erschrocken eine Hand vor den Mund. »Mein Gott! Es ist doch nichts Schlimmes?«

»Wir möchten gerne einen DNA-Test mit Ihren Söhnen durchführen. Einen freiwilligen.«

»Einen DNA-Test? Weshalb?« Das Unbehagen frisst sich tiefer in Frau Egmans Gesichtszüge, und sie gerät auf ihren hochhackigen Schuhen ins Wanken, sodass sie sich am Türrahmen abstützen muss.

In kurzen Sätzen erklärt Skagen, worum es geht, und findet sich wenig später im teuer eingerichteten Wohnzimmer der Familie wieder. Offenbar ist es Frau Egman unangenehm, das Gespräch draußen vor der Tür fortzusetzen. Sie atmet einmal tief durch und streicht ihr Kostüm glatt, gewinnt einen Teil ihrer Haltung zurück. Skagen hat den Eindruck, als habe sie wegen ihrer Söhne bereits einiges durchstehen müssen.

»Ich werde selbstverständlich dafür sorgen, dass Valle und Kris diesen Test machen«, sagt sie aufgeräumt. »Selbst wenn ich mir nicht vorstellen kann, dass sie etwas damit zu tun haben, aber wir wollen schließlich rasch Klarheit in die Sache bringen. Das Beste ist, ich rufe sie sofort an.« Sie hält sich ihr Handy ans Ohr und schnalzt missbilligend mit der Zunge, weil offenbar niemand abnimmt. Dasselbe bei der anderen Nummer. Mit grimmiger Miene greift sie sich einen Stift und schreibt zwei Handynummern auf einen Zettel, den sie Skagen reicht. »Ich werde Sie umgehend informieren, sollten Valle und Kris zu Hause auftauchen. Sie haben mein Wort. Lieber Himmel, ich bete, dass sie nichts damit zu tun haben. Das arme Mädchen.«

»Sind die beiden öfter mit ihren alten Freunden in Hultsjö unterwegs?«

»Sie meinen Oscar und Sigge und die anderen? Ja, die waren früher dick befreundet, bis wir umgezogen sind.«

»Warum sind Sie aus Hultsjö weg?« Wenn er schon mal hier ist, kann er gleich noch etwas tiefer dringen, denkt sich Skagen.

»Ich arbeite bei der Landesversicherung. Einen Job wie diesen«, Frau Egman zeigt an sich herunter und meint damit ihre Kleidung, »bekommt man auf dem Land nicht, und ich war die ewige Pendelei leid. Außerdem ist Hultsjö …« Sie spricht nicht weiter.

»Ein Kaff?«, ergänzt Skagen.

Frau Egman nickt. »Sie wissen sicher, wie es in so einem Ort zugeht. Die soziale Kontrolle, der Gruppenzwang und dann noch der Tratsch und all das. Das ist mir zu viel geworden.«

»Aber Sie sind dort aufgewachsen?«

Frau Egman stöhnt. »Es war die Hölle! Mein Mann – er kommt aus Emmaboda – und ich sind froh, dass wir von da weg sind.«

»Und das Haus?«

»Welches Haus meinen Sie? Wir hatten zwei. Eines davon gehörte meinem Vater.«

»Das, welches Sie an die Deutschen verkauft haben, die Nowaks.«

»Oh Gott, Sie denken doch nicht, dass wir deshalb mit dieser schrecklichen Sache zu tun haben?« Auf Frau Egmans Miene schleicht sich erneut Furcht.

»Im Moment denke ich noch gar nichts. Ich würde nur gern wissen, ob Sie in letzter Zeit am Haus waren, Sie oder die Jungs?«

»Nein. Ich war nicht mehr dort, seit der Kaufvertrag unterschrieben wurde. Ehrlich gesagt, bin ich froh, das Ding los zu sein.«

»Wie viel haben Sie denn dafür bekommen?«

»1,17 Millionen Kronen.«

Skagen pfeift leise. »Da haben Sie aber einen guten Schnitt mit dem alten Kasten gemacht.«

»Hm, alt ist das Haus, das ist wahr. Aber für den Preis können wir nichts, der ist über die Auktion zustande gekommen. Um die hat sich Gunnar gekümmert, der hat auch den Rest geregelt, das mit dem Vertrag und alles. Wir hatten mit den Nowaks quasi gar nichts zu tun.«

»Sie meinen Gunnar Månsson, der Makler?«

»Ja. Er hat den Verkauf für uns übernommen. Wir waren früher auf derselben Schule und kennen uns schon ewig.«

»Und Ihr Vater?«

Frau Egman runzelt die Stirn. »Was hat der damit zu tun? Er ist seit vier Jahren tot.«

»Ihm gehörte das Haus vorher. Wie lange hat er darin gelebt?«

»Beinahe sein ganzes Leben.« Frau Egman verzieht das Gesicht. »Trostlos, nicht wahr?«

Skagen entgegnet darauf nichts. Er gibt der Frau seine Visitenkarte und bittet sie, ihn anzurufen, sobald ihre Söhne auftauchen sollten. »Richten Sie ihnen aus, dass sie nichts zu befürchten haben, wenn sie unschuldig sind. Und dass sie der Polizei eine große Hilfe wären, wenn sie ihre DNA-Proben abgeben. Noch gibt es keine offizielle Fahndung nach den beiden, das kann sich aber schnell ändern, sollten sie länger verschwunden bleiben.«

»Ich ... ich bin mir sicher, dass sie nichts getan haben.«

Skagen sieht die Frau an. Unsicherheit schimmert in ihren Augen. Wie gut kennt sie ihre Söhne wirklich? Eine Frage, die sich wohl viele Mütter irgendwann stellen.

Skagen verabschiedet sich von ihr und verlässt das Haus. Als er in seinem VW-Bus sitzt, ruft er Maja an, doch sie nimmt nicht ab. Wahrscheinlich befindet sie sich gerade mitten in der Befragung von Fredde John auf dem Präsidium. Er wählt Jokkes Nummer und erfährt, dass dieser ebenfalls keinen Erfolg hatte.

Finster blickt Skagen auf die hübschen Häuser der Wohngegend. Es scheint, als versteckten sich nicht nur Valle und Kris vor der Polizei, sondern auch die anderen beiden Jungen.

Sie haben Angst, denkt er. Oder ist einer von ihnen Lola Nowaks Mörder?

43

Victor liegt in seinem Bett und kann nicht einschlafen. Normalerweise ist da dieser dunkle Strudel in seinem Kopf, der alles aus seinem Leben in sich hineinsaugt und auszulöschen versucht. Daher bleibt er oft wach, um dagegen anzukämpfen, sonst würde er eines Morgens aufwachen und nicht mehr vom Bett aufstehen können – weil der Strudel sein Leben gefressen hätte.

Heute ist es jedoch anders. Er muss andauernd an Lola denken und das, was die Polizei über sie gesagt hat.

Verzweifelt presst Victor seine Fingerknöchel gegen die Stirn, und zwar dermaßen heftig, dass es schmerzt. Und weil das noch nicht genug ist, beißt er sich auf die Unterlippe, bis er meint, Blut zu schmecken. Danach fühlt er sich ein wenig besser, so wie er sich immer besser fühlt, wenn er sich selbst wehtut. Der Schmerz zeigt ihm, dass er hier ist. Und nicht im Strudel.

Er seufzt tief und lutscht das Blut von seiner Lippe. Dabei hat es wirklich super begonnen. Beinahe unglaublich super. An dem Tag, an dem sie zusammen zum See rausgefahren sind. Sie hatten sich mit den anderen Jungs an einer versteckt liegenden Stelle am Ufer getroffen, an der man ganz für sich sein konnte. Eine Stelle, zu der man mit seinem Mädchen ging, wenn man sich nicht bei Melkers auf ein Date treffen wollte. Eine Stelle für die geheimen Dinge, die nicht gleich jeder im Dorf mitbekommen sollte. Lediglich mit den Bäumen als Wächter. Leider war Viggo bisher nie mit einem Mädchen dort gewesen, immer nur allein. Aber geheime Dinge konnte man ja auch ohne Begleitung anstellen. Die anderen Jungs taten das oft gemeinsam, das erzählten sie zumindest, doch dazu hatte er keine Lust. Er war dabei lieber für sich.

An dem Tag hatten sie die Decken und Handtücher auf dem Boden ausgebreitet und sich ausgezogen. Normalerweise hätten sie sich nackt ans Ufer gelegt, aber da Lola dabei war, behielten sie ihre Badehose an. Sie wollten sie nicht verschrecken. Valle und Krister hatten Bier mitgebracht, Starkbier, weil Valle gerade 20 geworden war und im Systembolaget einkaufen durfte. Und sie hatten Gras dabei. Natürlich. Die Jungs aus der Stadt mussten zu jeder Zeit angeben. Allerdings teilten sie alles brüderlich mit den anderen. Oscar holte einen Einweggrill und Würstchen hervor und Sigge Kartoffelsalat und Teller. Viggo hatte im Supermarkt eine große Tüte selbst gemischte Weingummis gekauft, bevor er mit seinem Roller zum See gefahren ist.

Zuerst lagen sie da, unter den Birken, die das Ufer säumten, guckten in den Himmel hinauf und redeten irgendeinen Blödsinn. Sie lachten viel, und die Stimmung wurde immer lockerer. Valle bekam sich gar nicht mehr ein, weil er es irgendwie lustig fand, dass Lolas Eltern das Haus seines Opas gekauft hatten. Er und Oscar hatten einen Platz direkt neben Lola ergattert, was Viggo neidisch hinnehmen musste. Gegen die Älteren hatte er keine Chance. Deshalb hat er es sich am Rand der Handtücher gemütlich gemacht und schielte auf einen Ellenbogen gestützt heimlich zu Lola hinüber. Die sah in ihrem Bikini einfach toll aus. Und das wusste sie auch. Lachend hat sie sich vor den Jungs geräkelt, dass er sich Mühe geben musste, keinen Ständer zu bekommen. Einmal ist Valle ins kalte Wasser gesprungen, und Viggo wusste genau, warum. Aber Lola schien das nicht zu stören.

Irgendwann fiel ihm auf, dass Oscar und die anderen hinter Lolas Rücken Blicke austauschten. Viggo wusste nicht, was da lief, und fühlte sich ausgeschlossen. Doch er wagte nicht, danach zu fragen.

Als sie hungrig wurden, zündeten sie den Grill an und aßen die Würstchen mit dem Kartoffelsalat. Dazu tranken sie von dem Bier. Lola nahm ebenfalls eins, wenngleich Viggo ihr ansah, dass es ihr nicht schmeckte. Sie wollte ihnen wohl imponieren und leerte die Dose mit wenigen Zügen. Wegen ihm wäre das nicht nötig gewesen, er fand sie sowieso toll. Lola war locker und unkompliziert, witzig und natürlich wunderhübsch. Schüchtern lächelte er sie an, und es schien, als lächele sie voller Zuneigung zurück. Er fühlte sich völlig high davon. Da hätte es das Gras gar nicht gebraucht, das Valle kurz darauf auspackte.

Nachdem sie geraucht hatten und der süßliche Qualm ihre Gedanken einhüllte, wurde die Stimmung albern. Sigge, Patrik und Kris gackerten wie irre, während Oscar und Valle zu der blöden Rock-'n'-Roll-Musik aus Kristers Handy tanzten. Sie forderten Lola auf, mitzumachen. Sie hatte ebenfalls gekifft und ihre Augen waren glasig. Breit grinsend stand sie auf und wiegte sich dicht neben Valle im Takt, hob ihre Arme über den Kopf und schloss halb ihre Lider. Valle legte eine Hand an ihre Hüfte und wollte sie an sich ziehen, aber Lola kicherte und drehte sich zu Oscar um. Mann, was war Viggo in diesem Moment eifersüchtig. Obwohl ihm klar war, dass bei einem schüchternen Jungen wie ihm nie was laufen würde. Er traute sich ja nicht mal, mit Lola zu tanzen, geschweige denn sie zu berühren. Und genau das wollte sie, das konnte man sehen. Sie wollte berührt werden. Viggo verstand das, er sehnte sich ebenfalls nach Nähe und Zuneigung.

Plötzlich nahm Oscar Lola am Arm und wirbelte sie herum. Lola lachte wie verrückt, ihre Haare flogen durch die warme Luft, ebenso wie die Bändchen ihres Bikinis. Viggo war von dem Anblick ganz berauscht. Er dachte an die Mädchen, die es in Hultsjö gab. Die Gleichaltrigen interessierten sich nicht für ihn. Und die jüngeren Mädchen ... nein, mit denen konnte man nichts anfangen. Die waren gerade mal 13 oder 14 und total kindisch. Kümmerten sich eher um ihre Reitponys als um Jungs. Viggo seufzte aus voller Brust und dachte nicht zum ersten Mal, dass 16 ein echt ätzendes Alter war. Erst recht, wenn man in der beschissenen Pampa lebte.

Da hatten es Valle und Kris schon besser getroffen, die durften in der Stadt wohnen. Die Egmans waren schlauer als die anderen und haben alles in Hultsjö verkauft und sich verpisst. Na ja, zuerst haben Valle und Krister das nicht so gut gefunden, und bis heute zieht es sie zurück in dieses Kaff. Keine Ahnung, warum. Vielleicht liegt es an ihren alten Freunden, zu denen er auch irgendwie zählt. Oder die beiden wissen, dass sie es besser haben, und treffen sich mit ihnen, um sich überlegen zu fühlen. Zumindest Valle ist einer, der andere gerne spüren lässt, dass sie ihm nicht ebenbürtig sind.

An jenem Tag jedenfalls fühlte sich Viggo von seinen Freunden zurückgesetzt. Verdrossen schnippte er einen Zweig von der Decke und schaute auf den See hinaus. Das Wasser glitzerte in der Sonne wie Glassplitter. Wie meistens wünschte er sich bei diesem Anblick weit weg von hier. Weit weg von Hultsjö und dem Vermächtnis seines Vaters. Allerdings war er sich nicht sicher, ob er dem dunklen Strudel dadurch entgehen könnte.

Sigge stieß ihn an. »He, wir gehen ins Wasser. Kommst du mit?«

Viggo winkte ab. »Nee, hab keinen Bock auf Baden.« Er zog die Tüte mit den Süßigkeiten heran, die sich durch den Haschischheißhunger reichlich geleert hatte, und steckte sich ein Stück Lakritz in den Mund. Unterdessen liefen die

Jungs jubelnd zum Wasser, in das sie sich warfen, als wäre es tropische 30 Grad warm.

Zu Viggos Überraschung blieb Lola am Ufer stehen. Sie steckte einen Fuß ins Wasser und legte die Arme um sich. Ihr blondes Haar glitt über ihre Schulter. Sie sah unglaublich sexy aus.

»Na los, worauf wartest du, Lola?«, rief Valle und spritzte sie nass.

Kreischend wich sie zurück. »Nein. Das ist mir viel zu kalt. Ihr seid ja bescheuert!«

Sie ging rückwärts vom Ufer weg, während Valle und die restlichen Jungs sich gegenseitig untertauchten. Puh, denkt Viggo, genau auf diese Spielchen hatte er keine Lust gehabt. Dieses ständige Gerangel.

Als Lola sich zu ihm auf die Decke setzte, war sie ihm mit einem Mal sehr nah, und Viggo spürte, wie freudige Erregung in ihm aufwallte.

»Darf ich?«, fragte sie und beugte sich zu der Süßigkeitentüte hinüber, dabei streiften ihre Finger wie zufällig seinen Arm. Sie nahm ein rotes Weingummiherz und hielt es hoch in die Sonne. Dann steckte sie es in den Mund und lutschte daran herum.

Viggo konnte nicht anders, als sie anzustarren. Als sich ihre Blicke trafen, senkte er schnell den Kopf und rieb verlegen sein Kinn an der Schulter.

»Wohnst du in einem großen Haus?«, fragte Lola.

»Wieso?«

»Weil die anderen sagen, du wärst reich.«

Viggo musste lachen. Als ob es das Einzige war, was zählte. »Meinem Vater gehört sehr viel Land. Unsere Familie lebt seit Jahrhunderten in Hultsjö. Also, ja, unser Hof ist recht groß.«

»Habt ihr Tiere?«

»Nur ein paar Pferde und Hühner. Mein Vater hat vor längerer Zeit auf Forstwirtschaft umgestellt und auf Aktien. Er macht jetzt ›Holz‹ mit Papieren, das sagt er zumindest immer.«

»Kann ich mal zu euch kommen und mir die Pferde anschauen?«

Viggo zögerte, schließlich sagte er: »Das geht leider nicht.«

»Warum nicht?«

»Weil ... mein Vater das nicht will. Er ist ... Es sind seine Pferde, nicht meine.« Viggo schloss den Mund. Besser, er sagte nichts mehr. Außerdem wollte er Lola nicht mit seinen Sorgen belasten. Sonst hielt sie ihn noch für ein Weichei.

»Du kannst deinen Vater nicht leiden, stimmt's?«

Viggo versuchte, nicht allzu überrascht auszusehen. »Warum glaubst du das?«

»Ich merke so was. Aber du bist damit nicht allein. Ich hasse meine Eltern auch. Und meine Schwester. Eigentlich hasse ich meine ganze Familie.«

Die Leichtigkeit, mit der sie das aussprach, verblüffte ihn. Er hätte sich nie getraut, auf diese Weise über seinen Vater zu reden. In Hultsjö musste man verdammt aufpassen, was man sagte. Stets kam alles zu einem zurück oder noch schlimmer: Es gelangte zu den falschen Leuten.

»Dein Lächeln ist süß, Viggo.« Lola zwinkerte ihm zu. »Lächele mal für mich.«

Ihre unverblümte Direktheit ließ ihn befangen werden. Er spürte, wie ihm die Röte ins Gesicht stieg.

»Wollen wir nicht ein bisschen in den Wald gehen?«, fragte Lola. Unverwandt blickte sie ihn an. Ihre Finger tasteten nach ihrer Jeansshorts.

»Ich, äh ... Ja, warum nicht?« Er wollte sich auf die Beine stemmen, doch da kamen die anderen Jungs aus dem Wasser gelaufen, und keine zwei Sekunden später tropfte es kalt auf ihn herab, weil Valle und Oscar sich wie nasse Hunde über ihm schüttelten.

Lola wandte sich von Viggo ab und sah lachend zu den beiden auf.

Der magische Moment war vorbei.

»Hier wird nicht geturtelt, Viggo«, scherzte Valle und knuffte ihm gegen den nackten Oberarm. Es tat weh, und das sollte es auch. Valle markierte sein Revier. Es war klar, dass er Lola wollte. Und niemand würde es wagen, sich dazwischenzustellen.

Lola stand auf und rannte nun ihrerseits ins Wasser. Valle beugte sich zu Viggo hinab, und sein Mund war dicht an Viggos Ohr, als er flüsterte: »Ich werde sie ficken, und dich lasse ich vielleicht dabei zugucken, so wie damals bei Lykke Liv. Das findest du doch geil, du kleiner Schlappschwanz, oder nicht? Hä? Hä?!« Er verpasste ihm eine Kopfnuss und stand auf. Dann rief er Lola hinterher, dass sie etwas erleben könnte, wenn er sie kriegte, und schon waren alle wieder im Wasser, wo sie kreischend herumplanschten. Lola in ihrer Mitte, wie eine Nixe umringt von lauter blassen Wassergeistern. Ihre nassen Haare wie ein Fächer über ihre Schultern ausgebreitet und unter Wasser Hände, die heimlich nach ihr grabschten.

Verdammter Valle! Er hätte ihm die Stirn bieten sollen.

Mit diesem Gedanken kehrt Viggo zurück in das Hier und Jetzt. Zurück in sein Bett, in dieses Haus, das er so sehr verabscheut. Seine Kiefer verkrampfen sich, bis ein Gähnen sie auseinanderzwängt, und schließlich übermannt ihn endlich der Schlaf. Während sich seine Lider senken, steht das Bild von Lola deutlich vor seinen Augen. Wie sie lacht und ihn anblickt. Ihn allein …

Unvermittelt geht ein Ruck durch seinen Körper, und Viggo reißt die Augen auf. Alarmiert verkrampfen sich seine

Muskeln. Fort ist das Bild von Lola und dem herrlichen Sommertag am See. Denn da ist jetzt die Hand, die sich in der Dunkelheit um seine Kehle legt.

»Du kleiner Schwanzlutscher«, hört er es neben seinem Ohr zischen.

Viggo riecht säuerlichen Alkoholatem und weiß, dass er keine Chance haben wird. Nicht heute Abend. Vielleicht sogar nie …

Sein Vater ist betrunken und würde nicht von ihm ablassen, ehe er sich an ihm abreagiert hätte.

Fest presst Viggo seine Lider zusammen. Er würde es über sich ergehen lassen. So wie immer. Und als sich kurz darauf der Druck um seinen Hals verstärkt, zieht Viggo sich tief in sich zurück und denkt nur noch an eines. Scharfe Glassplitter.

44

Später am Abend sitzen Skagen und Maja müde auf dem Sofa in Majas Wohnung, während sich draußen unbeachtet von ihnen die Dämmerung über den Schären senkt. Skagen hat sich Material aus dem Präsidium mitgenommen, um es sich in Ruhe anzusehen. Der Tag war lang und ist noch lange nicht zu Ende.

Neben ihm trinkt Maja durstig Wasser, die Hitze hat sie ausgedörrt. Sie stellt die leere Flasche ab und wischt sich über den Mund. »Du hättest den Kerl sehen sollen, der war so klein mit Hut. Am Ende hat er geheult wie ein kleines Kind.«

»Du musstest ihn ja nicht so hart anfassen.«

»Ach was, ich war ganz lieb zu ihm. Soll ich dir mal zeigen, wie das ist, wenn ich jemand hart anfasse?« Ohne Vorwarnung boxt sie ihn auf den Oberarm.

»Aua, Polizeigewalt!«, ruft Skagen scherzhaft, wird jedoch schnell wieder ernst. »Was denkst du, ist Frederik John sauber?«

»Hm, ich glaube schon. In der Befragung heute Nachmittag hat er alles zugegeben: dass er von Ludvig Staffansson zu der Lüge über Dahlberg und Tina angestiftet wurde und dass er noch trinkt und seine Frau ab und zu schlägt.«

Skagen schnaubt empört.

»Aber er schwört, das mit dem Drohbrief nicht gewesen zu sein, denn darüber hätte Staffansson überhaupt nicht gesprochen. Fredde beteuert auch, am Abend des Unfalls nicht auf der Straße unterwegs gewesen zu sein. Außerdem täte es ihm leid, was er heute Morgen zu mir gesagt habe und wie er über das tote Mädchen geredet hat. Er wäre nur so verdammt wütend gewesen.«

»Das sagt er doch bloß, um nicht wieder einzufahren.«

Maja wiegt den Kopf. »Er hat mich angefleht, ihn nicht in den Knast zu schicken. Wegen seiner Kinder. Dabei hat er sich die Augen ausgeheult.«

»Krokodilstränen.«

»Möglich, immerhin hat er mir anschließend freiwillig seine DNA-Probe gegeben.«

Jetzt ist es Skagen, der gedankenvoll auf die Wasserflasche auf dem Couchtisch blickt. Vermutlich hat Maja recht, und dieser Fredde ist nicht ihr Täter. Er denkt an seinen Verdacht, aber Vilhelm Egman und sein Bruder sind bislang nicht aufgetaucht, weder zu Hause noch anderswo. Während die anderen drei Jungen, Oscar, Patrik und Sigge, im Laufe des Nachmittags brav ihre Proben abgeliefert haben.

»Nichtsdestotrotz«, sagt Maja, »wir lassen Fredde John über Nacht in der U-Haft schmoren. Ein wenig Demut kann ihm nicht schaden.«

»Hm«, brummt Skagen und fährt sich ungehalten durchs Haar. »Sag mal, macht dich das fertig, dass wir immer noch nicht wissen, wo Tina Nowak steckt?«

»Macht es, klar.« Maja blickt auf ihre Finger.

Auch der zweite Tag der Suche hat kaum weitere Anhaltspunkte erbracht, abgesehen von der halbgaren Spur, die in das Waldgebiet bei dem Stein führt, und das verlassene Haus.

Wenigstens hat Bo Håkansson ihnen am Nachmittag gemeldet, dass Rocko so weit in Ordnung sei und sie es morgen erneut versuchen könnten. Die Pfote sei nicht gebrochen, nur gequetscht. Später ist dann die KTU nach Hultsjö ausgerückt und hat sich das verlassene Haus vorgenommen. Skagen glaubt allerdings nicht, dass sie dort etwas von Tina finden werden, was Rocko nicht längst erschnüffelt hätte. Es ist zum Verzweifeln! Erst haben sie eine Spur, und dann führt diese ins Nichts.

Skagen greift nach dem Collegeblock von Ronja, den er schon einige Male durchgeblättert hat, ohne dass es ihn irgendwie weitergebracht hätte. Vielleicht gelänge es ihm ja heute, den Zeichnungen einen Hinweis auf die Geschehnisse zu entnehmen. Man soll nie aufgeben.

Neugierig lehnt sich Maja zu ihm herüber und blickt auf die Bilder. Skagen kann ihr frisch gewaschenes Haar riechen … und diesen speziellen Maja-Duft, von dem er feststellt, dass er ihm nach wie vor gut gefällt. Er gönnt sich einen Moment des Wohlgefühls, das Majas Anwesenheit in ihm auslöst, und freut sich, dass er seit der Fahrt nach Schweden keinen Anfall mehr gehabt hat. Irgendwie scheint sie eine beruhigende Wirkung auf ihn zu haben.

Still in sich hineinlächelnd konzentriert sich Skagen auf die ungelenken Filzstiftzeichnungen. Neben einige von ihnen hat Ronja einzelne Wörter oder Namen geschrieben. Eines davon ist »Trollkind«, das hat sie besonders oft benutzt.

»Das Mädchen hat tatsächlich gedacht, es wäre ein Troll«, sagt Maja leise und fährt mit dem Finger über einen dicken Troll mit Knollnase und einen kleineren Gnom mit grinsendem Gesicht, darunter stehen die Namen »Trollfreund« und »Ronja«. Hinter den beiden Figuren ragen schwarze Tannen auf, über denen ein heller Kreis am Himmel hängt.

»Der Mond«, vermutet Maja, und Skagen blättert weiter.

Auf dem nächsten Bild steht ein Haus mitten in einem finsteren Wald. Der kleine Troll hält die geöffnete Haustür auf, als wolle er den großen Troll einlassen. Über allem schwebt der bleiche Mond.

»Was glaubst du?«, fragt Maja. »Stellt der große Troll jemand Konkretes dar? Ich meine, der kleine Knuddel dort ist doch sicherlich Ronja, oder nicht?«

»Kann sein«, antwortet Skagen. »Vielleicht ist alles bloß reine Fantasie. Sie hatte dieses Bilderbuch von John Bauer.«

»Ja, das ist toll. Als Kind fand ich es allerdings auch ein bisschen gruselig, diese ganzen dunklen Geschöpfe des Waldes.«

Skagen blättert um. Das nächste Bild füllt die komplette Doppelseite aus. Es zeigt eine Horde von Trollen, die nachts aus dem Wald zum Haus schleicht. Große, haarige Wesen, mit klobigen Köpfen und borstigen Ohren. Einige haben Ringelschwänze, andere viel zu kurze Beine und zu lange Arme. Für Skagen muten diese Figuren schaurig an, Ronja hingegen muss darüber anders empfunden haben, denn sie hat über jeden der Trolle ein rotes Herz gemalt. Eines der Wesen hält sogar einen Blumenstrauß vor sich. Alle Unholde blicken auf das Haus, in dessen Fenster ein kleiner Gnom zu sehen ist. »Ronja« steht an einem Pfeil, der darauf zeigt. Der Mund der Figur ist heruntergezogen, und durch das Fensterkreuz wirkt es, als säße sie in einem Gefängnis.

»›Meine Freunde‹, hat Ronja unter das Bild geschrieben«, übersetzt Skagen.

Maja verlagert ihr Gewicht auf dem Sofa und rückt dichter an ihn heran. Skagen kann ihre Wärme spüren, obwohl sie einander nicht berühren, und er wünscht sich insgeheim, Maja würde noch näher kommen und den Körperkontakt endlich herstellen. So unvermittelt heftig regt sich in ihm das Bedürfnis nach Berührung.

Damit Maja nichts merkt, schlägt er schnell die Seite um. Wieder ist das Haus abgebildet. Doch diesmal ist die Zeichnung viel komplexer. Der Ronja-Troll befindet sich draußen vor der offenen Tür und hält viele bunte Punkte in der Hand, von denen Skagen annimmt, dass sie Süßigkeiten darstellen sollen. Neben Ronja ragt eine größere, schlankere Figur mit gelben Haaren auf. Sie hat die Arme hocherhoben und den Mund aufgerissen, als schreie sie.

»Vielleicht soll das Ronjas Mutter sein«, sagt Maja. »Die schimpft mit ihr. Oder es ist ihre Schwester. Die sind doch beide blond.«

Skagen betrachtet das Bild eingehender. Etwas weiter vom Haus entfernt verstecken sich die Trolle zwischen den Tannen, als hätten sie Angst vor dem Streit. Hinter ihnen, kaum zu sehen in dem vielen Schwarz, das das Mädchen zum Malen benutzt hat, ist eine neue Figur zu erkennen. Eine zottelige Gestalt mit Buckel und Krone auf dem Kopf. Skagen liest vor, was dazu am Rand der Zeichnung steht.

»Der Trollkönig kommt mich holen.«

»Uh, schaurig.« Maja schüttelt sich. »Das klingt, als wäre eine Person nachts um das Haus geschlichen, findest du nicht?«

Skagen zuckt mit den Schultern. »Wenn das so wäre, was sollen dann die anderen Trolle bedeuten?«

»Vielleicht auch Personen? Das sollte sich dringend mal ein Psychologe ansehen«, schlägt Maja vor, dabei streift sie seinen Arm und löst mit dieser winzigen unverhofften Berührung einen regelrechten Schock bei Skagen aus. Gänsehaut jagt über seinen gesamten Körper und lässt ihn erschauern. Himmel, was würde er dafür geben, sie einfach in den Arm nehmen zu können. Nur, was würde Maja dann von ihm denken?

Rasch schlägt Skagen die Seite mit dem letzten Bild auf, danach folgen nur noch leere Blätter. Auf der Zeichnung ist das obligatorische Haus zu sehen und die üblichen darum herum angeordneten Figuren. Lediglich ein Motiv ist neu. Vor den Füßen des Ronja-Trolls liegt ein runder weißer Gegenstand mit schwarzen Punkten.

»Ein Fußball«, meint Skagen.

»Nein, kein Ball«, entgegnet Maja entschieden und erklärt ihm, wofür sie den Gegenstand hält.

Überrascht holt Skagen Luft. Na klar, so muss es ein. Warum hat er das nicht selbst erkannt?

»Mann«, sagt er leise. »Ich glaube, du hast recht.«

Maja nickt und klopft mit dem Finger auf die Worte neben dem Bild. »Was steht da?«

»›Trolle fressen böse Menschen‹«, übersetzt Skagen.

»Oje. Das klingt nicht gut.«

»Das könnte Ronja genauso gut aus dem Märchenbuch haben, da wird oft von solch schaurigen Dingen gesprochen. Trolle, die Kinder rauben, Waldgeister, die Menschen in die Irre führen, und all so was.«

»Stimmt.« Maja nickt, und erneut weht ihr Shampooduft zu Skagen herüber.

Er beißt sich auf die Lippe und lehnt sich zurück. »Auf jeden Fall sollte sich die KTU morgen damit beschäftigen, und nicht zu vergessen, wir müssen Göran davon berichten.«

Maja kichert vor Vorfreude. »Der wird Augen machen.«

»Vielleicht sollten wir ihn besser sofort anrufen, sonst ist er wieder beleidigt.«

»Nee, das erzählen wir bei der Teambesprechung, dann bekommen es wenigstens gleich alle mit. Außerdem sind das unsere Lorbeeren, Tom. Göran würde nur wieder versuchen, sie selbst einzuheimsen.«

Skagen weist auf die Kugel mit den schwarzen Punkten in Ronjas Zeichnung. »Das war gut, Maja. Wirklich.«

»Ich weiß«, sagt sie und blickt ihn lächelnd an, ihre Wangen glühen vor Aufregung über ihre Entdeckung. Oder ist es wegen etwas anderem? Bevor Skagen diesen Gedanken weiter vertiefen kann, beugt sich Maja vor und küsst ihn.

Oh Mann.

Die Berührung ihrer Lippen ist sanft, beinahe fragend. Dann wird sie forscher, und Skagen wagt es, Maja ebenfalls mit mehr Leidenschaft zurückzuküssen.

Es ist nicht wie früher, als sie auf dem Sofa im Keller des Freundes herumgeknutscht haben. Nein, das hier ist besser. Der totale Wahnsinn.

Maja legt eine Hand in seinen Nacken und zieht ihn zu sich heran. Ronjas Tagebuch fällt auf den Boden, während Maja über Skagens Rücken streicht und sein T-Shirt hochschiebt. Er küsst ihren Hals, fühlt die weiche Haut, die pulsierende Schlagader darunter. Spürt das Leben, das in ihn zurückkehrt.

Als sie ihm das Shirt auszieht und auf seine Brust blickt, zögert sie kurz. Sie hat die Narben von den Elektroschocks entdeckt. Skagen will etwas sagen, doch Maja legt ihm einen Finger auf den Mund. Sanft berührt sie das knotige Gewebe auf seiner Haut. Skagen schließt die Augen und lässt es geschehen. Genießt ihre Berührungen. Dabei ertönt unwillkürlich ein Song in seinem Kopf.

»Home by the sea«.

Ausgerechnet das.

Die Textzeilen von Genesis klingen, als kämen sie aus einer fernen Vergangenheit. Die gewisse Ironie, die in ihnen liegt, ist nicht zu überhören. Trotzdem ist es ein guter Song, und Skagen lässt Phil Collins weitersingen. Irgendetwas wird es schon bedeuten.

Nichts Schlechtes, jedenfalls. Da ist er sich sicher.

Zumindest für diesen Moment.

45

Bei der morgendlichen Besprechung im Präsidium sind alle pünktlich versammelt, ebenso die Kollegen von der Spurensicherung, die allein mit diesem Fall alle Hände voll zu tun haben. Doch der Bericht, den sie kurz darauf von Nils Svärd zu hören bekommen, ist ernüchternd.

Skagen, der diesmal einen Stuhl ergattert hat, reibt sich nachdenklich über die Unterarme und vermeidet es, zu Maja hinüberzublicken. Das haben sie vorher so abgesprochen. Niemand soll etwas von dem merken, was gestern zwischen ihnen geschehen ist – ein netter Versuch, der vermutlich fehlschlagen wird, in einer solch kleinen Stadt wie Karlskrona mit einer noch viel kleineren Polizeibehörde. Aber Skagen hofft, dass es wenigstens so lange unter der Decke bleibt, bis er sich darüber im Klaren ist, was die Sache mit Maja für ihn bedeutet.

Unterdessen rattert Kollege Svärd die Ergebnisse der Durchsuchung des verfallenen Hauses im Wald herunter. Es gab frische Spuren von mehreren Personen, die dort Saufgelage veranstaltet und unzählige Fingerabdrücke an Bierdosen hinterlassen haben. Dazu jede Menge Fasern, Haare und sogar Spucke. In dem Erdkeller hinter dem Haus befanden sich eine Destillieranlage und circa 100 Liter selbstgebrannter Alkohol in Kanistern und Flaschen. Um den Keller herum wurden insgesamt drei weitere Tierfallen entdeckt. Zwei davon waren bereits ausgelöst.

»Um die Sache mit der Schwarzbrennerei wird sich eine andere Abteilung kümmern«, sagt Göran. »Sonst noch was, Nils?«

»Ja, das betrifft den Pick-up von diesem Ture Dahlberg. Wir haben Erdanhaftungen an einer Axt entdeckt, die sich zum Zeitpunkt unserer Untersuchung auf der Ladefläche des Wagens befunden hat. Die Erde wurde analysiert und dabei ist herausgekommen, dass sie mit Blut durchsetzt ist.«

Skagen hebt die Brauen, und auch der Rest seiner Kollegen scheint aufzuhorchen. Ihm war das Verhalten des Bauern bei dem verfallenen Haus bereits gestern schon verdächtig vorgekommen. Und dessen Erklärung, warum der dort aufgetaucht ist, erst recht. Grübelnd reibt sich Skagen über den Bart. Hat er Dahlberg falsch eingeschätzt, weil er sich von dessen Nettigkeit und Hilfsbereitschaft hat einwickeln lassen?

»Wissen wir schon, von wem das Blut auf der Axt stammt?«, fragt Göran.

»Es wurde zur weiteren Analyse ins Labor geschickt«, antwortet Nils Svärd. »Wir müssen warten.«

»Jemand sollte trotzdem zu Dahlberg fahren und ihn danach fragen«, rät Skagen. »Vielleicht lockt ihn das aus der Reserve.«

»Das übernehmen wir«, entgegnet Maja und nickt ihm zu.

»Gut«, sagt Göran. »Dann bleibt dieser Dahlberg vorerst auf der Liste unserer Verdächtigen, zumindest solange, bis uns das Ergebnis des Bluttests vorliegt. Genauso verfahren wir mit den Jugendlichen aus Hultsjö, von denen bisher drei freiwillig ihre DNA haben testen lassen. Weitere Proben stehen noch aus, wie die der beiden Egman-Brüder und die von Victor Staffansson. Darum kümmern sich Maja und Joakim.«

»Die Probe von Victor Staffansson werden wir nicht bekommen, Göran«, wirft Maja ein. »Sein Vater wird alles tun, um das zu verhindern. Da müsste es schon etwas Offizielles geben.«

»Und Valle und Kris Egman sind heute Nacht nicht nach Hause gekommen«, ergänzt Skagen. »Das hat mir ihre Mutter heute Morgen am Telefon mitgeteilt, als ich sie angerufen habe. Sie macht sich Sorgen. Wir sollten besser einen Suchbefehl rausgeben. Auf der Basis können wir den Jungs auch eine Probe abnehmen.«

Göran hebt beide Hände. »Welche Basis meinen Sie? Wir haben nichts. Keinen erhärteten Verdacht. Kein Indiz. Nichts.«

»Wir haben die Bestätigung, dass Valle, Kris und Victor ebenfalls Teil der Gruppe waren, die mit Lola zu tun hatte«, erklärt Maja. »Und sie scheinen sich vor uns zu verstecken, zumindest Valle und Kris.«

»Aber keiner von den anderen Jungen hat sie in irgendeiner Weise belastet. Keiner gibt etwas Brauchbares zu Protokoll. Das ist zu dünn. Das zerreißt mir der Staatsanwalt in der Luft.«

»Und was, wenn du es einfach mal versuchst, Göran?«

Der Ermittlungsleiter zuckt mit den Schultern. Er wirkt hilflos. Alle anderen gucken ihn an, warten auf eine Entscheidung. Schließlich seufzt er laut. »Meinetwegen. Ich rufe Staatsanwalt Olsson an.«

»Danke«, sagt Maja und nickt zufrieden.

Anschließend räuspert sich Skagen. »Da wäre noch etwas. Es sind einige Informationen aus Deutschland gekommen. Zunächst einmal scheinen die Bankkonten der Nowaks nicht über Gebühr belastet zu sein. Sie haben keine nennenswerten Schulden, bis auf einen laufenden Kredit von 150.000 Euro für das Haus in Schweden. Das ist für 112.000 Euro über den Tisch gegangen, was wiederum zur Höhe des Kredites passt. Umgerechnet sind das knapp 1,2 Millionen Kronen.«

Einige der Anwesenden stoßen zischend Luft aus.

»Viel zu viel für diese Schrotthütte«, sagt Nils Svärd empört. »Da sind die aber mächtig übers Ohr gehauen worden.«

»Den Makler knöpfen wir uns heute noch vor«, sagt Maja. »Mal sehen, ob bei dem Verkauf was getürkt wurde.« Sie gibt Skagen zu verstehen, dass er fortfahren kann, und er sieht ihr an, wie gespannt sie auf die Reaktion ihrer Kollegen ist, wenn sie gleich ihre Entdeckung von gestern Abend kundgäben.

»So viel zur finanziellen Situation der Nowaks«, sagt er. »Ich denke, eine Verzweiflungstat aufgrund von Schulden können wir ausschließen. Des Weiteren enthalten die Telefondaten der Familie keine Auffälligkeiten, bei denen wir ansetzen könnten. Ich habe nur drei schwedische Nummern in Herrn Nowaks Anrufverzeichnis gefunden. Die vom Tischler Hellström, die von Ture Dahlberg und die vom Makler Gunnar Månsson. Da sind einige Telefonate hin und her gegangen.«

»Was ist mit dem Bewegungsprofil der Handys?«, fragt Göran.

»Das dauert noch«, erklärt Skagen. »Ich werde es in den Ermittlungsunterlagen bereitstellen, sobald ich es habe. Das wäre vorerst alles von meiner Seite. Aber Maja hat Ihnen noch etwas mitzuteilen.«

Maja lächelt ihm zu und öffnet das Tagebuch mit den Trollen. »Tom und ich haben gestern noch einmal die selbstgemalten Bilder von Ronja Nowak untersucht und dabei etwas entdeckt. Seht ihr das hier?« Sie zeigt auf die schwarz-weiß gepunktete Kugel.

»Den Fußball?«, kommentiert Göran.

»Kein Fußball. Das ist ein Totenschädel!«

Alle Köpfe recken sich vor, um das Bild eingehender zu betrachten. Schließlich nickt der erste Kollege bestätigend. »Erinnert tatsächlich an einen Schädel.«

»Und was soll uns das sagen?«, fragt Göran.

Maja leckt sich über die Lippen. »Dass es einen Schädel zu den Knochen in der Scheune gegeben hat. Was sonst? Ronja hat ihn gemalt. Da!« Wieder tippt sie auf das Bild.

»Ja, aber was heißt das nun konkret?« Göran kapiert es nicht, aber Skagen hält sich zurück und überlässt es Maja, den Ermittlungsleiter mit der Nase darauf zu stoßen.

»Das heißt, dass der Schädel bei den Knochen gewesen sein muss, als die Nowaks sie gefunden und in die Scheune gebracht haben.«

»Ihr glaubt also, die Nowaks haben die Knochen gefunden? Wo?«

»In der Sickergrube hinterm Haus«, klinkt sich Skagen nun ein. »Darauf weisen die Erdreste hin, die an den Knochen haften, und die Grabe- und Fußspuren im getrockneten Schlamm der Grube.« Er steht auf und zeigt auf die jeweiligen Fotos an der Pinnwand. »Dazu brauchen wir natürlich noch die Bestätigung vom Labor. Wir haben Dr. Modig vorhin angerufen, aber der kann leider bislang nicht viel zu dem Skelett sagen, da er es aufgrund der doppelten Leichensache nach hinten geschoben hat.«

»Schön und gut, Herr Skagen. Aber was hat das Skelett beziehungsweise der Schädel …?«

»Der *fehlende* Schädel!«, korrigiert Maja.

»Ja, ja, der fehlende Schädel. Was hat er nun mit den Nowaks zu tun?«

»Mensch, Göran, das ist doch klar«, sagt Maja mit ungeduldigem Ton. »Jemand hat den Schädel mitgenommen.«

Göran klappt den Mund zu und scheint nachzudenken. Dann öffnet er ihn wieder. »Du meinst …?«

»Ein Unbekannter war in der Scheune und hat den Schädel geklaut!«

»Geklaut?«

»Na, die Nowaks haben ihn wohl kaum woanders gelagert als die Knochen. Warum sollten sie das tun? Das wäre unlogisch. Der fehlende Schädel beweist eindeutig, dass jemand auf dem Grundstück der Nowaks war. Vielleicht unser unbekannter Täter?«

Bevor Göran etwas ergänzen kann, gibt sein Handy einen Piepton von sich, und er tippt auf das Display. Offenbar hat die Nachricht, die er gerade liest, einen verwirrenden Inhalt, denn seine Stirn legt sich zuerst in vertikale und dann in horizontale Falten.

»Bingobongo!«, ruft er schließlich aufgeregt. »Leute, das war Dr. Modig. Es scheint, als hätten wir unseren Tatort!«

46

In der Woche davor

Tina liegt im Bett. Sie will die Augen nicht öffnen. Will diesen neuen Tag nicht. Vor allem will sie dieses Haus nicht. Sie kann Lolas Wut nachvollziehen. Auch Tina fühlt sich hier eingesperrt. In diesem Haus. Tag um Tag, Stunde um Stunde nagt es an ihr, an jener dünnen Wand in ihrem Innern, die sie davon trennt, in eine Katastrophe zu schlittern. Sie hat das Gefühl, als brächte dieses alte Gebäude ihre Familie immer weiter auseinander anstatt näher zusammen – wie Jochen es sich vorgestellt hat.

Jochen, ja, er geht vollkommen auf in seiner Aufgabe, für sie alle ein heimeliges Nest zu bauen. Er ist total verliebt. In das Haus. Deshalb würde sich niemand trauen, etwas dagegen zu sagen.

Tina wünschte, sie hätte den Mut dazu. Schon allein wegen Lola. Sie weiß, dass sie ihrer Tochter das, trotz ihres überzogenen Verhaltens, schuldig ist. Es ist schließlich nicht Lolas Fehler, dass sie in der schwedischen Pampa ohne Freundin festsitzt und sich langweilt. Tina würde dennoch bald handeln müssen, um sie zur Vernunft zu bringen. Wenn Lola ständig ohne Erlaubnis wegläuft und sich mit irgendwelchen Jungs herumtreibt, würde weiß Gott was passieren. Vielleicht sollte sie Lola doch nach Bargstedt zu den Großeltern schicken.

Tina reibt sich die verkrampften Kiefermuskeln. In der Nacht hat sie wieder wie irre mit den Zähnen geknirscht. Ihr Kopf fühlt sich an, als stecke er in einem Klemmeisen.

Auch im Rest ihres Körpers lauern die Schmerzen darauf, zu erwachen.

Noch ein Grund, warum sie es nicht wagt, aufzustehen. Es tut zu sehr weh.

»Tina? Wo bleibst du?«, hört sie Jochen aus dem Wohnzimmer rufen. »Wir wollen frühstücken.«

Sie presst die Hände auf die Ohren. Sie will nichts essen. Sie hat keinen Hunger. Außerdem will sie nicht in die Gesichter der anderen blicken und dabei verbergen müssen, dass sie Schmerzen hat.

Plötzlich geht die Tür auf und Jochen steht im Schlafzimmer. Sein Mund bewegt sich, aber Tina kann nichts hören. Sie nimmt die Hände von ihren Ohren.

»Was ist?«, fragt sie.

»Ich will wissen, wieso du so lange brauchst.«

»Ich bin einfach müde.«

»Du kannst nachher ein Mittagsschläfchen halten. Jetzt wollen wir alle zusammensitzen.«

Alle zusammensitzen. Wie sich das anhört. Zusammensitzen und sich doch allein fühlen. Tina muss schlucken. Was soll sie tun? Schnell ein glückliches Gesicht aufsetzen und vorgeben, dass gestern nichts geschehen sei? Sie lächelt Jochen an. Die dünne Wand zwischen dieser Seite und der Dunkelheit wird immer durchscheinender. Bald würde sie beginnen, einzureißen und sich aufzulösen. Dann würde ihr rohes Inneres ungeschützt daliegen. Tina will nicht daran denken, was in jenem Moment mit ihr passieren würde.

Sie gibt Jochen zu verstehen, dass sie sich anziehen wird, und wartet, bis er aus dem Raum ist. Danach presst sie die Zähne aufeinander und stemmt sich aus dem Bett. Die Schmerzen schneiden durch ihren Oberschenkel und ihren Rücken. Überall dort, wo die Schläge und Tritte sie getroffen haben. Zum Glück hat sie im Gesicht nichts abbekommen.

Mühsam rafft sie ihre Kleidung zusammen und schleicht durch den Flur ins Bad, dabei fühlt sie ein höllisches Stechen in ihrem Bein. Es würde schwer werden, nicht zu hinken.

»Ich bin gleich da! Fangt schon mal an«, ruft sie den anderen gespielt fröhlich zu und schließt hastig die Badezimmertür. Sie wartet, bis der Schmerz nachlässt, und hebt ihr Nachthemd an. Als sie das beinahe schwarze Hämatom seitlich an ihrem Oberschenkel erblickt, keucht sie leise. Danach dreht sie sich zum Spiegel und schiebt das Nachthemd höher, das Jochen unglaublich sexy an ihr findet. Dabei entblößt sie nicht nur ihre hervorstehende Rippen, sondern auch einen weiteren blauen Fleck, der knapp über ihrer Taille auf ihrem Rücken prangt. Er pocht dumpf, während der andere brennt und sticht.

Gestern ist alles eskaliert. Wie so oft hat Tina die heraufziehenden Zeichen erkannt und geahnt, was geschehen würde. Aber sie konnte es nicht verhindern. Im Gegenteil, je mehr sie versucht, dagegen anzukämpfen, desto schlimmer wird es. Das Einzige, was dabei hilft, ist, stillhalten und es ertragen. Sie darf Jochen nicht verärgern. Denn ohne ihn ist sie nichts, nicht einmal Tina Nowak, nur Christina Schuster.

Zwangsläufig überkommt sie die Erinnerung an ihre Eltern, die nie für sie da gewesen sind, und Tina spürt, wie die Schuldgefühle sich noch tiefer in sie hineinfressen.

Du musst das verstehen, hört sie die Stimme ihrer Tante in ihrem Kopf sagen. Ihr wart zu sechst. Sechs Kinder. Dein Vater und deine Mutter hatten alle Hände voll zu tun. Da konnten sie sich nicht ständig um dich kleinen Nachzügler kümmern. Tina blinzelt.

Das mit dem »Kümmern« haben am Ende ihre älteren Geschwister übernommen. Vier Schwestern und ein Bruder. Es war furchtbar, wie selbstgerecht und überfordert sie gewesen sind. Ständig hat es böse Kommentare und Schläge von ihnen gegeben. Aus diesem Grund hat Tina zu keinem von ihnen mehr Kontakt. Selbst zu den Eltern nicht. Erst durch Jochen wurde sie zu dem Menschen, der sie heute ist, zu Tina Nowak. Ihm hat sie es zu verdanken, dass sie ihren alten Namen und alles, was sie daran erinnert, hinter sich lassen konnte.

Sie denkt an Lola und Ronja. Würde es ihnen später ebenso ergehen? Dass sie nichts voneinander wissen wollen? Im Moment erscheint es, als hassten sie einander. Ob sich das noch legt? Früher ist Lola liebevoll mit Ronja umgegangen, die beiden haben viel miteinander gespielt. Jetzt sind sie wie Gift und Galle. Tina würde sich Mühe geben müssen, wenigstens die beiden zusammenzuhalten.

Sie lässt das Nachthemd los und blickt in den Spiegel, betrachtet die dunklen Ringe unter ihren Augen, die dünne Haut auf ihren Wangenknochen und die Falten, die nicht vom Lachen stammen. Das furchtbare Bad in Beige im Hintergrund.

»Tina. Wo bleibst du denn?«, dringt Jochens Stimme dumpf durch die Tür.

»Bin gleich bei euch!«, ruft sie und beginnt, ihre Morgentoilette zu erledigen. Dabei weint sie still.

Wenig später wischt sie sich die Tränen fort und spritzt sich kaltes Wasser ins Gesicht. Sie muss sich zusammenreißen, muss die Fassade kitten und überpolieren.

Sie reibt sich Creme ins Gesicht und schlägt ein paarmal auf ihre Wangen, damit sie frisch aussieht. Jochen ist argwöhnisch, er überwacht sie. Kontrolliert ihre Stimmung, jedes Wort, das sie sagt. Es darf sich ja kein Misston einschleichen, der die Harmonie ihrer Familie stören könnte.

47

Skagen parkt seinen VW-Bus am Haus der Nowaks hinter dem Wagen der Spurensicherung und steigt aus. Maja und Joakim sind in Karlskrona geblieben, wo sie dem Makler einen Besuch abstatten wollen, bevor sie ihre Suche nach den flüchtigen Jungen fortsetzen. Leider hat Staatsanwalt Olsson ihnen bis jetzt kein grünes Licht gegeben, weder für eine Fahndung nach den beiden Egman-Brüdern noch für eine offizielle Anordnung zur Abgabe einer DNA-Probe. In Schweden prüft man alles stets mit Bedacht, was das ganze Verfahren manchmal mühsam und unnötig zäh macht, findet Skagen. Aber daran gibt es nichts zu rütteln.

Er geht auf Göran zu, der neben Nils Svärd wartet, und erinnert sich an das, was Dr. Modig herausgefunden hat. Dem Gerichtsmediziner ist es gelungen, von Lolas Haaren sowie ihrer Kleidung Rückstände einer viskosen Flüssigkeit sicherzustellen. Die chemische Analyse war sehr aufschlussreich, denn bei den Flecken handelt es sich um ein Gemisch aus Polyglykolverbindungen und einer weitverbreiteten Farbe für Hausfassaden. Im Klartext: alte Bremsflüssigkeit vermengt mit Falunrot. Das waren die fettigen Stellen, die Skagen in Lolas Haaren aufgefallen sind, als er die Fotos der Gerichtsmedizin näher betrachtet hat. Er ist sich sicher, dass es nur eine Möglichkeit gibt, wo Lola mit diesem ungewöhnlichen Gemisch in Kontakt gekommen sein konnte: in der Scheune am Haus.

Skagen bewegt die Schultern, weil das verschwitzte T-Shirt an seinem Rücken klebt. Die Sonne hat sich hinter dünnen Schleierwolken verborgen, dennoch fühlt sich die Luft drückend und schwül an – als würden ihre Moleküle plötzlich schwerer wiegen.

Er tauscht einen Blick mit Göran, der ihm Überzieher für die Schuhe und ein Paar Latexhandschuhe reicht. Da es sich jetzt um den potenziellen Tatort handelt, gelten verschärfte Maßnahmen.

»Okay, let's go«, murmelt Göran und öffnet das Tor. Gemeinsam betreten sie das Innere der Scheune, das lediglich von diffusem Tageslicht erhellt wird. Der Geruch nach altem Stroh, Holz und Vogelkot dringt ihnen in die Nase, und Schwalben zischen über ihre Köpfe hinweg.

Bei der mittlerweile vollkommen eingetrockneten Lache auf dem Boden geht Skagen in die Hocke. Sie wirkt noch immer wie Blut, aber wie sie nun wissen, ist es Bremsflüssigkeit und Farbe.

Neben ihm kniet sich Nils Svärd hin und nimmt eine weitere Probe.

»Just to be sure«, sagt Göran hinter ihnen. Warum er Englisch spricht, weiß Skagen nicht, vermutet aber, dass Göran auf diese Art seine Anspannung überspielt. Er erhebt sich und blickt aus einem anderen Winkel auf den Fleck hinab. Dabei schwirren ihm viele Fragen durch den Kopf. Ist Lola hier getötet worden, oder wurde sie zum Sterben hergebracht? Ist sie selbst in das Gemisch gefallen? Oder wurde sie hindurchgeschleift? Wenn ja, von wem?

In Skagens Gliedern kribbelt es. Er sieht sich um, versucht sich Lola vorzustellen. Hat sie neben dem Fleck gestanden und ist gestoßen worden? Oder ist sie mit einer dieser Holzlatten dort drüben quer über den Rücken geschlagen worden und danach umgefallen? Stammt der Bluterguss auf dem Rücken daher? Nein, wenn einen ein Schlag von hinten trifft, fällt man nach vorn. Also höchstwahrscheinlich auf Stirn und Gesicht, aber nicht so, dass man sich am Hinterkopf eine schwere Fraktur zuzieht. Was ist also passiert? Und wie sah es hier aus, als es passiert ist? Genau wie jetzt? Skagen muss an das Auto der Nowaks denken. Die ausgelaufene Bremsflüssigkeit stammt von dem Volvo, das hat die Untersuchung ergeben. Doch was ist mit den seltsamen Schleifspuren auf der Heckklappe?

Ruckartig sieht Skagen nach oben. Kurz darauf setzt er sich in Bewegung.

»Wo wollen Sie hin?«, fragt Göran.

»Etwas überprüfen, bin gleich wieder da.« Skagen klettert die Leiter zum Heuboden hinauf, und als er von dort hinunterblickt, hat er das Gefühl, als läge die Lösung dicht vor ihm. Schlagartig beginnt es, in seinem Magen zu rumoren. Ein untrügliches Zeichen.

»Die Bremsschläuche des Volvos waren angefressen und in die ausgetretene Flüssigkeit ist dann Farbe reingelaufen«, murmelt er vor sich hin. »Das passt zu den leeren Farbdosen dort drüben auf der Kommode.«

»Wie bitte?«, ruft Göran zu ihm hinauf. »Ich verstehe Sie nicht. Wäre schön, wenn Sie etwas lauter reden würden, damit ich an Ihren Überlegungen teilhaben kann, Sherlock.«

»Ja, eine Sekunde.« Suchend dreht sich Skagen um die eigene Achse und entdeckt die Buchstaben, die in den Balken geritzt wurden. Er kennt sie von den Fotos an der Pinnwand. Nachdenklich fährt er mit den behandschuhten Fingern über die Lettern. Ob das Lola war?

L + I

Skagen sieht genauer hin und erkennt mehrere dünne Schnitte, die vom Fuß des Is schräg nach oben führen. Er hat auch eine Idee, warum. Die Schnitzerei ist nicht fertig geworden. Das ist kein I, sondern ein … V oder der Beginn eines Ws. Nein, eher ein V.

L + V

In Gedanken geht Skagen die Liste der Jungen durch, die mit Lola unterwegs gewesen sind, und schnalzt zufrieden mit der Zunge. Treffer. Victor Staffansson und Vilhelm Egman. Lola scheint in einen der beiden verliebt gewesen zu sein. Ein belastbares Indiz ist das jedoch nicht.

»Was ist jetzt?«, ruft Göran ungeduldig. »Müssen Sie sich erst in Ihren Gedankenpalast zurückziehen?«

»Moment.«

Skagen setzt seine Untersuchung des Heubodens fort. Das war Lolas Versteck. Hier kam sie her, wenn sie allein sein wollte. Um Ruhe vor ihrer Schwester zu haben, die sie oft nervte, und vor ihren Eltern.

Ihm springt eine Stelle mit unzähligen kleinen Löchern auf dem Dielenboden ins Auge. Etwas Ähnliches hat er auf der Fensterbank von Lolas Zimmer gesehen, nur, dass in diesem Fall noch eine größere Kerbe dabei ist. Er streicht darüber und erinnert sich an das Messer. Damit hat Lola bestimmt die Buchstaben eingeritzt und auf die Dielen eingehackt.

»Was ist eigentlich mit dem Messer, das in der Scheune gefunden wurde?«, ruft er nach unten. »Waren da irgendwelche Spuren dran?«

»Nur Fingerabdrücke von Lola«, antwortet Nils Svärd. »Sonst nichts.«

»Kein Blut?«

»Kein Blut, keine DNA, keine anderen Körperflüssigkeiten.«

»Okay, danke.« Skagen fotografiert die kleinen Stichmarken ein paarmal und lässt seinen Gedanken weiter freien Lauf. Hat sich Lola hier oben mit Viggo oder Valle getroffen, ohne dass ihre Eltern etwas davon mitbekommen haben? Hatte sie mit einem der beiden Sex?

Das würde die DNA-Analyse hoffentlich bald klären.

Skagen betrachtet die Buchstaben, sieht, wie Lola sie einritzt, sieht ihr verliebtes Lächeln. Er spürt den Fluss seiner Gedanken, der durch ihn hindurchströmt und ihn mit dem Mädchen verbindet. Ja, an diesem Ort ist es passiert. Das kann er fühlen.

Vor seinem inneren Auge taucht erneut Lola auf, wie sie gerade das V in den Balken ritzt. Sie muss dabei gestört worden sein, weshalb sie ihre Schnitzarbeit abbricht. Jemand betritt die Scheune, und Lola dreht sich um, ihre Haare fliegen, ihr Gesicht ist angespannt. Die Person klettert die Leiter hinauf. Wer ist es? Einer der beiden Jungen?

In Skagens Vorstellung steht Lola auf und blickt zur Leiter. Hat sie Angst oder freut sie sich, denjenigen zu sehen, der zu ihr hinaufklettert? Kommt es zum Streit? Zudringlichkeiten? Einem Vergewaltigungsversuch? Lola reagiert, sie ringt mit der Person, ist jedoch nicht kräftig genug und wird zum Rand des Heubodens gestoßen.

Skagen sieht nach unten. Von hier aus sind es gute fünf Meter bis hinab zur festgestampften Erde. Göran blinzelt zu ihm auf. Neben ihm steht Nils Svärd … aber auch der Volvo mit dem Heck nach hinten. Zumindest in Skagens Gedanken.

»Ich glaube, ich hab's«, flüstert er, verlagert seinen Standpunkt und ruft dann überzeugt: »Ja, ich hab's!«

»Oh, wow«, gibt Göran mokant von sich. »Weihen Sie mich endlich in Ihren Geistesblitz ein?«

Skagen hebt beide Hände. »Lola war hier oben, zusammen mit einer noch unbekannten Person. Es muss zum Streit gekommen sein, zu einem Kampf und«, Skagen macht eine stoßende Bewegung, »Lola wurde hinuntergeschubst. Genau auf das Auto der Familie. Besser gesagt auf die Kante des Hecks, davon stammt der waagerechte Bluterguss auf ihrem

Rücken. Mit dem Hinterkopf ist sie aufs Dach geknallt und anschließend über die Kofferraumklappe auf den Boden gerutscht, dabei landeten ihre Haare in der Lache aus Farbe und Bremsflüssigkeit.«

Skagen beobachtet, wie Göran das Gesagte verarbeitet. »Fuck«, sagt er schließlich. »Ich glaube, Sie haben recht.«

Skagen, der keinerlei Triumph verspürt, sondern nur ein Anschwellen des Kribbelns in seinem Bauch, lässt den Fluss seiner Gedanken weiterströmen. Was geschah nach Lolas tödlichem Sturz? Hat die Person sie aus Mangel an Versteckmöglichkeiten oder aus reiner Panik ins Auto verfrachtet? Hat sie überhaupt gewusst, dass Lola schwer verletzt gewesen ist und nicht mehr lange zu leben hatte? Oder hat sie gedacht, es sei nicht so schlimm? Ist die Person daraufhin weggerannt? Wollte sie Hilfe holen? Ist sie jemandem in die Arme gelaufen? Tina Nowak zum Beispiel. Ist Lolas Mutter deshalb verschwunden?

Plötzlich klingelt Skagens Handy, und das Bild vor seinen Augen verpufft. Verdammt! Er ignoriert den nervenden Ton und versucht, sich wieder auf Lola zu konzentrieren. Doch das Telefon gibt keine Ruhe.

»Scheiße!«

»Warum gehen Sie nicht einfach dran?«, fragt Göran.

Mit einem gereizten Seufzen fischt Skagen das Handy aus seiner Hosentasche. Der Name auf dem Display lässt sein Herz in die Hose rutschen. Es ist Jette. Scheiße. Hat sie herausbekommen, was er hier treibt?

»He, Kollege, können wir vielleicht weitermachen?«, drängt Göran.

»Klar.« Skagen schaltet das Handy aus und steckt es weg. Als er aufblickt, ist der Fluss unterbrochen. Er kann nichts mehr sehen, außer dem Fleck auf dem Boden und Göran und Nils, die daneben stehen.

Verdammte Ablenkung!

»Was ist jetzt? Bekomme ich noch ein paar von Ihren Theorien zu hören?«

Skagen klettert die Leiter runter. »Tut mir leid, das war's. Vielleicht irre ich mich auch, und es war ganz anders.«

»Quatsch. Es war sicher, wie Sie sagen. Lola ist von dort oben auf das Auto gestürzt. Das passt. Entweder, weil sie unachtsam war, oder weil sie gestoßen wurde. Sollte Letzteres der Fall sein, werden wir auf dem Heuboden Spuren von demjenigen finden. Nils wird ihn sich gleich noch mal vornehmen. Das war gut, Mann. Ehrlich. Wir haben den Tatort! Fucking great!« Göran hält eine Hand in die Luft, und Skagen zieht irritiert die Augenbrauen zusammen. Doch dann kapiert er und klatscht den Ermittlungsleiter ab. Wenn der sich damit besser fühlt. So what.

Ohne noch etwas zu sagen, setzt er sich in Bewegung.

»He, wo wollen Sie hin?«, ruft Göran ihm hinterher.

Skagen antwortet nicht, während er mit langen Schritten über die Wiese marschiert und sein Telefon hervorholt. Jette hat mehrmals auf seine Mobilbox gesprochen, das kann er sehen. Kurz überlegt er, die Nachrichten abzuhören, doch bei diesem Gedanken verkrampft sich sein Magen. Er ist am Arsch. Ganz bestimmt.

Mit Blick auf sein Handy geht Skagen weiter und hört plötzlich Schotter neben sich knirschen. Erschrocken hebt er den Kopf. Keine 20 Zentimeter von seinen Knien entfernt kommt die Motorhaube eines Autos zum Stehen. Vollgepumpt mit Adrenalin blickt Skagen durch die Windschutzscheibe und erkennt Bo Håkansson. Der Hundeführer wirkt ebenso erschrocken wie er selbst.

»Puh. Das war knapp!«, ruft der durchs offene Fenster und bläst die Backen auf.

»Tut mir leid, hab dich nicht gesehen.« Skagen tritt von

dem Schotterweg herunter, auf den er aus Versehen gelaufen ist, und macht Håkansson Platz.

»Kein Problem. Konnte ja noch rechtzeitig bremsen. Sag mal, Tom, alles in Ordnung mit dir? Du siehst aus, als hättest du einen linken Haken abbekommen. Habt ihr etwa Frau Nowak gefunden? Ist alles in Ordnung mit ihr, oder ist sie …?« Bo spricht es nicht aus und wird blass.

»Nein, nein, das ist es nicht.« Skagen wischt sich über die Stirn und atmet tief durch. Kurz erläutert er, welche neuen Erkenntnisse sie haben.

»Ihr habt den Tatort gefunden? Das ist doch großartig!«

»Hm, ja.« Skagen kann sich Bos Enthusiasmus nicht so recht anschließen, zu vieles ist weiterhin unklar. Zudem hat er ein sehr schlechtes Gefühl Tina Nowak betreffend. Sie ist jetzt schon seit vier Tagen verschwunden, und Skagen weiß, was das bedeutet. Auch wenn die Suchtrupps heute in der Gegend rund um den Stein unterwegs sind, gibt es nur noch wenig Hoffnung, sie lebend zu finden.

Bo Håkansson steigt aus seinem Wagen und öffnet die Kofferraumklappe. Schwanzwedelnd springt Rocko aus seiner Box und begrüßt Skagen. Der Hund trägt einen Stützverband an der Vorderpfote und hinkt leicht, ansonsten wirkt er munter. Skagen krault Rockos Ohren.

»Wo sollen wir heute suchen?«, fragt Bo.

»Vielleicht einmal rund ums Haus. Aber geh lieber vorher zu Göran und frag ihn. Er ist in der Scheune.«

Bo tippt sich gegen seine Schirmmütze und führt Rocko zur Scheune hinüber.

Unterdessen setzt sich Skagen in seinen VW-Bus und versucht, nicht an Jettes Anrufe zu denken. Das Gefühl der Hilflosigkeit überkommt ihn dennoch und zieht ihn mit aller Gewalt zu sich in seinen tiefen, kalten Abgrund.

48

Nachdenklich guckt er den Totenschädel an, der vor ihm auf dem Tisch steht. Frech grinst das Teil zurück. Ziemlich unheimlich, so ein Schädel von einem echten Toten.

Was für ein Glück, dass ihm das Teil in die Hände gefallen ist. Denn er weiß, zu wem der Schädel gehört. Wirklich unglaublich, wenn man bedenkt, dass es in Hultsjö passiert ist und niemand etwas davon mitbekommen hat.

Wie blind die Leute doch sind. Wie sehr sie die Augen verschließen vor den Dingen, die sie nicht sehen wollen.

Er greift nach dem Brief, den er in Hultsjö einwerfen wollte. Er liegt neben dem Schädel auf dem Tisch und wartet auf seinen Einsatz. Als er ihn aufnehmen will, zittert seine Hand. Rasch ballt er eine Faust und spannt jeden Muskel darin fest an. Erinnerungen kommen hoch. Er wird nervös.

In seiner Vorstellung liegen seine Finger um einen Hals, auf zarter Haut mit Sehnen wie Stahlseile darunter. Er spürt die zuckende Luftröhre unter seinem Griff, das Röcheln, weil der Körper nach Luft ringt. Luft, die er kontrolliert. Denn er allein ist es, der bestimmt, wie viel Atem geschöpft werden darf. Er ist Herr über Leben und Tod. Was für ein unbeschreibliches Gefühl, geradezu berauschend! Ja, das findet er gut. Diese Hilflosigkeit. Er kennt das aus seiner eigenen schmerzvollen Erfahrung. Er spürt, wie sich in seiner Hose etwas regt, und denkt an die Frau. Es war gut, dass er seine Chance bei ihr wahrgenommen hat. Das Schicksal hat sie ihm ausgeliefert.

Es sollte so sein.

Endlich hat er die Macht und ist nicht mehr selbst das Opfer.

Die anderen würden ihn nicht verstehen und sagen, er sei ein Perverser. Dabei kann er nichts dafür. Er wurde zu dem gemacht, was er ist.

Trotzdem muss er die Frau dringend loswerden, denn die Polizei schnüffelt weiterhin in Hultsjö herum. Es ist nur eine Frage der Zeit, wann sie sie finden. Die Scheißbullen benutzen sogar einen Spürhund, das hat er gestern gesehen. Leider hat er bisher nicht den Mut aufgebracht, die Frau zu entsorgen. Das mit der Axt war doch keine so gute Idee, das ist ihm schnell aufgegangen. Solch eine brutale Sache erfordert Geschick ... und Übung, die er nicht hat. Er würde sich etwas anderes überlegen müssen. Vielleicht sollte er nachher noch mal zu ihr hinfahren und sich der Sache annehmen. Dann könnte er auch ein letztes Mal ...

Er spürt, wie der Druck in seiner Hose größer wird.

Plötzlich klingelt sein Handy, und er zuckt zusammen, fühlt sich ertappt, obwohl niemand mit ihm im Raum ist. Grimmig drückt er das Gespräch weg. Er würde sich später darum kümmern. Bedauerlicherweise ist seine Erektion in sich zusammengefallen und der kurze Anflug der Erregung vorbei.

Er nimmt den Brief vom Tisch, faltet ihn zweimal und steckt ihn in den braunen Umschlag. Das Zittern seiner Hände hat aufgehört. Er fühlt sich wieder vollkommen ruhig. Fast überlegen.

Sorgfältig verstaut er den Schädel zusammen mit dem Brief ganz hinten in seinem Kleiderschrank. Er würde noch einige Zeit warten müssen, bis er den Umschlag einwerfen könnte. So lange muss er hierbleiben.

Er schließt die Schranktür ab und versteckt den Schlüssel. Danach richtet er sich auf und wirft einen Blick in den Spiegel, der an der Wand hängt. Ob er jemals zufrieden damit sein wird, wer er ist? Oder wird es ihn immer verfolgen?

Mit einer Geste, die mehr fahrig als selbstbewusst wirkt, streicht er sich das Haar aus der Stirn. Er will gerade das Zimmer verlassen, da klingelt sein Handy erneut.

49

Ohne sich zum Haus umzusehen, steigt Victor auf seinen Roller und fährt los. Der Anruf eben hat blanke Angst in ihm ausgelöst. Es war Oscar, der ihm in ungewohnt ernstem Ton davon berichtet hat, dass er seit gestern versucht Valle und Kris zu erreichen, um sie zu überreden, freiwillige DNA-Proben bei der Polizei abzugeben, so wie er, Sigge und Patrik es bereits getan haben. Die Bullen würden sogar nach den beiden suchen, und er habe gehört, dass Victor ebenfalls eine Probe abgeben soll, weil sie ihn mit verdächtigen. Ohne Pause hat Oscar auf ihn eingeredet und ihn beschworen, es hinter sich zu bringen, damit es endlich vorbei wäre.

Vorbei!

Damit würde es erst anfangen. Oscar hat nicht die geringste Ahnung.

Viggo muss an seinen Vater denken, der vor einer halben Stunde wutentbrannt davongefahren ist, nachdem er einen Anruf erhalten hat. Zuvor hat er Viggo noch befohlen, in der nächsten Zeit das Haus nicht zu verlassen und mit niemandem zu sprechen. Doch dann rief Oscar an, und Viggo war klar, dass er zu den Jungs muss, um mit ihnen über die Sache zu reden. Er muss wissen, was Oscar der Polizei alles erzählt hat.

Er biegt mit dem Roller auf die Landstraße in Richtung Hultsjö ein. Als er an der Unfallstelle vorbeikommt, wird ihm mulmig zumute. Die Blumen, die er am Stamm der Birke abgelegt hat, sind schon verwelkt. Schnell sieht er weg und würgt seine Angst und seinen Kummer hinunter. Oscar darf nichts merken. Niemand darf etwas merken, sonst würde sein Vater ihn grün und blau prügeln. Viggo erinnert sich ungern an das letzte Mal, als das geschehen ist, da konnte er drei Tage lang das Bett nicht verlassen.

Im Ort reduziert er die Geschwindigkeit und fährt kurz darauf am Frisörladen vorbei. Mit Schrecken erkennt er, dass der silberne SUV seines Vaters davor parkt. Und tatsächlich, oben vor der Eingangstür steht er und diskutiert heftig mit Sigges Mutter.

Hastig gibt Viggo Gas und hofft, dass sein Vater durch den Streit abgelenkt ist und ihn auf seinem Roller nicht bemerkt. Mit klopfendem Herzen biegt er auf den Parkplatz vor »Melkers Pizza« ein und entdeckt Oscar, Sigge und Patrik auf der Picknickbank. Er hält bei ihnen an und nimmt den Helm ab, traut sich jedoch kaum, einem seiner Freunde in die Augen zu sehen, so sehr fürchtet er, er könnte mit einem Blick alles verraten.

»Hej«, sagt Oscar angespannt.

»Hej«, entgegnet Viggo.

»Wir müssen reden.«

Viggo nickt. Er setzt sich zu seinen Freunden auf die Bank. Sie trinken Cider. Patrik kaut laut und nervös Kaugummi. Es ist Oscar, der das Gespräch beginnt.

»Dein Vater war eben bei uns, Viggo. Er hat gesagt, dass wir unser dreckiges Maul halten sollen. Er hat meine Mutter bedroht und gemeint, dass es schlimme Konsequenzen für uns hätte, wenn wir nicht tun, was er sagt.«

Viggo denkt an das, was er eben gesehen hat. Mit auf die Knie gestützten Ellenbogen zupft er sich seinen Pony ins Gesicht, um zu verbergen, wie er sich fühlt. Ihm ist so schlecht, dass er kotzen könnte. Was sein Vater getan hat, würde die Freundschaft zu den Jungs endgültig zerstören. Er schluckt seinen metallisch schmeckenden Speichel runter und zuckt mit den Schultern. »Sorry«, murmelt er.

»Sorry? Ist das alles, was du dazu zu sagen hast?«, greift ihn jetzt auch noch Sigge an.

»Was soll ich denn machen?«, entgegnet Viggo. »Mein Vater ist ein Arsch, das wisst ihr doch.«

»Bei meiner Mutter war er auch«, sagt Patrik kalt. »Er hat ihr gedroht, dass ihr etwas passiert, wenn wir weiter mit den Bullen reden. Mann, Viggo, das muss aufhören. Dein Vater muss damit aufhören.«

Viggos Kehle schnürt sich zu. Er kann nichts tun, sein Vater ist zu mächtig. Er muss an letzte Nacht denken, als sein Vater zu ihm gekommen ist. Davon kann er den Jungs nichts erzählen. Nie wird er davon erzählen können. Tränen steigen in ihm auf, mit Gewalt drängt er sie zurück. Seine Freunde würden es nicht verstehen, sie würden über ihn lachen. Er muss dieses Geheimnis für immer bewahren.

»Warum habt ihr überhaupt mit der Polizei geredet?«, fragt Viggo vorsichtig. »Ihr hättet einfach nichts sagen sollen.«

»Ey, die Bullenschlampe hatte mich am Arsch«, verteidigt sich Oscar. »Ich musste ihr alles erzählen, sonst wäre ich dran gewesen. Ich gehe doch nicht für jemand anderen in den Knast.«

Viggo sieht auf. »Knast? Wieso denn Knast?«

»Was denkst du denn? Die glauben, Lola ist vergewaltigt worden. Dafür kommt man in den Knast!«

»Quatsch!«, entgegnet Sigge. »Dafür kriegst du Bewährung. Erst recht, wenn du behauptest, dass sie es wollte. Das hat Valle gesagt.«

»Bist du bescheuert?«, faucht Oscar ihn an. »Du wanderst auf jeden Fall in den Bau. Aber wir haben ja unsere Proben abgegeben. Es wird rauskommen, dass wir es nicht waren, und dann wird alles gut. Ich habe sie jedenfalls nicht vergewaltigt.«

»Ich auch nicht.«

Alle schütteln den Kopf, um das zu bekräftigen.

Doch Sigge ist immer noch wütend. »Trotzdem war es kacke von dir, dass du den Bullen von unserer Wette erzählt hast. Weißt du, was meine Mutter jetzt von mir denkt?«

Oscar blickt schuldbewusst drein. »Tut mir leid. Ich konnte nichts dafür. Die Bulette hat mich gefickt. Sie hat mir das Bein verdreht.« Er deutet auf den Verband, den er am Fuß trägt.

»Ach was, du hast dich bei der Flucht auf die Schnauze gelegt, das ist passiert«, sagt Sigge verächtlich.

Oscar blickt ihn durchdringend an. »Willst du sagen, ich lüge?«

Sigge sieht zu Boden und sagt nichts mehr.

Oscar wendet sich an Viggo. »Also fehlen nur noch Valle, Kris und du. Am besten gebt ihr eure Proben jetzt sofort ab, danach lassen sie uns hoffentlich in Ruhe.«

»Aber mein Vater will das nicht«, sagt Viggo.

»Dein Vater will das nicht«, äfft Oscar ihn nach. »Mensch,

komm endlich klar, Viggo. Du gibst deine Probe einfach freiwillig ab, dagegen können deine Eltern nichts machen. Tu
doch mal was ohne die Erlaubnis deines Vaters. Oder traust
du dich nicht?«

»Ihr versteht das nicht, er ist …«

Plötzlich fährt ein Auto vor. Es ist Valles schäbiger Volvo.
Die stinkende Karre bleibt neben ihnen stehen, und die beiden Brüder steigen aus. Viggo ist zum ersten Mal dankbar,
dass sie stören.

»Hej, Leute, was geht?«, fragt Valle und klatscht sich mit
Oscar ab. Danach knufft er Viggo gegen die Schulter. »Mann,
wie siehst du denn aus? Hast du geheult?«

Viggo will antworten, aber Oscar mischt sich ein. »Er
wollte uns gerade versprechen, dass er heute die Probe bei
den Bullen abgibt. Nicht wahr?«

Nein, eigentlich nicht, denkt Viggo deprimiert. Er beißt
sich auf die Lippe.

»Tja«, sagt Valle, begleitet von einer großspurigen Geste.
»Bei uns zu Hause war die Polizei gestern auch. Seitdem hat
unsere Mutter bestimmt tausendmal angerufen und gebettelt,
dass wir den fucking Test machen, aber ich bin echt allergisch
gegen die Scheißuniformen. Deshalb haben wir die Nacht am
See verbracht, wo sie uns nicht finden.«

»Ich habe euch auch angerufen. Ihr solltet die Probe wirklich besser abgeben«, rät Oscar mit scharfer Stimme, was
Viggo mutig findet, denn Valle ist dafür bekannt, dass er sich
von keinem ans Bein pissen lässt.

»Ach, findest du?«, gibt Valle provokant zurück und
fixiert Oscar.

»Ihr habt doch nichts damit zu tun, oder?«, fragt Sigge
die beiden Brüder.

»Und was ist, wenn es doch so wäre? Lola war ein süßes
Mädel. Wer kann da schon Nein sagen? Selbst Fettsack

Fredde hat sie angegafft, als wollte er sie auf der Stelle in ihre enge Möse ficken.« Valle reibt sich anzüglich über seinen Schritt. »Na, gebt es zu. Ihr hättet gerne dabei zugesehen, wie ich sie rannehme. Wie ich sie von hinten bumse und …«

Sigge springt vom Picknicktisch und funkelt Valle aufgebracht an. »Ihr seid vollkommen irre. Mit euch will ich nichts mehr zu tun haben.« Er entfernt sich ein paar Schritte von ihnen, da packt Valle ihn am Arm.

»Du hängst mit drin, Sigge, ob du willst oder nicht. Und deshalb bleibst du hier, klar? Oder soll ich deiner Mutter erzählen, wie du dir heimlich einen abgewichst hast, während ich mit Lykke Liv im Wald gevögelt habe?«

Sigge starrt auf die Hand, die ihn festhält. »Ihr seid krank!«, zischt er. »Ich wollte von Anfang an nicht dabei sein.«

»Klar, das kann jeder behaupten, du notgeile Schwuchtel.« Valle baut sich vor ihm auf.

»Ich bin keine Schwuchtel, kapiert? Vielleicht war es ja dieser fette Fredde, der Lola das angetan hat, der verprügelt eh seine Alte. Vielleicht war es aber auch einer von euch.« Er funkelt den viel älteren Valle an.

»Vielleicht«, flüstert dieser amüsiert. »Wer weiß das schon.«

Viggo, der es plötzlich nicht mehr so abwegig findet, dass Valle Lola getötet hat, überlegt, ob er einfach abhauen soll. Nicht bloß von seinen Freunden, sondern aus Hultsjö – für immer. Er könnte zur Bahnstation gehen und …

»He, Viggo! Was ist jetzt? Machst du den Test?«, knallt Oscars Stimme in seine Gedanken.

Viggo sieht zuerst ihn an und dann die beiden Egman-Brüder, die höhnisch grinsen. Was soll er nur tun? Sein Blick huscht erneut über die Straße und zur Bahnlinie hinüber.

Plötzlich rollt ein VW-Bus im Vintagelook auf den Parkplatz und hält vor ihnen an.

»Was ist denn das für eine grottenhässliche Tourikarre«, lästert Valle und lacht laut auf. »Scheiße, ich werd nicht mehr!«

Die Jungs beobachten, wie der bärtige Fahrer die Tür zuschlägt und mit finsterer Miene auf sie zukommt.

»Mann, das hat der Typ gehört, Valle«, flüstert Sigge und wartet mit unverhohlener Neugier darauf, was der Mann von ihnen will. Der zieht etwas aus der Gesäßtasche seiner Jeans und hält es ihnen entgegen, damit alle es sehen können. Es ist ein Polizeiausweis.

Viggo schnürt sich der Hals zu, und Valle weicht sämtliche Farbe aus dem Gesicht, während Kris hektisch den Kopf wendet, als suche er nach einem Ausweg.

»Denk nicht mal dran!«, sagt der Mann auf Schwedisch. »Sind Sie Vilhelm und Krister Egman?«

Die beiden zögern, wirken wie erstarrt. Schließlich nicken sie.

»Gut.« Der Polizist hält ihnen das Display seines Handys entgegen. »Das hier ist eine Anordnung von der Staatsanwaltschaft. Darin werden Sie aufgefordert, im Rahmen einer laufenden Ermittlung Ihre DNA-Probe abzugeben.« Er wendet sich den anderen zu. »Wer von Ihnen ist Victor Staffansson? Für ihn gilt das Gleiche.«

Viggo spürt, wie jeder Muskel in seinem Körper hart wie Stein wird, und er wünscht sich, dass er vorhin einfach abgehauen wäre, als er es noch konnte.

50

Es ist bereits nach neun, als Maja und Joakim das Büro des Maklers betreten. Das winzige Ladenlokal befindet sich in der Drottninggatan. Sicher nicht die beste Lage, aber immerhin verfügt es über ein Schaufenster, in dem Gunnar Månsson aktuelle Angebote und Exposés aushängt. Es scheint sein eigenes Büro zu sein, das er sich mit niemandem teilt. Maja lässt ihren Blick über den Schreibtisch und das Regal an der Rückwand gleiten, in dem ein Drucker steht. Alles wirkt ordentlich.

Sie begrüßt den Makler und stützt danach die Hände auf ihren Ausrüstungsgürtel. Jokke hält sich als stiller Beobachter im Hintergrund, während Herr Månsson sich die Krawatte glatt streicht und sie erwartungsvoll anlächelt. Obwohl sie Makler an sich nicht ausstehen kann, findet Maja sein Lächeln irgendwie nett. Wie bei ihrer letzten Begegnung sind sein dunkler Bart und seine Haare hip gestylt, und er riecht nach einer sehr ansprechenden Note, herbholzig und frisch.

Alles Taktik, denkt sie dennoch ablehnend. Makler haben die subtilsten Tricks auf Lager. Außerdem kommt er ihr nach wie vor bekannt vor. Nur woher? Er wohnt in Karlskrona, genau wie sie. Möglicherweise sind sie einander auf Partys oder sonstigen Veranstaltungen begegnet. Die Stadt ist klein. Oder er hat ihr mal eine Wohnung vermittelt. Aber in beiden Fällen müsste er sie doch darauf ansprechen, oder nicht?

Maja strafft ihre Schultern und konzentriert sich auf die Fragen, die sie stellen will. »Seit wann sind Sie als Makler tätig?«

»Ich habe mein Büro vor 20 Jahren eröffnet. Dafür braucht man viele Kontakte und gutes Durchhaltevermögen. Das läuft nicht gleich von Anfang an. Aber jetzt bin ich sehr zufrieden«, erklärt Månsson freundlich.

Maja, die nicht vorhat, seinem Charme zu erliegen, fragt direkt weiter: »Das Haus der Egmans stand länger zum Verkauf, ehe es an die Nowaks gegangen ist. Wie lange war das noch?«

»Drei Jahre.«

»Und weshalb so lange? War damit etwas nicht in Ordnung?«

»Na ja, es ist alt. Über 150 Jahre. Es gab einiges daran zu tun, das war nicht zu übersehen. Die Nowaks wussten das allerdings.«

Bei Wissen und Nichtwissen muss Maja an die Knochen denken, die Frage danach will sie sich jedoch für später aufheben. »Verkaufen Sie oft an Ausländer?«

»Ja, ich habe mich darauf spezialisiert. Bringt gutes Geld.«

»Weil man Leute von außerhalb besser übers Ohr hauen kann?«, fragt Maja bissig. Der Kerl reizt sie einfach.

Månsson lächelt nur. »Die Interessenten aus Deutschland oder den Niederlanden geben gerne ein bisschen mehr aus, das ist wahr. Wenn sie sich in ein Objekt verliebt haben, wollen sie es unbedingt kaufen. Meistens kommt es zu einem Bieterverfahren, und das mögen besonders die Deutschen nicht. Ihnen missfällt der Gedanke, dass ihnen ein anderer die Immobilie vor der Nase wegschnappen könnte. Deshalb bieten sie in der Regel direkt höher. Manchmal weit mehr, als die Häuser wert sind. Das könnte jedoch mit daran liegen, dass sie die hiesigen Preise nicht richtig einschätzen können.«

»Und darüber klären Sie sie natürlich nicht auf.«

»Nun, es gibt einen Grundpreis, der von mir und den

Besitzern oder der Bank je nach Marktlage geschätzt wird«, erklärt Månsson gelassen. »Wer mehr bezahlt, weiß meist, was er tut.«

»Die Deutschen und die Holländer auch?«

»Das sind mündige Menschen, mit denen ich Geschäfte mache. Keiner muss etwas kaufen oder zu viel Geld dafür ausgeben. Außerdem steht es den Leuten frei, jederzeit einen Sachverständigen hinzuzuziehen.«

In dem Punkt gibt Maja ihm recht, wenngleich sie sich dagegen sträubt. Als Angehöriger der Maklerzunft ist Herr Månsson mit Sicherheit geübt darin, seinen Kunden zu erzählen, was sie hören wollen, daher hat der Gute es leider etwas schwer mit seiner Glaubwürdigkeit.

»Was ist mit den Mitbietern der Auktionen, werden die alle registriert?«

»Ja, alle.«

»Kann ich die Liste mit den Leuten sehen, die für das Haus der Nowaks geboten haben?«

»Klar.« Månsson geht zu seinem Computer, klickt eine Datei an, und hinter ihm beginnt der Drucker mit seiner Arbeit. Als das Gerät fertig ist, gibt er Maja das Papier und setzt sich auf die Tischkante. Vier Namen samt Adressen stehen auf der Liste. Einer davon lautet Nowak, die anderen drei sind schwedisch.

»Kann ich sonst noch etwas für Sie tun?«, fragt Månsson und klingt dabei keinesfalls ironisch. »Vielleicht eine Auflistung aller Häuser, die ich im vergangenen Jahr in Hultsjö verkauft habe?«

»Nicht nötig. Wir interessieren uns ausschließlich für das eine. Allerdings würde ich gerne wissen, wie viele der Häuser Sie an Ausländer verkauft haben.«

»Nun«, Månsson richtet sich auf und knetet offensichtlich unbewusst sein Ohrläppchen, »ich habe in den letzten drei

Jahren um die 40 Häuser in der Gegend vermittelt. Knapp die Hälfte davon ging an ausländische Käufer.«

Maja zeigt auf die Liste mit den Auktionsteilnehmern. »Zwei der Bieter sind aus Stockholm.«

»Investoren, denke ich. In Hultsjö gibt es seit einiger Zeit leichten Aufwind, was den Immobilienmarkt betrifft. Dort wird einiges für den Tourismus ausgebaut. Solch eine Entwicklung ist immer interessant für die Finanzleute aus den Städten.«

Maja faltet den Zettel zusammen und steckt ihn ein. »Diese Angaben werden wir überprüfen.«

»Natürlich.« Månsson mustert ihre Uniform, dabei liegt ein bewundernder Glanz in seinen Augen. Ob man so etwas vortäuschen kann? Ihre Stimmung gegen ihn wird einen Hauch milder. Bisher hat er ihr bereitwillig alle Fragen beantwortet. Nur weil er ein Makler ist, muss er nicht unbedingt ein Arschloch sein.

»Sie haben mal in Hultsjö gewohnt?«, erkundigt sie sich.

Seine Augenbrauen rutschen überrascht in die Höhe. »Das stimmt. Woher …?«

»Manchmal erledigen auch wir unsere Hausaufgaben.« Sie zwinkert ihm zu, und Månsson lacht.

»Okay, dann bin ich ja beruhigt. Und um Ihre Frage zu beantworten: Ja, ich bin in Hultsjö geboren und habe dort gelebt, bis ich 20 war.«

»Beeinträchtigt der Fall mit den Nowaks Ihr Geschäft? Es gehen viele unschöne Gerüchte im Ort um. Außerdem scheint es, als würden die Bewohner nicht jeden in ihrer Mitte willkommen heißen.«

»Sie meinen die Anti-Tourismus-Fraktion mit ihren Ressentiments?« Månsson stößt einen abfälligen Laut aus. »Tja, in Hultsjö gibt es viele rückwärtsgerichtete Leute, die wollen, dass alles bleibt, wie es ist.«

»Staffansson und seine Spezis?«

Månsson nickt. »Ja, der und all die anderen, die er auf seine Seite gezogen hat, damit sie gegen die Touristen wettern. Staffansson ist …« Er winkt ab. »Die sind voller Hass gegen einfach alles, was neu und anders ist. Die werden nie kapieren, dass die Welt sich ändert, egal, ob man das will oder nicht.«

Das mit dem Hass hört Maja zum zweiten Mal, davor kam es von Oscar Smit.

»Haben Sie durch Ihre Tätigkeit in Hultsjö einen schweren Stand?«, fragt sie weiter.

Månsson gibt ein höhnisches Lachen von sich. »Ach was. Die können mir nichts. Vor denen habe ich keine Angst.«

»Wurden Sie schon mal bedroht?« Maja erinnert sich an Staffanssons latent aggressives Auftreten, selbst gegenüber der Polizei. Sie kennt solche Typen genau. Sie drohen mit allem, was sie haben, und verbreiten überall Terror, nur damit es läuft, wie sie wollen. Erbärmliche Dorfdiktatoren.

Erneut fährt Månssons Hand an sein Ohrläppchen. Verdammt, diese Geste kommt ihr so vertraut vor. Womöglich hat sie mal was mit ihm auf einer Party gehabt und an ebenjenem Ohrläppchen geknabbert, ohne sich daran zu erinnern. Seit sie Single ist, trinkt sie am Wochenende manchmal ein wenig zu viel und dann … Na ja, was in Vegas passiert, bleibt in Vegas. Oder so ähnlich.

Aber warum sagt Månsson dann nichts? Von seiner Seite gab es bisher nicht die geringsten Signale. Oder traut er sich nicht? Aus dem einfachen Grund, dass Jokke anwesend ist und er seine und ihre Integrität wahren will?

Maja blickt Månsson prüfend ins Gesicht. Schließlich zwingt sie ihre Gedanken zurück zu der Befragung.

»Wissen Sie etwas von menschlichen Knochen, die die Nowaks am Haus gefunden haben? Womöglich in der Sickergrube?«

»Knochen?« Månsson bekommt große Augen.

»Ja, ein ganzes Skelett. Haben die Nowaks Ihnen gegenüber nichts davon erwähnt?«

»Warum sollten sie?«

»Wir haben zwei registrierte Telefongespräche, die Herr Nowak mit Ihnen von seinem Handy aus geführt hat, das erste eine Woche vor seinem Tod und das zweite am Tag des Unfalls. Am Vormittag. Worum ging es da?«

»Ach so, das. Bei dem ersten Anruf benötigte Herr Nowak einige Informationen für seinen Umbau. Er wollte im Haus eine Wand rausreißen, glaube ich. Von irgendwelchen Knochen hat er allerdings nichts gesagt, daran würde ich mich erinnern. Beim zweiten Anruf ging es um die Kloake, die war voll. Ich habe denen ein Unternehmen aus Rödeby empfohlen, das die Kammern auspumpt.«

»War das Unternehmen an dem Tag da?«

»Weiß ich nicht. Hier ist die Nummer von denen.« Månsson zeigt ihr den Eintrag im Kontaktverzeichnis seines Handys, den Joakim sofort abschreibt. Dort würden sie anrufen, sobald sie mit dem Makler fertig wären. Womöglich ist der Kloakenmann der Letzte, der die Nowaks lebend gesehen hat.

»Sie wissen also nichts von einem eventuellen Grab auf dem Grundstück?«

»Nein. Nur, dass das Haus früher dem Vater von Frau Egman gehörte. Der ist dann gestorben, ein paar Jahre nach seiner Frau. War ein kauziger Sonderling, nicht unsympathisch.«

»Und seine Frau?«

Månsson guckt sie irritiert an.

»Woran ist seine Frau gestorben?«

»Keine Ahnung.«

»Wo wurde sie begraben?«

»Auf dem Friedhof in Hultsjö, nehme ich an, so wie der alte Egman auch. Warum wollen Sie das alles wissen?«

Maja geht nicht darauf ein und stellt gleich ihre nächste Frage. Allerdings mit einem anderen Zusammenhang. Eine Technik, die bewirken soll, dass der Befragte nicht groß nachdenken kann und deshalb sowohl spontan als auch ehrlich antwortet. »Hatten Sie nach dem Verkauf des Hauses viel Kontakt zu den Nowaks?«

»Nur das Nötigste. Vertragsunterzeichnung, Übergabe der Schlüssel und so weiter.«

»Ist Ihnen an der Familie etwas aufgefallen?«

Månsson zieht die Augenbrauen zusammen. »Was soll mir denn aufgefallen sein? Dass der Vater seine Kinder schlägt? Oder die Frau misshandelt? All die schrecklichen Dinge, die man sich im Dorf erzählt?« Er schüttelt den Kopf. »Nein. Davon habe ich nichts gemerkt. Die Familie wirkte völlig normal auf mich, bis auf das behinderte Kind vielleicht und … Na ja, das ältere Mädchen hatte einen wirklich finsteren Blick drauf. Aber das kenne ich von meiner eigenen Tochter. Den Blick hätte Linda auch aufgesetzt, wenn wir sie im Urlaub in dieses Kaff geschleppt hätten. Teenager eben.« Er lacht und greift sich erneut an sein Ohr. Das tut er wirklich oft.

Plötzlich räuspert sich Jokke. »Ähm, wenn ich Sie etwas fragen dürfte, Herr Månsson?«

»Nur zu.«

Jokke hebt seinen Stift. »Sind Sie eigentlich mit Ludvig Staffansson verwandt?«

Maja wäre beinahe ein verwirrtes »Hä?« herausgerutscht. Wie kommt ihr Kollege denn darauf? Sie sieht ihn an. Jokke zuckt nur mit den Schultern und streicht mit einem Finger an seinem Ohr entlang. Da versteht sie.

Månsson wirkt verlegen, als er auf die Frage antwortet. »Meine Ähnlichkeit mit dem alten Staffansson ist nicht zu leugnen, was? Sie haben recht, der Mistkerl ist mein Erzeuger.«

Jokke nickt zufrieden, während Maja beeindruckt von seinen kognitiven Fähigkeiten ist.

»Aber Sie heißen nicht Staffansson«, konstatiert sie.

»Warum?«

»Weil Ludvig und meine Mutter nie verheiratet waren. Das Scheusal hat sie unehelich geschwängert.« Månsson verzieht verbittert das Gesicht und sein Ton wird härter, hasserfüllter. »Sie war eine seiner *Affären.*«

»Demnach ist Victor Staffansson Ihr Halbbruder?«

»Ja, die zwei älteren Söhne von dem Bastard ebenfalls. Und wer weiß, wie viele Geschwister ich noch habe? Ludvig fickt sich seit Jahrzehnten durchs Dorf. Benimmt sich wie ein Gutsherr beim ›Recht der ersten Nacht‹, oder wie das heißt. Ein Kotzbrocken vor dem Herrn. Und diese einfältige Kuh Maj-Britt sieht einfach zu. Wissen Sie, Ludvig war bereits mehrere Jahre mit ihr verheiratet, als er mich zeugte. Er ging immer wieder zu meiner Mutter, sogar noch, als ich schon älter war. Heimlich hat er uns besucht und auch all seine anderen Mätressen regelmäßig beglückt. Er konnte es einfach nicht lassen, dieser notgeile Bock. Aber für uns sorgen, das wollte er nicht. Nein, sein Vermögen, das hält er schön beisammen. Das ist allein für die Brut bestimmt, die seinen Namen trägt. Ich möchte nicht wissen, wie viele Frauen er im Stich gelassen hat oder wie viele Kuckuckskinder es in Hultsjö gibt. Die Frauen sind jedenfalls selber schuld, wenn sie ihre Beine für ihn breit gemacht haben und schwanger geworden sind.« Er hebt eine Hand. »Verstehen Sie mich nicht falsch, das sind seine Worte, nicht meine. Die haben eben Pech gehabt. Dass Ludvig so ist, dafür kann er schließlich nichts. Sein Vater, mein Großvater, war auch schon ein Arsch. Eine ganze Ahnenreihe voller Arschlöcher. Ich bin wirklich froh, dass ich nicht diesen Namen trage.« Månsson holt tief Luft und stößt sie schwer seufzend wieder aus, als habe er sich etwas von der Seele geredet. Dass er derart heftig reagiert, liegt vermutlich daran, dass er sich damit so weit wie möglich von seinem Vater distanzieren will. Kein Wunder bei diesem Traumpapi.

»Ludvig«, fährt er mit belegter Stimme fort, »hat meine Mutter kaputt gemacht. Sie ist nie darüber hinweggekommen, dass er sie nur benutzt hat. Ich habe sie da rausgeholt und mit nach Karlskrona genommen. Sie wohnt jetzt in einer kleinen Wohnung, und ich kümmere mich um sie.«

»Und wo wohnen Sie?«

»Ich habe mir ein Haus auf Saltö gekauft, nachdem ich mich mit meinem Büro etabliert hatte.«

»Nobel«, sagt Maja, die vom Balkon ihrer Wohnung aus auf die Insel mit den bunten Holzvillen blicken kann. Sie könnte sich dort keine Immobilie leisten, nicht mal eine Gartenhütte. »Leben Sie dort mit Ihrer Familie? Sie haben vorhin von Ihrer Tochter erzählt.«

Månsson guckt sie an, als hätte sie die nächste offene Wunde getroffen. »Nein«, sagt er mit belegter Stimme. »Ich bin seit vier Jahren geschieden. Meine Ex-Frau wohnt in Stockholm, zusammen mit unserer Tochter Linda.«

»Verstehe. Kennen Sie Victor Staffansson eigentlich näher?«

»Nein.«

»Und die beiden Egman-Jungen, Vilhelm und Krister?«

»Nur vom Sehen. Wieso?«

»Routinefragen.« Maja muss erneut an Ludvig Staffansson denken. »Dann ist es also eine Art Rache an Ihrem Vater, dass Sie die Häuser aus Hultsjö ausgerechnet an Ausländer verkaufen? Direkt vor seiner Nase.«

Månsson blickt sie scharf an. »Dieser Mann ist nicht mein

Vater, und ich möchte nicht, dass Sie ihn so nennen.« Unvermittelt erscheint ein bitterböses Lächeln auf seinen Lippen. »Aber ja, es ist meine Rache. Jedes Haus, das ich an Leute von außerhalb verkaufe, ist ein Tritt in den faltigen Arsch dieses Wichsers!«

Maja sagt nichts, sie kann Månssons grimmige Genugtuung durchaus nachvollziehen. Sie öffnet das Foto vom Drohbrief auf ihrem Handy und hält es Månsson hin. »Den haben die Nowaks bekommen. Könnte der von Ludvig Staffansson stammen?«

Der Makler nickt müde. Sein Blick ist getrübt. Er scheint von seinem Gefühlsausbruch erschöpft zu sein. »Ja«, sagt er mit leiser Stimme. »Das würde zu ihm passen.«

51

Als Skagen durch Hultsjö zurück zum Haus der Nowaks fährt, fühlt er sich wieder etwas zuversichtlicher. Der Anruf von Maja vorhin hat ihn davor gerettet, in die Tiefen der Selbstzerfleischung abzustürzen. Mit den Fingern tastet er nach der Styroporbox, die auf seinem Beifahrersitz steht.

Die drei fraglichen Jungen haben ihm bereitwillig ihre DNA-Proben gegeben, welche sich gut gekühlt in der Box befinden.

Ziemlich überrascht waren die Burschen, als er auf dem Parkplatz aufkreuzte und sich zu erkennen gab. Besonders dieser Vilhelm Egman mit seinem übermäßig coolen Gehabe. Da dieser ganz oben auf Skagens Liste der Verdächtigen steht, hat er ihn als Erstes um die Probe gebeten und dabei genau beobachtet. Auf die Fragen zu Lola antwortete er nur ausweichend, genau wie Krister und Victor. Keiner will etwas gesehen oder getan haben. Sicher! Morgen wüssten sie mehr, denn DNA lügt nicht.

Mittlerweile sind die anderen drei Jungen entlastet worden. Der Schnelltest, der über Nacht im Labor gemacht wurde, hat ergeben, dass die Spuren aus dem Kondom nicht von ihnen stammen.

Dass Skagen überhaupt von dem Aufenthaltsort der Gruppe erfahren hat, lag an Maja. Besser gesagt an Melker Bolinder, der sie angerufen und ihr Bescheid gesagt hat, dass die Jungen auf dem Parkplatz vor der Pizzeria herumlungern. Der Druck, den sie auf die Dorfbewohner aufbauen, scheint langsam zu wirken. Vielleicht gingen in den nächsten Tagen ja noch weitere solcher Hinweise ein. Skagen kann es nur hoffen.

Ein roter Pick-up kommt ihm auf der Straße entgegen und signalisiert ihm mit der Lichthupe, dass er anhalten soll. Es ist Ture Dahlberg. Gut, dann muss er nicht zu dem Bauern auf den Hof fahren, um ihn nach dem Blut auf der Axt zu fragen.

Der Großgrundbesitzer hält mitten auf der Straße an und grüßt ihn durchs offene Fenster.

»Guten Tag. Gibt es Neuigkeiten? Haben Sie Frau Nowak gefunden?«

»Leider nicht«, entgegnet Skagen und fragt sich, wie oft er diesen Satz inzwischen schon gesagt beziehungsweise gehört hat.

»Es ist wirklich schlimm, dass so etwas in Hultsjö passiert.« Dahlberg schüttelt den Kopf und seine Miene wirkt aufrichtig betroffen. »Aber dass der Mörder und Vergewaltiger noch immer frei herumläuft, beunruhigt nicht nur mich und meine Frau, sondern auch unsere Feriengäste. Die fragen mich beinahe täglich, ob es gefährlich für sie ist, hierzubleiben. Herr Skagen, was soll ich denen erzählen? Ich habe Angst, dass mir die Besucher davonlaufen. Ich habe viele Stammgäste, wissen Sie? Die denken sich das nächste Mal vielleicht, dass sie lieber woanders hinfahren.«

»Ich kann Ihre Sorge verstehen, aber die Ermittlungen dauern noch an. Es ist schwer, da etwas zu beschleunigen.«

Dahlberg schweigt, und Skagen nutzt die Gelegenheit, um seine kleine Vernehmung zu starten. »Herr Dahlberg, wir haben Blut an der Axt gefunden, die auf der Ladefläche Ihres Wagens lag. Können Sie uns sagen, wie das da drankommt?«

Der Forstwirt runzelt die Stirn, dann erhellen sich seine Züge. »Ach, das ist von dem Wildschwein, das ich vor zwei Wochen geschossen habe. Ein männlicher Überläufer. Ich habe damit sein Schloss geöffnet, falls Sie verstehen, was ich meine.«

Skagen nickt. Er kennt den Jägerjargon für das Zerlegen und Ausnehmen von Wild. In diesem Fall war das Auftrennen des Beckenknochens gemeint. »Okay, würden Sie uns im Zuge dieser Ermittlung vielleicht noch eine DNA-Probe von sich geben?«

Dahlbergs Gesicht verfinstert sich schlagartig. »Was soll das? Wollen Sie jetzt auch Misstrauen säen wie all die anderen im Ort?«

»Nein, das ist unser allgemeines Vorgehen, damit wir Sie als Täter ausschließen können. Reine Routine.«

Dahlberg zögert. »Nehmen Sie auch eine Probe von Ludvig Staffansson?«

»Warum?«

»Das ist doch offensichtlich. Er hat Lügen über mich verbreitet, weil er von sich selbst ablenken will.« In Dahlbergs hellblauen Augen funkelt es.

»Ich weiß, dass Sie mit Herrn Staffansson im Clinch liegen«, entgegnet Skagen. »Dennoch sollten Sie vorsichtig sein, jemanden grundlos zu beschuldigen.«

»Grundlos? Pah! Ich habe viele gute Gründe, auf den Mann wütend zu sein. Ludvigs mieser Charakter ist einer von ihnen. Unbescholtene Bürger mit Dreck bewerfen, ja, das kann er, dieser ehrlose Mistkerl. Nichts als Lügen und falsche Anschuldigungen kommen von dem!«

»Sie haben seine Katze erschossen«, bemerkt Skagen ernst. »Und Sie haben ihn mit der Waffe vom Hof gejagt.«

»Was soll ich?« Dahlberg schnappt nach Luft. »Das … das wird ja immer schöner! Ich weiß nicht mal, wie seine verdammte Katze aussieht, und erschossen habe ich die ganz sicher nicht. Das ist lächerlich! Eine weitere Lüge von diesem alten Bastard. Da sehen Sie es. Der spinnt!«

In diesem Fall steht wohl Aussage gegen Aussage. Skagen hat keine Ahnung, wer von den beiden die Wahrheit sagt. Die Fronten zwischen den Familien sind ziemlich verhärtet, und diesen Zwist zu schlichten, der womöglich seit Jahrzehnten schwelt, ist nicht seine Aufgabe. Das müssen die Familien unter sich regeln.

»Was ist jetzt mit der Probe?«, fragt er etwas müde.

»Na gut. Ich tue es«, knurrt der Bauer durch sein Autofenster. »Schon allein, weil Ludvig sich wahrscheinlich weigert. Ich will der Polizei schließlich helfen.«

»Danke.«

»Aber Sie müssen mir eines versprechen, Herr Skagen. Wenn wir damit fertig sind, dann finden Sie endlich den Mörder, anstatt weiter Unschuldige zu behelligen!«

»Das werden wir, Herr Dahlberg.« Skagen nimmt ein steriles DNA-Probenset aus der Box und steigt aus, um den Bauer der gleichen Prozedur zu unterziehen wie zuvor die drei Jungen.

Als er wenig später hinter dem Kastenwagen von Bo Håkansson parkt, ist er schon wieder völlig durchgeschwitzt. Die Luft ist im Laufe des Tages noch dickflüssiger geworden. Am Himmel hängen die gleichen trägen Wolken.

Auf dem Rasen vor dem Haus der Nowaks blickt er sich um. Aus der Scheune dringen gedämpfte Stimmen, die darauf schließen lassen, dass Göran und die Kollegen von der Kriminaltechnik weiterhin mit der Begutachtung des Tatorts beschäftigt sind. Skagen vernimmt ein lautes Knacken hinter sich und dreht sich um. Irgendetwas bewegt sich durch den Wald. Ein Tier?

Plötzlich bricht ein Hund aus dem Gebüsch und kurz darauf folgt Bo Håkansson mit einem erschöpften Gesichtsausdruck. Er wischt sich den Schweiß von der Stirn und stöhnt matt auf. Seinem vierbeinigen Kollegen scheint es nicht anders zu gehen. Rockos Zunge hängt fast bis auf seine Brust hinab. Hinkend nähert er sich Skagen und stupst ihn an.

»Na, ihr seht aber fertig aus.«

Der Hundeführer will gerade darauf antworten, da taucht Göran hinter ihnen auf.

»Sieh an, Crockett und Tubbs«, ruft er, ohne eine Miene zu verziehen. »Gönnt ihr zwei Hübschen euch eine Pause, während wir anderen uns den Arsch abschuften?«

»Ich bin gerade erst aus dem Wald zurück«, sagt Håkansson und zieht eine Wasserflasche und einen Napf aus seinem Rucksack, um seinem Hund zu trinken zu geben.

»Und? Hast du was gefunden?«

»Leider nichts Konkretes. Tina Nowak war zwar im Wald, sie ist aber wieder zum Haus zurückgegangen. Vielleicht war sie Beeren sammeln. Rocko hat außerdem ein halb verwestes Reh und einen weiteren Kadaver entdeckt. Hier.« Håkansson zeigt ihnen Fotos auf seinem Handy.

»Oh, das könnte die Katze der Staffanssons sein«, sagt Skagen, als er das graugetigerte Fellmuster erkennt. »Wo liegt die?«

»Unter einem Haufen vertrockneter Farne. Nicht weit vom Haus entfernt.« Der Hundeführer deutet in die Richtung. »Ich kann's dir zeigen.«

»Nicht nötig«, blafft Göran. »Tote Katzen interessieren uns nicht. Gibt's sonst noch was?«

»Ja, mir ist aufgefallen, dass dort drüben am Waldrand das Gras plattgedrückt ist. Hinter ein paar Büschen.«

»Wo?«

Håkansson lässt Rocko beim Napf zurück und führt Göran und Skagen zu der fraglichen Stelle. »Könnte sein, dass sich hier jemand versteckt und das Haus beobachtet hat. Oder es war ein Tier. Rehe oder Wildschweine legen sich auch gerne mal ins Gras.«

»Wir checken das, danke«, sagt Göran, und Håkansson nickt.

Skagen muss an Ronjas Zeichnungen denken. Haben sie womöglich einen höheren Wahrheitsgehalt, als sie bisher angenommen haben? »Kann Rocko dieser Fährte folgen?«, fragt er Bo.

»Normalerweise schon, aber für heute ist er durch. Ist viel zu heiß. Sorry.«

»Kein Problem.« Skagen wendet sich an Göran. »Ich habe übrigens die DNA-Proben der fehlenden drei Jungs im Auto. Und die von Ture Dahlberg auch.«

»Na endlich.« Göran dreht sich zur Scheune und brüllt nach Nils Svärd, der kurz darauf im Tor erscheint. »Die DNA-Proben sind da! Du fährst sofort nach Karlskrona und bringst sie ins Labor.«

Svärd nickt beflissen und eilt davon. Er schnappt sich die Kühlbox aus Skagens VW-Bus, springt in den Wagen der KTU und braust davon.

»Ähm«, räuspert sich Bo Håkansson. »Ich würde gerne Feierabend machen. Rocko kann nicht mehr, das seht ihr ja selbst.« Sanft tätschelt er den müde hechelnden Hund. »Außerdem scheint die Sache ziemlich aussichtslos zu sein. Ohne konkrete Spur könnte Rocko wochenlang durch den Wald rennen und würde doch nichts finden.«

»Okay. Sie können zurück nach Malmö fahren, Håkansson. Aber halten Sie sich bereit, falls wir einen neuen Ansatz haben.« Damit dreht Göran sich um und stapft hinüber zur Scheune.

Um die Unfreundlichkeit des Ermittlungsleiters wettzumachen, begleitet Skagen Bo Håkansson zu dessen Kastenwagen, wo Rocko in die Kofferraumbox springt.

»Tut mir leid, dass ich euch nicht mehr helfen konnte«, sagt der Hundeführer, nachdem er die Heckklappe geschlossen hat. »Hat mich trotzdem gefreut, dich kennenzulernen, Tom. Vielleicht sehen wir uns ja mal bei einem anderen Einsatz.«

»Besser nicht«, erwidert Skagen scherzhaft.

Håkansson versteht, was er meint, und grinst. Dann steigt er in sein Auto und fährt los. Skagen winkt zum Abschied hinterher, und während der aufgewirbelte Staub sich auf seine schweißnassen Arme legt, fühlt er einen gewissen Neid auf den frühen Feierabend des Kollegen.

Das Klingeln seines Telefons durchbricht die Stille, die sich ohne, dass er es gemerkt hat, über das Grundstück und das Haus der Nowaks gesenkt hat. Zuerst befürchtet Skagen, es könnte wieder Jette sein, doch die Nummer ist aus Schweden. Neugierig nimmt er ab. »Tom Skagen von Skanpol, hallo.«

»Ja, hallo!«, dringt eine kräftige Stimme an sein Ohr. »Hier ist Dr. Modig. Ich habe es eben bei Göran Berg probiert, aber es ist besetzt, und da dachte ich mir, ich versuche es mal bei Ihnen. Ich hätte nämlich etwas, was Sie interessieren könnte. Es geht um eine Tierfalle. Laut Beschreibung ist sie an einem verlassenen Haus im Wald gefunden worden.«

»Was ist damit? Ich dachte, darum kümmern sich die Kollegen von der Rauschgiftabteilung wegen des Schwarzbrennerlagers.«

»Möglich, aber diese hier ist bei mir gelandet, und sie trägt eindeutig die Nummer eurer Ermittlung.«

»Das war bestimmt ein Fehler, die sollten eigentlich …«

»Ein guter Fehler, würde ich mal sagen«, unterbricht ihn Dr. Modig. »Denn ich habe Partikel daran gefunden. Rückstände einer Farbe, die am Drahtbügel klebte.«

»Farbe?«, fragt Skagen und spürt, wie das Kribbeln von vorhin in der Scheune in seinen Körper zurückkehrt.

»Genauer gesagt Falunrot. Die chemische Zusammensetzung ist haargenau dieselbe wie bei den Farbresten, die wir in den Haaren des Mädchens gefunden haben.«

Ja, denkt Skagen. Da ist sie endlich, ihre Spur! »Danke, Doktor. Damit haben Sie uns sehr geholfen. Ich melde mich später noch mal. Wiederhören.« Als Skagen aufgelegt hat, stolpern seine Gedanken wild durcheinander.

Die Farbe aus der Scheune.

Auf einer der Fallen.

Draußen im Wald bei dem Haus.

Einen Augenblick später springt er in seinen VW-Bus und rast davon.

52

In der Woche davor

Am Abend klopft Tina an Lolas Tür, die schon den ganzen Tag fast durchgängig geschlossen ist. Selbst das Essen will Lola in ihrem Zimmer einnehmen. Es heißt ja schließlich Stubenarrest, und daran gedenkt sie sich zu halten. Damit will Lola sie bestrafen. Nach dem Motto: Du bist schuld, dass ich nicht an unseren Familienritualen teilnehmen kann, die Papa so wichtig sind.

Dabei ist klar, was Lola damit beabsichtigt. Sie legt es darauf an, dass Jochen und Tina sich streiten. Lola weiß genau, in welche Wunde sie wie viel Salz streuen muss.

Tina klopft erneut. Als Lola endlich antwortet, drückt sie die Klinke runter. Die Tür ist abgeschlossen. »He, mach auf, ich möchte mit dir reden.« Eigentlich will sie das nicht, aber sie muss. Sie hört ein genervtes Aufstöhnen, und kurz darauf dreht sich der Schlüssel im Schloss.

»Was ist?«, fragt Lola abweisend.

Tina drückt die Tür auf und betritt das Zimmer. Lola lässt sich betont trotzig aufs Bett fallen. In einigem Abstand setzt sich Tina neben sie und verbirgt dabei, dass sie große Schmerzen hat.

»Schatz …«

»Nenn mich nicht so, wenn du es nicht so meinst!«, unterbricht Lola. Von ihrer Ecke des Bettes aus starrt sie sie giftig an.

Tina blinzelt. »Aber ich meine es so.«

»Klar doch …«, sagt Lola in einem absichtlich verletzenden Ton. Der eiskalte Hauch, den sie aussendet, prallt an Tina ab, zu oft hat sie das schon erlebt.

»Lola, du weißt genau, was mir an deinem Verhalten nicht gefällt«, sagt sie ruhig, »und Papa auch. Wir haben vorhin nach dem Abendessen lange über dich geredet. Papa macht sich Sorgen.«

»Ach ja? Und warum spricht *er* dann nicht mit mir?«

»Wollte er ja, aber das Thema, um das es geht, ist … Frauensache.«

Lola stößt einen belustigten Laut aus. »Doch nicht etwa *das* Thema. Das ist lächerlich, Mama.«

»Ich will trotzdem mit dir darüber reden.«

»Mann, das hatte ich längt alles in der Schule und außerdem … Was denkst du? Dass ich hinterm Mond lebe? Ich weiß darüber mehr Bescheid als ihr beide.«

»Über was denn?«

»Über Sex. SEX! Ich weiß, wie das funktioniert. Der Mann schläft mit der Frau und dabei kommen Kinder raus. So einfach ist das. Also benutzt man besser ein Kondom oder die Pille. Aber die lasst ihr mich ja nicht nehmen. Und jetzt hau ab. Das ist echt oberpeinlich.«

»Was ist peinlich?«

»Dass du mir was über Sex erzählen willst.«

»Das wollte ich gar nicht«, entgegnet Tina und sieht, wie Lolas Augen sich weiten. »Ich möchte mit dir darüber reden, was Jungs wollen. Und was sie gelegentlich tun, um es zu bekommen.«

»Du meinst *doch* Sex.«

»Nein.«

Lola wirft ungeduldig die Hände in die Luft. »Was meinst du dann? Kapier ich nicht.«

»Das ist der Grund, warum ich es dir erklären muss.« Tina holt Luft und verlagert ihr Gewicht, sodass ihr Oberschenkel nicht so wehtut. Heimlich beißt sie die Zähne zusammen. Leicht fällt es ihr nicht auszusprechen, was sie sagen möchte. Aber es muss sein. »Also, für manche Jungs ist Sex wie ein Spiel. Für Frauen ist es das manchmal jedoch nicht. Sie müssen hinterher schließlich die Konsequenzen dieser Spielchen tragen. Oft beginnt es damit, dass sie sich von den Jungs zu viel Alkohol oder Drogen aufschwatzen lassen, und anschließend passiert etwas, das sie nicht wollen.«

»Du meinst eine Vergewaltigung. Sag's doch gleich. Gott, bist du umständlich!«

»Von brutaler Vergewaltigung bis hin zu unwissentlichem Sex unter Alkoholbetäubung gibt es viele Abstufungen, Lola. Ich will, dass du daran denkst, wenn du dich mit Jungen triffst, die du nicht kennst.«

»Willst du damit sagen, die Jungs aus dem Ort wären Vergewaltiger?« Lola stemmt sich in die Höhe. »Bist du bescheuert? Die sind total normal.«

»Ich …« Tina bricht ab. »Ich wollte dir nur sagen, dass du vorsichtig sein sollst. Und mach es niemals, bitte niemals ohne Kondom, hörst du?«

»Oh ja, ich werde meinen Vergewaltiger darauf hinweisen,

dass er eines benutzen soll. Herzlichen Dank auch. Weißt du eigentlich, wie megascheiße das von dir ist? Echt!«

»Lola … du bist erst 15, und ich …«

»Ich weiß selbst, wie alt ich bin. Bin ja nicht blöd.« Sie steht ruckartig auf, und Tina zuckt unwillkürlich zurück. Lola lächelt sie kalt an. Dann stolziert sie zur Tür und hält sie auf. »Du kannst jetzt gehen. Hier drinnen passiert mir jedenfalls nichts. Gute Nacht!«

Tina verlässt das Zimmer, und Lola wirft die Tür hinter ihr zu. Der Schlüssel dreht sich, und das Gefühl, einer weiteren Erniedrigung ausgesetzt gewesen zu sein, liegt wie ein Stein in Tinas Magen.

Im Wohnzimmer bleibt sie stehen, atmet zitternd aus und ein. Sie sieht Ronja vor dem Fenster sitzen, hinter dem es bereits dämmert. Sie ist mit ihrem Collegeblock beschäftigt. Wild malt sie darin herum. Neben ihr steht das rote Dalapferdchen, das Jochen ihr auf einem Flohmarkt gekauft hat.

Tina seufzt und blickt sich um. Werkzeuge und die Reste der herausgebrochenen Wand liegen überall verstreut, Jochen ist nirgendwo zu entdecken. Enttäuschung drängt sich in ihr herauf, weil er nicht da war, um sie bei dem Gespräch mit Lola zu unterstützten. Gegenüber Konflikten reagiert er stets sensibel. Bestimmt ist er deswegen aus dem Haus geflohen. Wegen ihr. Weil sie unfähig ist, den Konflikt mit Lola zu lösen.

»Wo ist denn Papa?«, fragt Tina ihre jüngere Tochter und streicht ihr über das Haar.

Ronja grinst sie an. »Papa ist in der Scheune. Sägen.«

*

Wütend wirft Lola sich auf ihr Bett und schlägt mit der Faust auf das Kissen. Sie hatte gehofft, ihre Mutter würde mit ihr über den Stubenarrest reden und ihn danach aufheben. Stattdessen labert sie irgendein bescheuertes Zeug über Vergewaltigungen und Sex. Vollkommen daneben – wie Jenny es gesagt hat.

Sie dreht sich auf den Rücken und blickt an die Decke. Im Zimmer wird es langsam dunkel. Von draußen dringen Sägegeräusche herein. Papa werkelt wieder in der Scheune herum. Um diese Uhrzeit, der hat doch einen Knall!

Lola seufzt. Sie denkt an die Jungs aus dem Ort. Was sie wohl gerade treiben? Bestimmt fragen sie sich, warum sie nicht mehr auftaucht. Keiner von ihnen weiß, dass sie hier eingesperrt ist. Ob Valle an sie denkt? Oder Victor?

Draußen wird es immer dunkler, während Lola sich vorstellt, was sie mit Valle oder Viggo tun würde, wenn sie aus dieser Bruchbude rauskäme. Zu gerne würde sie einen von ihnen küssen. So richtig mit Zunge und allem. Das wäre geil. Scheiß auf das Gelaber ihrer Mutter.

Plötzlich hat Lola eine Idee. Sie springt vom Bett und geht zur Tür. Sie braucht die Schere aus dem Badezimmer. Und die Gummihandschuhe. Sie würde ihre Mutter so richtig leiden lassen.

53

Tina muss würgen. Der Lappen in ihrem Hals rutscht immer tiefer. Ihr Mund ist voll von dem Geschmack nach Erbrochenem. Sie krümmt sich unter den Wogen der Übelkeit.

Als diese verebben und Tränen ihr Gesicht benetzen, liegt sie vollkommen erschöpft da und starrt in die Dunkelheit.

Plötzlich durchfährt sie ein gleißender Schmerz. Tina stöhnt auf, krampft sich zusammen und beginnt am ganzen Leib zu zittern. Dabei entgleitet ihr erneut die Kontrolle und sie nässt sich ein. Warm rinnt der Urin über ihren Oberschenkel. Der Krampf lässt nach und ihre Muskeln entspannen sich. Endlich bekommt sie mehr Luft. Der Sauerstoff bringt ihr Hirn zum Arbeiten. Bilder tauchen auf.

Lola.

Lola, wie sie vor Wut schreit. Und Ronja, die weint.

Das Holzpferd mit dem abgebrochenen Bein.

Die Trolle draußen vorm Haus. Ihre buckligen, dunklen Schatten in der Nacht. Ja, die hat sie auch gesehen. Es gibt sie wirklich. Sie verstecken sich im Wald, so wie Ronja es gesagt hat.

Die Trolle.

Und auch jetzt weiß sie, dass sie da sind. Dort draußen vor der Tür. Sie warten darauf, sie fressen zu können. So wie sie alle bösen Menschen fressen. Aber Tina ist es egal. Sie wehrt sich nicht mehr. Will nur noch, dass es aufhört.

Der Schmerz und das erdrückende Gefühl der Schuld. Das alles soll verschwinden. Sie will verschwinden.

Etwas raschelt vor der Tür.

Mit aufgerissenen Augen starrt Tina in die Richtung. Sie hört einen grunzenden Laut und lächelt erleichtert.

Nein, das ist nicht ihr Peiniger. Das sind sie. Die Trolle. Sie sind gekommen. Endlich.

Sie spürt, wie ihr die Gedanken entgleiten, sich auflösen und in verschiedene Richtungen davonfliegen. Ihr Kopf sackt zur Seite und ihre Lider senken sich. Ihr ist so kalt. So kalt.

Das Grunzen wird lauter, und auch das Schaben und Stoßen gegen die Tür wird immer heftiger. Holz knackt, und plötzlich durchbricht ein lautes Splittern die Stille.

Vollkommen reglos liegt Tina da. Lässt es geschehen.

54

Mit klopfendem Herzen und gesenktem Blick durchstreift Skagen das Gelände hinter dem verlassenen Haus. Selbst wenn die Kollegen alles gründlich abgesucht haben, könnten sie einen wichtigen Hinweis übersehen haben. Weitere Farbflecken, Haare, Stofffetzen. Irgendwas, was von Tina stammen könnte. Denn Skagen ist felsenfest davon überzeugt, dass die Farbe, die Dr. Modig auf der Tierfalle gefunden hat, von dem unbekannten Dritten aus der Scheune hierherbefördert worden ist. Natürlich unbewusst. Die Farbeimer mit dem Rot standen auf der Kommode, in der die Knochen aufbewahrt wurden. Der Unbekannte muss damit in Kontakt gekommen sein, bevor er Tina in dieses Waldgebiet verschleppt hat. Dabei ist er in das Fangeisen getreten, was ihn jedoch nicht groß aufgehalten haben dürfte, da es nur eine kleine Drahtfalle war. Aber wohin ist er danach gegangen? Wo hat er Tina hingebracht?

Skagen hebt den Kopf. Vor ihm tut sich der Wald auf. Die anderen Suchtrupps sind ein paar Kilometer von ihm entfernt unterwegs. Sollte Tina irgendwo in diesem Gebiet liegen und noch leben, bräuchte er dringend Unterstützung. Sofern überhaupt jemand vier Tage lang ohne Hilfe überleben kann. Hätte er bloß Rocko dabei, der Hund würde die Spur finden.

Skagen will gerade zum Telefon greifen, da beginnt es zu klingeln. Als er auf das Display blickt, stößt er einen gequälten Seufzer aus. Nicht schon wieder Jette!

Er spürt instinktiv, dass er in der Scheiße sitzt, egal, ob er das Gespräch annimmt oder nicht. Also drückt er den Anruf weg und schaltet das Handy aus. Sofort ist es wieder still im Wald.

Skagen blickt zum Himmel hinauf. Über ihm hängen dicke graue Wolken. Ob es ein Gewitter geben wird? Das würde zumindest für Abkühlung sorgen – allerdings auch sämtliche Spuren vernichten. Gar nicht gut.

Entschlossen marschiert Skagen los, mit voller Konzentration auf seine Umgebung. Wenn der Unbekannte Tina von hier aus getragen hat, muss er sie – egal, wie viel sie wiegt und wie kräftig er ist – irgendwann mal abgelegt haben.

Sogar für einen Muskelmann wird ein Frauenkörper nach einiger Zeit zu schwer.

»Tina Nowak! Hallo, sind Sie hier irgendwo?«, ruft Skagen in der Hoffnung, sie könnte ihn hören. Dabei dringt er immer tiefer in den Wald ein.

Eine halbe Stunde später bleibt er stehen. Um ihn herum sind nur hohe Fichten und mannsgroße, moosbewachsene Findlinge. Skagen hat den Weg durch den Wald gewählt, der am leichtesten zu begehen ist. Mit einer schweren Last auf den Schultern würde man nicht durchs Dickicht kriechen. Er blinzelt den Schweiß aus den Augen und reibt sich den verspannten Nacken. Die feuchtschwüle Luft ist unerträglich. Tote Insekten kleben an seiner verschwitzen Haut, und er hat Durst.

»Tina!«, ruft er heiser, bekommt aber wie zuvor keine Antwort.

Verdammt. Wo steckt sie? Was hat der Kerl mit ihr gemacht? Wohin wollte er? Auf dem Satellitenbild der Forstbehörde, die er sich heute Morgen angesehen hat, war nichts Relevantes zu entdecken. Weder eine Felsformation noch eine andere Struktur, bei der man einen Körper hätte verstecken können. Skagen reibt sich über das Gesicht. Das alles ist so verdammt aussichtslos!

Niedergeschlagen setzt er seinen Weg fort. Dabei hat er das Knacken des Blaubeergestrüpps unter seinen Sohlen und den Geruch der Kiefern in seiner Nase.

Plötzlich nimmt er eine Bewegung wahr. Im nächsten Moment prescht ein großes struppiges Vieh aus dem Unterholz. Erschrocken bleibt Skagen stehen, aber das Wildschwein interessiert sich nicht für ihn und rennt einmal quer durch den Wald.

Verdattert starrt Skagen dem Tier nach. Als es verschwunden ist und eine Windbö die Kronen der Bäume in Bewegung versetzt, atmet er auf. Doch die Bö trägt nicht nur würzigen Holzduft mit sich. Da ist noch ein anderer Geruch. Skagen hebt die Nase in den Wind und schnuppert. Kurz fragt er sich, wer bei dieser Trockenheit so verantwortungslos ist und im Wald grillt. Da trifft ihn die Erkenntnis wie ein Schlag ins Gesicht.

Das kommt nicht von einem Grill.

Das ist Feuer.

Der Wald brennt!

Skagen sprintet los. In Richtung des verlassenen Hauses, an dem er seinen VW-Bus geparkt hat. Der Weg ist länger, als er dachte. Aber schließlich erreicht er es völlig außer Atem und rennt darum herum auf seinen Bulli zu. Mit Schrecken erkennt er, dass an der Straße die ersten Flammen an den Bäumen emporzüngeln. Der Himmel verdunkelt sich, allerdings nicht aufgrund der Regenwolken. Diesmal ist es dichter Qualm, der über ihn hinwegzieht.

Hastig steckt Skagen den Autoschlüssel ins Schloss, reißt die Tür auf und springt hinters Steuer. Doch als er den Motor startet und kurz aufblickt, lässt der Schock seine Haut prickeln. Auf dem Forstweg frisst sich ihm eine Wand aus Feuer entgegen. Es kracht, und er kann die Hitze durch die Windschutzscheibe spüren.

Wie gelähmt starrt Skagen auf die Flammen, während sich in ihm ein Gedanke manifestiert.

Das war der einzige Weg aus dem Wald heraus.

Er ist eingeschlossen.

55

Die Hitze ist unerträglich und sengt den Lack des Bullis an. Endlich gelingt es Skagen, sich aus der Starre zu lösen. Er reißt das Lenkrad herum, wendet den Bus in wenigen Zügen und gibt Gas. Zumindest bis zum Wendehammer kann er auf dem Weg fahren und hoffen, dass die Flammen ihn verschonen.

Schlitternd kommt er kurz darauf in der Mitte des Schotterplatzes zum Stehen, holt die wichtigsten Sachen aus dem Wagen, stopft sie in einen Rucksack und schlägt die Tür zu. Als er sich umdreht, ist das Feuer nicht mehr weit entfernt. Durch den auffrischenden Wind und die trockene Vegetation breiten sich die Flammen rasend schnell aus.

Hektisch überlegt Skagen, in welche Richtung er fliehen soll. Wo hat er die beste Chance, auf eine Schneise zu stoßen, die das Feuer stoppen würde? Er ruft sich die Satellitenbilder des Waldgebietes ins Gedächtnis, während die Hitze immer unerträglicher wird und der Qualm in seinen Lungen beißt. Er muss zur Landstraße. Dort würde er nicht nur auf Hilfe treffen, sondern auch auf genügend freie Fläche. Die Straße liegt jedoch im Osten, genau in der Richtung, in die das Feuer zieht.

Verdammt. Er muss es trotzdem versuchen. Er hat keine andere Wahl. Jemanden anzurufen und auf Luftrettung zu warten wäre aussichtslos. Das Feuer wäre schneller an seiner Position angelangt als irgendein Hubschrauber. Also läuft Skagen los, kämpft sich eilig durch das Unterholz. Zweige peitschen ihm ins Gesicht und kratzen über seine nackten

Arme. Ein paarmal stolpert er über verborgene Äste und schlägt sich Ellenbogen und Knie blau. Egal, er muss weiter, weiter. Er rappelt sich auf und springt über umgefallene Baumstämme und ausgetrocknete Bachläufe, rudert mit den Armen, um sein Gleichgewicht zu halten. Kaum wagt er es, sich umzusehen. Er kann das Feuer in seinem Nacken spüren, das ist Ansporn genug. Sein Atem rasselt in seiner Brust, und die unerwartete Anstrengung lässt seine Muskeln schnell übersäuern. Sie zieht und zerrt an seinen Gliedern, und er wird langsamer. Skagen reißt den Mund auf, um seinen Körper mit mehr Sauerstoff zu versorgen, doch die Luft ist dickflüssig und angefüllt mit sengender Hitze und Qualm. Keuchend kämpft er gegen den Energieverlust an.

Wo ist das beschissene Runner's High, wenn man es braucht?, denkt er und spürt das Gewicht des Rucksacks, der ihn bei jeder Bewegung behindert. Er reißt sich das Ding vom Rücken und lässt es zurück. Sein Leben ist wichtiger als die paar Sachen.

Er flucht erneut, denn beinahe wäre er gegen einen Steinhaufen gerannt. Etwas daran kommt ihm bekannt vor, doch er hat keine Zeit, darüber nachzusinnen. Alles, was jetzt zählt, ist laufen und den Körper in Bewegung halten, so schmerzhaft es auch sein mag. Er weicht dem Haufen aus und prescht durch ein Stück Wald mit hohen Fichten. Das Laufen ist hier einfacher, da der Boden lediglich mit Gras und Moos bedeckt ist. Aber das Feuer lässt sich ebenfalls nicht aufhalten. Aus dem Augenwinkel registriert Skagen, wie die Flammen ihn zu seiner Rechten überholen. Panik schießt durch seine Glieder, und endlich ist er da, der ersehnte Adrenalinschub.

Gerade noch rechtzeitig schlägt er einen kraftvollen Haken nach links und spürt, wie die Flammen über seinen Nacken lecken.

Die Hitze in seinem Rücken wird größer, versengt ihm die Haare. Skagen beißt die Zähne zusammen und gibt alles. Plötzlich ist das Feuer vor ihm und er bremst abrupt ab. Als er sich umdreht, um nach einem Ausweg zu suchen, stellt er fest, dass er von den Flammen eingekesselt ist.

Heftig hämmert sein Herz in der Brust, der Qualm brennt in seinen Augen. Skagen hustet, bekommt kaum Luft. Er sitzt wie ein Tier in der Falle.

Ein brennender Ast fällt neben ihm zu Boden, und Skagen hechtet zur Seite, um nicht getroffen zu werden. Glut spritzt in sein Gesicht, und er reißt die Arme hoch, dennoch fühlt er ein heißes Ziehen auf der Haut.

Scheiße. Das war's.

Fieberhaft dreht er sich im Kreis, verliert dabei die Orientierung. Aus welcher Richtung ist er gekommen? Die Flammen rücken näher. Es faucht und knackt um ihn herum. Die Luft hat gefühlte 500 Grad.

Er entdeckt einen kleinen Durchlass, eine Lücke zwischen zwei Baumstämmen, die das Feuer bereits niedergebrannt hat. Seine einzige Chance.

Skagen hält die Luft an, schließt die Augen und springt hindurch. Auf der anderen Seite gerät er ins Straucheln, kann sich jedoch fangen und stolpert weiter in den grünen Wald. Hier war das Feuer bisher nicht, aber es wird kommen, das ist sicher. Ohne sich umzuwenden, rennt er weiter. Das Runner's High ist weg, seine Glieder sind schwer wie Blei. Nicht mehr lange und er würde einfach zusammenbrechen.

Mit Tränen in den Augen versucht er, den besten Weg zu finden. Hinter ihm stürzt etwas Schweres zu Boden. Da sieht er plötzlich ein helles Licht zwischen den Stämmen vor sich aufleuchten. Endlich. Dort muss die Straße sein!

Skagen mobilisiert seine letzten Kräfte und stolpert auf

die rettende Schneise zu. Etwas Rotes gleitet dort vorbei. Ein Auto. Ja, das ist seine Rettung!

Keine Minute später bricht Skagen aus dem Unterholz und rutscht unbeholfen die Böschung hinab, die zu einem Graben gehört. Dahinter liegt die Landstraße nach Emmaboda. In der Ferne erkennt Skagen die Lichter eines herannahenden Autos. Er stellt sich mitten auf die Straße und hebt die Arme. Hinter sich hört er das Feuer wüten.

Der Wagen hält neben ihm und der Mann darin winkt ihn hastig auf den Beifahrersitz. »Mein Gott, steigen Sie ein. Das Feuer ist gleich an der Straße!«

Skagen springt ins Auto, und als der Mann an der Stelle vorbeifährt, an der er eben aus dem Wald gekommen ist, befindet sich dort nur noch eine undurchdringliche Wand aus Flammen und Qualm.

Auf der Fahrt nach Hultsjö erfasst Skagen langsam das Ausmaß des Feuers. Der Wald brennt über mehrere Kilometer hinweg. Allerdings machen die Flammen an der Landstraße Halt, denn ab hier fehlt ihnen die Nahrung. Selbst der Wind reicht nicht aus, um die Glut über die Schneise hinwegzutragen. Skagen reibt sich über seinen versengten Arm und hofft, dass den Kollegen vom Suchtrupp nichts zugestoßen ist.

»Waren Sie Pilze sammeln?«, fragt der Autofahrer.

»Was? Nein, ich bin Polizist. Ich bin vom Feuer eingeschlossen worden. Ich glaube, mein Wagen ist verbrannt.«

»Du liebe Güte. Wenigstens ist Ihnen nichts passiert.«

Skagen nickt.

»Was denken Sie«, fragt der Mann, während er entsetzt die Augen aufreißt, »war das Brandstiftung? Schließlich herrscht ja überall Verbot für offenes Feuer.«

»Ich weiß es nicht«, antwortet Skagen erschöpft.

Vor ihnen tauchen Blaulichter auf und kurz danach zwei Polizeibusse, die als Straßensperre dienen. Erleichtert stellt Skagen fest, dass sie zum Suchtrupp gehören und ein Teil der Mannschaft den Verkehr am Ortseingang regelt. Sie lassen keine Autos mehr von Hultsjö aus in Richtung des Brandes fahren.

Nachdem sie die Straßensperre passiert haben, halten sie auf dem Parkplatz vor der Pizzeria. Dort haben sich weitere Polizisten und viele der Dorfbewohner versammelt. Furcht und Entsetzen stehen in ihre Gesichter geschrieben.

»Hier können Sie mich rauslassen«, sagt Skagen und bedankt sich bei dem Mann für die Mitnahme. Als er die Tür zuschlägt, hört er hinter sich hastige Schritte.

»Tom!«

Er dreht sich um. Es ist Maja. Auf ihrer Miene zeigt sich eine Mischung aus Sorge und Erleichterung, und beinahe glaubt er, sie wolle ihn in aller Öffentlichkeit umarmen. Aber sie bleibt direkt vor ihm stehen und stemmt beide Hände in die Hüften. »Scheiße, Tom. Ich dachte schon, dir wäre etwas zugestoßen. Warum bist du nicht ans Telefon gegangen?«

Skagen fällt ein, dass das Gerät noch immer ausgeschaltet ist, und entschuldigt sich matt. Er spürt, wie die Anspannung von ihm abfällt und seine Knie weich werden. Erst jetzt begreift er, wie knapp er dem Feuertod entkommen ist.

»Tut mir leid«, murmelt er, »aber ich ... ich muss mich erst mal setzen.« Er lässt sich an Ort und Stelle auf den Boden sinken, wo er zu zittern beginnt. »Wasser«, krächzt er.

»Natürlich. Warte.« Maja fordert über ihr Funkgerät einen Krankenwagen an und sprintet zur Pizzeria hinüber. Mit einem Arm voll Wasserflaschen kehrt sie zurück und reicht eine davon Skagen. Der dreht sie auf und schüttet sich den Inhalt über den Kopf. Die zweite Flasche trinkt er fast in einem Zug aus.

Danach erleidet er einen Hustenanfall, der ihn einige Minuten lang schüttelt. Als er wieder frei durchatmen kann, sieht er sich mit tränenden Augen um. Eine angespannte Mischung aus Geschäftigkeit und Angst hängt in der Luft. Überall reden die Leute wild durcheinander. Die Polizei versucht, sie zu beruhigen, doch die Dorfbewohner äußern ihre Befürchtung, dass der Brand auf den Ort übergreifen könnte. Am anderen Ende des Parkplatzes entdeckt Skagen Staffansson und Dahlberg. Sie reden mit einer Gruppe von Männern. Immer wieder zeigen sie in Richtung des Brandes und dann auf einen Spritzenwagen älteren Modells, der auf dem Parkplatz steht. Offensichtlich organisieren sie gemeinsam die freiwillige Feuerwehr. Ihre Waldarbeiterteams empfangen einträchtig die Instruktionen sowohl von dem einen wie dem anderen. Über ihnen ziehen dunkle Rauchwolken dahin, und beinahe durchgehend sind in der Ferne Martinshörner zu hören.

Maja, die seinem Blick gefolgt ist, sagt: »Tja, in der Not halten alle zusammen.«

Skagen nickt und sieht auf seine Schuhe hinab. Die Sohlen sind geschmolzen. Es riecht nach verschmortem Plastik. In Majas Funkgerät knackt es, und Görans Stimme verkündet, dass die Zugstrecke zwischen Karlskrona und Emmaboda gesperrt wurde. Majas Antwort auf den Funkspruch verwandelt sich in Skagens Ohren zu einem entfernten Summen, während die Welt um ihn herum sich zu drehen beginnt.

Warum ist er auf einmal so müde?

Skagen schließt die brennenden Augen. Am liebsten würde er sich hinlegen und schlafen.

Maja bemerkt, dass er zur Seite sackt, und fängt ihn auf. Doch das bekommt Skagen nur am Rande seines Bewusstseins mit, das sich langsam aus dem Hier und Jetzt zurückzieht. Es fühlt sich auf eine seltsame Weise gut an. Als treibe er auf dem Wasser, das ihn in sanften Wellen auf und ab wiegt. Und dann ist da Majas Stimme. Er versteht die Worte zwar nicht, aber ihr Klang ist tröstlich.

Weck mich später, Majaja, denkt er und lässt sich von dem sanft wogenden Gefühl der Erschöpfung davontragen.

56

»Mann, Tom, mir ist der Hintern ordentlich auf Grundeis gegangen, als du plötzlich ohnmächtig geworden bist«, sagt Maja. Sie dreht sich zu ihm um, weil sie wissen will, ob er mit ihr mithalten kann. Sie gehen gerade gemeinsam die steile Straße zu ihrem Wohnhaus hinauf, aber Tom ist ziemlich angeschlagen und keucht wie ein alter Mann.

»Du konntest ja ... nicht wissen, ... dass ich eine Rauchvergiftung habe«, sagt er kurzatmig. »Wusste ich schließlich selber nicht. Aber jetzt ... geht es ... mir schon wieder besser.« Er schickt ein entschuldigendes Lächeln hinterher und muss husten. Es klingt furchtbar. Er wurde zwar im Krankenhaus gut versorgt, sieht jedoch nach wie vor total ramponiert aus. Rußverschmiertes Gesicht, Brandlöcher im T-Shirt, Schrammen am ganzen Körper und verkohlte Schuhe. Er hat wirklich Glück gehabt. Wenn Maja denjenigen erwischt, der bei diesem trockenen Wetter den Wald in Brand gesteckt hat, dann gnade ihm Gott! Denn das war Absicht, das steht für sie fest. Göran hingegen will erst den Bericht der Feuerwehr abwarten, die aktuell noch in Hultsjö versucht, den Brand unter Kontrolle zu bringen, bevor er weitere Ermittlungen einleitet.

Erneut dringt Skagens rasselnder Husten an ihr Ohr. »Du hättest im Krankenhaus bleiben sollen, wie die Ärzte es gesagt haben, weißt du?«, sagt sie mit leichtem Tadel.

»Wärst du denn geblieben?«

»Nö.«

Sie blicken einander an und lachen beide, bis Tom husten muss. Sie erreichen die Haustür, und Maja schließt auf. »Meinst du, du schaffst es die Treppen hinauf?«

»Klar.«

Während Tom sich die Stufen in den vierten Stock hochquält, lässt sich Maja ihre Sorge um ihn nicht anmerken. Sie hält ihre wahren Gefühle nach außen hin unter Verschluss, damit niemand etwas merkt. Obwohl sie glaubt, dass Jokke den Braten längst gerochen hat. Der Kollege hat ein hervorragendes Gespür für Zwischenmenschliches. Maja würde ihn bei der nächsten Gelegenheit darauf einschwören müssen, nichts zu verraten.

Sie öffnet die Wohnungstür und schickt Tom direkt ins Bad, damit er sich unter die erlösende Dusche stellen kann. Als sie das Wasser rauschen hört, schlüpft sie aus der verschwitzten Uniform in leichtere Klamotten und bindet ihre nach Rauch riechenden Haare zu einem festen Pferdeschwanz zusammen. In der Küche bereitet sie schnell etwas zu essen zu. Krabbensandwich mit Ei und Chilimayonnaise. Dazu ein kühles Bier. Ach nein, Tom darf wegen der Medikamente keinen Alkohol trinken. Na, Wasser würde es auch tun. Sie richtet alles auf dem Esstisch an und öffnet die Balkontür, um frische Luft hereinzulassen. Der Abendhimmel ist wolkenverhangen, und die Temperaturen dadurch ein wenig heruntergekühlt.

Maja reckt den Hals, kann jedoch von hier aus den Qualm vom 30 Kilometer entfernt wütenden Waldbrand nicht erkennen. Der Wind hat die Rauchfahne nach Osten getrieben. Eine Weile verharrt sie in Gedanken bei den Menschen in Hultsjö, die um ihre Existenz bangen müssen. Was für ein Albtraum – nicht zu wissen, was in der Nacht noch alles passieren würde. Ob es der Feuerwehr gelänge, den Brand einzudämmen und vom Ort fernzuhalten, oder ob Gebäude den Flammen zum Opfer fallen würden. Wie furchtbar muss es sein, mit anzusehen, wie das eigene Haus abbrennt und damit alles, was man besitzt. Ganz zu schweigen von den vielen Quadratkilometern Wald, die bereits vernichtet wurden. Nur weil jemand … Ja, was eigentlich? Warum hat derjenige das Feuer gelegt? Was könnte er damit bezweckt haben? Ablenkung? Beweisvernichtung? War es eine Drohung? Oder geht es um die alte Fehde zwischen den Staffanssons und den Dahlbergs? Wie du mir, so ich dir? Das Waldstück, das bislang am stärksten betroffen ist, gehört zu Ture Dahlbergs Besitz. Hat Staffansson es in Brand gesetzt? Oder ist das alles Zufall, und das Feuer wurde entgegen ihrer Meinung gar nicht mit Absicht gelegt?

Maja zuckt zusammen, als sich von hinten Arme um sie legen. Bei dem Gefühl von Toms Atem auf ihrer Haut, seinem Kuss in ihren Nacken verwandelt sich ihr Schreck schnell in ein wohliges Schaudern.

Sie dreht sich um. Geduscht sieht er zwar besser aus, aber immer noch müde und erschöpft. Sie nimmt ihn in den Arm und drückt ihn fest an sich. Tut endlich das, was sie sich seit einem halben Tag mit aller Gewalt untersagt hat.

»Ich bin froh, dass dir nichts passiert ist. Ich … ich weiß nicht, was ich sonst gemacht hätte …« Sie hält inne, weil sie merkt, wie blöd das klingt. Was soll diese Gefühlsduselei? Schließlich sind sie kein Paar. Bevor Tom hier aufgekreuzt ist, kam sie bestens allein zurecht.

Rasch nimmt Maja Abstand von ihm und geht zum Esstisch.

»Was ist los?«, fragt er und lässt sie dabei nicht aus den Augen.

»Ach, nichts.« Sie winkt ab. »Los, lass uns essen.«

Er setzt sich ihr gegenüber und schenkt sich ein Glas Wasser ein, das er komplett austrinkt und sofort erneut füllt. Obwohl er im Krankenhaus zwei Infusionen erhalten hat, scheint sein Körper stetig nach Flüssigkeit zu verlangen. Hungrig nimmt er sich eines der Sandwiches und beißt hinein.

»Hmm, lecker. Genau das Richtige nach einem Tag wie diesem!«

Maja legt sich ebenfalls eines auf den Teller, rührt es jedoch nicht an. Etwas hat ihr plötzlich den Appetit verdorben. »Wie kommst du damit klar?«, fragt sie nach einer Weile.

»Ganz okay«, sagt Tom mit vollem Mund. »Ich werde es verkraften, dem Tod noch mal vom Grillspieß gehüpft zu sein.« Er grinst und hustet.

Er glaubt, ich meine das Feuer, denkt Maja und blickt in das gerötete Gesicht des Mannes, der einfach so wieder in ihrem Leben aufgetaucht ist. Sie fragt sich, warum auf einmal sie es ist, die Angst davor hat, ein Schiff zu betreten.

Weil es ein Schiff ist, von dem du nicht weißt, wohin es segelt. Du hasst es, nicht zu wissen, wo es langgeht. Und Tom steht nun mal für Ungewissheit.

»Ich meinte nicht das Feuer«, sagt sie leise.

Tom sieht auf, und ihre Blicke treffen sich.

»Was meinst du dann?«

Maja zögert, ehe sie es ausspricht. »Das mit uns.«

»Ach so.« Er räuspert sich verlegen und wischt sich den Mund mit der Serviette ab. Es wirkt, als spiele er auf Zeit. Unsicher schielt er hinüber zur offenen Balkontür.

Na, erste Fluchtgedanken?

Maja unterdrückt einen bissigen Kommentar und wartet auf seine Antwort. Innerlich schließt sie bereits mit der Sache ab.

Ja, war schön.

Hmm-hm, nettes Abenteuer. Sehen wir uns mal wieder?

Vielleicht.

Okay, mach's gut.

Ich ruf dich an.

Klar.

»Ich fand es sehr schön«, sagt Tom schließlich.

»Hmm-hm«, entgegnet sie.

»Was ist los mit dir? Bereust du es?«

Maja blickt auf ihr unberührtes Sandwich. »Du etwa?«

»Auf keinen Fall. Es war etwas … Besonderes.«

Maja lacht ungläubig. »Tatsächlich?«

»Ja, doch. Denk jetzt nicht, ich hätte reihenweise Affären während meiner Arbeit. Du bist ehrlich gesagt meine erste. Das ist normalerweise nicht mein Ding.«

»Wer's glaubt, wird selig.«

»Nein, ehrlich. Warum sollte ich dir was vorspielen?«

Maja zuckt mit den Schultern. »Keine Ahnung, weil du bald nach Hause fährst, und das war's dann.« *Mit uns*, hätte sie beinahe hinzugefügt, verkneift es sich jedoch rechtzeitig. Selbst in ihren Ohren hätte das lächerlich geklungen. Sentimental und gehirnamputiert. Was hat sie sich gedacht? Dass Tom hierbleibt, bei ihr? Wie soll das funktionieren? Er mit seinem Job in Deutschland und sie mit ihrem in Schweden.

Nein, im Ernst. Sie haben einfach da angeknüpft, wo sie vor 24 Jahren aufgehört haben. Ein logischer Schritt, der ihnen gefehlt hat, der nun gleichzeitig aber auch den Schlussstrich unter ihre Beziehung setzt. Das und nichts anderes. Nichts mit großen Gefühlen, Liebe oder so einen Quatsch. Sie hat ihre Neugier befriedigt, im Bett ein wenig Spaß gehabt. Keine große Sache, der sie lange nachweinen würde.

Sie hebt den Kopf, wagt es allerdings nicht, Tom in die Augen zu sehen. »Ich meine, wo soll das hinführen?«

Jetzt ist es Tom, der mit den Schultern zuckt. »Das weiß ich nicht. Aber ich würde es gerne herausfinden ... und nicht gleich zu Grabe tragen.«

So wie du es tust – das wollte er doch gerade sagen, oder nicht?

In Maja schwirren die Gefühle durcheinander. Sie weiß nicht, was sie denken soll. Sie kennt diesen Mann nicht gut genug, um ihn einschätzen zu können. Soll sie ihm sagen, was sie für ihn empfindet? Oder soll sie ihn ziehen lassen? Bei diesem Gedanken durchfährt sie ein schmerzhafter Stich, und mit einem Mal wird Maja klar, dass sie ihn nicht ein zweites Mal einfach gehen lassen kann. Auch wenn sie sich einredet, dass ihr das nichts ausmacht.

Tom scheint zu spüren, dass sie mit sich kämpft. Er steht auf, geht um den Tisch herum und umfängt sie von hinten mit beiden Armen. Sein Kinn legt er auf ihre Schulter, sodass ihre Wangen einander berühren. »Warum muss jetzt schon feststehen, was aus uns wird?«, fragt er sanft. »Lassen wir es sich entwickeln. Wir haben Zeit, oder etwa nicht?«

Nein, genau das haben wir nicht, denkt sie. Denn in ein paar Tagen bist du wieder weg. Sie öffnet den Mund, doch Tom kommt ihr zuvor.

»Ich weiß, was du sagen willst. Denn so gut kenne ich dich.« Er lacht leise. »Du magst das Unbekannte nicht besonders. Aber denk mal darüber nach, ob es nicht vielleicht auch schön und sogar aufregend sein kann, wenn man nicht alles vorher weiß.« Er lässt das stehen, und Maja denkt schweigend darüber nach. Könnte sie das? Den Dingen freien Lauf lassen? Nicht zu wissen, was die Zukunft bringt?

Tom gibt ihr einen Kuss auf den Scheitel, und Maja schließt die Augen. Sie kann das Meer riechen, das draußen vor ihrem Fenster liegt, und den Mann, der hinter ihr steht und sie festhält. Ja, vielleicht würde sie es können. Für diesen Augenblick will sie es jedenfalls.

57

Als sie sich am nächsten Morgen in Hultsjö auf dem Parkplatz vor der Pizzeria treffen, der von den Einsatzkräften der Feuerwehr zur offiziellen Leitstelle deklariert wurde, fühlt sich Skagen wie vom Bus überfahren.

In der Nacht hat er viel gehustet und damit Maja ständig aufgeweckt. Deshalb ist er irgendwann aufs Sofa umgezogen. Offenbar ist es genauso wenig förderlich für gesunden Schlaf, knapp dem Flammentod zu entkommen, wie auf einem Schiff eingesperrt und gefoltert worden zu sein. Außerdem hat Jette seit gestern gefühlt hundert Nachrichten auf seiner Mobilbox hinterlassen. Dieser verdammte Mist. Inzwischen hat er das Potenzial, sich zu einer Katastrophe auszuwachsen. Beruflich wie privat. Aber was soll er machen? Es ist allein seine Schuld. Ändern kann er daran nichts mehr, dafür ist es längst zu spät.

Müde streicht er sich das Haar aus der Stirn und beobachtet Maja, die neben Göran und Joakim Stellung bezogen hat. Einige der Dorfbewohner haben sich zu der Besprechung hinzugesellt, darunter Dahlberg und seine Frau. Von Ludvig Staffansson ist hingegen nichts zu sehen.

»Der Brand konnte eingedämmt werden«, erklärt der Chef der Feuerwehr. »Die Flammen haben sich nicht in östlicher Richtung über die Landstraße ausgebreitet und auch nicht nach Süden, dafür haben wir mit künstlich geschlagenen Schneisen gesorgt. Hultsjö ist vorerst sicher.«

Applaus brandet auf, und Skagen klatscht ebenfalls. Das haben die Frauen und Männer von der Feuerwehr verdient. Die ganze Nacht waren sie auf den Beinen, um das Dorf vor den Flammen zu retten.

»Eine Brandwache ist eingerichtet, da sich an vielen Stellen noch Glutnester im Boden verbergen«, fährt der Brandmeister fort. »Aufgrund der vorherrschenden Windrichtung ist es allerdings unwahrscheinlich, dass sie sich in unversehrte Bereiche ausbreiten. Der Zugverkehr kann daher wiederaufgenommen werden, und die Luftüberwachung meldet, dass die Landstraße nach Emmaboda befahrbar ist. Das war ein schwerer Brand, Leute, aber glücklicherweise ist niemand zu Schaden gekommen, und es hat nur ein einziges Haus am nördlichen Dorfrand erwischt. Ich denke, das können wir als Erfolg verbuchen! Die geschätzten 300 Hektar Fichtenplantage, die wir an das Feuer verloren haben, sind da natürlich etwas anderes. Tut mir leid, ich hoffe, Sie sind gut versichert!«, ruft der vierschrötige Feuerwehrchef zu Ture Dahlberg hinüber, der den Mund zu einem unglücklichen Lächeln verzieht.

Skagen muss an seinen VW-Bus denken. Hat der Bulli überlebt, oder ist er nur noch ein verkohlter Haufen Schrott? Es wäre wirklich schade darum.

»Haben Sie eine erste Einschätzung, wo das Feuer seinen Ursprung haben könnte?«, fragt Göran den Brandmeister.

»Nun, aufgrund der von oben zu beobachtenden Brandverbreitungsmuster und unter Berücksichtigung der Windrichtung vermutet die Luftüberwachung, dass es in der Nähe des verlassenen Hauses angefangen haben muss. Das ist aber keine gesicherte Erkenntnis. Sobald das Brandgebiet weiter abgekühlt ist, werden wir unseren Experten reinschicken. Der wird nach der Ursache suchen.«

»Okay, danke. Halten Sie mich bitte auf dem Laufenden.« Göran winkt seine Leute zu sich, und gemeinsam gehen sie zu dem Picknicktisch am Rande des Parkplatzes, auf dem die Umgebungskarte mit den eingezeichneten Suchgebieten ausgebreitet wurde.

»Also, ich glaube immer noch, dass es Brandstiftung war«, sagt Maja überzeugt.

»Darüber haben wir ja gestern bereits gesprochen, und prinzipiell bin ich dieser Theorie nicht abgeneigt«, entgegnet Göran. »Mir fehlt jedoch das Motiv für eine solch riskante Tat. Bei der momentanen Gefahrenlage aufgrund der Trockenheit hätte leicht das komplette Dorf abbrennen können.«

»Das stimmt«, pflichtet Maja ihm bei. »Aber was, wenn der Brandstifter unser Täter ist? Wenn er mit dem Feuer

Spuren vernichten wollte? Das würde mir als Motiv reichen.«

Skagen sieht, wie einige der Kollegen nicken, darunter Nils Svärd und Joakim Larsson.

»In diesem Fall müsste der Täter aber ziemlich blöd sein, denn wir haben in dem besagten Gebiet längst alle Spuren gesichert. Am Stein und dem verlassenen Haus. Da gab es nichts zu vernichten. Wenn, dann hätte der Kerl das Polizeilabor in Brand setzen müssen.«

»Und was ist mit dem Rest des Waldes?«, wirft Skagen mit heiserer Stimme ein. »Die Suchtrupps waren gerade dabei, weitere Kreise zu ziehen, und ich war am Haus. Ich bin sicher, dass unser Unbekannter dort gewesen sein muss, wegen der Farbe an der Tierfalle. Ich denke daher genau wie Maja: Der Täter hatte Angst. Wir sind ihm zu nahe gekommen. Ich bin fest davon überzeugt, dass dieser Brand kein Zufall war.«

»Tom hat recht. Das klingt plausibel«, entgegnet Nils Svärd, und einige der anderen stimmen ihm zu.

Göran wirkt nicht überzeugt. Mit zusammengepressten Lippen blickt er in die Runde. Ist er etwa beleidigt, weil ein anderer so viel Zuspruch erhält?

»Selbst wenn es so gewesen sein sollte, bleibt immer noch die Frage offen, warum der Typ es riskieren sollte, hier alles abzubrennen und damit womöglich sein eigenes Haus«, sagt Göran scharf. »Damit würde er sich doch selbst schaden.«

»Vielleicht kommt er ja gar nicht aus Hultsjö«, wirft Svärd ein.

»Genau«, ruft ein anderer.

»Oder er ist aus dem Ort und wollte sich damit eine Art perfektes Alibi verschaffen«, schlägt Maja vor. »Nach dem Motto: Seht her, mein Haus ist mit abgebrannt. Ich war es nicht. Niemand würde denken, dass er der Brandstifter wäre. Und wenn man obendrein gut versichert ist, ist alles halb so schlimm.« Sie deutet mit dem Kopf in die Richtung, in der vorhin Ture Dahlberg mit seiner Frau gestanden hat. Der Großgrundbesitzer ist mittlerweile weggefahren.

»Du meinst, dieser Dahlberg würde sein eigenes Waldgebiet anzünden, nur um Spuren zu verwischen?«, fragt Göran.

»Alles ist möglich«, sagt Maja. »Sogar, dass es sich um einen Racheakt im Rahmen dieses Familienzwistes zwischen Dahlberg und Staffansson handelt. Ist doch denkbar, dass der eine dem anderen Schaden zufügen will und ihm dabei jegliches Mittel recht ist. Vielleicht sind die Nowaks unfreiwillig mitten in diesen Streit hineingeraten.«

Göran scheint darüber nachzudenken, und Skagen erinnert sich an das letzte Gespräch mit Dahlberg über Staffansson. Der Hass zwischen den Familien scheint unüberwindbar zu sein. Aber würde einer von den beiden Sturköpfen es tatsächlich riskieren, das ganze Dorf niederzubrennen und damit eventuell seinen eigenen Besitz zu verlieren, nur um dem anderen eins auszuwischen?

Er kann diesen Gedanken nicht zu Ende führen, weil plötzlich ein schwarzer Audi auf den Parkplatz rast und mit quietschenden Reifen vor ihnen hält.

»Hoppla«, ruft Göran. »Der fährt aber sportlich.«

Als Skagen das Nummernschild erkennt, ist sein erster Impuls, wegzulaufen oder sich hinter Maja zu verstecken. Aber die Person, die aus dem Wagen steigt, hat ihn längst gesehen. Es ist niemand anders als seine Chefin Jette.

Mit einer schwungvollen Geste wirft sie sich ihre glatten blonden Haare über die Schulter und kommt mit forschem Schritt auf die Gruppe Polizisten zu.

»Kriminalhauptkommissarin Jette Vestergaard von Skanpol«, sagt sie mit ausgesteckter Hand. »Wer von Ihnen ist Göran Berg?« Ihr Schwedisch hat einen dänischen Akzent, ansonsten ist es einwandfrei.

»Das bin ich.« Göran schüttelt Jettes Hand. »Ich leite die Ermittlungen zum Fall Nowak.«

»Schön, Sie kennenzulernen, Herr Berg.«

»Nennen Sie mich Göran«, säuselt er ungewohnt zahm.

Skagen sieht, wie Maja verwundert eine Braue hebt, dann spürt er, dass Jettes Blick sich auf ihn richtet.

»Na, da ist ja mein werter Kollege. Wie geht es dir, Tom?«

Skagen zwingt sich ein Lächeln ins Gesicht. »Äh. Alles okay so weit.«

Sie mustert ihn eindringlich. Nichts an ihrer Haltung verrät, was sie denkt und warum sie überhaupt hier ist. Obwohl er es sich natürlich denken kann. Aber wie hat sie es rausgekriegt? Hat Göran sich hinten rum über ihn beschwert? Was hat Jette vor? Will sie vor versammelter Mannschaft den großen Scheißeeimer über ihn ausschütten? Nein, das würde später kommen. Jette würde es niemals riskieren, ihr Gesicht zu verlieren, nur weil einer ihrer Mitarbeiter Mist gebaut hat. Wahrscheinlicher ist, dass sie ihm nachher, wenn sie unter sich wären, die Kündigung und eine Anzeige wegen Amtsmissbrauch überreichen würde. Zusammen mit einem Tritt in den Arsch.

Skagen lässt die Schultern hängen. Es ist eigentlich egal, wie oder wann es passiert. Er hat es verdient. Fragt sich nur, was Maja dazu sagen wird.

»Könnte ich ein Briefing zu der Situation erhalten?«, fordert Jette ihn auf. Doch erwartungsgemäß drängelt sich Göran dazwischen. Es ist nicht zu übersehen, dass er Gefallen an Jette findet. Ist ja auch kein Wunder bei ihrer Erscheinung. Großgewachsen, schlank und zielstrebig. Skagen glaubt jedoch nicht, dass Jette auf Typen wie Berg steht. Armer Göran, er wird sich vermutlich erfolglos an ihr abarbeiten.

Jette ist derweil ein Stück zur Seite getreten und lauscht konzentriert Görans Ausführungen. Alle anderen Kollegen sehen neugierig Skagen an und scheinen darauf zu warten, erklärt zu bekommen, warum ein zweiter Skanpol-Beamter hier aufgetaucht ist.

Maja ist die Erste, die sich traut, zu fragen. »Wer ist denn das?«

»Meine Chefin.« Oder besser gesagt, meine baldige Ex-Chefin, fügt er in Gedanken hinzu.

»Und was will sie?«

»Uns unterstützen«, schwindelt er und verabscheut sich selbst dafür.

»Warum? Reicht einer von euch nicht?« Maja zwinkert ihm zu, aber Skagen kann lediglich mit einem Schulterzucken antworten. Er fühlt sich elend, spürt ein Brennen in seiner Luftröhre und muss in die hohle Hand husten, wodurch sich der Druck in seinem Schädel erhöht und sein Kopf dröhnt. Alles Folgen der Rauchvergiftung. Er schluckt mehrmals und verdrängt den scheußlichen Gedanken, dass es mit Maja schlagartig vorbei sein würde, wenn sie erführe, was er getan hat. Sie würde nicht nur seine Unprofessionalität verachten, sondern auch ihn. Weil er sie angelogen hat.

»Gut, danke für Ihre Einschätzung«, hört er Jette sagen. »Ich würde jetzt gerne mit meinem Kollegen unter vier Augen reden.« Sie nickt Skagen zu, der schnell eine unbekümmerte Miene aufsetzt, während sein Herz hart in seiner Brust hämmert. Gleich ist es vorbei.

Jette nimmt ihn am Arm und schiebt ihn außer Hörweite. Als sie stehen bleibt und ihn loslässt, hat Skagen das Gefühl zu hyperventilieren. Der Hustenreiz blockiert seine Kehle und heftiger Schmerz pulsiert durch seinen Schädel.

»Tom«, sagt Jette und klingt beinahe besorgt. »Ich muss dich …« Sie bricht mitten im Satz ab, weil hinter ihnen ein erstaunter Ausruf ertönt. Es ist Göran, der sein Handy hochhält. Auf seinem Gesicht liegt ein triumphierender Ausdruck.

»Wir haben einen Treffer. Yes!«, ruft er. »Das ist der Durchbruch.«

Fragend wenden Skagen und Jette sich Göran zu, der die Show sichtlich genießt, ehe er endlich die Katze aus dem Sack lässt.

»Haltet euch fest, Leute. Das Ergebnis des DNA-Abgleichs von den drei Jungen ist da.« Er grinst breit. »Wir haben ein gottverdammtes Match. Wir haben Lolas Vergewaltiger.«

Dass es vielleicht gar keine Vergewaltigung war, scheint Göran in diesem Moment nicht zu interessieren. Hauptsache, er hat alle Aufmerksamkeit für sich.

»Wer ist es?«, fragt Maja sichtlich genervt.

Göran wendet sich schwungvoll um und reckt seine zur Faust geballte Hand in die Luft. »Victor Staffansson!«

»Scheiße, wirklich?« Maja wirkt, als habe sie das am allerwenigsten erwartet.

»Jep. Es gibt keinen Zweifel.« Göran klatscht in die Hände. »Er ist es.«

»Okay, ich fahr hin.« Maja zückt ihren Autoschlüssel. »Kommst du mit, Tom?«

Unschlüssig sieht Skagen von Jette zu Göran und wieder zurück.

»Fahr ruhig mit, Tom«, sagt Jette. »Ich bleibe vorerst hier und lasse mich von Herrn Berg über den Fall ins Bild setzen. Falls das okay für Sie ist.« Sie nickt Göran zu, auf dessen Gesicht sich eine verlegene Röte legt.

»Äh, ja. Natürlich, Frau Kollegin.« Er wendet sich an Maja. »Holt euch diesen Victor und dann ab mit ihm aufs Revier. Wäre doch gelacht, wenn wir den Fall nicht heute noch lösen können!«

58

In der Woche davor

Tina schlägt die Augen auf. Es ist schon hell draußen und sie hört die Vögel zwitschern. Neben ihr liegt Jochen, er schläft. Sein Brustkorb hebt und senkt sich in ruhigen Atemzügen. Auch sonst ist es still im Haus. Leise schält sich Tina aus dem Bett und steht auf. Sie gähnt und streckt sich vorsichtig. Ihrem Rücken und dem Oberschenkel geht es ein wenig besser. Dafür sind die blauen Flecken noch schwärzer geworden. Rasch zieht sie sich an und verlässt das Schlafzimmer. Sie will den friedlichen Moment nutzen, einen Augenblick zur Ruhe kommen und durchatmen, bevor ein neuer Tag anbricht mit all seinen unüberwindbar erscheinenden Hürden. Das wäre schön.

In der Küche gießt sich Tina ein Glas Saft ein. Den Wasserkocher für eine Tasse Tee anzuschalten, wagt sie nicht, da sie fürchtet, das Geräusch würde alle wecken. Also stellt sie sich mit dem kalten Glas in der Hand ans Küchenfenster. Der Wald liegt still und reglos da. Eine Wand aus dunklen Fichten.

Tina runzelt die Stirn. Hat sich da nicht eben ein Zweig bewegt? Sie sieht genauer hin, kann jedoch nichts entdecken. Vielleicht war es nur ein Vogel, der dort herumgepickt hat und dann weggeflogen ist.

Die Gartenbank unter dem Apfelbaum fällt ihr ins Auge. Was für ein idyllisches Plätzchen. Bisher hat sie noch gar keine Muße gehabt, dort zu sitzen.

Kurzentschlossen fischt sich Tina eine Packung Kekse aus dem Vorratsschrank und tappt durch den Flur zur Haustür. Da sie nur eine Hand freihat, entriegelt sie ein wenig umständlich das Schloss und zieht die Tür auf. Vor ihr liegt der Garten. Erste Sonnenstrahlen streicheln das Gras, und die kühle Morgenluft legt sich auf ihre Wangen. Tina atmet tief durch, riecht das Nadelholz und feuchte Erde.

Herrlich, denkt sie und will über die Schwelle treten, da bemerkt sie, dass etwas vor der Tür im offenen Windfang liegt. Zuerst weiß sie nicht, was sie da vor sich hat, doch als sie begreift, lässt sie das Glas fallen, und ihr lauter Schrei durchschneidet den stillen Morgen.

»Tina, beruhig dich doch.« Jochen streicht ihr sanft über den Rücken. Sie sitzt im Wohnzimmer, hat eine Decke eng um ihre Schultern geschlungen und zittert so stark, dass sie nicht mal die Tasse mit dem heißen Tee halten kann, den Jochen für sie aufgebrüht hat. Neben ihr auf dem Sofa hockt Ronja.

»Mama, was hast du?«, fragt sie.

»Mama hat einen Schreck bekommen, Liebes«, erklärt Jochen. »Das wird schon wieder.«

»Warum hat sie sich denn so erschreckt?«

Tina beißt sich auf die Unterlippe. Ihr Schrei hat Ronja aus dem Schlaf gerissen und sie völlig verstört. Lola hingegen scheint das alles nicht zu interessieren. Sie sitzt unbeteiligt am Tisch und isst einen Toast mit Marmelade.

Tina muss an das schreckliche Ding denken, das vor der Tür lag. Eine tote Katze. Daneben befand sich ein Brief mit ausgeschnittenen Buchstaben.

»Leave this place or I kill you.«

Vom wem kommt das? Tinas Herz beginnt zu rasen, und sie muss schlucken. Ihr Unterkiefer zittert.

Ronja lehnt sich vor und umarmt sie. »Nicht traurig sein.«

Tina will ihr zulächeln, doch der Versuch missglückt. Stattdessen schießen Tränen in ihre Augen.

»Lass Mama jetzt erst mal in Ruhe, Ronja. Geh nach draußen zum Spielen.«

»Nein! Nicht nach draußen!«, stößt Tina panisch aus. »Da ist es gefährlich!«

Jochen zieht die Brauen hoch. Liegt da Mitleid oder Verärgerung in seinem Blick? Tina kann es nicht deuten, sie kann überhaupt nichts mehr, muss ununterbrochen an die tote Katze denken.

»Dann spiel in deinem Zimmer, Ronja«, erklärt Jochen. »Du kannst später nach draußen.«

»Okay«, sagt ihre Jüngere und watschelt davon. Wenig später hört man sie mit sich selbst sprechen. »Das waren die Trolle. Ja, bestimmt. Mama hat Angst vor den Trollen.«

Lola, die immer noch am Tisch sitzt, stößt einen abfälligen Laut aus. »Trolle, was für ein Blödsinn.«

»Du könntest ruhig mal mehr Mitgefühl zeigen«, blafft Jochen sie an.

Wortlos springt Lola auf und bringt ihr Geschirr in die Küche.

»Wer ... wer war das bloß?«, fragt Tina leise. »Wer tut so was Schreckliches?«

»Das waren bestimmt die Leute aus dem Dorf!«, ruft Lola durch das Loch in der Wand. »Die hassen Ausländer!«

Jochen verzieht das Gesicht, und Tina sieht, dass seine Gedanken ebenfalls in diese Richtung gehen.

»Was denkst du, Jochen? Stimmt das? War es jemand aus dem Ort?«

»Was weiß ich«, sagt er gereizt und steht auf, nur um unruhig im Wohnzimmer auf und ab zu gehen. »Ich kann einfach nicht glauben, dass das jemand aus dem Dorf machen würde.«

»Aber wer dann?«, fragt Tina. Ihre Stimme klingt ein wenig zu schrill.

Jochen zuckt mit den Schultern. »Keine Ahnung.«

»Wir müssen zur Polizei gehen, Jochen! Das ist kein Scherz.«

»Quatsch! Wir machen erst mal gar nichts. Ich regele das!« Er will das Zimmer verlassen.

»Wo gehst du hin?«

»Die Scheißkatze wegbringen. Die stinkt! Scheint schon länger tot zu sein.« Jochen stapft durch den Flur und zieht sich seine Wanderschuhe an. Danach wirft er die Tür ins Schloss und lässt Tina im stillen Haus zurück.

Als sie zu Lola hinüberblickt, wendet diese sich schnell ab. Tina hat ihr höhnisches Lächeln dennoch gesehen.

59

»Was soll das heißen, Victor ist weg?«, fragt Skagen den Mann, der sich vor ihm aufgebaut hat.

Ludvig Staffansson schiebt den Unterkiefer vor. »Soll heißen, er ist nicht da. Was gibt es daran nicht zu verstehen?«

Skagen unterdrückt seinen aufwallenden Zorn gegen den Kerl, der sie bereits ähnlich herablassend begrüßt hat. Von Maja, die hinter ihm steht, weiß er, dass Staffansson schon einmal gelogen hat, um seinen Sohn zu schützen.

»Hören Sie«, sagt er bemüht ruhig. »Meine Kollegin und ich können auch gerne anfangen, Ihr Haus zu durchsuchen. Haftbefehl und Durchsuchungsbeschluss werden binnen weniger Minuten schriftlich vorliegen. Oder Sie sagen uns gleich, wo Victor steckt, das erspart Ihnen viel Ärger.« Er gibt Maja ein Zeichen, und sie bewegt sich langsam auf die Haustür zu, hinter der sich mit Sicherheit Frau Staffansson verschanzt hält.

»Ich sagte doch, ich weiß nicht, wo mein Sohn ist«, blafft der Großgrundbesitzer. »Scheiße noch mal, was für eine Hexenjagd läuft hier eigentlich? Haben wir mit dem Feuer gestern nicht genug durchgemacht? Meine Frau und ich haben uns zu Tode geängstigt und in der Nacht kein bisschen geschlafen. Es hätte alles vernichtet werden können. Unsere gesamte Lebensgrundlage. Und jetzt stehen Sie vor meiner Tür und wollen meinem Jungen was anhängen. Das ist …«

»Eine bewiesene Tatsache. Ihr Sohn hatte Geschlechtsverkehr mit Lola Nowak. Freiwillig oder erzwungen – das gilt es herauszufinden, und deswegen sind wir hergekommen. Lassen Sie uns nun bitte zu Victor?«

Skagen macht Anstalten, an Staffansson vorbeizugehen. Maja, die an der Tür wartet, legt eine Hand auf ihre Waffe. Ein deutliches Zeichen für den Großgrundbesitzer, nicht handgreiflich zu werden. Trotzdem versucht er, Skagen aufzuhalten, und stellt sich ihm in den Weg.

»Vielleicht suchen Sie lieber den Brandstifter. Der hat einen großen Schaden angerichtet.«

Skagen bleibt stehen und fixiert Staffansson. Dabei muss er leicht nach oben sehen, weil der Kerl größer ist.

»Soll ich Sie festnehmen wegen Behinderung einer Ermittlung? Möchten Sie das?« Skagen hält ihn mit seinem Blick gefangen. Typen wie Staffansson sind wie bissige Hunde. Wenn sie in die Enge getrieben werden, schnappen sie wild um sich. Deshalb muss man ihnen rasch einen Maulkorb anlegen. Maja zieht die Handschellen aus ihrem Gürtel. Als Staffansson das metallische Klirren hört, kommt er zur Vernunft. Sein Blick flackert und weicht dem von Skagen aus.

»Okay, okay.« Er hebt beide Hände und tritt zurück. »Victor hat vielleicht mit dem deutschen Flittchen rumgepimpert. Na und? Was ist dabei? Er hat ein bisschen Spaß gehabt.«

»Könnten Sie es bitte unterlassen, das Mädchen ständig ›Flittchen‹ oder ›Nutte‹ zu nennen? Sie war erst 15. Fast noch ein Kind«, sagt Maja scharf. Doch Staffansson lässt sich davon nicht beeindrucken.

»Noch ein Kind? Dass ich nicht lache! Wann haben Sie es denn zum ersten Mal getrieben, Frau Polizistin? Erst mit 18? Was denken Sie? Die Mädels hier verlieren ihre Unschuld wesentlich früher. So ist das auf dem Land, die Langeweile macht hungrig. Außerdem müssen sich die Jungs irgendwo ihre Hörner abstoßen, damit richtige Männer aus ihnen werden.«

Maja geht einen Schritt auf ihn zu. Skagen sieht ihr an, dass sie innerlich kocht. Ihm passen Staffanssons despektierliche Ansichten ebenfalls nicht, doch er ist nicht gekommen, um ihn deswegen zur Rede zu stellen, sondern um seinen Sohn mit aufs Revier zu nehmen. Er hebt eine Hand und hält Maja zurück, was allerdings nur dazu führt, dass sich ihre Wut nun gegen ihn richtet. Mit einem zornigen Funkeln saugt sie Luft ein.

Bevor sie etwas sagen kann, wendet sich Skagen an den Großgrundbesitzer: »Herr Staffansson, Fakt ist, dass Sie und Victor uns belogen haben. Das verbessert Ihre Lage nicht gerade. Ich frage Sie daher ein letztes Mal, bevor wir Sie verhaften und Ihr hübsches Anwesen komplett auf den Kopf stellen: Wo ist Ihr Sohn?«

Plötzlich öffnet sich die Tür hinter ihnen und Frau Staffansson tritt heraus. Ihre Augen sind vollkommen verheult, ihre Haare hängen wirr herunter, und ihre Kleidung ist unordentlich.

»Ludvig«, fleht sie mit vor der Brust zusammengelegten Händen. »Um Himmels willen. Jetzt sag endlich, was los ist.«

Staffansson mahlt mit den Zähnen, während sein Gesicht die Farbe von Himbeeren annimmt, als litte er unter Bluthochdruck. »Dieser verdammte Nichtsnutz!«, zischt er. »Ruiniert den Ruf unserer Familie.«

»Ludvig, bitte!«

Herr Staffansson ringt mit sich. Kurz darauf fasst er sich an sein Ohrläppchen und sagt: »Verdammte Scheiße. Wir glauben, dass Victor weggelaufen ist.«

»Wann?«

»Wissen wir nicht. Wir waren ja die Nacht über unterwegs wegen des Brandes. Sicher ist, dass er heute Morgen nicht in seinem Bett lag. Es kann also sein, dass er schon seit gestern weg ist. Er geht auch nicht an sein Handy. Meine Frau hat bislang vergeblich versucht, ihn zu erreichen.«

Seit gestern, denkt Skagen. Gestern, als er Victors DNA-Probe genommen hat. Gestern, als das Feuer ausgebrochen ist. Er sieht Maja an, die einen Knopf an ihrem Funkgerät drückt.

»Achtung, an alle Einheiten«, sagt sie ruhig, »der Verdächtige Victor Staffansson ist auf der Flucht. Ich wiederhole, Verdächtiger auf der Flucht.« Und dann spricht sie aus, was Skagen lange Zeit nicht für möglich gehalten hat: »Es besteht dringender Tatverdacht wegen Vergewaltigung und Mordes.«

60

In der Woche davor

Mit düsterer Stimmung hockt Lola an die Wand gelehnt in einer Ecke ihres Zimmers. Wie sehr sie ihre Eltern hasst! Ihre Scheißmutter, weil sie so eine weinerliche feige Kuh ist, und ihren Vater, weil er solch ein beschissener Prinzipienreiter ist. Und Ronja, dieses Miststück, die tun und lassen darf, was sie will.

»Fuck!«, stößt sie zischend aus und tritt gegen den Schrank. »Ich will nach Hause!«

Warum musste ihr Vater auch den Kamin saubermachen? Warum, verdammt noch mal, musste er die Reste der Magazinschnipsel finden? Warum sind sie nicht vollständig verbrannt?

»Fuck! Fuck! Fuck!« Erneut tritt Lola gegen den Schrank.

Das mit dem Drohbrief hat ihr Vater natürlich sofort durchschaut und sie zur Rede gestellt. Mann, war der wütend. So kannte sie ihn gar nicht. Richtig laut ist er geworden und hätte ihr beinahe eine geknallt, aber dann ist sein Lehrergelaber wieder durchgekommen, und er hat ihre eine ellenlange Standpauke gehalten. Sie musste sogar beichten, woher sie die tote Katze hatte. Vom Straßenrand hat sie sie geholt. Mit den Gummihandschuhen.

Lolas Fuß landet auf dem Schrank, dass es poltert.

Dabei hat ihre Mutter eine solch wundervolle Panikattacke bekommen, als sie den Brief und die Katze gefunden hat. Lola spürt noch jetzt das wohlig warme Gefühl, das sie in diesem Augenblick gehabt hat. Das Gefühl der Macht.

Und nun? Einen Scheiß hat das alles gebracht. Jetzt sitzt sie weiterhin hier fest, und das mit einer zusätzlichen Woche Stubenarrest. Das ist Freiheitsberaubung!

Ein Kloß schnürt ihren Hals zu. Dieses Haus ist wie ein Gefängnis. Was soll sie tun?

Sie krabbelt zu ihrer Tasche und holt das Schnitzmesser heraus, das sie in der kleinen Hütte neben der Scheune gefunden hat. Zuerst betrachtet sie die angelaufene Klinge, wendet sie hin und her. Dann drückt sie ihren Daumen auf die Spitze, bis es wehtut. Sie zieht den Finger zurück und inspiziert die Delle in der Haut. Finstere Gedanken quellen schwarz aus den Ritzen ihres Verstandes und durchfluten ihren Körper. Als sie auf die kleine heiße Sonne in ihrem Bauch treffen, explodiert das Gemisch. Lola nimmt das Messer und hackt damit auf den Holzfußboden ein, hinterlässt unzählige Macken.

Sie stellt sich vor, wie sie etwas zersticht, zerstört … tötet.

Plötzlich hört Lola Motorengeräusche und hält inne. Müde steht sie auf und tritt ans Fenster. Ihr Vater parkt gerade den Volvo in der Einfahrt und steigt aus.

Ein hasserfülltes Zischen entweicht aus Lolas Mund, und während ihr Vater ins Haus geht, verharrt ihr Blick auf dem Auto. Unbewusst lässt sie die Spitze des Messers auf der Fensterbank tanzen.

Tock, tock, tock.

Eine Idee steigt in ihr auf.

Tock, tock, tock.

Sie nimmt langsam Gestalt an.

Tock, tock, tock.

Ja, das könnte funktionieren.

Sie will sich vom Fenster abwenden, doch da nimmt sie eine Bewegung wahr. Mit zusammengekniffenen Augen beobachtet sie den Waldrand. Dort versteckt sich etwas. Hinter den Büschen.

»Okay, ich kümmere mich darum!«, dringt die Stimme ihres Vaters an ihr Ohr, und schnell versteckt sich Lola hinter dem Vorhang. »Ich fahre zum Baumarkt und hole Farbe und Holz. Eine Gummisaugglocke bringe ich auch mit. Das mit dem Klo bekomme ich schon hin, Schatz.«

Lola rümpft die Nase. Die Toilette ist eine Katastrophe. Stinkt seit gestern bis zum Himmel. Wie einfach alles in diesem Haus. Eine richtige Bruchbude ist das. Aber Papa-kriegt-das-schon-wieder-hin findet es noch immer dufte. Scheißidiot!

»Auf dem Rückweg besorge ich uns Fleisch zum Grillen. Okay? Bis dann!«

»Kein Fleisch, Fischstäbchen. Ich will Fischstäbchen!«, hört sie Ronja vom Garten her rufen und beobachtet, wie ihr Vater lächelnd ins Auto steigt. Wenig später ist der Volvo verschwunden.

Lola späht wieder zum Waldrand hinüber. Was hockt dort? Ein Fuchs? Ein Wildschwein? Ganz bestimmt keiner von Ronjas bescheuerten Trollen. Lola schneidet eine abfällige Grimasse.

Da bewegt sich der Schatten in dem Gebüsch erneut, und neugierig beobachtet sie, wie die Zweige des Busches zu wackeln beginnen. Einen Augenblick später taucht ein Gesicht zwischen den Blättern auf.

Ein spontanes Lächeln teilt Lolas Lippen.

Sie vermissen sie also doch! Die Jungs aus dem Ort. Zumindest Viggo, denn er ist es, der dort drüben im Busch hockt. Ob er sie sehen kann?

Sie winkt ihm zu. Grinsend winkt Viggo zurück.

Lola überlegt. Ihr Vater ist weg, und ihre Mutter ist mit Ronja hinten im Garten. Die beiden würden es nicht merken, wenn sie sich durchs Fenster davonstehlen und für eine Weile mit Viggo in den Wald gehen würde. Ihre Zimmertür ist ja abgeschlossen und keiner kann hinein. Sie schnappt sich ihre Umhängetasche, zwängt sich durch den Fensterspalt und läuft auf den Busch zu, hinter dem Viggo auf sie wartet.

»Hi«, sagt er und wirkt ein wenig unsicher. Aufgeregt hockt sie sich neben ihn. Er ist tatsächlich nur wegen ihr hierhergekommen. Das ist sooo lieb.

Sie erzählt ihm, was passiert ist und warum sie sich nicht mehr blicken lässt, und er nickt verständnisvoll.

»Ich habe auch oft Stubenarrest«, entgegnet er. »Mein Vater ist ein richtiger Arsch. Ich hasse ihn!«

Die Art und Weise, wie er das sagt, und dazu mit diesem traurigen Ausdruck in den Augen, lässt Lola verständnisvoll aufseufzen. Auf einmal fühlt sie sich nicht länger allein. Viggo ist eine verwandte Seele. Ein Soulmate, würde Jenny sagen. Wie oft hat sie von solch einem Typen geträumt? Lola spürt ihr Herz schneller schlagen.

»Eltern können die Pest sein«, sagt sie und pustet sich eine Strähne aus dem Gesicht. »Ich hasse meine auch.«

Viggo nickt. »Ich habe mir gedacht, dass du Ärger hast. Deshalb war ich schon einmal bei euch am Haus, nachts. Aber ich hab mich nicht getraut, an dein Fenster zu klopfen. Ich hatte das Gefühl, als stalke hier noch jemand herum. Ich habe es ein paarmal im Wald laut knacken hören.«

»Vielleicht war es ein Troll«, sagt Lola spöttisch.

»Du glaubst an Trolle?« Viggo runzelt die Stirn.

»Quatsch! Das war ein Scherz. Was ist mit den anderen Jungs?«

»Die haben sich gefragt, wo du steckst.«

»Valle auch?«

Viggo fasst sich unsicher ans Ohr. »Weiß nicht, aber ich wollte dich unbedingt wiedersehen.«

Oh, wie süß! Sie könnte ihn gleich hier und jetzt abknutschen. Wenn sie doch nur wüsste, wie man das anstellt. Sie spürt, wie sie rot anläuft. Eine Weile sagt keiner von beiden etwas. Verlegenheit breitet sich zwischen ihnen aus.

Plötzlich greift Viggo nach ihrer Hand und streicht zaghaft darüber. »Du bist hübsch, weißt du das?«, sagt er leise, und Lola fühlt sich, als schmelze sie dahin. Diese blauen Augen …

»Danke«, flüstert sie, und noch mehr Röte schießt ihr in die Wangen. Kichernd schiebt sie ihre Haare vors Gesicht, damit er es nicht sehen kann.

Seine Finger fahren ihren Arm hinauf, und ein wohliges Kribbeln breitet sich in ihrem Bauch aus. Gott, sie hat sich verliebt! Ja, so ist es.

»Wollen wir in den Wald gehen?«, fragt Viggo. »Ich kenne einen verborgenen See. Dort sind wir vollkommen allein.«

Lola verzieht den Mund. »Nee, im Wald sind mir zu viele Mücken.« Sie überlegt und hat einen besseren Einfall. »Ich weiß, wo wir ungestört sind.« Sie zieht Viggo auf die Beine und späht um den Busch herum zum Haus. Ihr Herz schlägt erregt, und Viggos Hand in der ihren scheint ebenfalls zu pulsieren.

Auf dem Grundstück ist alles still. Ihre Mutter und Ronja sind wohl noch hinten im Garten.

»Komm«, sagt sie und läuft mit Viggo zur Scheune hinüber.

61

»Wo kann er bloß sein?« Maja blickt durch die Frontscheibe des Polizeiwagens auf die Straße. Kurz darauf biegt sie auf einen der unbefestigten Fahrwege ab, die die weit verstreut liegenden Bauernhöfe rund um Hultsjö mit den anderen kleinen Dörfern verbinden.

»Wenn Victor mit dem Motorroller unterwegs ist, wie sein Vater gesagt hat, könnte er sich sonst wo rumtreiben. Er weiß, dass wir ihn suchen, und wird sich verstecken. Offensichtlich hat er sein Handy ausgeschaltet, damit wir ihn nicht orten können«, entgegnet Skagen.

»Aber wo könnte er Unterschlupf finden? Bei seinen Freunden in Hultsjö ist er nicht, und außerhalb hat er keine Bekannten. Die von den Jungs genutzten Plätze haben wir alle abgeklappert.« Maja schlägt aufs Lenkrad. »Verdammt! Victor, was hast du angestellt?«

Skagen presst die Lippen zusammen. Dass Victor abgehauen ist, wirft kein gutes Licht auf ihn. Auch nicht, dass er gelogen hat, als er ihn bei der DNA-Probennahme nach Lola gefragt hat. Was verheimlicht der Junge? Ist er Lolas Mörder?

»Was hat eigentlich das Gespräch mit dem Pumpwagenunternehmen ergeben, bei dem ihr gestern gewesen seid?«, fragt er Maja und muss ein paarmal husten.

»Ach, nicht viel. Ein Angestellter von der Firma war am Tag des Unfalls bei den Nowaks, am Vormittag. Er hat die verstopfte Kloake ausgepumpt. Er sagt, er hätte nichts Auffälliges bemerkt. Die Familie wäre ganz normal gewesen.«

»Hat der Kloakenmann auf dem Grundstück der Nowaks oder in der Nähe ein fremdes Auto bemerkt? Oder Victors Roller?«

»Nein. Er hat kein anderes Fahrzeug gesehen.«

Skagen schweigt nachdenklich. Wo ist Victor mit seinem Roller hingefahren? Der Tank des Gefährts ist ja nicht besonders groß. Könnte er nach Karlskrona unterwegs sein, um sich dort zu verstecken? Mit der Fähre nach Polen kann er jedenfalls nicht abhauen. Die Verantwortlichen von Stena Line wissen Bescheid. Sie werden Victor festhalten, sollte er bei ihnen auftauchen.

Maja scheint ebenfalls tief in Gedanken versunken zu sein. Abwesend saugt sie ihre Unterlippe ein.

Sie fahren an einem großen Gehöft mit mehreren rot gestrichenen Gebäuden vorbei und werden langsamer, schauen sich um, doch weder der Motorroller noch Victor sind irgendwo zu entdecken. Hinter dem Hof biegt Maja auf eine weitere Nebenstraße ab, die so schmal ist, dass keine zwei Autos aneinander vorbeipassen. Skagen lässt seinen Blick über die hügelige Landschaft und den Wald gleiten.

»Deine Chefin und du, versteht ihr euch gut?«, fragt Maja unerwartet.

»Ja, schon«, antwortet Skagen und hustet verlegen in seine Hand. Dass Maja das Thema anspricht, gefällt ihm nicht. Eigentlich war er froh, durch die Sache mit Victor abgelenkt zu werden und nicht daran denken zu müssen.

»Hm«, macht Maja.

Skagen merkt genau, dass sie ihm nicht glaubt, und brennt innerlich vor Scham. Dass zwischen ihm und Jette eine gewisse Missstimmung herrscht, hat wohl jeder mitbekommen. Er räuspert sich und unterdrückt den neu aufflammenden Hustenreiz. Soll er es Maja sagen? Jetzt? Wild jagen die Gefühle in seiner Brust durcheinander. Er will

Maja nicht verlieren, dafür bedeutet sie ihm zu viel. Aber sie hat es auch verdient, die Wahrheit zu erfahren. Er öffnet den Mund, schließt ihn jedoch unverrichteter Dinge wieder. Du bist ein Feigling, Tom Skagen. Und ein elender Lügner. Seine Finger verkrampfen sich, während er seinen stillen Kampf mit sich ausficht. Wenn er weiter schweigt, würde Maja es von jemand anders erfahren. Von Jette oder Göran. Skagen öffnet erneut den Mund, diesmal ist er entschlossen, es zu tun, doch plötzlich unterbricht ein eingehender Funkspruch seinen Versuch.

»An alle Einheiten!«, tönt Görans verzerrte Stimme aus dem Funkgerät. »Die Freigabe für das Brandgebiet wurde erteilt. Ich wiederhole, die Feuerwehr gibt das Gelände frei. Der Sachverständige ist bereits eingetroffen, und Abteilung eins und zwei setzen ihre Suche nach Frau Nowak fort. Abteilung drei und alle anderen Einheiten halten weiterhin Ausschau nach Victor Staffansson. Ende.«

Maja antwortet Göran, dass sie verstanden hat. Danach sieht sie Skagen an. »Du willst bestimmt in den Wald, oder?«

Er nickt. Gerne würde er sehen, was aus seinem VW-Bus geworden ist. Vor allem aber will er aus dem Polizeiwagen raus. Er erträgt es nicht mehr, neben Maja zu sitzen und sich wie ein elendiger Lügner zu fühlen.

Unter den neugierigen Blicken der Kühe, die auf einer angrenzenden Weide stehen, wendet Maja und fährt eine Staubwolke hinter sich aufwirbelnd in Richtung Hultsjö.

Eine halbe Stunde später stehen sie neben dem VW-Bus, und Skagen verzieht das Gesicht.

»Oje, der Lack ist hin«, sagt er und streicht voller Bedauern über die Blasen, die sich auf der Schiebetür gebildet haben. Anschließend beugt er sich hinab, um die Reifen zu inspizieren. Die scheinen erstaunlicherweise in Ordnung zu sein. Nicht wie seine Schuhsohlen gestern. Er tastet die Gummidichtungen an der offenen Fahrertür ab. Danach checkt er die Scheibenwischer und die Frontstoßstange des Busses, die an einer Ecke leicht angesengt ist.

»Ein Wunder, dass das gute Stück heil geblieben ist, was?«, ruft einer der Feuerwehrleute zu ihm herüber. Der Trupp gelb gekleideter Männer ist gerade dabei, den Untergrund des angrenzenden Waldes mit stählernen Rechen nach aktiven Glutnestern abzusuchen. Aufgrund der Uniform ordnet Skagen den Mann der Berufsfeuerwehr von Blekinge zu und nicht der freiwilligen Brandwache von Hultsjö, die nur aus Dorfbewohnern besteht.

»Tja, Glück muss man haben«, antwortet er matt.

Der Mann hebt einen Daumen. »Passen Sie auf, wenn Sie den Weg zurück zur Straße fahren. Der ist zwar frei, aber von den beschädigten Bäumen könnten leicht Äste abbrechen, sollte der Wind erneut auffrischen. Aus diesem Grund sollten Sie auf keinen Fall in den Wald gehen. Das ist viel zu unsicher.«

»Ich werde achtgeben, danke für den Hinweis.«

»Keine Ursache.« Der Feuerwehrmann folgt seinen Kollegen mit stochernden Bewegungen in die postapokalyptische Landschaft. Das Feuer hat den Wald komplett verändert. Er ist nicht mehr grün und schattig, sondern schwarz und kahl. Ungehindert dringen die Sonnenstrahlen bis auf die mit Asche bedeckte Erde vor, sogar das bodennahe Gestrüpp ist vollkommen verbrannt, ebenso die Blaubeersträucher und die Farne. An einigen Stellen steigen kleine Rauchfahnen auf und durchziehen den versengten Forst mit geisterhaften Schwaden.

Es sieht schlimm aus. Trotzdem würde sich die Natur schnell erholen. Die Asche düngt den Boden, und bald, wenn es erst mal geregnet hätte, würde neues Grün sprießen. Allerdings ist das Holz der angekohlten Bäume nicht zu retten, schätzt Skagen, da es durch die Hitze Risse bekommen hat. Es würde nur zur Pelletierung oder für die Papierverarbeitung taugen. Wenn überhaupt. Dahlberg würde alles roden und neu aufforsten müssen. Es würde Jahrzehnte dauern, bis hier wieder dichter Wald wüchse. Was für ein Verlust.

Zum Forstwirt würde er nicht taugen, denkt Skagen, dafür ist er viel zu ungeduldig. Das fällt als neuer Beruf schon mal aus. Jetzt, da sein Ausscheiden aus dem Polizeidienst lediglich eine Frage von Stunden ist, sollte er sich wohl Gedanken darüber machen, was er danach mit sich anfangen will. Er könnte zurück nach Schweden ziehen. Vielleicht nach Karlskrona zu Maja. Etwas ganz Neues anfangen. Gesetzt den Fall, dass Maja ihn nach diesem Desaster überhaupt noch will …

Skagen fühlt eine Hand auf seinem Rücken.

»Ist alles gut mit dir?«, fragt Maja besorgt.

Er wirft ihr ein schnelles Lächeln zu, um sie zu beruhigen. Dann guckt er weiter in den Wald, in die Richtung, in die er auf seiner Flucht vor der rasenden Flammenwand gelaufen ist. Dort steht eine niedrige Steinmauer, die seine Aufmerksamkeit fesselt. Vor dem Brand war sie mit Moos und Kraut bewachsen und kaum zu erkennen, nun tritt sie deutlich aus dem kahlen Wald hervor. Vermutlich befand sich an dieser Stelle früher ein Haus, bevor Dahlberg das gesamte Gebiet in eine Fichten- und Kieferplantage umgewandelt hat. Es muss eine Hofstelle gewesen sein, denn die Steinmauer zeugt davon, dass es hier einst Felder gegeben hat, von denen die Findlinge gesammelt worden sind. Plötzlich hat Skagen ein Bild vor Augen. Es sind Steine. Ein ganzer Haufen davon. Und darin befindet sich eine niedrige Tür.

Nur, wo hat er das gesehen? Es ist nicht der Erdkeller bei dem verlassenen Haus, das weiß er. Skagen schnalzt mit der Zunge und setzt sich in Gang.

»Wo willst du hin?«, fragt Maja.

»Was überprüfen.«

»He, wir sollen doch nicht in den Wald gehen. Ist zu gefährlich!«

Skagen antwortet nicht auf ihren Einwand und betritt den verkohlten Boden. Sofort hüllt ihn aufsteigender Rauch ein. Der Geruch befeuert sein Erinnerungsvermögen, und die Härchen auf seinen Armen stellen sich auf. Mit einem Mal wird alles wieder lebendig. Skagen dreht sich suchend um die eigene Achse. Ja, dort drüben, da ist er entlanggerannt.

»Tom, warte!«

Er hört Majas Schritte hinter sich, doch er ist voll darauf konzentriert, sich in der veränderten Umgebung zu orientieren. Aufmerksam blickt er in den Wald. Wo hat ihn das Feuer hingejagt? Nur am Rande nimmt er wahr, wie Maja neben ihn tritt und auf ihn einredet. Sie winkt mit den Händen vor seinem Gesicht, damit er sie ansieht. Wie in Zeitlupe wendet Skagen den Kopf.

»Erde an Major Tom. Was hast du vor?«

»Ich suche etwas.«

»Was?«

»Erkläre ich dir gleich.«

»Warum nicht sofort?«

»Keine Zeit.« Erneut setzt Skagen sich in Bewegung. Aber es ist nicht leicht, den richtigen Weg zu finden. Ein paarmal bleibt er stehen, um sich zu vergewissern, dass er sich noch auf seiner Fluchtroute befindet. Unsicherheit steigt in ihm auf. Ist er hier wirklich langgelaufen? Oder war es doch woanders? Er dreht sich im Kreis. Überall nur schwarze Baumstämme, nichts, was er wiedererkennen könnte. Hat er sich verirrt?

Ein plötzlicher Hustenanfall schüttelt ihn. Offensichtlich fühlt sich seine Lunge durch den Rauchgeruch ebenfalls an das Feuer erinnert und protestiert. Vielleicht sollte er es lassen.

Er bemerkt Majas Blick.

»Geht's?«, fragt sie. In ihrer Stimme schwingt nicht nur Sorge, sondern auch Verärgerung mit, weil er sich so unvernünftig verhält. Er will gerade einlenken, da entdeckt er einen Gegenstand hinter ihr auf dem Boden. Er geht darauf zu und stößt mit der Fußspitze dagegen. Es ist sein Rucksack. Besser gesagt, ein kleiner verschmorter Haufen. Die geschmolzenen Reste des Nylongewebes bedecken seinen tragbaren Lautsprecher, die zerstörte Elektronik seines iPods und eine angesengte Meerjungfrau aus Plastik. Skagen hebt sie auf. Die Schwanzflosse ist nur noch ein unförmiger Klumpen. Mit einem Seufzer lässt er die Figur fallen.

»Was ist das?«, fragt Maja.

»Ein Glücksbringer, den mir meine Schwester zum Nautischen Offizierspatent geschenkt hat. Jetzt ist er Schrott.«

»Schade.«

Skagen zuckt mit den Schultern. Alles ist vergänglich, denkt er und blickt auf. Der Steinhaufen kann nicht mehr weit weg sein, das sagt ihm das untrügliche Kribbeln in seinem Bauch. Rasch setzt er seinen Weg durch den von Rauchfahnen vernebelten Wald fort, folgt seinem Instinkt. Schließlich taucht eine Struktur vor ihm auf, die sich deutlich von den schwarzen Feuerskeletten der Bäume abhebt.

Der Erdkeller.

Skagen beschleunigt seinen Schritt. In seiner Leibesmitte kribbelt es heftiger denn je, und eine erdrückende Ahnung bemächtigt sich seiner.

Das Auto, mit dem Tina in den Wald gebracht wurde, hat nicht an dem verlassenen Haus gehalten, es ist weiter bis zum Wendehammer gefahren. Dort ist derjenige ausgestiegen und hat sie in den Wald getragen. Bis zu diesem Erdkeller.

»Ist es das, was du suchst?«, fragt Maja neben ihm.

»Ja.« Mit wachsender Übelkeit geht Skagen um den aufgeschichteten Steinhaufen herum. Als er den Eingang erblickt, wird ihm schwindelig.

Es ist so, wie er es in Erinnerung hat. Nur, dass von der Tür jetzt lediglich verkohlte Reste übrig sind. Gestern, vor dem Feuer, war das Holz noch frisch zersplittert und eingedrückt.

»Oh Gott«, hört er Maja wie aus weiter Ferne sagen.

Alles in ihm sträubt sich. Dennoch nähert er sich den Steinen, streckt eine Hand aus und berührt sie. Sie sind noch warm vom Feuer, das über den Erdkeller hinweggefegt ist. Ein unbeschreiblicher Gestank schlägt ihm aus dessen Innern entgegen, und Skagen muss würgen.

Er lässt sich auf die Knie sinken und hält sich an den rauen Steinen fest, während er gegen die Reaktion seines Körpers ankämpft, alles von sich zu geben, was er heute zu sich genommen hat. Ein erneuter Hustenanfall will sich Bahn brechen. Mit tränenden Augen widersteht Skagen dem quälenden Reiz. Er schluckt mehrmals lautstark, dann erst ist er bereit, sich der dunklen Öffnung zu stellen und dem, was ihn dahinter erwartet. Auf allen vieren kriecht er hinein, muss jedoch sofort erneut würgen, weil der Gestank so überwältigend ist. Schnell wirft er einen Blick auf die zusammengekrümmte Gestalt am Boden und zieht sich zurück. Mit einer Hand vorm Mund dreht er sich zu Maja um. Ihre gesamte Haltung spiegelt das wider, was Skagen empfindet. Pures Entsetzen.

»Und?«, fragt sie mit belegter Stimme.

Er muss erneut schlucken. In seinem Magen wogt ein ganzes Meer.

Verdammt, warum hat er sie nicht eher gefunden?

»Es ist Tina Nowak«, sagt er schließlich. »Sie ist … tot.«

62

Zwei Stunden später ist alles rund um den Fundort der Leiche abgesperrt, und es wimmelt von Polizisten und Feuerwehrleuten, die jeden Schnipsel unter die Lupe nehmen. Alle sind da, Göran, Jette, die Kollegen von der KTU und selbst Dr. Modig, der umgehend aus Lund angereist ist. Das volle Programm.

Skagen sitzt ein wenig abseits auf einem Stein und beobachtet die Aktivitäten am Erdkeller. Neben ihm steht Maja, die aufpassen soll, dass er nicht umkippt, denn kurz nach ihrer furchtbaren Entdeckung hat ihn ein heftiger Hustenanfall niedergesteckt. Eine erneute Fahrt ins Krankenhaus hat er jedoch strikt abgelehnt, weil er dabei sein will, wenn sie Tinas Leiche bergen. Er fühlt sich dazu verpflichtet. Weil er an dem Erdkeller vorbeigerannt ist, ohne einen Blick hineinzuwerfen. Und das, obwohl ihm die zersplitterte Tür aufgefallen ist. Dabei ist es ihm vollkommen egal, ob er damit sein eigenes Leben retten wollte. Er hätte es sich ansehen *müssen*. Das ist der Kern seines Berufs: Dingen auf den Grund zu gehen und Menschen zu helfen. Und nicht wegzurennen.

Sein beschissenes Signe-Merkur-Trauma hat ihn daran gehindert. Diese unkontrollierbare Panik im Nacken, die alles Rationale ausschaltet. In diesen Momenten ist er nicht Tom Skagen, der Mensch, der sich um andere kümmert. In den Momenten ist er nur noch ein Tier auf der Flucht. Purer Selbsterhaltungstrieb. Das würde Evelyn dazu sagen und dass jeder Mensch so reagiert hätte. Aber Skagen kann das nicht akzeptieren. Er ist der Ansicht, dass ein Polizist, ein Feuerwehrmann oder auch ein Rettungssanitäter diesen Trieb im Griff haben muss. Die Signe Merkur lässt das bei ihm jedoch nicht zu. Egal, was er tut, sie steht vor ihm. Ihr hellblauer Stahlrumpf mit der schwarzen Aufschrift. Ein unüberwindliches Hindernis. Er sollte wirklich bei der Polizei aufhören und sich einen anderen Job suchen. Einen, bei dem er keinen Schaden anrichten kann.

Seine Finger beginnen zu zittern, und er versucht, sie still zu halten.

Nein, nicht jetzt. Nicht vor allen Leuten. Vor Jette, vor Maja.

Er ballt die Hände zu Fäusten, spannt den ganzen Körper an, damit der Anfall keine Angriffsfläche findet.

Maja bemerkt seine Regung und legt eine Hand auf seine Schulter. »Alles okay? Oder brauchst du was?«

»Nein, schon gut. Ist nur der Schock.«

»Du solltest dich hinlegen. Ich kann dich nach Hause fahren.«

Er schüttelt den Kopf. »Ich bin ziemlich stur.«

Sie stößt ein trockenes Lachen aus. »Hab ich gemerkt.«

Als Jette zu ihnen herüberblickt, lässt Maja schnell die Hand sinken. »Big Boss scheint was von dir zu wollen. Sie winkt dir zu.«

Skagen stemmt sich auf die Beine und geht zu seiner Chefin hinüber, die unter dem provisorischen Zeltpavillon der Kriminaltechnik steht, während Maja auf Abstand bleibt. Er ahnt, dass sie keinen Bock auf Jette hat, was er durchaus verstehen kann. Durch ihr forsches Auftreten ist seine Chefin nicht jedermanns Typ. Skagen hingegen schätzt gerade diese Geradlinigkeit an ihr und ist bisher gut damit klargekommen. Aber das gehört wohl bald der Vergangenheit an. Das Bad im Scheißeeimer rückt näher.

»Ist alles gut mit dir, Tom?«, fragt Jette besorgt. »Du siehst fürchterlich aus.«

»Wärmsten Dank.« Er räuspert sich. »Was gibt's?«

»Sie holen sie jetzt raus.« Jette zeigt auf den Eingang vom Erdkeller, in dem ein weiß gekleideter KTU-Mann erscheint. Es ist Nils Svärd. Er hält die Griffe einer Trage fest umschlossen und schiebt sich geduckt ins Freie. Als Tina Nowaks Körper vor ihnen liegt, bildet sich ein harter Kloß in Skagens Hals, und er muss erneut husten.

»Oh Gott«, flüstert Jette. Und auch alle anderen halten entsetzt die Luft an, denn Tinas Füße sind nicht mehr da. An ihrer Stelle befinden sich zwei blutige Stümpfe, aus denen zersplitterte Knochenstücke herausragen.

»Was ist passiert?«, fragt Jette mit blassem Gesicht.

»Ich vermute mal Tierfraß«, sagt Dr. Modig. Er schiebt seine Brille auf die Stirn und untersucht die Fressmarken mit einer Lupe. Dann richtet er seinen Oberkörper auf. »Gemäß der Tatsache, dass es in Südschweden keine Wölfe oder Bären gibt, schätze ich, es waren streunende Hunde oder …«

»Wildschweine«, vervollständigt Skagen den Satz und zeigt auf die angesengten Reste der Tür zum Erdkeller. »Das Holz ist regelrecht eingedrückt worden. Dazu braucht es Kraft und Körpermasse. So etwas schaffen nur Wildschweine.« Außerdem hat er eines gesehen, bevor das Feuer ihn überrascht hat.

Dr. Modig nickt. »Da könnten Sie recht haben. Wildschweine fressen alles, was ihnen in den Weg kommt. Sie müssen die Frau gewittert haben und sind durch die Tür gebrochen. Kein schönes Ende.«

»Ist sie denn daran gestorben?«, fragt Skagen bang.

Modig zieht nachdenklich die Brauen zusammen. »Das ist nicht leicht zu sagen, denn da ist noch diese Kopfverletzung, die dürfen wir nicht außer Acht lassen. Ebenso wenig den Knebel. Der könnte sie erstickt haben.« Er deutet auf das Gesicht der Leiche, und Skagen muss schlucken. Die ausgemergelten Züge, die verfilzten Haare und das schmutzige Klebeband über dem Mund sehen zu müssen, versetzt ihm einen Hieb in den Magen. Dazu die bräunlich gelbe Haut, die sich unnatürlich über die Wangenknochen spannt, und die eingefallenen Augen, aus denen jede Flüssigkeit verdampft ist. Nichts an diesem Gesicht erinnert an die lachende Frau auf dem Familienfoto. Skagen spürt, dass er wieder anfängt zu zittern, und steckt die Hände in seine Hosentaschen, um es zu verbergen.

»Die Wunde an der Stirn hat stark geblutet«, erklärt Modig, während er seine Untersuchung fortsetzt. »Und soweit ich gesehen habe, befinden sich im Erdkeller mehrere große Blutlachen. Sie stammen von der Kopfwunde und den Beinen.«

»Passt die Verletzung an der Schläfe zu dem Stein im Wald?«, fragt Göran aufgeräumt. Trotz des furchtbaren Anblicks gelingt es ihm, seine Fassung zu wahren. Vielleicht will er Jette damit beeindrucken.

»Ich würde sagen, ja.«

Dr. Modig berührt die verdorrt wirkende Haut der Leiche. Der Geruch, der von dem Körper ausgeht, ist kaum zu ertragen. Eine Mischung aus gekochtem Fleisch, angesengten Haaren und Räucheraromen. Dies ist Skagens erstes Brandopfer, und es zu betrachten, verlangt ihm mehr ab, als es bei anderen Leichen der Fall war.

»Der Körper ist stark dehydriert, da das Gewebe erhitzt wurde«, führt Dr. Modig weiter aus. »Daran ist mit größter Wahrscheinlichkeit das Feuer schuld. Die Frau ist quasi geräuchert worden.«

Im Hintergrund sind Würgegeräusche zu hören. Es ist Joakim, der seinen Mageninhalt dem Wald übergibt. Skagen kann es ihm nicht verübeln, kämpft er doch selbst gegen das Schwanken in seinem Bauch an.

»Welche dieser Faktoren zum Tod geführt haben, kann ich

unter diesen Umständen nicht genau ermitteln, dazu muss ich die Leiche obduzieren. Das viele Blut, das die Frau verloren hat, deutet zumindest darauf hin, dass sie noch lebte, als sie angefressen wurde.«

Kalter Schweiß bricht Skagen aus. War Tina auch noch am Leben, als er am Erdkeller vorbeigerannt ist? Er schwankt leicht, und es fühlt sich an, als würde sich alles um ihn herum drehen. Skagen schluckt. Schwankt. Schluckt erneut.

Aber der unsichtbare Dämon der Schuld hat längst auf seiner Schulter Platz genommen, neben all den anderen Geistern aus seiner Vergangenheit.

Um sich abzulenken, konzentriert er sich auf die Kleidung der Toten. Tina Nowak trägt einen grauen Rock und eine blaue Strickjacke, an der ein Knopf fehlt. Das dazugehörige Knopfloch ist ausgerissen. Skagen erinnert sich, dass im Haus ein loser Knopf gefunden wurde. Vermutlich passt er zu der Strickjacke. Aber wer hat ihn abgerissen? Ihr Mörder?

»Ist das dort Blut?« Er zeigt auf einen rötlichen Fleck am Ärmel. Sofort muss er an die Farbe aus der Scheune denken.

Dr. Modig nimmt ein Wattestäbchen und reibt daran herum, bis sich einzelne Partikel lösen, dann hält er es sich unter die Nase. »Riecht wie … Moment.« Er schnuppert erneut. »Das ist Farbe.«

»Falunrot?«, sagt Skagen, und die anderen gucken ihn an, als hätte er den Verstand verloren. »Ist die Farbe mit Bremsflüssigkeit vermischt?«

Dr. Modig scheint zu verstehen, worauf er hinauswill, und antwortet: »Es könnte durchaus dasselbe Zeug sein, das wir auch an Lolas Haaren gefunden haben. Aber das wissen wir erst sicher, wenn es durchs Labor gegangen ist.« Er nimmt mehr von der Probe und lässt sie in einer Tüte verschwinden, die Nils Svärd ihm entgegenhält.

Um dem eindringlichen Geruch der Leiche zu entfliehen,

richtet Skagen sich auf. »Tina muss dabei gewesen sein, als das mit Lola passiert ist«, sagt er zu Göran und Jette. »Oder sie kam kurz danach dazu und ist so ihrem Peiniger begegnet, der sie verschleppt und hier eingesperrt hat.«

»Aber wer war es?«, fragt Jette. »Etwa der Junge, der sich auf der Flucht befindet? Dieser Victor Staffansson?«

»Möglich«, stößt Göran hervor. »Deshalb müssen wir ihn ja auch dringend finden. Nur er kann uns diese Frage beantworten.«

Skagen nickt, während Jette schweigt.

Unterdessen macht Nils Svärd einige Fotos von Tina, anschließend beginnt Dr. Modig, die Fesseln und den Knebel zu entfernen. Das Klebeband und der schmutzige Fetzen Stoff landen in zwei getrennten Beweismittelbeuteln. Skagen spürt Mitleid und Wut in sich aufsteigen. Was muss Tina für Qualen durchlitten haben? In diesem dreckigen Loch zu stecken, ohne Wasser, ohne Essen, ohne Aussicht auf Hilfe.

Dr. Modig schiebt den Stoff von Tinas Rock beiseite und begutachtet die vertrocknete und unnatürlich dunkle Haut darunter. Er winkt Svärd heran, der weitere Aufnahmen macht. Danach entfernt er den Stoff ganz und zeigt allen einen dunklen Fleck auf der Außenseite von Tinas Oberschenkel.

»Eindeutig ein Hämatom. Schon ein bisschen älter, aber ich schätze, dass es sehr schmerzhaft war. Mal sehen, wie der Rest des Körpers aussieht.« Mithilfe von Svärd dreht Modig die Leiche auf die Seite und befreit sie von Strickjacke und Top. Sein Gesichtsausdruck lässt erkennen, dass da noch mehr ist. Er bedeutet Skagen, Göran und Jette näherzutreten und weist auf eine stark ausgeprägte Hautunterblutung auf dem Rücken. »Ähnliches Alter würde ich sagen.«

»Woher rühren die? Ist die Frau gestürzt? Oder wurde sie geschlagen?«, fragt Jette.

»Es ist nur eine Vermutung«, sagt Dr. Modig, »aber ich denke, ein Sturz war nicht die Ursache. Dafür müssten die Hämatome auf derselben Achse liegen, was sie nicht tun. Ich würde eher sagen, die stammen von Schlägen oder Tritten.«

»Dieses Schwein!«, stößt Göran wütend aus.

Nachdenklich blickt Skagen auf die dunklen Blutergüsse. Da sie älteren Datums sind, könnte sie jemand anders als der Täter Tina zugefügt haben. Ihr Ehemann beispielsweise. Ist er womöglich doch ein Schläger, wie sie es zuvor angenommen haben? Er muss an die Freunde der Nowaks denken und deren schwammige Aussagen. Oder ist das alles tatsächlich Victors Werk, wie Göran vermutet? Irgendwie fällt es Skagen schwer, daran zu glauben. Ein 16-jähriger Junge, aufgewachsen in einem Dorf, von den Eltern behütet. Ist der zu solch einer Tat fähig?

Aber Skagens Erfahrung hat ihn gelehrt, dass es auf dieser Welt leider alles gibt. Sogar mordende Teenager.

Dr. Modig betrachtet unterdessen Tinas Hände und Arme genauer. »Keine offensichtlichen Abwehrspuren. Was daran liegen kann, dass sie gefesselt war. An ihren Fingern befinden sich noch weitere dieser Farbflecken.«

»Haben Sie irgendwo brauchbare Fingerabdrücke gefunden, die vom Täter stammen könnten?«, fragt Jette. »Auf dem Klebeband vielleicht?«

»Wir sind dabei«, antwortet Nils Svärd.

Plötzlich knackt Görans Funkgerät, und es folgt eine Durchsage, die alle Anwesenden schlagartig innehalten lässt: »An alle Einsatzkräfte in der Umgebung von Hultsjö! Suizid auf den Gleisen. Ich wiederhole, tote, nicht identifizierte Person auf dem südlichen Streckenabschnitt kurz hinter Hultsjö! Bin mit meinem Kollegen vor Ort, erbitte jedoch Verstärkung. Die Bahnstrecke muss sofort gesperrt werden. Bitte kommen?«

Görans Daumen bewegt sich wie in Zeitlupe auf das Funkgerät zu und drückt auf den Knopf. »Verstanden«, antwortet er. »Ich schicke sofort Verstärkung. Könnt ihr etwas mehr zu der Person sagen? Wie sieht sie aus?«

»Schlimm.«

»Das meinte ich nicht«, erwidert Göran gereizt. »Ist es ein Mann oder eine Frau?«

»Ein Jugendlicher.«

Jette saugt hörbar Luft ein, während Skagen Gänsehaut in einer eiskalten Welle über die Unterarme prickelt.

»Wir schätzen, dass er zwischen 16 und 18 Jahre alt ist. Blondes Haar und … Gott … genauer können wir das nicht sagen, sein Kopf ist …«

»Das reicht!«, würgt Göran den Beamten ab, wofür ihm alle dankbar sind. Ihnen ist bereits klar, um wen es sich handelt.

Der Boden unter Skagens Füßen gerät erneut ins Schwanken, als Göran es ausspricht.

»Scheint, als hätten wir Victor gefunden.«

63

Die Gleise sind von der Straße aus zu sehen. Dahinter liegt der Wald. Der südliche Bahnübergang von Hultsjö ist nicht weit vom Anwesen der Staffanssons entfernt. Victors roter Motorroller verbirgt sich in einem Gebüsch neben der Straße. Diverse Streifenwagen müssen daran vorbeigefahren sein, ohne ihn zu bemerken.

Skagen und Maja parken am Straßenrand bei den anderen Einsatzfahrzeugen und gehen zu den Beamten hinüber, die den Unfall gemeldet haben. Göran, Jette und Dr. Modig sind bereits bei ihnen. Sie stehen neben dem Gleisbett, auf dem ein Körper unter einer Rettungsdecke liegt. Der Zug wartet etwa 200 Meter entfernt darauf, was mit ihm geschehen würde. Die Fahrgäste befinden sich noch in den Waggons. Sie würden mit Bussen nach Karlskrona gebracht werden. Zuerst gilt es jedoch, den Unfallort abzusichern und in Augenschein zu nehmen.

Skagen beobachtet, wie Dr. Modig die Rettungsdecke anhebt. Der Gerichtsmediziner verzieht keine Miene. Er kniet sich hin und untersucht die Leiche. Dann holt er etwas aus der Tasche des Toten und reicht es Göran. Skagen und Maja warten in einigem Anstand, da sie wenig Lust auf eine weitere furchtbar zugerichtete Leiche verspüren. Eine am Tag genügt.

Göran kommt auf sie zu, mit Jette im Schlepptau. »Kein schöner Anblick, aber es ist Victor Staffansson«, sagt er und hält ein blaues Portemonnaie aus Nylon hoch. »Wir haben seine Bankkarte und den Mopedführerschein. Sein Handy ist nicht da, liegt vielleicht irgendwo auf den Gleisen.«

Skagen holt tief Luft und nickt. Dabei muss er husten, doch der Klumpen in seinem Hals will einfach nicht verschwinden. Was ist das nur? Mit diesem Ort? Mit diesen Leuten? Warum bringt sich ein 16-Jähriger um?

Aus demselben Grund, aus dem er auch den Wald angezündet hat, antwortet seine innere Stimme, weil er Lola und Tina umgebracht und die Schuld nicht mehr länger ertragen hat?

Skagen blickt hinüber zur Landstraße, dort steht eine Reihe Autos von Schaulustigen. Ein schwarzer Mercedes fährt gerade los.

»Das ist der Makler. Gunnar Månsson«, sagt Maja.

»Und das im Pick-up ist Dahlberg«, ergänzt Skagen. »Hat sich ganz schön schnell herumgesprochen.«

»Wer sagt es Victors Eltern?«, will Göran wissen. »Falls sie es nicht bereits wissen.«

»Das kann ich übernehmen, ist kein Problem für mich«, erklärt Skagen bereitwillig. Natürlich nicht ohne Grund, denn er will weg von hier. Außerdem will er Victors Zimmer durchsuchen. Er muss etwas finden, was bestätigt, dass der Junge nicht ihr Täter ist. Alles andere wäre zu furchtbar.

Der Ermittlungsleiter zögert. »Sind Sie sicher, dass Sie das können? Sie haben gestern und heute einiges eingesteckt.«

»Das ist schon okay«, sagt Skagen entschlossen, und Göran gibt nickend sein Einverständnis. Ohne Jette oder Maja anzusehen, dreht er sich um und geht zur Straße. Er hört Schritte hinter sich.

»Ich begleite dich!«, sagt Maja und bedenkt ihn mit einem Einer-muss-ja-auf-dich-aufpassen-Blick. Dummerweise schließt sich ihnen Jette an. Ihre Miene verrät nicht, was sie denkt.

Skagen verlässt der Mut. Was hat Jette vor? Können sie ihn nicht einfach alle in Ruhe lassen?

Mit zusammengepressten Kiefern steigt er ins Polizeiauto, und sie fahren los. Ein Krankenwagen mit Blaulicht kommt ihnen entgegen, vermutlich wegen der geschockten Zugfahrgäste. Über Funk verfolgen sie, wie Göran die Strecke vorerst für zwei Stunden sperrt und einen Bus anfordert, um die Leute nach Karlskrona zu befördern.

Skagen blickt aus dem Seitenfenster in den Wald und denkt darüber nach, was dieses kleine Fleckchen Erde in den letzten Tagen alles erlebt hat. Dass das kein Zufall gewesen sein kann und es einen Grund dafür gibt, liegt auf der Hand. Besser gesagt hinter der scheinbar idyllischen Fassade von Hultsjö, tief in dessen dunklem Herzen vergraben. Man nennt es Hass, Neid, Missgunst und uralte Feindschaften. Ein trügerisches Paradies, in das die Nowaks so viel Hoffnung gesetzt haben.

Victors Mutter bricht auf der Türschwelle zusammen. Maja und Jette stützen sie und bringen sie ins Wohnzimmer des großzügig eingerichteten Hauses. Vorsichtig betten sie die Frau aufs Sofa, und Maja ruft einen Notarzt und vorsichtshalber auch gleich einen Seelsorger.

Von Herrn Staffansson ist nichts zu sehen, weshalb Skagen sich ungestört durch die Räume des unteren Stockwerks bewegen kann. In allen hängt eine trostlose Stille über den antiken Möbeln.

»Herr Staffansson? Die Polizei ist hier«, ruft er probehalber, aber der Hausherr scheint tatsächlich nicht da zu sein. Mit Sicherheit wäre er sonst längst auf sie losgegangen, weil sie in seine Privatsphäre eingedrungen sind.

Auf der Suche nach Antworten steigt Skagen die Treppe nach oben. Er will sich Victors Zimmer ansehen, bevor etwas verändert wird. Unwohl fragt er sich, was ihn dort wohl erwartet.

Als er wenig später in der Tür steht, wirkt das Zimmer völlig normal auf ihn. Ein Bett mit blauer Bettwäsche, ein Schreibtisch und ein großer Schrank, dazu ein paar Jungssachen. Zwei Poster von Zlatan Ibrahimović und ein Trikot von der schwedischen Nationalmannschaft mit einem Autogramm darauf hängen an der Dachschräge über dem Bett. Ein Fußball liegt in der Ecke neben dem Papierkorb, und ein Wimpel des örtlichen Fußballvereins baumelt von der Schreibtischlampe. Ein Regal voller Bücher gibt es auch, was Skagen verwundert, denn soweit er weiß, lesen Jungen in Victors Alter heutzutage eher wenig. Er studiert die Titel. Vom Dschungelbuch bis hin zu Stephen King ist eine bunte Mischung vertreten.

Skagens Brust zieht sich zusammen, und es tut ihm weh, daran zu denken, dass der Junge in diesem Moment da draußen auf den Gleisen liegt. Das kurze Leben bereits vorbei.

»Die Frau von der Tankstelle hat erzählt, dass Victor unter Depressionen litt«, sagt Maja von der Tür her, und Skagen zuckt unwillkürlich zusammen.

»'tschuldigung, wollte dich nicht erschrecken.«

»Schon gut. Wo ist Jette?«

»Unten bei Frau Staffansson. Die ist total fertig. Aus der bekommen wir erst mal nichts heraus.«

»Jemand sollte ihren Mann anrufen. Du hast doch seine Nummer, oder?«

»Ja, aber ich finde es besser, wenn wir uns vorher einmal in Ruhe umschauen. Nachher wirft der Typ uns wieder raus.« Sie zwinkert ihm zu, und Skagen schmunzelt, weil sich ihre Gedanken so ähneln.

»Du sagtest, Victor litt an Depressionen?«

Maja tritt in das Zimmer und sieht sich um. »Vielleicht der Grund für seinen …« Sie spricht es nicht aus, und Skagen weiß nicht, worüber er trauriger sein soll, dass Depressionen an seinem Tod schuld sein könnten oder dass Victor ein Verbrechen begangen haben könnte. Vielleicht aber auch beides.

Er zieht die Schubladen des Schreibtisches auf, darin befindet sich Schulzeug.

»Was suchst du?«

»Ein Tagebuch, sein Handy, einen Computer. Irgendetwas, das uns verrät, was in ihm vorging.«

Maja versteht, was er meint, geht zu dem Schrank und öffnet ihn. Klamotten quellen ihr entgegen. »Genug anzuziehen hatte er. Hm, alles Markenklamotten.« Sie räumt ein paar Sachen raus, um tiefer vorzudringen. »Geld haben sie, die Staffanssons. Und das nicht zu knapp. Ein tolles Haus, teure Autos, Pferde, Boote – alles, was das Herz begehrt.«

»Und trotzdem vielleicht nicht das, was Victor sich gewünscht hat«, sagt Skagen und guckt in den Papierkorb.

»Die Tankstellenfrau hat angedeutet, dass Ludvig Staffansson nicht gerade der liebevollste Vater unter der Sonne sein soll und dass sich schon Victors Großmutter umgebracht hat.«

»Aha«, murmelt Skagen und fischt mehrere zerknüllte Zettel aus dem Müll. Er faltet sie auseinander und pfeift leise durch die Zähne.

»Was hast du?« Maja tritt neben ihn und blickt auf die Papiere. »Ui, Liebesbriefe.«

»An Lola.« Skagen spürt, wie alles in ihm schwer wird. Ein Junge schreibt doch keinen Liebesbrief und bringt danach seine Angebetete um. Nein, etwas stimmt da nicht.

Maja streicht sich über die Augen, als ob sie müde ist. »Er hat mehrere Versuche unternommen, Lola zu schreiben, was er fühlt. Das ist irgendwie süß. Victor scheint wirklich in Lola verknallt gewesen zu sein.« Sie klingt, als schnüre es ihr die Kehle zu, und schnell wendet sie sich ab, um weiter im Schrank herumzuwühlen.

Skagen legt die Briefe behutsam auf den Tisch. Er sieht unter der Schreibunterlage nach, aber dort befindet sich nur ein Foto von Victor zusammen mit seinen Freunden. Sie sitzen alle in einem Motorboot und grinsen übermütig in die Kamera. Solche Bilder kennt Skagen aus seiner Jugend auch. Schwedische Sommer, die besten Freunde und das Gefühl, dass alles möglich ist. Ein Zittern will sich seiner bemächtigen, doch es gelingt ihm, es zu unterdrücken. Entschlossen dreht er sich auf dem Absatz um und betrachtet das Zimmer. Wo bewahrt Victor seinen Rechner auf? Bestimmt besitzt er einen Laptop zum Zocken oder Surfen. Leider kann Skagen nirgendwo einen entdecken. In einem letzten Versuch sieht er unter dem Bett nach und hebt die Matratze an. Nichts. Auch in Victors Schulrucksack ist nichts außer Bücher und Mappen.

»Ich hab was!«, sagt Maja, die bis eben mit dem Oberkörper im Schrank gesteckt hat. Sie hält einen braunen Briefumschlag in der Hand. »Der war ganz hinten unter alten Reithosen verborgen.«

Ein Ort, an dem die Mutter nicht ständig nachsieht, wenn sie die saubere Wäsche in den Schrank räumt.

»Er ist zugeklebt. Steht nichts drauf.«

»Mach ihn auf.« Skagen spürt den Hustenreiz in seiner Kehle und räuspert sich, während Maja den Umschlag aufreißt und einen handgeschriebenen Zettel herausholt. Mit zusammengesteckten Köpfen lesen sie die ausführlichen Zeilen. Als sie fertig sind, blicken sie einander an. Skagen kann seine eigenen aufgewühlten Gefühle in Majas blauen Augen lesen.

»Er wollte es schon einmal tun«, sagt sie leise und zeigt auf das Datum. »Vor einem Jahr.«

»Der arme Junge. Es ist also nicht die Schuld an Lolas Tod, die ihn dazu getrieben hat …«

»… sondern sein eigener Vater. Hier steht alles. Alles, was er ihm angetan hat. Dieses Schwein.« Maja presst hart die Lippen aufeinander, sodass sie weiß werden. Sie ist wütend, genau wie Skagen. Wütend auf den Vater, der nachts zu seinem Sohn schleicht, ihn schlägt und würgt, bis er blau anläuft. Nur so zum Spaß.

»Wie furchtbar.« Maja fährt sich mit der Hand an die Brust und nestelt an ihrem Uniformkragen herum. »Was jetzt?«

»Wir müssen Ludvig Staffansson finden und ihn vernehmen. Genau wie alle anderen Familienmitglieder und die Leute aus dem Ort. Deine Tankstellenfrau, zum Beispiel.«

»Oje, das wird nicht schön.«

Nein, denkt Skagen, das wird es nicht. Hultsjö steht die nächste dunkle Enthüllung bevor.

64

In der Woche davor

Wie spät es wohl ist? Lola, die vollkommen das Gefühl für Zeit verloren hat, hebt eine Hand und blickt durch die gespreizten Finger zu den Dachbalken hinauf. Sie kann es gar nicht fassen, dass sie es eben getan hat.

Viggo war in ihr drin. So richtig.

Mann, da würde Jenny Augen machen, wenn sie ihr von ihrem ersten Mal erzählte. Und dann noch mit einem süßen Schwedenboy.

Lola sieht Viggo an, der mit geschlossenen Augen auf dem Rücken liegt und vor sich hin lächelt. Sein Oberkörper ist nackt wie der ihre, allerdings haben sie ihre Shorts wieder angezogen, nachdem sie Sex hatten.

Lola bemerkt, dass Viggo richtig entspannt aussieht. Zärtlich streicht sie ihm über die Brust, seinen Hals hinauf und über seine Wange. Viggo grinst und umfasst ihre Hand.

»Das war ... toll!«, flüstert er, rollt sich zu ihr herum und küsst sie. Lola durchfährt ein lustvoller Schauer. Sie könnte es gleich noch einmal tun. Leider hatten sie nur dieses eine Kondom. Und bestimmt würden ihre Eltern bald nach ihr suchen, so lange, wie sie schon weg war. Ach, warum muss alles Schöne immer so schnell vorbei sein. Sie verzieht unglücklich den Mund.

»Was ist? Hat es dir nicht gefallen?«, fragt Viggo besorgt.

»Doch, es war sehr schön«, sagt Lola schnell. Sie gibt ihm einen Kuss und setzt sich auf, beginnt unwillig, sich ihren BH und ihr Shirt anzuziehen. »Ich muss zurück ins Haus.«

»Jetzt sofort?« Viggo streichelt ihr über den Rücken, dabei wirkt er verträumt. Mann, wie süß er ist! Lola kann ihr Glück kaum fassen. Doch im Hintergrund ist auch diese finstere Wolke, die droht, alles zu zerstören.

»Ich hoffe, meine Eltern merken nichts«, sagt sie und greift nach ihrer Tasche. »Ich werde wohl noch die ganze Woche eingesperrt sein. Wir müssen also vorsichtig sein, wenn wir uns treffen, sonst bekomme ich den nächsten Ärger. Meine Mutter will nämlich nicht, dass ich Kontakt zu euch habe. Sie denkt, ihr seid Vergewaltiger.«

»Was?« Viggo stößt abfällig Luft aus. »Die spinnt ja.«

»Total. Meine Eltern sind richtige Spießerarschlöcher.«

Viggo schweigt, sein Blick huscht in die Ferne. Dann legt er einen Arm auf seine Stirn, sodass Lola sein Gesicht nicht mehr richtig sehen kann. Was denkt er? Hat er zu Hause dieselben Probleme? Vielleicht könnten sie zusammen weglaufen oder …

Tock, tock, tock.

Viggos Kopf fährt herum. »Was machst du da?«

Lola sieht auf ihre Hand hinab, die mit dem Schnitzmesser spielerisch auf den Boden tippt. Offenbar hat sie es unbewusst aus der Tasche gezogen. Sie zuckt mit den Schultern. »Hast du nicht manchmal auch das Gefühl zu ersticken? Als würden dir deine Eltern die Luft zum Atmen nehmen?«

Viggo erstarrt, er blinzelt nicht einmal mehr. In seine Augen tritt ein merkwürdiger Ausdruck.

»Soll ich dir was verraten?«, fragt Lola leise. »Es ist ein Geheimnis.«

Viggo nickt kaum merklich.

»Mit diesem Messer könnte ich das Problem ein für alle Mal beheben.« Sie hält die Klinge hoch.

»Was hast du vor?«, fragt er ohne Scheu. Ja, Viggo versteht sie, das hat sie gleich gespürt. Er ist ihr Soulmate.

Lola bleckt die Zähne zu einem Grinsen und rammt das Messer mit voller Wucht in die Holzdiele des Heubodens. Danach streckt sie Viggo die Hand entgegen. »Gib mir mal dein Telefon, ich muss was googeln.«

65

Am Abend verlassen Skagen und Maja erschöpft das Polizeipräsidium. Vor dem Eingang bleiben sie unschlüssig stehen, als wüssten sie nicht so recht, wohin sie gehen sollten. Nach allem, was geschehen ist, erscheint es ihnen zu banal, einfach Feierabend zu machen.

Es ist bereits dunkel, und die anderen Kollegen schleichen müde an ihnen vorbei, wollen nach Hause zu ihren Familien, um wenigstens für ein paar Stunden jene menschlichen Abgründe zu vergessen, in die sie heute geblickt haben.

Skagen muss an Ludvig Staffansson denken, der im Laufe des Nachmittags doch noch zu Hause aufgetaucht ist. Sie sind gerade dabei gewesen, Frau Staffansson wieder auf die

Beine zu stellen, als er wie ein wild gewordener Stier durch die Tür hereingestürmt kam. Maja hat sich ihm souverän in den Weg gestellt, ihm Victors Brief gezeigt und seinen Haftbefehl vorgelesen. Danach ist er vollends ausgerastet. Hat mit diversen Einrichtungsgegenständen nach ihnen geworfen und etwas von Verleumdung und Rufmord gebrüllt. Maja und Jette haben ihn daraufhin in Gewahrsam genommen, während Skagen Frau Staffansson vor den fliegenden Kerzenständern und Porzellanfiguren geschützt hat. Nun sitzt der despotische Patriarch unten im Präsidium in der Arrestzelle wegen Verdachts auf Kindesmisshandlung und wartet auf seine zweite Vernehmung, die morgen stattfinden wird.

»Ich habe Victor nichts getan!«, hat Staffansson beteuert. »Das hat der kleine Scheißer sich ausgedacht. Dieses verkorkste Muttersöhnchen!« Dass sein Sohn sich wegen ihm umgebracht haben könnte, hat ihn dabei gar nicht interessiert.

Ob die Familientragödie der Staffanssons auch mit dem Schicksal der Nowaks in Verbindung steht, wird sich im Verlauf der Befragungen jedoch erst zeigen müssen. Dr. Modig wird die an beiden Tatorten sichergestellte DNA und die Fingerabdrücke mit denen der gesamten Familie Staffansson abgleichen. Vielleicht ist der Alte ja ihr Täter. Könnte schließlich gut sein, dass er Tina in das Loch gesperrt hat, um mit ihr fortzuführen, was er mit seinem Sohn begonnen hat. Ture Dahlbergs Worte hallen in Skagens Kopf wider. »Ich sage Ihnen, hinter alldem steckt Ludvig, da bin ich mir sicher.«

Entspricht das der Wahrheit?

Um Staffansson festzunageln, bräuchten sie handfeste Beweise. Und was ist mit dem Waldbrand? Hat Victors Vater ihn gelegt? Immerhin ist dabei hauptsächlich das Land seines ärgsten Widersachers Dahlberg abgefackelt, und das

Anwesen der Staffanssons liegt zudem am weitesten von dem Brandgebiet entfernt. Mittlerweile wurde die Ursache des Feuers durch den Sachverständigen festgestellt. Dies war nicht besonders schwer, denn im Wald wurden mehrere leere Benzinkanister gefunden, genau gegenüber des verlassenen Hauses auf der anderen Seite des Forstweges. Wenn man die Windrichtung mit einkalkulierte und sich anhand dessen eine Linie dachte, was der Feuerteufel mit Sicherheit getan hat, so sollte es den nur wenige hundert Meter entfernt im Wald verborgen liegenden Erdkeller treffen. Warum er den Brand allerdings nicht direkt bei dem Loch gelegt hat, bleibt Skagen ein Rätsel. Vielleicht war der Brandstifter zu feige, um mit anzusehen, wie Tina verbrennt.

Erst jetzt kommt ihm in den Sinn, dass er hätte nachsehen sollen, auf wessen Land der Erdkeller eigentlich liegt. Gehört er wie das Haus zu Dahlbergs Grundbesitz? Skagen versucht, sich an die Übersichtskarte zu erinnern, doch eine Stimme reißt ihn aus seinen Gedanken.

»He, Tom. Hast du nicht gehört?«

Jette steht neben ihm und stupst ihn an. Herrje, kann er denn nicht einmal in Ruhe nachdenken?

»Was ist?«, fragt er blinzelnd.

»Ich sagte, ich muss kurz mit dir reden.«

Bitte nicht jetzt. Fluchtartig sieht er sich um. Doch Jettes Miene macht ihm klar, dass sie dieses Mal keine Ausrede duldet.

»Okay«, entgegnet er schließlich ergeben, während Maja fragend zwischen ihnen hin und her blickt. Er gibt ihr zu verstehen, dass sie zur Wohnung vorgehen soll, und folgt Jette die Straße entlang. Als sie den Häuserblock umrundet haben, stehen sie unvermittelt vor dem Wasser. Das ist nicht verwunderlich, denn egal, wo man in Karlskrona hingeht, trifft man auf das Meer. Es ist überall.

Mit einem spürbaren Vibrieren in den Gliedern läuft Skagen hinter Jette her bis zur Mole, wo einige Bänke stehen. Gegenüber sind die Schäreninseln mit den bunten Häusern zu sehen. Es ist eine ähnliche Aussicht wie die von Majas Balkon. Skagen unterdrückt den Impuls, sich umzudrehen und wegzulaufen. Stattdessen lässt er sich neben Jette auf einer der Bänke nieder.

Ohne auf das Wasser zu blicken, wartet er auf Jettes Schuldspruch. Er ist froh, dass Maja gegangen ist. So würde sie nichts von seiner schmachvollen Kündigung mitbekommen. Er könnte sich nachher, wenn sie schliefe, in ihre Wohnung schleichen, sich seine Sachen schnappen und abhauen. Noch bevor sie sein Verschwinden bemerkte, wäre er zurück in Hamburg. Sie würde sich morgen zwar fragen, wo er bliebe, doch darüber würde sie Jette bestimmt rasch aufklären.

Mittlerweile treibt ihn das Schweigen seiner Chefin fast in den Wahnsinn. Warum zögert sie das Unvermeidliche so lange hinaus? Genießt sie seine Qualen?

»Okay«, sagt er, als er es nicht mehr aushält. »Ich weiß, dass ich Scheiße gebaut habe. Und ich werde die Konsequenzen dafür tragen, aber zieh das Ganze bitte nicht in die Länge, ja?«

Jette mustert ihn, dann bricht es aus ihr heraus: »Verdammt, Tom! Was sollte das? Du hast dich ohne meine Erlaubnis an einer Ermittlung beteiligt. Mit dieser Nummer bringst du mich in arge Bedrängnis. Das sieht doch so aus, als hätte ich meine Leute nicht im Griff. Hast du auch nur einmal daran gedacht, was das für Auswirkungen auf die Abteilung haben könnte?«

»Ich ...«, er hebt die Schultern und lässt sie wieder sacken. Was sollen Worte noch bewirken? Sein Verhalten ist nicht zu entschuldigen.

»Kannst du dir vorstellen, wie blöd ich geguckt habe, als ich gestern diesen Göran am Apparat hatte?« Jette stößt einen Laut aus, der eine Mischung aus Enttäuschung und Ärger ausdrückt. »Ich dachte, du liegst zu Hause im Bett mit einer Sommergrippe. Stattdessen turnt der Herr in Schweden herum und macht einen auf Sonderermittler.«

So war das nicht, will Skagen sagen, aber in gewisser Weise hat Jette recht. Es war sein Ego, das ihn nicht rechtzeitig hat die Reißleine ziehen lassen. Er hat sich in der Rolle des Sonderermittlers gefallen, wollte vor Maja gut dastehen. Und wo hat es sie hingebracht? Der Mörder von Tina und Lola ist noch auf freiem Fuß, und ein junger Mensch hat sich das Leben genommen. Wirklich eine Glanzleistung!

»Was ist?«, blafft er Jette heiser an. »Worauf wartest du?«

»Auf ein Dankeschön von dir.«

Skagen stößt verärgert Luft aus. »Wofür? Dafür, dass du mir in den Arsch trittst?«

»Nein. Dafür, dass ich dich vor einem äußerst unschönen Dienstaufsichtsverfahren rette. Wenn ich nicht hier aufgekreuzt wäre, um deine illegale Aktion zu legitimieren, hätten wir jetzt die Scheiße an den Hacken. Mensch, ist dir klar, was das bedeutet? Die oberste Etage kann Skanpol wegen so etwas dichtmachen! Solche Alleingänge dulden die nicht.«

»Wie gesagt, es tut mir leid. Morgen hast du meine Kündigung auf dem Tisch.«

»Ich will deine Kündigung nicht, Tom.«

»Was willst du dann?« Ungehalten wirft er die Hände in die Luft.

»Dass du verdammt noch mal deinen Job erledigst. Wir müssen einen Mörder finden.«

Skagen blickt sie an. »Aber …«

»Es gibt kein Aber. Du tust, was ich dir sage. Oder willst du meine Befehle schon wieder missachten?«

Skagen schüttelt den Kopf. Er ist verwirrt. »Nein, ich …
verstehe das nicht. Du schmeißt mich nicht raus?«

»Ich bin doch nicht blöd und gebe einem meiner besten
Ermittler den Laufpass!«

Skagen klappt den Mund zu. Damit hat er nicht gerechnet.

»Du brauchst gar nicht so komisch zu gucken, Tom. Du
weißt genau, wie sehr ich dich und deine Arbeit schätze. Du
bist ein guter Teamplayer … meistens zumindest. Außerdem hast du einen hervorragenden Instinkt und bist mit
Leib und Seele Polizist. Jemanden wie dich findet man nicht
an jeder Ecke. Ich werde daher nicht zulassen, dass du dich
mit einer solchen Dummheit aus meiner Abteilung kata-
pultierst.«

Skagen schweigt weiterhin verblüfft. Ihr Vertrauen über-
wältigt ihn.

»Ich muss dir allerdings eine Verwarnung erteilen«, fährt
sie mit strenger Miene fort. »Eine inoffizielle, unter uns. Und
du musst natürlich deine Krankschreibung zurücknehmen.
Können wir uns darauf verständigen?«

Skagen nickt. Ihm fehlen die Worte.

»Gut, Tom. Dann ist ja alles geklärt.« Jette tätschelt seinen Arm. Ein Lächeln umspielt ihre Mundwinkel. Schließlich steht sie auf. »Ich gehe jetzt ins Hotel. Wir sehen uns
morgen im Präsidium.«

Skagen dreht sich auf der Bank zu ihr um. »Jette! Entschuldigung. Und … danke.«

»Keine Ursache.« Seine Chefin zwinkert ihm zu und spa-
ziert mit den Händen in den Taschen Richtung Innenstadt
davon.

Skagen bleibt auf der Bank zurück. Allein mit sich und
dem Blick auf das Meer.

Als er wenig später den Borgmästarekajen entlanggeht und das Polizeipräsidium vor ihm auftaucht, kann er noch immer nicht glauben, was soeben passiert ist. Er war so fest davon überzeugt, dass Jette ihn feuern würde, dass ihm keine andere Möglichkeit in den Sinn gekommen ist.

Regelrecht beschwingt stößt er die Eingangstür zum Präsidium auf, grüßt den Beamten hinter dem Empfangstresen und marschiert an ihm vorbei nach hinten, wo er die Treppen in den ersten Stock nimmt. Als er den Besprechungsraum betritt, um dort weiter am Fall zu arbeiten, weiten sich überrascht seine Augen.

»Du hier?«

»Was soll ich zu Hause, wenn wir einen Arsch voll Arbeit haben!«, antwortet Maja und zieht vielsagend eine Braue hoch. »Was war denn das eben mit deiner Chefin?«

»Ach, nichts.« Skagen winkt ab. »Nur eine interne Skanpol-Besprechung.« Mit dieser hoffentlich letzten Notlüge setzt er sich an den Tisch und fährt einen der Laptops hoch. Neben ihm liegen Stapel von Beweistüten und diverse Unterlagen.

»Was hast du vor?«, will Maja wissen. Sie klingt weiterhin skeptisch.

»Ich möchte mir noch einmal das Material zum Fall ansehen.«

»Welches speziell?«

»Alles.«

»Was? Willst du dich nicht lieber ein wenig ausruhen?«

»Nein. Der Mörder von Tina und Lola läuft frei herum, und wir brauchen dringend eine Spur.«

»Hör mal, du musst dich nicht selbst zerfleischen, nur weil du denkst, du hättest Frau Nowak retten können.«

»Ich hätte sie früher finden können«, entgegnet er ernst. »Ich hatte die ganze Zeit das Gefühl, dass sie dort irgendwo ist.«

»Tom, du hast alles getan, was möglich war. Du musst aufhören, dich ständig für alles verantwortlich zu fühlen.«

Wenn Maja damit auf die Signe Merkur anspielt, hat sie recht, denkt Skagen. Im Fall von Tina Nowak ist das allerdings etwas völlig anderes.

»Ich bin Polizist«, sagt er leise. »Es ist mein Job, mich verantwortlich zu fühlen.«

»Aber doch nicht für das, was mit den Opfern geschehen ist. Das haben allein die Täter zu verantworten.«

Skagen sieht Maja eine Weile an, dann wendet er sich ab und bedient geschäftig die Tastatur des Computers. Er muss weitermachen. Und wenn der Dämon der Schuld dabei mit sein Antrieb ist, so soll ihm das recht sein.

Maja steht mit vor der Brust verschränkten Armen vor ihm. Er spürt, dass sie in Streitlaune ist und die Diskussion gerne fortsetzen will. Schließlich lässt sie die Arme sinken.

»Okay«, sagt sie seufzend. »Dann hole ich uns mal Kaffee. Viel Kaffee!«

66

Vorsichtig drückt er einen Tannenzweig nach unten und späht zu dem Haus hinüber, das idyllisch auf einer kleinen Lichtung liegt. Die Fenster sind hell erleuchtet. Von seinem Versteck am Waldrand aus kann er jedoch nicht sehen, was die Familie gerade macht. Selbst mit dem Fernglas nicht.

Es sind deutsche Urlauber, das verrät ihm das Nummernschild des Wagens, der wie ein treuer Hund vor dem Haus darauf wartet, bewegt zu werden.

Jetzt, da die Frau in dem Loch tot ist, muss er sich eine neue suchen.

Diesmal würde er sich geschickter anstellen, hat alles peinlich genau durchdacht und auch schon ein geeignetes Versteck gefunden. Ein verlassenes Haus in den Wäldern nördlich von Hultsjö. Darin könnte er sein neues Opfer unterbringen, ohne dass jemand etwas merkt. Vor allem könnte er sich besser darum kümmern und es länger am Leben halten als in diesem Erdloch.

Doch er will nichts überstürzen, er würde die neue Frau erst einmal sorgfältig ausspionieren und lediglich seinen Fantasien freien Lauf lassen. Schließlich will er es ausgiebig genießen. Eine Touristin sollte es wieder sein. Das ist klüger, als sich an einer Dorfbewohnerin zu vergreifen. Die haben eine viel stärkere Lobby, selbst bei der Polizei. Um Einheimische sorgt man sich mehr als um Fremde. Das liegt in der Natur der Dinge. Außerdem würde er sein Jagdgebiet ausweiten, das würde es schwerer machen, ihm auf die Schliche zu kommen.

Er könnte bis nach Emmaboda fahren oder noch weiter nach Småland. Niemand würde etwas ahnen.

Aus lauter Vorfreude wird ihm ganz warm im Bauch, und weil er sehen will, was die Familie gerade macht, pirscht er sich näher heran. Er duckt sich hinter einen Felsen und blickt durch ein großes Fenster direkt ins Wohnzimmer. Keine Vorhänge, keine Jalousien. Selbst wenn es welche gäbe, die meisten Urlauber ziehen sie nicht zu. Wer soll denn hier im Wald schon zu ihnen hineinsehen?

Er gluckst vergnügt.

Dadurch ist es viel einfacher für ihn.

Er hält das Fernglas vor seine Augen, und ein Grinsen breitet sich auf seinem Gesicht aus. Ja, da ist sie!

Genau sein Typ. Mit langen blonden Haaren, einer schmalen Taille und einem knackigen Hintern. Und nicht zu kräftig. Er will schließlich nicht, dass sie sich wehren können. Vielleicht muss er die Frau auch betäuben, sollte sie sich zu sehr sträuben. Über das Internet hat er sich bereits informiert, welche Mittel sich dafür am besten eignen.

Zwei Kinder kommen ins Wohnzimmer gesprungen, sie sind klein. Vielleicht fünf und drei Jahre alt. Ein weiterer Vorteil. Nicht so wie bei der anderen Frau mit ihrem aufsässigen Teenagermädchen und der Downie-Tochter, die ständig ums Haus geschwirrt ist. Zu gefährlich.

Die Kinder umarmen ihre Eltern. Dann steht Papi auf und führt die beiden Kleinen aus dem Raum. Wahrscheinlich bringt er sie ins Bett.

Erregt atmend beobachtet er die Frau, wie sie nun allein im Wohnzimmer sitzt und sich gedankenverloren das Haar zurückstreicht. Er stellt sich vor, wie sich seine Hände um ihren schlanken Hals legen. Schön geschwungen und zart ist er. Wie gerne würde er seine Finger darauf pressen und sehen, wie ihre Augen groß werden, wie sie ihn stumm anfleht.

Ja, dieses Weib da drinnen lässt ihn so richtig geil werden.

Keuchend fährt er mit den Fingern in seine Hose und massiert seinen Schwanz, bis er explosionsartig kommt. Zitternd atmet er aus, lässt die Welle der Befriedigung über sich hinwegschwappen und wischt seine Hand an einem Taschentuch ab. Anschließend wirft er einen letzten Blick auf die Frau. Ihr Mann ist wieder bei ihr. Beide lachen.

Morgen, denkt er sich.

Morgen hast du nichts mehr zu lachen!

Damit dreht er sich um und läuft geduckt zurück in den nächtlichen Wald.

67

Als Göran und Joakim am nächsten Morgen das Besprechungszimmer betreten, stehen sie zwei völlig übermüdeten, aber dennoch bis zum Letzten entschlossenen Polizisten gegenüber.

»Nanu, habt ihr hier übernachtet?«, fragt Göran und blickt an die Pinnwände, an denen eine neue Ordnung herrscht.

»Kann man so sagen«, erwidert Maja. »Tom und ich sind alles noch einmal durchgegangen.«

»Und?«

»Wir haben die Liste mit Verdächtigen komplett überarbeitet.« Maja hält Göran ein Blatt Papier entgegen.

»Davon könnt ihr die Hälfte streichen«, sagt er, nachdem er die Namen darauf gelesen hat. »Zum Beispiel die Dorfjungen, ihre DNA-Proben passen zu keiner Spur, die wir am Tatort gesichert haben. Und Victor Staffansson ... der ist tot.«

»Trotzdem könnte er ein Motiv gehabt haben. Tom und ich haben das genau besprochen. Der Junge litt an einem Trauma und ...«

Göran stößt gereizt Luft aus. »Wegen dem Jungen haben wir schon genug Ärger am Hals. Soll er jetzt etwa auch unser Mörder sein?«

»Kannst du es zu 100 Prozent ausschließen?«, fragt Maja provokant.

Skagen merkt, dass ihr die lange Nacht zugesetzt hat, genau wie ihm. Dazu das nicht enden wollende Wühlen in den Unterlagen und den Fotos, das intensive Eintauchen in all die fürchterliche Dinge, die passiert sind. Sie beide bräuchten dringend eine Pause.

»Ich kann nichts ausschließen, das ist es ja«, schnappt Göran zurück. »Aber Victor Staffansson hat sich umgebracht, weil er sich von uns in die Enge getrieben gefühlt hat. Er wusste, dass der DNA-Test gegen ihn sprechen würde. Er hat gedacht, wir halten ihn für einen Vergewaltiger. Selbst wenn er es nicht war und einvernehmlichen Geschlechtsverkehr mit Lola hatte, das ganze Dorf hätte es trotzdem geglaubt. Dieses Stigma wäre er nie wieder losgeworden. Daran sind wir leider nicht unschuldig. Wir haben das so kommuniziert.«

»Ich habe gar nichts kommuniziert!«

»Ach, und was ist mit deiner gestrigen Funkdurchsage? Ich zitiere: ›Verdächtiger auf der Flucht. Es besteht dringender Tatverdacht wegen Vergewaltigung und Mordes.‹«

Maja klappt den Mund zu.

Görans Gesichtsausdruck wird ein wenig milder. »Ich glaube, in dieser Sache müssen wir uns alle an die Nase fassen. Inklusive mir selbst. Wir haben nicht sauber genug gearbeitet.«

Sowohl Skagen als auch Joakim blicken Göran stumm an. Ihr Ermittlungsleiter hat recht. Sie haben Fehler gemacht. Nur Maja scheint nicht besänftigt zu sein.

»Victor könnte trotz allem etwas mit Tina Nowaks Tod zu tun haben«, beharrt sie starrköpfig. »Dass er sich vor den Zug geworfen hat, spricht ihn nicht frei.«

»Das werden die Spuren im Erdkeller ergeben, wenn KTU und Gerichtsmedizin mit ihren Untersuchungen fertig sind. Dann wissen wir, ob er dort seine DNA oder Fingerabdrücke hinterlassen hat. Vorher sollten wir uns mit jedweder Schnellverurteilung zurückhalten.«

Maja stemmt die Hände in die Hüften. »Das ist keine Schnellverurteilung, das ist …«

»Lövgren!«, fährt Göran dazwischen. »Du kannst nicht mehr klar denken. Du gehst sofort nach Hause und legst dich hin. Das ist ein Befehl!«

Maja will etwas erwidern, doch diesmal unterbricht Skagen sie.

»Göran hat recht«, entgegnet er ruhig. »Wir sind müde. Und vielleicht haben wir uns ein wenig zu sehr in die Sache hineingesteigert. Deshalb ruhen wir uns jetzt erst mal aus, wie er es gesagt hat.« Er sieht Maja beschwörend an.

»Bist du etwa auf seiner Seite?« Wütend tritt Maja gegen den Stuhl. »Wisst ihr was? Ihr könnt mich mal, ihr Penner!« Damit rauscht sie aus dem Raum und wirft krachend die Tür hinter sich zu.

Skagen stößt einen Seufzer aus und wendet sich an Göran. »Werden Sie sich mit Jette absprechen, während wir Pause machen?«

»Natürlich. Wir fahren nachher nach Hultsjö raus und setzen die Befragung der Dorfbewohner fort. Auch die der Familie Staffansson. Vielleicht ist ja jemandem das Auto des Brandstifters aufgefallen.« Göran wirkt ebenfalls erschöpft. Zu gerne würde Skagen ihn fragen, warum er hinter seinem Rücken bei Jette angerufen hat, aber ihm fehlt die Kraft für eine Konfrontation, und deshalb belässt er es dabei. Er nimmt sein Handy vom Tisch und verlässt den Raum. Auf dem Gang kommen ihm weitere Kollegen entgegen, die auf dem Weg zur Morgenbesprechung sind. Grüßend marschiert Skagen an ihnen vorbei zur Treppe. Sein Magen meldet sich, und er wirft einen Blick auf die Uhr. Halb neun. Er würde Frühstück besorgen und anschließend zu Maja in die Wohnung gehen.

Bei diesem Gedanken stutzt er, denn er wirkt so erstaunlich normal und doch wieder nicht. Brötchen holen und mit einer Freundin frühstücken, das ist ungewohnt für ihn, gleichzeitig aber ein sehr schönes Gefühl. Hoffentlich hat sich Maja wieder beruhigt. Ansonsten würde er sie mit Zimtschnecken besänftigen müssen. Ein Lächeln legt sich auf seine Lippen. Sie kann richtig temperamentvoll sein.

Als Skagen vor die Eingangstür des Präsidiums tritt und in Richtung Innenstadt abbiegen will, klingelt sein Handy. Die Nummer ist ihm unbekannt, trotzdem nimmt er den Anruf entgegen. »Ja?«

»Guten Morgen, Ture Dahlberg hier.«

Skagen ist überrascht. »Was kann ich für Sie tun?«

Der Bauer am anderen Ende der Leitung zögert. »Ich will mich stellen«, sagt er schließlich.

Skagen ist plötzlich hellwach. »Habe ich Sie richtig verstanden, Herr Dahlberg? Sie wollen sich stellen?«

»Ja, richtig.«

»Also haben Sie etwas mit dem Tod von Lola und Tina Nowak zu tun?«

Dahlberg stößt Luft aus. »Nein, um Gottes willen!«, er klingt überrascht. »Doch nicht das. Ich rufe wegen der Schwarzbrennerei an. Also das ... war ich.«

Skagens unverhoffter Energieschub verpufft, und die dumpfe Müdigkeit kriecht stärker als zuvor in seine Glieder zurück. Er kann kaum den Arm oben halten, um sein Handy ans Ohr zu drücken. »Ach so. Und was ist mit den Tierfallen? Waren Sie das auch?«

»Hören Sie«, sagt Dahlberg geknickt, »das tut mir alles schrecklich leid. Ich wusste ja nicht, dass der Hund ... Na, es waren ja zum Glück nur kleine Fangeisen. Die sollten Neugierige abschrecken, aber niemanden verletzen.«

»Aha«, entgegnet Skagen müde und unterdrückt ein Gähnen. Das Aufstellen der Fallen war grob fahrlässig, doch immerhin hat es ihnen auch einen Hinweis auf den Täter erbracht. Also ist er dem Bauer nicht wirklich gram deswegen.

»Ich wollte nur von meinem Hembränd-Lager ablenken«, fährt Dahlberg fort. »Bitte denken Sie deshalb nicht, dass ich das auch mit der Brandstiftung war. Ich würde niemals meinen eigenen Wald anzünden. Nein, mein Wald ist mir heilig. Er ist meine Lebensgrundlage.«

»Sie sind doch gegen den entstandenen Schaden versichert.«

»Klar, allerdings sieht die Versicherung bei Brandstiftung etwas genauer hin. Bis geklärt ist, wer das war, wird sie nicht zahlen. Und das war gutes Holz. Stand kurz vor der Ernte.«

»Das wusste ich nicht. Tut mir leid.«

»Muss es nicht. Ich bin froh, dass Ihnen und Ihren Kollegen nichts passiert ist. Aber bitte, finden Sie endlich den Täter. Hultsjö geht daran kaputt.«

»Wir geben unser Bestes.«

»Danke.« Dahlberg schweigt einen Moment, schließlich fragt er: »Werde ich jetzt verhaftet? Wegen des Alkohols?«

Skagen denkt an den Bericht des Labors, der heute Morgen bei ihnen eingetroffen ist. Darin wird bestätigt, dass das Blut auf Dahlbergs Axt von einem Wildschwein stammt. Auch ist seine DNA nirgendwo auf dem Grundstück der Nowaks aufgetaucht, weder in der Scheune noch im Haus oder am Auto. In dieser Hinsicht hat der Bauer die Wahrheit gesagt.

»Nein, das glaube ich nicht, Herr Dahlberg«, sagt er daraufhin. »Machen Sie heute noch in Karlskrona auf der Wache eine Aussage. Sollten Sie kein Wiederholungstäter sein, werden Sie mit einem Bußgeld davonkommen.«

Dahlberg atmet erleichtert auf. »Nun ja, ich brenne schon ein wenig länger … aber nur für mich. Und für meine Familie natürlich. Das Zeug habe ich nie an andere Leute verkauft. Ehrlich.«

»Sie müssen mich nicht überzeugen, erzählen Sie das einfach den verantwortlichen Kollegen, dann können wir wenigstens diese Angelegenheit zu den Akten legen.«

»Ich würde mich gerne bei dem Polizisten mit dem Hund entschuldigen. Dem Tier geht's hoffentlich gut?«

Skagen erklärt Dahlberg, dass Rocko soweit in Ordnung und mit seinem Herrchen nach Malmö zurückgekehrt sei. Er würde die Entschuldigung jedoch gerne weiterleiten. Daraufhin bedankt sich der Bauer und will das Gespräch beenden, als Skagen noch etwas einfällt. »Kannten Sie den zweiten Erdkeller?«

»Sie meinen den, wo Frau Nowak gefunden wurde? Nein, den kannte ich nicht, da mir das Gebiet nicht gehört. Es war auch früher nie im Besitz unserer Familie. Das mit den Nowaks tut mir wirklich leid, Herr Skagen, es waren richtig nette Leute. Schrecklich, dass ihnen das alles ausgerechnet bei uns in Hultsjö passieren musste. Das geht mir und meiner Frau sehr nahe. Genauso das mit Victor. Der arme Junge. Weiß man inzwischen, warum er es getan hat?«

»Daran arbeiten wir derzeit«, blockt Skagen ab. »Aber vielleicht können Sie mir eine weitere Frage beantworten. Ich habe in den Unterlagen vom Landvermessungsamt gesehen, dass für das Waldstück mit dem Erdkeller ein Investor aus Stockholm eingetragen ist. Kennen Sie den zufällig? Da steht nämlich nur der Name einer Holding im Register.«

»Scan Property Management AB.«

»Richtig.«

»Wer dahintersteckt, weiß ich leider nicht. Obwohl ich mehrfach versucht habe, es herauszufinden, denn ich wollte dem Investor Land abkaufen. Habe bei denen in Stockholm allerdings auf Granit gebissen.«

»Okay, danke. Auch dafür, dass Sie sich gestellt haben.«

»Das ist das Mindeste, was ich tun kann, damit in Hultsjö wieder Frieden einkehrt. Mir liegt viel an dem Ort, wissen Sie?« Dahlberg klingt, als habe ihn plötzlich Traurigkeit übermannt. Er räuspert sich. »Ich komme dann nachher zu Ihnen aufs Präsidium. Machen Sie es gut, Herr Skagen.«

»Sie auch.« Skagen legt auf und blickt auf die Uhr. Zehn vor neun. Er sammelt sich und wählt die Nummer der Holding in Stockholm. In der Nacht haben Maja und er dort ja nicht anrufen können. Nun hofft er, dass der Polizei vielleicht mehr Auskunft erteilt wird als Herrn Dahlberg.

Als er wenig später auflegt, ist er genauso schlau wie zuvor.

Laut Anrufbeantworter ist das Büro nur von 10 bis 15 Uhr besetzt. Er würde also noch etwas warten müssen.

Skagen seufzt. Solche Arbeitszeiten hätte er ebenfalls gerne. Er steckt das Telefon weg und setzt seinen Weg in die Stadt fort.

68

Auf Zehenspitzen schleicht Skagen zum Wohnzimmer. Er will Maja nicht wecken, doch sie liegt gar nicht in ihrem Bett, sondern hockt in voller Montur auf dem Sofa und starrt die Wand an.

»Hej. Alles in Ordnung mit dir?«, fragt er.

Maja gibt ein wütendes Zischen von sich. Demnach hat sie sich nicht wieder beruhigt.

Nun gut …

Skagen setzt sich ihr gegenüber auf den Sessel und legt eine Brötchentüte auf den Couchtisch. »Ich habe Kanelbullar und Blaubeermuffins mitgebracht.«

Maja funkelt ihn an. »Du hättest mir vorhin ruhig zur Seite stehen können.«

Skagen hebt beide Hände. »Was hätte ich denn tun sollen? Göran ist wegen Victor genauso dünnhäutig wie wir. Außerdem hat er recht damit, dass wir uns an die eigene Nase fassen müssen.«

»Pah!« Gereizt wirft sie den Kopf zurück, und Skagen bemerkt, dass sie versucht, Tränen zu unterdrücken. Er rutscht neben sie aufs Sofa und berührt sie sanft an der Schulter. Einen Moment lang bleibt sie steif und aufrecht sitzen, doch dann lässt sie sich gegen ihn sacken.

»Ach, Tom. Ist das mit Victor wirklich unsere Schuld?«, flüstert sie.

»Es gibt viele Faktoren, die zu seinem Tod geführt haben, und wir sind einer davon – aber ganz sicher nicht der Einzige.« Skagen reibt tröstend über Majas Rücken, als sie leise zu weinen beginnt. Ob nun vor Erschöpfung oder wegen ihrer Schuldgefühle, weiß er nicht zu sagen.

Nach einer Weile sieht Maja ihn an, ihre Augen sind rot und tränenverschleiert. »Versprichst du mir etwas?«

Skagen streicht ihr eine Strähne aus dem Gesicht. »Was?«

»Dass du nicht einfach abhaust, wenn alles vorbei ist. So wie damals.«

Skagen lächelt sie an. »Ich haue nicht ab. Was denkst du?«

»Versprich es mir.«

»Versprochen.« Er gibt ihr einen Kuss auf die heiße Stirn. Maja atmet auf und legt sich auf das Sofa, bettet ihren Kopf in seinen Schoß. Keine zwei Minuten später schläft sie tief und fest, während Skagen ihr sanft über das Haar streichelt. Einen Moment lang gönnt er sich das Gefühl von Geborgenheit und Normalität, doch dann packt ihn erneut die Unruhe. Vorsichtig schiebt er ein Kissen in Majas Nacken und erhebt sich vom Sofa. Nach einem letzten Blick auf die schlafende Freundin nimmt er die Tüte mit den Backwaren mit in die Küche, wo er die Tür schließt.

Während der Perkolator mit dem Kaffee zu blubbern beginnt, holt Skagen einen gefalteten Zettel aus der Hosentasche. Es ist die Liste mit den Verdächtigen. Er hat sie vorhin eingesteckt, damit sie weiter seine Gedanken ankurbeln kann.

Als der Kaffee fertig ist, schenkt er sich einen Becher ein und setzt sich damit an den Tisch. Mit dem verwegenen Gedanken, sich Görans Anweisung zu widersetzen, nimmt er einen Stift und tippt damit nacheinander auf jeden einzelnen Namen der Liste.

Ludvig Staffansson – der Vater, der seinen Sohn misshandelt und vermutlich in den Tod getrieben hat.

Valle und Kris Egman, Patrik, Sigge, Oscar – die Jungs, die gewettet haben, wer Lola als Erstes ins Bett bekommt. Einer von ihnen könnte eifersüchtig gewesen sein.

Victor Staffansson – der depressive Sohn eines tyrannischen Vaters, der vielleicht selbst zum Tyrannen wurde.

Frederik John – Staffanssons Waldarbeiter, der seine Frau schlägt, sich für seine Lügen allerdings entschuldigt hat.

Jochen Nowak – quasi Neubürger von Hultsjö und Vater, der eventuell seine Frau und Kinder misshandelt hat.

Ture Dahlberg – der Forstwirt, Tourismusbefürworter und Schwarzbrenner.

Bevor Skagen zu Maja nach Hause gegangen ist, hat er Jette über Dahlbergs Geständnis informiert. Sie hat ihm gedankt und dann etwas ausgesprochen, was ihm bei dem Gespräch mit dem Forstwirt selbst hätte in den Sinn kommen sollen. Er ergänzt hinter Dahlbergs Namen: »Hat er sein Geständnis dazu benutzt, um von sich abzulenken?« Das ist durchaus möglich, wenngleich Skagen das Gefühl hat, dass Dahlberg ein anständiger Mensch ist.

Er lässt den Stift sinken.

Ein Dorf voller Verdächtiger. Irgendwie wird diese Liste nicht kürzer. Bisher ist niemand so richtig aus dem Schneider. Wie lautet noch der Spruch? »Es braucht ein ganzes Dorf, um ein Kind zu erziehen.« Den könnte man auch umdichten: Es braucht ein ganzes Dorf, um ein Verbrechen zu vertuschen.

Wenn es denn überhaupt jemand von den Einwohnern war.

Skagen erinnert sich an das, was Göran gesagt hat. Wer zündet seinen eigenen Wald an, auf die Gefahr hin, dass der gesamte Ort abbrennt? Nachdenklich blickt er auf die Liste.

Valle und Kris Egman – sie wohnen in Karlskrona, ihnen könnte es scheißegal sein, wenn Hultsjö ein Opfer der Flammen würde. Vielleicht war einer von ihnen eifersüchtig, dass Victor bei Lola landen konnte, und hat sie deshalb umgebracht. Hat sie im Affekt vom Heuboden gestoßen und danach Tina verschleppt, weil sie zufällig Zeuge des Ganzen geworden ist. Möglich wäre das. Und ein Auto haben sie auch.

Skagen überlegt, wen es noch geben könnte, der nicht in Hultsjö wohnt, mit den Nowaks aber dennoch Kontakt gehabt hat. Er blättert durch das Register der befragten Zeugen, das er ebenfalls aus dem Präsidium mitgenommen hat, und ergänzt die Liste.

Gunnar Månsson – Makler, in Hultsjö geboren, wohnt in Karlskrona.

Melker Bolinder – Pizzabäcker und Multiplikator, hat ein Haus in Saleboda.

Helge Wikström – der Mann von der Kloakenpumpfirma aus Rödeby und eine relativ neue Karte im Spiel.

Das sind alle. Skagen lehnt sich zurück und trinkt einen großen Schluck Kaffee. Anschließend beginnt er damit, alles noch einmal von vorn durchzugehen. Nacheinander tippt er auf die Namen und spult in Gedanken die möglichen Motive ab: Eifersucht, Hass, Rache, Gier, Macht, sexuelles Verlangen ... Zufall? Bei Valle und Kris bleibt er erneut hängen. Die Brüder erfüllen gleich mehrere der Kriterien, die sie zu Hauptverdächtigen machen könnten. Sie kennen sich am und im Haus der Nowaks aus, weil es ihrem Großvater gehörte. Vielleicht sind sie dort herumgeschlichen und haben die Nowaks ausgespäht. Skagen versucht, es sich vorzustellen, doch alles in ihm fühlt sich dumpf und schwer an. Ein Gähnen lässt seine Kiefer knacken.

Er greift zu dem Becher – er ist leer. Im Perkolator wäre weiterer Kaffee, mit dem er seine Müdigkeit mit Gewalt von sich fernhalten könnte. Aber wie lange würde ihm das noch gelingen? Er blickt auf seine Hand, die vor dem Becher schwebt. Sie zittert. Wenn er vernünftig ist, würde er sich jetzt aufs Ohr hauen. Danach könnte er wieder klar denken. Skagen sieht hinauf zu der leise tickenden Küchenuhr. Es ist kurz vor zehn. In ein paar Minuten könnte er endlich diesen einen Anruf erledigen, der ihm unter den Nägeln brennt, und anschließend würde er sich hinlegen.

Ungeduldig trommelt er mit den Fingern auf die Tischplatte. Als der Zeiger auf fünf nach zehn vorgerückt ist, nimmt er sein Handy und wählt.

»Scan Property Management AB, Mikkel am Apparat.«

Skagen erklärt, wer er ist und was er will.

»Oh, die Polizei?«

»Ja, es gab einen Waldbrand in Hultsjö, und nun möchten wir den Besitzer des Landes ausfindig machen. Der will den Schaden sicherlich an seine Versicherung melden.«

»Okay, ich sehe mal nach. Hultsjö in Blekinge sagten Sie …
hm …« Skagen hört eine Tastatur klappern. »Ah, da haben
wir es. Das Gebiet, von dem Sie sprechen, gehört einem
Herrn Casper Nordén.«

Skagen ist enttäuscht, dass es kein bekannter Name ist.
Er lässt sich Anschrift und Telefonnummer des Investors
geben und legt auf.

Einen Moment lang ist er versucht, es vorerst dabei zu
belassen, aber seine Neugier ist stärker. Er muss mehr über
diesen Casper Nordén wissen.

Leider geht nur eine Mobilbox dran und Skagen hinterlässt
eine Nachricht mit der Bitte um Rückruf. Erneut zwängt ein
Gähnen seine Kiefer auseinander. Als er die Küche verlassen
will, um nach nebenan ins Schlafzimmer zu gehen, bleibt er
mit der Klinke in der Hand stehen. Ein Gedanke dreht sich
leise in seinem Hinterkopf. Er bekommt ihn nicht zu fassen, aber er hält ihn davon ab, Ruhe zu finden. Es ist wie
ein winziges Sandkorn in seinem Auge. Es kratzt und reibt
und hindert ihn daran, abzuschalten.

Skagen nimmt sein Handy und tippt die Stockholmer
Adresse von Casper Nordén in eine Suchmaschine im Internet ein. Was ihm angezeigt wird, lässt ihn die Stirn runzeln.
Die Adresse liegt in einem Industriegebiet am Rande der
Hauptstadt. Klar, kann man dort auch wohnen, wahrscheinlicher ist jedoch etwas anderes. Er sucht sich die Nummer
der Stadtverwaltung raus und ruft den zuständigen Sach-
bearbeiter an.

»Nein, ein Casper Nordén ist nicht bei uns gemeldet.«

»Und wer oder was befindet sich unter der Adresse?«

»Eine Firma namens Box AB.«

»Also eine Briefkastenfirma?«

»Nicht ganz. Es werden dort auch kleine Büros vermie-
tet. Das ist völlig legal.«

Als Skagen aufgelegt hat, ist sein Gehirn wach. Es gibt viele Gründe, warum man sich hinter einer solchen Firmenadresse versteckt, Skagen fällt da jedoch sofort ein ganz bestimmter ein. Dazu würde passen, was Ture Dahlberg erzählt hat. Dass er mit seiner Frage nach dem Besitzer gescheitert ist. Wie elektrisiert sucht Skagen im Internet nach weiteren Informationen. Anhand von Casper Nordéns Nummer kann er erkennen, bei welchem Telefonanbieter der seinen Mobilfunkvertrag unterhält. Kurz darauf hat Skagen einen Mitarbeiter von besagter Firma am Apparat.

»Polizei?«, fragt der Mann misstrauisch.

»Ja, Skanpol, das ist eine Unterabteilung von Europol. Ich kann Ihnen meine Legitimierung per Mail schicken, wenn Sie das wünschen.«

»Es kommt darauf an, was für eine Information Sie wünschen. Wir sind angewiesen, für manche Belange eine staatsanwaltliche Anordnung zu verlangen.«

»Das ist mir klar.«

»Ja, also. Haben Sie diese Anordnung?«

Scheiße, immer diese Korinthenkacker. Am liebsten hätte Skagen seine Faust auf den Tisch geknallt, das hätte allerdings Maja geweckt. Deshalb begnügt er sich mit einem Zähneknirschen.

»Ich rufe Sie zurück, sobald ich die Anordnung habe«, sagt er und legt auf. Schnell wählt er eine neue Nummer. Das Telefon in seiner Hand fühlt sich heiß an.

Kurz darauf hat er Staatsanwalt Olsson am Apparat und schildert ihm sein Anliegen, und keine zehn Minuten später geht der entsprechende Beschluss in seinem E-Mail-Postfach ein. Dankbar darüber, dass der Staatsanwalt sich trotz der dünnen Beweislage darauf eingelassen hat, ruft Skagen erneut den Telefonanbieter an. Diesmal zeigt sich der Mitarbeiter kooperativer und erteilt ihm die gewünschte Auskunft.

Leider ist die Adresse, über die der Mobilfunkvertrag von Casper Nordén läuft, dieselbe wie die der Briefkastenfirma. Es ist also eine Sackgasse. Dieser Nordén hat seine Spuren gut verwischt. Dennoch ist Skagen sich sicher, dass es irgendeinen Punkt geben muss, an dem der Mann nachlässig oder einfach nur faul gewesen ist.

»Von welchem Konto werden denn die monatlichen Beträge abgebucht?«, fragt er den Mitarbeiter.

»Oh, das ist eine Bank in Karlskrona.«

»Tatsächlich?« Skagens Herzschlag beschleunigt sich. »Auf welchen Namen läuft das Konto?«

Als er wenig später Maja aus ihrem Tiefschlaf rüttelt, steht Skagen voll unter Strom. Er muss seine Erkenntnis unbedingt loswerden. Verwirrt guckt Maja ihn an. Als sie begreift, was er da soeben gesagt hat, springt sie vom Sofa auf.

»Los, komm. Da fahren wir hin!«, sagt sie, greift nach ihrer Pistole auf dem Couchtisch und eilt zur Tür.

69

Während Maja den Polizeiwagen zu der Adresse in Karls-krona lenkt, informiert Skagen zuerst Jette und anschließend Göran über ihre neue Spur. Der Ermittlungsleiter klingt über-rascht, aber keinesfalls ungläubig. Er zögert keine Sekunde, ihnen die Erlaubnis zu erteilen, den Mann festzunehmen. Er selbst würde sich von Hultsjö aus sofort auf den Weg nach Karlskrona machen und nach der Verhaftung zu ihnen stoßen.

Als Skagen auflegt, hält Maja vor dem Büro in der Drott-ninggatan.

Fastighetsbyrå GM.

»Dann wollen wir mal. Bist du bereit?«

Skagen nickt, und sie steigen aus. Routiniert zieht Maja ihre Waffe. Skagen hat seine in Hamburg gelassen, da er ja ursprünglich nicht vorgehabt hat, an der Ermittlung teilzu-nehmen. Er würde auch ohne Waffe klarkommen.

Vorsichtig bewegen sie sich auf das Maklerbüro zu. Einige Passanten schauen neugierig von der anderen Straßenseite zu ihnen herüber, und Skagen signalisiert ihnen, weiterzu-gehen. Anschließend richtet er seine Aufmerksamkeit auf die Glastür, auf der in großen Lettern der Name des Inha-bers steht: Gunnar Månsson.

Leider hängt dort zudem ein handgeschriebenes Schild. »Wegen Urlaub vorübergehend geschlossen«, liest Maja und rüttelt an der Tür. »Scheiße.«

»Wo wohnt er?«

»Auf Saltö. Verdammt, der ahnt was und will abhauen!« Maja steckt ihre Waffe weg, und sie kehren zum Streifenwagen zurück. Kurz darauf fahren sie die kurvige Strecke bis zu der Schäreninsel, die sich westlich an die Hauptinsel der Stadt anschließt. Skagen unterrichtet Göran über Funk, dass der erste Zugriff fehlgeschlagen ist und sie es jetzt bei Månsson zu Hause versuchen.

»Seid vorsichtig. Ihr wisst nicht, ob er eine Waffe hat«, warnt der Ermittlungsleiter. »Wir sind kurz vor Karlskrona. Ich gebe eine Großfahndung raus. Keep me posted.«

»Verstanden. Bis später.«

Skagen hängt das Funkgerät zurück in seine Halterung und beißt nervös auf seiner Lippe herum. Maja wirkt ebenfalls angespannt, starr blickt sie auf die Straße. Keiner von ihnen sagt etwas, dennoch sind beide voll auf das fokussiert, was nun kommen wird. Als sie in die Tromtögatan mit den teuren bunt gestrichenen Holzvillen einbiegen, wird Maja langsamer und hält Ausschau nach Månssons Hausnummer.

Dann entdeckt sie den Makler. Er steht vor seiner Villa und ist gerade dabei, einen Koffer in seinen schwarzen Mercedes zu laden.

»Der hat tatsächlich vor, sich zu verdrücken!« Maja tritt aufs Gas und bremst Sekunden später neben dem Mercedes scharf ab. Månsson erfasst die Situation, springt in sein Auto und rast mit offener Kofferraumklappe los, dabei kracht er gegen die Tür des Streifenwagens, die Skagen gerade öffnen wollte. Ein heftiger Schlag erschüttert sein Handgelenk, und sie werden mitsamt dem Polizeiwagen durchgeschüttelt, während Månsson an ihnen vorbeischrammt und mit quietschenden Reifen das Weite sucht.

»Dieser Mistkerl. Den kassiere ich jetzt!« Maja rammt ihren Fuß auf das Gaspedal, und Skagen wird in den Sitz gepresst. Er will nach dem Funkgerät greifen, in dem Moment reißt Maja das Steuer des Volvos herum, und Skagen prallt unsanft gegen die Seitentür. Sie driften durch die

Kurve wie Mika Häkkinen, und gekonnt bringt Maja das Auto zurück auf Spur.

Erneut angelt Skagen nach dem Funkgerät, bekommt es zu fassen und drückt auf den Knopf. »An alle Einheiten. Hauptbeschuldigter im Fall Nowak auf der Flucht. Der Name ist Gunnar Månsson. Er fährt einen schwarzen Mercedes CL und ist von Saltö in Richtung Innenstadt unterwegs. Bitte um Unterstützung. Wir brauchen Straßensperren auf dem Österleden an der Engstelle von Trossö nach Pantarholmen, damit er die Insel nicht verlassen kann. Und dann noch eine vor der Auffahrt zur E 22 und zur Landstraße 28 nach Norden.« Skagen ist froh, dass er sich mit den Hauptverkehrsadern der Stadt so gut auskennt und deshalb präzise Angaben machen kann.

Es gehen einige Antworten von Kollegen ein, die sich in der Nähe aufhalten, doch Skagen kann nichts darauf erwidern, denn er wird erneut von einer Seite zur anderen geschleudert, als Maja die 90-Grad-Kurve vor dem Scandic Hotel am Hafen nimmt, um gleich darauf in die entgegengesetzte Kurve in Richtung der Werft mit ihren Trockendocks zu schlittern. Sie fährt wie der Teufel, um an Månssons Mercedes dranzubleiben. Plötzlich stößt sie mit dem Reifen an einen Bordstein, und der Polizeiwagen macht einen Satz. Sie werden kurz aus ihren Sitzen gehoben, doch Maja gelingt es, das Auto unter Kontrolle zu bringen und zurück auf die Straße zu lenken, die nun zum Glück geradeaus verläuft. Erst jetzt kann Skagen den Schalter für Blaulicht und Sirene betätigen.

»Scheiße, wo will er hin? Plant der eine Stadtrundfahrt?«, stößt Maja aus und beschleunigt weiter. Die Bäume des Parks am Amiralitetstorget schießen an ihnen vorbei, und einige Fußgänger bringen sich durch einen Sprung auf den Gehweg in Sicherheit. Sie erreichen die Alamedan, in der Skagen als Kind gewohnt hat. Er weiß, was sie am Ende der Straße erwartet, und ein unangenehmes Kribbeln zieht durch seinen Körper.

»Was hat er vor?«, ruft er. »Da geht es nicht weiter. Er muss hier … abbiegen.« Die letzte Querstraße rauscht an ihnen vorbei, doch Månsson rast weiter geradeaus. Direkt auf den Kai zu.

»Dort vorne muss er bremsen. Er sitzt in der Falle«, ruft Maja triumphierend und bleibt an dem Mercedes dran, der knapp 30 Meter vor ihnen fährt. Die Statue von Hans Wachtmeister kommt in Sicht und dahinter das Blau des Schärengartens und der Leuchtturm des Marinemuseums. Der Mercedes weicht dem Wachtmeister-Denkmal aus und will nach links auf den Fußgängerweg an der Mole einbiegen, doch er ist zu schnell und sein Heck bricht aus. Der Wagen überdreht und rutscht auf das Hafenbecken zu. Skagen und Maja sehen mit an, wie er über den Rand schießt, einen Herzschlag lang in der Luft schwebt und danach aus ihrem Sichtfeld verschwindet.

Maja tritt auf die Bremse und bringt den Streifenwagen an der Kaimauer zum Stehen. Sie und Skagen springen raus und blicken in das Hafenbecken. Der schwarze Mercedes ist dabei, im Wasser zu versinken, was beängstigend schnell geschieht, denn seine Kofferraumklappe steht noch immer offen.

»Fuck!«, brüllt Maja und reißt sich die Ausrüstung vom Leib, während Skagen wie erstarrt dasteht. Unfähig, sich zu rühren, beobachtet er das im Meer versinkende Fahrzeug. Im nächsten Moment hört er ein Platschen und registriert, wie Maja zum Wagen schwimmt. Sie taucht unter und ist eine Weile verschwunden.

Luftblasen steigen überall um das Auto herum auf, von dem nur noch die Rücklichter aus dem Wasser ragen. Schaulustige beginnen sich drüben auf der Museumsinsel zu versammeln, und in der Ferne erklingt das Heulen mehrerer Martinshörner.

»Tom! Tom, um Himmels willen. Hilf mir!«

Skagen erwacht aus seiner Starre und bewegt sich steifbeinig auf die Halterung mit dem Rettungsring zu. Er reißt ihn herunter und wirft ihn Maja zu, die Mühe hat, sich oben zu halten, weil der bewusstlose Månsson in ihrem Arm hängt.

Mittlerweile ist nichts mehr von dem Mercedes zu sehen, außer den Luftblasen, die aufsteigen. Skagen holt das Seil ein, das am Rettungsring hängt, und zieht Maja damit zum Kai, wo sie die Sprosse einer Leiter zu fassen bekommt. Sie spuckt Wasser und flucht lautstark. Skagen klettert zu ihr hinunter und lässt sich ohne nachzudenken ins kalte Meer gleiten. Wie von selbst beginnen seine Hände, eine Schlaufe in das nasse Seil zu knoten, die sich nicht zuziehen kann. Plötzlich ist alles wieder da. Das Wissen über die Knoten und die Griffe, die er mit schlafwandlerischer Sicherheit beherrscht ... wie damals auf dem Schiff.

Er hilft Maja dabei, die Schlaufe um Månsson zu legen, und schwimmt zurück zur Kaimauer, wo er die Leiter hinaufklettert. Zusammen mit Maja, die von unten schiebt, hievt er Månsson auf die Mole. Oben angekommen, fühlt Skagen den Puls des Bewusstlosen. Der Makler lebt, wenngleich sein Atem nur schwach geht. Blut strömt aus einer Platzwunde an seinem Kopf. Skagen bettet Månsson auf die Seite, damit das Wasser aus seiner Luftröhre laufen kann, und kurz darauf beginnt der Makler zu husten. Skagen legt eine Hand auf seinen Rücken und redet beruhigend auf ihn ein. Das Husten wird weniger, und Månsson öffnet die Augen.

»Wo bin ich?«, fragt er keuchend.

»Am Leben«, sagt Skagen und blickt zu Maja auf, die triefnass neben ihm steht. Ein schiefes Grinsen liegt auf ihrem Gesicht.

Verwundert runzelt Skagen die Stirn.

»Willkommen in Karlskrona. Ich würde sagen, du hast es geschafft«, sagt Maja und zeigt auf seine vom Salzwasser durchweichten Klamotten.

Stimmt, denkt er und sieht auf seine Hände. Sie sind absolut ruhig.

70

»Sag mal, Maja, wo hast du denn so zu fahren gelernt?«, fragt Skagen. Sie sitzen in Handtücher gewickelt in der offenen Heckklappe eines der Einsatzwagen und trinken Mineralwasser. Zum Glück brennt nach wie vor die Sonne vom Himmel und lässt ihre Kleider rasch trocknen.

»Nirgendwo, das war mein erstes Mal. Bin eben ein Naturtalent.« Maja zwinkert ihm zu.

»Wow«, sagt Skagen und lächelt. »Dann sollte ich mein nächstes Fahrtraining besser nicht schwänzen, wenn ich mit dir mithalten will.«

Sie knufft ihm in die Seite.

Schweigend beobachten sie, wie Göran und Jette den Rettungswagen mit dem verletzten Månsson abfahren lassen. Der Makler muss zuerst im Krankenhaus versorgt werden, ehe er vernehmungsfähig sein wird. Das gibt ihnen Zeit, nach handfesten Beweisen für seine Taten zu suchen. Bisher sind es lediglich ein paar wackelige Indizien und seine halsbrecherische Flucht, die darauf hinweisen. Aber Skagen hofft, in Månssons Büro und seinem Haus mehr Beweise zu finden, die sie später bei der Vernehmung benutzen können. Für den Wagen im Hafenbecken würden sie einen Kran und Taucher anfordern müssen.

Skagen fährt sich durch die feuchten Haare, und es fühlt sich fast an wie früher, wenn sie zusammen an der Mole gebadet haben. Er zupft an einer vom Meerwasser stumpf gewordenen Strähne und wird sich des Geruchs gewahr, der von seiner Kleidung ausgeht. Das Meersalz hat eine eigentümliche Note hinterlassen, die voller Erinnerungen steckt. Erinnerungen, die nicht mehr ausschließlich schlecht sind, wie er verwundert feststellt.

»Scheiße«, hört er Maja neben sich sagen und denkt zuerst, dass sie Göran und Jette meint, die auf sie zukommen.

»Jetzt erinnere ich mich wieder. Ich kannte den Kerl doch.«

»Wen?«

»Månsson. Zuerst habe ich gedacht, ich hätte mich geirrt, aber inzwischen bin ich mir sicher, dass ich mal was mit ihm auf einer Party hatte. Na ja, nur geknutscht, weißt du. Und ich war ziemlich besoffen.« Sie blickt Skagen entschuldigend an, obwohl das für ihn überhaupt nicht schlimm ist. Vor ihrem Wiedersehen hatten sie schließlich beide ein Leben.

»Was gibt's?« Göran und Jette treten neben sie.

»Ach, nichts.« Maja steht auf und zieht sich das Handtuch von den Schultern. »Wir wollen zu Månssons Haus.«

»Einen Moment«, hält Göran sie zurück. »Ich wollte euch sagen, dass das gute Arbeit war.«

»Eigentlich war es Tom, der es herausgefunden hat. Ich habe geschlafen.«

»Ich, äh …« Skagen will die Lorbeeren nicht haben, aber Göran klopft ihm gönnerhaft auf die Schulter.

»Gut gemacht, Kollege. Bingobongo!«

Skagen bemerkt, wie sich Jette mit einem Grinsen abwendet. Seine Chefin scheint ebenfalls zu wissen, dass Göran sich am liebsten selbst dafür gelobt hätte.

»Und auch du, Lövgren …« Görans Hand landet auf Majas Schulter. »Good job!«

»Ja, schon gut, Chef.« Maja setzt sich ihre Mütze auf. »Es gibt noch einiges zu tun. Wir sind dann mal weg.«

»Alles klar«, ruft Göran ihnen hinterher, »Jette und ich nehmen uns derweil das Büro des Maklers vor. Meldet euch, wenn ihr was gefunden habt, ja? Und wirklich, das war top!«

Maja winkt ihm gespielt cool zu und geht mit Skagen zum lädierten, aber fahrtüchtigen Polizeiwagen hinüber. Joakim folgt ihnen unaufgefordert. Offenbar hat er ebenfalls keinen Bock auf Görans übertriebenen Siegestaumel.

»Steig ein«, sagt Maja knapp und setzt sich hinters Steuer.

»Prima«, entgegnet Jokke und reibt sich grinsend die Hände. »Hausdurchsuchungen sind meine Spezialität.«

Vier Stunden später sitzen sie alle zusammen im Besprechungsraum und blicken auf die sichergestellten Beweise auf den Tischen. Sie haben genug, um Månsson nicht nur zu vernehmen, sondern ihn auch wegen Mordes anzuklagen.

Allerdings ist da ein Gegenstand unter den Beweisstücken, der bislang mehr Fragen aufwirft, als er beantwortet. Es ist ein Totenschädel. Joakim hat ihn in der hintersten Ecke von Månssons Kleiderschrank gefunden. Mit großer Sicherheit ist es der, der zu den Knochen aus der Scheune gehört. Aber was hatte Månsson damit vor?

Ein Telefonklingeln reißt alle aus ihrem nachdenklichen Schweigen. Göran spricht ein paar Worte mit dem anderen Teilnehmer und wendet sich wieder an die Kollegen. »Månsson ist aus dem Krankenhaus zurück. Der Arzt sagt, er ist voll vernehmungsfähig. Wir können ihn uns vorknöpfen.«

»Wartet. Wer soll reingehen?«, fragt Jette.

»Nun, da wir es nicht so oft mit Mordfällen dieser Art zu tun haben, würde ich vorschlagen, dass wir das zusammen übernehmen. Sie haben da sicher mehr Erfahrung, Jette.«

Wow, denkt Skagen, Göran versucht tatsächlich, bei ihr zu landen. Na dann, lycka till. Selbst wenn Jette amourösen Abenteuern nie ganz abgeneigt ist, kämpft Göran auf verlorenem Posten. Er ist in etwa genauso ihr Typ wie Godzilla. Das erkennt Skagen an ihrem diplomatischen Lächeln, mit dem sie sich bei Göran für das Vertrauen bedankt, das er ihr entgegenbringt. Beinahe verlegen sieht der Ermittlungsleiter zu Boden. Er ist doch tatsächlich verknallt. Skagen fängt Majas amüsierten Blick auf. Sie scheint genau dasselbe zu denken. Armer Göran.

Der Polizeiinspektor räuspert sich und will etwas sagen, doch Jette kommt ihm zuvor.

»Ich möchte, dass Tom Skagen die Vernehmung führt.« Sie sieht zuerst Göran an und dann Skagen, der ebenso überrascht von dieser Entscheidung ist wie der Ermittlungsleiter. »Er hat meines Erachtens den besten Gesamtüberblick über den Fall und auch den entscheidenden Hinweis gefunden.«

»Nein, ich …«

»Ich weiß, dass du das kannst, Tom«, sagt Jette auf Deutsch. »Du gehst mit Göran rein. Aber lass ihn nicht so viel reden, er ist zwar ein netter Kerl, leider jedoch ein wenig überambitioniert. Lass ihn den Good Cop spielen.«

Skagen schmunzelt. »Okay.«

Göran, der außer »Good Cop« nichts von dem verstanden hat, was sie geredet haben, guckt sie fragend an. Jette legt dem Ermittlungsleiter eine Hand auf den Arm. »Kollege Skagen wird Sie vorab briefen. Sie können ihm absolut vertrauen. Er ist einer der Besten, den Sie für diese Vernehmung bekommen können.« Sie zwinkert ihm zu. »Entspannen Sie sich, Göran, der Fall ist fast gelöst.«

Auf Görans Gesicht tritt ein verlegener Ausdruck. »Äh. Na klar doch. Wollen wir dann jetzt?« Mit devoter Geste deutet er auf die Tür.

Man kann über Jette sagen, was man will, denkt Skagen. Das Spiel mit den Alphatieren hat sie einfach drauf.

Um kurz vor fünf am Nachmittag, sechs Tage nach dem Unfall der Nowaks, sind alle vor dem Vernehmungszimmer versammelt. Auch Adnan Demirci, der Leiter der Polizeidienststelle. Ein gemütlich wirkender Mann mit dunklen Haaren und wachem Ausdruck in den Augen. Er scheint das genaue Gegenteil von »Testosteronmaschine« Göran Berg zu sein. Aufmerksam hat er den Schilderungen zum Fall gelauscht, ein paar sachliche Fragen gestellt und ihnen anschließend grünes Licht für die Vernehmung gegeben.

Skagen blickt auf den Monitor, auf dem Gunnar Månsson zu sehen ist. Er sitzt zusammen mit seinem Anwalt am Tisch in dem kleinen Raum und wirkt erstaunlich ruhig, ja geradezu locker.

Ganz im Gegensatz zu Skagen, dessen Anspannung von Sekunde zu Sekunde wächst. Der Grund dafür ist allerdings nicht die bevorstehende Vernehmung. Nein, er hat kein Problem damit, Månsson und dem, was der Mann getan hat, gegenüberzutreten. Es sind vielmehr die vielen versammelten Kollegen, die jede seiner Regungen, jedes Wort, jede taktische Pause über die Kamera mitverfolgen werden. Er weiß nicht genau, warum ihm das Unbehagen bereitet. Vielleicht, weil es ihn an die Signe Merkur erinnert. In einem engen Raum eingeschlossen zu sein und von einer fremden Instanz beobachtet zu werden. Allein Ersteres ist eine Herausforderung für ihn. Aber er würde sich auf das Gespräch konzentrieren und den Rest ausblenden. So wie immer.

Er umfasst den Karton mit den Beweismitteln fester, um zu verhindern, dass seine Hände zittern. Die Signe Merkur würde draußen bleiben, während er jetzt da reinginge und das täte, was alle von ihm erwarten: Månsson zu einem Geständnis zu bewegen. Denn bislang hat der Makler nichts von alldem zugegeben, sondern er behauptet hartnäckig, er sei unschuldig. Außerdem gibt er der Polizei die Schuld an dem Unfall und seinen Verletzungen, weil sie ihn wie ein Tier durch die Stadt gejagt habe.

Skagen bemerkt, wie Göran neben ihm nervös auf seinen Fußballen wippt. Sie haben sich abgesprochen, und der Ermittlungsleiter ist mit der Rolle des Good Cop mehr als zufrieden. Er hat Skagen zugesichert, hauptsächlich ihn reden zu lassen. Mal sehen, ob sich Mr. Oberbulle daran hält.

Skagen atmet tief durch, blickt auf die Tür und fokussiert sich innerlich auf den Mann, der dahinter auf ihn wartet. Er ist gut auf Gunnar Månsson vorbereitet, den Täter. Die Beweislage ist erdrückend. Das wird Månsson schnell einsehen müssen. Er hat Tina Nowak verschleppt und in ein Erdloch gesperrt. Er hat es in Kauf genommen, dass sie dort stirbt. Was er sonst noch alles mit ihr angestellt hat, wird sich zeigen, wenn Dr. Modig die Obduktion abgeschlossen hat, die parallel zu der Vernehmung läuft. Oder, und das wäre Skagen am liebsten, Månsson gäbe gleich alles zu.

Dieses Monster.

Doch Skagen ruft sich zur Ordnung. Als Polizist darf er den Täter nicht hassen. Er muss ihn behandeln wie einen Menschen und darf ihn nicht verteufeln, selbst wenn derjenige abscheuliche Dinge getan hat. Sonst verliert er den Kontakt zu der Person. Und den braucht er, um ein möglichst lückenloses Geständnis zu erhalten.

Skagen strafft seine Schultern und öffnet die Tür.

71

In der Woche davor – am Tag des Unfalls

Lola drückt auf die Toilettenspülung, nur träge kreist alles in der Schüssel. Das Klo scheint schon wieder verstopft zu sein, dazu stinkt es wie auf der Schultoilette. Na super. Was für eine marode Hütte hat ihr Vater da gekauft? Alles bröckelt und mieft.

Lola lässt den Toilettendeckel zufallen und stapft aus dem Bad. »Papa! Papa?«

»Was ist, Lola?« Ihr Vater ist draußen damit beschäftigt, die Hausfassade abzuschaben. Immerhin hat er den ganzen Müll aus dem Wohnzimmer endlich zu einem Haufen neben der Scheune aufgestapelt.

»Das Klo läuft schon wieder nicht ab!«

Lola hört ein genervtes Brummen, und im nächsten Moment steht ihr Vater vor ihr. »Kannst du dich nicht selber darum kümmern?«, fragt er und wischt sich den Schweiß von der Stirn. »Ich habe genug zu tun. Außerdem wäre es schön, wenn du uns mal ein wenig helfen würdest. Die Renovierungen erledigen sich nicht von allein.«

»Es ist dein Haus«, sagt sie kühl und geht weg.

Sie hört ihren Vater leise im Bad fluchen und wirft sich auf ihr Bett. Der Stubenarrest macht sie wütend. Sie will zu Viggo und darf nicht. So eine Scheiße! Ob sie Viggo vom Handy ihres Vaters aus anrufen kann, damit er kommt? Sie hat ja jetzt seine Nummer. Damit Ronja sie nicht findet, hat sie sie auswendig gelernt.

Lola leckt sich über die Lippen. Sie brennt geradezu darauf, Viggo wiederzusehen. Aber auch, Jenny endlich alles erzählen zu können. Aus diesem Grund will sie später ihre Mutter darum bitten, ihr das Handy zurückzugeben. Sie würde ihr hoch und heilig versprechen, nicht mehr für Ärger zu sorgen. Ja, sie würde sogar so tief sinken und sie anflehen.

Ohne ihr Telefon würde sie keinen neuen Plan aushecken können. Leider ist der, den sie mit Viggos Handy ausgeklügelt hat, fehlgeschlagen – so wie der mit dem Drohbrief. Wieder ist es ihr Vater gewesen, der gemerkt hat, dass etwas nicht stimmt. Verdammter Mist!

Ihre Familie hat einen beschissenen Schutzengel.

Genervt lehnt sich Lola gegen die Wand und schließt die Augen. Sie denkt an das, was auf dem Heuboden passiert ist. Mit Viggo. Das war einfach nur … wow. Viggo ist so unglaublich süß. Beim zweiten Mal wird es bestimmt noch besser, weil sie jetzt beide wissen, wie es geht.

Lola steht auf und lauscht an der Tür. Niemand scheint im Haus zu sein, alle sind draußen. Leise schleicht sie ins Wohnzimmer. Irgendwo muss das Handy ihres Vaters liegen. Sie will Viggo anrufen. Er soll kommen. Sie kann es kaum erwarten, es mit ihm zu machen.

Ah, da ist es ja. Lola will das vorsintflutliche Gerät an sich nehmen, da ertönt plötzlich ein lauter Ruf.

»Scheiße! Was ist denn das?« Es ist ihr Vater. »Tina! Schnell, hol mein Telefon!«

Lola zuckt von dem Handy zurück. Sie hört hastige Schritte, die sich nähern, und kurz darauf erscheint ihre Mutter in der Verandatür.

»Was ist passiert?«, fragt Lola.

»Papa hat was in der Sickergrube gefunden.« Ihre Mutter entdeckt das Handy und nimmt es an sich.

»Und was?«, fragt Lola genervt, weil ihr Plan vereitelt wurde.

»Ein Skelett!« Aufgeregt läuft ihre Mutter aus dem Haus. Was? Ein Skelett? Die spinnen ja!

Lola eilt hinterher, das will sie sich nicht entgehen lassen.

Am Sickerbecken, das wegen der Hitze mehr ein Trocken- denn ein Feuchtbiotop ist, steht ihr Vater mit einem Spaten in der Hand. Offensichtlich hat er in dem eingetrockneten Schlamm gegraben und dabei einen Haufen Knochen freigelegt. Einige davon liegen bereits im Gras neben der Grube. Gerade bückt sich ihr Vater und zieht einen Schädel aus dem zähen Morast.

»Ist der echt?«, fragt Lola und ein Schauer läuft ihr über

den Rücken. Sie hat noch nie einen richtigen Totenschädel gesehen. Der von dem Skelett aus ihrer Schule ist ja bloß aus Plastik.

»Ich denke schon«, antwortet ihr Vater und wischt den Dreck von dem schaurigen Ding. Danach legt er ihn neben die anderen Knochen, von denen manche sehr lang sind. Vermutlich stammen sie von den Armen und Beinen des Toten.

»Wer ist das?«, fragt ihre Mutter.

»Keine Ahnung, Tina. Vielleicht war unter der Grube ein altes Grab. Früher haben die Leute manchmal ihre Angehörigen auf ihren Höfen beerdigt.«

»Uh, schaurig.« Ihre Mutter fröstelt.

Ronja, die bis eben erstaunlich ruhig bei allem zugesehen hat, hockt sich mit einem Mal hin und beginnt mit der flachen Hand auf den Schädel zu schlagen. »Backe, backe, Kuchen! Backe, backe …«

»Ronja, lass das!« Lolas Mutter nimmt ihre Schwester zur Seite und versucht ihr zu erklären, dass das ein toter Mensch ist und man den in Frieden ruhen lassen muss.

»Haben die Trolle ihn gefressen?«, fragt Ronja.

Vergebene Liebesmüh, denkt Lola und blickt auf ihren Vater, der sich auf den Spaten stützt und das Telefon an sein Ohr hält. Einen Augenblick später spricht er auf Englisch, und Lola erschließt sich, dass er mit dem Makler redet, der ihnen das Haus verkauft hat. Dieser eklige Schleimer.

Ihr Vater fragt, ob der etwas von einem Grab wüsste, und erklärt, dass die Kloake verschlammt ist und vermutlich ausgebaggert werden müsse. Mit leicht säuerlichem Gesicht legt er auf. »Wir sollen einen Kloakenwagen bestellen. Herr Månsson kommt später vorbei und guckt sich die Sache an. Er sagt, es täte ihm leid, dass das passiert ist.«

»Sollen wir wegen der Knochen zur Polizei gehen?«, fragt ihre Mutter.

»Nein, Månsson sagt, das wäre ein altes Grab. Damit würden wir die Polizei nur belästigen. Das sei eher eine Sache für den Dorfvorstand in Hultsjö. Månsson will sich darum kümmern.«

»Aha, und was ist, wenn die Knochen von einem Angehörigen der Vorbesitzer stammen? Die sollten wir benachrichtigen.«

»Das habe ich Månsson auch gesagt, aber er meint, das Skelett sei viel älter und gehöre zu den Besitzern vor diesen Egmans.«

»Aha. Und woher will er das denn so genau wissen?«

»Das hat er mir nicht gesagt.«

Lolas Mutter stößt einen Seufzer aus und schirmt ihre Augen gegen die grelle Sonne ab. »Und jetzt?«

»Ich grabe weiter die Knochen aus, wasche sie so gut es geht ab, und dann warten wir, bis Månsson sich meldet. Und nachher, wenn der Kloakenwagen da war, gehen wir in den Wald, Blaubeeren und Pilze sammeln. Dazu sind wir bisher nicht wirklich gekommen. Na, wer ist dabei?«

»Ich!«, schreit Ronja und springt auf. »Trolle suchen.«

Lola hofft, dass sich ihre Mutter dem anschließen wird, damit sie freie Bahn mit Viggo hätte, wird jedoch enttäuscht.

»Ich bleibe hier«, sagt ihre Mutter. »Es gibt noch so viel zu tun.« Sie klingt erschöpft, und Lola findet, dass es ihr recht geschieht. Sie hätte Papa davon abhalten sollen, dieses dämliche Haus zu kaufen.

Obwohl … dann wäre sie niemals Viggo begegnet. Ein kleines Lächeln stiehlt sich auf ihre Lippen.

»Worüber freust du dich so, Lola?«, fragt ihr Vater.

»Ach, nichts«, entgegnet sie schnell. »Viel Spaß beim Buddeln.« Damit dreht sie sich um und marschiert über den trockenen Rasen davon. Als sie an der Scheune vorbeikommt, bemerkt sie etwas Glänzendes auf einer der Tannen, die neben dem Gebäude stehen. Es ist das gebrauchte Kondom, das Viggo aus der Dachluke der Scheune geworfen hat. Dort ist es also gelandet. Lola grinst. Hoffentlich bringt er neue mit.

Sie wirft einen Blick über die Schulter. Ihre Familie ist weiterhin damit beschäftigt, wie bescheuerte Archäologen die Knochen zu sortieren. Na, zumindest sind sie dadurch eine Zeit lang abgelenkt.

Lola läuft zum Haus. Wenn sie nicht an das Handy ihres Vaters herankommt, dann dafür vielleicht an das von ihrer Mutter. Vorausgesetzt, sie findet es irgendwo.

Drei Stunden später klettert sie auf den Heuboden. Ihr Vater hat die Knochen mittlerweile in die Scheune verfrachtet. Außerdem ist der Kloakenwagen dagewesen und hat den Schacht neben der Sickergrube ausgepumpt, was ganz schön gestunken hat. Leider hat Lola es bisher nicht geschafft, das Handy ihrer Mutter aufzutreiben, um Viggo anzurufen. Zu blöd. Sie würde also warten müssen, bis er wieder hier auftauchte. Immerhin hat sie jetzt für eine Weile ihre Ruhe, denn ihr Vater ist mit Ronja in den Wald losgezogen, und ihre Mutter spachtelt an der Wand herum.

Verträumt spielt Lola mit dem Messer und denkt dabei an Viggo. Ihr Blick fällt auf den Dachbalken über ihr. Mit einem Lächeln auf den Lippen hebt sie das Messer und beginnt ein L hineinzuschnitzen. Danach folgen ein Pluszeichen und ein …

Ein Geräusch lässt sie aufhorchen, es kommt von unten. Lola lauscht. Das Scharren verstummt. Wahrscheinlich war es eine Maus oder etwas Ähnliches. Sie atmet auf und will ihre Schnitzerei fortsetzen, da vernimmt sie draußen Schritte.

Verdammt. Kann man denn nicht mal für fünf Minuten allein sein?

Lola duckt sich auf den Boden und ist mucksmäuschenstill. Sie will erst wissen, wer dort ist, bevor sie sich zu erkennen gibt. Die Schritte nähern sich, bleiben stehen, scharren über den Scheunenboden. Kurz darauf klettert jemand die Leiter hoch.

72

Wie die meisten Vernehmungszimmer dieser Welt ist auch dieses nicht besonders groß und zweckmäßig eingerichtet. Das Licht ist hell und wirkt neutral. Leider ist die Hitze des Jahrhundertsommers bis hierin vorgedrungen und lässt allen Beteiligten den Schweiß auf der Stirn stehen.

»Ingvar Ryd«, stellt sich der Anwalt von Månsson vor. Ein Typ Anfang 40, genau wie sein Mandant. Maja hat gesagt, dass sie Ryd kenne. Er sei ein anständiger Kerl. Skagen schüttelt dessen Hand und Göran tut es ihm nach. Månsson bleibt sitzen, während er die Miene des zu Unrecht Verurteilten zur Schau trägt.

Skagen verbietet sich einen abfälligen Gedanken und platziert den Karton mit den Beweismitteln auf dem Tisch. Gefühle jeglicher Art müssen draußen bleiben.

»Was ist da drin?«, erkundigt sich der Anwalt.

»Dazu kommen wir später.« Skagen baut sich gegenüber von Månsson auf, während Göran sich wie abgesprochen auf den Stuhl hinter ihm setzt und so tut, als sei er nur Zuhörer.

»Herr Gunnar Alexander Månsson«, beginnt Skagen in neutralem Ton und rattert die persönlichen Daten des Mannes herunter, die er sich durch den Makler bestätigen lässt. Danach erklärt er ihm, warum er verhaftet wurde: Entführung, Misshandlung und vorsätzliche Tötung von Tina Nowak. Das ist zumindest das, wofür sie handfeste Beweise haben.

»Ich war das nicht«, sagt Månsson. »Sie haben den Falschen durch die Stadt gejagt.« Er weist auf seine Halskrause und die verbundene Platzwunde an seiner Stirn, dabei klirren die Handschellen. »Ich werde Sie wegen Körperverletzung und Sachbeschädigung anzeigen. Und weil Sie mich fast zu Tode gehetzt haben!« Über Månsson hat Maja erzählt, dass er mit allen Wassern gewaschen ist und sich gut zu verstellen weiß. »Mensch, Ingvar, sag doch auch mal was«, blafft Månsson seinen Anwalt an. »Dürfen die mich so behandeln?«

Ryd wendet sich seinem Mandanten zu und erklärt ihm leise, dass vonseiten der Polizei bisher kein unangemessenes Verhalten gezeigt worden sei und er einschreiten werde, sollte sich dies ändern. Anschließend blickt er entschuldigend zu Skagen und gibt ihm zu verstehen, dass er fortfahren könne.

»Herr Månsson«, sagt Skagen, »wenn Sie unschuldig sind, wie Sie behaupten, könnte ich Sie fragen, warum Sie trotzdem vor uns geflohen sind. Aber ich erspare es Ihnen, nach einer Ausrede zu suchen, und komme sofort zum Punkt.« Er zeigt auf den Karton. »Dort drin befinden sich Beweise, die Sie eindeutig und schwer belasten. Und es ist nicht nur einer, das kann ich Ihnen sagen. Es ist eine ganze Reihe von Belegen. Wir können also die nächsten Stunden damit verbringen, diese Gegenstände im Einzelnen durchzugehen. Oder Sie erzählen uns gleich, was passiert ist, dann können Sie innerhalb weniger Minuten zurück in Ihre kühle Zelle und sich ausruhen.«

Månsson blickt ihn mit zusammengepressten Lippen an. »Sind Sie taub? Ich sagte, ich war das nicht.«

»Gut. Wie Sie wollen.« Skagen holt die erste Beweismitteltüte aus dem Karton. Sie enthält ein Hemd. »Das haben wir im Wäschekorb Ihres Hauses gefunden.«

»Kann nicht sein, das gehört mir nicht.«

Skagen legt den Kopf schief. »Okay, nehmen wir mal an, das stimmt. Wie kommt das Hemd in Ihren Wäschekorb?«

»Na, weil Sie es mir untergeschoben haben. Jeder weiß schließlich, wie das läuft. Sie brauchen dringend einen Mörder und hoppla, zaubern Sie einen aus dem Hut. Ich sage Ihnen was, Sie sind total verzweifelt, das ist los. Vielleicht, weil ihr zu blöd seid, den Richtigen zu finden. Vielleicht aber auch, weil ihr eure Statistik frisieren wollt. Und dafür benötigt ihr einen schnellen Erfolg. Ist doch so, oder nicht? Ingvar, sag was!«

Der Anwalt verzieht das Gesicht, bleibt jedoch stumm.

»Herr Månsson, bevor wir mit der Befragung fortfahren, möchte ich Sie darauf hinweisen, dass es Ihnen vor Gericht angerechnet wird, wenn Sie sich kooperativ zeigen. Alles zu leugnen, reitet Sie hingegen tiefer rein. Es wäre besser …«

»Das ist nicht mein Hemd, verfluchte Scheiße!«, brüllt Månsson mit hochrotem Gesicht.

Unbeeindruckt holt Skagen das nächste Beweisstück hervor. Es ist ein Foto, auf dem der Makler ebenjenes Hemd trägt.

Månsson lässt sich wütend gegen die Stuhllehne fallen. In seinen Augen brennt der Hass, dennoch hält er den Mund.

Skagen zeigt auf die dunklen Flecken am Ärmel des Hemdes. »Das ist Farbe gemischt mit Bremsflüssigkeit. Beides stammt aus der Scheune der Nowaks. Einige Kleckse der Farbe haben wir an den Sohlen Ihrer Schuhe entdeckt, zusammen mit Kratzern im Leder, die von einer Tierfalle verursacht wurden. Die Schuhe haben wir ebenfalls in Ihrem Haus gefunden. Leider befinden sie sich gerade in der Forensik, dafür habe ich hier ein Foto von ihnen.« Er legt es vor Månsson auf den Tisch. »Und lassen Sie mich raten, bestimmt haben Sie von der Falle einen schönen blauen Fleck am Knöchel.«

»Pah! Das beweist gar nichts.«

»Oh doch, Herr Månsson, die Farbflecken beweisen, dass Sie in der Scheune der Nowaks gewesen sind.«

»Ich bin Makler. Ich habe denen das Haus verkauft, ich war also auch in der Scheune. Ja!«

»Zu dem Zeitpunkt, als Sie das Haus verkauft haben, gab es den Fleck aus Farbe und Bremsflüssigkeit noch gar nicht. Er entstand erst später, als die Nowaks ihren Volvo dort parkten, dessen Bremsleitungen leck waren.«

»What the fuck!« Wieder wirft Månsson die Hände hoch. »Dann war ich eben später noch mal da. Ja, genau – Herr Nowak rief mich wegen der Kloake an. Die war nämlich voll. Da bin ich kurz zu denen rausgefahren und hab es mir angesehen. Dabei muss ich in die Farbe getreten sein.«

»Das könnte so stimmen. Nur, dass wir diese Flecken an der Kleidung beziehungsweise den Haaren der beiden Opfer gefunden haben, Tina und Lola Nowak.«

»Dann waren die eben in der Scheune. Na und?« Månsson verschränkt die Arme vor der Brust. Ein erstes Zeichen der Unsicherheit?

Skagen ist fest davon überzeugt, dass sie in Månssons Auto mehrere dieser Flecken entdecken würden, wenn sie es erst geborgen hätten, und wahrscheinlich auch noch andere Spuren. Mittlerweile glaubt er sogar, dass der Makler den Wagen mit Absicht ins Hafenbecken gesteuert hat. Damit die belastende Spurenlage zerstört würde, genau wie er es mit dem Waldbrand bezweckt hat. Månsson ist gerissen, das steht fest. Zwar würden sie ihn aufgrund der Beweise sicher vor den Richter bringen, jedoch wäre ein Geständnis der zuverlässigere Weg, alle Zweifel auszuräumen. Außerdem will Skagen wissen, was wirklich passiert ist, und deshalb wechselt er die Taktik. »Sie sind ein uneheliches Kind von Ludvig Staffansson, stimmt das?«

Månsson schiebt den Unterkiefer vor, und die Falten an seiner Nasenwurzel kräuseln sich hasserfüllt. »Ja, das bin ich.«

»Ihrer Mutter geht es nicht gut, richtig? Kollegen von mir haben ihr einen Besuch abgestattet, nachdem wir Sie verhaftet haben.«

»Sie haben was?« Månsson sieht auf. »Verdammte Scheiße. Können Sie sie nicht in Ruhe lassen? Meine Mutter hat nichts damit zu tun.«

»Mit was hat sie nichts zu tun?«

Månsson schweigt verdrossen.

»Wir haben herausgefunden, dass Ludvig Staffansson seinen Sohn Victor misshandelt hat. Er ist nachts zu ihm geschlichen und hat ihn bis zur Bewusstlosigkeit gewürgt und geschlagen. Unzählige Male.«

»Na und?«

»Victor hat sich gestern das Leben genommen. Höchstwahrscheinlich aus diesem Grund. Weil er misshandelt wurde und es nicht mehr ausgehalten hat, dass sein Vater ihm das antut. Macht Sie das nicht traurig oder vielleicht sogar wütend?«

»Warum sollte es das? Ich kannte Victor kaum.«

»Er war immerhin Ihr Halbbruder. Vielleicht fühlen Sie mit ihm, weil Sie als Kind dasselbe durchleben mussten. Diese nächtlichen Besuche. Vollkommen überraschend und unberechenbar. Ein Albtraum, aus dem es kein Entrinnen gab.«

Månsson schweigt. In seiner Miene arbeitet es.

Skagen spürt, dass es bald so weit ist. Månsson ist zwar ein Mann mit vielen Gesichtern, aber ist er auch ein kaltblütiger Psychopath?

»Ludvig Staffansson hat Ihre Mutter noch lange nach Ihrer Geburt besucht, nicht nur, um mit ihr zu schlafen. Hinterher ist er zu Ihnen gekommen und hat getan, was er mit Victor getan hat. Victors Leiche weist deutliche Würgemale am Hals auf, auch wenn sie durch die Art, wie er zu Tode gekommen ist, schlimm zugerichtet wurde. Ich vermute mal, dass das der eigentliche Grund war, warum Ludvig Staffansson immer wieder bei Ihrer Mutter aufgetaucht ist. Er wollte nicht bloß den Sex, sondern vor allem das Gefühl von Macht ausleben. Dafür hat er sich Sie ausgesucht. Gunnar Månsson, das hilflose Kind.«

»Hat Ihnen das meine Mutter erzählt?«, zischt Månsson wütend. »Schämen Sie sich nicht, sie damit zu belästigen und Dinge auszugraben, die sie zu vergessen versucht?« Er tut so, als spucke er vor Skagen aus, doch der gibt sich wenig beeindruckt von der gespielten Empörung des Mannes. Månsson ist deutlich anzusehen, dass er an Kraft einbüßt. Er wirkt müde, und sein Gesicht verliert allmählich an Farbe.

»Hören Sie, Herr …?«

»Skagen.«

»Herr Skagen. Ich weiß nicht, was das alles mit mir zu tun haben soll. Das mit Victor tut mir leid, aber es ist nicht meine Angelegenheit.«

»Hören Sie doch auf! Sie sind von Ludvig Staffansson

missbraucht worden ebenso wie Victor und wollten nun selbst ausprobieren, wie das ist. Mit Frau Nowak.«

»Nein!« Månsson funkelt ihn an. »Gar nichts habe ich getan. Im Gegenteil, ich bin das Opfer. Ich werde an den Pranger gestellt, damit Sie einen Schuldigen haben. Warum nehmen Sie sich nicht stattdessen Staffansson vor, diesen Scheißkerl? Er ist das Schwein, nicht ich.«

Dass Ludvig Staffansson in einem Raum gleich nebenan sitzt und parallel vernommen wird, kann Skagen dem Makler nicht verraten, selbst wenn er dessen Abscheu gegen diesen Mann teilt.

Er holt zwei weitere Aufnahmen aus dem Karton. In seinem Rücken spürt er Görans Blick und ist froh, dass dieser sich raushält, er würde jetzt zum Todesstoß ansetzen. Mithilfe der beiden Fotos. Danach würde Månsson hoffentlich einknicken und alles erzählen.

Er will gerade das erste Bild vor Månsson und seinem Anwalt aufdecken, da ertönt Görans Stimme aus der Ecke. »Herr Månsson. Sie können reden, so viel Sie wollen, damit machen Sie es nur schlimmer. Wie mein Kollege bereits gesagt hat, hält er die Beweise in den Händen, und es wäre wirklich klüger, wenn Sie einlenken würden. Auf diese Weise können Sie Ihre Mutter künftig aus der Sache raushalten, genau wie Ihre Ex-Frau und Ihre Tochter. Sie ersparen ihnen so weitere Demütigung.«

Skagen versucht, sich seine Verärgerung nicht anmerken zu lassen, obwohl Göran soeben seine mühsam aufgebaute Strategie zerstört hat. Kontrolliert dreht er sich zu ihm um und gibt ihm mit einem freundlichen, aber bestimmten Nicken zu verstehen, dass er schweigen soll. Danach wendet er sich wieder an Månsson. Er bemerkt, dass die Fotos in seiner Hand zittern, und legt das erste schnell auf den Tisch. Es zeigt die dehydrierte Leiche von Tina.

»Das ist Frau Nowak, nachdem sie in dem Loch gestorben ist.« Skagen zeigt auf den Hals der Toten, von der man bewusst das Gesicht erkennen kann. Er will Månsson damit konfrontieren, welches Grauen er angerichtet hat. »Können Sie mir sagen, was das ist?«

Widerwillig lehnt der Makler sich vor und betrachtet die Aufnahme. »Ich weiß nicht, was Sie meinen.«

»Die dunklen Flecken am Hals.«

Månsson sieht erneut hin. Auf seiner Miene noch immer keine Regung. Er hat sich wirklich gut im Griff.

»Das sind Würgemale, die Tina Nowak vor ihrem Tod zugefügt worden sind. Es war Glück, dass unser Gerichtsmediziner sie bereits vor der Obduktion entdeckt hat. Er ist sehr gründlich, müssen Sie wissen. Er wird auch alles andere finden. Fingerabdrücke, Hautpartikel, Haare und Speichel von Ihnen.«

»Pah!«

Skagen knallt das zweite Foto auf den Tisch. Darauf ist die Kniepartie einer Hose abgebildet. Auf dem beigen Stoff prangt ein halbes Dutzend leicht verschmierter rötlicher Flecken.

»Das ist Tina Nowaks Blut an Ihrer Hose. Die stammt ebenfalls aus Ihrem Wäschekorb.«

Månsson öffnet stumm den Mund, als könne er es nicht glauben.

»Können Sie mir erklären, wie die Blutflecken zusammen mit Erdkrumen vom Boden des Kellerlochs an Ihre Hose gelangen, wenn Sie es angeblich nicht gewesen sind?«

Månssons Lippen beginnen zu beben. Er ist am Rande seiner Kräfte, das ist offensichtlich.

Skagen richtet sich auf, atmet langsam ein und wieder aus. Abwartend musterte er den Makler, über dem ein unsichtbarer Nebel aus leicht entzündlichen Partikeln zu schweben scheint, der nur darauf wartet, zur Explosion gebracht zu werden.

»Es war doch so«, sagt Skagen, »Sie haben Frau Nowak in den Erdkeller geschleppt. Sie haben sie gefesselt und geknebelt und dann dasselbe mit ihr getan wie Ihr Vater mit Ihnen. Danach haben Sie den Wald angezündet, um Tina Nowak loszuwerden und alle Beweise zu vernichten. Weil Sie wussten, dass wir Ihnen auf die Schliche kommen würden.«

Månsson blinzelt mehrmals mechanisch und schüttelt den Kopf, als wolle er nicht wahrhaben, dass man ihn festgenagelt hat. Seine Mundwinkel zucken.

Der Augenblick des Zusammenbruchs ist nah.

»War es nicht genau so, Herr Månsson?«, hakt Skagen nach und versucht, ihn damit über den Rand zu stoßen.

Plötzlich heult der Makler laut auf und beginnt zu weinen. »Hören Sie auf. Bitte. Ich flehe Sie an. Ich kann nicht mehr!« Er wirft die Hände vors Gesicht und schluchzt heftig.

Neben ihm sitzt der ratlos wirkende Anwalt. Sein bemüht unbeteiligter Blick verrät, dass er gerne woanders wäre. Skagen kann es ihm nicht verdenken.

Er richtet seine Aufmerksamkeit wieder auf den Makler. »Okay, Herr Månsson, wir beenden die Befragung. So, wie Sie es wünschen. Allerdings erst, wenn Sie zugeben, dass Sie Lola und Tina Nowak getötet haben. Wir müssen das aus Ihrem Mund hören. Also?«

Månsson hält in seinem theatralischen Geschluchze inne und reißt seine rot geweinten Augen auf. In ihnen steht Unglaube. »Was soll ich? Lola?«

»Ja, die Tochter der Nowaks. Sie starb in der Scheune. Erlitt schwerste Verletzungen durch stumpfe Gewalteinwirkung. Das waren Sie doch, oder nicht?«

»Ich? Nein!«

»Geben Sie es zu, das Mädchen hat es Ihnen angetan. Sie wollten Lola und nicht Tina. Doch dann ist die Mutter dazwischengegangen, und Sie mussten Ihren Plan ändern.«

Månsson schnappt nach Luft. »Nein, so war das nicht ...« Er macht eine beschwichtigende Geste. »Okay, ich habe Tina Nowak in das Loch gesperrt, ja. Aber das mit der Tochter, das war ich nicht. Das müssen Sie mir glauben.«

Skagen hebt ungläubig die Brauen.

»Um Himmels willen. Ich bringe doch keine Kinder um!«

»Dafür verschleppen und misshandeln Sie Frauen. Warum sollten wir Ihnen glauben, dass Sie die Tochter nicht getötet haben?«

»Weil ich Ihnen erzählen kann, was passiert ist. Ich habe es gesehen.«

Skagen versucht zu ergründen, ob Månsson es ernst meint oder ob es ein Ablenkungsversuch ist. Dann weist er auf das Mikrofon auf dem Tisch. »Bitte, Herr Månsson, nur zu. Das Tonband läuft.« Er verschränkt die Arme vor der Brust und ist gespannt, was der Makler ihm für eine Geschichte auftischt.

Månsson wischt sich die Tränen von den Wangen und räuspert sich. Er nimmt einen großen Schluck aus der Wasserflasche und stellt sie bedächtig ab. »Ich werde alles sagen, ... unter einer Bedingung«, erklärt er gefasst.

Skagen rollt innerlich mit den Augen. Spielt der Kerl jetzt etwa auf Zeit?

»Ich möchte, dass meine Mutter nichts von alldem erfährt. Sie hat genug durchleiden müssen, das würde sie nicht verkraften. Und meiner Tochter sagen Sie bitte auch nichts, ja?« Månsson hebt flehend die Hände. »Bitte. Wenigstens das müssen Sie mir versprechen!«

»Wenn Ihr Geständnis so umfangreich ist, dass wir Ihre Mutter und den Rest Ihrer Familie keiner Befragung unterziehen müssen, werden sie es nicht von uns erfahren. Was allerdings später durch die Presse oder den Prozess an die Öffentlichkeit gerät, können wir kaum beeinflussen«, erklärt Skagen offen und ehrlich, und er kann sehen, dass Månsson es in diesem Moment bedauert, von Maja aus dem versinkenden Auto gerettet worden zu sein. Sie würden später die Sicherheitsmaßnahmen in der Zelle erhöhen müssen, damit der Makler nicht den gleichen Weg nehmen würde wie Victor und sich das Leben nähme, bevor es zu einer Verurteilung käme.

Um dem Mann das Gefühl zu geben, mit einem verständnisvollen Zuhörer zu sprechen, verändert Skagen seine Haltung und lässt sich mit einem freundlichen Blick ihm gegenüber am Tisch nieder.

»Bitte, Herr Månsson.« Er legt beide Hände offen vor sich hin. »Ich kann verstehen, dass es schwer für Sie ist. Aber ich verspreche Ihnen, dass wir Sie für heute in Ruhe lassen, wenn Sie uns die Wahrheit erzählen.«

Månsson wischt sich über die Nase und beginnt mit schleppender Stimme von dem Tag zu berichten, an dem nicht nur Lola und ihr Vater das Leben verloren haben, sondern Tina ihrem schlimmsten Albtraum begegnet ist. Schon nach wenigen Sätzen ist allen Anwesenden klar, dass die grauenvollen Ereignisse nicht so abgelaufen sind, wie sie gedacht haben.

73

In der Woche davor – am Tag des Unfalls

Als Tina die Leiter hinaufklettert und über die Kante zum Heuboden guckt, entdeckt sie Lola. Ihre Tochter kauert auf den Holzdielen und blickt sie hasserfüllt an.

»Geh weg!«, stößt sie wütend aus. »Kannst du mich nicht in Ruhe lassen?«

»Was machst du hier? Ich hab dich überall gesucht.« Tina steigt auf den Heuboden und stellt sich vor Lola. »Und was ist das für ein Messer?«

»Geht dich nichts an!«

Tina entdeckt die Schnitzerei. »Warst du das?«

»Und wenn?« Lola blitzt sie an, dabei hält sie das Messer mit festem Griff.

Tina wagt es nicht, auf sie zuzugehen. So wütend, wie Lola sich gebärdet, ist es besser, sie hält ein bisschen Abstand. Das hat die Erfahrung sie gelehrt. Aber Tina hat nicht vor, sich einschüchtern zu lassen, denn dieses Mal würde ihre Tochter nicht mit ihrem Terror gegen die Familie davonkommen. »Du hast von Ronjas Holzpferd ein Bein abgebrochen!«

»Das war die dumme Kuh selbst. Muss sie eben besser auf ihr Scheißspielzeug aufpassen.«

Tina presst die Lippen aufeinander. Lola lügt wie gedruckt. Das Pferd hat auf dem Schrank gestanden, außerhalb von Ronjas Reichweite. »Was soll das? Willst du, dass wir dich zu Oma und Opa schicken? Ist es das, was du mit diesem ganzen Theater bezweckst?«

»Nein, ich will von euch in Ruhe gelassen werden. Das ist alles. Ständig meckert ihr an mir herum.«

»Weil es auch ständig etwas zu meckern gibt, Fräulein. Du lügst, schreibst irgendwelche Drohbriefe und zerstörst ohne Grund Dinge.«

»Das mit dem Pferd war ich nicht.«

Tina nimmt all ihren Mut zusammen und geht auf Lola zu. Ihre Arme zum Schutz fest um ihren Körper geschlungen. »Lola, ich weiß, dass du es warst, und wenn du es nicht zugibst, sitzt du morgen im Zug nach Deutschland. Das ist mein voller Ernst!«

»Und weißt du, was *mein* voller Ernst ist?« Lola springt auf und nähert sich langsam, das Messer in ihrer Hand zeigt auf Tina.

»Leg das Messer weg!«

Tina macht einen Schritt zurück. Hinter ihr gähnt der Abgrund. Schnell wendet sie sich zur Seite und weicht auf sicheres Terrain aus. Sie könnte einfach gehen und Lola sich selbst überlassen. Sie könnte so tun, als wären ihr diese ständigen kleinen Gemeinheiten egal. Tatsächlich hat sie sich mittlerweile daran gewöhnt, von Lola nicht ernst genommen zu werden. Wenn sie ehrlich ist, hat sie keine Kraft mehr, ständig mit ihr zu kämpfen. Körperlich wie geistig. Ihr Wille ist gebrochen. Aber diese Angriffe gegen Ronja müssen aufhören. Sie muss ihre jüngere Tochter vor Lola schützen. Lola ist ein Monster.

»Gib mir das Messer!«, fordert Tina sie auf und streckt eine Hand aus.

Lola fixiert sie mit scharfem Blick, der tief in sie hineinschneidet. Die Klinge in Lolas Faust zuckt in ihre Richtung, und Tina weicht zurück. Der Abend vor ein paar Tagen blitzt in ihren Gedanken auf, als Lola von ihrem zweiten unerlaubten Ausflug mit dem Jungen aus dem Dorf zurückgekehrt ist. Da war Tina mit ihr allein. Jochen war mit Ronja unterwegs, wie heute auch. Was hat sie sich für Sorgen um Lola gemacht, und plötzlich kam sie einfach daherspaziert. Als wäre nichts gewesen. Natürlich hat Tina mit ihr geschimpft, aber Lola hat sie bloß ausgelacht, mit dieser Mischung aus jugendlicher Arroganz und unbekümmertem Spott. Lola wollte an ihr vorbei in ihr Zimmer, doch Tina war außer sich und hat sie festgehalten. Danach ist alles eskaliert, wie schon so oft zuvor. Zurück bleiben immer nur die Schmerzen. Lola hat sie an der Strickjacke gepackt und daran gezerrt, bis sie einen Knopf abgerissen hat, dann hat sie angefangen, Tina zu boxen und zu treten. Gegen die Oberschenkel und den Rücken. Tina hat sich wie immer geduckt und es über sich ergehen lassen. Im Grunde ist das ja alles ihre Schuld. Sie ist verantwortlich dafür, dass Lola wütend ist. Dass ihre Tochter sich nicht geliebt fühlt.

Um ihre blauen Flecken zu erklären, hat Tina Jochen erzählt, sie sei über den Flickenteppich im Flur gestolpert. Manchmal tut sie sogar absichtlich ungeschickt, damit er denkt, sie wäre ein Tollpatsch. Das ist in Ordnung, denn in gewisser Weise ist Lolas Wut ihre Strafe, und Tina ist bereit, sie zu ertragen. Aber Ronja muss aus der Sache rausgehalten werden.

»Okay«, sagt Tina mit fester Stimme. »Das war's. Du hast es so gewollt. Morgen fährst du nach Hause. Nachher spreche ich mit Papa und rufe Oma und Opa an.« Vorsorglich nähert sie sich der Leiter, um schnell nach unten steigen zu können, doch da schleudert Lola auch schon das Messer auf sie zu.

Tina will sich ducken, die Klinge trifft sie am Arm. Glücklicherweise hinterlässt sie keine große Verletzung und fällt polternd zu Boden, wo sie zu ihren Füßen liegen bleibt. Rasch gibt Tina dem Messer einen Tritt, sodass es über die Dielen außerhalb ihrer beider Reichweite rutscht.

»Du Fotze!«, stößt Lola aus. »Ich hasse dich!«

Tina tastet nach der Leiter. Sie will schnell weg. Doch Lola kommt mit langen Schritten und erhobener Faust auf sie zu. Tina weiß, was das bedeutet.

»Bleib stehen!«, schreit sie und hebt abwehrend einen Arm. Hinter ihr ist irgendwo die Kante vom Heuboden, aber sie wagt es nicht, den Blick von Lola zu nehmen oder ihr gar den Rücken zuzuwenden. Schon einmal hat ihre Tochter ihr hinterrücks ins Kreuz getreten.

Lola ist stehen geblieben und betrachtet sie mit einer Miene, die ihr Gänsehaut verursacht.

»Papa will bestimmt nicht, dass du mich wegschickst.« Lolas säuselnder Tonfall jagt ihr den nächsten Schauer über den Rücken. »Wir sind doch eine Familie, und du weißt, wie wichtig ihm das ist.«

Natürlich weiß Tina das. Aber sie ist nicht mehr länger bereit, das Geheimnis, das zwischen ihr und Lola besteht, dieses stumme Arrangement aus Gewalt und Erpressung, aufrechtzuerhalten. Sie kann einfach nicht mehr. Alles in ihr liegt offen und fühlt sich wund an. Die schützende Wand hat sich mit einem kurzen scharfen Brennen aufgelöst. Für immer. Soll Jochen doch erfahren, was mit ihr und Lola los ist. Soll er sehen, dass die Harmonie in ihrer Familie bloß eine Lüge ist. Tina hat keine Kraft mehr.

Lola steht jetzt vor ihr und stiert sie durchdringend an. Natürlich kann sie Tinas Angst fühlen. In dieser Hinsicht ist ihre Tochter wie ein Bluthund.

Plötzlich holt Lola aus und verpasst ihr eine Ohrfeige. Tinas Kopf fliegt herum, und der Schmerz zuckt durch ihre Wange. Sie will die Hände schützend vors Gesicht legen, da hageln bereits weitere Schläge auf sie nieder. In stummer Wut drischt Lola auf sie ein, trifft Tina an der Schläfe und an den Schultern, schließlich boxt sie ihr mit voller Wucht auf die Brust. Tina bleibt die Luft weg, sie gerät ins Straucheln. Tränen schießen in ihre Augen und strömen aus ihr heraus, rinnen über ihr geschundenes Gesicht.

Nein, denkt sie, da ist nichts mehr.

Durch den Tränenschleier nimmt sie wahr, wie Lola ausholt und ihre Faust ein weiteres Mal gegen ihre Brust rammt. Ein dumpfer Laut ertönt, und der Schmerz dringt tief in sie ein, trifft auf Knochen, Sehnen, Muskeln. Gefäße reißen und beginnen zu bluten. Innerlich läuft Tina aus, während der Schmerz ihr den Atem raubt.

Lola spuckt sie an. Sie tobt und schreit, zielt mit ihrer Faust auf Tinas Gesicht. Tina sieht die Faust auf sich zukommen und wehrt den Schlag mit einem Arm ab.

Vor Wut schreit Lola auf. Dass ihre Mutter sich wehrt, ist neu für sie. Dennoch holt sie erneut aus, ihre Miene ist verzerrt von Hass und der Entschlossenheit, ihr Gegenüber zu vernichten. Sie geht einen Schritt nach vorn … und tritt ins Leere, weil sich Tina unvermittelt zur Seite dreht. Erschrocken rudert Lola mit den Armen. Ihre Augen quellen ungläubig hervor. Es gelingt ihr, sich auf der Kante umzudrehen, und sie greift nach Tinas Strickjacke. Sie will sich festhalten, um ihre Mutter mit in den Abgrund zu reißen. Doch Tina weicht ihrer Tochter aus – und sieht, wie sie fällt.

Mit einem protestierenden Aufschrei verschwindet Lola aus ihrem Blickfeld. Ein hohler Aufprall ertönt, gefolgt von einem zweiten wesentlich dumpferen. Und dann ist es still.

Wie gelähmt starrt Tina auf die Kante, an der eben noch Lola gestanden hat. Was …?

Sie wankt zum Rand und sieht nach unten. Dort liegt Lola am Heck des Volvos und rührt sich nicht. Tina wird schwindelig, ihr Atem geht stoßweise, ihr Herzschlag dröhnt in ihren Ohren.

Sie greift mit beiden Händen die Leiter, tastet mit dem Fuß unsicher nach der obersten Sprosse. Als sie sie unter ihrer Sohle spürt, nimmt sie eine nach der anderen. Doch sie ist zu schnell und rutscht ab. Hastig packt Tina die oberste Sprosse und klammert sich daran fest. Einen atemlosen Moment lang baumeln ihre Füße in der Luft, bis sie endlich Halt finden. Nach Luft ringend verharrt Tina. Beinahe wäre sie ebenfalls in die Tiefe gestürzt.

Als sie nach einer gefühlten Ewigkeit unten ankommt, zittert ihr ganzer Körper so stark, dass sie auf dem Boden zusammensackt. Nur mit Mühe kann Tina sich aufrichten. Sie muss zu Lola. Muss nachsehen, was mit ihrer Tochter ist.

Auf allen vieren schleppt sie sich zu ihr hin. Lola liegt auf dem Rücken, ihre Augen sind halb geschlossen und ihre Haare liegen ausgebreitet wie ein Fächer auf der Erde.

»Lola?« Zaghaft berührt Tina sie an der Schulter. »Lola!«

Der Kopf ihrer Tochter rollt kraftlos hin und her.

Oh Gott, ich habe sie getötet.

Wie in Trance stemmt Tina sich auf die Beine. Noch immer rinnen Tränen über ihr Gesicht, sie kann gar nicht aufhören zu weinen. Es ist wie ein Dammbruch. Alles wird aus ihr rausgeschwemmt.

Oh Gott. Oh Gott.

Was soll sie bloß machen?

Benommen sieht Tina sich um, sucht nach etwas, mit dem sie ihrer Tochter helfen kann. Doch ihr ist nicht mehr zu helfen. Lola ist tot. Und sie hat sie umgebracht!

Tina stößt einen gequälten Laut aus und stützt sich am Volvo ab.

Der Wagen!

Sie muss Lola ins Krankenhaus fahren. Dort wird man ihr helfen. Hastig reißt Tina die Autotür auf und beginnt,

Lola auf den Rücksitz zu hieven. Als sie es geschafft hat, legt sie eine Decke über sie, damit Lola auf der Fahrt nicht friert. Tina schlägt die Tür zu und dreht sich um. Hinter ihr steht ein Mann.

»Was ...?«

»Schhh.« Der Mann hebt eine Hand. »Beruhigen Sie sich, Frau Nowak. Beruhigen Sie sich.«

Tina atmet schnell und unkontrolliert, glaubt, jeden Augenblick die Besinnung zu verlieren. Wieso ist der Mann hier? Sie kennt ihn. Kennt ihn von irgendwoher ...

Plötzlich fällt ihr ein, wer er ist. Der Makler, der ihnen das Haus verkauft hat. Er legt einen Arm um sie und stützt sie.

»Kommen Sie.« Er will Tina aus der Scheune führen. Fort von Lola.

»Nein. Wo ...?«

»Schhh. Alles wird gut. Ich bringe Sie zur Polizei. Dort erklären wir denen, dass es ein Unfall war. Sie tragen keine Schuld daran. Ich habe alles gesehen. Es war ein Unfall.«

»A-Aber ... Lola ...«

»Ihre Tochter ist tot, Frau Nowak ... Tina. Sie können nichts mehr für sie tun. Glauben Sie mir. Ich habe den Sturz beobachtet, das überlebt keiner.«

»Aber ...«

Der Makler schiebt sie mit sanftem Druck ins Freie. Draußen herrscht nachmittägliche Stille, in der lediglich kleine Fliegenschwärme über der Wiese tanzen.

»Wir gehen zu meinem Wagen.« Der Makler geleitet Tina die Zufahrt entlang. In einiger Entfernung steht sein schwarzer Mercedes. Als sie ihn erreichen, öffnet er die Beifahrertür. »Bitte.« Er zeigt auf den Sitz.

Tina zögert, es zieht sie zurück in die Scheune zu Lola. Zu ihrer Tochter. Ihrer toten Tochter. Vielleicht lebt sie ja noch? Sie muss es überprüfen. Das hat sie gar nicht richtig getan. Oder doch? In Tinas Kopf schwirren die Gedanken wild durcheinander.

Lola. Tot. Verletzt. Polizei. Hilfe. Ein Unfall. Ja, vielleicht ist es das Beste, sie fahren zur Polizei.

Schließlich gibt Tina dem sanften Druck in ihrem Rücken nach und lässt sich vom Makler in das Auto helfen. Er schlägt die Tür zu und steigt auf der anderen Seite ein.

Während sie die Zufahrt vom Haus in Richtung Landstraße fahren, kullert etwas gegen ihren Knöchel. Sie blickt in den Fußraum und erschrickt.

Dort liegt der Totenschädel, den sie heute Vormittag aus dem Schlammloch hinter ihrem Haus gezogen haben.

»Wa… was … wollen Sie damit?«, fragt sie mit einer Zunge, die ihr kaum gehorchen will.

»Ach … den nehmen wir gleich mit zur Polizei. Dann ist die Sache direkt erledigt.« Der Makler wirft ihr einen freundlichen Blick zu und berührt sie an der Schulter, um sie zu beruhigen. »Keine Angst, ich bin bei Ihnen, Tina. Es wird alles gut.«

Ja. Alles wird gut, denkt sie, schließt ihre Lider und sinkt hinab in den leeren Raum irgendwo zwischen Bewusstlosigkeit und orientierungsloser, dumpfer Erschöpfung. Alles wird gut, hallt es in ihrem Innern.

Als sie nach einer Weile ihre Augen wieder aufschlägt, stellt sie fest, dass sie auf einem Forstweg mitten im Wald sind und nicht auf der Landstraße nach Karlskrona. »Wohin fahren wir?«, fragt sie. »Zur Polizei geht es nicht hier lang.«

Anstatt zu antworten, starrt der Makler stumm nach vorn auf den Schotterweg. Als er kurz darauf seinen Kopf dreht und Tina seinen Blick sehen kann, weiß sie plötzlich, dass der Mann ihr gar nicht helfen will.

74

Gunnar Månsson legt eine Pause ein, in der er sich über das Gesicht wischt und die Flasche Wasser austrinkt.

Unterdessen atmet Skagen tief durch. Er ist überrascht von dem, was Månsson soeben geschildert hat. Sofern der Makler es nicht erfunden hat, um seinen Kopf aus der Schlinge zu ziehen, ist Lolas Tod in Wirklichkeit ... Ja, was? Ein tragischer Unfall? Die Folge der Überreaktion einer überforderten Mutter? Das Ergebnis von lange angestautem Hass?

Natürlich würden sie diese Aussage anhand der Spurenlage überprüfen und weitere Befragungen dazu durchführen müssen. Aber Skagen spürt, dass Månsson die Wahrheit sagt.

Himmel, was ist in jenem Moment bloß in ihn gefahren, dass er, anstatt Tina zu helfen, sie verschleppt und in ein Erdloch gesperrt hat?

Skagen trinkt nun selbst einen Schluck aus einer Flasche, die ihm Göran reicht, und vermeidet es, in die Kamera zu blicken. Er kann deutlich spüren, wie die Kollegen ihn über den Monitor beobachten. Die Hitze und die Anspannung im Raum sind unerträglich, die Luft ist zum Schneiden. Månssons Anwalt hat sich das Jackett ausgezogen und begonnen, sich Notizen zu machen. Der hoffnungslose Ausdruck auf seinem Gesicht sagt alles. Trotzdem steht er seinem Mandanten weiterhin tapfer bei.

Da Skagen bestrebt ist, die Sache zu einem Abschluss zu bringen, stellt er die nächste Frage. »Irgendwann hat Tina Nowak begriffen, was Sie mit ihr vorhaben, und ist aus dem Auto gesprungen, um vor Ihnen zu fliehen. War das so?«

Månsson nickt betrübt. »Ja, sie ist in den Wald gelaufen. Ich bin natürlich hinterher. Aber sie ist gestolpert und mit dem Kopf auf einen Stein geschlagen. Sie war bewusstlos und hat geblutet. Ich wusste nicht, was ich tun soll. Ich habe sie ins Auto getragen und bin weitergefahren.«

»Dass sich Frau Nowak durch den Sturz ernsthaft verletzt haben und einen Arzt benötigen könnte, darauf sind Sie nicht gekommen?«

Als Månsson ihn mit großen Augen ansieht, erkennt Skagen, dass diese Frage blöd war. Was Månsson mit Tina Nowak vorhatte, beinhaltete keine Erste Hilfe und erst recht kein Mitgefühl.

»Was kam danach? Haben Sie im Wald nach einem Versteck gesucht?«

»Ja, zuerst war ich an dem verlassenen Haus. Dabei bin ich in eine dieser scheiß Tierfallen getreten. Da waren gleich mehrere von den Dingern. Daran habe ich erkannt, dass jemand offenbar regelmäßig zu dem Haus beziehungsweise zu dem Erdkeller kommt. Und, ja. Es hat wehgetan! Danach bin ich zurück zum Auto und mit Tina weitergefahren. Ich wusste noch von diesem anderen Erdkeller.«

»Was haben Sie mit Tina gemacht, nachdem Sie sie eingesperrt haben?«

Månsson zögert. Skagen bedenkt ihn mit einem Blick, der ihm klarmacht, dass ihm sein Schweigen nicht weiterhilft. Der Makler windet sich, rutscht auf seinem Stuhl hin und her. Fragend sieht er seinen Anwalt an, der ihm ermutigend zunickt. Schließlich beginnt Månsson mit gepresst klingender Stimme zu berichten. Wie er seine Gefangene gefesselt, geschlagen und gewürgt hat, wie es ihn sexuell erregt hat, dieses Gefühl der Macht zu spüren. Genau wie sein Vater.

»Es ist ein Trauma«, sagt er mit bebender Unterlippe. »Es hat sich so tief in mich hineingefressen, dass ich es nicht wieder losgeworden bin. Es ist zu einem Teil von mir geworden, zu einem Aspekt meiner Person, auf den ich wahrlich nicht stolz bin, das können Sie mir glauben. Aber ich habe es immer unter Kontrolle gehabt. All die Jahre. Bis … zu diesem Tag in der Scheune. Da hab ich sie verloren, die Kontrolle. Ich habe es zu lange unterdrückt. Ich weiß auch nicht … Plötzlich war es da. Diese dunkle Kraft, dieses Verlangen, und mit einem Mal habe ich mich mitten in einem Wahn befunden. Ja, in einem Wahn. Ich habe nicht mehr gewusst, was ich tue.« Er verzieht das Gesicht, und Tränen rinnen über seine geröteten Wangen. »Ich schäme mich so dafür.«

Skagen läuft ein Schauer über den verschwitzten Rücken, während Månsson auf seinem Stuhl in sich zusammensinkt und still vor sich hin weint. Sein Geständnis scheint beendet, und vermutlich sind das die ersten echten Tränen, die er heute vergießt. Skagen gibt Göran ein Zeichen, dass er dem Makler in seiner Funktion als Good Cop Taschentücher reichen soll. Månsson nimmt eins und schnäuzt sich lautstark die Nase.

Skagen lässt sich von der Zerknirschtheit des Beschuldigten nicht beeinflussen. Er wartet, bis er sich wieder besser im Griff hat, und fragt dann ungerührt weiter. »Herr Månsson, haben Sie das, was Sie Tina Nowak angetan haben, auch mit Ihrer Ex-Frau, Ihrer Tochter oder einer anderen Person in Ihrem Umfeld gemacht?«

»Nein, das war … das erste Mal. Wie ich es gesagt habe.« Månsson senkt schuldbewusst den Kopf.

»Und warum ausgerechnet Tina Nowak? War es wirklich nur dieser eine Moment? Oder hatten Sie vielleicht schon länger vor, etwas in der Art zu tun?«

Der Makler hebt die Schultern. »Nein, das war nicht geplant. Es ist einfach passiert. Frau Nowak … Sie stand da … in dieser absurden Situation. Und da habe ich …« Er bricht ab, fährt sich mit einer gewaltsamen Geste über die Augen. »Und da habe ich die Gelegenheit genutzt. Mehr nicht.«

Mehr nicht.

Welch bittere Ironie in diesen zwei Worten liegt.

Månsson scheint das gar nicht zu merken. Er ist zu sehr mit sich und seinem Selbstmitleid beschäftigt. Skagen mustert ihn durchdringend. Stimmt es, was er sagt? Hat er nie zuvor diesen dunklen Trieb verspürt? War es tatsächlich das erste Mal? Skagen weiß, dass in ihm selbst ein ebensolches Trauma schlummert. Diese lichtlose und böse Strömung, die er stets versucht, unter Kontrolle zu halten. Was, wenn ihm das eines Tages nicht länger gelingt? Dann wäre er wie Månsson.

Mit dem Makler würde sich jedenfalls ein psychologischer Gutachter auseinandersetzen müssen, um dessen finstere Abgründe auszuloten. Er selbst hat nur Evelyn.

»Hören Sie«, sagt Månsson. »Es tut mir aufrichtig leid. Ich habe immer versucht, es nicht ausbrechen zu lassen. Ich wollte nie jemandem wehtun. Nie so werden wie mein … Erzeuger. Das müssen Sie mir glauben.«

Skagen spürt Wut in sich aufsteigen. Diese ganzen Tränen, das Geflehe, das alles soll ihn doch nur manipulieren. Der Kerl will von seiner eigenen Verkommenheit ablenken und sich als Opfer inszenieren.

»Wenn Sie nie jemandem wehtun wollten«, erwidert er ungehalten, »warum haben Sie dann das Feuer im Wald gelegt? Sie wussten doch, dass Sie Tina damit töten.« Skagen stößt ein wütendes Zischen aus. »Nein, das können Sie mir nicht erzählen. Das war kein Affekt oder irgendeine ›Gelegenheit‹, die sich Ihnen bot. Es war eiskalte Berechnung! Mord!«

»Ich … äh, nein. Ich wollte nur die Spuren vernichten. Wirklich!«

»Blödsinn! Sie wollten Tina töten!« Skagen lehnt sich vor, blickt dem Makler scharf in die Augen. Dabei muss er sich zwingen, seinen Zorn zu zügeln.

Auf Månssons Gesicht glänzt Schweiß. »Nein, so war das nicht. Ich … sie war schon tot.«

»Sie lügen.«

»Nein!«

»Sie haben Tina Nowak getötet.«

»Nein. Sie war nicht mehr am Leben, als ich dort ankam. Wenn ich es doch sage. Irgendwelche Viecher haben ihre Beine angefressen. Da war nichts mehr zu machen. Ehrlich.«

»Haben Sie ihren Puls gefühlt?«

»Ja, nein. Ich … ich weiß nicht mehr. Da war alles voller Blut. Ich war in Panik. Und …« Månsson streicht sich zitternd über das blasse Gesicht. »Ich hatte Angst.«

»Sie hatten Angst. Na wundervoll. Haben Sie auch nur einmal daran gedacht, wie Tina sich gefühlt hat?«

»Fuck! Die Frau ist selbst eine Mörderin! Ich hab es gesehen. Sie hat ihre Tochter umgebracht, scheiße noch mal. Die hat es verdient!«

Aha, denkt Skagen, da haben wir es also. Keinerlei Reue, alles bloß Show. Wusste ich es doch.

Dennoch ist die Frage, ob Tina bereits tot war oder nicht, von großer Bedeutung. Dieser kleine Aspekt des Todeszeitpunktes würde darüber entscheiden, ob Månsson wegen Mordes oder wegen Totschlags ins Gefängnis gehen würde. Und ob Skagen Tina hätte helfen können oder nicht.

»Nun«, sagt er ruhig, »der Bericht der Gerichtsmedizin wird zeigen, wie es wirklich war.«

»Ich weiß, wie es wirklich war!«, knurrt Månsson. »Kann ich endlich in meine Zelle?«

Erst jetzt rührt sich sein Anwalt. Er legt den Stift auf den Block und streicht seine Krawatte glatt. »Mein Mandant ist erschöpft. Es geht ihm nicht gut, und er muss sich erholen. Daher beantrage ich eine Unterbrechung der Vernehmung.«

»Ich bin noch nicht fertig!«, sagt Skagen kalt. »Erst will ich wissen, was mit Herrn Nowak geschehen ist.«

»Davon weiß ich nichts«, brummt Månsson.

»Tatsächlich? Sie haben bei dem Unfall nicht zufällig ein wenig nachgeholfen? Vielleicht wollten Sie damit ja auch nur ein paar ›Spuren‹ beseitigen.«

»Herr Skagen, das ist eine haltlose Anschuldigung. Sofern es keine handfesten Beweise dafür gibt, dass mein Mandant in diese Sache verwickelt ist, bitte ich Sie, das zu unterlassen.« Der Anwalt sieht ihn an. »Gibt es einen solchen Beweis oder nicht?«

Skagen mahlt mit den Kiefern. »Nein.«

»Na bitte.« Der Anwalt macht eine selbstsichere Geste. »Mein Mandant möchte nun in seine Zelle.«

»Ich habe noch eine Frage.«

Der Anwalt starrt ihn an, Skagen starrt zurück. Doch Ryd bleibt hart. »Ich will eine Pause von mindestens 30 Minuten. Sonst wird mein Mandant gar nichts mehr sagen.«

Skagen zögert. Er weiß, dass alle auf seine Reaktion warten. Schließlich nickt er. »In Ordnung, 30 Minuten.«

Ein Aufatmen geht durch den Raum, und Skagen dreht sich zu Göran um, der eine angestrengte Miene aufgesetzt hat. Sie verlassen das Verhörzimmer. Månsson und sein Anwalt dürfen kurz nach draußen in den Innenhof, wo beide unter Aufsicht von Maja und Jokke eine Zigarette rauchen.

Jette gesellt sich zu Skagen, der am Fenster steht und hinaus auf den Hof blickt. Im Hintergrund unterhält sich Göran mit Adnan Demirci.

»Das war gut bisher«, sagt Jette leise. »Was hast du als Nächstes vor?«

»Ich habe eigentlich nur eine letzte Frage, deshalb ist die Pause besonders ärgerlich. Aber da ist noch etwas anderes.« Er reibt sich nachdenklich das Kinn. »Månsson hat es erwähnt, als er von dem Streit zwischen Lola und ihrer Mutter erzählt hat. Er sagte, dass Tina von einem Drohbrief sprach und dass der von Lola stammt.«

»Du meinst, das war der Brief, der bei den Nowaks im Müll gefunden wurde? Göran hat mir ein Foto davon gezeigt.«

Skagen nickt. »Es ist bloß ein Gefühl, aber könntest du veranlassen, dass jemand nach Hultsjö fährt und bei der Autowerkstatt nachfragt, ob der kaputte Bremsschlauch der Nowaks noch existiert?«

»Was willst du damit? Brauchst du ihn für die Vernehmung?«

»Nein, ich will ihn mir nur ansehen.«

»Okay«, sagt Jette und legt ihm kurz eine Hand auf den Arm. »Ich kümmere mich darum.«

»Danke!« Skagen saugt tief Luft ein und guckt zum Fenster hinaus. Oben am Himmel zieht laut schreiend ein Schwarm Möwen seine Kreise.

75

Nach Beenden der Pause finden sich alle wieder auf ihren Plätzen ein. Allein Joakim fehlt, er ist unterwegs nach Hultsjö, um Skagens Auftrag auszuführen.

»So, dann lassen Sie uns fortfahren«, sagt Skagen und setzt sich auf seinen Stuhl. Er fühlt sich ein wenig frischer. Die kleine Unterbrechung hat ihm wider Erwarten gutgetan. Er spricht die Uhrzeit und die Namen der Anwesenden ins Mikro und sieht Månsson an. »Fühlen Sie sich besser?«

Der Makler nickt.

»Gut.« Skagen faltet seine Hände. »Zu meiner Frage, die ich vorhin nicht stellen durfte. Was hatten Sie mit dem Totenschädel vor?«

Über Månssons Gesicht huscht ein bitterer Zug. »Ach, dieses verfluchte Ding! Deswegen ist das alles überhaupt erst passiert.«

»Erklären Sie es mir.«

»Dieser Scheißschädel war der Grund dafür, warum ich an dem Tag noch mal zum Haus der Nowaks gefahren bin. Ich wollte ihn mir holen, heimlich, ohne, dass sie es merken. Dabei hab ich dann leider die Sache in der Scheune mitbekommen.«

»Warum wollten Sie den Schädel haben?«

»Weil ich weiß, zu wem er gehört.«

»Ach ja? Verraten Sie es mir?«

»Es ist der Schädel von Ludvig Staffanssons Großmutter. Sein ehrenwerter Großvater hat nämlich früher im Haus der Nowaks gewohnt, als Familie Staffansson noch bettelarm war.«

»Ich dachte, die Großmutter hat sich erhängt?«

»Nein, das war Ludvigs Mutter. Die hat es nicht mehr ertragen, zu dieser verkommenen Sippe zu gehören, und es beendet. Das einzig Richtige, wenn Sie mich fragen. Das hätte ich besser auch tun sollen. Diese Familie ist wie ein Fluch.«

»Und was ist jetzt mit der Großmutter von Staffansson geschehen?«

Månsson stößt zischend Luft aus. »Schon damals hat man in Hultsjö nicht so genau hingesehen. Man tratschte zwar übereinander, aber wenn es um das Dorf ging, hielten alle zusammen wie Pech und Schwefel. Vielleicht waren die Leute auch bloß feige, ich weiß es nicht. Jedenfalls hat der alte Edvin Staffansson seine Frau erschlagen. Einfach so. Zack. Und dann hat er sie in dem Sickerbecken hinterm Haus entsorgt.«

»Hat sie niemand vermisst?«

»Vielleicht. Vielleicht nicht. Wie gesagt, in Hultsjö ist man blind, was bestimmte Dinge angeht. Das haben Sie ja selbst erlebt.«

Skagen schürzt die Lippen. Er hat einiges gesehen und erlebt in dem Ort. Uneinigkeit, Neid, Streitereien und Hass aufeinander. Das ist jedoch nichts Ungewöhnliches unter Menschen. Das gibt es überall. In der Stadt, auf dem Land, in Schweden wie in allen anderen Ländern. In Hultsjö hat der Fall Nowak weite Kreise gezogen und das ganze Dorf zerrüttet – oder eben nur die Dinge ans Tageslicht gebracht, die seit Langem da waren. Alle haben Dreck am Stecken und würden sich auf die eine oder andere Weise verantworten müssen. Staffansson, Dahlberg, Månsson … Der Ort würde sicherlich seine Zeit brauchen, um sich davon zu erholen. Aber Skagen ist sich sicher, dass die Bewohner alles tun werden, um diesen Makel schnellstmöglich aus ihrem Gedächtnis zu tilgen, damit die Touristen bald wiederkämen und unbeschwert ihren Urlaub bei ihnen verbrächten.

Schon komisch, da kaufen sich Leute ein Haus in einem Dorf, von dem sie glauben, es wäre perfekt. Ihr kleines Paradies. Sie wollen sich einen Traum erfüllen, den Traum vom skandinavischen Idyll, von Ruhe, von Natur und Unberührtheit. Doch ihr verklärter Blick lässt sie nicht erkennen, dass hinter all den hübschen Fassaden nur der übliche Streit wie überall herrscht.

Nichts ist perfekt. Auch wenn es manchmal den Anschein macht.

»Ich wollte Ludvig mit dem Schädel erpressen«, erzählt Månsson freimütig weiter. »Ich wollte ihn leiden lassen. Das Schwein hat es verdient. Mit dem Schädel kann ich beweisen, wie krank seine Sippe ist. Wenn ich ans Licht gebracht hätte, dass sein Großvater seine Großmutter ermordet hat, hätte das Ludvig einen harten Schlag versetzt. Er ist geradezu krankhaft davon besessen, den tadellosen Ruf seiner Familie zu erhalten. Er hätte alles getan, um sich vor übler Nachrede zu schützen. Zuerst hätte ich ihn mein Schweigen mit Geld kaufen lassen, danach hätte er mit seinem Wald bezahlen müssen.«

»Wieso der Wald?«

»Damit wäre ich zum größten Grundbesitzer in Hultsjö aufgestiegen und das geworden, was Ludvig immer so wichtig war. Viel wichtiger als seine verdammte Familie. Der reichste Mann in Hultsjö sein, ja, das wollte er. Und dann … hätte ich ihm den Todesstoß versetzt. Diesem Wichser. Wenn Sie mir nicht glauben, durchsuchen Sie den Koffer aus meinem Auto, der Erpresserbrief ist da drinnen. Außerdem habe ich mir extra eine falsche Identität zugelegt, um die Käufe abzuwickeln.«

»Casper Nordén.«

»Ja. Ich hätte den Bastard ein für alle Mal fertiggemacht.«
Aus Månsson spricht tiefe Abscheu, und Skagen kann nachvollziehen, dass er seinen Vater hasst. Dennoch hat er, nur
weil er zum Opfer wurde, noch lange nicht das Recht, selbst
zum Täter zu werden. Es hätte für Månsson viele Möglichkeiten gegeben, sein Trauma zu bewältigen, es weniger gefährlich für andere Menschen zu machen. Er hätte
sich in therapeutische Hilfe begeben können, so wie Skagen es getan hat.

Unvermittelt beginnt in seinem Kopf eine Stimme zu
lachen. Sie klingt kalt und voller Spott. »Tom, mein lieber Tom, da hast du dir aber etwas Hübsches zurechtgelegt.
Wirklich. Erzähl diesen Witz mal dem Träger des letzten
Namens, den du zusammen mit den anderen drei so scheinheilig auf deinen Arm hast tätowieren lassen. Du Heuchler!«

Skagen streicht sich über den Bart, damit niemand merkt,
wie abgelenkt er von diesem Gedanken ist. Er muss diese
Tür schnell wieder schließen, bevor sie weiter aufgehen und
den spöttischen Kobold herauslassen kann. Dass das ausgerechnet jetzt passieren muss, irritiert ihn zutiefst. Mit Gewalt
fokussiert er sich auf Månsson. Trotzdem spürt er, wie seine
Hände zu zittern beginnen. Er ballt sie unter dem Tisch
zusammen und hofft, dass weder Göran noch die anderen
Kollegen am Monitor es mitbekommen. Zum Glück ist er
hier gleich fertig.

»Sind Sie …?« Er muss sich räuspern. »Verzeihung. Sind
Sie nachts um das Haus der Nowaks geschlichen?«

»Nein.«

»Sicher?«

»Ich war nur dieses eine Mal heimlich am Haus, um den
Schädel zu holen, sonst nicht.«

Okay, denkt Skagen, dann müssen Ronjas Trolle tatsächlich Tiere gewesen sein. Oder ihre blühende Fantasie.

Er klopft mit der flachen Hand auf den Tisch. »Gut, das wäre alles für heute. Haben Sie vielen Dank für Ihre Aussage, Herr Månsson. Selbstverständlich werden wir überprüfen, ob Ihre Angaben stimmen. Sollten Sie in Ihrer Zelle Lust verspüren, uns weitere Informationen zukommen zu lassen, geben Sie bitte dem Kollegen an der Tür Bescheid. Egal, ob Tag oder Nacht, ich werde Sie anhören.« Er beginnt, die Beweismittel zusammenzuschieben und zurück in den Karton zu legen. Seine Bewegungen sind dabei bewusst ruhig, im Gegensatz zu seinem Inneren. Eigentlich hätte er sich freuen müssen, dass er es geschafft hat. Er hat Månsson zu einem Geständnis gebracht. Und endlich wissen sie auch, was mit Lola und Tina Nowak passiert ist. Doch da ist dieser schale Nachgeschmack in seinem Mund.

Skagen schluckt, bemüht sich um Haltung. Er verabschiedet sich von Månsson und dessen Anwalt und verlässt mit dem Karton im Arm das Vernehmungszimmer. Göran folgt ihm.

Draußen herrscht unterdrückte Siegesstimmung. Gern hätten alle laut gejubelt und einander abgeklatscht, aber aus Respekt vor den Opfern halten sie sich zurück. Feiern würden sie später.

Maja nickt Skagen anerkennend zu, während Göran begeistert einen Daumen hochstreckt. Einige der Kollegen klopfen Skagen auf die Schulter, und langsam fällt die Spannung von ihm ab. Ihm gelingt ein erstes Lächeln.

Sie haben recht, es ist ein Erfolg. Er sollte sich entspannen. Der Fall ist gelöst.

»Gut gemacht«, sagt Jette und hält ihm eine Mappe hin.

»Was ist das?« Skagen stellt den Karton ab und nimmt den Schnellhefter. Es sind die vorläufigen Obduktionsberichte von Dr. Modig zum Totenschädel sowie zur Todesursache von Tina Nowak.

Das Unvermeidliche hinauszögernd überfliegt Skagen zunächst die Zeilen über den Schädel.

»Stimmt mit dem überein, was Månsson ausgesagt hat«, sagt Jette neben ihm, ihre Stimme dröhnt unnatürlich laut in seinen Ohren. »Das Skelett stammt von einer älteren Frau. Am Schädel ist ein feiner Riss zu erkennen, der darauf hindeutet, dass sie erschlagen wurde. Die DNA weist eine Verwandtschaft zu den Staffanssons auf. Månsson hat recht. Es ist die Großmutter von Ludvig Staffansson.«

Skagen schlägt angespannt den Bericht von Tina auf. Jetzt kommt's. Freispruch oder Verurteilung? Hätte er auf seiner kopflosen Flucht stehen bleiben sollen? Hätte er helfen können?

Er kann Majas mitfühlenden Blick auf sich spüren. Allein sie kann erahnen, was gerade in ihm vorgeht. Jette hingegen ist vollkommen ruhig. In diesem Moment wird Gunnar Månsson aus dem Vernehmungszimmer geführt. Sein Gesicht wirkt entspannt und abgeklärt. Er hat es erst einmal hinter sich.

Skagen dagegen nicht. Er konzentriert sich auf den Bericht. Freispruch oder Verurteilung?

Als er die Zeilen gelesen hat, lässt er die Mappe sinken. Er weiß nicht, ob er lachen oder weinen soll. Zwar sprechen ihn die Fakten frei von jeglicher Schuld an Tinas Tod, trotzdem hat sie fürchterliche Qualen erlitten. Sie ist am Blutverlust gestorben aufgrund der Verstümmelung durch die Wildschweine. Månsson hat also nicht gelogen; Tina war schon tot, bevor er das Feuer gelegt hat. Das hat die Untersuchung ihrer Luftröhre und Bronchien ergeben, in der sich keinerlei Rußpartikel befunden haben. Den genauen Todeszeitpunkt konnte Dr. Modig nicht bestimmen, er schätzt aber, dass Tina am Vormittag jenes Tages starb, an dem die Brandstiftung stattfand. Wäre Skagen also ein paar Stunden früher auf den Erdkeller gestoßen, hätte er Tina retten können. Nur ein paar verdammte Stunden, und sie würde noch leben.

Skagen schluckt und blickt auf die nüchternen Worte des Obduktionsberichts – eines erwähnen sie in ihrer Sachlichkeit nicht. Dass Tina allein gestorben ist. Und niemand sollte allein aus dieser Welt gehen müssen.

»Danke«, sagt er zu Jette und gibt ihr die Mappe zurück. Danach schiebt er sich an ihr vorbei zur Tür. Maja will ihm folgen, doch er gibt ihr zu verstehen, dass sie bleiben soll. Er muss jetzt allein sein. Alle möglichen Bilder blitzen vor seinem inneren Auge auf.

Alfred, Julia, Sam, Xaashi.

Der erste Schauer beginnt, ihn zu schütteln, und schnürt seinen Magen zusammen. Rasch beschleunigt Skagen seinen Schritt, läuft unsicher durch die Gänge des ihm nicht vertrauten Polizeipräsidiums. Wo ist der Ausgang? Er muss hier raus. Sein Herz hämmert bedrohlich laut in seiner Brust. Er hat es eben erst bei der Vernehmung begriffen. Als er Gunnar Månsson gegenüber gesessen hat. Es war, als hätte er in einen Spiegel geblickt und erkannt, dass er sich die ganze Zeit über selbst betrogen hat. Er hat geglaubt, er könnte einen angerichteten Schaden beheben. Sein Trauma ausblenden und so tun, als hätte es die Verwüstung in seiner Seele nie gegeben. Aber das stimmt nicht. Man kann das nicht. Es bleibt immer etwas zurück. Äußerlich wie innerlich.

Unbewusst fährt er sich mit den Fingerspitzen über die Narben auf seiner Brust. Es ist wie bei Månsson. Manche Dinge sind irreversibel.

The damage has been done.

Er entdeckt den Ausgang, eilt am Empfangstresen mit dem diensthabenden Beamten vorbei und stößt die gläserne Eingangstür auf. Draußen beginnt er zu rennen, erreicht die Bank, auf der er gestern mit Jette gesessen hat, und lässt sich darauf fallen. Er presst die Arme um seinen Leib und versucht, die Wellen des Anfalls einigermaßen kontrolliert über sich hinweggleiten zu lassen. Tief vornübergebeugt lauscht er seinem keuchenden Atem, während der Schweiß von seiner Stirn tropft und Schüttelfrost seinen Körper erbeben lässt. Die harten Wogen kommen und gehen, brechen sich an seinem Widerstandswillen und brennen seine bereits erschöpften Muskeln vollständig aus.

Erst nach einer ganzen Weile lassen die Zuckungen nach, und er kann sich aufrichten. Der Anfall ist vorbei, dennoch ist mit ihm seine Angst zurückgekehrt.

Skagen dreht sich um, aber niemand ist auf der Straße unterwegs außer ein paar Autos und einem LKW, der mit einem pneumatischen Zischen an ihm vorbeirollt. Niedergeschlagen fährt er sich durchs verschwitzte Haar und reibt sich hart über die Wangen.

Er würde niemals jemandem davon erzählen können. Von dem schrecklichen Rest, der auf der Signe Merkur geschehen ist. Denn da ist noch viel mehr passiert als Folter und Hinrichtungen. Mehr mit ihm. Mit Xaashi.

In ihm schlummert eine düstere Seite. Und das Einzige, was sie davon abhält, hervorzubrechen, ist, dieses Geheimnis tief in sich zu vergraben und sich darauf zu konzentrieren, Menschen zu helfen, indem er weiter seinen Polizeijob erfüllte. Das ist die einzige Möglichkeit, es vielleicht wiedergutzumachen.

Langsam blickt Skagen zum klaren Himmel hinauf. Er ist tiefblau wie das Meer, das Karlskrona wie eine unüberwindbare Mauer umfängt und keinen in die Stadt hineinlässt, den es nicht haben will. Genau wie die dunkle Seite kein Licht in Tom Skagens Seele durchlässt.

76

Gegen 20 Uhr steht Skagen zusammen mit Jette im Flur der Krankenstation, auf der die kleine Ronja liegt. Bereits am Morgen ist das Kind aus dem künstlichen Koma geholt worden, weil es ihm in den letzten Tagen sehr viel besser gegangen ist, aber die Ereignisse des Tages haben es nicht zugelassen, dass sie Ronja früher besuchen konnten.

»Es hat keine weiteren Komplikationen gegeben«, erklärt Dr. Martinsson und deutet durch die Glastür. »Ronja hat sich erstaunlich gut erholt, und ihre Verletzungen sind nicht mehr lebensbedrohlich. Deshalb konnten wir die künstliche Beatmung einstellen und extubieren. Außerdem scheint sie keine Hirnschäden davongetragen zu haben, alle Reflexe sind normal. Vorhin hat sie sogar etwas gegessen und ein bisschen mit uns geredet. Die Wirbelsäule verheilt ebenfalls gut. Ich denke, Sie können Ronja befragen. Aber erwarten Sie keine Wunder.«

»Das habe ich mir abgewöhnt«, entgegnet Skagen trocken, und am Blick der Ärztin erkennt er, dass sie weiß, was er meint. Dennoch hofft er, dass Ronja ihnen als einzige Überlebende dieses Familiendramas etwas mitteilen würde. Er bedankt sich bei der Ärztin und betritt den Raum. Jette und eine Kinderpsychologin folgen ihm.

Ronja liegt auf dem Rücken, das Gestell stützt weiterhin ihren Kopf, was auch noch eine Weile so bleiben würde, bis die Halswirbel vollständig verheilt wären. Das Mädchen hat die Lider geschlossen. Sie heben sich träge, als die Tür sich geräuschvoll schließt.

Der Verband im Gesicht wurde abgenommen, wodurch die Prellungen, die bei Skagens erstem Besuch darunter verborgen waren, nun sichtbar sind. Schwarze und rötliche Flecken verlaufen längs über ihre Wange, und Ronjas rechtes Auge ist zugeschwollen. Dennoch sieht sie die Fremden, die neben ihrem Bett stehen, neugierig an.

»Papa?«, fragt sie. Ihre Stimme klingt dünn.

Skagen zieht einen Stuhl heran und setzt sich neben das Bett. Jette bleibt stehen, die Psychologin ebenfalls.

»Dein Papa ist nicht hier, Ronja«, erklärt Skagen und stellt sich und die beiden Frauen vor, damit Ronja ihre Furcht vor ihnen verliert. »Aber deine Großeltern warten draußen. Oma und Opa wollen dich sehen.«

Ronja versucht zu lächeln, doch die Schmerzen scheinen sie davon abzuhalten. Stattdessen treten Tränen in ihre Augen. »Tut ... weh.«

»Ja, das verstehen wir«, Skagen streicht ihr über die Hand. »Und wir wünschen uns, dass du schnell gesund wirst. Aber jetzt würden wir dich gerne etwas fragen. Ist das okay für dich?«

Ronja will nicken, doch da ihr Kopf fixiert ist, blinzelt sie nur.

»Du hast mit deinem Vater im Auto gesessen. Kannst du dich erinnern, wo ihr hinfahren wolltet?«

»Weiß nicht.«

»War Lola bei euch?«

Die Augen von Ronja werden kurz größer. Dann schließt sie sie wieder. »Nein, Lola war nicht da. Mama auch nicht.«

Also hatten sie Lola auf dem Rücksitz nicht entdeckt, denkt Skagen. Das heißt, sie wussten womöglich gar nichts von ihr und dem Drama. Er bereitet seine nächsten Fragen vor. »Was ist passiert, bevor ihr losgefahren seid?«

»Wir haben Mama gesucht. Und Lola.«

»Und dann? Warum seid ihr ins Auto gestiegen?«

Ronja scheint zu überlegen.

»Als ihr unterwegs gewesen seid, was ist da geschehen?«

Ronja schweigt.

»Es hat einen Unfall gegeben, weißt du? Dabei bist du verletzt worden, deshalb bist du jetzt im Krankenhaus. Das Auto ist kaputt, aber du wirst sicher wieder gesund.« Von ihrem toten Vater, der Schwester und der Mutter sagt er vorerst nichts. »Verstehst du, was ich sage?«

Ronja blickt ihn an. Es ist nicht klar, was sie begreift und was nicht.

»Bist du … ein Troll?«, fragt sie und streckt einen Arm nach Skagens Bart aus. »Kommst du mich abholen? Gehen wir zusammen in den Wald?«

»Nein«, entgegnet er. »Ich bin Polizist.« Plötzlich kommt ihm ein Gedanke. »Hast du denn Trolle gesehen?«

»Ja«, Ronjas Augen leuchten. »Ich habe ganz viele Trolle gesehen. Sie waren am Haus … und … im Wald … und im … am …« Sie scheint den Faden zu verlieren und schließt ihre Lider. Vielleicht liegt es an den Schmerzmitteln, die sie bekommt.

»Ronja?« Skagen berührt erneut ihre Hand. »Hörst du mich?«

»Sie ist erschöpft. Ich glaube, wir sollten ein anderes Mal weitermachen. Tut mir leid«, sagt die Kinderpsychologin. Sie kann Deutsch und konnte das Gespräch mitverfolgen. Sie würde sich um Ronja kümmern, bis sie stabil genug wäre, um nach Deutschland gebracht zu werden.

»Ja«, sagt Skagen. Er spürt leise Enttäuschung in sich. Was hat er erwartet? Einen lückenlosen Bericht? Das Mädchen leidet an schweren Verletzungen, wahrscheinlich auch an Amnesie. In Kombination mit dem Down-Syndrom könnte es schwer werden, überhaupt eine klare Aussage von Ronja zu erhalten. Es könnte Wochen dauern oder niemals funktionieren.

»Okay«, sagt Skagen und steht auf. »Wir lassen dich jetzt in Ruhe. Dürfen wir morgen wiederkommen?«

Das Mädchen schlägt die Augen auf. »Auf der Straße.«

Skagen verharrt in seiner Bewegung. »Was ist auf der Straße?«

»Ein Troll.«

»Ein Troll?«

»Er wollte nicht, dass ich wegfahre. Er wollte, dass ich mit ihm komme. In den Wald. Es sind ... meine Freunde.«

»Ein Troll war auf der Straße?«, fragt Skagen nach, doch Ronja ist eingeschlafen. Nachdenklich blickt er in ihr Gesicht.

Wenig später verlassen sie den Raum.

»Was könnte das bedeuten?«, fragt Jette.

»Ich habe da eine Vermutung«, sagt Skagen.

»Aha? Dann lass mal hören.«

Die Kinderpsychologin verabschiedet sich und lässt sie im Flur vor dem Krankenzimmer allein. Skagen will Jette gerade von seiner Theorie erzählen, da kommen Ronjas Großeltern um die Ecke, zusammen mit Dr. Åsa Martinsson.

Skagen begrüßt Ellen und Klaus Nowak, denen er vor knapp einer Woche die schreckliche Nachricht vom Tod ihres Sohnes und ihrer Enkeltochter überbracht hat. Sie sehen zwar immer noch blass aus, wirken inzwischen aber deutlich gefasster. Auch Herrn Nowaks Zustand scheint stabiler zu sein, allerdings sind die Umstände nicht wesentlich angenehmer geworden. Mit dem einen Unterschied, dass sie jetzt wissen, was mit Tina und Lola passiert ist. Ob das ein Trost sein wird?

»Hatten Sie eine gute Anreise?«, fragt Skagen.

Ellen Nowak nickt. »Können wir zu Ronja?«

»Natürlich. Allerdings würde ich Ihnen gerne vorher noch eine Frage stellen: Was wird mit dem Kind, jetzt, da ... alle anderen tot sind?«

Über Ellen Nowaks Gesicht huscht ein schmerzvoller Ausdruck. »Wir werden sie zu uns nehmen. Bei uns wird sie es gut haben. Ihr Opa ist ganz vernarrt in sie. Nicht wahr, Klaus?« Sie stößt ihren Mann scherzhaft an, und ein trauriges Lächeln huscht über seine Lippen.

»Ja, wir werden uns um sie kümmern«, sagt er mit heiserer Stimme. »Ich würde nur gerne wissen, was eigentlich genau passiert ist. Mit meinem Sohn und seiner Familie.«

»Wir haben den Mann gefunden, der für die Tat verantwortlich ist. Kommen Sie morgen früh ins Polizeipräsidium, dann werden wir alles besprechen. Aber jetzt gehen Sie erst mal zu Ihrer Enkelin. Es wird ihr guttun, vertraute Gesichter um sich zu haben.«

»Danke.« Klaus Nowak schüttelt Skagens und Jettes Hand. »Danke, dass Sie den Täter gekriegt haben.«

Skagen nickt und verabschiedet sich von den Nowaks. Ein ungutes Gefühl beschleicht ihn. Sie haben den Mörder von Tina, ja. Aber was mit Lola passiert ist, ist etwas vollkommen anderes. Würden Ellen und Klaus Nowak verstehen, wie es dazu gekommen ist? Wussten sie davon? Wussten sie, wie es um das Verhältnis von Lola und ihrer Mutter stand? Oder haben sie an den scheinbaren Familienfrieden geglaubt?

Skagen denkt an das Telefonat, dass er vorhin mit seiner finnischen Kollegin Kaisa geführt hat. Sie ist zu den Prenzels gefahren und hat Lolas Freundin Jenny befragt. Dabei hat sie interessante Dinge erfahren. Darunter auch, dass Lola ihrer Freundin einiges über ihr Familienleben erzählt hat, von dem sonst niemand wusste. Da war von dem harmoniesüchtigen Vater die Rede, der nie etwas mitbekommen hat. Dazu die überpräsente kleine Schwester, die ihr keine Ruhe und kaum Raum für sich selbst gelassen hat. Vor allem aber hat sich Lola über ihre Mutter ausgelassen, von der sie gedacht hat, sie sei eine schwache Person. Ein Opfer. Nun, das war Tina vielleicht auch, weil sie es nicht geschafft hat, sich gegen den Terror und die Gewalt zu wehren, die Lola tagtäglich gegen sie ausgeübt hat. Und sie sprechen hier nicht nur von psychischer Gewalt, sondern vorwiegend über physische.

Kinder, die ihre Eltern schlagen, sind keine Seltenheit, das weiß Skagen. In rund 15 Prozent der Familien in Deutschland soll »Parent Battering« an der Tagesordnung sein, die Dunkelziffer liegt mit Sicherheit viel höher, da solche Dinge in der Regel aus Scham nicht angezeigt werden. Es ist ein Tabuthema. Trotzdem hätte er es auf dem Schirm haben und diese Möglichkeit in Betracht ziehen müssen, dass nicht Jochen Nowak Tina schlug, sondern Lola.

Skagen zieht einen durchsichtigen Plastikbeutel aus der Jackentasche und drückt ihn Jette in die Hand.

Verwundert blickt sie auf den Inhalt. »Was soll ich damit?«

»Sieh es dir an und sag mir, was du denkst.«

Jette betrachtet den alten Bremsschlauch, dreht ihn im Licht des Krankenhausflures hin und her. »Da sind kleine Löcher drin.«

»Genau.«

»Wie von Zähnen. Könnte ein Marder gewesen sein.«

»Das ist eine Möglichkeit. Ich glaube aber, dass es etwas anderes war.« Skagen streckt ihr das Display seines Handys entgegen. »Sieh dir diese beiden Fotos an. Das eine stammt von Lolas Fensterbank und das andere vom Heuboden, von dem sie gestürzt ist und wohin sie sich vermutlich zurückgezogen hat, um alleine zu sein.«

Jette studiert die beiden Aufnahmen, vergrößert einen Ausschnitt und vergleicht ihn mit dem Bremsschlauch.

»Und jetzt das nächste Bild«, sagt Skagen.

Jette streicht über den Bildschirm und hebt die Brauen. Sie dreht das Handy zu ihm um. »Ein Messer?«

»Das lag auf dem Heuboden. Darauf sind Lolas Fingerabdrücke, und zwar ausschließlich ihre.«

Jette runzelt die Stirn. Im nächsten Moment begreift sie, worauf Skagen hinauswill. »Ach du Sch...! Glaubst du das wirklich?«

»Die KTU muss es noch bestätigen, aber ich glaube es nicht nur, ich bin davon überzeugt: Lola Nowak hat die Bremsleitung des Familienwagens angestochen. Und zwar mit diesem Messer.«

Jette bläst die Backen auf. »Mann, das ist hart. Wie kann man seine Eltern nur so sehr hassen, dass man sie töten will?«

Skagen hebt ratlos die Schultern. »Immerhin ist es nicht die Unfallursache. Die Nowaks haben es rechtzeitig gemerkt und den Wagen in die Werkstatt gebracht.«

»Trotzdem, Tom. Das können wir den Großeltern auf keinen Fall sagen.«

Skagen nickt.

»Ich frage mich dennoch, was den Unfall verursacht hat.« Jette sieht Skagen nachdenklich an.

»Nun, Ronja hat uns ja leider nicht viel darüber verraten können, aber ich habe eine vage Theorie. Die wollte ich dir vorhin schon erzählen, aber da wurden wir unterbrochen.«

»Und worauf wartest du dann noch? Schieß los!«

77

In der Woche davor – am Tag des Unfalls

Jochen stellt die Bratpfanne in die Spüle. Ronja hat ein paar von den Fischstäbchen gegessen, doch Tina und Lola sind bislang nicht aufgetaucht. Seine Frau geht nicht an ihr Handy und Lola … Na, die wohl auch nicht, denn ihres steckt ja in der Müslipackung. Jochen spürt Ärger in sich aufsteigen. Er wartet schon seit mehreren Stunden. Wo, verdammt noch mal, stecken sie? Sie haben das gemeinsame Essen verpasst!

Beide waren nicht im Haus, als er mit Ronja aus dem Wald zurückgekehrt ist. Dabei haben sie reiche Beute gemacht. Ein paar Steinpilze und jede Menge Himbeeren. Die hätten sie gut zum Nachtisch essen können.

Jochen sieht auf die Uhr. Halb acht.

Sind Tina und Lola zusammen weggegangen? Oder ist Lola wieder ausgebüxt und Tina sucht sie jetzt? Aber warum hat Tina ihm dann keine Nachricht hinterlassen? Wenigstens an ihr verdammtes Handy könnte sie gehen!

Wütend wirft Jochen die restlichen Fischstäbchen in den Müll. Kalt schmecken die nicht mehr. Er schlägt die Tür zum Mülleimer zu, dass es laut knallt und Ronja von ihrem Trollbuch aufschreckt.

»Entschuldige, mein Schatz«, sagt er. »Ich mache mir nur Sorgen um Mama und Lola.« Er nimmt sein Handy, wirft einen Blick auf das Display und lässt es wieder sinken. Nichts. Hat Tina ihr Telefon überhaupt eingesteckt? Ja, das muss sie, denn als er sie vorhin angerufen hat, hat es nirgendwo im Haus geklingelt. Aber warum nimmt sie dann nicht ab?

»Wo sind denn Mama und Lola?«, fragt Ronja.

»Wenn ich das mal wüsste.« Nervös läuft Jochen im Wohnzimmer auf und ab. Sollte er im Dorf herumfahren und sie suchen? Vielleicht hat Tina gedacht, ein Mädchenabend würde ihnen guttun, und sie sitzen gerade bei »Melkers Pizza«.

Jochen schnappt sich Ronja und eilt mit ihr in die Scheune. Der rote Volvo steht unberührt da. Mit dem Wagen ist Tina also nicht unterwegs.

»Darf ich vorne sitzen?«

»Nein, Ronja.«

»Aber ich will nach vorne. Bitteee.« Seine Tochter setzt das Gesicht auf, das sie stets benutzt, um ihn weichzukochen, und schließlich willigt Jochen ein. Wenn sie auf der Beifahrerseite sitzt, hat er sie besser im Blick. Er lässt Ronja einsteigen und legt ihr den Gurt an. Danach schiebt er sich hinters Steuer, startet den Motor und fährt los. Idyllisch liegt Hultsjö im Licht der Abendsonne da, niemand ist auf den Straßen zu sehen. Nur Schwärme von Mücken tanzen über dem warmen Asphalt. Jochen fährt auf den Parkplatz vor der Pizzeria, in der einiges los ist. Er schnallt sich ab und will aussteigen.

»Ich komme mit, Papa.« Ronja löst den Gurt und öffnet die Tür, die vorn keine Kindersicherung hat.

»Nein, du wartest hier, ich schau nur kurz nach.«

»Aber ich will Melker Guten Tag sagen. Melker ist mein Freund.«

Jochen seufzt. Manchmal kann Ronja wirklich nerven.

»Na gut. Dann los.« Er nimmt sie an der Hand, und sie steigen die Stufen zur Pizzeria hinauf. Drinnen herrscht reger Kundenverkehr, eine lange Schlange steht vor dem Tresen, um zu bestellen. Keine Chance, Melker persönlich zu grüßen, geschweige denn nach Tina zu fragen. Außerdem ist es Jochen peinlich, dass er nicht weiß, wo seine Frau steckt. Das hinterlässt keinen guten Eindruck.

Unauffällig schiebt er sich an den Restaurantgästen vorbei und lugt in den Raum mit den Tischen. Keine Tina und auch keine Lola zu entdecken. Draußen auf der Terrasse das Gleiche.

Mit Ronja an der Hand verlässt er die Pizzeria und blickt zum Supermarkt hinüber, der bereits geschlossen hat. Jochen wendet den Kopf. Er könnte drüben an der Tankstelle nachfragen. Aber die wirkt ebenfalls ziemlich verwaist. Er will sein Handy aus der Tasche holen und stellt fest, dass er es im Haus liegen gelassen hat. Mist.

Die Sorge um seine Frau pocht heiß in seinem Innern, und Jochen wird nervös. Was, wenn ihr und Lola etwas passiert ist? Wo soll er suchen? Wenn die beiden nicht im Ort sind, wo sind sie dann? Sind sie in den Wald gegangen? Ist ihnen dort etwas zugestoßen? In diesem Fall würde er sie nie finden. Er muss Hilfe holen. Nur wo? Die Polizei? Ja, er könnte die Polizei anrufen. Doch er zögert. Werden Vermisstenanzeigen nicht erst nach 24 Stunden aufgenommen? Bis dahin muss er warten. Nein, er muss sie selber suchen.

»Komm, Ronja«, sagt er und läuft zum Auto. Als seine Tochter eingestiegen ist und die Tür zugeschlagen hat, fährt er los. Zuerst auf der Landstraße nach Norden in Richtung Emmaboda. Sie schauen bei dem kleinen Café vorbei und fahren anschließend zum Badesee, zu allen Plätzen, die man zu Fuß erreichen könnte. Aber nirgendwo eine Spur von Tina und Lola.

Jochen wendet und braust zurück nach Süden. Die bunten Häuser von Hultsjö fliegen an ihm vorbei, kurz darauf das Ortsschild. Der Wagen ist viel zu schnell, aber das merkt Jochen nicht, denn er ist mit seinen aufgewühlten Gedanken völlig bei seiner Frau und seiner Tochter. Vielleicht sollte er direkt zur Polizei nach Karlskrona fahren. Ja, das ist gut. Das würde er tun.

Plötzlich läuft vor ihm etwas über die Straße. Ein verdammtes Wildschwein. Zum Glück verfehlt er es, und das Tier erreicht unbeschadet die andere Seite, doch ein zweites, noch größeres Wildschwein folgt.

Jochen will bremsen. In dem Moment greift ihm Ronja ins Lenkrad.

»Nicht den Troll überfahren!«, schreit sie.

Der Volvo schlittert über den Grünstreifen und reißt einen Straßenwegweiser mit sich, es kracht. Zwei Mal. Dann wird es still.

78

»Und du meinst, dass es so gewesen ist?«, fragt Jette. »Dass Ronja ihrem Vater ins Lenkrad gegriffen hat.«

Skagen verzieht den Mund. »Vielleicht. Es ist, wie gesagt, nur eine Vermutung. Dafür würden allerdings ihre rechtsseitigen Verletzungen sprechen. Es kann natürlich auch anders gewesen sein. Möglicherweise hat Ronja sich auch nur zum

Vater gedreht, um ihn davor zu warnen, den Troll zu überfahren – sprich, das Wildschwein.«

Jette nickt sichtlich bewegt. Sie gibt ihm die Tüte mit dem
Bremsschlauch zurück.»Und obendrauf das mit Lola und
Tina. Was für eine schreckliche Tragödie.«

»Ja«, sagt Skagen leise. Er steckt die Tüte weg und tritt mit
Jette durch die gläserne Tür des Krankenhauses nach draußen
in die Abenddämmerung. Augenblicklich kann Skagen das
Meer riechen. Es ist wie ein kleiner Schock, der ihn daran
erinnert, dass es nicht weit entfernt liegt und auf ihn wartet.
Doch ist er schon dafür bereit?

Neben Jettes Dienstwagen bleiben sie stehen.»Ruh dich
aus, Tom. Heute war ein ereignisreicher Tag. Morgen müssen wir wieder frisch sein.«

Skagen weiß, was sie meint. In den nächsten Tagen wird
es darum gehen, den Fall nachzubereiten und sauber zu den
Akten zu bringen. Das würde mindestens zwei Wochen in
Anspruch nehmen, wenn nicht sogar länger. Skagen nimmt
an, dass Jette früher nach Hamburg zurückkehrt, aber er
selbst würde bleiben, bis zumindest die Vernehmungen mit
Månsson abgeschlossen sind. Das ist seine vorrangige Aufgabe. Er ist jetzt Månssons Bezugsperson.

Skagen denkt an den Makler, wie er in seiner Zelle sitzt
und darauf wartet, dass sein ganzes Leben auseinandergenom-
men wird. Dabei wird sich zeigen, ob er wirklich versucht hat, seinen dunklen Trieb zu unterdrücken – ob es tatsächlich nur die für ihn günstige Gelegenheit war, die ihn
zum Mörder gemacht hat. Ein winziger Augenblick, der
darüber entscheidet, ob man zu einem Verbrecher wird oder
nicht. Etwas, was theoretisch jedem passieren kann – je nachdem, in welcher Lage man sich befindet. So sehr Skagen der
Überzeugung ist, dass das, was Månsson getan hat, unent-
schuldbar ist, fühlt er sich dem Mann dennoch auf unerfind-

liche Weise verbunden. Denn er weiß ebenfalls, wie es ist … wenn das Schicksal einem etwas aufbürdet, mit dem man nicht fertig wird. Dann geschehen schreckliche Dinge und verwandeln einen in einen anderen Menschen.

Skagen sieht auf, weil er spürt, dass Jette ihn mustert.

»Ist alles gut mit dir?«

»War anstrengend die letzten Tage«, sagt er und lächelt müde. Manchmal kann sich das Schicksal aber auch überraschend gnädig zeigen, denkt er und streckt seiner Chefin eine Hand entgegen. »Danke, dass du meinen Fehltritt nicht anzeigst.«

»Geschenkt«, erwidert Jette. »Ich werde kein Wort mehr darüber verlieren. Das solltest du besser auch tun.«

Skagen nickt. Da ist noch eine letzte Sache, die ihn brennend interessiert. »Warum hat Göran bei dir angerufen?«

»Weshalb willst du das wissen?«

»Nur so.«

Jette schmunzelt. »Unser lieber Göran war ganz besorgt, er wollte mir Bescheid geben, dass du dir eine Rauchvergiftung zugezogen hast und dass es dir nicht gutgeht.«

»Das ist alles?«

»Jep.«

Skagen schweigt und spürt, wie Jette ihn mustert.

»Hast du etwa geglaubt, dass Göran dich anschwärzen wollte?«, fragt sie wenig später.

Skagen wiegt verlegen den Kopf. »Nun ja … du hast selbst gesehen, wie speziell er ist. Ich dachte, ich wäre ihm vielleicht zu sehr auf die Füße getreten.«

»Du meinst mit deiner rücksichtslosen und ungehobelten Art, wie wir sie alle gut kennen?«, fragt Jette. »Da hat Göran recht, die ist wirklich unerträglich.«

Skagen sieht sie irritiert an.

»Das war ein Scherz, Tom. Entspann dich mal.« Ein heiteres Lachen platzt aus Jette heraus, und sie gibt ihm einen

Klaps auf den Arm. Erleichtert stimmt Skagen mit ein, und er genießt für einen Moment die gelöste Stimmung. Dann verabschiedet er sich von seiner Chefin und geht zu seinem ramponierten VW-Bus hinüber. Der von der Dämmerung rot gefärbte Himmel spiegelt sich in der oberen Hälfte der Windschutzscheibe, hinter der Maja sitzt und auf ihn wartet.

Dass er Karlskrona noch nicht verlassen muss, löst gemischte Gefühle in ihm aus. Einerseits erinnert ihn die Stadt an seine tiefsitzende Angst, andererseits könnte er versuchen herauszufinden, ob er es nicht doch aushält, in der Nähe des Meeres zu sein.

Vielleicht ist Maja eine Art Katalysator für ihn. Maja, die seinen Kompass durcheinandergebracht hat, kann die Nadel vielleicht wieder zurück auf Kurs bringen ... und womöglich vermag sie es sogar, ihr eine vollkommen neue Richtung zu geben.

Vielleicht ...

Skagen streicht sich über den Bart. Allein dieses Vielleicht wäre es wert. Selbst wenn die spöttische Stimme in seinem Innern etwas anderes behauptet.

Auf Majas Gesicht hinter der Windschutzscheibe erscheint ein Lächeln. Es gilt ihm. Skagen steigt ein, beugt sich zu ihr hinüber und gibt ihr einen Kuss. Genießt die Nähe zu einem anderen Menschen. Auch das ist neu.

Danach lehnt er sich entspannt zurück. »Ich weiß ja nicht, wie es dir geht, aber ich muss dringend was essen. Ich hab einen Bärenhunger.«

»In Ordnung, aber vorher will ich dir eine Kleinigkeit geben.« Maja kramt in ihrer Uniformtasche und zieht einen Gegenstand heraus.

Verwundert nimmt Skagen die verschmorte Meerjungfrau entgegen. »Du hast sie eingesteckt?«

Maja zuckt mit den Schultern. »Ich dachte, dass sie bestimmt eine Bedeutung für dich hat.«

»Ja, das hat sie in der Tat.« Mit dem Finger fährt er über die geschmolzene Schwanzflosse. »Danke.«

»Gern geschehen.« Ein sanfter Ausdruck liegt in Majas blauen Augen. »Wollen wir es versuchen?«

Skagen weiß, was sie meint, zögert jedoch. Er blickt nach draußen auf den Parkplatz. Schließlich nickt er langsam. »Ja, lass es uns versuchen.«

Wenig später steht er mit Maja an der Kaimauer. Sie sehen hinüber zum Leuchtturm auf der Museumsinsel, vor ihren Füßen schwappt träge das Wasser gegen die Mole. Irgendwo dort unten wartet Månssons Wagen darauf, dass er gehoben wird. Doch Skagen hat nur Augen für die schimmernde Weite vor sich. Er lauscht in sich hinein. Auf sein Herz. Es schlägt vollkommen ruhig in seiner Brust.

Ein Lächeln breitet sich auf seinem Gesicht aus. Es ist ein kleines Wunder, dass er hier stehen kann – das Meer direkt vor ihm –, ohne zu zittern und ohne, dass ihm übel wird.

Selbst die Stimme in seinem Innern schweigt.

Er drückt Majas Hand und fühlt, wie sie den Druck sanft erwidert. Dankbarkeit durchströmt ihn. Hoffnung.

Hinter der Museumsinsel gleitet eine der orangegelben Autofähren vorbei, die Skagens Vater früher einmal gefahren hat. Sie steuert auf die Schäreninseln zu, die in der Ferne als flache schwarze Buckel aus dem Wasser ragen. Möwen fliegen darüber hinweg und steigen hoch in den Himmel empor.

Skagen folgt ihnen mit den Augen.

Ja, denkt er. Ich will das hier. Es wird nicht leicht, aber ich will es.

Das mit Maja.

ENDE

DANKSAGUNG

Wie immer entstand dieses Buch mit viel Unterstützung von anderen Menschen, deren Gedankenarbeit und Fachwissen mit einflossen.

Zunächst danke ich Börje Åkesson für seine kundige Führung durch Schwedens Wälder und seine Erläuterungen zur Forstwirtschaft und Tor Marklund für seine Übersetzungen ins Schwedische und die Beantwortung diverser Recherchefragen. Ein dickes Dankeschön gebührt Sabine Schröder, die mir die Vorgänge und Hierarchien auf einem Containerschiff detailliert auseinandersetzte.

Da dieses Buch reine Fiktion ist und der Unterhaltung dienen soll, habe ich einige Dinge bewusst anders dargestellt, als sie in Wirklichkeit sind. Sämtliche Beschwerden über unkorrekte Darstellungen gehen daher bitte an mich. Auch ist der von mir beschriebene Ort Hultsjö reine Erfindung, wobei ein gewisser kleiner Ort in Blekinge teilweise dafür Pate gestanden hat. Sämtliche Personen entspringen jedoch meiner Fantasie.

Natürlich habe ich auch meinen Testlesern viel zu verdanken, denn sie sind es, die den Text in seiner Rohfassung zu lesen bekommen. Und roh sagt eigentlich alles. Deshalb danke ich Ella Dälken, Sabine Sommer, Barbara Pieper, Kerstin Hansen und Daniel Strohmeyer, dass sie das Manuskript so gewissenhaft wie konstruktiv auseinandergepflückt haben. Es ist zwar nicht immer einfach, hinterher alles wieder zusammenzusetzen, aber ohne euch hätte ich mir schon sämtliche Haare ausgerauft.

Last but not least danke ich meiner Agentin Sabine Lang-
ohr für ihre unerschütterliche Unterstützung und meiner
Lektorin Katja Ernst für den letzten Schliff sowie allen anderen Mitarbeitern des Gmeiner-Verlags dafür, dass sie alles
nur Erdenkliche tun, um Ihnen, liebe Leserinnen und Leser,
ein vergnügliches und unterhaltsames Leseerlebnis zu bieten.

Herzliche Grüße aus Kopenhagen
Ihre Anne Nørdby

Anne Nordby
Kalter Strand
Thriller
480 Seiten; 12 x 20 cm
Paperback
ISBN 978-3-8392-2643-8
€ 10,00 [D] / € 10,30 [A]

»Und jetzt zu deiner neuen Aufgabe: Kaufe vier
Benzinkanister, gehe zu einem Haus in deiner
Nachbarschaft – aber eines, in dem auch Menschen
sind! – und schütte das Benzin dort aus. Mit der
Fackel zündest du das Haus an! Widersetzt du dich
meinem Befehl, bekommst du Stefanies Kopf mit
der Post zugeschickt. Du hast nur heute Nacht Zeit!
Und vergiss nicht: Ich sehe alles. DAS AUGE.«

GMEINER SPANNUNG

WWW.GMEINER-VERLAG.DE
Wir machen's spannend

DIE NEUEN *Lieblings-plätze*

ISBN 978-3-8392-2628-5 SCHWARZWALD

ISBN 978-3-8392-2615-5 DONAU PASSAU — WIEN

ISBN 978-3-8392-2620-9 LAHNTAL

ISBN 978-3-8392-2635-3 zwischen NORD- UND OSTSEE

ISBN 978-3-8392-2618-6 IN UND UM PASSAU

ISBN 978-3-8392-2623-0 REGENSBURG UND OBERPFALZ

ISBN 978-3-8392-2630-8 TÖLZER LAND TEGERNSEE — SCHLIERSEE

ISBN 978-3-8392-2631-5 VOGELSBERG UND WETTERAU

ISBN 978-3-8392-2632-2 VON DER EIFEL BIS IN DIE ARDENNEN

ISBN 978-3-8392-2405-2 ROMANTISCHER RHEIN

ISBN 978-3-8392-2622-3 OSTFRIESISCHE INSELN

ISBN 978-3-8392-2545-5 WEINVIERTEL

ISBN 978-3-8392-2629-2 SPREEWALD

ISBN 978-3-8392-2634-6

GMEINER KULTUR

WWW.GMEINER-VERLAG.DE
Mensch, Kultur, Region